LE DRAGON FLOTTANT

PETER STRAUB

Ghost story ou le fantôme de Milburn	
Le talisman des territoires (en collab. avec Stephen King)	
Shadowland	*J'ai lu* 2249/**8**
Le dragon flottant	*J'ai lu* 2373/**8**

PETER STRAUB

LE DRAGON FLOTTANT

TRADUIT DE L'AMÉRICAIN
PAR JEAN-PAUL MARTIN

ÉDITIONS J'AI LU

Pour Emma Sydney Valli Straub.

Titre original :

FLOATING DRAGON

Désormais, le temps et la terre sont identiques, liés à jamais.
John ASHBERRY, *Haunted Landscape*

Le démon est un pauvre d'esprit. Il ne sait que ce que vous lui dites avec votre grande gueule.
Frederick K. PRICE

INTRODUCTION

LA MORT DE STONY FRIEDGOOD

1962-1963

Ses rares adultères constituaient pour Stony Baxter Friedgood des aventures : lever un homme qui croyait la lever apportait à son existence un piment qui lui avait manqué depuis ses vingt ans, lorsqu'elle était étudiante à Scripps-Claremont. En outre, ces aventures garantissaient la sauvegarde de son mariage. A la fac, elle avait jonglé avec quatre petits amis dont un seul, un étudiant en math du nom de Léo Friedgood, connaissait l'existence des autres. Léo avait paru amusé par ses cachotteries comme l'avait amusé son surnom de Stony : « l'Insensible ». Plusieurs mois plus tard, seulement, Stony comprit combien cet amusement dissimulait d'excitation.

Elle l'épousa juste après le bachot ; pas de fac pour Stony, et plus de fac pour Léo, qui rasa sa barbe, acheta un costume et trouva un emploi à la société Telpro dotée d'un bureau à Santa Monica.

*

1969

Tabby Smithfield vécut jusqu'à l'âge de cinq ans dans une immense demeure de Hampstead, dans le Connecticut, avec ses deux hectares de parc parfaitement entretenus et sa grille équipée d'un système d'alarme. Le voisinage – seize demeures s'étendant le long du détroit de Long Island – était suffisamment impressionnant pour attirer le touriste : tous les jours, une demi-douzaine de voitures descendaient lentement Mount Avenue, les conducteurs et les passagers tordaient le cou pour jeter un coup d'œil aux imposantes maisons. On appelait Mount Avenue le « Mille doré » bien qu'il fît deux fois cette distance. Jadis, la Mount Avenue rurale constituait la principale voie carrossable pour New Haven, au nord, mais cette époque trépidante était depuis longtemps révolue. Désormais y résidaient dans leurs imposantes constructions des industriels, un médecin, le patron du cabinet d'avocats le plus important du comté de Patchin, et quelques-uns de leurs semblables plus âgés souhaitant vivre au calme. Les badauds les apercevaient rarement ; parfois, quelque vedette de l'écran venait y respirer l'air marin, mais les propriétaires demeuraient invisibles.

En 1969, cependant, on aurait pu voir apparaître, derrière les grilles de la maison de pierre grise, un homme grand et brun en tenue de sport, qui jouait au tennis avec un garçonnet. Peut-être une nounou en uniforme se serait-elle trouvée sur les marches de l'entrée, dans une attitude bizarrement figée et anxieuse. Peut-être, aussi, l'attitude de l'enfant aurait-elle paru tout aussi étrange et tendue, comme si le petit Tabby Smithfield avait eu vaguement conscience qu'il n'était pas censé jouer au tennis avec son papa. Le père, le fils et la nounou constituaient un tableau curieusement statique et incomplet. Il y manquait un personnage.

*

1964

Ce fut en 1964 que Stony Friedgood connut sa première aventure après son mariage, avec le mari d'une amie et voisine : à la différence de Léo, il était jovial, blond et décontracté. Il faisait très jeune cadre et Léo parlait toujours de lui avec un certain mépris. Cette aventure ne dura pas plus de deux mois.

On eut souvent l'occasion de voir le visage délicat de Stony et son éclatante chevelure brune dans les galeries et les musées, ainsi que dans certains bars à certaines heures. Vu sous un angle purement pratique – et non par les yeux des parents de Stony ou de Léo –, le mariage des Friedgood était un succès. Le temps que Léo obtienne deux promotions et soit muté à New York, leurs revenus avaient doublé et Stony n'avait grossi que d'un kilo. Elle abandonna ses cours de yoga et de cuisine, et laissa derrière elle quatre billets pour une série de concerts ainsi que le souvenir, déjà lointain, de six ou sept aventures. Léo lui, ne laissa rien ; la société paya le transport de son voilier et des six caisses qu'il appelait « sa cave ».

*

1968

Le grand-père Monty Smithfield fut la grande figure de l'enfance de Tabby. Monty était le premier à l'embrasser à son retour de la maternelle ; ce furent Monty et sa mère qui le conduisirent pour la première fois chez le coiffeur. A chacun de ses anniversaires et à Noël, Monty lui faisait d'étonnants cadeaux : trains électriques, véhicules divers allant du trotte-bébé au vélo, et même un poney. Le poney lui fut offert pour ses trois ans. En août 1968, Monty donna une petite fête pour une vingtaine d'enfants, avec un orchestre qui interprétait les succès des Beatles, des films de Walt Disney et un brontosaure sculpté dans la glace. Tabby adorait les brontosaures à l'époque, et seule l'évolution naturelle empêcha Monty Smithfield d'offrir à son petit-fils un bébé monstre.

– Allons, Clark, dit le vieux bonhomme radieux

quand le jardinier amena le poney, fais donc grimper ton fils sur cette grosse bête.

Mais Clark Smithfield était monté dans sa chambre, faire des balles avec une raquette Spaulding bien rodée.

Comme tous les enfants, Tabby n'avait pas la moindre idée de ce que faisait son père pour gagner sa vie, et il ignorait même qu'il y eût une vie à gagner. Clark Smithfield passait quatre ou cinq jours par semaine à la maison à écouter ses disques de rock préférés ou à jouer au tennis. Si, quand il avait trois ou quatre ans, on avait demandé à Tabby ce que faisait son père, il aurait répondu qu'il s'amusait. Clark ne l'emmena jamais à la société dont il était le vice-président en titre ; son grand-père l'y emmena et le présenta fièrement aux secrétaires comme le futur président du conseil d'administration de « Smithfield Systems ». Avant de passer dans la salle des ordinateurs, le vieux bonhomme ouvrit une porte et montra à Tabby le bureau de son père : une petite pièce poussiéreuse avec une table nue et des photos de papa vainqueur de tournois universitaires de tennis. Il y avait également un jeu de fléchettes à l'effigie de Richard Nixon, laissé à l'abandon comme tout le reste.

– Mon papa travaille ici ? (Tabby parlait avec l'innocence de son âge, ce qui provoqua le rire narquois d'une secrétaire.) *Bien sûr* qu'il travaille là, insista Tabby. Regarde ! Il joue au tennis ici !

Une grimace de dégoût se peignit sur le visage du vieux bonhomme dont le sourire s'effaça pour le reste de la visite.

Lorsque son père et son grand-père se trouvaient dans la même pièce – dans des dîners auxquels Clark ne pouvait échapper, ou si Monty se rendait dans les quartiers de son fils –, il flottait dans l'air une certaine tension. Tabby voyait son père redevenir un petit garçon, à peine plus âgé que lui.

– Pourquoi n'aimes-tu pas grand-père ? demanda-t-il un jour.

– C'est bien trop compliqué pour toi, répondit son père en soupirant.

Lorsqu'il eut cinq ans, Tabby les entendit parfois se quereller.

Le motif en était la longueur des cheveux de Clark, son goût pour le tennis (que son père méprisait), ou l'attitude de Clark. D'ordinaire, Clark et Monty s'ignoraient mais, lorsque Monty décidait de houspiller son fils, ils criaient. Ces batailles se terminaient toujours par le départ de Clark, furieux.

– Qu'est-ce que tu comptes faire ? lui demanda Monty au terme d'une de ces disputes. Quitter la maison ? Tu ne peux te le *permettre* : tu ne *trouverais pas* un autre emploi.

Tabby devint pâle. Il ne comprit pas les mots mais saisit parfaitement le mépris dans le ton de son grand-père.

C'étaient la femme et la mère de Clark qui maintenaient la difficile harmonie des deux familles : Monty éprouvait une authentique affection pour Jean, la mère de Tabby. Si Clark avait été un peu plus médiocre ou un peu meilleur au tennis, le long supplice qu'était l'existence à la vieille demeure de Mount Avenue eût peut-être changé. Ou encore si Clark s'était montré moins intransigeant, et son père moins inflexible. Mais Jean et sa belle-mère, qui pensaient que le temps réconcilierait Clark avec son travail et Monty avec son fils, maintenaient le lien entre les deux familles. Jusqu'au premier événement terrible qui se produisit.

*

1975

Les Friedgood s'installèrent à Hampstead en 1975, alors que Tabby Smithfield, âgé de dix ans, vivait avec son père et sa belle-mère dans le sud de la Floride. Si Léo Friedgood était en pleine ascension sociale, Clark Smithfield ne brillait guère. Il avait abandonné un job de barman pour celui de représentant des Sanitaires Hollinsworth. Et il perdit sa place après une beuverie à bord du yacht du président, où il avait vomi sur les pantoufles de Robert Hollinsworth. Après un nouvel essai comme barman, il était devenu agent de sécurité. Il travaillait de nuit et vidait une bouteille à chacun de ses retours au poste. Il avait perdu sa première épouse et sa mère, Agnès Smithfield, qui avait été foudroyée par une hémorragie cérébrale. Monty Smithfield avait vendu la grande maison de Mount Avenue pour s'installer, avec une gouvernante et une cuisinière, à cinq minutes de là, sur Hermitage Road, dans une demeure baptisée *Les Quatre Cheminées.*

Léo était maintenant vice-président d'une des divisions de Telpro, à cinquante mille dollars par an ; il s'habillait chez Tripler, cultivait une moustache fournie et agressive et une épaisse tignasse. Il avait pris une dizaine de kilos malgré un jogging quotidien et – le regard arrogant, la moustache noire et le cheveu en bataille – il présentait cette allure de boucanier propre aux cadres qui se considèrent comme des prédateurs dans une jungle de prédateurs.

En 1975, leur première année à Hampstead, Stony devint membre du Club d'Accueil, des Beaux-Esprits – qui discutaient littérature –, de la Ligue des Electrices, de l'YMCA et de la bibliothèque. Elle aurait bien cherché un emploi mais Léo ne permettait pas qu'elle travaille. Elle aurait bien essayé d'avoir un enfant mais Léo, qui se souvenait de sa propre enfance, refusait d'en entendre parler. Dans la *Hampstead Gazette,* elle tomba sur une pub pour un cours de yoga et abandonna le Club d'Accueil, puis les Beaux-Esprits et même la Ligue.

La *Hampstead Gazette,* qui paraissait deux fois par

semaine, constituait pour Stony la principale source de renseignements sur son nouveau lieu de résidence. Elle apprit l'existence du Club Artistique féminin et s'y inscrivit, pensant y rencontrer des peintres. Ce qui ne manqua pas de se produire. Pat Dobbin, célébrité locale, occupait seul une petite maison dans les bois ; il gagnait sa vie en faisant des illustrations, bien meilleures que ses peintures. A l'occasion d'un voyage d'affaires de Léo, elle assista à un dîner du Club Artistique avec le peintre. Elle savait, certes, que cette minuscule bonne femme rousse qui prenait des notes était Sarah Spry, la journaliste qui tenait la rubrique mondaine hebdomadaire de la *Gazette* sous le titre : *Sarah a vu* mais elle ne s'attendait pas à y lire l'article suivant :

Sarah a vu :

« Notre brillant peintre et illustrateur Pat Dobbin (On n'en parlera jamais assez ! Avez-vous vu ses stupéfiants paysages abstraits à la Palmer Gallery ?) qui paradait en smoking, au dîner du Club Artistique féminin, avec une mystérieuse beauté. Qui est-ce, Pat ? Dites-le donc à Sarah. »

A son retour de voyage, Léo tomba sur l'article et demanda, ironique :

– Tu t'es bien amusée à ce truc du Club Artistique vendredi soir ? Dommage que je n'aie pu t'accompagner.

*

Novembre 1970

Contrairement à son mari, Jean Smithfield conduisait prudemment. Lorsqu'elle sortait le soir avec Clark, laissant leur fils à ses grands-parents, elle tenait toujours à prendre le volant au retour, quand Clark avait bu deux apéritifs avant le dîner et deux ou trois verres de vin pendant. Les soirs où Clark se plaignait plus que de coutume de son père, ou se mettait à évoquer des matchs de tennis, c'était elle qui conduisait, même s'il fallait subir les railleries de son mari à propos des rapports de Jean avec son beau-père.

– Tu aimes *vraiment* ce vieux vautour ! disait-il. Tu sais ce que ça me fait ? Bon Dieu, je pense parfois qu'il t'émoustille. Ça te plaît, ses costumes rayés et ses cheveux blancs, hein ? Jamais il n'aura Tabby. Jamais il n'oubliera que c'est moi qui ai fait de Tabby son petit-fils. Ce n'est pas lui qui aurait pu le faire !

Jean faisait de son mieux pour l'ignorer.

D'ordinaire, ils dînaient dans un restaurant français, près de Patchin. Un soir de septembre 1970, Jean tira un dollar de son sac pour le gardien du parking.

– Je peux conduire, grommela Clark.

– Pas ce soir, dit-elle en remettant le billet au garçon qui leur ramenait leur voiture.

– On devrait rouler en Mercedes, continua à grommeler Clark en s'installant à la place du passager.

– Il suffit d'avoir l'argent nécessaire, dit Jean, démarrant.

– Ça recommence, marmotta Clark. Il veut envoyer Tabby dans une boîte privée : le lycée n'est pas assez bon pour son petit-fils.

– Tu y es allé, toi aussi.

– Parce que mon père pouvait *se le permettre* ! Tu ne comprends pas, bon Dieu ? C'est moi le père de Tabby, nom de Dieu, et...

Jean le regarda. Il n'avait plus l'air furieux ou ivre, mais inquiet.

Scrutant la route, elle vit un break qui dérapait et franchissait la ligne médiane. « Le verglas, pensa-t-elle, une plaque de... »

– Attention ! hurla Clark.

Et Jean braqua sur la droite. Une autre voiture, sortie du restaurant juste derrière eux, heurta leur pare-chocs arrière gauche avec une telle violence que Jean en lâcha le volant.

Le break, qui devait rouler à quatre-vingts à l'heure avant sa glissade, percuta la portière, côté conducteur. Jean voulut prononcer le nom de son fils avant de mourir, mais le choc lui avait enfoncé la cage thoracique et elle n'en eut pas le temps.

Dans la demeure de Mount Avenue, Tabby s'éveilla en hurlant.

Le gamin de dix-neuf ans qui conduisait le break tenta de ramper sur la route verglacée, le cuir chevelu entamé. Clark Smithfield, indemne, jeta un regard à sa femme et se vomit dessus. Après quoi il sortit du véhicule et tomba à genoux. Il vit le gamin qui avait tué sa femme et lui cria d'arrêter. Il se trouvait à quelques mètres de sa voiture, couvert de neige et de boue, du sang lui dégoulinait du nez et du menton. Clark vit aussitôt qu'il était aussi soûl que lui et l'injuria.

Tabby, dans sa chambre, hurlait toujours, tâtonnant à la recherche de l'interrupteur. Il ne reconnaissait plus rien. Il se cogna contre son lit, glissa sur une carpette et ses cris se firent plus aigus. Quelques secondes plus tard arrivaient son grand-père et sa nounou.

Il fallut dix minutes à la police de Hampstead pour parvenir jusqu'au carambolage de Post Road.

*

17 mai 1980

Le 17 mai 1980, le Dragon s'installa dans le comté de Patchin – non, le terme est impropre car il avait toujours été là, mais il décida de se montrer. Richard et Laura Allbee, après douze ans passés à Londres, étaient arrivés à midi à leur maison en location de Fairytale Lane, à Hampstead, fatigués et déboussolés par une étape de deux jours à New York. Clark

Smithfield avait déménagé deux semaines plus tôt pour *Les Quatre Cheminées*, la vieille demeure coloniale d'Hermitage Road, avec sa femme et son fils. Déjà, il faisait l'expérience de la déception qui allait ruiner la confiance de son fils en lui.

Une petite femme assez jolie, du nom de Patsy McCloud, passait le plus clair de son temps à lire *Guerre et souvenir*, d'Herman Wouk.

Et que faisait Graham Williams, écrivain naguère célèbre ? Ce qu'il faisait chaque jour depuis plus d'un mois. Il avait quitté son lit parfumé à sept heures, passé ses vêtements par-dessus son pyjama, s'était éclaboussé le visage de quelques gouttes d'eau, assis à sa table et plongé la tête dans les mains. Après trente minutes de prière silencieuse – ah, ah –, il avait écrit une phrase. Quinze minutes plus tard, la jugeant banale, il l'avait effacée. Voilà comment, d'ordinaire, Graham Williams passait son temps quand il ne dormait pas.

Les Allbee feignaient d'être plus heureux qu'ils ne l'étaient vraiment, Williams feignait de croire que son bouquin allait démarrer, Patsy McCloud feignait de croire qu'elle allait finir par se lever et faire quelque chose ; quant à ce que feignait Clark Smithfield, c'était particulièrement élaboré. Pour Léo Friedgood, c'était plus simple car il ne se trouvait pas à New York mais à vingt minutes de Hampstead, dans une usine de Telpro installée dans la petite bourgade de Woodville. Et sa femme venait de décider de s'offrir une nouvelle aventure.

Stony gara sa voiture, entra au bar *Chez Franco*, s'assit à une table voisine du bar très animé et ouvrit un livre. Moins de quinze minutes plus tard, un homme lui demandait : « Vous permettez ? » ; et il s'asseyait à côté d'elle sans façon. Elle le connaissait mais, bien qu'il fût respecté à Hampstead, aucun des autres clients mâles du bar ne l'aurait reconnu, du fait de sa profession. Assez séduisant, discret par profession aussi, il était parfait pour Stony. Ils quittèrent bientôt le bar et la Toyota de Stony prit la tête, pour traverser le pont et s'engager dans le dédale de rues verdoyantes qui sentaient déjà l'été.

*

Noël 1970

Après les obsèques de Jean Smithfield, le dernier jour de novembre 1970, Clark demeura chez lui toute une semaine avec Tabby et, pour une fois, son père n'insista pas pour qu'il se rende au bureau. Pas plus qu'il ne blâma Clark d'avoir trop bu pour pouvoir assister aux obsèques.

Après l'enterrement, il ne but pas un seul verre jusqu'à Noël.

Pour Tabby, le monde n'avait cessé d'être ce qu'il était devenu la nuit de la mort de sa mère : bouleversé, inconnu, sombre. Son grand-père l'avait emmené au funérarium et lui avait laissé toucher le cercueil. Et là, devant Monty, les voisins, les amis, il lui était arrivé quelque chose. Il avait *vu*. Vu le noir autour de lui. Su qu'il se trouvait dans cette boîte avec sa maman. Il avait poussé un cri de terreur aveugle et son grand-père l'avait serré contre lui pour tenter de l'apaiser. Tabby s'était détourné du cercueil et n'avait pas articulé un son pendant tout le service religieux. De retour à la maison, Monty et lui avaient trouvé Clark ivre mort devant la télé.

Après ces tristes événements, Clark se rendit au bureau avec son père cinq jours par semaine, jusqu'à Noël. Dans son bureau, il signa des papiers, lut des rapports, rédigea des notes, assista à des réunions. Le samedi et le dimanche, il lançait vers Tabby des balles de tennis que l'enfant tentait de retourner avec sa raquette miniature. L'après-midi, ils allaient se promener.

– Maman est *morte*, dit Tabby de sa voix flûtée. Elle est au ciel. Elle est là-haut, papa.

Clark se remit à pleurer, mais pour son fils cette fois ; pour son brave petit garçon en parka bleue, son doigt ganté pointé vers le ciel, debout dans la neige durcie, avec ses bottes de Snoopy.

Le jour de Noël, au dîner, Monty annonça qu'il avait pour Tabby le plus beau cadeau qu'on pût offrir.

– J'ai le plaisir de vous annoncer que M. Cathcart, le directeur de Greenbank, a accepté Tabby comme élève à la rentrée de janvier.

– Bravo ! dit sa femme.

Clark s'apprêtait à dire quelque chose mais il se ravisa. Tabby parut perplexe.

– L'école est juste en face, reprit Monty. N'est-ce pas merveilleux ? Et tu iras à la même école que nous avons fréquentée ton père et moi.

– Bon ! dit Tabby, regardant son grand-père puis son père.

– Ma foi, je suis heureuse que ce soit réglé, dit la mère de Clark.

– Je ne voudrais pas marcher dans tes plates-bandes, Clark, nous partagerons les frais de scolarité, dit Monty. Mais je pense que je me dois d'offrir à l'enfant ce qu'il y a de mieux.

– C'est toujours le cas, grommela Clark.

Après le dîner, il avala son premier verre depuis les obsèques de sa femme.

*

17 mai 1980

Stony attendit dans l'allée que l'homme descende de sa voiture. Il était six heures moins une, et si Léo était rentré, il devait être dans sa tanière, devant la télé, les journaux sur les genoux, un verre à portée de main.

– Belle maison, dit l'homme. (La brise du détroit ébouriffait ses cheveux. Le regard vide, il boutonna son imperméable bien qu'il ne fît pas froid.) Il n'y a personne, ajouta-t-il.

Il s'avança vers Stony et lui caressa la main.

Ils s'embrassèrent.

*

6 janvier 1971

A onze heures du soir ce jour-là – la veille de la rentrée des classes pour Tabby –, Clark Smithfield arrêta la voiture de son père devant la maison au lieu de faire le tour jusqu'au garage. Il se précipita à l'intérieur et grimpa les escaliers quatre à quatre. Il ouvrit la porte de la chambre où se trouvaient la nounou et Tabby. Son fils lui annonça :

– Papa ! Papa ! Un monsieur et une dame étaient en train de *s'embrasser.*

– Qu'est-ce que c'est que cette histoire ? demanda-t-il à la nounou.

– Je ne sais pas, monsieur.

– Ils *s'embrassaient,* papa ! Comme ça ! précisa Tabby.

Il avança les lèvres et pencha sa tête blonde avant d'éclater d'un rire joyeux.

– Emily, voulez-vous nous laisser. Il faut que je parle à Tabby. Nous serons absents une heure ou deux. Ne vous inquiétez pas.

– Très bien, dit-elle. Embrasse Emily, Tabby.

– Ils *s'embrassaient,* papa, cria Tabby qui pencha la tête pour baiser les lèvres d'Emily.

La nounou sortie, Clark prit un cartable vert sur une étagère et se mit à y fourrer au hasard livres et jouets.

– Non, papa !

– Nous allons faire un petit voyage. En avion. C'est une surprise.

– Une surprise pour grand-père ?

– Une surprise pour nous, dit Clark, bourrant une petite valise bleue de vêtements d'enfant.

Pendant dix minutes, Tabby veilla à ce que son père n'oublie pas ses T-shirts favoris. Il enfila son manteau, ses mitaines, se coiffa d'un bonnet de laine tandis que Clark tirait sa valise de sous son lit.

– Bon ! dit son père. Pour cette fois nous ne dirons pas au revoir à Emily. Tu comprends ?

– Je lui ai déjà dit au revoir.

Ils descendirent les escaliers. Clark ouvrit la porte sur l'air glacial de janvier ; le sol était constellé de traces d'écureuils et de ratons laveurs. Il jeta un dernier regard à l'intérieur de la maison.

– Papa, c'était un mauvais homme.

– Qui donc, Tabby ?

L'enfant parut perplexe, un peu perdu : une expression que Clark connaissait bien.

– Peu importe, Tabby, dit-il. Il n'y a pas de mauvais hommes.

Il jeta les bagages sur la banquette arrière, démarra et passa les grilles.

– Nous allons à New York ! cria Tabby.

– Nous allons à l'aéroport, tu te souviens ?

*

17 mai 1980

Quand Stony poussa de la hanche la porte de la chambre, elle vit que l'homme était déjà au lit, assis, appuyé sur deux oreillers. Il avait la peau très blanche ; sur le rose des draps, son visage et sa poitrine glabres avaient la couleur du fromage fermier.

– Tu ne perds pas de temps, dit-elle.

– Jamais.

– Tu es sûr que ça va ? demanda Stony, lui tendant un verre que l'homme parut ne pas remarquer et qu'elle posa sur la table de nuit.

– Ça va très bien. Je suis déjà venu ici.

– Dans cette maison ? Avant qu'on emménage ?

Il secoua la tête et répéta :

– Je suis déjà venu *ici.*

*

17 mai 1980

Pendant longtemps tu as rêvé, et puis tu n'as plus rêvé. Tu dormais en un lieu ignoré et lorsque tu t'es éveillé tu étais un autre. Tu avais un verre à la main et une femme te regardait. Et, Dragon, de nouveau le monde t'appartenait.

*

6 janvier 1971

– L'avion, dit Tabby.

Puis il se plongea dans le silence tandis que la voiture de Clark dépassait Hampstead, Norrington, les motels de Woodville puis Kingsport, pour arriver dans le comté de Queens.

– Qu'est-ce que tu as ? demanda brusquement Clark.

Ils prenaient la bretelle conduisant à Long Island. Depuis quelque temps, tout paraissait menaçant, étranger. Tabby avait le sentiment de se trouver dans le monde qui avait tué sa mère.

– Je veux rentrer à la maison.

– Nous allons avoir une nouvelle maison, désormais. Tout va être différent, Tabby.

– Tout est déjà différent.

– Je n'ai pas le choix, Tabs. J'ai un nouvel emploi.

Clark proférait le premier mensonge d'une longue série.

Clark laissa la voiture au parking longue durée. De tous côtés, des blocs de béton gris se dressaient, pareils à des tombes. Quand Tabby ouvrit la portière et descendit, il vit une grosse tache sur le béton et la prit pour quelque chose de vivant. Un cri rauque monta du niveau inférieur.

– Dépêche-toi, Tabby. Je n'y peux rien ; je me sens nerveux.

Tabby se hâta, trottant jusqu'à l'ascenseur à côté de son père. L'ascenseur descendit, les portes s'ouvrirent, ils pénétrèrent dans le terminal.

– Papa. S'il te plaît, papa.

– Quoi ? Qu'est-ce qu'il y a, bon sang ?

– On n'a pas pris Spiderman.

– On en achètera un autre.

– Je ne veux pas...

Clark lui prit la main et le tira brutalement vers l'escalier roulant. Tabby poussa un cri. Pendant un instant, le long terminal lui parut jonché de cadavres : de cadavres jetés çà et là, dont celui d'un homme nu couvert de plaies. La vision dura moins d'une seconde mais sa bouche tremblait encore.

– Tabby, dit plus gentiment son père, tu en auras un autre.

Tabby ne comprit pas ce qui lui était arrivé mais il sut que, quelque part, il y avait un garçon avec les vêtements en feu, et ce garçon était la part la plus importante de lui-même. Des lumières rouges et jaunes brouillèrent sa vision et il vacilla. Les petites taches de lumière s'estompèrent.

A genoux à côté de lui, son père le soutenait. Ils n'étaient plus sur l'escalier mécanique, et une foule de gens les frôlaient.

– Hé, Tabs, ça va ? Tu veux un verre d'eau ?

– Non. Ça va.

– Nous serons bientôt dans l'avion. Et en Floride, après un bon voyage. C'est beau, la Floride, et il y fait chaud. Il y a du soleil, des palmiers, on peut nager. Et des courts de tennis. Ça va être magnifique.

– Bien sûr.

– Tu as déjà vu les nuages d'en haut ?

Une lueur d'intérêt s'alluma dans le regard de l'enfant.

Ils avancèrent sur le tapis roulant : une paroi vitrée, d'énormes numéros, 43, 44, 45. Des gens faisaient la queue. Des silhouettes en uniforme.

Tabby en reconnut une, familière, avec sa mèche de cheveux d'argent.

– *Grand-père !*

*

17 mai 1980

Négligemment, tu as posé le verre et il s'est renversé. Tu as vu la femme changer d'expression et tu l'as saisie par le poignet, sans ménagement.

*

6 janvier 1971

– Je pensais bien que tu tenterais quelque chose d'aussi stupide, dit le vieux bonhomme. Tu pensais vraiment t'en tirer ?

Tabby demeura figé entre les deux hommes.

– Tu peux venir avec moi, Tabby, dit son grand-père en lui tendant la main. Nous rentrons tous à la maison et nous oublierons tout cela.

– Va au diable, dit son fils. Tabby, va t'asseoir là-bas, dans un fauteuil.

– Reste où tu es, Tabby. Clark, je te plains. Jamais cette stupide combine n'aurait pu marcher. L'enfant reste ici. Toi, tu es libre.

– Va au diable. Tu n'auras pas mon fils.

– Viens, Tabby. Nous allons laisser ton père faire l'idiot, si ça lui chante.

Tabby décida tout seul ; il choisit cette voix réconfortante, la douceur du manteau de cachemire et du costume à rayures blanches. Il se décidait pour un présent semblable au passé. Il n'attendait rien d'autre.

Il avança vers Monty Smithfield et entendit son père crier : *Tabby !* Son grand-père se baissa et lui prit la main.

– *Lâche mon fils !* hurla son père.

– *N'approche pas de lui, bon à rien !* cria son grand-père.

Tabby sentit son monde se rétrécir et son âme, ce qui semblait être son âme, se couper en deux comme sous un coup de hache. Comment raisonner dans une telle confusion ? La main de Monty serra la sienne à l'en faire hurler.

– Lâche mon fils, espèce de vieux salaud ! gronda Clark.

Il saisit la main libre de Tabby et le tira vers lui.

Pendant une éternité, sembla-t-il, aucun des deux hommes ne voulut lâcher. Tabby était trop paniqué, trop choqué pour dire quoi que ce soit. Il se rendit vaguement compte que d'autres personnes se précipitaient vers eux.

– *Lâche !* aboya son grand-père d'une voix méconnaissable.

– Tu ne l'auras pas. Tu ne l'auras pas, dit son père.

– Papa, je *vois* quelque chose ! cria Tabby.

Il voyait effectivement quelque chose. Quelque chose qui n'arriverait que dans neuf ans, quatre mois et onze jours.

*

17 mai 1980

Un instant, tu t'es arrêté ; quelqu'un te voyait.

Un dernier souffle de vie s'échappa des lèvres de Stony Baxter Friedgood.

6 janvier 1971

– Je *vois* quelque chose, papa ! hurla Tabby, incapable d'en dire davantage.

Quand il ouvrit les yeux, un homme en uniforme bleu saisissait son grand-père par l'épaule ; à genoux devant son père, étourdi, il vit le visage irrité du pilote et tous les autres derrière. Son grand-père était tout rouge.

– On en reste là ou on appelle les flics ? demanda le pilote.

Tabby se releva lentement.

– Ça suffit, dit son grand-père. Tu es un irresponsable. File ! Je ne veux plus te voir.

– C'est bien mon intention.

– Tu n'auras pas volé ce qui va t'arriver. Mais je ne veux pas que mon petit-fils paie pour ta stupidité.

– C'est réglé ? demanda le pilote.

– Non, dit Monty Smithfield.

– Bien sûr, s'il quitte le terminal, dit Clark, triomphant.

Tabby regarda son grand-père s'éloigner. Ses jambes tremblaient.

– C'est cette garce d'Emily qui l'a appelé, dit Clark. Qu'est-ce que c'est que tu as vu ?

– Je ne sais pas.

Après que le 727 d'Eastern Airlines eut décollé, Clark Smithfield déboucla sa ceinture et grimaça un sourire à son fils.

– Maintenant, nous sommes deux fauchés, dit-il.

PREMIÈRE PARTIE

ENTRÉE EN SCÈNE

Ces choses dont nous parlons, étaient-elles là ?
William SHAKESPEARE, *Macbeth*

CE QUE SARAH NE VIT PAS

Pour un habitant du comté de Patchin, le 17 mai 1980 était une belle journée. Ni nuages ni pluie pour gâcher un pique-nique. *Chez Franco*, Pat Dobbin et ses amis avaient bu quelques bières avant le déjeuner. Ils regardaient la gare, plaignant les banlieusards qui devaient aller travailler à New York par un si beau samedi. (Dobbin partit avant l'arrivée de Stony Friedgood ; il voulait se remettre à ses illustrations pour un livre d'enfant.) Bobby Fritz, le jardinier des grandes demeures au-dessus de Gravesend Beach, soignait déjà son bronzage de l'été, juché sur son énorme tondeuse. Graham Williams biffa une phrase, la récrivit et sourit. Patsy McCloud sortit dans le jardin avec son roman d'Herman Wouk et alla s'installer dans une chaise longue pour lire au soleil. Quand Les, son mari, passa devant elle en trottinant dans sa tenue de sport, elle baissa la tête et fit mine d'être absorbée par sa lecture.

– Le déjeuner, fillette ! lui cria-t-il. Occupe-toi du déjeuner !

Patsy finit son chapitre avant de rentrer, non pour préparer le bœuf aux oignons, mais pour se mettre à son journal intime.

Car il s'agit là de personnages qui tiennent leur journal. Graham Williams et Richard Allbee s'y exerçaient depuis l'âge de douze ans. Ce dernier ne s'y mit qu'à dix heures du soir alors que Laura, épuisée, était déjà couchée. *Chez nous,* écrivit-il. *Mais ce n'est pas vraiment chez nous. Peut-être cela le deviendra-t-il.* Il s'arrêta un instant, jeta un regard par la fenêtre sur la nuit et rajouta : *Mais c'est très beau, ici. Casa nueva, vida nueva.*

Si, en ce dernier jour de la vie de Stony Friedgood, en ce jour de l'arrivée des Allbee dans le comté de Patchin, on avait regardé Hampstead du haut du ciel, on aurait été frappé par la profusion d'arbres ; Greenbank, notamment, où vivaient les Allbee, ressemblait à une forêt. Le détroit bordait délicatement la limite est de la ville et on aurait aperçu, là, deux bandes de sable doré : Sawtell Beach, près du country club, où la plupart des habitants allaient se baigner et se dorer au soleil, et Gravesend Beach, plus petite et plus rocheuse. Au-dessus, sur une falaise escarpée, la vieille demeure des Van Horne. La Nowhatan River borde la limite sud de la ville et se fait plus étroite à hauteur du parking voisin du centre commercial de Hampstead. Le Yacht Club, avec ses bateaux à l'amarrage, est blotti dans la courbe de l'estuaire, en face du country club et de la marina : Hampstead, vaguement trapézoïdale, est coupée par les voies de chemin de fer, la I-95 et Post Road qui traversent Hillhaven et Patchin, Norrington et Woodville, et filent vers New York : mais, à voir la ville, on ne croirait jamais que New York existe. A la limite nord-ouest de Hampstead, ce sont des lacs et des étangs artificiels. Le sommet des arbres masque les maisons et les routes, comme il masque à demi les

Mercedes et les Volvo, les Datsun, les Toyota et les Volkswagen qui y circulent. La massive église congrégationaliste, sur Post Road, dans le quartier commerçant, est flanquée de luxuriantes pelouses, d'une banque, d'un centre commercial, d'un marchand de glaces, d'un théâtre, d'une boutique de produits diététiques, d'un magasin d'artisanat (macramés, pots de fleurs et effigies de Snoopy) et d'une boutique de vêtements dans laquelle vestes et chapeaux coûtent deux fois plus cher qu'à Norrington ou à Woodville.

Très tard, ce jour-là, tandis que Richard Allbee écrivait *Dieu nous protège* dans son petit cahier sans prétention, les phares et les gyrophares de deux voitures de police illuminaient Post Road et Sawtell Road, avant de grimper Greenbank Road vers la maison des Friedgood. Toutes les fenêtres étaient éclairées.

Quelques instants avant qu'ils ne parviennent chez les Friedgood, une lumière s'éteignit dans les bureaux de la *Hampstead Gazette*, sur Main Street, juste en face de la bibliothèque. Son article terminé, Sarah Spry rentrait chez elle. Une fois encore, les célébrités, les quasi-célébrités et les obscurs habitants de Hampstead venaient d'être immortalisés dans la *Gazette*.

*

Voici ce que Sarah écrivit pour son article de ce mercredi :

Sarah a vu :

« La ville nous offre un kaléidoscope d'humeurs et d'impressions diverses. Elle nous offre des souvenirs et des joies. Nos merveilleux peintres, écrivains et musiciens y ajoutent leur piment... Combien, parmi nous, savent que le célèbre F. SCOTT FITZGERALD (l'auteur de *Gatsby*) et sa famille ont habité à un jet de pierre de Sawtell Beach, dans la maison de M. et

Mme Irving Fisher sur Bluefish Hill, dans les années vingt, ou qu'Eugene O'Neill, John Barrymore et George S. Kaufman ont également séjourné parmi nous sur les rives du détroit de Long Island ?

J'ai cru bon de le préciser. Mon esprit vagabonde, cette semaine, en admirant notre vieille et merveilleuse Main Street, nos vieilles églises, nos superbes côtes et notre passé colonial, présent dans tant de vieilles demeures. Comme le disait à Sarah, l'autre jour, Ulrick Byrne, notre avocat pourfendeur de dragons, n'est-il pas merveilleux de vivre en un lieu où il ne se passe absolument rien au moins deux fois par semaine ?

Mais vous voulez savoir ce qui se passe, non ?

Sarah a vu : Richard Allbee, arrivé avec son épouse Laura ! Nous vous verrons au théâtre, Richard ? (Mais on dit qu'il ne joue plus, hélas !...)

Sarah a lu : une longue et délicieuse lettre reçue de Bunny et Thaxter Bainbridge, nos ex-concitoyens, actuellement à Los Carlos, Californie...

Semaine calme pour Sarah. »

*

Jamais plus Léo Friedgood ne connaîtrait de semaine calme, bien qu'il l'ignorât quand il prit le coup de fil du Yacht Club, ce samedi matin. Il était en train de bricoler sur son bateau, comme d'habitude quand il faisait beau le samedi. Son six-mètres, le *Juicy Lucy*, n'était à l'eau que depuis une semaine et il voulait donner un coup de peinture à l'intérieur. Ce fut Bill Terry, amarré à l'anneau voisin, qui lui passa la communication :

– C'est pour toi, Léo.

– Oh, merde ! dit celui-ci en posant son pinceau.

– Monsieur Friedgood ? demanda une voix de femme inconnue.

– Oui.

– Ici Mme Winthrop, la secrétaire du général Haugejas.

Léo sentit son estomac se nouer. Il n'avait rencontré qu'une seule fois le général Henry Haugejas à une assemblée générale de Telpro. Vêtu de flanelle grise, solide, le visage rouge comme un steak, le général était un héros de la guerre de Corée et en avait tout l'air.

– Oui, répondit Léo, regrettant de ne pas se trouver en mer.

– Le général Haugejas vous prie de vous rendre immédiatement à notre usine de Woodville.

– Nous ne possédons aucune usine à Woodville.

– Si le général le dit, nous en avons une. Voici où elle se trouve. (Elle lui indiqua la sortie à prendre sur la I-95 et lui expliqua un itinéraire compliqué.) Le général souhaite que vous y soyez dans trente minutes.

– Hé, un instant. Je n'y arriverai jamais. Je suis sur mon bateau. Il faut que je me change. Je n'ai même pas mes papiers sur moi. Je ne peux y être avant...

– Vous donnerez votre nom à l'entrée (Léo aurait juré qu'il l'entendit sourire) et vous l'appellerez à ce numéro.

Elle lui donna un numéro qui commençait par 212 et qui ne lui dit rien. Il le répéta et elle raccrocha.

*

A Woodville, Léo se perdit. Suivant les instructions de la secrétaire, il s'était retrouvé au milieu de taudis, de stations-service abandonnées, de bars minuscules et de groupes de Noirs sur le trottoir, qui dévisageaient ce Blanc dans sa belle voiture. Il tourna en rond, en nage, conscient que les trente minutes étaient largement écoulées.

Repassant pour la troisième fois dans la même rue minable, il remarqua un étroit passage entre deux maisons et une grille au bout, avec une baraque de gardien. Il s'engagea dans l'allée, craignant de s'être à nouveau trompé, furieux. Un gardien s'approcha de la voiture.

– Monsieur Friedgood ? demanda-t-il avec un regard soupçonneux sur les vêtements de Léo.

– Lui-même, cracha Léo, réprimant l'envie d'envoyer l'homme au diable.

– On vous attend au service de la Recherche. Vous êtes en retard, répondit l'homme en montrant un parking à peu près vide.

Léo fonça se garer, à cheval sur deux emplacements.

*

Un homme en blouse blanche – cheveux blonds et dents de lapin – se précipita vers Léo lorsqu'il arriva en haut des escaliers métalliques.

– Vous êtes monsieur Friedgood ? de Telpro ?

Léo acquiesça d'un signe et regarda le petit groupe d'hommes et de femmes qui, en blouses blanches de médecin, se tenaient devant une batterie d'écrans de télé.

– Qui êtes-vous ? demanda-t-il.

– Ted Wise, directeur de la Recherche. On ne vous a rien dit ?

Léo se sentait gêné, avec son jean maculé de peinture. Il se vit sur l'un des écrans, son tricot relevé révélant un coin de son dos nu. Sa gêne aviva sa colère : on le parachutait dans une usine dont on lui avait caché l'existence jusqu'à ce qu'il s'y produise une catastrophe. Il tira sur son T-shirt, songeant que le général Haugejas l'avait expédié à l'usine comme on expédie un lieutenant au sommet d'une colline : comme un homme qu'on peut sacrifier.

– Ecoutez, le général veut me voir. Alors, ne vous inquiétez pas de savoir ce qu'on m'a dit et mettez-moi rapidement au courant, dit Léo.

Du regard, il fit le tour de la pièce : murs blancs, carrelage noir et blanc, écrans de télé au-dessus d'un bureau où étaient posés un téléphone, une feuille de papier et un stylo. Derrière le bureau était assise une femme, la mine nerveuse ; elle déglutit lorsque Léo la regarda.

En fait, tout le monde, ici, paraissait nerveux, plus que nerveux, même, se dit Léo : Ted Wise cherchait ses mots, les trois autres hommes et les deux femmes paraissaient terrorisés.

Wise se décida alors à demander à Léo une preuve de son identité.

– Quoi ? interrogea Léo, agressif.

– Simple précaution, monsieur.

Il se couvrait ; tout comme le général se couvrait en envoyant Léo Friedgood dans... cet asile de fous. Car l'usine ressemblait à un asile de fous. Ecœuré, Léo tira son portefeuille de sa poche et montra à Wise son permis de conduire.

– Le général m'a tiré de mon bateau, dit-il un peu pompeusement, pour que je m'occupe de cette affaire au plus tôt. Dites-moi seulement ce qui se passe et allez prendre un Valium pour vous calmer.

– Par ici, monsieur Friedgood.

– Nous sommes installés ici depuis 1978, expliqua Wise. Deux ans après la faillite des « Solvants de Woodville », le syndic a vendu à Telpro les bâtiments et la raison sociale.

– Ouais, ouais, dit Léo comme s'il savait déjà tout cela.

– Il nous a fallu six mois pour apporter les modifications utiles. Une fois ici, nous avons repris au stade où nous en étions dans le Wyoming. Toute l'équipe – ceux que vous voyez ici – travaillait là-bas dans une autre usine de Telpro. Jusqu'à sa fermeture.

– Quelque chose qui clochait, là-bas aussi ?

– Une corrosion dans les tuyaux d'évacuation

de l'usine chimique, avec une légère pollution dans la nappe phréatique. Rien de sérieux, précisa Wise, ouvrant une autre porte.

L'air triste dans leurs cages, des singes retournèrent son regard à Léo. Une odeur de zoo lui arriva aux narines.

– La section des primates, expliqua Wise. Il faut la traverser pour parvenir au labo des expériences.

– Si vous me parliez de votre boulot ? demanda Léo d'un ton las.

Certes, il savait que Telpro avait passé quelques contrats avec le ministère de la Défense. L'une des divisions qu'il avait supervisées, une usine de Trenton, dans le New Jersey, fabriquait des mécanismes de verrouillage pour véhicules blindés ; une autre usine du New Jersey assemblait des panneaux de connexion destinés au missile Minuteman.

– Nous nous occupons des armes spéciales, précisa Wise.

Les sept personnes, hommes et femmes, se tenaient dans la pièce pleine de singes en cages.

Le département ne dépendait que du général Haugejas et de son équipe : deux microbiologistes, un physicien, un chimiste et un assistant de recherche. D'autres assistants et techniciens de laboratoire venaient de l'usine locale. Depuis dix-huit mois, ils travaillaient sur un projet unique.

– C'est physiquement et chimiquement plus complexe, mais disons pour simplifier qu'il s'agit d'un gaz. Inodore et invisible, comme le monoxyde de carbone, et hautement soluble dans l'eau. On ne lui a pas encore donné de nom, mais son code est DRG. Il s'agit de... d'une carte assez dangereuse. Nous nous employons à accroître son facteur de prévisibilité.

C'était là le problème, apprit Léo. Le Pentagone et le ministère de la Défense s'excitaient sur le DRG depuis la réalisation de sa première synthèse, au début des années cinquante, par un biochimiste allemand du nom d'Otto Bruckner. Celui-ci n'avait su que faire de son invention, et le gouvernement avait été heureux de l'en débarrasser.

– Longtemps, le projet est demeuré dans les limbes, continua Wise. Jusqu'au début des années soixante-dix. Pour nous, aux « Armes spéciales », il s'agissait d'en déterminer les effets. Nous l'avons modifié une douzaine de fois : d'ADG 1 et 2 jusqu'au produit actuel. Mais celui-ci demeure encore hasardeux. Sur certaines personnes, assez rares, il reste sans effet. Dans certains cas, l'inhalation est instantanément fatale. Dans les deux cas, nous sommes dans des limites acceptables, de l'ordre de cinq à huit pour cent. Et, accessoirement, je puis vous assurer que les agents qui, dans le produit, provoquent une issue fatale, ont une durée de vie assez brève. Le risque, pour une population exposée, n'excède pas vingt-cinq minutes. C'est le moyen terme qui nous intéresse le plus. Vous connaissez les expériences faites par l'armée avec le LSD ?

Signe d'assentiment de Léo.

– Regrettables, bien sûr. Nous avons voulu éviter ce genre de choses. Mais nous n'allons pas aussi loin, de toute façon. Le DRG – l'ADG, à l'origine – est beaucoup moins diffus dans ses effets que le LSD, et nous nous sommes bornés à tenter d'isoler une souche qui reproduirait le même effet unique. (Wise paraissait très nerveux maintenant.) Nous avions le choix. Il fallait des mois à certains des effets les plus nocifs pour se manifester : lésions cutanées, hallucinations, démence subite, grippe, modifications de la pigmentation, narcose même – ou simple effet de tranquillisant léger pour un certain pourcentage de la population. Et même, peut-être, des cas de fugue et de télépathie... à vrai dire, les effets en sont si divers qu'après un an et demi on commence à peine à le maîtriser.

– Parfait, dit Léo. Venons-en au fait. Que s'est-il passé ?

– Barbara, dit Wise.

Une grande femme brune aux yeux bouffis passa devant les cages pour aller ouvrir une autre porte.

Léo découvrit une pièce à l'intérieur d'une pièce. La moitié supérieure en était vitrée. Il s'avança derrière Barbara et remarqua vaguement des paillasses de labo, des lames, des projecteurs, des becs Bunsen et, surtout, les trois corps à l'intérieur de la cage de verre. Les deux cadavres les plus proches gisaient à quelques mètres l'un de l'autre sur le sol noir, les yeux et la bouche ouverts, le visage innocent.

Wise, tout rouge, toussa dans sa main fermée.

– Ces deux techniciens préparaient la pièce pour une diffusion de DRG-16, dit-il, s'essuyant le visage de ses mains tremblantes. L'homme qui se trouve près du mur est Frank Thorogood, diplômé de Patchin, à côté, c'est Harvey Washington, sans diplôme. Il nous rendait de petits services. L'un des deux devait brancher un raccord du conteneur au diffuseur, branché à son tour sur le masque que vous voyez là, sur le sol. Mais il l'a branché accidentellement sur le tuyau qui se trouve au-dessous du diffuseur ; le DRG non dilué s'est répandu dans la pièce. Ils sont morts instantanément.

Horrifié, Léo fixait le troisième cadavre dans la chambre de verre. Il avait gonflé et Léo crut tout d'abord qu'il avait brûlé. Une sorte d'écume gantait ses mains. La tête de l'homme, pareille à une éponge blanche, semblait couler vers le trou d'évacuation, au centre de la pièce.

– Le troisième homme était Tom Gay, un de nos meilleurs chercheurs, bien que travaillant avec nous depuis six mois seulement.

Barbara se mit à pleurer. L'un des hommes lui passa le bras autour des épaules.

– Vous voyez l'effet des lésions. Il est mort quelques minutes avant votre arrivée. Nous avons dû le regarder mourir. Il savait que nous ne pouvions ouvrir.

– Seigneur, dit Léo, atterré. Regardez ce qui lui est arrivé.

Wise ne dit mot.

– On peut y entrer en toute sécurité ? Vous pouvez vous débarrasser de ce truc ? En fait, je me fous de la panade dans laquelle vous vous mettrez, mais *moi* je n'entre pas là-dedans.

Léo fourra ses mains dans ses poches. Il vit des touffes de cheveux bruns flotter sur l'écume et se détourna, l'estomac révulsé.

– On pourra raisonnablement y aller dans quinze minutes. Pour autant qu'on le sache.

– Dans ce cas, vous irez.

– Je crains qu'il n'y ait autre chose, dit Wise dont le visage vira au violet. Il restera peut-être des traces de DRG-16 dans le circuit.

– Ça vous regarde, mon gars.

– Harvey Washington devait replacer les filtres des orifices extérieurs dès que la pièce serait vide. Mais Bill Pierce a mis l'appareil en marche avant de se rendre compte que les filtres étaient manquants.

– Pourquoi ne pas laisser les filtres en permanence, bon Dieu ?

Ce fut Bill Pierce qui répondit. Plus grand que Léo et bâti comme un pilier de rugby, il était le seul à porter la barbe.

– Parce qu'ils sentent très fort et que l'odeur se répand rapidement dans la pièce, ce qui est gênant. On devait boucler la pièce, faire nos observations et envoyer Harvey placer les filtres pendant qu'on discuterait. Ensuite on aurait mis les circuits en marche. Quand j'ai vu Tom Gay devenir dingue, là-dedans, j'ai seulement pensé à évacuer le DRG. Je pensais que si je parvenais à changer assez rapidement l'atmosphère je pourrais sauver Tom. Les deux autres se sont écroulés sur place.

– Et où est passé ce truc ? Attendez. Laissez-moi deviner. Les circuits l'ont évacué à l'extérieur. C'est ça, hein ? Vous avez envoyé ce truc dans l'atmosphère après qu'il a tué trois mecs. Dans une seconde et demie, on aura un million de cadavres de *Schwartzes* dans Woodville. C'est ça ? *C'est ça ?* Et un million de procès sur les bras. Et c'est moi qui suis censé tirer de là la bande de zozos que vous êtes.

– Monsieur Friedgood, dit Wise, nous venons de perdre trois de nos collègues. Bill a suivi la procédure habituelle : pendant des mois nous avons gardé les filtres en place.

– Vous croyez que c'est un argument ? gueula Léo.

– Excusez-moi. Ce n'est peut-être pas si grave. Je vais vous expliquer.

*

– Je vais faire mieux que rédiger une déclaration, disait Léo au général, trente minutes plus tard. Je vais nous tirer de là. Vos petits génies prétendent que le vent va emporter le DRG sur des kilomètres. Peut-être jusqu'au Canada. Personne n'ira accuser Telpro. Avec un peu de chance, ça ne tuera que quelques poissons. Et s'il pleut, nous ne connaîtrons jamais le pire. Le produit est extraordinairement soluble. Au pire, nous aurons quelques morts tout de suite. Dans un mois ou deux, quelques habitants de Pawtucket ou de Stowe vont peut-être devenir un peu bizarres. Wise dit que les effets se manifestent progressivement.

Léo écouta la réponse du général au téléphone.

– Il faut prendre la situation en main ici, reprit-il. Un de ces génies m'a donné une idée en disant que le DRG est comparable au monoxyde de carbone. Nous allons arranger ça. Pour les gens, l'usine est toujours celle des « Solvants de Woodville » et elle le restera. Nous allons passer un coup de fil anonyme aux stations de télé de New York, nous allons appeler le

Times et faire venir les responsables de l'hygiène. Et nous allons tout nettoyer pour que le coin ressemble à une usine.

Une pause. Léo croisa le regard des six personnes présentes.

– Non, ils ne diront rien. Nous allons annoncer que l'usine ferme pour une inspection de sécurité. Vous pourrez tout déménager et continuer les travaux ailleurs. En attendant, nous allons prendre contact avec Bruckner à Boston pour voir s'il peut nous aider. C'est lui qui a inventé cette saleté, il devrait savoir quoi faire.

Nouvelle pause.

– Merci, mon général. (Léo raccrocha et se tourna vers les autres.) Allons voir votre chaudière. Vous allez faire les titres du journal télévisé de onze heures.

Une heure et demie après son arrivée à l'usine, Léo Friedgood, assis sur une caisse, regardait Ted Wise et Bill Pierce s'activer sur la chaudière. Deux camions de l'armée étaient garés au parking et des militaires déménageaient les cages des singes et les équipements de laboratoire. On avait enlevé les restes du cadavre de Thomas Gay.

Deux heures plus tard, un camion de la chaîne CBS s'arrêtait derrière une voiture de police. Chacun savait ce qu'il devait dire. Léo appela l'Agence de Protection de l'Environnement, puis les services sanitaires du comté de Patchin. Par la fenêtre, il vit le directeur de la Recherche et Bill Pierce qui allaient accueillir la police. Une équipe de CBS débarquait d'une voiture. Quand un camion passa la grille, Léo quitta sa fenêtre et descendit.

Un célèbre journaliste de CBS, un micro à la main, demanda à Bill Pierce :

– A-t-on la preuve qu'il s'agit d'un empoisonnement dû au monoxyde de carbone ?

– Pour autant que je sache... commença Pierce.

Cela dura plusieurs heures. Quand Léo rentra chez lui, il avait presque tout oublié du nuage invisible et inodore de DRG-16 que le vent poussait au-dessus du comté de Patchin.

*

Quand Ted Wise et Bill Pierce rompirent le silence sur cette affaire, eux-mêmes et une centaine de journalistes rejetèrent sur le nuage tout ce qui avait pu se produire à cent lieues à la ronde. On allait se livrer à des enquêtes, manifester, faire des procès. On allait prononcer des discours pompeux, mais tout serait inutile. Car le nuage ne serait en rien responsable de l'émoi et de l'agitation des mois à venir.

Le responsable, c'était toi, toi qui es allongé sur ton lit, hébété et satisfait. Il fallait que tu commences par te redécouvrir.

Ton histoire, l'histoire de Hampstead...

*

Il y a deux cents ans, Hampstead n'existait pas. Seuls existaient Greenbank, quelques fermes et une église au-dessus de Gravesend Beach. Beach Trail (devenue Mount Avenue) reliait Greenbank à Hillhaven et Patchin. C'est ainsi que le général Tryon cingla depuis New Haven pour brûler Patchin et débarqua à Kendall Point en 1779, un détachement de dix ou onze soldats descendirent la piste pour brûler également Greenbank. Hommes, femmes, enfants et animaux allèrent trouver refuge sur Fairlie Hill, ou dans les bois de Patchin. Selon le révérend Eliot : « Les incendiaires accomplirent leur œuvre avec un empressement enthousiaste, conduits par une ou deux personnes qui étaient nées et avaient grandi dans les villes voisines. » Un garçon fut abattu et on compta huit autres meurtres commis par des mercenaires allemands et des soldats britanniques. Le meurtre du gamin de treize ans n'eut pas de témoins et demeure à ce jour un mystère.

Dix ans plus tard, George Washington passa à Patchin, comme il l'indique dans son journal, et y remarqua les ruines des maisons incendiées.

Au cours des deux siècles suivants, on retrouve les mêmes noms dans les registres paroissiaux : Barr, Wakehouse, Jennings, Annabil, Williams, Winter, Smithfield, Sayre, Tayler. On les retrouve également avant cela : les quatre premiers fermiers à s'installer le long de Beach Trail en 1640 avaient nom Williams, Smyth, Green et Tayler. En 1645, ils furent rejoints par Gideon Winter. (La demeure de Monty Smithfield, sur Mount Avenue, fut bâtie sur l'emplacement de la ferme Winter.)

Certains noms apparaissent dans les archives judiciaires. En 1841, un homme qui s'était installé dans les bois voisins des champs d'oignons d'Anthony Jennings assassina deux enfants, Sarah Allen et Thomas Moorman, et brûla les corps avant d'être capturé par un groupe de fermiers conduits par Jennings. On lui passa une corde au cou et on le jugea sur place. Le juge Thaddeus Barr condamna à mort l'homme qui refusa de donner son nom, se bornant à dire : « Je suis un des vôtres, monsieur le juge. » Après sa mort, un homme le reconnut comme un cousin un peu demeuré des Tayler.

En 1898, Robertson Green, surnommé « Prince » par ses amis, âgé de vingt-deux ans, ex-étudiant en théologie à New Haven, qui vivait dans ses propres quartiers de la grande maison de bois de ses parents, sur Gravesend Avenue, fut condamné pour le meurtre d'une prostituée de Woodville. Le procès révéla, sur la vie de Prince, des détails assez intéressants pour être repris par les journaux new-yorkais. Il avait coutume de dormir dans un cercueil de chêne, il n'ouvrait jamais ses rideaux, était toujours vêtu de noir et prenait du laudanum. Entre mai et septembre, quatre prostituées avaient été sauvagement assassinées, mais Prince n'avoua jamais ces crimes. On le condamna cependant tout autant pour ces meurtres que pour celui de la femme auprès de laquelle on l'avait retrouvé dans une ruelle sordide de Woodville. Selon son père, cité par l'*American Journal*, le jeune homme avait eu l'esprit dérangé par la lecture de poètes décadents tels Dowson et Swinburne. On l'appela « l'éventreur du Connecticut », puis « le poète-éventreur ».

En 1917, les fils Barr, Moorman et Buddington furent tués dans les tranchées, en France, et on retrouve leur nom sur le monument aux morts du pays pour lequel Johnny Sayre servit de modèle. Celui-ci se suicida en 1952 en se tirant une balle de 45 dans la tête, derrière le country club de Sawtell. Nul ne comprit alors les raisons du suicide de cet avocat en renom de cinquante-trois ans. Il avait annulé ses rendez-vous de la journée et, selon sa secrétaire, il était bizarre depuis quelque temps. Bonnie Sayre déclara à la police que John avait insisté pour qu'ils se rendent au club ce soir-là. Avec Graham Williams, ils devaient fêter un peu en avance l'anniversaire de John car, pour la date exacte de l'anniversaire, ils devaient être à Londres. Bonnie Sayre précisa que John n'avait commandé qu'une salade pour son dîner. Pendant que les autres prenaient un verre, il s'était excusé et était sorti. Quelques instants plus tard, ils avaient pris la détonation pour un bruit d'échappement de voiture, et c'est un garçon qui avait découvert le corps. Ni Bonnie ni la secrétaire ne jugèrent utile de dire à la police que John Sayre avait écrit deux noms sur son bloc, à côté de son téléphone, le matin de son suicide : Prince Green et Bates Krell.

Les noms n'évoquèrent rien à la secrétaire qui n'habitait Hampstead que depuis deux ans. Bonnie Sayre se souvenait à peine des crimes de Prince

Green. Sur Gravesend Avenue existait une grande maison devant laquelle les parents de Bonnie leur avaient interdit de traîner, elle et ses sœurs. Elle était habitée par deux vieilles personnes qui ne sortaient jamais. Il y flottait un vague parfum de honte et de scandale. Quant au nom de Bates Krell... il fallut à Bonnie quelques jours pour s'en souvenir. Il appartenait à la génération précédente, à la génération suivant celle de Prince Green. Propriétaire d'un bateau de pêche au homard, cet homme solide, barbu, aux yeux d'agate, qui embauchait des gamins pour l'aider à relever ses filets et les battait à la moindre peccadille, avait disparu un beau jour. Son bateau était demeuré à l'amarrage sur la Nowathan jusqu'à ce que l'Etat le vende. On racontait qu'un mari ou un père avait contraint Bates Krell à quitter la ville, on parlait d'épouses ou de filles qui s'étaient retrouvées de nuit sur le bateau... mais pourquoi diable son mari avait-il écrit ce nom avant de se suicider ?

Prince, Bates Krell. La plume de John Sayre en avait presque déchiré le papier.

Il n'y a plus de homardiers sur le fleuve, maintenant, plus de pêcheurs. Ils ont été remplacés par la Spaulding Oil et les immeubles de Riverside avec leurs dentistes et leurs cabinets d'assurances, par le restaurant *La Mouette*, le bar de la *Sterne bleue*, le *Restaurant de la Marina* et les bureaux du Mouvement scientologique.

Maintenant, plus personne ne connaît les vieux noms de Hampstead ; l'antisémitisme des années vingt et trente a disparu et la ville est juive à plus de vingt-cinq pour cent ; maintenant, on vient y habiter de New York, de l'Arizona, du Texas, et on quitte Hampstead pour Washington ou la Californie. L'éditeur qui a acheté la maison verte ignore que quatre-vingts ans plus tôt, des parents très comme il faut ordonnaient à leurs filles de ne pas traîner devant chez lui, ni qu'un jeune homme y dormait dans un cercueil, rêvant de sillonner le ciel comme une mouette, la bouche et les mains maculées de sang.

Maintenant, Hampstead a ses deux cambriolages toutes les heures, ses deux magasins de diététique, une bonne douzaine de magasins de spiritueux, et vingt et un trains qui la relient quotidiennement à New York. Treize millionnaires y vivent, au moins une partie de l'année. On y compte cinq banques, trois acteurs célèbres et une clinique psychiatrique. En 1979, on y a commis deux viols mais aucun meurtre. Jusqu'en 1980 et depuis Robertson « Prince » Green, le meurtre y était inconnu.

On découvrit le premier crime de l'année 1980 un peu après 21 h 45, le 17 mai, quand le mari de la victime pénétra dans sa chambre. Ce ne serait qu'après un certain temps qu'on se souviendrait de Prince Green, de Bates Krell... et de John Sayre.

*

A mille pieds au-dessus de Woodville et de Norrington, le nuage précédait Léo Friedgood qui rentrait à Hampstead. Lorsqu'un effet de brise rabattait le nuage, il caressait quelques vies au hasard.

Un bébé d'une semaine, qui dormait près d'une fenêtre ouverte, se raidit et mourut subitement tandis que ses parents regardaient la télé. Un peu plus loin, un gamin de quatorze ans tomba de son vélo, inerte, sur un tas de gravier. Joseph Ricci, la troisième victime accidentelle du Dragon, rentrait chez lui à Stratford, sortant d'un bar voisin de son bureau de Kingsport. Joe, âgé de vingt-huit ans, avait une épouse prénommée Mary-Louise et un fils de trois ans, qui avait hérité des cheveux bruns et des yeux bleus de son papa.

Joe arrivait au premier péage qu'il aurait à franchir avant de parvenir chez lui. Il baissa sa vitre et prit un ticket. Mary-Louise l'attendait pour huit heures, il était huit heures dix et il avait encore une demi-heure de route. Le petit Joe serait déjà couché. Son supérieur immédiat, Tony Flippo, lui avait demandé de lui réserver son samedi soir. Tony ne voulait pas parler boutique, comme le croyait Joe, mais s'entendre invoquer toutes les raisons qu'il avait de demander le divorce, car il était presque amoureux de Michelle Sparks, une des secrétaires de la boîte.

Une soirée perdue. Joe Ricci laissa sa vitre baissée et accéléra, gagnant la file de gauche. Sans aucune raison, il se prit à songer à sa petite amie, au lycée. Soudain, tout changea devant lui. Un carambolage de voitures sur la I-95 et des gens qui titubaient, pleins de sang. Il en demeura un instant incapable de respirer ou de penser.

Il enfonça la pédale de frein et se rabattit, réalisant enfin qu'il pourrait éviter l'horrible scène en roulant sur l'accotement. Ses oreilles bourdonnaient bizarrement, sa tête était douloureuse, ses dents s'entrechoquaient. Puis il comprit qu'il était victime d'une hallucination. Il accéléra et, en voyant ses mains couvertes d'insectes blancs, se mordit la langue jusqu'au sang. On aurait dit une nuée d'insectes, cette chose blanche presque liquide qui lui gantait les doigts et le dos des mains. Joe ouvrit la bouche mais ne parvint pas à crier. Sa voiture fonçait vers des lumières. Le camion qui, derrière lui, cornait comme un perdu, le percuta sur le côté et le projeta sur la glissière de sécurité. Une autre voiture heurta l'arrière du semi-remorque, y déchira son toit et prit feu. Une Ford verte, bousculée par le véhicule qui la suivait, s'encastra dans le tout.

Le temps de fermer le péage de Hampstead, on comptait huit morts. Quatre véhicules, y compris la voiture de Joe Ricci, avaient brûlé sous les yeux des policiers impuissants.

Bobo Farnsworth, un agent de la police de Hampstead, jeta un coup d'œil dans l'épave d'une Le Baron et fut surpris de n'y voir que des coussins carbonisés et un volant à demi fondu – mais pas de corps momifié. Bobo avait vu suffisamment de véhicules brûlés pour savoir que, inévitablement, il devait y avoir un corps carbonisé dans *celui-ci* : des mains soudées au volant et une chose noirâtre pas plus grosse qu'un chien sur le siège. Il ne vit que la boucle de la ceinture de sécurité au milieu d'un liquide noirâtre. Mary-Louise Ricci, ignorant encore tout de l'accident, s'endormit dans son fauteuil devant la télé.

*

Léo était assis dans sa voiture, immobilisé derrière une file de véhicules qui allait jusqu'à mi-chemin de Norrington, sur la sortie 16. Des petits malins roulaient sur les deux files de gauche, officiellement fermées, tentant de gagner quelques mètres. Léo remarqua avec satisfaction que les autres conducteurs ne les laissaient pas se rabattre. Loin devant, des gyrophares clignotaient. Un accident grave, donc.

A neuf heures, derrière cinquante voitures attendant de franchir le péage, il alluma la radio : situation en Iran et nombre de jours de détention des otages américains. Le commentateur parla ensuite des « Solvants de Woodville » et Léo monta le son. « Cette tragédie a fait deux morts, Frank Thorogood et Harvey Washington, un habitant de Woodville. Selon l'enquête du département de la Santé publique, la mort aurait été provoquée par un empoisonnement dû au monoxyde de carbone. L'usine a été fermée pour une durée indéterminée. » Suivit la déclaration de Ted Wise : « Nous avons eu conscience du problème lorsque... je suis particulièrement touché par la mort de... Nous envisageons de fermer... » Rien que Léo ne sût déjà.

On roulait sur une file unique. Un agent agitait sa lampe-torche, des lumières clignotaient, les gyrophares des voitures de police tournaient avec des éclats rouges, blancs et bleus. Les dépanneuses avaient retiré la plupart des véhicules accidentés mais le poids lourd était toujours contre le rail de sécurité. Les trois voies neutralisées étaient jonchées de débris de verre, d'enjoliveurs, de morceaux de pare-chocs. Léo aperçut une voiture méconnaissable encastrée sous la remorque du camion, tout le toit arraché. « Stony », songea soudain Léo qui revit avec une étonnante précision les deux cadavres dans la pièce de verre, gisant sur le dos, la bouche et les yeux ouverts. Il chassa ces visions dans un recoin de son esprit.

La sortie 18 n'était qu'à quatre kilomètres. Il lui tardait de rentrer. Avec son esprit rationnel, Léo savait que rien n'était arrivé à sa femme. Ses craintes n'étaient nourries que par ce qu'il avait vu à Woodville et par l'accident sur l'autoroute, derrière lui. Il n'était pas aussi blindé qu'il n'avait été contraint de le paraître à Woodville, et il en payait le prix.

De nouveau lui revint l'image des deux hommes, Washington et Thorogood, étendus sur le dos dans la pièce de verre. Il s'engagea sur la bretelle de sortie, marquant à peine le stop avec sa Corvette.

Il traversa les rues tranquilles de Hampstead. Un homme promenait son chien, une grosse femme en survêtement descendait lourdement Charleston Road. Au coin de sa rue, un gamin regardait le ciel. Un instant, Léo crut le reconnaître. Il vira dans Cannon Road. Un peu plus haut, il aperçut la voiture de Stony garée dans l'allée. Puis il remarqua que toutes les lumières étaient éteintes. La voiture dehors, les fenêtres obscures : Léo soupçonna devant ces premiers indices que quelque chose clochait. Soudain, il ressentit un frisson dans les cheveux. Il se gara devant la voiture de sa femme. Avant d'arriver à la porte d'entrée, il s'arrêta dans l'allée de gravier et regarda autour de lui. Le gamin avait disparu. Tout était silence et obscurité. M. Léo Friedgood rentra chez lui, un samedi soir, après une journée de labeur. Il se sentit oppressé, se détourna et se hâta vers la porte d'entrée.

Elle n'était pas fermée. Il faisait plus noir dedans que dehors et il alluma l'entrée. « Stony ? » appela-t-il. Pas de réponse. « Stony ? » Il avança, se disant qu'elle était sortie faire un tour, boire un verre chez un voisin. Mais Stony ne faisait jamais cela tard le soir. Il alluma la salle à manger, vit la table vide avec ses chaises autour. « Stony ? » L'idée que quelque chose de terrible était arrivé, qui l'avait déjà effleuré devant la catastrophe de l'autoroute, s'imposa soudain à lui. Il eut peur de pénétrer dans la cuisine.

« C'est bon. Qu'est-ce qui s'est passé ? » avait-il demandé devant les cages des singes.

Léo poussa la porte de la cuisine.

Une pièce à l'intérieur d'une pièce, comme un cube de verre, un sol carrelé...

Léo alluma, aperçut la bouteille de Johnnie Walker, la seule chose qui n'était pas à sa place, à côté de l'évier. Ses doigts s'y posèrent doucement, la repoussant.

Lentement, Léo quitta la cuisine, revint dans la salle de séjour avec ses canapés, ses fauteuils argentés par le clair de lune entrant par la fenêtre, le tic-tac de la pendule dans son coin. Il alluma la lampe la plus proche et la pièce prit vie. Un petit recoin, tout au bout de la salle de séjour, abritait des étagères de livres et un bureau. Il alluma la lampe du bureau. Des diplômes encadrés, une photo de lui. Bien sûr, Stony n'était pas là.

Indécis, Léo passa dans l'entrée, leva la tête vers les escaliers, appela sa femme. Il monta trois marches, scrutant l'obscurité au-dessus de lui. Il s'essuya les mains sur le devant de son T-shirt. Et, saisissant la rampe, il grimpa à l'étage et alluma. La porte de sa chambre était fermée.

Léo posa la main sur la poignée. « La chambre est vide, se dit-il. Il ne s'est rien passé, tout est comme avant. Stony sera de retour dans quelques minutes. » Il tourna la poignée, poussa la porte. A peine passé le seuil, il sentit l'odeur du whisky. Les chaussures noires de Stony gisaient sur le sol, à côté de ses vêtements bien rangés. Léo perçut enfin l'odeur de sang, très forte dans la pièce. Il regarda sur le lit et se retrouva dans le couloir de l'étage sans se souvenir d'avoir quitté la pièce.

*

A 21 h 50, les lumières de deux voitures de police se dirigèrent vers Greenbank et le détroit ; Sarah, son article terminé, quitta l'immeuble de la *Gazette*, ignorant qu'on allait devoir recomposer la une du journal dimanche après-midi. Richard Allbee posa son journal, se déshabilla, alla se coucher, caressa l'épaule de Laura et sentit qu'elle tremblait. Graham Williams entendit les sirènes, dans la rue, et se retourna dans son lit. Tabby Smithfield, encore dehors, regarda passer les voitures et demeura figé dans le gazon, devant une demeure inconnue de Cannon Road, incapable de bouger, les pieds rivés au sol par quelque souvenir depuis longtemps oublié.

Patsy McCloud n'entendit pas les sirènes, ne vit pas les voitures, car son mari, comme il le faisait plusieurs fois par an, était en train de la battre, cognant sur ses bras et ses épaules, lui claquant parfois le visage de sa main ouverte, et elle n'entendait que ses cris. Cela dura jusqu'à ce que, cessant de résister, elle se protège la tête de ses bras levés.

– Tu sais que tu me rends fou, des fois, dit Les McCloud. Va te laver la figure, pour l'amour de Dieu !

*

Léo Friedgood, toujours entendu par la police, rata le journal de vingt-trois heures qui annonça le suicide, à Boston, d'un scientifique du MIT, Otto Bruckner. On ne libérerait Léo qu'à minuit, où il irait prendre une chambre au *Colonial Motel*, sur Post Road, et s'endormirait tout habillé, si abruti par les tranquillisants du médecin de la police qu'il n'entendrait même pas les bruits de la discothèque au sous-sol du motel. A l'heure des nouvelles locales, Ted Wise raconta sa petite histoire, Pierce la sienne, et l'élégant journaliste annonça que toutes les agences attribuaient la mort des deux hommes à des émanations de monoxyde de carbone d'une chaudière défectueuse. Le célèbre journaliste n'omit pas de rappeler qu'un accident analogue s'était produit dans le Bronx, quatre mois plus tôt.

L'édition dominicale du *New York Times* donna, dans sa rubrique nécrologique, un article long d'une aune sur la mort du Dr Otto Bruckner. L'article, élogieux, ne disait rien de ses travaux sur le DRG.

Le *Times* du dimanche ne parla pas davantage du meurtre de Stony Friedgood qui ne ferait l'objet que d'un bref article le lundi. Mais on ne devait pas oublier Stony. Sa photo paraîtrait quatre fois dans le journal. Au cours des treize semaines suivantes, de la fin mai à juin et juillet, six autres personnes seraient assassinées comme l'avait été Stony.

LES ALLBEE

Richard Allbee avait ressenti le premier véritable choc de son retour au pays au cours de la nuit, dans la suite de l'hôtel qu'il avait prise avec Laura en attendant de pouvoir s'installer dans la maison de Fairytale Lane. Dans l'échelle de l'angoisse, le déménagement arrive tout de suite après le divorce et le veuvage, et Richard n'avait pu fermer l'œil ; il avait l'impression d'avoir commis l'erreur de sa vie. Nerveux, il avait arpenté la pièce, allumé la télé et s'était retrouvé – le plus concrètement du monde – en face de son passé.

On donnait *Papa est là*, comme tous les soirs à minuit trente, à New York. Dans presque toutes les grandes villes des Etats-Unis, le vieux feuilleton refaisait surface une fois par jour, offrant une vision erronée de la vie de famille à qui regardait la télé après minuit ou avant six heures du matin. *Papa est là* était un vieux cheval de bataille, mais Richard ne l'avait pas vu depuis sa première diffusion.

A Londres, il semblait curieux qu'on diffuse ce feuilleton vieux de presque trente ans, mais à Londres personne ne l'avait vu : on en plaisantait dans les soirées. *Le gamin de dix ans se porte encore bien, c'est vrai. Et, de plus, on le paie toujours. Il a un excellent avocat.* C'était assez vrai : comme Carter Oldfield, le seul autre acteur encore en vie et la vedette du feuilleton, Richard recevait un chèque tous les mois. L'excellent avocat Phil Sawyer avait été le conseil de Carter Oldfield et il avait persuadé la mère de Richard d'accepter un arrangement, dont lui-même ne pensait pas qu'il durerait éternellement.

– On ne sait pas combien de temps cela va durer. Acceptez donc la rente, avait-il dit.

Pour Mme Mary Allbee, le mot *rente* avait une résonance magique. Les deux autres héros du feuilleton avaient refusé cette solution mais, pour Richard, dix ans après, les chèques continuaient à arriver et, à vingt-quatre ans, cet argent inespéré lui avait offert une liberté dont il avait terriblement besoin. Tous les mois, le chèque tombait, suffisant pour aider un jeune couple dans les jours heureux du début de son mariage. Richard avait fait des études d'architecture, travaillé pendant deux ans dans un cabinet d'architectes, était parti en Angleterre pour essayer d'écrire un roman, et avait enfin trouvé sa voie. Pendant trois ans, les chèques mensuels avaient été placés, pas dépensés, ce qui avait permis aux Allbee de se promener sans trop compter pendant sept ans. Une fois Richard et Laura installés à Kensington, les chèques étaient presque devenus gênants, comme une habitude de jeunesse dont on ne se serait pas tout à fait débarrassé. Richard avait son travail, Laura était rédactrice dans un magazine féminin et le magot de *Papa est là*, déposé à la banque Lloyd, s'arrondissait lentement.

Il représentait six ans de feuilleton, de labeur du jeune Richard Allbee entre huit et quatorze ans, six années bien différentes de la réalité. Dans le monde de *Papa est là*, il n'existait pas de problème qui ne pût être résolu par Ted Jameson – Carter Oldfield – en trente minutes. Pas de crimes, de morts, de maladie, de pauvreté, d'alcoolisme : les seuls problèmes devaient concerner les devoirs, les petites amies, les cadeaux d'anniversaire.

Richard, fasciné, s'assit sur le canapé et se regarda s'agiter sur l'écran.

Il avait raté les cinq ou six premières minutes et, donc, *la réplique,* la phrase que le personnage qu'il interprétait, Spunky Jameson, prononçait dans trois épisodes sur cinq, la phrase qui emplissait le studio de sacs de cookies : une vraie malédiction. A quatorze ans, il avait espéré ne plus jamais l'entendre et il détestait encore ces gâteaux secs. Du moins les images en noir et blanc lui épargneraient-elles cette corvée. Les Jameson étaient assis autour de la table et la mignonne Ruth Branden – Grace Jameson – était au supplice d'avoir embouti une aile de la voiture familiale. Elle voulait la faire réparer avant de l'avouer à Ted. Troublée, elle mettait du sel dans le café de Ted et du sucre sur le rôti.

– Qu'est-ce qu'il y a, papa ? demandait David Jameson, interprété par Billy Bentley.

– Ce café a un drôle de goût, disait Carter Oldfield.

Ce qui faisait rire le Richard Allbee âgé de dix ans, qui était au courant pour l'aile cabossée.

Et cela avait duré six ans.

Richard ne put s'empêcher d'évoquer le destin des quatre héros. Aucun des trois autres n'avait connu la gloire à l'écran. La belle Ruth Branden avait eu un cancer du sein, un an après la fin du feuilleton, et elle était morte en trois mois. Carter Oldfield était le seul à avoir fait carrière à la télé, passant d'un autre feuilleton à une pub pour une marque de jus d'orange. A part ses cheveux, maintenant gris, il n'avait pas changé, mélange de James Stewart et de Melvyn Douglas.

Le souvenir de Bill Bentley était plus pénible encore que celui de Ruth Branden. A l'époque de *Papa est là,* Richard n'avait ni père, ni frère, ni sœur : son père avait disparu peu après sa naissance. Richard avait idolâtré Bill Bentley. Il y avait du James Dean en lui, sensible et révolté. Agé de dix ans quand Richard en avait huit, de quatorze quand Richard en eut douze, il faisait cinq ans de plus. Billy avait été un grand danseur et possédait un talent certain pour la musique. Il buvait de la bière, fumait, conduisait sa voiture et lançait des blagues aux scriptes. La drogue en avait fait une épave et ruiné *Papa est là*. Dans une rue de Los Angeles, il avait tenté d'acheter deux doses d'héroïne à un flic des Stups ; âgé de dix-sept ans, il en paraissait vingt-cinq. L'affaire avait coulé le feuilleton... et Bill Bentley.

Il avait passé deux ans dans un centre de redressement, au cours desquels il avait écrit trois fois à son « frère ». Lors de sa deuxième année d'université, Richard avait lu que Billy avait de nouveau été arrêté pour une histoire de drogue. Quatre ans plus tard, libéré, il avait appelé Richard à New York : il voulait faire un film sur la toxicomanie et cherchait de l'argent. Malgré l'opposition de Laura, Richard lui avait envoyé deux mille dollars avec lesquels Billy continua de se shooter.

Richard avait considéré qu'il lui devait bien cela. Il avait adoré Billy, comme un vrai frère. Mais il avait refusé de travailler avec lui.

A Paris, où Richard et Laura vivaient depuis six mois, Billy avait appelé au milieu de la nuit pour lui faire part de son idée :

– Hé, fils, tous ces cafés-théâtres de la côte Est vont se battre pour nous engager. C'est pratiquement *fait.*

Richard songea à la dernière fois qu'il avait vu Billy, dans un bistrot de la 42e Rue, en jean de velours et veste de l'Armée du Salut trop grande pour lui, le visage bizarrement grêlé, l'air dangereux.

– Tu es net, maintenant ? avait demandé Richard.

– Quand je voudrai, avec la Méthadone. Je suis prêt pour le boulot, Spunks. On va faire quelque chose ensemble. Les gens veulent revoir ces vieux trucs.

Richard avait dit non et ressenti son refus comme une trahison. La deuxième année de leur séjour à Londres, Billy avait encore appelé sur le coup de minuit, pensant toujours au café-théâtre.

– Terminé pour moi, avait dit Richard.

– J'ai besoin de toi, mec. Comme tu avais besoin d'un père à l'époque.

– Je t'envoie du fric, c'est tout ce que je peux faire.

– Le fric, c'est pas Spunks, avait dit Billy, raccrochant avant que Richard ait pu lui demander sa nouvelle adresse.

Peu après, Richard avait appris sa mort en lisant *Newsweek*. Il avait été abattu au cours d'une « altercation à propos de drogue ».

Richard ressassait tout cela pendant les vingt minutes de *Papa est là*. « Ce n'est pas toi qui as ruiné sa vie », lui dirait Laura en l'écoutant, le lendemain. Mais Laura n'avait pas entendu le *J'ai besoin de toi* auquel il avait répondu en proposant de l'argent.

Il éteignit la télé dès l'indicatif de fin du feuilleton.

*

Sans doute parce qu'il s'était revu enfant avec Bill Bentley, Richard rêva du feuilleton de son enfance. Laura et lui avaient passé le dimanche à déballer leurs affaires : les vêtements d'été seulement. Ils n'avaient loué que pour deux mois à Fairytale Lane. Heureusement, car la maison n'avait pas l'air conditionné, la cheminée puait les cendres froides, la cuisine était minuscule, les chambres petites et sombres et les escaliers dangereux. Quant au matelas à eau du lit, il menaçait de jeter Laura à terre chaque fois que Richard se retournait. Dans la salle à manger de poche, une grosse gouttière laissait présager que le plafond ne tarderait pas à descendre sur la table. L'installation électrique datait d'avant la guerre et un tiers des encadrements des fenêtres étaient rouillés.

La maison, tout bien considéré, avait sérieusement besoin des services professionnels de Richard qui était restaurateur de chefs-d'œuvre en péril.

Il s'était fait la main sur une douzaine de vastes demeures londoniennes, en commençant par la sienne, et s'était taillé une bonne réputation. Il éprouvait une grande satisfaction à redonner vie à ces vieilles demeures victoriennes et edwardiennes. Guidé par son instinct, il avait percé leur secret. En quelques années, il s'était taillé une véritable renommée et avait eu plus de travail qu'il ne pouvait en accepter. Il espérait que ce serait également le cas en Amérique. Deux couples, l'un dans Rhode Island et l'autre à Hillhaven, avaient déjà loué ses services. Ces commandes avaient été le facteur déclenchant de son retour en Amérique, outre la prochaine naissance de son enfant. Son fils ou sa fille serait américain et aurait l'accent américain. Pas l'accent de Kensington mais celui du Connecticut où étaient nés ses parents et ses beaux-parents, où Laura et lui étaient nés, le même jour, à un an d'écart. Richard préférait inscrire Boutchou – seul nom de l'enfant pour le moment – à une école de Patchin plutôt qu'à Londres.

Lui ? Elle ? Boutchou serait une fille, Richard le savait au fond de son cœur et en était heureux. Peu avant leur départ de Londres, il avait rêvé qu'il marchait dans Kensington Gardens, cinq ou six ans plus tard. Il tenait un enfant par la main, n'osant pas baisser les yeux et le regarder de crainte de pleurer de joie. Enfin, il baissa les yeux sur une fillette qui avait les cheveux blond-roux de Laura, une petite robe imprimée et des chaussures noires. Eclatant d'orgueil et d'amour, il sanglota, soulevé par la force de ces émotions, et il s'éveilla. Il l'avait vue et elle était parfaite.

Jamais il n'avait parlé à Laura de l'enfant de son rêve.

Pas plus qu'il ne lui parla de l'autre rêve. Richard devait lui présenter l'aspect optimiste de leur déménagement, c'était à Laura qu'il appartenait de lui faire part de leurs craintes et doutes communs.

– Tu crois que ça va vraiment marcher ? demanda Laura lors d'une promenade en territoire inconnu, ce premier dimanche.

– Bien sûr, répondit-il, lui passant le bras autour des épaules. Ce sera peut-être un peu dur au début, mais j'ai déjà deux clients.

– Je ressens le choc des cultures, dit Laura.

– Nous sommes nés ici.

– Tu as grandi à Los Angeles et moi à Chicago.

Ils étaient nés « ici » mais leur pays leur paraissait étranger. Le père de Laura avait été muté en Illinois et elle avait grandi dans une maison urbaine, comme celle de Londres ; lui avait grandi dans divers appartements et de petites maisons de location. Sa première maison avait été celle que Laura et lui avaient achetée ensemble. Ils avaient l'habitude de maisons attenantes, de commerçants tout proches, de la circulation, des pubs londoniens, de parcs. Hampstead, ni ville ni campagne, était différente, un peu irréelle.

– Je crois qu'il nous faudra un an ou deux, dit-il, mais nous nous adapterons.

– Je ne suis pas certaine de vouloir m'adapter, dit Laura et il applaudit en silence.

A cet instant passa devant eux un groupe d'hommes qui couraient, en short et T-shirt. Richard, avec sa veste de tweed et sa cravate, se sentit soudain un peu trop habillé pour ce matin de mai ensoleillé.

Ils avaient déjà remarqué que le comté de Patchin était résolument sain. Fairytale Lane était pleine de joggers et les boutiques remplies de joueurs de tennis. Richard était le seul à acheter des cigarettes.

... Le choc des cultures : la viande n'était pas la même, les céréales étaient enveloppées de sucre. Et des inconnus vous racontaient leur vie. « Ma sœur est morte, annonça une femme à Laura, et son mari n'a jamais changé une couche du bébé. » Les hommes vous regardaient droit dans les yeux et découvraient en un sourire un million de dents blanches : on aurait dit des pubs à la télé.

Ils s'habitueraient à tout cela parce qu'il le fallait. Et puis ils attendaient quelque chose.

Les Allbee allèrent se coucher tôt ce soir-là. Laura souriait en sentant le bébé bouger, ce qui était récent. Ce soir-là, il s'agitait tout particulièrement et elle voulait que Richard le sente. Il s'endormit, la main sur le ventre de sa femme.

Dans la nuit, il rêva qu'il se retrouvait sur le plateau de *Papa est là*. Il avait son âge actuel : trente-six ans.

– Il n'y en a pas ce soir, chéri, disait Ruth Branden. Avec cet horrible meurtre, je n'ai pas eu la tête à faire des cookies.

– Oui, bien sûr, m'man, je me souviens.

– Bouh-ouh, disait Billy Bentley, le méchant assassin va venir te prendre.

Une histoire de meurtre ? Ça ne collait pas. Jamais les sponsors n'auraient...

– Il va sortir de ce placard, continuait Billy Bentley.

– Allons, David, ce n'est pas *gentil.*

– Papa a l'air bizarre, ces temps-ci. On aura de la veine s'il passe l'hiver.

– Je ne veux pas que tu parles ainsi de ton père.

Ils ne se trouvaient pas sur le plateau, remarqua Richard, mais dans la salle à manger de poche, sans caméra ni équipe de tournage.

– Tu vas aller te coucher, dit Ruth Branden. Ferme bien ta porte. Et la fenêtre.

La pièce avait quatre murs, mais quelque part une caméra enregistrait la scène.

– Scène deux, dit une voix. En place.

Il se retrouva dans sa chambre, la chambre de

Spunky Jameson, car il avait dix ans. Une paire de skis contre le mur, une raquette de tennis dans sa housse. Il se passa la main sur le visage, sur la tête. Une coupe en brosse, c'était bien ça.

Il savait ce que disait le script : SPUNKY avance jusqu'à la fenêtre, regarde anxieusement dehors, revient vers DAVID. Richard alla à la fenêtre mais ne vit pas les accessoires du studio. Il vit une rue, du gazon, la barrière du voisin, les réverbères de Maple Lane, une rue qui n'avait jamais existé, que remontait une Chevrolet modèle 1954.

Laura dormait sur le matelas à eau, les cheveux répandus sur l'oreiller. A côté d'elle Billy Bentley souriait à Richard. Richard savait que Billy était nu sous les draps.

– Bouh-ouh, dit Billy. Attention à toi.

DES PORTES CLAQUENT.

La porte d'entrée claqua.

DAVID : Je crois qu'il est là, frangin. Tu es sûr d'avoir fermé la porte ?

Abasourdi, Richard regardait Billy Bentley nu dans le lit à côté de Laura. Détendu, comme après l'amour.

– Une sacrée bonne femme que tu as là, dit Billy, et Richard ressentit son impuissance devant un Billy Bentley adulte. Une femme qui a tout ce qu'il faut là où il faut, reprit Billy, caressant la croupe de Laura par-dessus le drap. Mais je te dirais que tu as un autre problème, Spunks. Je suis pas sûr que tu aies fermé la porte. La porte de la chambre, Spunks. *Attention* à toi !

Richard entendait des bruits terribles, en bas. Le choc d'un objet lourd, un bruit de verre et de porcelaine brisés. Ruth Branden poussa un cri. Un bruit de hache cognant sur le bois. Encore un cri de Ruth, puis plus rien.

– Tu ferais bien de te magner le cul, dit Billy.

En bas, quelqu'un criait.

Richard alla à la porte et mit le verrou.

– Il s'est foutu en rogne en voyant l'aile cabossée, dit Billy, toujours souriant, caressant toujours Laura.

ON SECOUE LA PORTE DE LA CHAMBRE.

On secouait la porte. On frappa une fois, deux fois.

– Spunky ? Hé, Spunky ? Laisse-moi entrer, veux-tu, disait Carter Oldfield tout essoufflé. Elle est à moi, cette maison. Je l'ai payée. Laisse-moi entrer, salopard.

Il avait aussi la voix d'un homme ivre.

– Va-t'en, dit Richard, et Billy gloussa sur le lit.

– Pas de ça, rugit Carter Oldfield. J'ai une affaire à *régler* avec toi.

La hache s'abattit sur la porte, faisant voler des éclats de bois.

Richard frissonna, s'éveilla, le cœur battant à tout rompre. La pendulette à affichage numérique, sur la table de nuit, annonçait 4:04. Laura s'agita dans son sommeil. Les phares d'une voiture, dans la rue, révélèrent un coin de papier mural rayé qu'il n'aurait jamais choisi.

*

Le lundi matin, les Allbee allèrent voir Ronnie Riggley à l'agence immobilière de Post Road. Ronnie était une grande et fougueuse Californienne au rire éclatant et aux cheveux platine. Elle affichait la grâce physique et la confiance que conservent toute leur vie les anciens sportifs et Richard pensait qu'elle avait dû être une bonne nageuse ou plongeuse universitaire en Californie. Quand les Allbee étaient arrivés, au printemps, pour visiter les locations possibles, Ronnie les avait pris en main. Malgré ses défauts, la maison de Fairytale Lane s'était révélée la plus convenable. Ronnie les avait bien conseillés, leur évitant même des maisons moins bien aux loyers plus élevés.

– Allons-y, dit Ronnie, ramassant quelques feuilles de listing. Nous allons en visiter trois ce matin, prendre un bon déjeuner quelque part et en voir deux autres cet après-midi. Je veux que vous vous fassiez une idée de ce qu'on trouve dans vos prix.

Ils grimpèrent dans sa Datsun immatriculée RONNIE.

– J'espère que vous dormez bien, dit Ronnie. C'est parfois difficile quand on change ses habitudes.

– Pas vraiment, répondit Laura sur la banquette arrière. Le lit fait des bruits d'eau.

– Oh, j'avais oublié. Il y a un matelas à eau ! Vous vous y ferez.

– Le surf est une chose et le sommeil une autre. (Richard ramassa la première des feuilles de listing posées entre lui et Ronnie.) C'est là que nous allons d'abord ?

– Oui. Dites-moi, je me sens un peu cloche de vous demander ça, mais je ne peux m'en empêcher. Pourriez-vous... je veux dire, est-ce que ça ne vous gênerait pas de le dire pour moi ?

Elle voulait parler de *la réplique*. Il jeta un coup d'œil à Laura qui lui sourit malicieusement.

– Est-ce que vous détestez qu'on vous demande ça ?

– Il y a au moins dix ans que personne ne me l'a demandé. C'est bon : « Hé, m'man, je voudrais *une pleine assiette* de cookies ! »

Les deux femmes éclatèrent de rire.

– Ma voix a changé.

– Ce n'était pas si mal, non ? dit Laura.

– C'était merveilleux. Je n'arrivais pas à croire que c'était vous. J'ai dit à mon petit ami – Bobo, le flic, vous savez ? – que je vous faisais visiter des maisons et Bobo m'a dit : « Demande-lui. » Parfois, quand Bobo fait huit heures-minuit, on regarde votre feuilleton à son retour. On le passe presque tous les soirs, vous savez ? Je pense que c'est chouette que vous reveniez à Hampstead.

– Nous connaissions à peine le coin. Nous étions bébés l'un et l'autre quand nous en sommes partis.

– Vous vous y plairez ; il se passe toujours quelque chose. Ô, mon Dieu, vous n'avez pas encore entendu parler du meurtre ? demanda Ronnie qui se mit à rire. C'est Bobo qui m'a raconté. Ça s'est passé samedi soir et, quand Bobo est rentré au poste après l'accident sur l'autoroute, tout le monde en parlait. Je n'aime pas évoquer la rançon du péché et tout ça, mais je crois que la dame a été changée en chair à pâté par son M. Jolicœur pendant que son mari était au boulot.

C'est ainsi que les Allbee entendirent parler pour la première fois de Stony Friedgood.

– Madame Bovary dans le comté de Patchin, dit Laura.

– Il y a donc une autre maison à vendre à Hampstead, dit Richard.

*

Si, au cours du déjeuner à ce même restaurant français qu'avaient aimé Clark et Jean Smithfield, Ronnie Riggley s'appesantit un peu trop sur les détails de la mort de Stony Friedgood, si ces circonstances rappelèrent soudain à Richard son cauchemar où il avait vu Carter Oldfield défoncer la porte d'une chambre avec une hache, si aucune des maisons visitées n'avait fait l'affaire, et si les trois maisons finissaient par se confondre après un Martini glacé et un verre de l'excellente réserve maison, on n'en ressentait pas moins les prémices d'une amitié naissante entre les trois personnes attablées. Richard raconta même quelques anecdotes sur *Papa est là*. Laura décrivit amoureusement leur maison de Kensington, ce qui donna à Ronnie une idée de ce qu'elle pouvait leur faire visiter. Assise en face d'eux avec son sourire, ses épaules de nageuse et le casque d'or de ses cheveux, elle représentait l'image d'un avenir sans ombre. Elle leur offrit même l'espoir d'un début de vie en société en leur proposant de dîner ensemble un soir de la semaine suivante avec Bobo.

– Comme ça, vous saurez tout sur Hampstead, dit Ronnie. Bobo est au courant de tout. Et il est parfait. Enfin, c'est mon avis, je suis amoureuse de lui.

Et elle indiqua à Laura le nom d'un bon médecin.

– Tout le monde va chez le Dr Van Horne. C'est le meilleur gynéco de la ville. Il vous traitera comme une reine et vous enverra à un bon accoucheur. (Elle sourit à Laura.) Boutchou, c'est si mignon. Boutchou Allbee, le plus beau bébé du canton.

Laura tira un calepin de son sac et nota : *Dr Wren Van Horne, gynéco.*

GRAHAM

Mon instinct me dit que le moment est venu de sortir du rôle du narrateur omnipotent qui sait ce que pensent et font tous ses personnages à chaque instant et s'efface derrière eux. J'ai déjà un peu abandonné cette attitude, notamment en parlant de moi. C'est moi, Graham Williams, qui écris ce récit. Appelez-moi Graham. Non, bon Dieu, il vaut mieux pas. Appelez-moi M. Williams, à moins que vous ne frisiez mon âge : j'ai soixante-seize ans. J'ai survécu à tous les docteurs qui me prédisaient une mort prématurée, vu ce que je buvais et fumais, et je suis un vieil excentrique. J'ai des opinions bien arrêtées, des intestins bien réglés, douze dents bien à moi et des prothèses onéreuses. J'ai écrit treize romans dont seulement trois navets, mes souvenirs sur les années où je picolais et sept scénarios dont au moins un a conservé tout son charme. Il s'agit de *Glenda*, avec Mary Astor, Gary Cooper et James Cagney, respectivement mari et amant d'icelle. Je suis un raté et un lâche. Etant jeune, je désarmais mes ennemis en me descendant moi-même avant qu'ils ne le fassent.

Bien sûr, il ne me reste plus guère d'ennemis aujourd'hui, et c'est dommage. Quand je parle du passé à des jeunes, ils s'en foutent. Autant leur parler des hommes des cavernes et des tigres à dents de sabre. Même cette vieille fouine de Joe McCarthy, qui m'a pourri la vie avec sa chasse aux sorcières, est morte. Sterling Hayden, ça c'était un homme.

Si je viens ainsi m'adresser directement à vous, c'est que j'ai survécu à tout ce qui a pu arriver dans le comté de Patchin et que le bouquin que j'écrivais a donné celui-ci. Ce que j'ignorais, je l'ai inventé, mais cela aurait pu arriver et c'est peut-être même arrivé. J'ouvre l'œil et je vois des tas de choses. A la fin de tout ça, Richard Allbee m'a dit : « Pourquoi ne pas raconter toute l'histoire ? » Et c'est ainsi que va finir mon bouquin, si vous êtes de ceux qui brûlent d'aller lire la dernière page. Mes amis m'ont laissé lire leur journal, et c'est là que je suis allé pêcher le tout.

*

Mais j'ai aussi vu et entendu pas mal de choses, ainsi que je l'ai dit. Voyez où j'habitais. Ma maison était située sur Beach Trail à Greenbank, juste en face de la maison Sayre que les Allbee ont fini par acheter. *Les Quatre Cheminées,* où Tabby est allé s'installer avec son père et sa belle-mère, est à deux minutes de là, sur la colline. Patsy et Les McCloud se querellaient de l'autre côté de ma cour. Je connaissais un peu Monty Smithfield et j'ai rencontré Stony Friedgood quand elle se piquait de littérature, avec les Beaux-Esprits. (Depuis mon toit, je pourrais lancer une pierre dans la fenêtre de la chambre où on a découvert Stony. Enfin, il y a vingt ans, j'aurais pu.) Les Beaux-Esprits discutaient de l'un de mes livres, cette semaine-là – *Les Cœurs brisés* – et Stony m'a demandé si le mari comprenait qu'il poussait sa femme à avoir une aventure avec mon héros.

Gary Starbuck, le voleur qui a joué un rôle mineur dans l'existence de certains d'entre nous et que l'on verra apparaître dans quelques pages, avait loué la grande maison du vieux Frazier Peters, à quelques dizaines de mètres de là, et après sa mort je suis tombé sur un amoncellement d'argenterie volée, de postes de télé, de tableaux et de meubles, avant que Bobo Farnsworth et les autres flics y mettent les scellés. Je connaissais ce vaurien de Pat Dobbin que j'ai vu grandir. Nous picolions ensemble, avec son père. Moi, je m'en suis sorti mais pas Dan Dobbin, et il était bien meilleur que son fils comme illustrateur.

Mais, le plus important, c'est que je ne pouvais regarder Mount Avenue sans y voir les mercenaires allemands la descendre avec leurs torches en 1779 ; que je ne pouvais regarder la demeure de Monty Smithfield sans y voir la cabane en bois que l'énigmatique Gideon Winter avait plantée sur les lieux en 1645. Je *connaissais* le coin, comme mon père et mon arrière-arrière-grand-père. En regardant des gosses du nom de Moorman ou de Green, avec leurs jeans et leurs appareils dentaires, je voyais en eux le fermier ou le forgeron qui leur avait transmis son nom et un seizième de ses gènes.

*

Il y a plus important encore que la connaissance de ces gosses dont les noms figurent sur les plus vieilles pierres tombales du cimetière de Gravesend. J'ai été l'un des premiers à voir les effets immédiats de ce que j'ai appelé le nuage pensant, après qu'il s'est abattu sur nous. Evidemment, à l'époque je n'en pensais rien de plus que les autres, ignorant qu'il fallait en penser quelque chose.

*

Les conséquences, ai-je dit. Deux conséquences. La première intervint dix minutes plus tard, tandis que je me promenais sur Beach Trail, le dimanche 18 mai. En général, quand il fait beau le matin, je descends la rue jusqu'à Mount Avenue, je tourne à droite jusqu'à la route de Gravesend Beach. Je regarde l'Océan et les gens sur la plage, je respire l'air marin qui m'a valu ma longévité. Pas de sel sur les aliments, plein d'air salé dans les poumons. Je dis bonjour à Harry et Babe Zimmer qui arrivent dans leur vieille Ford sur le coup de huit ou neuf heures pour pêcher sur la digue. Ce sont deux gamins d'une soixantaine d'années qui m'appellent M. Williams. Et puis je rentre. Ça ne devrait pas prendre plus de dix minutes, mais il me faut plus d'une demi-heure, à moi.

Ce matin-là, je ne suis pas allé jusqu'à la plage. On avait encore endommagé ma boîte aux lettres et j'en évaluais les dégâts. Le casseur était passé des gros pétards aux instruments contondants. L'inspection terminée, je repris ma promenade. Je passais à peine la pelouse immaculée de la dernière maison quand je vis un corps dans l'herbe. La pelouse était l'œuvre de Bobby Fritz, le corps celui de Charlie Antolini. Charlie paraissait plus mort que ma boîte aux lettres, et j'allai y voir de plus près.

La quarantaine environ, Charlie était un costaud, fils des propriétaires de la *Maison du Homard* et de deux autres restaurants de Patchin et Westchester. Gamin, c'était un sacré débrouillard. Son obsession était de faire de l'argent et il a fini par en avoir assez pour s'installer dans la grande maison de bois de Mount Avenue.

– Besoin d'un coup de main, Charlie ? demandai-je. (J'avais vu tout de suite qu'il n'était pas mort. Ses yeux verts grands ouverts, il souriait, mais pas du sourire habituel de Charlie Antolini. Il rayonnait positivement dans son pyjama de soie bleue.) Tu risques un méchant coup de soleil, Charlie.

– Oh, salut, monsieur Williams.

Charlie ne m'avait pas appelé par mon nom depuis 1955 environ.

– Tu es sûr que ça va ?

– Très bien, monsieur Williams, me répondit-il avec ce sourire que sa mère n'aurait pas reconnu.

– Si tu venais jusqu'à la plage avec moi, dire bonjour à Harry et Babe ?

– Je me suis senti du tonnerre en me levant ce matin. C'est incroyable, bordel ! Je suis sorti et je me sens encore mieux. Trop bien pour travailler.

– C'est dimanche, Charlie. Personne ne travaille, dis-je avant de me souvenir qu'on l'attendait sans doute à la *Maison du Homard* pour servir le brunch.

– Dimanche. Ah, ouais.

Je levai les yeux sur sa maison. Sa femme faisait de grands gestes depuis la fenêtre du salon.

– Je crois que tu devrais te lever, Charlie. Florence a l'air furieuse.

Et je remarquai sa boîte aux lettres, l'orgueil de Charlie. Du même vert que sa maison, avec une décoration florale et son ANTOLINI en grosses lettres rouges, elle gisait dans l'herbe, décapitée.

– Hé, on dirait que le gang des boîtes aux lettres a frappé chez toi aussi.

– Goûtez-moi ce soleil, répondit Charlie.

Et j'entendis une femme qui appelait : « Monsieur Antolini ! monsieur Antolini ! » C'était Mme Hughardt, la femme du médecin.

– Monsieur Antolini, *je vous en prie*, brailla-t-elle, traversant la rue sans regarder.

Elle paraissait dans un triste état. D'ordinaire, c'est une très jolie dame blonde, presque aussi grande et épanouie que Ronnie Riggley, de l'agence immobilière. C'est le tennis qui les maintient en forme. Elle faillit me renverser, se baissa sur Charlie et le tira par la main.

– C'est le Dr Hughardt, mon mari. Je vous en prie, je ne sais pas quoi faire...

– Oh, salut Evvy, dit Charlie.

– Venez, je vous en prie, monsieur Antolini. Venez m'aider.

– C'est le soleil, expliquai-je. Ça l'a descendu. Je peux peut-être vous aider.

Quand elle leva les yeux sur moi, je me rendis compte qu'elle ne m'avait tout simplement pas vu. Elle se remit à tirer sur la patte de Charlie.

– C'est inutile, dis-je. J'ai déjà vu cela avec un de mes oncles, en 1913. Il est tombé comme un bœuf. Mais si je puis vous être utile.

– Je vous en prie, monsieur Williams. Venez m'aider, c'est le docteur.

– Je vous suis.

*

Norm Hughardt était ce qu'on appelle, je crois, un généraliste, maintenant que le terme « médecin de famille » est démodé. Un bon médecin, et terriblement snob. Comme son père. Il sortait de l'université de Virginie et de la fac de médecine de Yale. Il avait exercé avec son père, qui était mon médecin, mais après la mort du papa, il n'avait plus voulu de moi comme client parce qu'il me prenait pour un communiste. Foutaises. C'était le meilleur médecin de Hampstead, après le Dr Van Horne qui s'occupe de la tuyauterie de la moitié des dames de la ville et qui ne m'est donc d'aucune utilité.

Je crois que Norm disait à sa femme de toujours parler de lui en disant « le Dr Hughardt ». Il arborait une barbiche en pointe et une impressionnante calvitie et ne s'intéressait à vous que si vous étiez célèbre, ou en passe de le devenir. Il ne m'avait pas adressé la parole depuis vingt ans, vingt-cinq peut-être.

J'arrivai à la porte, mais Evelyn n'allait pas me laisser entrer comme ça, moi, le neveu de Joseph Staline. En outre, je n'étais pas décemment habillé, avec mes tennis, mon vieux pantalon de tweed et mon vieux pull vert à col roulé troué aux coudes. Et je n'étais pas rasé. D'ailleurs, je ne me rase presque jamais sous le menton. Je ne veux pas me couper la gorge.

– Je vous en prie, faites le tour, monsieur Williams. Le Dr Hughardt est sorti pour voir le système d'arrosage... et... je l'ai vu s'écrouler, dit-elle en sanglotant.

– Appelez l'ambulance, Evelyn. Ils seront là en un instant. Dites-leur que Norm a perdu connaissance et donnez votre adresse. Je trouverai mon chemin jusqu'à la porte de derrière. Je suis venu une centaine de fois dans cette maison.

Dans les années vingt, du moins. On avait agrandi la cuisine, mais la porte de derrière n'avait pas changé de place. J'entendis Evelyn composer le numéro au téléphone.

Norm Hughardt gisait sur la partie sèche de la pelouse, l'eau jaillissait du système d'arrosage à côté de lui. Le visage dans l'herbe, il n'avait rien de commun avec Charlie Antolini ou même avec mon oncle Hobart qui s'était écroulé sur Fairlie Hill lorsqu'il avait découvert Jésus.

– Norm ? Comment ça va ? demandai-je en m'approchant.

Pas de réponse. Attaque ? Crise cardiaque ? Je m'agenouillai à côté de lui. Il était vêtu de la veste et du pantalon d'un costume trois-pièces bleu, d'une chemise propre et amidonnée. Les yeux ouverts, il fixait le gazon de Bobby Fritz. Je le retournai, le poussant par l'épaule. Sous la veste, il portait une cravate à rayures rouges et bleues.

– Norm, espèce de gros tas, réveillez-vous, dis-je, me demandant – et ce n'était pas la première fois – pourquoi un homme de droite portait une barbiche à la Lénine.

Je collai mon oreille sur sa poitrine. Rien. Puis mon visage contre sa bouche. Pas le moindre souffle. Seulement le parfum de l'eau de Cologne et du dentifrice. Je lui pinçai les narines et lui soufflai dans la bouche, comme à la télé. Je transpirais. C'était terrible de voir mort quelqu'un de tellement plus jeune que moi.

– Qu'est-ce que vous *faites* ? hurla sa femme depuis la porte de derrière.

– De mon mieux, Evelyn. Vous les avez appelés ?

Elle déglutit, fit oui de la tête, s'approcha.

– Monsieur Williams... pensez-vous qu'il soit...

– Il vaut mieux attendre les secours.

– Il a l'air si normal, dit-elle, ce qui était assez proche de la réalité.

Elle m'aida à me relever et nous restâmes là, à regarder Norm Hughardt.

– Il est mort, dit Evelyn.

– On dirait ! Et pas la moindre trace.

Ma remarque manquait peut-être de tact. Evelyn fila vers la maison. Peut-être avait-elle entendu la sonnette car elle reparut, quelques instants plus tard, avec mes vieux amis du service médical d'urgence.

– Encore vous ? remarqua le grand moustachu en me voyant, tandis que le flic qui l'accompagnait hochait la tête, un costaud du nom de Tommy « Tortue » Tuck.

A quelques mois de la retraite, il avait un ventre de cachalot mais aimait encore se servir de ses poings.

– Pas moi, Tortue. Ouvrez les yeux.

J'appelle parfois le S.A.M.U. quand j'ai mes douleurs violentes dans la poitrine.

Déjà, ils étaient tous à s'occuper de Norm Hughardt, le branchant au truc qu'ils n'utiliseront jamais sur moi, j'espère. Tortue alla interroger la veuve. Je regardai les gars faire sursauter Norm avec un de ces machins qui ressemblent à une batterie de camion. Norm sursauta, mais pas comme quelqu'un de vivant.

– C'est fini. (Le gros moustachu se tourna vers moi :) C'est la deuxième fois ce matin, et l'autre équipe a eu aussi un cas. Qu'est-ce qui se passe, bon Dieu ?

– Trois crises cardiaques !

Il envoya les autres chercher une civière et une couverture dans l'ambulance. J'allai voir Evelyn. Tortue lui demandait s'ils s'étaient disputés avant que le docteur sorte au jardin.

– Non, dit-elle.

– Et vous ? Qu'est-ce que vous faites là ?

– Cette dame m'a demandé de l'aider. J'ai retourné Norm. Je lui ai dit d'appeler le S.A.M.U. Je passais par là, c'est tout.

– Je vous fais peur, hein, Williams ? Je sais que je vous fais peur.

– Monsieur Williams, rectifiai-je.

– Et je sais pourquoi. Vous êtes un trouillard, *monsieur* Williams.

– Merde, dis-je. Au revoir, Evelyn. Désolé de ce qui est arrivé. Appelez-moi si vous avez besoin de quelque chose.

Elle eut un battement de paupières. J'aurais voulu la prendre dans mes bras. Tortue m'aurait épinglé pour tentative de viol.

Charlie Antolini était toujours étendu comme un bienheureux dans sa pelouse, Flo à côté de lui, qui pleurait. Je traversai la rue.

– Norm Hughardt vient de casser sa pipe dans son jardin, dis-je. Vous voulez un coup de main ?

Pure bravade. J'avais sacrément besoin de m'allonger.

– Il ne veut pas se lever, monsieur Williams, dit Flo. Et je ne peux pas le faire rentrer.

– Comment te sens-tu, Charlie ? demandai-je.

– Au poil. *Au poiiil !*

– Il est l'heure de rentrer. On va peut-être avoir de la pluie.

– C'est bon, dit-il, nous tendant les bras comme un enfant, et Flo et moi réussîmes à le mettre debout.

Flo me remercia et entreprit de conduire Charlie vers la maison. Tortue démarra en trombe avec la voiture de police. Les infirmiers sortaient la civière de chez Norm Hughardt.

Je regardai Mount Avenue et y vis, en imagination, des mercenaires allemands et des habits rouges qui arrivaient, avec leurs mousquets et des torches. Je vis l'orage, les éclairs de cette nuit, les grandes maisons qui brûlaient. Il y avait aussi un autre homme, dont avait parlé le révérend Andrew Eliot..., « conduit par une ou deux personnes qui étaient nées et avaient grandi dans les environs ». Je connaissais l'une d'elles, qui était née et avait grandi à Greenbank. (Brave homme, le révérend Eliot avait protégé une de ses ouailles.) Je pouvais presque voir son visage. Il me ressemblait beaucoup. Là-bas gisait un enfant mort : un véritable enfant que je ne connaissais pas, alors. L'ambulance fila devant moi, effaçant la vision. Je me retournai et rentrai chez moi.

*

Supposez maintenant que le nuage pensant soit né à Hampstead au lieu de Woodville. Supposez également que le Dr Wise savait ce qu'il racontait. La ville compte environ vingt-cinq mille âmes. Si le pourcentage de morts subites se situait entre cinq et huit, on aurait compté entre mille deux cent cinquante et deux mille morts, ce samedi soir. Les rues auraient été jonchées de cadavres. Mais seules cinq personnes moururent à Hampstead entre le samedi soir et le dimanche matin. Le meurtre de Stony Friedgood occupa tous les esprits, notamment lorsqu'il fut suivi d'un autre meurtre identique, et jamais nous ne liâmes les événements entre eux.

La victime la plus âgée fut un homme de mon âge, qui habitait sur Gravesend Road. La plus jeune fut un gamin de sept ans. Cela me fait mal. Aucun gosse ne devrait mourir de ça. Cela aurait pu être Tabby, vous savez, Tabby Smithfield. Les parents du gamin n'étaient là que depuis dix-huit mois.

Entre le vieux bonhomme et le gamin, il y eut une de mes amies. J'appris la nouvelle en rentrant. Le téléphone sonnait. C'était Harry Zimmer. Il m'annonça que Babe était morte. Elle faisait un peu d'emphysème, mais ce n'était pas ce qui l'avait tuée. Elle était tout simplement tombée morte en descendant de sa camionnette, sur le parking de Gravesend Beach.

– Je voulais vous l'annoncer, monsieur Williams, me dit Harry en pleurant. Babe disait toujours que vous étiez un vrai gentleman.

Nom de Dieu ! Je ne peux plus écrire à la première personne. Tortue avait raison, je suis un trouillard. Et puis c'est une foutue manière d'écrire un bouquin.

Je vais donc vous dire que les Allbee ont acheté la maison d'en face et rencontré Patsy McCloud. Bientôt, nous reviendrons à Tabby et je vous parlerai de Gary Starbuck, le voleur, et de la petite bande à laquelle Tabby faillit se joindre, et des histoires qu'illustrait Pat Dobbin. Tout cela fait partie de l'histoire, croyez-moi. Ou ne me croyez pas, vous le verrez par vous-même.

Et puis nous allons en arriver à la partie déplaisante pour moi. J'ai adoré Wren Van Horne, il n'avait que huit ans de moins que moi et nous avons grandi ensemble. Mais j'ai aussi adoré Babe Zimmer, cette si gentille dame qui pensait que j'étais un vrai gentleman.

Si j'avais été comme Tabby quand j'étais gosse, ça ne se serait pas terminé comme ça.

RECONNAISSANCES

– Ce n'est pas le mari, dit Ronnie Riggley aux Allbee le mercredi matin. Il s'en passait de drôles avec cette dame. Je ne dis pas que c'était la bonne fortune de la ville, mais elle n'était pas avare de ses faveurs. Bobo pense que le mari était au courant. Samedi, elle est entrée *Chez Franco* et y a rencontré un type. Ils ne sont pas restés longtemps et aucun des cornichons qui étaient au bar n'a reconnu l'homme.

– Un étranger, suggéra Laura.

– Peut-être, mais c'est toujours ce qu'on dit, à Hampstead. Lorsqu'il y a un cambriolage, ce qui est fréquent, on dit que le cambrioleur venait de Norrington ou de Bridgeport. Mais en fait, les types qui étaient au bar regardaient Stony et ne se sont pas souciés du type. Bobo dit qu'on a donné de lui environ cinq signalements différents. Ils ne s'accordent que sur un seul point : ce n'était pas un habitué de *Chez Franco.* Je ne devrais pas vous le dire, mais quelques-unes des épouses de cadres de la ville fréquentent *Chez Franco.* Qu'est-ce qu'elles pensent y trouver ? Des bûcherons ? Je suis trop collet monté...

– C'est quand même peut-être le mari, dit Laura. Vous avez dit qu'il était au courant de ses aventures.

– Oh, il a un alibi. Ce brave Léo Friedgood a passé tout l'après-midi à Woodville. Il travaille pour une grosse boîte, et non seulement il a des témoins, mais il a parlé au général Haugejas au téléphone.

– Un personnage, dit Richard. Toujours armé.

– Il a abattu un agresseur, il y a deux ans. Vous imaginez ça ? En plein New York. (Ronnie se mit à rire.) Nous allons d'abord visiter un quatre-pièces. Beaucoup de charme. Ensuite nous irons voir une maison à Greenbank.

Ronnie faisait de son mieux. Richard le savait. Les agents immobiliers sont limités par le nombre d'affaires sur le marché. En outre, les prix avaient triplé dans le comté de Patchin au cours des dix dernières années, le taux des prêts hypothécaires était au plus haut, et nombre de maisons qui auraient pu intéresser Laura dépassaient leurs moyens.

– Old Sarum est beaucoup plus rurale que Hampstead, expliqua Ronnie quand ils eurent roulé près de deux kilomètres sans voir la moindre demeure. Beaucoup de gens aiment ça.

Sur la banquette arrière, Laura fit entendre un grognement qui n'engageait à rien.

– Malheureusement, la propriétaire sera là pendant la visite. Elle voulait vraiment garder sa maison. Elle est veuve.

Il s'agissait d'un cottage auquel divers propriétaires avaient rajouté des pièces. Un studio vitré surmontait le garage moderne. Tout cela avait été bâti contre une colline très boisée qui paraissait l'envahir comme un lierre.

Mme Bamberger, corpulente vieille dame en pantalon, les accueillit à la porte, ses lunettes dansant au bout d'une chaîne passée autour du cou.

Comme l'avait prévu Ronnie, elle les accompagna dans leur visite. Les pièces étaient si encombrées de meubles que Richard eut du mal à se faire une idée de leurs dimensions exactes. Certaines des pièces communiquaient et on avait l'impression d'enfiler une série de voitures de chemin de fer. Et Mme Bamberger parlait, parlait.

– Voici la seule partie que nous avons ajoutée nous-mêmes, dit Mme Bamberger quand ils arrivèrent au studio au-dessus du garage. C'est un coin merveilleux pour observer les animaux, dehors. Et les oiseaux.

– Très agréable, dit Richard qui pensait : « Et ensuite il y a quatre cents mètres à faire à pied pour regagner la cuisine. »

– Ça vous plairait probablement si toute la maison était comme cela. Les jeunes aiment ça. Mon mari et moi adorions le vieux cottage, avec ses plafonds bas. Cela nous faisait penser à Miss Marple.

Richard sourit. Il n'y manquait qu'un toit de chaume pour en faire un cottage anglais dans un roman d'Agatha Christie.

« Partons d'ici », se dirent les Allbee en un regard.

– Bien sûr, j'ai trop d'imagination, reprit Mme Bamberger. C'est ce que mon mari me disait toujours. Mais vous êtes bien Richard Allbee, ça ce n'est pas mon imagination ?

– Oui, dit Richard.

« Nous y voilà », pensa-t-il.

– Vous êtes né à Hampstead à la fin de la guerre ? Et vous êtes parti pour la Californie avant l'âge d'aller en classe ?

Richard acquiesça, surpris.

– Dans ce cas, j'ai connu votre père.

– Moi pas, parvint à dire Richard, stupéfait. Je ne l'ai jamais connu. Il ne s'intéressait guère aux bébés.

Mme Bamberger le regardait fixement.

– L'aurait jamais dû se marier, voilà tout. Vous avez hérité de son séduisant visage. Un homme très bien élevé. Mais Michael Allbee était un papillon.

Richard eut l'impression que le sol se gondolait. Il savait que jamais il n'oublierait cet instant : la vieille dame corpulente en pantalon de polyester, debout devant une étagère de livres, dans une pièce vitrée. « Dans ce cas, j'ai connu votre père. » Michael Allbee. Jamais il n'avait entendu le prénom de son père.

– Que savez-vous d'autre ? demanda-t-il.

– Il était très adroit de ses mains. Vous aussi ?

– Oui, moi aussi.

– Et absolument charmant. Il habitait tout près. Michael venait nous donner un coup de main pour nos réparations et pour la pelouse. Il a travaillé dans toutes les maisons de la ville. Il n'est plus venu ici quand il a eu épousé Mary Green. Ce qui a brisé le cœur de mon mari. Nous voulions l'aider à entrer à l'université. Mais il a eu l'argent des Green, donc il n'avait plus besoin de nous. (Elle sourit à Richard.) C'était un brave homme. Il n'y a pas à en rougir. Et il ne s'est pas marié pour l'argent. Ce n'était pas son genre.

– Il travaillait sur les maisons ? demanda Richard, incrédule.

– Pour autant qu'il faisait quelque chose. Mon mari a toujours pensé qu'il aurait pu être architecte, ou entrepreneur, quelque chose comme ça.

– Savez-vous s'il vit toujours ?

– Je l'ignore. Il aurait la soixantaine, environ. Votre mère vit toujours ?

– Elle est décédée il y a six ans.

– Mary avait la tête sur les épaules. Je parie qu'elle vous a fait bien travailler.

– Oui. J'ai bien travaillé.

– Eh bien, vous êtes revenu où il fallait. Savez-vous que du côté de votre mère, vous remontez aux tout débuts du pays ? Votre je ne sais plus combien de fois arrière-grand-père s'est installé ici en 1645. Josiah Green. L'un des premiers fermiers de Greenbank. Vous êtes de pure souche hampsteadienne.

– Comment savez-vous tout cela ?

– J'en sais plus sur cette ville que quiconque, excepté le vieux Graham Williams, et Stanley Grane, de la bibliothèque. Je sais tout de ces fermiers de Greenbank. Un aigrefin du nom de Gideon Winter est arrivé et leur a pris la plupart de leurs terres. J'ai mes idées en ce qui le concerne, mais ça ne vous intéresserait pas. C'est une maison que vous cherchez et vous n'avez pas envie d'écouter les bavardages d'une vieille femme.

– Non, dit Richard. Non, c'est-à-dire que, euh, je...

– Allez-vous acheter ma maison ?

– Eh bien... il faut que nous en discutions...

Elle continua à le regarder dans les yeux.

– Non, dit-il.

– Quelqu'un d'autre l'achètera. Je vous raccompagne à votre voiture.

Dans la voiture de Ronnie, Laura lui demanda :

– Comment te sens-tu ?

– Je ne sais pas. Je suis content d'être venu. Je suis stupéfait.

– Rentrons en ville prendre quelque chose, dit Ronnie. Vous en avez besoin.

*

C'est ainsi que les Allbee arrivèrent à Greenbank et Beach Trail. Sur le coup d'une révélation. Et ils achetèrent la première maison qu'ils virent.

– Je crois que celle-ci vous plaira, dit Ronnie en descendant Sawtell Road, avant de tourner à droite dans Greenbank Road. Elle appartient à une autre veuve, Bonnie Sayre. Mme Sayre a déménagé la semaine dernière et la maison est sur le marché depuis deux jours. Il y a quatre chambres, une salle de séjour et une très belle pièce dont Richard pourra faire son bureau. La salle de séjour et le bureau ont des cheminées. Et il y a une véranda. La maison a été bâtie en 1870 par la famille Sayre. Le fils Sayre est en Arizona et sa mère est allée vivre avec lui.

Elle passa le pont qui enjambait la I-95, puis celui du chemin de fer, un peu plus loin.

– C'est le quartier le plus ancien de Hampstead.

Ma foi, vous le savez. Greenbank tire peut-être même son nom d'un de vos ancêtres.

– Ma mère ne m'a jamais parlé de Hampstead. Je savais seulement que mon père y est né. Comme les parents de Laura.

– C'est vrai ? demanda Ronnie, ravie. C'est un vrai retour aux sources. Oh ! regardez sur votre droite. Cette grande maison est celle du Dr Van Horne. Nous sommes maintenant sur Mount Avenue.

– Combien doit coûter une maison comme ça ? demanda Richard.

La demeure du Dr Van Horne, avec ses trois étages, était aussi longue qu'un hôtel et donnait sur Gravesend Beach. Une longue allée serpentait à travers un parc.

– Pas loin de huit cent mille dollars, sans court de tennis ni piscine.

– Le quartier est trop cher pour nous, dit Laura.

– La maison Sayre est vendue à un prix intéressant. Elle présente deux inconvénients. Attendez avant de gémir. Le premier est que sa façade principale donne sur l'arrière. Il y a une petite colline et je crois que le Sayre qui l'a bâtie voulait voir la forêt.

– Et le second ? demanda Laura.

– Eh bien ! Mme Sayre avait recueilli près d'une centaine de chats. Elle est devenue un peu folle après la mort de son mari.

– Oh, non ! gémit Laura.

– Ma foi, ils n'y sont plus. Mais leur souvenir persiste. Vous pouvez leur être reconnaissants ! Sans les chats, la maison aurait été vendue dès lundi. L'acheteur s'est désisté après en avoir respiré l'odeur.

– Ça sent donc si mauvais ? demanda Laura.

– Ça *pue*. Littéralement.

– Je sais comment faire, dit simplement Richard. Vin blanc, vinaigre et bicarbonate de soude. Après ça, beaucoup de savon et d'eau.

La voiture vira dans Beach Trail. Ronnie connaissait la raison pour laquelle tous les volets étaient fermés chez les Hughardt, mais elle n'en parla pas aux Allbee. Charlie Antolini leur fit un signe de la main, au passage. Ils ne prêtèrent aucune attention au vieux bonhomme chaussé de tennis et coiffé d'une casquette de l'équipe des « Yankees ». Mais lui ne manqua pas de les remarquer.

J'ai vu ta mère, Boutchou. Tu aurais été superbe.

*

Un instant plus tard, les Allbee découvraient leur maison.

*

Extrait du journal de Richard Allbee :

Nous voilà de nouveau propriétaires. Nous avons signé les papiers et le premier chèque dans le bureau de Ronnie, cet après-midi. Sait-on jamais si on ne fait pas une erreur quand on achète une maison ? Je suis déjà assailli par mille questions. Et l'odeur, bien sûr. De quoi provoquer des lésions cérébrales.

Mais c'est une belle maison. Laura va l'adorer. Le reste est sans importance. C'est une maison Second Empire : toit mansardé, lucarnes en arrondi, piliers flanquant les portes, beaucoup de belles décorations. L'arrière, qui donne sur la rue, est très simple, mais le devant est stupéfiant. Et la vue magnifique. Quand je pense à notre avenir, je crois que la vieille maison Sayre sera parfaite pour nos enfants. De grandes pièces, un hectare de terrain, un grenier qu'on pourra transformer en salle de jeu ! Quelle chance extraordinaire.

Aujourd'hui, j'ai trouvé à la fois une maison et un père, et je ne peux m'empêcher de penser à Michael Allbee. Je suis sûr qu'il vit toujours. A-t-il travaillé sur la maison Sayre pendant qu'il habitait Hampstead ? C'est possible.

La chance nous sourit et nos soucis vont prendre fin. Je vais cesser de rêver de Billy Bentley.

Je ne voulais pas parler du rêve de la nuit dernière mais, pour en sourire dans quelques années, je vais le faire. J'étais dans la salle de séjour d'une étrange maison, tout nu. J'attendais quelque chose. Dehors, il y avait un violent orage. Je regardais par la fenêtre et je voyais Billy Bentley qui arpentait la pelouse. Il se tourna vers moi et me fit peur. La pluie avait plaqué ses longs cheveux sur son crâne. Il était la vivante image de la poisse, de l'échec. Un éclair frappa le sol à côté de lui. Billy savait que je devais l'empêcher d'entrer. Il *fallait* qu'il reste *dehors* sous l'orage. Agité, je parcourais la pièce vide et me réveillai, ne pouvant m'empêcher de descendre voir si les portes étaient bien fermées.

Mais cela suffit. Dès que nous serons installés, j'irai voir un entrepreneur. J'ai une ou deux adresses dans Rhode Island.

*

Telpro avait accordé une semaine de congé à Léo Friedgood et il en avait demandé une seconde, promettant de revenir au bureau le lundi 2 juin. Depuis sept jours, il n'avait cessé de voir des policiers, soit chez lui, soit au commissariat de Hampstead. Il lui avait fallu admettre qu'il savait que sa femme entretenait des relations avec plusieurs autres hommes, admettre qu'il avait fermé les yeux, s'il ne l'avait pas encouragée. Ce qui l'avait profondément humilié. La police, d'abord bienveillante, s'était montrée ensuite presque méprisante. Surtout un gros flic en uniforme que les autres appelaient Tortue. Que cette brute de flic qui puait l'échec pût manifester des sentiments qu'on dissimule habituellement rongeait Léo. Il avait réussi, pas eux. (Pour Léo, aucun flic ne pouvait réussir.) Même lavé de tout soupçon, il avait senti leur mépris. « Combien de fois par mois votre femme allait-elle *Chez Franco* ? Combien de fois le mois dernier ? Vous ne lui demandiez pas le nom des hommes qu'elle ramenait ? Avez-vous jamais pris des photos ? »

Et cette grosse ruine de Tortue qui faisait la moue et se moquait de lui. C'était ce sentiment, tout autant que son chagrin, qui le faisait rester chez lui, incapable de travailler.

Pour la première fois de sa vie, Léo buvait le soir. Il mangeait des hamburgers brûlés qu'il accompagnait de bonnes bouteilles tirées de sa cave. Avant de dîner, il prenait plusieurs whiskies et dévorait un goulasch trop salé avec un brane-cantenac 1972. Après que la moitié de l'horrible repas fut allé à la poubelle, il se remettait au cognac jusqu'à être ivre mort. Il ne pleurait pas. La vue du corps mutilé de Stony sur leur lit avait tari ses larmes. Parfois, il mettait un disque et dansait seul, les yeux clos, titubant, imaginant qu'il était un inconnu dansant avec sa femme.

Il dormait dans la chambre d'ami, emportant un verre avec lui s'il gagnait le lit avant d'être inconscient.

Il s'éveilla devant la télé allumée, la langue épaisse, l'estomac retourné, la tête lourde. On l'attendait à trois heures au commissariat.

Il sortit du lit, éteignit la télé et alla se doucher. Un instant, il oublia Tortue Tuck, Stony, le général Haugejas, les Solvants de Woodville et le DRG.

Lorsqu'il arrêta la douche, il remarqua les taches sur ses mains. Il les fixa sans comprendre, avec toutefois la conscience qu'il s'agissait de quelque chose d'important. Puis il se souvint du cadavre de Tom Gay.

– Hé ! dit Léo.

Saisissant une serviette, il se sécha rapidement. Il passa la langue sur les taches qui semblèrent fuir. Habillé maintenant, il frotta le dos de ses mains sur son jean. Quelques taches virèrent au rose. Horrifié, Léo vit le rose se combler progressivement de blanc.

– Mon Dieu, dit-il, terrorisé, l'estomac noué.

Derrière lui, le téléphone sonna quatre fois et s'arrêta.

Léo regarda le dos de ses mains. Combien de taches y avait-il ? Une dizaine ? Il y appuya son index qui y laissa une marque. Léo frissonna. Paniqué, il arpenta la pièce au hasard, les mains levées devant lui.

Sur la commode, quelques pièces de monnaie, des pochettes d'allumettes, des ceintures enroulées, une paire de bretelles et un couteau suisse offert par Stony. Il prit le couteau et s'assit sur le lit.

Il ouvrit la plus petite des deux lames et gratta l'une des taches. La cloque blanche devint transparente sous la lame, et se reforma instantanément. De nouveau il gratta : même résultat. Il enfonça la lame dans la tache à la base de son petit doigt. Une légère douleur fugitive, un peu de sang. Lorsqu'il eut tamponné la plaie avec son mouchoir, elle avait cessé de saigner. La petite tache blanche s'était reformée au centre du trou rouge.

Il fila dans la salle de bains pour se regarder dans la glace. Des yeux cernés, mais pas de taches blanches. Il arracha sa chemise, retira son jean. Une petite tache sur l'épaule gauche, une autre sur le gras du bras gauche. Rien au-dessous de la ceinture.

De nouveau, clairement, Léo revit l'écume blanche et spongieuse : la tête de Tom Gay s'écoulant vers la vidange du labo.

Ces quelques taches sur son corps étaient peut-être sans rapport. Nu, Léo retourna dans la chambre prendre les allumettes sur la commode.

Assis à son bureau, il en frotta une et approcha la flamme de sa main gauche. Il sursauta sous la douleur.

« Brûle-les », se dit-il. Il gratta une autre allumette

et l'appliqua sur trois autres taches. Suant, il utilisa une troisième allumette pour cautériser la dernière tache de sa main gauche. Une odeur de chair brûlée. Sa main lui faisait maintenant atrocement mal. On aurait dit une illustration dans un livre de médecine. Grimaçant, il retourna dans la salle de bains et passa sa main sous l'eau froide. La douleur calmée, Léo s'enveloppa la main d'une serviette et s'assit au bord de la baignoire. Il ferma les yeux, la tête lui tournait. Dans sa bouche, un goût de bile et un relent de whisky.

Il osa enfin retirer la serviette. Des cloques s'étaient formées sur la chair noircie et rougie d'où suintait un liquide clair. Léo referma les yeux. Il n'avait pas vu les taches. Un instant plus tard, il banda sa main et alla reprendre les allumettes.

*

Extrait du journal de Richard Allbee :

La banque nous a accordé un prêt hypothécaire à un taux presque raisonnable. Nous avons appelé Ronnie, qui jubilait, et nous avons fêté la nouvelle au champagne. C'est réglé : nous voici au pays de nos ancêtres. Malheureusement, je n'ai pu me débarrasser de mon obsession de *Papa est là*. Je sais ce que c'est, maintenant : elle est liée à l'endroit où habitait Michael Allbee et à tout ce que j'avais refoulé sans le savoir à son sujet. Papa est là. Papa est *là*. Ce doit être aussi simple que cela. Mais le fait d'en connaître la raison ne m'empêche pas de rêver de Carter Oldfield en train de défoncer la porte à coups de hache et du pauvre Billy dehors sous la pluie. De Billy au lit avec Laura, de Billy qui approche de la fenêtre pour la briser et entrer.

Peut-être est-ce pour Laura que j'ai peur, pas pour moi. Enceinte dans ce lieu bizarre... cela doit la perturber.

Mais dans mon rêve, Laura n'est pas en danger.

A moins que Laura ne soit la maison, dans mes rêves. Restaurer la maison = permettre à Laura de redevenir elle-même ? Sauver la maison = sauver Laura ? Je vois bien qu'elle est souvent au bord des larmes. Elle dit qu'elle regrette Londres, presque physiquement, qu'elle voudrait revoir Kensington et Holland Park, retrouver les repas indiens du *Standard Restaurant*, prendre le métro pour aller déjeuner dans le West End, retourner à son bureau de Covent Garden. Elle pense à l'hôpital moderne de Holland Road, où aurait dû naître notre enfant. C'est là que son esprit vagabondait pendant qu'on trinquait au champagne à notre nouvelle maison.

Je ne voulais pas mettre cela par écrit, mais je crois qu'il le faut. L'autre jour, en rentrant des courses, les bras chargés de sacs d'épicerie, nous sommes passés devant un café. J'y ai jeté un coup d'œil. « Qu'est-ce qui se passe ? » m'a demandé Laura. Je ne lui ai pas dit que, pendant une seconde, j'avais vu Carter Oldfield, Ruth Branden et Billy assis à une petite table au fond. Je les avais vus distinctement. J'aurais pu décrire la façon dont ils étaient habillés. Billy me regardait.

Et cette expression sur son visage... un air de *triomphe*. Dès que j'ai secoué la tête, ma petite famille a retrouvé l'âge de son adolescence. L'un d'eux, celui qui n'était pas un monstre, me fixait. Mais, après tout, je l'avais moi-même fixé, avec sans doute une expression bizarre. Nos regards se sont croisés et je suis sûr que le garçon mince et blond me connaissait ou croyait me connaître : cela se lisait dans ses yeux, mais on y lisait aussi la peur. L'un des jumeaux monstrueux lui a cogné la main de sa fourchette et le garçon a détourné le regard.

J'espère ne pas rêver ce soir.

Extrait du journal de Richard Allbee :

Belles journées, nuits terribles. Mon subconscient n'a tenu aucun compte de mon désir de voir ces absurdes cauchemars concernant Carter Oldfield et Billy Bentley prendre fin. Evidemment, je m'inquiète des répercussions de ce déménagement sur Laura et sur moi, ainsi que de l'existence de Michael Allbee. J'ai noté deux cas de troubles venant perturber notre conception de l'ordre, l'un bénin, l'autre sérieux, mais je vais y venir.

J'ai rencontré la célèbre Sarah Spry à l'épicerie Greenblatt. « Richard Allbee, m'a-t-elle dit, vous n'avez pas changé. J'avais l'intention de vous appeler. J'espère voir votre nom dans ma rubrique. » Elle savait que nous avions acheté la vieille maison des Sayre. « John Sayre s'est suicidé, vous savez. Un homme charmant. Rien d'étonnant que cette pauvre Bonnie soit devenue dingue après ça. Quand pouvez-vous m'accorder une interview ? Dès que vous aurez emménagé, de préférence. » Ce n'est pas le genre de femme dont on peut se débarrasser avec de vagues excuses : je serai donc interviewé le jour où l'on emménagera. « Une demi-heure », a-t-elle dit. Pour elle, la vie d'un individu ne mérite pas plus d'une demi-heure de son temps.

Samedi soir, nous sommes invités chez les voisins ; c'est Ronnie Riggley qui a arrangé la soirée. Elle leur a vendu leur maison, à eux aussi. Nous allons enfin faire la connaissance de Bobo.

Les deux perturbations, maintenant. Hier soir, notre boîte aux lettres de Fairytale Lane a été réduite en bouillie. Nous avons entendu le bruit, vers dix heures, et nous avons eu peur. Je suis sorti et j'ai vu une voiture noire qui filait. Outre la boîte aux lettres, les vandales ont également cassé une demi-douzaine de piquets de la clôture. Ils ont dû se servir d'une batte de base-ball.

Et le pire, enfin : il y a eu un nouveau meurtre. Hier soir, vendredi 13. Comme la fois précédente, une femme a été tuée chez elle. Ronnie nous a donné tous les horribles détails. Pas de traces d'effraction ; le corps gisait dans la cuisine, plus ou moins éventré. La victime s'appelle Hester Goodall, la cinquantaine, elle s'occupait de l'église. Pas question de relations suspectes, cette fois. Ses enfants étaient à l'école, son mari en déplacement.

J'espère qu'on arrêtera rapidement le coupable.

*

Venant de Mount Avenue, les Allbee tournèrent dans Beach Trail, passèrent Cannon Road avec un regard d'orgueil pour leur nouvelle maison, virèrent dans Charleston Road et trouvèrent le n° 3. La Datsun bleue immatriculée RONNIE était déjà garée devant la maison.

– Ronnie t'a parlé de Les McCallisters ?

– McCloud, rectifia Laura. Patsy et Les McCloud. Je crois que Les McCloud est une espèce de cadre et qu'ils ont beaucoup voyagé.

– Authentiquement Patchin, dit Richard, sonnant à la porte.

Un géant vint ouvrir. Un mètre quatre-vingt-quinze au moins, en veste de velours et pull à col roulé chocolat moulant un torse massif. Avec son grand sourire, sa moustache et ses cheveux frisés, il ne faisait pas plus de vingt-cinq ans.

– Bonjour, entrez donc.

– Monsieur McCloud ?

– Oh, non, dit le géant qui se mit à rire et serra la main de Richard. Je ne suis que Bobo Farnsworth, le flic du coin. Les est en haut, dans la cuisine, et Patsy et Ronnie dans la salle de jeu. Vous devez être Richard, le célèbre acteur. Et vous Laura.

Bobo était parfaitement assorti à Ronnie Riggley.

Richard grimpa le premier. En entrant dans la salle de séjour, il entendit des cris :

– C'est Dick Allbee ? J'arrive !

Arriva, en effet, un homme qui mesurait quinze centimètres de moins que Bobo, les cheveux blonds coupés court, avec ce genre de visages qui ont toujours l'air bronzés.

– Patsy ! brailla-t-il, Dick Allbee est là !

Sa main froide et humide se referma sur celle de Richard et l'agita ; Les McCloud fleurait l'alcool.

– *J'adorais* votre feuilleton. Foutrement fameux, vous savez ? *Patsy !* (Par-dessus son épaule, il appela sa femme.) Je suis Les McCloud, soyez les bienvenus. C'est Laura ? Heureux de faire votre connaissance. Hé, Dick, vous vous êtes habillé.

Les portait un sweater rose à col roulé et un pantalon à revers. Il faisait très Dartmouth, promo 1959.

– Enlevez donc votre cravate, Dick. Ou est-ce qu'on vous appelle Dickie ?

– Richard.

– C'est bon, Richard ! (Il lui lâcha enfin la main.) Je mettais de la glace dans les verres. Qu'est-ce que vous prenez ? Je confectionne les meilleurs Martini du Connecticut.

– Rien pour moi, dit Laura.

– Une bière, dit Richard.

– Deux non-buveurs ce soir. Qu'est-ce que vous faites pour vous détendre ? De la voile ? Du tennis ?

– Ni l'un ni l'autre. Nous n'avons pas de bateau et cela fait un moment que nous n'avons pas joué au tennis.

– Quel soulagement ! dit Patsy McCloud qui arrivait.

A côté de la blondeur épanouie de Ronnie Riggley, elle paraissait fragile avec ses épaules étroites et nues, et ses grands yeux marron sous ses cheveux bruns, raides et plutôt mal coiffés. Elle avait un visage fin et son sourire révélait des rides presque invisibles au coin de sa bouche, et des dents blanches légèrement irrégulières. On aurait dit l'ombre de son mari.

– Je vous en prie, dites-moi aussi que vous ne faites pas de jogging. Je suis Patsy McCloud. Soyez les bienvenus.

– Je ne fais pas de jogging et Laura ne peut pas, dit Richard.

– Tout le monde peut, affirma Les.

– Pas les femmes enceintes, dit Patsy. Du moins je ne crois pas. Avez-vous déjà des enfants ?

– Non, c'est le premier, répondit Laura.

Les disparut dans la cuisine et Ronnie embrassa les deux Allbee.

– Je suis si heureuse que vous veniez habiter ici.

– Merci.

– Vous habitez ici depuis longtemps ? demanda Richard à Patsy.

– Deux ans. Avant cela, nous étions à Los Angeles. Et encore avant, en Angleterre. Les a réussi.

Cette dernière remarque parut ambiguë à Richard, comme si Patsy se dissociait de son mari, dans ses voyages comme dans sa carrière.

– Nous habitions Belgravia, poursuivit Patsy. Les détestait l'Angleterre. Il lui tardait de rentrer. Je n'étais pas en état de discuter. Je venais de faire une fausse couche.

Même Bobo Farnsworth parut se figer un instant.

– Quelles tristes mines vous faites, dit Les, revenant avec la bière de Richard. Ma femme a dû dire quelque chose. Patsy n'a pas son pareil pour tuer une ambiance. As-tu dit quelque chose de bien horrible à ces braves gens, mon chou ?

Richard se rendit compte que l'homme était déjà ivre. La soirée allait être une torture.

Les McCloud regarda Richard avec un sourire féroce. Le casse-pieds de la classe devenu adulte.

– Hé, Dick, faites-nous plaisir. Dites-nous donc « Hé, m'man, je voudrais une pleine assiette de cookies ».

– Hé, m'man, je voudrais une pleine assiette de cookies, dit Richard, qui fut reconnaissant à Ronnie de bien vouloir rire.

– Voulez-vous faire la visite obligatoire de la maison ? demanda Patsy, au désespoir.

La soirée fut un supplice. Ils visitèrent la maison, admirèrent les flippers et juke-box dans la salle de jeu, firent les compliments qui convenaient pendant le dîner. Les fettuccine étaient trop cuites et le gigot cru au milieu. Les McCloud but sans arrêt. Laura en eut très vite assez, et Richard ne souhaitait rien tant que la ramener chez eux.

Bobo Farnsworth sauva la soirée. Inlassablement de bonne humeur, il but du Coca-Cola, mangea comme un ogre et raconta des anecdotes amusantes sur son métier.

– Je descendais Post Road dans la voiture de patrouille, derrière ce cheval qui s'était échappé...

Il faisait de son mieux et les Allbee furent heureux de sa présence. Patsy fit la grimace quand Les, pour rivaliser avec Bobo, raconta une blague obscène.

– C'est bon, vous n'aimez pas les blagues, dit Les. Moi je n'aime pas la façon dont vous faites votre boulot. Pourquoi ne piquez-vous pas ce mec qui assassine les femmes ? C'est pour ça qu'on vous paie. Pas pour venir vous asseoir à ma table. Vous devriez être dehors à attraper les cinglés.

– Et il y en a des tas dans le coin, Les. On s'en occupe.

– Hé, si nous allions tous faire de la voile le week-end prochain ? proposa Les. Ma femme vous montrera ses talents de société.

Patsy baissa le nez sur son assiette.

– Elle ne veut pas vous en parler. Bon Dieu, elle ne veut même pas que je vous dise ce que c'est.

– Je n'ai aucun talent de société.

– Son truc, c'est le surnaturel, dit Les, souriant comme s'il avait dit quelque chose de drôle. Dick, vous et Patsy, vous avez quelque chose en commun. Ronnie n'a-t-elle pas dit que vos ancêtres étaient parmi les fondateurs du coin ? Eh bien, ceux de Patsy aussi. C'était une Tayler. Mais ce n'est pas ça qui est extraordinaire. Ecoutez : à la fac, Patsy pouvait prédire exactement les notes que j'aurais à mes examens ! C'est l'habitude dans vos vieilles familles yankees ? Vous faites des trucs comme ça, vous aussi, Dick ?

La gêne de Patsy était devenue de la confusion. Son regard enfantin semblait implorer Richard qui pensa qu'elle allait se trouver mal, ou pleurer – on aurait dit que son mari l'avait frappée.

Il la frappait. C'est ce dont Richard eut soudain la certitude. Voilà ce que signifiait cette scène. Les McCloud battait sa femme et la pauvre Patsy se laissait faire. Une autre pensée lui vint à l'esprit, ou plutôt une image. Le visage horrifié de Patsy lui rappela celui d'un adolescent qui le fixait à travers la vitre d'un restaurant de Post Road.

– Votre silence est un aveu. Encore un de ces bizarres Yankees, lança joyeusement Les.

Il fallait arranger ça, et vite. Laura aussi paraissait plus mal à l'aise que ne le justifiait la situation.

– Pas exactement, non. A part un ou deux cauchemars, dit Richard.

– Vous devriez voir le psy de Patsy, conseilla Les. Ce bon vieux Dr Lauterbach. Ou aller faire du golf, prendre l'air.

– Désolée, mais je suis très fatiguée, dit Patsy en se levant, les mains tremblantes.

Son regard croisa celui de Richard qui comprit, cette fois : « Ne nous jugez pas là-dessus. Nous ne sommes pas toujours ainsi. »

Les voulut l'arrêter mais Bobo lui saisit la main au passage.

– Non. Il faut que je rentre moi aussi, Les. Je fais minuit-huit heures, demain.

Les autres se levèrent, essayant de ne pas se précipiter vers les escaliers.

– On remettra ça, hein ? Je crois que je n'aurais pas dû... vous voyez. *In vino veritas* et tout le reste. On ira faire de la voile un de ces week-ends.

– Bien sûr, dit Richard. Dès que nous serons installés. Nous avons de nombreux week-ends de travail...

Ils réussirent à sortir, sans dire un mot jusqu'à leurs voitures.

– Mon Dieu, souffla Ronnie, je suis désolée de vous avoir entraînés là-dedans. Ils avaient l'air si gentils. Je ne sais pas ce qui est arrivé à Les.

– Sortons tous les quatre un de ces jours, d'accord ? proposa Bobo. Hé, je n'avais jamais rencontré ce type. J'ignorais que c'était un sadique.

– D'accord pour sortir ensemble. En effet, c'est un sadique. Cette pauvre femme... dit Richard.

– Elle n'a qu'à le quitter, dit Laura. Rentrons, je t'en prie.

Laura se serra contre Richard sur le siège avant.

– J'en ai assez, dit-elle. Assez. C'est avec ces gens-là qu'il va nous falloir vivre ? Je *déteste* ça, Richard.

– Moi aussi.

– J'ai envie de faire l'amour. Regagnons cet horrible lit aussi vite que possible.

*

Donc, par cette douce nuit de Hampstead, Connecticut, deux couples au moins essayèrent d'être heureux. Tandis que Bobo Farnsworth, vingt-huit ans, se douchait avant d'aller au travail, Ronnie Riggley se débarrassait de ses vêtements et glissait son corps solide et épanoui de quarante et un ans à côté du sien, sous le jet tiède. Dans la chambre de Fairytale Lane, les Allbee se déshabillèrent ensemble, mais chacun de son côté du lit, comme le font les gens mariés. Et, comme les gens mariés, ils suspendirent leurs vêtements soigneusement.

– Il la bat ?

– Je crois.

– J'ai vu un bleu sur son bras. Il la frappe sur les bras pour que ça ne se voie pas.

– Oh, elle aime peut-être ça, dit Richard, ressentant aussitôt sa réflexion comme une trahison.

Laura se dressait comme un totem, les cheveux défaits, les seins lourds, le ventre renflé, veiné de bleu. Richard ne s'était jamais douté de la beauté, de l'attirance sexuelle qui émanaient d'une femme enceinte. La nature, son but atteint, récompensait ses serviteurs à sa manière.

Mais le visage de Laura était presque aussi tendu et tiré que celui de Patsy McCloud. Elle le saisit aux épaules quand ils furent sur le lit qui roulait, le serrant à lui couper le souffle.

– Je ne veux pas te perdre, Richard.

– Tu ne me perdras pas, sauf si tu m'étouffes.

– Il faut vraiment que tu ailles à Providence ?

– Je n'en ai que pour un jour ou deux. Tu veux venir ?

– Et rester dans une chambre d'hôtel pendant que tu discuteras plâtre et béton avec un entrepreneur ?

– Il faut que j'y aille.

– Je reste. Mais tu vas me manquer.

– Ô mon Dieu ! gémit-il.

En cet instant, il ne pouvait croire qu'il pourrait s'éloigner de sa femme plus d'une seconde.

Il baisa ses seins, roulant leur pointe sous sa langue, léchant le dessous et la délicieuse douceur de sa peau.

– Tu sais que je déteste ce coin. Vraiment. Mais je t'aime, Richard. Je ne voudrais pas te perdre. Et je voudrais retrouver mes amis.

Il enlaça son corps brûlant.

– J'adore être au lit avec toi, dit-elle tandis que les doigts de Richard l'effleuraient, la caressaient.

La plénitude du ventre de Laura s'écrasait contre lui. Il pouvait toujours la pénétrer, allongés sur le côté, face à face, leurs corps noués. Ils soupirèrent et bougèrent à l'unisson. Le lit se mit à rouler et à tanguer comiquement.

Un silence. Et le plaisir intense, éclatant, presque douloureux, les fit gémir.

– Cesse d'avoir des cauchemars, lui souffla Laura à l'oreille. Ça me fait peur.

Richard s'éveilla des heures plus tard, l'esprit lavé, rafraîchi. Doucement, il retira son bras de sous l'épaule de Laura et replongea dans un sommeil sans cauchemars. Il n'en aurait plus, maintenant.

*

Extrait du journal de Graham Williams :

Mon journal me rappelle que ce dimanche soir a été paisible, presque triste. J'avais lu la critique littéraire du *Times*, puis écrit quelques pages. Après avoir dîné d'un sandwich au fromage et d'une orange, j'ai somnolé à mon bureau, le crayon à la main. J'ai rêvé de ces pages et compris que ça n'allait pas. Dans ces pages, une femme venait juste de rencontrer l'homme qui allait devenir son amant. Le problème était de faire savoir comment elle l'avait rencontré. On devait y sentir un courant d'érotisme sous-jacent et j'avais raté ce passage. Ma propre expérience des courants érotiques était tristement dépassée. Je me souvenais cependant de ma rencontre avec ma première femme, et avec la seconde également. Je n'avais ressenti d'abord que de l'ennui et du désir. Le reste était arrivé plus tard.

D'autres courants, qui n'avaient rien d'érotique, traversaient Hampstead. Les bars étaient ouverts jusqu'à une heure du matin, Tabby Smithfield traînait dehors avec ses nouveaux amis, Bobo Farnsworth patrouillait joyeusement dans sa voiture de police. Gary Starbuck avait déjà cambriolé une maison sur Redcoat Lane et se préparait à en cambrioler une autre. Le Dr Wren Van Horne, mon vieil ami, veuf comme moi, était debout à cette heure tardive de la nuit et songeait à acheter un miroir pour le placer sur le mur du salon. Charlie Antolini, dans son hamac, souriait aux anges et aux étoiles tandis que sa femme pleurait dans sa chambre. Cette nuit-là, des oiseaux commencèrent à tomber du ciel, morts ou mourants. Dans mon imagination, de fantomatiques mercenaires allemands descendaient Mount Avenue en poussant des cris. Parmi eux, un homme auquel mon imagination attribuait les traits de Bates Krell le pêcheur qui, semblait-il, avait décampé. Il n'avait pas décampé, en fait. Je l'avais tué d'un coup d'épée, tra-la-la. Et Joe Kletzka, le chef de la police de l'époque, le savait. Il n'avait pas cru un mot de ce que je lui avais raconté, mais il avait parfaitement cru que Bates Krell était responsable de la disparition de quatre femmes, et vu les taches de sang que je lui avais montrées sur le bateau.

Une autre personne devait bientôt être au courant : Tabby Smithfield. Il le sut parce qu'il l'avait vu, de la même manière que je vois l'incendie de Greenbank par les hommes du général Tryon. Dans sa tête. Tabby le vit la première fois qu'il me rencontra, c'est-à-dire tard dans la nuit de dimanche. Mais il me reconnut purement et simplement et cela, tra-la-la, nous a foutu une trouille bleue à tous les deux. Réveille-toi, réveille-toi, espèce d'endormi. *Endormi.* Pas Tabby. Encore que je devrais l'embrasser pour n'avoir rien dit à propos des frères Norman.

LES SMITHFIELD ET LES McCLOUD

Skippy Peters était devenu fou, c'était là le problème, encore que pour s'en tenir aux faits, il eût toujours été un peu piqué. En septième, il s'était rasé les sourcils et s'en était dessiné de faux au cirage. Il avait téléphoné à Dicky et Bruce Norman, les jumeaux d'une famille nombreuse dont les parents n'étaient pas mariés et qui vivaient dans le parc des caravanes dont s'occupait M. Norman ; et il avait tenté de les persuader d'en faire autant. Le lendemain, les jumeaux Norman (qui avaient pourtant accepté l'idée de Skippy) arrivèrent à l'école avec leurs sourcils intacts dans leur gros visage, et éclatèrent de rire quand la maîtresse renvoya Skippy chez lui. En cinquième, au lycée voisin de J. S. Mill, le prof de gym avait surpris Skippy Peters en train de se masturber dans les douches, et il avait été renvoyé pendant deux semaines. Une fois, il avait essayé de se faire tatouer l'insigne des Marines sur le postérieur, mais le tatoueur l'avait jeté dehors.

Les jumeaux Norman appréciaient beaucoup Skippy, notamment parce qu'il était prêt à faire tout ce qu'ils lui disaient. A quinze ans, alors qu'ils étaient en seconde à J. S. Mill, les jumeaux pesaient leurs cent cinq kilos chacun et leurs longs cheveux noirs leur tombaient jusqu'aux épaules. Ils avaient le visage rond, bouffi, cireux. Seuls leurs yeux rusés les empêchaient de passer pour des attardés mentaux. Le mal paraissait inné en eux. On les avait accusés, à raison le plus souvent, de tous les maux que le quartier avait pu connaître depuis qu'ils étaient sortis des langes. Ils vivaient à leur guise dans une caravane abandonnée où leurs parents et leurs quatre sœurs menaient leur vie désordonnée. Ils prenaient parfois leurs repas dans la caravane de leurs parents mais, le plus souvent, au *Burger King* ou au *Wendy*. Le soir, ils allaient traîner dans leur vieille Oldsmobile rouillée jusqu'à River Front Avenue et au bar de la *Sterne bleue*, où ils obligeaient les étudiants à leur ramener des packs de bière. Au bar, on les connaissait et on ne les laissait pas entrer. Quand Bobo Farnsworth ou un autre flic faisait un tour dans le parking de la *Sterne bleue* ou vers les entrepôts voisins, les jumeaux se tassaient sur le siège arrière de leur voiture et souriaient : pour eux, Bobo Farnsworth était un zozo. Tous les flics de Hampstead étaient des zozos, sauf Tortue Tuck qui avait fichu la trouille à Bruce Norman en le soulevant de terre et en le menaçant de le balancer par-dessus le pont de la Sortie 18. Ils détestaient Tortue Tuck.

Tout le monde se méfiait de Dicky et Bruce, qui attiraient les soupçons comme le miel attire les mouches. Skip Peters leur était donc bien utile. Enfant d'une famille bourgeoise aisée, Skippy, du moins, avait l'air normal. A l'école primaire, Dicky et Bruce avaient découvert qu'ils pouvaient envoyer Skip chez Greenblatt avec une liste de choses à voler et qu'il en revenait avec deux fois plus qu'ils n'avaient demandé. Petits gâteaux, bouteilles de Coke, steaks, poulets entiers, barres de Mars, noix de cajou : c'était un filet à provisions ambulant. Skip Peters avait l'air si honnête, et si nerveux aussi, que même s'il se faisait pincer les commerçants en étaient navrés pour lui et le renvoyaient après une admonestation sans conséquence.

Vers la fin mai, cet instrument fantasque des jumeaux Norman commença pourtant à perdre de son utilité et de sa faculté de divertissement. Un mardi, pendant le cours de géométrie, Skippy se leva et se mit à crier à M. Nord, le prof :

– Espèce de cloche ! Vous faites ça tout de travers !

M. Nord s'était retourné, à la fois terrorisé et furieux.

– Asseyez-vous, Peters. Qu'est-ce que je fais tout de travers ?

– Le problème, pauvre cloche. Vous ne voyez pas que l'angle est... est...

Et il avait éclaté en sanglots. M. Nord l'avait dispensé de cours.

Dans le couloir, à l'interclasse, Skip attendait les jumeaux Norman.

– Hé, mec, lui demanda Bruce, qu'est-ce qui se passe ?

– Tu es un âne, voilà ce qui se passe, répondit Skippy, plus pâle que d'ordinaire, les yeux rouges comme ceux d'un lapin russe. Donne-moi deux nombres à multiplier.

– Quoi ?

– Vas-y. Deux nombres. N'importe lesquels.

– Quatre cent soixante-huit et trois mille neuf cent quarante-deux.

– Un million huit cent quarante-quatre mille huit cent cinquante-six.

Bruce le cogna juste sous l'oreille et l'envoya valser contre une rangée de casiers.

Les jumeaux Norman avaient dû discuter entre eux de la disparition de Skip, quand Jix et Pete Peters retirèrent leur fils de J. S. Mill, le lendemain, pour l'expédier dans une sorte d'hôtel avec golf, gymnase et piscine. Les jumeaux Norman avaient déjà un œil sur le nouveau. Ils en avaient déjà parlé, tout en se goinfrant de gâteaux au chocolat, en se passant des joints, en buvant de la bière et en regardant *La Chose* sur leur télé volée. Ils avaient dû évaluer son utilité et ils avaient un plan.

Ce vendredi, un prêtre de Chicago, du nom de Francis Leary, pénétra dans la cuisine de sa sœur et, de terreur, laissa tomber un lourd sac d'épicerie dans ce qui paraissait être une mare de sang ; de son côté, Tabby Smithfield leva un regard surpris quand un gobelet de Pepsi-Cola tenu par une main sale s'abattit devant lui, sur la table du réfectoire.

– Hé, le nouveau. T'as soif ?

Tabby leva les yeux, incapable de répondre. Les deux visages les plus monstrueux de la classe étaient penchés sur lui. Ils posèrent leur plateau sur la table et s'assirent.

– Moi, c'est Bruce, lui, c'est Dicky. Vas-y, bois, c'est pour toi. Nous sommes le service d'accueil.

Pendant ce temps, la pelouse des Goodall grouillait de voisins, Bobo Farnsworth tentait tout à la fois d'empêcher Tortue Tuck de cogner sur un flic de la police de l'Etat et de conduire les deux enfants Goodall – en pleine crise d'hystérie – chez un voisin charitable. Tabby Smithfield, lui, s'était retrouvé assis au fond de la classe d'histoire, encadré par Dicky et Bruce Norman, comme par deux énormes chiens de garde.

Ils sentaient la bière, une odeur pleine de nostalgie pour Tabby.

*

Vers la fin des années soixante-dix, les choses s'étaient un peu arrangées entre Clark et Monty Smithfield. Grâce à Tabby. Bien que Monty eût juré, après la scène de l'aéroport, de considérer son fils comme mort, il ne pouvait accepter d'avoir perdu son petit-fils. Il rêvait de Tabby, restait dans son ancienne chambre à fixer les jouets abandonnés. Et, parce qu'elles avaient signé la perte de Tabby, il en vint à regretter les injures lancées à son fils. Peut-être n'aurait-il pas dû mépriser le goût de son fils pour le tennis. Peut-être n'aurait-il pas dû insister pour que Clark aille travailler avec lui. Peut-être aurait-il dû le laisser aller faire ses tournées de tennis dans l'Ouest, comme le souhaitait Clark après l'université. Peut-être avait-il eu tort de laisser la moitié de la maison à Clark et à Jean. Peut-être cette promiscuité avait-elle été sa plus grave erreur. Il ne cessait de ressasser ces hypothèses.

Après deux ou trois mois, il rechercha les amis de Clark et chercha à les convaincre qu'il voulait seulement envoyer un peu d'argent de temps en temps à son fils. Deux amis de Clark eurent pitié du vieux. L'un avait une adresse à Miami, l'autre un numéro de rue à Fort Lauderdale. Monty appela les renseignements dans les deux villes, mais Clark n'était pas abonné au téléphone. Pour l'anniversaire de Tabby, il envoya un chèque et un mot aux deux adresses. Il reçut une lettre de remerciements de Tabby, depuis Fort Lauderdale.

Pour l'anniversaire de Clark, il envoya mille dollars mais la lettre lui fut retournée, intacte. Après quoi Monty envoya un petit chèque à Tabby tous les mois, et Tabby lui écrivit à chacun de leurs fréquents déménagements. Pour ses huit ans, il envoya à son grand-père, de Key West, une photo de lui – un Tabby Smithfield pieds nus au bout d'une jetée, les cheveux décolorés par le soleil.

Peu après le onzième anniversaire de Tabby – une autre photo, dans un fauteuil en rotin, expédiée d'Orlando –, Monty reçut un simple mot de Clark lui annonçant qu'il avait une nouvelle belle-fille. Elle s'appelait Sherri Stillwell Smithfield. Clark l'avait épousée un mois plus tôt.

Monty, qui avait retenu la leçon, attendit son heure. Il envoya ses félicitations, ses souhaits et un chèque généreux. Celui-ci ne revint pas. Deux mois plus tard, quand il apprit par sa banque que le chèque avait été débité, Monty eut enfin un coup de fil de son fils.

– Je veux que tu saches une chose, dit-il à Clark. Je te laisserai cette maison à ma mort. Et si tu veux venir y vivre avec Tabby et ta femme, ce sera parfait.

Au cours de ces années-là, Tabby mena une vie bien plus bizarre que les jumeaux Norman ne l'auraient jamais imaginé.

*

Avec son père, il vécut dans des studios puant la bière, au-dessus de bistrots mal famés, dans des hôtels borgnes où ils devaient cuisiner sur un réchaud et chasser les cafards de la table. Dans une période de dèche, ils avaient même passé une semaine dans la vieille voiture de Clark. Il avait connu plus d'un garçon qui promettait d'égaler les jumeaux Norman. La violence, la stupidité et la débrouillardise, ce n'était pas nouveau pour Tabby. Il avait vu son père sombrer dans l'alcoolisme et en sortir presque totalement ; il l'avait vu passer un temps en prison pour un délit mystérieux ; à l'âge de dix ans, il n'avait fini qu'une seule année scolaire dans l'école où il l'avait commencée. Un beau jour son père était rentré rayonnant : il avait étalé sur la table de la cuisine trois mille dollars gagnés à jouer au tennis. Il avait vu mourir deux hommes, l'un poignardé dans un bar où travaillait Clark, l'autre abattu au cours d'une bagarre de rue. Et une autre fois, comme il avait ouvert la porte de la salle de bains sans frapper, il avait vu un ami de son père, assis sur le siège des toilettes, qui se shootait à l'héroïne.

Sherri Stillwell mit fin à tout cela. Blonde, à moitié cubaine, elle avait cinq ans de moins que Clark. Abandonnée par un premier mari, elle fréquentait le *Sans-Nom*, le bar de Key West où travaillait Clark.

Elle avait eu trois frères et aimait les enfants. Quand elle se mit avec Clark, elle insista pour que Tabby reste à la maison avec elle le soir et fasse ses devoirs, au lieu d'aller traîner dans les rues ou de rester dans un coin du bar. Sherri rédigea les déclarations de revenus de Clark, se débarrassa de ses encombrants copains et lui fit promettre de ne jamais lui mentir.

– Chéri, mon premier mari m'a raconté tant de mensonges que j'étais persuadée que le ciel était rouge. Une fois, ça suffit. Si tu veux faire le pitre, tu me dis avec qui et je t'arrangerai ça vite fait. Un mensonge, un seul, et je te quitte.

Avec ses cheveux décolorés et ses yeux noirs, Sherri n'avait rien d'une indigène de Mount Avenue, mais Monty Smithfield aurait apprécié ses conceptions en ce qui concernait son fils et son petit-fils. Elle voulut que Clark quitte son travail au bistrot pour un emploi plus sérieux. Elle éplucha les offres d'emploi et prit des rendez-vous pour lui. Ce fut grâce à Sherri que Clark trouva une place de représentant. Ils vivaient alors à Orlando, dans un petit deux-pièces. Ils commencèrent à faire des économies. Avec le chèque que Monty leur avait envoyé pour le mariage, ils changèrent de voiture et achetèrent des meubles. Ce fut Sherri qui décida Clark à téléphoner à son père.

Pendant toutes ces années, Tabby avait réussi à refouler presque tous les souvenirs de ses malheurs ayant précédé ou accompagné son départ du Connecticut. Il pensait à sa mère mais évitait soigneusement de songer à la vision de l'intérieur du cercueil qui l'avait frappé avant les obsèques ; il lui fut plus difficile de chasser les curieuses visions de l'aéroport. Il se souvenait surtout de l'opulence de sa vie au Connecticut ; elle lui semblait parfois imaginaire : le devant de leur maison, son poney, une profusion de jouets mécaniques, son grand-père et la façon dont il s'habillait. A l'âge de la puberté, au cours d'un match de base-ball, il reçut un coup de batte sur la tête qui le laissa inconscient. Lorsqu'il reprit connaissance, il se souvint un instant d'avoir vu un homme tailladant le corps d'une femme avec un couteau. Une prof, agenouillée à côté de lui, répétait : « Ô mon Dieu, ô mon Dieu ! » Il resta un moment sans reconnaître ni la prof ni les élèves à côté de lui. Deux personnes nues sur un lit dont l'une se débattait dans son sang ? De nouveau il vit la scène, la tête horriblement douloureuse, et de nouveau il lui sembla qu'il l'avait vue se dérouler.

– Ô mon Dieu ! répéta la prof, et, soudain il se souvint de son nom. Comment te sens-tu ? lui demanda la prof.

– Mon père a dit qu'il n'y avait pas de mauvais hommes, répondit Tabby.

*

A deux autres occasions seulement, lors de sa vie en Floride, Tabby Smithfield se révéla être autre chose que le gamin normal et tranquille qu'il paraissait.

La première se produisit un peu après que Clark eut acheté la petite maison d'Orlando. Ils avaient emménagé le matin et il y avait encore des cartons partout. Sherri attendait une livraison de chez Sears, un nouveau lit. Tabby avait retrouvé son Monopoly dans un des cartons, et jouait seul sur le sol nu de sa nouvelle chambre. Il y avait quatre Tabby et quand l'un d'eux lançait les dés, les autres espéraient qu'il tomberait dans un de leurs hôtels. Jusque-là, Tabby II gagnait et Tabby III ne tirait que de mauvais chiffres. Sherri entra dans la chambre et ressortit. Tabby l'entendit ouvrir des tiroirs, des boîtes.

– Je ne le retrouve pas, bon Dieu ! cria-t-elle depuis la salle de séjour.

A cet instant, il était Tabby IV, un Tabby prudent, pas téméraire comme Tabby II ou malchanceux comme Tabby III.

– Je peux t'aider ? demanda-t-il.

– *Je n'arrive pas* à le trouver, brailla Sherri au bord des larmes.

Tabby comprit – les déménagements étaient éprouvants pour les nerfs. Sherri avait égaré son porte-monnaie et elle devenait enragée : elle allait devoir donner un pourboire aux hommes qui viendraient livrer le lit et n'aurait pas d'argent. Il comprit cela en un instant et, une seconde plus tard, il le *vit* : il vit Sherri poser, sans y prêter attention, le porte-monnaie sur le réfrigérateur.

Tabby ne se posa pas de questions, ne se demanda pas d'où venait cette vision. Il se rendit dans le séjour et annonça :

– Le porte-monnaie est sur le frigo.

– Tu plaisantes ? dit Sherri. (Elle fila dans la cuisine et en revint avec le porte-monnaie à la main.) Tu es génial. Dis-moi maintenant ce qu'est devenu le bracelet porte-bonheur que j'ai perdu quand j'avais seize ans.

– O.K. ! Il a glissé sous la banquette arrière de la voiture de ton cousin Hector. Une Dodge 1949. Il y est resté jusqu'à ce qu'Hector la vende à la casse, et le type l'a retrouvé en retirant les sièges, annonça Tabby III. Il l'a donné à sa petite amie qui l'a perdu au cours d'une soirée...

Il s'arrêta net car Tabby III venait de lui montrer clairement une Sherri de seize ans, sans chemisier ni soutien-gorge, les cheveux aussi noirs que ses yeux.

– Mon cousin Hector ? dit Sherri. Doux Jésus ! Est-ce que je t'ai jamais parlé de lui ?

Un coup de sonnette.

– Les voilà. Merci, Tabby. Je devenais dingue.

Et Sherri se détourna, non sans lui avoir lancé un regard stupéfait et un peu inquiet.

L'autre événement se produisit trois ans plus tard, en mars 1980, un mois avant leur retour à Hampstead. Monty Smithfield était décédé à la suite d'une attaque, et son notaire avait écrit à Clark pour lui annoncer qu'il était propriétaire des *Quatre Cheminées.* Clark voulait partir immédiatement ; Sherri ne voulait pas en entendre parler et ils se querellaient sans fin. Outre la maison, il y avait une somme qui leur paraissait fabuleuse : des centaines de milliers de dollars.

– Et ton travail ? demanda Sherri.

– Ils peuvent se le mettre... J'en trouverai un autre. Sherri, je n'ai plus besoin de travailler avant longtemps.

– Je ne veux pas partir dans le Nord.

– Tu veux rester ici ? Dans ce logement minuscule ?

– Je ne serai pas chez moi. Je n'aurai pas d'amies. Je veux rester dans ma maison.

Clark s'était remis à boire et il était ivre. Comme au bon vieux temps de Mount Avenue, il manquait son travail deux jours par semaine.

– Chez toi, c'est là où je t'emmène, brailla Clark.

– Je suis donc un truc que tu fourres dans une valise ? demanda Sherri, furieuse.

Son accent devenait beaucoup plus espagnol quand elle était furieuse.

Tabby se glissa dehors. Il entendit un bruit de verre brisé.

Et la chose se reproduisit. Il était ailleurs. Pour la première fois, il comprit qu'il voyait ce qui allait se passer. Il faisait nuit et un peu plus frais que dans la réalité. Les bruits de la querelle s'étaient évanouis comme s'était évanouie la maison. Tabby le savait sans avoir besoin de se retourner. De grands arbres tout autour : devant lui, le croisement de deux routes. Les lumières des grandes maisons à travers les arbres. Il sut qu'il se trouvait dans le Nord, en un lieu qu'il avait jadis connu. Il était arrivé quelque chose d'affreux. Les phares d'une voiture arrivèrent sur lui, l'éblouirent.

*

Il s'y retrouva donc dans la réalité, six semaines plus tard, la nuit du 17 mai. Son père prétendait avoir déjà trouvé un emploi : en rentrant, le soir, il parlait des clients visités, des commissions gagnées. Tout cela en buvant ferme. Sherri était devenue bouffie de tristesse. Elle détestait le Connecticut. Tabby traînait dans les rues, cherchant quelque chose. Par deux fois, il se retrouva devant les grilles de Mount Avenue, fixant la vieille demeure de son grand-père. Quelque chose allait arriver, devait arriver. Il le sentait. A l'école, il gardait le silence, songeant que sa véritable vie était ailleurs, dans les rues calmes de Greenbank la nuit, là où *cela* se trouvait.

Ce samedi-là, Tabby était tourmenté par la certitude que *cela* allait arriver. Il n'avait toujours pas la moindre idée de ce que c'était, mais c'était suspendu au-dessus de Hampstead, comme un nuage d'orage. Son anxiété l'empêcha de toucher à ses toasts au petit déjeuner, de lire un livre ou de regarder la télé.

– Belle journée, dit Clark. Si on allait lancer la balle de base-ball ?

La pensée de ce qui allait arriver le rendit maladroit. Il ratait des balles, les lançait de travers.

– Fais attention ! hurlait son père qui finit par abandonner, écœuré.

Tabby marcha pendant des kilomètres, jusqu'à Sawtell Beach où il regarda les visages des gens qui prenaient le soleil. C'est à *toi* que ça va arriver ? C'est *toi* qui vas le faire ? Il remonta Greenbank Road, regardant les visages dans les voitures qui passaient.

A une heure, il s'assit sur la plage et s'endormit : il rêva, des rêves intenses, pleins de vociférations, d'appels au secours. Quand il se réveilla, il regardait la maison Van Horne, sur sa colline, au-dessus d'un mur de béton. Il gémit. Cela allait se produire et il ne pourrait l'empêcher. Des mouettes tournoyaient, imitant les cris entendus dans son sommeil.

Il se traîna jusque chez lui.

Après dîner, Tabby ressortit. Il ne se dirigea pas vers Mount Avenue, cette fois, mais vers les petites rues derrière. Charleston Road. Hermitage, Beach Trail, Gravesend Avenue, Cannon Road. Il scruta les fenêtres, les visages. Une voiture de police passa, revint pour jeter un coup d'œil.

En remontant Charleston Road pour la troisième fois, il fut pris d'un étourdissement et de nausées. Il sentit l'odeur de la mort tout aussi nettement que s'il était penché sur un cadavre. Un instant lui revint en mémoire une rixe dans une taverne de Fort Myers, un homme plantant un couteau dans le corps d'un autre : *cela* était arrivé, il le savait. Et puis il fut envahi par une foule d'images trop précipitées et incohérentes pour qu'il les comprenne. Un sweat-shirt sur lequel était écrit TE LAISSE PAS ABATTRE ; un gamin tombant de bicyclette sur un tas de gravier ; un énorme camion couché sur le côté ; une femme appelant au secours d'une voix d'oiseau.

Cela commençait ou continuait. Tabby tituba, fit demi-tour, redescendit Charleston Road en courant et se retrouva face à des phares arrivant vers lui. Il regarda vers Cannon Road. La maison était là, les fenêtres obscures : c'était là que cela s'était passé. Les phares de la voiture le fixèrent un instant et la Corvette accéléra, tourna. Un bref instant, il vit le visage figé et désespéré de l'homme au volant. Il se trouvait à l'endroit où l'avait conduit le sentiment de ce qui allait arriver, à l'endroit où il s'était vu quelques semaines plus tôt.

Tabby demeura figé jusqu'au passage en trombe, à côté de lui, des voitures de police. Alors il recula, comme frappé, et fila à travers les arbres et les maisons, jusqu'à la rue suivante. Il rentra chez lui en courant. Il entendit son père et Sherri dans leur chambre. Ils faisaient l'amour bruyamment, frénétiquement.

*

– Skippy mettait la tête dans les boîtes aux lettres, des fois, dit Bruce Norman. Pour voir si les pétards avaient des ratés.

Tabby Smithfield était devenu un intime des jumeaux Norman ; il était assis entre eux, à l'arrière de leur vieille voiture, dans le parking de la *Sterne bleue*. Dicky Norman avait glissé des billets dans la main d'un étudiant rendu soudain nerveux, et passé sa commande de bière ; ils étaient maintenant tous les trois un peu ivres, Tabby moins que les jumeaux. Il était 22 h 30, ce samedi soir, 31 mai. Dicky et Bruce n'avaient pas lâché Tabby depuis le vendredi. D'abord un peu effrayé, Tabby avait fini par considérer que, bien que destinés à un avenir peu glorieux, ils n'étaient après tout que des gamins turbulents. Leur taille et leurs visages inquiétants faisaient craindre le pire au reste du monde. Ils volaient dans les magasins, se livraient à des actes de vandalisme, fumaient de la drogue et adoraient la musique bruyante. Tabby en avait connu des tas comme eux.

– De toute façon, on a laissé tomber les pétards. Maintenant on y va avec le Dévastateur, annonça Bruce en caressant la poignée d'une batte de base-ball, naguère d'un beau noir laqué, mais maintenant pleine d'entailles et d'éraflures. Le bruit est même meilleur, plus honnête, précisa-t-il. Un bon coup de Dévastateur et tout le foutu côté de la boîte est cabossé. Bo-*ing* ! Si tu venais faire un tour avec nous un peu plus tard, hein ?

– O.K. ! dit Tabby. Je viendrai.

Dicky se redressa, regarda dans le rétroviseur et grogna.

– Bobo le Clown, annonça-t-il, et les trois garçons cachèrent leurs boîtes de bière entre leurs jambes.

Un instant plus tard, une voiture de police s'arrêtait à côté d'eux et un Bobo souriant en descendit, arriva à leur portière.

– Tiens, les jumeaux. Vous ne devriez pas être au lit ?

– Si vous le dites, monsieur l'agent.

– Qui c'est, votre copain ? Il a l'air trop normal pour être de vos amis.

Tabby déclina son nom et le policier le regarda d'un œil plutôt bienveillant.

– Bon. C'est l'heure de rentrer, les gosses. Je vais jeter un coup d'œil au bar et, à mon retour, je ne veux plus vous voir ici. Je regrette que vous ayez seize ans et votre permis.

– C'est triste de vieillir, dit Bruce.

– Je ne crois pas que tu en arriveras jamais là, Brucie, dit Bobo.

Dès qu'il eut pénétré à la *Sterne bleue*, Bruce vida sa bière et ouvrit la portière pour passer devant.

– Connard, dit-il en mettant le contact. M'appeler Brucie. Putain de clown ! On va faire un tour. Dicky, si tu expliquais un peu le film à Tabs !

– Tu as déjà entendu parler d'un mec qui s'appelle Gary Starbuck ? demanda Dicky.

*

Clark Smithfield, et encore moins Tabby, n'avait pas rencontré Gary Starbuck à Key West, au début des années soixante-dix. Son père lui avait affirmé que le seul moyen d'éviter la taule était de se déplacer sans cesse, de travailler quelque temps dans une ville et de filer au moins à huit cents kilomètres de là. Marchant sur les traces de son père, alors que Clark Smithfield avait refusé de le faire, Starbuck avait vécu de rapines à Key West, tandis que Clark travaillait au bar *Sans-Nom.* A Key West, Starbuck s'appelait Delbert Tory ; à Houston, Charles Beard ; à Springfield (Illinois), Lawrence Ringler ; à Cleveland, Keith Pepper. Lorsqu'il loua la maison de Frazier Peters sur Beach Trail, il s'appelait Nelson Sutter. De son père, il avait aussi appris à éviter les gens, à rester seul dans les bars, à cultiver une politesse toute professionnelle. Starbuck était jeune, courtaud, avec des cheveux bruns et des épaules larges. Son visage grave et son nez fort détonnaient avec le reste de son corps. Quand il ne travaillait pas, il portait des chemises polos pastel et des pantalons de toile, et il conduisait une fourgonnette grise anonyme. Quand il travaillait, il se munissait d'un pistolet.

A son arrivée à Hampstead, il avait loué une caravane dans le parc de Post Road. Les jumeaux avaient vu sa fourgonnette garée à côté de la caravane en permanence ; parfois, elle disparaissait le week-end, le soir en général. Au moment où Starbuck trouva une maison à louer, Bruce et Dicky décidèrent d'aller jeter un coup d'œil dans la caravane et la fourgonnette.

Bruce se glissa dans la fourgonnette pendant le sommeil de Starbuck. Elle était aussi propre dedans que dehors : propre et vide. Mais, en fouillant dans la boîte à gants, Bruce avait découvert que la carte grise délivrée en Californie était à un autre nom que celui sous lequel on avait loué la caravane. Le lendemain soir, avec leur passe, ils pénétraient dans la caravane.

Et ils y découvrirent des postes de télé, de l'argenterie, des costumes, et une demi-douzaine de boîtes de chaussures bourrées d'argent.

Ils retournèrent à la caravane le lendemain après l'école. Ils sonnèrent. Le locataire vint ouvrir et leur jeta un regard soupçonneux.

– Monsieur Starbuck ? Excusez-moi, je veux dire monsieur Sutter ? demanda Bruce.

Lorsqu'ils repartirent, ils avaient une nouvelle télé et un petit sac plein de bonne herbe mexicaine. Gary

Starbuck s'était souvenu du conseil de son père : « Traite bien tes associés, même si ce sont des associés dont tu ne veux pas. » Il était sûr de trouver à utiliser les jumeaux Norman.

*

Patsy McCloud vivait avec une unique, simple et grande frayeur qui éclipsait toutes les autres. A sept ans, ses parents l'avaient emmenée à l'hôpital pour malades mentaux où vivait sa grand-mère Tayler – ses parents voyaient grand-mère Tayler deux ou trois fois par an mais, pour Patsy, c'était sa première visite. Son père y avait été opposé mais sa mère, qui avait dû éluder les demandes de plus en plus fréquentes de la vieille femme, avait tenu bon.

On les introduisit dans une grande salle aux couleurs vives, comme une maternelle. Les infirmières adressèrent de grands sourires à Patsy, déjà mal à l'aise du fait de la tension entre ses parents et de ces gens bizarres qui traînaient dans la salle. Des gens aux têtes trop grosses pour leurs corps, aux langues trop grosses pour leurs têtes. Les serrures et les barreaux lui donnaient l'impression d'être prisonnière. Peut-être était-ce un truc pour l'amener ici ! Ses parents allaient la laisser ! Bien qu'elle fût la seule enfant, la pièce semblait parfaitement lui convenir, avec ses tables jonchées de crayons de couleur et ses dessins d'enfants fixés au mur.

Sa grand-mère arriva par une porte orange vif, accompagnée de deux infirmiers ; elle parlait toute seule. La première pensée de Patsy fut que sa grand-mère était la personne la plus vieille qu'elle eût jamais vue, et qu'elle était chez elle ici. Des cheveux blancs, rares et ternes, des yeux vitreux, des poils blancs au menton. Elle ne prêta aucune attention aux parents de Patsy mais s'assit sur la chaise où les infirmiers l'avaient installée et fixa ses genoux en marmonnant.

– Nous avons amené Patsy, dit sa mère. Tu te souviens que tu demandais à la voir ?

Son père fit entendre un claquement de langue dégoûté et leur tourna le dos.

Patsy fixait le visage de la vieille femme.

– Tu ne veux pas dire bonjour à ta petite-fille ?

– Il y a un homme pendu dans l'arrière-cour, marmotta la vieille dame. Il se balance à une corde. On le trouvera la semaine prochaine, je crois. Tu as amené la fille de Danny ? (Les yeux pâles se levèrent sur Patsy.) La pauvre petite. Elle aussi. Elle est mignonne. Ça ne lui plaît pas d'être ici, hein ? Elle croit que tu vas la laisser avec moi. Pauvre petite. Tu crois qu'on va le trouver la semaine prochaine, petite ?

Les yeux pâles avaient perdu un peu de leur regard vague, et Patsy avait vu l'homme pendu à une branche d'arbre. A travers une fenêtre, elle distingua un bureau couvert de papiers.

– Je ne sais pas, répondit Patsy, sous le choc.

– Je t'aimerais bien si tu vivais avec moi, dit sa grand-mère.

Cela mit fin à la visite. Son père la prit dans ses bras et la porta à la voiture. Dix minutes plus tard, sa mère les rejoignait. Jamais plus on ne reparla d'emmener Patsy voir grand-mère Tayler.

Deux jours plus tard, elle demanda à son père si on avait trouvé l'homme. Son père ne comprit pas. Mais Patsy avait compris que son père avait honte, à la fois pour lui et pour elle.

Mais elle se souvint des paroles de sa grand-mère : « Pauvre petite. Elle aussi. » Quand les yeux de la vieille femme avaient finalement rencontré les siens, elle s'était sentie aussi transparente que du verre. Dans ces yeux, elle avait lu un désespoir et une intelligence qui allaient bien au-delà de la mort. Avant sa puberté, Patsy parvenait à faire mouvoir de petits objets sur une table, à allumer les lumières, à ouvrir les portes, simplement en voyant ces choses arriver dans son esprit et en y appliquant un halo jaunâtre de volonté. Elle garda cette faculté secrète. Elle avait su, aussitôt, que grand-mère Tayler pouvait faire beaucoup mieux. Si elle l'avait voulu, elle aurait pu faire écrouler l'hôpital et en serait sortie, libre et indemne. Mais grand-mère Tayler ne le voulait pas. Pour Patsy, la vieille femme représentait l'image de son propre destin.

Quand elle eut ses premières règles, elle perdit sa faculté de faire mouvoir les objets, tout simplement disparue, effacée par la féminité qui, à sa place, avait laissé des douleurs au ventre et du sang. Pendant près d'un an, elle fut tout à fait semblable aux autres filles qu'elle connaissait, et en fut heureuse.

C'est alors qu'une nouvelle arriva dans sa classe. Marilyn Foreman, une créature effacée à lunettes, les cheveux ternes et la bouche pincée. A l'instant où Marilyn avait passé la porte, Patsy avait su. Et Marilyn aussi l'avait reconnue. Il y avait là un fait inéluctable : Marilyn représentait son destin, tout comme sa grand-mère.

– Qu'est-ce que tu fais ? lui avait-elle demandé. Moi, je vois des choses, et elles arrivent toujours.

– Ne t'approche pas de moi, avait dit Patsy sans conviction, et Marilyn était restée.

Patsy demeura sans réaction lorsque Marilyn éloigna d'elle toutes ses amies.

– Ça t'arrivera à toi aussi, lui dit Marilyn. Je le sais.

Aucune affection ne les liait, mais elles devinrent si proches qu'elles finirent par se ressembler : une sorte de compromis entre le joli minois de Patsy et la banalité de Marilyn. Parfois, Patsy se surprenait à parler avec la voix de son amie. Les Tayler ne comprirent jamais pourquoi leur fille, populaire et séduisante, se laissait influencer par cette insignifiante Marilyn.

Ensemble, elles *voyageaient* : c'était leur mot, une idée de Marilyn. Elles se tenaient côte à côte, la main dans la main, les yeux clos. Et leur esprit se touchait, montait en flottant. Dans leurs voyages, elles voyaient d'étranges paysages, de chaudes couleurs en fusion. Jamais elles ne savaient ce qu'elles allaient découvrir. Peut-être simplement des gens dans un restaurant, ou un garçon de la classe se promenant sur Sawtell Beach. Une fois, elles virent deux de leurs profs, qui n'étaient pas mariés ensemble, en train de faire l'amour sur le sol d'une pièce vide. Une autre fois, ce fut le prof d'atelier de J. S. Mill, nu sur un garçon de l'équipe de foot de l'école. « C'est dégoûtant », avait dit Marilyn. Mais, en général, elles ne se souciaient guère de ce qu'elles voyaient dans leurs voyages.

Une autre vision semblait se situer dans le passé, ce qui était déjà assez insolite. Les deux jeunes filles voyaient une rue qui devait être Riverfront Avenue, mais sans ses compagnies pétrolières ni ses bureaux. Des bateaux de pêche courts et trapus étaient à quai ; de vieilles voitures garées dans l'herbe de ce qui, depuis longtemps, était devenu un parking. Sur l'un des bateaux, un homme barbu, coiffé d'un bonnet de laine, versait du vin dans une tasse à café et un verre. Contre la lisse, une femme en robe de soie.

– Je n'aime pas ça, dit Marilyn. C'est mauvais.

Et elle avait essayé de retirer sa main que Patsy avait serrée plus fort : cela lui était destiné et Marilyn n'allait pas le lui enlever, même si ce devait être terrible. Car elle savait que cela allait être terrible. L'homme barbu sourit à la femme et mit les moteurs en route. Le bateau descendit la rivière, se dirigea vers la mer, lentement. L'homme prit la femme dans ses bras, feignant de danser. La femme riait. Le pêcheur était séduisant, remarqua Patsy, comme est séduisant un taureau. Il caressa le cou de la femme de ses gros doigts. Puis ses mains se fermèrent et il serra le cou, appuyant de ses pouces. Ses yeux brillaient. Il renversa la femme, luttant, corps emmêlés ; il cogna la tête de la femme sur le pont. Marilyn se mit à trembler. Quand la femme fut inerte, l'homme l'enveloppa dans un rouleau de toile huilée, jeta le corps par-dessus bord et finit son vin. Dès que l'image du pêcheur, seul sur son bateau, se fondit en une autre image d'un homme étrange, en costume croisé sur la place du country club, Patsy lâcha la main de Marilyn. Elle eut le sentiment que ces scènes de mort et de violence se dérouleraient chaque fois qu'elle les appellerait.

Tu crois qu'on va le trouver la semaine prochaine, petite ?

Quand les Foreman partirent pour Tulsa, Patsy ne tenta plus de voyager seule. Les et elle allèrent à l'université du Connecticut. A la télé, ils assistèrent à l'assassinat de Kennedy. Si elle avait des songes prophétiques, elle les gardait pour elle. Déjà, Les l'appelait « la sorcière yankee ». Après leur mariage, en 1964, ils vécurent à Hartford, New York, Chicago, Londres, Los Angeles puis, de nouveau, Les fut muté à New York. Ils achetèrent leur maison de Hampstead. Maintenant, ils n'abordaient aucun sujet personnel. En fait, Les lui parlait à peine. Il avait commencé à la battre à Chicago.

*

Les ne la battit pas ce dimanche soir ; dans son ivresse, il lui déclara amèrement que, comparée à Ronnie Riggley et Laura Allbee, elle n'était pas une femme. Il traîna dans la maison, finissant sa bouteille, tandis que Patsy s'enfermait dans la chambre. En l'entendant monter, elle fila dans la chambre voisine, meublée d'un canapé-lit, de quelques rayons de livres et d'une petite télé Sony noir et blanc, qu'elle alluma pour regarder un film jusqu'à ce que Les soit endormi.

A minuit et demi, elle fut réveillée, comme Les, par un grand bruit dehors. Elle entendit son mari s'agiter, à côté, puis descendre et claquer la porte d'entrée.

Elle regarda par la fenêtre et vit une vieille voiture noire virer à l'angle de Charleston Road. Une seconde plus tard, elle aperçut Les en robe de chambre. Il courait, un pistolet à la main.

Elle le connaissait assez bien pour savoir que, sans la visite de Richard Allbee et Bobo Farnsworth, il n'aurait pas pris l'arme. Mais la jeunesse et la force de l'un, la célébrité – si insignifiante fût-elle – de l'autre, l'avaient provoqué. Patsy descendit chercher son mari.

Un moineau mourant battait pathétiquement des ailes sur une grille d'égout, au pied d'un lampadaire. En temps ordinaire, elle se serait arrêtée, mais elle entendit la sirène d'une voiture de police et elle se précipita vers le bruit.

Au coin de Charleston Road et de Beach Street, sous un autre lampadaire, une fillette brune à lunettes la regardait. Patsy songea d'abord qu'il était bien tard pour se trouver dans la rue à son âge ; elle se dit ensuite que le visage de l'enfant lui était familier. Elle continua à courir. Une voiture de police arrêtée, un agent debout à côté d'un vieux bonhomme voûté et d'un adolescent. Et Les leur faisant face, pointant son arme sur eux.

– Ô mon Dieu !

Patsy songea que Les était devenu fou, qu'il allait tirer sur quelqu'un, à moins que le policier ne lui tire dessus avant.

Puis elle se rendit compte que la fillette sous le lampadaire était Marilyn Foreman, avec sa lavallière, ses socquettes blanches et son visage pâle et farouche.

– Non... ce n'est pas... dit Patsy.

Marilyn ouvrit la bouche, parla, mais sans un son. Patsy entendit un coup de feu, assourdissant dans la rue tranquille.

*

– Gary Starbuck, c'est un pro, dit Dicky Norman à Tabby comme ils passaient le pont sur la Nowathan. Un vrai. A part nous, personne ne connaît son vrai nom.

– Qu'est-ce que tu veux dire par un « pro » ?

Les deux frères se mirent à rire. Ils grimpaient Greenbank Road à toute allure, le vieux moteur refait de leur Olds crachait des flammes.

– Il pique des trucs, dit Bruce. Dans les maisons. Quand il a fini avec une piaule, y a plus que les termites. Je parie que Gary Starbuck se fait plus de fric en une année que n'importe qui par ici. Je parie que c'est un putain de millionnaire, mec !

– Oh !

– Et on va se brancher avec lui.

– Pas moi, dit vivement Tabby.

– Pas ce soir. Ce soir, on va juste faire prendre de l'exercice au Dévastateur. A Greenbank. C'est minuté. On arrive à Greenbank dix minutes après le passage de ce connard de Bobo le Clown. On connaît *ses moindres mouvements*. Et il va avoir l'air d'un vrai con.

– Vous n'avez pas déjà fait quelques boîtes aux lettres à Greenbank ?

– Ouais, mais ça c'est spécialement pour Bobo, dit Dicky, cognant la batte dans le creux de sa main. Et après, on pourra peut-être aller parler avec Gary Starbuck. A moins que tu ne veuilles rentrer, petite tête.

– Je crois que je vais rentrer.

– On verra ça plus tard, dit Bruce sur le siège avant.

– Je ne vole pas chez les gens et je ne veux pas rencontrer de voleur, déclara Tabby. Je ne tiens même pas à aller démolir les boîtes aux lettres des voisins.

– Hé, mec, lui dit Dicky, lui tapotant la tête.

– C'est *mon quartier.*

– Hé, c'est son quartier, mec, dit Bruce.

Dicky baissa complètement sa vitre et sortit la batte, à l'instant où ils tournaient à un coin de rue. Une boîte aux lettres fut arrachée de son poteau avec un bruit de cou brisé.

– Je l'ai eue ! hurla joyeusement Dicky.

– On veut pas que tu fasses quelque chose d'extraordinaire, dit Bruce. On est copains, c'est tout, non ?

– Ouais.

– Je sais pas trop. Tu m'as pas l'air très copain, fit remarquer Dicky, cognant de nouveau la batte dans sa paume.

– Le cambriolage, c'est pas pour moi. C'est tout ce que j'ai voulu dire.

– Hé, mais c'est ce gars qui prend tous les risques, lui dit Bruce. On n'est pas aussi cloches qu'on en a l'air.

Tabby ne répondit pas.

– En voilà une autre, annonça Dicky, sortant la batte tandis que Bruce ralentissait.

D'une main, Dicky abattit la batte sur la boîte aux lettres du collège.

Quand Bruce vira dans Beach Trail, Tabby se mit à protester.

– Hé, les gars, c'est là que j'habite.

– Tabs, tu commences à m'emmerder, dit Dicky.

« Qu'est-ce que je fais là ? se demanda soudain Tabby. Tout ça parce que ces deux dingues m'ont payé un gâteau et un Coke. »

– C'est peut-être idiot, dit-il, mais vous n'avez jamais pensé à devenir flics ? Je parie que vous feriez une fameuse paire de flics.

– Merde, répondit Dicky.

– Ça gagne pas de *fric*, Tabs, pas de *fric*. Tous les flics de Hampstead habitent Norrington, mec, tu sais ça ?

– Fais-toi la suivante, Tabs, proposa Dicky.

Ils n'avaient pas vu la voiture de Bobo Farnsworth garée sous les arbres de l'allée menant chez Léo Friedgood.

– Passe de l'autre côté de la route, Bruce, dit Dicky, poussant Tabby du bout de la batte.

– Pas la mienne, protesta Tabby, qui voyait où Bruce se dirigeait.

– Tu m'emmerdes. C'est bon.

Bruce prit Charleston Road, roulant à gauche.

– Tu as intérêt à te faire celle-là, Tabs, dit-il.

Furieux et désespéré, Tabby passa la batte par la portière, la tenant à deux mains. Elle heurta la boîte aux lettres avec une force terrible, sembla-t-il, et s'arracha presque des mains de Tabby.

– Par*fait*, soupira Bruce. Tu es un vrai.

– Hé, il y a un mec qui nous court après, dit Dicky, amusé. S'il croit relever le numéro, il est à côté de ses pompes.

Tabby tourna la tête et vit un homme en pyjama, qui courait derrière eux.

– Bye-bye, dit Bruce, accélérant et virant dans Beach Trail.

– Hé, je suis presque chez moi, fit vivement remarquer Tabby. Si vous...

Bruce traversa la rue et décapita une boîte aux lettres. Ils entendirent la sirène d'une voiture de police dans Cannon Road.

– Laissez-moi descendre, insista Tabby.

– Laisse-le descendre, dit calmement Bruce à son frère.

Dicky poussa vivement Tabby vers la portière :

– Ferme-la et tout se passera bien. Tu la fermes, c'est tout.

Tabby ouvrit la portière et descendit, trente secondes avant que Bobo Farnsworth ne tourne dans Beach Trail. Derrière Bobo, Les McCloud arrivait de Charleston Road, agitant son arme et hurlant des obscénités.

*

A Greenbank, comme à peu près partout dans Hampstead, on ne voyait que quelques rares maisons éclairées. Deux fenêtres brillaient chez les McCloud, au premier étage. Patsy et Les se trouvaient dans deux pièces différentes, en déduisit Bobo, sans surprise. Un jour, on allait l'appeler pour mettre fin à une dispute et il allait trouver la femme avec un œil poché et la mâchoire cassée. Et quand Les aurait passé une nuit en cellule, Patsy viendrait le chercher en racontant qu'elle était tombée d'une échelle. Il vira dans Cannon Road et vit que, chez Léo Friedgood, les fenêtres de la salle à manger et du salon étaient éclairées. L'insomnie. Et il avait oublié de tirer les rideaux. A moins que Léo ne soit fin soûl, il serait heureux d'avoir de la compagnie.

Bobo alla se garer sous les arbres. Inutile qu'un voisin dehors à minuit aille se mettre dans l'idée que la police interrogeait Léo Friedgood à cette heure-là. En levant les yeux sur les fenêtres, il vit une ombre passer sur le mur du salon. Bobo grimpa les marches et sonna.

– Qui est là ? demanda une voix étouffée.

– L'agent Farnsworth. Je suis en patrouille et je me suis arrêté pour voir si vous n'aviez besoin de rien.

Pas de réponse.

– Vous voulez bavarder un peu ?

– Filez d'ici, dit la voix.

– Ça n'a pas l'air d'aller, monsieur Friedgood.

On tira les rideaux sur la gauche de Bobo. Friedgood fit entendre des sons incohérents.

– Ouvrez-moi, monsieur Friedgood. Laissez-moi vous aider.

– Vous croyez pouvoir m'aider ? Ouvrez.

Bobo tourna la poignée et poussa la porte. Presque aussitôt, il sentit une odeur de chair brûlée. Surpris, il vit que Friedgood portait un chapeau et des lunettes noires. Il avait les mains gantées, la moitié du visage bouffie ; l'autre moitié, des lunettes au col de sa chemise, était aussi rouge qu'un steak cru. La moustache avait disparu.

– Ne vous approchez pas, dit Friedgood. J'ai attrapé quelque chose.

– Qui est votre médecin ?

Friedgood leva la main droite, la passa sur le côté rouge de son visage. Même dans la semi-obscurité, Bobo vit que le gant était maculé de sang. On aurait dit que Friedgood était atteint d'une sévère poussée d'acné et qu'il avait essayé de se guérir en s'arrachant la peau. Ou en la brûlant.

– Mon médecin ne peut rien pour moi, dit Friedgood, reculant davantage encore dans l'obscurité. Vous êtes content ? Maintenant, filez. Je n'ai pas besoin de compagnie.

Bobo vit que le côté gauche du visage de l'homme, le côté bouffi, était aussi blanc que ses lèvres. La joue – la chair ou l'os – semblait bouger toute seule.

– Retirez votre chapeau et vos lunettes. Seigneur, je n'ai jamais vu ça !

Bobo entendit comme une explosion, dehors. Friedgood gloussa. Une voiture démarra en trombe.

– Il vaut mieux que j'y aille, dit Bobo. Encore une de ces foutues boîtes aux lettres. Mais si je peux vous aider...

– Laissez-moi tranquille. Vous ne pouvez rien pour moi. Partez !

Bobo se rua vers la porte, hérissé de chair de poule. Arrivé à sa voiture, il nota que Friedgood avait éteint toutes les lumières.

*

Il tenta de repérer les feux arrière d'une voiture, en virant dans Charleston Road. Du coin de l'œil, il remarqua la boîte aux lettres des McCloud dont on avait enfoncé un côté. La porte d'entrée s'ouvrit : Les McCloud allait constater les dégâts. Bobo continua, regardant à droite et à gauche aux intersections ; les vandales pouvaient avoir fait le tour du dédale de rues, ou avoir pris Beach Trail pour gagner Mount Avenue.

Et, de nouveau, il entendit le bruit d'une boîte aux lettres qu'on détruisait. Il mit sa sirène en marche et vira dans Beach Trail.

Un peu plus bas, il vit quelque chose bouger, mais pas de voiture. Devant une vieille maison, une boîte aux lettres cabossée avait roulé jusqu'au milieu de la rue et un gamin se baissait pour la ramasser. Quand le gosse entendit la sirène, il regarda vers Bobo, mais ne s'enfuit pas.

Bobo alla se ranger sur le côté, éteignit le gyrophare, coupa la sirène et descendit.

– Arrête ! Tu as vu une voiture ?

Le gosse secoua la tête et Bobo s'approcha.

– Hé, tu étais avec les Norman, dit-il.

– Oui, dit Tabby. J'habite sur Hermitage Road. J'ai vu cette boîte dans la rue.

– Ça ne vaut même pas la peine de replacer la boîte sur son poteau, dit une voix au bout de la pelouse.

Tabby et Bobo se retournèrent pour voir arriver un

vieux bonhomme en tricot gris et large pantalon blanc.

– Si je le faisais, reprit l'homme, ce serait encore pis. Regardez : ils l'ont sérieusement abîmée. La dernière fois, ils ne l'avaient pas décapitée.

Bobo vit que le gamin reconnaissait le vieux bonhomme. Ce devait être une célébrité quelconque, une vedette de cinéma. Bobo le regarda plus attentivement. Des poils fins et blancs sous le menton, un visage marqué, des joues creuses, un regard vif sous des sourcils broussailleux, un crâne chauve avec une couronne de cheveux blancs. « C'était quelqu'un de connu », se dit Bobo, même s'il ne le connaissait pas.

– Je m'appelle Graham Williams, dit le vieux. Je ne pense pas que ce jeune homme soit le briseur de boîtes aux lettres. C'est toi, gamin ? C'est toi le Ramon Mercader des boîtes aux lettres ?

Le nom de l'assassin de Trotski ne dit rien à Tabby. Ni à Bobo, contrairement au nom de Williams.

– Williams. J'ai déjà entendu votre nom.

– Demandez à Tortue. Il vous racontera un tas de mensonges sur mon compte. Il y a trente ou quarante ans, j'ai eu des ennuis avec une paire de putois qui avaient nom Nixon et McCarthy. Tout un tas d'autres putois voulaient que je témoigne devant une commission et j'ai failli...

Des cris, au bas de la rue, empêchèrent Bobo de préciser à Williams qu'il avait entendu citer son nom par l'équipe du Service Médical d'Urgence.

Ils se tournèrent vers l'origine des cris. Un homme en robe de chambre arrivait sur eux ; ses pantoufles claquaient sur l'asphalte.

– Bougez pas ! hurla-t-il. Cette fois je vous tiens !

Tabby regarda le vieil homme et murmura quelque chose que Bobo ne saisit pas, mais qui parut surprendre Williams.

– Tu es le petit-fils de Monty Smithfield ? Celui qu'on appelle Tabby ? demanda-t-il.

– Sur un bateau, répondit Tabby.

– Restez tranquille, Les, dit Bobo qui ne chercha pas à comprendre ce curieux échange de propos. Il n'y a pas de quoi s'exciter. (Il remarqua alors le pistolet de Les et leva la main gauche pour distraire son attention tandis que, de la main droite, il débouclait l'étui de son arme.) Vous avez entendu une voiture ? demanda-t-il calmement.

– Tirez-vous de là et laissez votre revolver où il est.

– Vous êtes ivre, Les. Rangez cette arme.

– Allez au diable, dit Les, braquant son pistolet à deux mains, les genoux légèrement fléchis. Ce gamin vient de détruire ce qui m'appartient.

– Vous faites erreur.

Par-dessus l'épaule de Les, Bobo aperçut Patsy, hébétée, qui arrivait au coin de Charleston Road. Elle s'arrêta et fixa un lampadaire avec le même air de contemplation figée qu'avait Tabby pour Graham Williams.

– Et voilà Patsy Tayler, dit Williams. Avec ce mignon visage des Tayler. Vous ne pouvez pas convaincre cet homme de baisser son arme ?

– *C'est un vandale !* brailla Les.

– Les, dit Bobo tranquillement, vous devenez fou ? Si vous ne posez pas cette arme, je vais devoir vous l'enlever.

– *Tirez-vous de mon chemin !*

– Je suppose que c'est votre femme, là, dit Graham Williams, se plaçant devant Tabby.

Une flamme jaillit du canon, le pistolet fit entendre un bruit un peu plus fort qu'une toux. Les fit demi-tour, l'arme pendant au bout des doigts.

Bobo braquait son 44 contre le dos de Les qui titubait comme s'il marchait sur des échasses.

– Non ! Non ! cria Patsy en courant.

Les lâcha le pistolet et tomba assis, comme un bébé. Bobo entendit le vieux Williams pousser un soupir de soulagement, et alla voir si personne n'était blessé.

– Ne bougez pas, ordonna-t-il en avançant vers Patsy et Les, qui sanglotait, à présent.

Il se baissa et ramassa l'arme, un 22 à canon court.

– J'ai visé au-dessus de votre tête, connard, dit Les. (Puis, se tournant vers sa femme, le visage congestionné :) Fous le camp d'ici, Patsy. Je ne veux pas te voir.

– Bon Dieu, je devrais vous boucler, observa Bobo. Combien croyez-vous que vous prendriez pour une tentative de meurtre ? Quinze ans ? Vingt ans ?

– Je protégeais mes biens.

Les pleurait toujours et il ferma les yeux.

– Idiot, dit Bobo. (Puis, à Patsy :) Ça ira ? Vous voulez que je l'emmène pour la nuit ?

Patsy secoua la tête, à demi effondrée sous le choc, mais déterminée. « Brave femme, songea Bobo. Bien trop brave pour cette andouille. »

– Je le ramène, Bobo, souffla-t-elle. S'il vous plaît.

– Oh, que non, dit Les, toujours assis au milieu de la rue.

– Vous rentrez chez vous, ordonna Bobo en le remettant sur ses pieds. Vous passerez au commissariat demain. Je veux voir votre autorisation de détention pour ce 22.

– J'en ai une.

– Si je ne sortais pas de dîner chez vous, vous vous retrouveriez avec une accusation d'usage dangereux d'une arme à feu. *Au minimum.*

– J'ai visé au-dessus.

– Avec cette arme merdique, c'est encore plus dangereux. Maintenant, rentrez chez vous.

Les fit quelques pas en titubant, écarta Patsy qui voulait l'aider.

– Laissez-le, dit Bobo. Bon Dieu, c'est la première fois qu'on me tire dessus sans que je procède à une arrestation.

– Quelqu'un pourrait-il me donner une tasse de café ? demanda Patsy.

GRAHAM, DE NOUVEAU

« Vous avez tué un homme », voilà ce que m'avait chuchoté Tabby pendant que cet idiot de Les McCloud nous criait de ne pas bouger. Heureusement, le grand flic n'avait rien compris. Même s'il avait compris, je ne crois pas qu'il m'aurait bouclé. J'ai regardé le gosse. Jusque-là, je l'avais pris pour quelque jeune et riche délinquant. Il y avait du Tabb chez ce gamin : ces grands yeux et ces cheveux blonds ; mais plus encore du Smithfield : même menton sensible, même front généreux que chez Monty et Clark.

« Sur un bateau », avait dit le gosse.

Et j'ai su.

Il avait le don : ce don qui ne réjouit personne, qui perturbe l'existence. Il m'avait vu avec Bates Krell sur le bateau, ce soir de 1924. La scène s'était déroulée devant ses yeux comme un film, et il commençait à trembler. La dernière personne que j'avais vue avec un don aussi fort, c'était Joséphine Tayler et on l'avait enfermée avant ses quarante ans.

Certaines personnes ne possèdent le don qu'une minute ou deux et se demandent, tout le reste de leur vie, si c'est vraiment arrivé – comme je me le suis demandé après avoir rencontré Bates Krell – tandis que d'autres traînent ça éternellement. Je n'aimerais pas que ce soit mon cas. Je me souviens d'à peu près tout ce qui m'est arrivé, mais il y a des choses qui me coupent le souffle. La première fois que j'ai vu Bates Krell, par exemple, et tout ce qui se rapporte à lui, comme l'après-midi sur le bateau. Que ce gamin ait pu le voir simplement en me regardant, moi, m'a davantage fait peur que le pistolet de Les McCloud.

Et alors j'ai aperçu Patsy Tayler, la femme de Les, qui arrivait vers nous. J'ai d'abord pensé qu'elle était ivre. Mais non. Je m'en suis rendu compte aussitôt, et j'ai vu quelque chose que les autres ne pouvaient pas voir. Elle était comme le gosse Smithfield. Le don avait sauté une génération chez les Tayler, passant de Joséphine à sa petite-fille. J'ai quasiment vu grandir cette gamine menue, et jamais je ne m'étais rendu compte qu'elle avait hérité de Joséphine autre chose que sa beauté.

Et cela aussi m'a secoué. Peut-être que si Tabby n'avait pas dit que j'avais tué un homme sur un bateau, j'aurais continué à penser que la fille Tayler était aussi soûle que son mari. Mais il l'*avait* dit, voyez-vous, et cela m'a ramené à l'époque où j'étais un peu comme eux. De nouveau, j'ai regardé Tabby, et de nouveau Patsy, et ils étaient semblables. J'ai ressenti de la pitié, de l'amour et de la crainte : de la crainte car j'ai su que l'apparition de ces deux personnes signifiait l'arrivée de choses affreuses : nous allions être secoués par un tremblement de terre, un volcan ou une tornade. Les histoires de Ted Wise et le DRG-16 n'ont rien à voir à l'affaire.

Et, aussitôt, j'ai eu confirmation que je ne me trompais pas. Aucun des autres ne l'a vu, ils regardaient ce pauvre ivrogne de Les et sa sarbacane, mais moi, j'ai levé les yeux et j'ai vu un oiseau tomber du ciel. Mort. Il est tombé sur ma pelouse, tout près de ma boîte aux lettres, comme une petite boule de plumes.

« *Tirez-vous de là !* » a crié Les, et je me suis mis devant Tabby. Car si cela devait mal tourner, je préférais tomber raide mort, aussi mort que l'oiseau, plutôt que de vivre et voir ça. Mieux valait que ce soit moi que le gosse Smithfield, qui ignorait tout de ce que je savais ou de ce que je soupçonnais depuis 1924. Ce fut un acte de pure couardise et je ne m'en flatte pas.

Le coup est parti, mais même moi j'ai pu me rendre compte que Les n'essayait pas d'atteindre quelqu'un. Il avait levé cette sarbacane à quarante-cinq degrés au-dessus de nos têtes. Et puis j'ai craint ce qu'allait faire Bobo, mais il est resté calme. Il avait sorti son arme, un truc bien plus sérieux que celui de Les. Les s'est effondré et s'est mis à chialer. J'avais passé le bras autour des épaules du gosse qui tremblait, autant à cause de moi et de ce qu'il avait vu qu'à cause de Les.

« Tu es quelqu'un de bien particulier, Tabby », lui ai-je dit. « Nous allons avoir besoin de toi. »

« C'est moi qui ai cassé la boîte aux lettres », a-t-il répondu. « Pas la vôtre. La sienne. »

« Pas un mot de tout ça. Ni du reste. Je te dirai tout, et tu verras pourquoi il fallait que cela arrive. »

« *C'est* arrivé », a dit Tabby, comme s'il n'en était pas sûr. « Et sur ce bateau, aussi. »

« Mais oui, bien sûr. Je t'ai dit qu'il le fallait. »

Bobo et Patsy approchaient et j'ai dû me taire. Je regardai la boule de plumes sur ma pelouse et pensai à Babe Zimmer, et à la voix étranglée d'Harry quand il m'avait annoncé sa mort au téléphone.

Et puis Patsy Tayler et Tabby se sont vus. Elle venait de réclamer, très calmement, une tasse de café, mais elle a perdu sa belle assurance en regardant Tabby. Je savais que le gamin faisait partie de la vision qu'elle avait eue sur la route, alors que je la croyais ivre. Sa grand-mère avait ce même regard, quand elle pénétrait dans une boutique et se figeait devant quelqu'un qui allait mourir d'une crise cardiaque, une semaine plus tard. Simple reconnaissance, mais horrible, parce que si élémentaire. Tabby eut la force de soutenir son regard.

Aucun événement n'est isolé, rien n'arrive jamais par hasard, tout est lié, et je me suis vu en train de retourner le corps de Norm Hughardt dans son jardin. J'ai vu Charlie Antolini m'adresser ce sourire de bonheur innocent. « Oh, merde », me suis-je dit.

Bobo, bien sûr, a cru que Patsy réagissait à ce qui venait d'arriver et il l'a poussée vers nous en lui tapotant gentiment le dos.

« Vous pouvez veiller sur la dame pendant une petite heure ? » a demandé Bobo. « Il faut que je voie si je peux piquer ceux qui ont cassé... ! »

« J'ai du café chaud. Bon et fort. Et je veillerai à ce que le gamin rentre chez lui. !

Patsy fixait le sol, comme pour s'assurer qu'il n'allait pas s'ouvrir sous elle. Puis, de nouveau, elle a levé les yeux sur Tabby. Je les ai pris par les épaules, l'un et l'autre. Patsy ne faisait que trois ou quatre centimètres de plus que le gamin et j'ai eu l'impression de sentir son sang battre sous sa peau. Je me dressais au-dessus d'eux comme quelque antique oiseau reptilien.

*

Cinq minutes plus tard, je traînais dans ma cuisine, jouant les vieux rustauds distraits, à la recherche de trois tasses propres. En fait, j'étais un vieux etc. sous le choc de la rencontre de Patsy Tayler McCloud et de Tabb Smithfield. Les assiettes auraient dû trembler sur les étagères, les tasses s'entrechoquer à leurs crochets. S'étant à peine vus, ils ne se parlaient pas. Ils n'auraient pas su par où commencer tant était vaste leur connaissance commune. Ils avaient appris à dissimuler leur différence aux autres. Et voilà qu'ils se trouvaient l'un et l'autre en face de quelqu'un qui perçait à jour leur déguisement. Ils s'exposaient réciproquement. Ce qui était beaucoup plus difficile pour Patsy que pour le gamin : elle portait ce déguisement depuis plus longtemps, et il était plus fragile que celui de Tabby.

– On pourrait tout aussi bien parler, dis-je enfin, ne pouvant plus y tenir.

Ils s'agitèrent sur leur chaise, feignant de s'intéresser aux cicatrices de la table.

Je posai le café devant eux. Tabby murmura un remerciement et Patsy eut un vague signe de tête.

– Vous savez l'un et l'autre ce que vous êtes, dis-je. Et si vous ne voulez pas en parler devant moi, c'est parfait. J'en sais cependant assez pour vous reconnaître. J'ai connu votre grand-mère, Patsy. Je me souviens d'elle et de ce qu'elle pouvait faire, encore que pour quatre-vingt-dix pour cent des gens de cette ville, elle ne fût qu'une femme assez jolie à qui il manquait un boulon quelque part.

– Elle était jolie ? me demanda Patsy, levant les yeux. Je ne l'ai pas connue avant que... euh... avant.

– Aussi jolie que vous. Et elle a choisi de quitter le monde, si l'on peut dire. Personne ne l'y a obligée. C'est elle qui l'a voulu. Je crois qu'elle avait vu trop d'horreurs. Elle n'a pas pu en supporter davantage.

Je n'aurais pu trouver un meilleur terme. Elle l'avait elle-même utilisé dans son journal.

– Des horreurs, oui. (Patsy parut se détendre pour la première fois.) Je crains d'avoir, moi aussi, l'habitude des horreurs.

Elle jeta un regard curieux sur le gamin, un regard qui, timidement et silencieusement, posait une question. Je crois que, pour la première fois depuis vingt ans, Patsy put imaginer, si peu que ce fût, qu'elle pouvait trouver un réconfort dans son don, qu'il pouvait être partagé.

– Moi aussi, finit par dire Tabby. Depuis que je suis tout gosse. Une fois. Deux fois, peut-être. Je ne me souviens pas.

– Peut-être trois, dis-je. N'oublie pas Bates Krell et moi sur ce bateau.

Tabby déglutit et Patsy continua à le regarder comme s'il allait exploser.

– Eh bien, qu'avez-vous vu ? lui demandai-je.

Surprise, elle leva la tête.

– Vous avez dit que vous aviez connu ma grand-mère. Qu'est-ce qu'*elle* voyait ?

– Elle savait quand les gens allaient mourir. Du moins c'est ce que j'ai cru comprendre.

– Je voudrais rentrer, dit Tabby.

– Tu as vu mourir des gens ? lui murmura Patsy.

– Qu'est-ce que vous voulez dire ? Une fois j'ai vu un type se faire poignarder dans un bar où mon père travaillait.

– Clark était donc barman, dis-je. Cela n'a pas dû réjouir Monty. Mais tu sais bien ce qu'elle veut dire, Tabby. Est-ce que tu as déjà vu cela avant que ça arrive ?

A regret, il acquiesça d'un signe de tête.

– C'est bon, si vous voulez le savoir. J'ai vu quelque chose quand j'avais cinq ans. Cette femme, Mme Friedgood, qui se faisait tuer.

– Tu as vu qui a fait cela ? demandai-je, essayant de rester calme.

– En quelque sorte.

Je continuai à le regarder et il avala son café.

– Il y a longtemps. (Puis, avec un regard de ressentiment :) Qu'est-ce que vous en savez, de toute façon ?

Un instant, j'ai cru qu'il allait pleurer, mais il se refusa à nous montrer sa faiblesse.

– Je ne connais rien de pire, reprit-il. Vous croyez que c'est drôle de voir passer des trucs comme ça dans votre tête ?

Pendant tout ce temps, Patsy avait gardé un silence accompagné de hochements de tête.

Je faillis dire que pour Mme Friedgood il y avait pire, mais je ne pus. Il régnait une atmosphère extraordinaire dans cette pièce. Patsy et Tabby enfin unis, même si c'était contre moi. Ils s'étaient trouvés ;

ils pouvaient se dire qu'ils s'étaient trouvés, avec tout ce que cela impliquait.

– Il a raison, dit Patsy, étendant la main par-dessus la table pour prendre celle de Tabby.

– Jusqu'à un certain point.

– C'est ce que vous croyez ? Vous savez ce que c'est que de croire – de savoir – qu'on devient fou ?

– Je l'ai su quand j'ai vu Bates Krell pour la première fois. Et quand je suis allé derrière le country club de Sawtell, avec la femme de John Sayre, et que j'ai trouvé John, mort dans l'herbe, un pistolet à la main, dis-je. Je vous raconterai tout cela parce qu'il le faut. Il y a des choses qu'il faut que vous sachiez, tous les deux.

– Pourquoi ? demanda Tabby que le soutien de Patsy rendait presque agressif.

– Pourquoi ? répétai-je plus suavement. Parce que Johnny Sayre était un brave homme. Son fantôme mérite que vous sachiez ce que je pense de la véritable histoire de son suicide. Et, par ailleurs, parce que nous sommes liés, tous les trois. Liés par l'histoire. Que je connais. Du moins en ce qui concerne ce coin. (Je souris à Tabby.) Je pourrais te raconter, mais je préfère te montrer.

– Me montrer ?

– Tu veux bien faire une petite promenade ? Vous aussi, Patsy ? Il n'y en a que pour cinq minutes, même pour moi.

– Je n'irai pas à cette maison, dit Tabby, qui ajouta en voyant que je ne comprenais pas : A la maison des Friedgood.

– Non, dis-je, comprenant qu'il avait déjà été poussé à la voir.

Etait-ce le jour du meurtre ? *Lors* du meurtre ? A cet instant, je commençai à craindre pour lui ; pour Patsy aussi ; et pour moi. Je le crus mais je n'aurais pas juré qu'il allait avaler la folle histoire que j'allais lui raconter ; d'autant plus folle qu'il s'agissait moins d'histoire que de tout un fatras d'intuitions et d'impressions.

– Je suppose que vous n'avez jamais entendu parler du Dragon ? demandai-je.

Deux regards vides.

– Pas plus que tu ne sais que ton nom n'a pas toujours été Smithfield ? dis-je à Tabby.

Il secoua la tête, incrédule.

– Je vais prendre une lampe de poche, dis-je.

*

Les Anglais disent « torche » pour « lampe de poche », me rappela Richard Allbee en lisant ces lignes, et ma grosse lampe brillait sans aucun doute comme une torche tandis que nous descendions Beach Trail en direction de Mount Avenue, au milieu de la nuit. Je pensais à ces autres torches qui avaient descendu cette route, mais pas les deux autres. Ils avançaient, impatients, essayant de me faire hâter l'allure pour en terminer au plus vite et rentrer chez eux.

Au coin de la rue, je pus entendre le bruit des vagues sur les plages privées de Gravesend Beach. Au bout de la longue allée menant à la maison Van Horne, un gros arbre éclairé par un lampadaire avait la forme d'un crâne.

– C'est juste un peu plus bas, dis-je, me sentant soudain plus jeune, plus droit, la poitrine moins douloureuse. (Et j'ajoutai, en les conduisant le long du haut mur de pierre du collège :) Le Dragon avait un nom.

Ma « torche » trouva la plaque de bronze fixée dans le granite. BEACH TRAIL, disait la première ligne.

– La Société d'Histoire a fait apposer cette plaque il y a cinq ou six ans, expliquai-je. Personne ne s'arrête pour la lire, bien sûr. Ce qui n'est pas plus mal car elle ne raconte que le dixième de la véritable histoire. Mais regardez les noms. Lisez-les à haute voix.

Patsy lut en silence la partie expliquant que c'était là le lieu de l'installation des premiers colons. Arrivée aux noms des fermiers, elle les lut à haute voix.

– Ebenezer Williams, Roger Smyth, Josiah Green et Benjamin Tayler.

– Bon, dis-je. Vous êtes une Tayler, moi un Williams et Tabby un Smyth. Ils ont changé leur nom vers 1880, lorsqu'un Smyth a acheté ce terrain, ici. Il devait penser que Smithfield faisait mieux que Smyth, je crois. Son petit-fils a tout vendu après la guerre de Sécession, les Vanderbilt ont acheté et fait construire ce qui est maintenant l'école. Mais le nom est resté.

– Et alors ?

– Eh bien, d'abord, nous sommes les derniers descendants de ces familles. C'est important. J'en arrive presque à croire que le dernier des Green doit être quelque part en ville...

– Il y est, dit Patsy. J'ai dîné avec lui et sa femme, ce soir. Richard Allbee. Il vient d'acheter la maison en face de chez nous.

– Est-ce qu'il a des enfants ?

– Sa femme est enceinte.

C'étaient les gens que j'avais vus entrer dans l'allée de la maison Sayre.

– Mais il y a un autre nom, dit Tabby. C'est...

– C'est le Dragon. C'est comme ça qu'on l'appelait.

– « En 1645, lut Tabby, un cinquième fermier, Gideon Winter, se joignit à ces hommes. »

– Je me demande si la formulation est voulue. Elle laisserait presque supposer que Gideon Winter n'était pas un homme véritable ; je crois pourtant qu'il en a été un : un homme au sens large du terme, du moins. Né de parents comme les autres ; plus ambitieux que les autres ; ou simplement plus cupide. Enfin, on ne peut pas dire « simplement ». Je ne pense pas qu'il était « simplement » quoi que ce soit.

Maintenant, l'obscurité que je perçais de ma lampe me rappelait tout ce que je ne voulais pas savoir de Gideon Winter, et j'éteignis la grosse torche. La mer se brisait avec fracas sur les plages privées, au bas des falaises de l'autre côté des demeures.

– Deux ans après l'arrivée de Gideon Winter, leur dis-je, la plupart des récoltes pourrirent sur pied. Les archives ne font état d'aucune vente de bétail, et je crois que la majorité des bêtes moururent. En trois ans, la plupart des enfants étaient morts, également. La première église était construite là-haut, sur la colline – Clapboard Hill, à l'époque – et c'est là que les enfants sont enterrés. Ce ne devait pas être bien loin de ta maison sur Hermitage. On avait des familles nombreuses, à l'époque. Il était courant d'avoir entre cinq et huit enfants. En 1648, nos parents eurent la chance d'en conserver un ou deux. Gideon Winter possédait presque tout Greenbank. Il n'avait pas d'enfants, du moins pas d'enfants légitimes. Tout cela n'est pas sur la plaque. Et ce n'est peut-être jamais arrivé. Je l'ai peut-être inventé à partir de vieux registres paroissiaux. Mais Winter a fini par posséder presque tout, ici. Et on l'a appelé le Dragon. Je peux vous le montrer dans les livres.

Je me sentais épuisé : mon coup de jeune n'avait pas duré. J'étais essoufflé et j'avais envie de m'asseoir.

– Qu'est-ce qui est arrivé à Gideon Winter ? demanda Patsy.

– Je crois qu'ils ont fini par le tuer. Ils ont fini par conclure que c'était un démon et non pas un homme, et ils l'ont tué. (Je n'avais pas seulement envie de m'asseoir mais de me coucher. Il y a vingt-cinq ans, j'aurais tiré une flasque de cognac de ma poche et avalé un gorgeon.) Mais ce ne fut pas là le vrai crime. Ce fut la réaction d'une bande de fermiers illettrés et superstitieux. Le vrai crime, c'est ce que leur avait fait la victime.

– Mais comment aurait-on pu faire mourir des récoltes, des animaux, des enfants ? demanda Tabby qui ne paraissait pas choqué mais assez intéressé, maintenant, pour me croire.

– J'espère que nous n'aurons jamais à le savoir. Je crois même que nous n'y arriverions pas. Nous vivons au vingtième siècle ; eux, vivaient au dix-septième, et à la limite d'une forêt sans fin. Ils croyaient à la magie, aux sorcières et aux démons.

Je les laissai réfléchir un instant à ce qu'ils croyaient.

– Mais je vais vous citer un fait. Patsy, il y a combien de temps que vous êtes arrivés, vous et votre mari ? Huit mois, neuf mois ? (Signe d'acquiescement de Patsy.) Et, Tabby, ton grand-père est mort voilà environ trois mois. Tu es donc aux *Quatre Cheminées* depuis quoi ? Six semaines ? (Signe d'acquiescement de Tabby.) Et le fils de Mary Green est revenu à Hampstead il y a quelques jours, je suppose. Williams, Smyth, Tayler, Green. C'est la première fois que tous leurs descendants sont réunis ici depuis la Seconde Guerre mondiale. Les Tayler habitaient New York. Le grand-père de Tabby a vécu à New York jusqu'à ce qu'il installe sa boîte, Smithfield Systems, à Woodville en 1950. Aucun membre de la famille Green n'a habité les environs de Greenbank depuis 1944 ou 45, quand Mary est partie pour la Californie. Williams, Smyth, Tayler, Green. Nous voici de retour. Cet endroit nous appartient, vous voyez ? *C'est* de la magie, si vous préférez.

– Et si nous sommes de retour... commença Patsy.

– Oui. Lui aussi, peut-être. Car il ne s'agit pas d'un simple retour. Vous êtes revenus si forts, si vous voyez ce que je veux dire.

– C'est dingue, dit Tabby.

– D'accord avec toi, gamin. Mais prends garde à

toi. La première fois que j'ai rencontré Bates Krell, j'ai connu une expérience curieuse. J'ai cru voir un démon, or je suis agnostique. J'ai toujours pensé que la politique était sacrément plus intéressante que la théologie.

Nous remontâmes vers Beach Trail dans le noir. Je n'avais pas le cœur à rallumer ma lampe. C'était dingue, comme disait Tabby, mais avec les lampadaires qui éclairaient les grands arbres des deux côtés de la route, j'avais presque l'impression de me retrouver dans le monde que j'avais essayé de faire revivre pour eux. Patsy et Tabby continuaient à se jeter des regards en coin. D'énormes ailes noires étaient déployées au-dessus de nous. Je le pensais. J'espérais que non.

Cette même nuit, les jumeaux Norman rencontrèrent Gary Starbuck dans le parking d'un restaurant de Post Road et commencèrent à mettre au point leur gros coup ; trois nuits plus tôt, un policier de Hampstead, Royce Griffen, s'était suicidé dans sa voiture.

Nous nous arrêtâmes devant chez moi et je poussai un soupir. Les tâches, les deux tâches, paraissaient impossibles.

– Voulez-vous qu'on se revoie ? Vous n'avez qu'à voir ça ensemble ; faites ce que vous voulez ; je crois qu'on devrait se revoir. Tabby, tu pourrais peut-être t'arranger pour rencontrer Richard Allbee. Patsy, quand voulez-vous ?

Ils me donnèrent leur accord, sans enthousiasme.

*

Quand j'y songe, qu'est-ce que *j'aurais pu* leur dire ? Un être qui, il y a trois siècles, a tué des animaux et des enfants, est maintenant en train d'assassiner des femmes dans notre petit coin du Connecticut ? Et ce même être était pêcheur de homards en 1924, quand je l'ai rencontré, et que j'ai manqué défaillir parce que je savais que j'avais vu le visage du mal ? Et quelqu'un qu'on connaissait peut-être, quelqu'un qui circulait librement dans Hampstead, avait maintenant son visage ?

« Lâchez-moi », aurait dit Tabby et je n'aurais pu l'en blâmer. « Réveille-toi », aurais-je dû crier, « réveille-toi, endormi », mais je ne le savais pas, alors.

LE DRAGON ET LE MIROIR

Peu de temps après, tandis que le Dr Van Horne faisait les antiquaires à la recherche du miroir convenant exactement à l'espace qu'il avait dégagé sur un de ses murs, Pat Dobbin commença à s'inquiéter des taches blanches sur ses épaules, sa poitrine et ses bras. Il consulta un médecin. C'était le mardi 3 juin. Dobbin ne s'imaginait pas encore qu'il s'agissait de quelque chose de sérieux. Il alla consulter son médecin parce qu'il craignait de voir les taches gagner son visage.

A cet égard, le médecin de Dobbin ne lui fut pas d'un grand secours. Il ne proposa pas un tube de pommade (comme l'avait imaginé Dobbin) en disant : « Passez cela deux fois par jour et tout rentrera dans l'ordre. » Non, il examina attentivement les taches, posa des tas de questions, feuilleta un ouvrage sur les maladies de la peau, et n'y trouva rien qui correspondît à l'affection de Dobbin. Il fit tout ce qu'on pouvait faire, sauf se gratter la tête. Et il expédia Dobbin au centre médical Yale, à New Haven.

Dobbin s'y rendit deux jours plus tard en voiture. Il considérait ces trois jours comme des vacances un peu excentriques, et il emporta crayons et carnets de croquis pour continuer son travail.

Le premier jour, on lui retira ses vêtements et on le récura, on le gratta et on le piqua pour une série de tests d'allergie. On le passa à la radio et on le brancha sur divers appareils. Des médecins envahirent sa chambre en si grand nombre qu'il fut incapable de retenir leur nom. Ils s'intéressaient davantage à son affection qu'à lui-même. L'un d'eux lui expliqua qu'on allait peser et mesurer la moindre bouchée de ce qu'il avalerait ; un autre, qui paraissait à peine sorti du lycée, lui annonça qu'on allait analyser tous ses déchets. Un homme – un médecin ? – avec des verres épais comme des culs de bouteille de Coke, gratta la matière blanche de ses taches.

Le deuxième jour, il ne se sentait plus en parfaite santé. Il apprit qu'il était allergique à certains pollens, à certains tabacs de pipe, aux poils de chat et à l'amidon. Même les parties saines de sa peau étaient écorchées et enflammées par les tests. Sa tension et son taux de cholestérol étaient élevés, il avait une insuffisance d'hématies et une carence en vitamine B12. Une de ses vertèbres lombaires était soudée à la suivante, il souffrait de sinusite, avait un souffle au cœur et son foie était fatigué. Pour couronner le tout, il risquait des calculs biliaires dans les cinq ou dix ans à venir.

Mais rien de tout cela n'expliquait ce qui arrivait à sa peau. Le matin du troisième jour, le chef de service lui demanda de rester un jour supplémentaire.

Il devint célèbre pour ses croquis des médecins et infirmières de jour. Il regardait la télé, buvait et mangeait ce qu'on lui donnait et éliminait dans des Tupperware. Il répondit à des millions de questions sur sa vie et ses habitudes, dressa une liste des lieux qu'il avait visités au cours de la décennie écoulée, de ses parents encore en vie, des alcools qu'il buvait, de ses partenaires sexuelles. Les réponses à cette dernière question provoquèrent un certain émoi au quatrième étage : New Haven n'était pas si loin de Hampstead.

Le cinquième jour, Dobbin remarqua une première

lésion au visage, une minuscule tache blanche au coin de la bouche. Le sixième jour, le Dr Chaney lui annonça :

– Nous avons soigneusement analysé les prélèvements et découvert qu'il s'agit d'un tégument liquéfié contenant de la mélanine, du sébum, des cellules de vaisseaux sanguins et lymphatiques, de terminaisons nerveuses, du tissu épithélial. Bref, les constituants du derme et de l'épiderme.

– Donc, c'est de la peau, dit Dobbin qui avait reconnu au moins deux termes.

– Exact. Votre peau devient colloïdale au lieu de rester connective. La peau est un organe, voyez-vous, et, dans votre cas, cet organe perd spontanément ses caractéristiques de solide. Votre peau se liquéfie. Vous sortez demain, mais je voudrais vous revoir la semaine prochaine.

– Vous voulez dire que je ne suis pas allergique, que je n'ai pas de maladie vénérienne, de cancer... Qu'est-ce que vous allez faire pour m'empêcher de me transformer en une flaque ?

– Effectuer d'autres prélèvements des zones saines et des zones atteintes : nos ordinateurs vont se mettre à l'œuvre. Nous découvrirons l'agent causal et arrêterons la réaction. Après quoi, quelques greffes de peau, si nécessaire.

– Seigneur !

Dobbin rentra chez lui le jour du troisième meurtre, qu'on ne découvrirait que deux jours plus tard. Il se remit à ses dessins et donna à Baldur le Mauvais, le magicien des *Histoires d'Aigle-Ours*, les traits du Dr Chaney.

*

Pendant que Pat Dobbin était à New Haven, Hampstead fut frappée par une épidémie de grippe tout à fait hors saison. Au lycée J. S. Mill, le principal et quatre professeurs, trop faibles pour sortir du lit, furent absents toute la semaine. La classe de Tabby compta un nombre important de victimes : quarante élèves sur les cent cinq des classes de seconde manquèrent l'école, trois jours au moins.

Graham Williams se traîna pendant trois jours de son lit aux toilettes, trop malade pour réfléchir à ce qu'il avait dit à Patsy McCloud et Tabby Smithfield.

Les McCloud ressentit des douleurs au ventre en rentrant chez lui en voiture, au retour du commissariat où, après avoir présenté son autorisation de port d'armes, il s'était fait passer un savon par Bobo. Le front dégoulinant de sueur, il s'arrêta, descendit en titubant de sa voiture et se mit à vomir. A l'instant où il s'essuyait la bouche, ses intestins douloureux cédèrent. Il baissa son pantalon et, sans plus de pudeur, retira son caleçon pour le jeter. De nouveau, son estomac se révulsa et il vomit encore. Haletant, il attendit une nouvelle réaction de ses intestins, qui ne manqua pas de se produire. Il s'essuya avec des herbes, remonta son pantalon, regagna sa voiture et rentra chez lui.

Bobo Farnsworth ne fut pas malade ; il remplaça ceux qui l'étaient et travailla douze heures par jour pendant deux semaines. Quand Ronnie put enfin se lever, elle lui prépara son dîner favori à huit heures du matin : poulet frit et hachis parmentier.

– A quoi ça ressemble, dehors ? lui demanda-t-elle.

– A un hôpital. J'espère que l'assassin se tord sous les coliques.

Les salles d'attente des médecins de Hampstead furent envahies de malades pour lesquels ils ne pouvaient rien.

– Buvez beaucoup et gardez le lit, conseillèrent-ils.

– Le pire, c'est que vous savez que vous n'allez pas en mourir, se disaient les victimes.

Ce qui n'était pas tout à fait exact. On compta plusieurs décès. Tous des hommes, et tous âgés de plus de soixante ans. Graham Williams eut de la chance de s'en tirer. Harry Zimmer suivit Babe au cimetière de Gravesend, trois semaines à peine après la mort de sa femme. Quatre des cinq victimes les plus âgées appartenaient à l'association des anciens combattants de Hampstead et deux à la promo 1921 de J. S. Mill, ce qui faisait de Graham Williams le seul survivant de cette classe. Le cinquième, le Dr Harold Robin, était un psychiatre de New York qui passait ses étés à Hampstead. On ne devait retrouver son cadavre qu'en septembre, sur le sol de sa salle de bains. Entre-temps, tous ses voisins étaient morts, mais pas de la grippe.

La dernière victime, au cours de ces dix jours, fut une femme de soixante-dix ans qui mourut d'une crise cardiaque, à la terrasse d'un restaurant français de Main Street, devant quinze autres citoyens, parmi lesquels Tabby Smithfield et Patsy McCloud.

Pendant une quinzaine de jours, les médecins de Hampstead furent sur les dents. Les cas de grippe, apparemment locaux et spontanés, doublèrent, triplèrent, quadruplèrent. Si, au cours de cette période, ils virent des patients se plaignant d'autres maux, ils n'eurent guère le temps de s'occuper d'eux. En tout état de cause, les rares personnes qui se plaignirent de la soudaine apparition de vilaines taches blanches sur les mains ou les épaules ne justifiaient aucun soin d'urgence. Pendant un mois, la maladie persista et les médecins ne s'inquiétèrent pas de voir revenir avec des boutons leurs patients atteints de minuscules lésions cutanées. Ils n'y prêtèrent aucune attention particulière jusqu'à ce qu'un médecin avisé envoie un malade au centre médical Yale. On apprit alors que Pat Dobbin s'y trouvait hospitalisé à plein temps. Peu après, arrivèrent au centre médical un deuxième puis un troisième malade, et le Dr Chaney adressa à *The Lancet*, la revue médicale britannique, une communication sur ce qu'il appela le « Syndrome de Dobbin ». En septembre, le Dr Chaney put ajouter à son article une note faisant référence aux événements du 17 mai et à l'exposition accidentelle des citoyens de Hampstead au DRG-16. Il émit l'hypothèse que Thomas Gay avait vraisemblablement été la première victime de ce syndrome...

*

Le mardi matin, jour de la première visite de Dobbin à son médecin, Tabby Smithfield mangeait dans la cuisine, avec son père, des crêpes confectionnées par Sherri.

– Allons, manges-en une ou deux, dit Clark à Sherri. On croirait que tu es la cuisinière.

– C'est comme ça que tu me traites, répondit Sherri, perchée sur un tabouret.

– Tu es chez toi. Je voudrais que tu déjeunes avec nous. Tu es perchée là, comme un vautour.

– Je ne me sens pas bien, avoua Sherri.

– Tu es malade ?

Sherri était pâle et avait les yeux bouffis. Ses cheveux révélaient leurs racines brunes.

– Je voudrais aller m'allonger. Mais je dois d'abord nettoyer la cuisine.

– Comme tu voudras.

Clark n'avait plus rien de l'homme jeune et mince qui avait joué au base-ball avec Tabby sur la pelouse de la maison de Mount Avenue. Il avait épaissi, un réseau de veinules rouges marquait ses pommettes. Tabby, qui avait avalé son petit déjeuner et attendait de pouvoir parler à son père, ne retrouvait rien de la séduction de Clark dans le visage porcin qui s'étalait en face de lui.

– Comment marche ton travail ? finit par lui demander Tabby.

– Il me demande comment marche mon travail. Mais comme un travail, tiens. Tu verras ça, un jour.

– Tu vas voir des clients, aujourd'hui ?

– C'est pour ça qu'on me paie.

– Lesquels ?

– Tu veux savoir ? dit Clark, posant sa serviette sur la table. C'est bon. Bloomingdale's. Tu es satisfait ? Caldor. Deux autres à Woodville. Ensuite je vais à Mount Kisco et Pound Ridge. Ça te va ? Qu'est-ce que ça peut te faire ? Je travaille, je rentre à la maison. Ça devrait te suffire.

– Ça m'intéresse, c'est tout, papa.

– Est-ce que je te tanne, moi, à propos de l'école ? Est-ce que je te demande qui sont tes amis et ce que tu fais le soir ? Hein ? J'ai assez entendu ça de mon propre père. Tu fais ce que tu veux et c'est parfait pour moi.

– Tu savais que notre nom n'avait pas toujours été Smithfield ? demanda calmement Tabby.

– Je suppose que ça devait être Moralès, répondit Clark.

Sherri descendit de son tabouret et quitta la pièce.

– On dirait qu'elle est malade, dit Tabby.

– Malade de Hampstead, voilà tout. Elle devrait être heureuse d'avoir une maison comme celle-ci. Ne t'inquiète pas pour elle, Tabs. Elle s'y fera.

– Je l'espère.

– Qu'est-ce que c'est que ces foutaises à propos de notre nom ?

– J'ai entendu dire que c'était Smyth. Avec un y.

– Première nouvelle. Qui t'a dit ça ?

– Un copain, à l'école.

– Ne t'occupe pas de ce qu'ils racontent. Travaille, c'est tout. Tu as autre chose derrière la tête, Tabs ?

Tabby fit non et son père se leva. Dans un instant il serait parti ; et il rentrerait ivre.

– Eh bien, peut-être, dit Tabby.

Clark attendit, silencieux.

– Tu as entendu parler d'un pêcheur qui a été tué

sur son bateau, il y a longtemps, dans cette ville ? Je sais que ça a l'air idiot.

– C'est idiot. Va prendre ton bus, dit Clark, ramassant sa veste et s'apprêtant à quitter la cuisine.

– Il s'appelait Bates Krell.

– Jamais entendu parler.

– Et d'un fermier qui s'appelait Gideon Winter ?

– Ça fait cent ans qu'il n'y a plus de fermes dans le coin. Magne-toi, Tabs. Tu vas rater ton bus.

Tabby ramassa ses affaires et alla se planter au coin de la rue. Son père, dans sa Mercedes rouge toute neuve, lui fit un signe de la main avant de tourner dans Beach Trail.

Près de J. S. Mill, Tabby aperçut les jumeaux Norman. Ils parlaient à un homme brun, solide, appuyé contre une fourgonnette grise.

*

– Comme ça, vous avez donc un autre gamin, dit Gary Starbuck. Il sait ce qu'il est censé faire ?

– Hé, mec, protesta Bruce, on ne le sait même pas encore nous-mêmes.

– Ecoutez, dit Starbuck en soupirant, c'est un boulot, non ? *Ça*, vous le savez. Vous allez le faire avec moi, d'accord ? C'est ce que vous vouliez, non ? Votre gamin, c'est un grand ?

Dicky et Bruce secouèrent la tête.

– C'est bon. Pas la peine qu'il soit grand. Suffit qu'il soit malin.

– Il est malin, dit Bruce, songeant à la façon dont Tabby avait roulé Bobo le Clown.

C'était la preuve de son intelligence.

– C'est bon, soupira Starbuck. Vous connaissez la maison au-dessus de la petite plage ? La maison d'un médecin.

– Van Horne.

– C'est pour samedi prochain. Je m'occupe des

serrures et on entre, facile. Pas de système d'alarme. C'est bourré de trucs, cette piaule. J'ai un acheteur pour le piano. Vous devez être capables de soulever un piano. Cinq cents dollars chacun, d'accord ? Après, on ne se connaît plus.

– Tu veux dire qu'on entre dans la maison ? demanda Dicky.

– Moi, j'entre et vous restez à jouer aux échecs sous la véranda... Bien sûr que vous entrez, qu'est-ce que vous croyez ?

– Et Tabby ?

– Il fait le pet. Dans la fourgonnette avec la radio. S'il voit un flic, il nous prévient. Cinquante dollars plus ce que vous voudrez lui donner.

– On lui donnera cinquante dollars chacun.

– C'est bon. Rendez-vous au parking de la *Maison du Homard*, à onze heures. Le vieux se couche à neuf.

– Pourquoi pas en semaine ? demanda Bruce. Je comprends pas. Il est médecin, il est dehors toute la journée.

– Il a une gouvernante et une cuisinière. La gouvernante est aussi vieille que lui et la cuisinière vient en voiture de Bridgeport. Onze heures, c'est la bonne heure.

– Encore un truc, dit Bruce. Tu as un flingue ?

– Laisse tomber. Je ne m'en suis jamais servi. Je fais du travail propre, comme mon papa m'a appris.

*

Le Dr Wren Van Horne paraissait plus jeune que jamais : sa réceptionniste le lui avait dit, ses confrères de la clinique de Hampstead le lui avaient dit, et même ses malades le lui disaient. Hilda du Plessy, qu'il traitait depuis quarante ans et qui l'adorait depuis quarante ans, lui avait dit, à sa dernière visite, qu'il avait rajeuni de dix ans.

Une demi-heure plus tard, au volant de sa vieille

Bentley, Hilda pensait toujours à lui. Elle nourrissait les pensées que nourrissent en général les veuves pour les médecins dont elles sont toquées. Et Hilda du Plessy avait raison : Wren Van Horne faisait vraiment plus jeune. Son regard était plus clair, son dos plus droit, ses cheveux plus épais.

Elle passa devant Waldenbooks sans s'arrêter, car jamais elle n'y aurait acheté un livre. Ada Hoff, elle, savait exactement ce qui lui convenait. C'était une vraie libraire, pas comme ces jeunesses qui travaillent dans les grandes librairies. Ada Hoff connaissait le nom de chacun de ses clients et comprenait leurs goûts : un joli petit paquet de nouveautés attendait Hilda derrière le comptoir.

Hilda poussa la porte de la vieille boutique jaune de style colonial, en haut de Main Street, et passa devant les best-sellers sans un regard. Ada Hoff, derrière son comptoir, se tamponnait le nez d'un mouchoir de lin de la même teinte jonquille que son magasin.

– Ça va, Ada ? s'enquit Hilda.

– Un gros rhume. Nous l'avons tous attrapé et Spence et Thom ne sont même pas venus travailler aujourd'hui.

Spence et Thom, deux célibataires qui vivaient ensemble, étaient les assistants d'Ada. Spence faisait et défaisait les paquets et s'occupait des livres, Thom arrangeait les vitrines et assistait Ada. Pour Hilda, Spence et Thom étaient d'excellente compagnie et elle pouvait passer des heures avec l'un ou l'autre à potiner près du rayon céramique ou macramé.

– Mon Dieu, dit Hilda. Ne me le passez pas, je vous en prie, Ada. Je sors *juste* de chez le médecin.

– A propos. J'ai des nouveautés pour vous. (Ada fouilla un instant sous son comptoir et en tira un paquet de deux livres reliés et quatre brochés.) Tous des « médicaux » : *Le Dilemme de l'infirmière Thompson*, de Janet Randall Minor ; *Le Héros en blanc*, de

Carrie Engelbart Hoskins, et les derniers succès de Florence M. Hobbart.

Hilda considéra les romans avec ravissement : c'était sa drogue.

– Nous devons avoir cinq ou six autres Hobart, poursuivit Ada. Certains sont épuisés, d'autres en réédition, m'a-t-on dit. Nous vous les réserverons dès qu'ils seront disponibles.

– Mon Dieu, merci. C'est merveilleux ! Je les prends tous. Je ne sais par où je vais commencer.

Hilda signa la facture, quitta la boutique et descendit Main Street, rayonnante, son sac plein de trésors. Elle traversa, passa devant l'immeuble de la *Hampstead Gazette* et grimpa les marches de *Framboise*, un restaurant français.

C'était là une des étapes de son rituel mensuel, et il commença mal. Le chef de rang ne se trouvait pas à son poste, près d'une sorte de lutrin avec un téléphone et le livre des réservations. Hilda jeta un coup d'œil dans le restaurant : un homme et une femme à une table de deux et un groupe de quatre hommes à la table centrale. L'homme et la femme étaient ivres : autre fausse note. Trois serveurs en veste bleu marine et nœud papillon noir étaient regroupés au fond, à côté d'une table roulante. Hilda attendit que le chef de rang se manifeste. L'un des garçons la regarda puis toussa dans son poing. Hilda posa son sac de livres à côté du lutrin et jeta un regard lourd de sens sur le livre des réservations. Elle y vit son nom, ou du moins quelque chose qui y ressemblait : DIPLESSI.

– Hum ! dit-elle à haute et intelligible voix.

Et l'un des garçons ramassa un menu sur la table et s'avança.

– Où est François, aujourd'hui ?

– Malade, madame.

– Je suis Mme du Plessy, dont vous avez mal orthographié le nom sur vos réservations. Voulez-vous me conduire à ma table habituelle ?

Le garçon en veste bleue la regarda, ébahi.

– Dehors. A l'angle de la terrasse. Au balcon, plus précisément. Que vous appelez la terrasse.

– Par ici, madame.

Le garçon était galvanisé par le ton d'Hilda. Elle ramassa son sac et suivit le garçon sur le balcon, où quatre tables étaient alignées sous un auvent de toile rayée.

– Ma table est celle du bout, précisa Hilda quand le garçon s'arrêta devant une de celles du milieu. Et je voudrais un Manhattan brandy.

– On the rocks ?

– Sans glace, je vous prie. Dans un de ces verres à pied, vous voyez, dit Hilda.

Elle dessina d'un geste la forme du verre.

Le garçon s'éloigna. Hilda posa son sac sur ses genoux. Intense satisfaction : contemplation des jaquettes, du nom des auteurs, des marges, des reliures. Elle fit son choix : *Le Héros en blanc*, de Carrie Engelbart Hoskins. Les Janet Randall Minor constitueraient son plaisir différé.

Elle ouvrit délicatement le livre. Ce rustre de garçon posa son verre devant elle. Avec un bonheur intense, Hilda regarda Main Street devant elle et, incapable d'attendre une minute de plus, lut la première phrase.

Edward Waterhouse vint au monde pour se rendre utile.

Bon, on y était.

Il portait avec allure ses quarante-deux ans, ses quelques rides de compassion au coin des yeux, ses tempes argentées...

« Wren Van Horne à cet âge, songea Hilda. Je n'aurais pu mieux dire. »

Si son âge constituait pour lui un atout à bien des égards, il présentait peut-être un unique inconvénient. Le Dr Edward Waterhouse était à la limite de l'âge du mariage pour un homme, s'il devait jamais se marier.

Ce qui semblait indiquer que Carrie Engelbart Hoskins n'avait pas atteint la quarantaine, se dit Hilda. Elle leva les yeux et contempla de nouveau Main Street. En face d'elle, une jeune femme écrivait ; des jeunes barbus, en blue-jean étaient assis à la terrasse de *Deli-icious*. Un coup d'œil sur la vitrine du magasin d'antiquités Olden and Golden. Un acteur célèbre sortait de la quincaillerie sous le regard des barbus. L'œil d'Hilda revint à la vitrine de l'antiquaire. N'était-ce pas, là, de l'autre côté de la vitre, l'homme auquel elle venait de penser ? Oui, c'était bien le Dr Wren Van Horne, plus jeune encore que dans son cabinet une heure plus tôt.

Hilda leva les yeux, comme pour appeler à l'aide, et vit un autre de ces petits pinsons tomber de la branche basse d'un chêne devant le restaurant, mort.

*

Tu savais l'heure venue pour le miroir : tu en ignorais la signification, mais tu savais que l'heure était venue.

Le Dr Van Horne avait annulé deux de ses rendez-vous de l'après-midi et se tenait maintenant vaguement au centre du magasin d'antiquités Olden and Golden.

– Il doit être bien particulier, dit-il au propriétaire qui ne le connaissait pas mais avait tout de suite vu dans l'âge, l'attitude, le costume de lin blanc et le panama de son client les indices de la vieille opulence hampsteadienne. Bien particulier, si vous voyez ce que je veux dire. Je *le* reconnaîtrai, voyez-vous, mais je veux dire qu'il devrait également me reconnaître.

– Eh bien, dit M. Bundle, ne sachant comment répondre à une demande aussi peu rationnelle, nous avons eu de nouveaux arrivages...

– Certes. J'ai déjà passé des heures à chercher : je suis allé à Redhill, il y a deux jours, et à King George, avant cela. Il y a de nombreux magasins d'antiquités intéressants et tous avaient des miroirs, mais... aucun ne convenait. Ce qu'il me faut... j'ai dégagé un espace sur un mur : je ne savais pas très bien pourquoi, sur le moment. Je savais seulement qu'il me fallait ôter ces tableaux car j'avais besoin de la place. Et puis j'ai su : un miroir, très grand, ovale, pas neuf. Ça ne conviendrait absolument pas. (Regard malicieux du Dr Van Horne.) Et aujourd'hui, assis à mon cabinet, j'ai su que vous aviez exactement le miroir qu'il me fallait. N'est-ce pas extraordinaire ?

– C'est extraordinaire car, précisément, ce matin, j'ai pris livraison de meubles achetés à une salle des ventes et il y a un miroir qui ressemble en tout point à celui que vous me décrivez.

– Je le savais.

– Extraordinaire ! Voulez-vous venir le voir ?

Le Dr Van Horne suivit M. Bundle dans l'arrière-boutique où s'entassaient secrétaires et buffets, bureaux avec plateaux garnis de cuir et tables d'acajou. Après avoir flâné un instant, il s'arrêta devant un grand miroir ovale dans son cadre doré à la gravure compliquée.

– Le voici. Il m'a appartenu.

– Vous dites ? Il vient de la salle des ventes dont je vous ai parlé. C'est un miroir français datant approximativement de 1790 et peut-être même antérieur. Je crois que l'un des Green importait lui-même la plupart de ces objets.

– Il m'a appartenu.

– Je vois, monsieur.

Tandis qu'ils regardaient le miroir, quelque chose de vaguement gras et grisâtre sembla s'y animer, une ombre sur laquelle M. Bundle se pencha, surpris, pour mieux voir. Mais elle avait disparu.

– Eh bien, nous y voici ! Il me reconnaît.

– Il a besoin d'un bon coup de chiffon, murmura M. Bundle.

*

Patsy ouvrit la porte de la chambre d'une poussée de la hanche et alla déposer le plateau sur le lit où Les était couché, au milieu d'un fouillis de journaux, de revues, de trognons de pommes et de noyaux de pêches.

– Qu'est-ce que c'est ? demanda-t-il, levant vers elle un visage amaigri et pas rasé.

– Ton petit déjeuner. Toasts de pain complet, fromage fermier, jus d'orange.

– Tu appelles ça un petit déjeuner ? Du fromage blanc ?

– Il faut à ton estomac quelque chose de léger.

– Je sais, mais... je ne pourrais pas avoir un œuf poché ?

– Mange et je verrai comment ton estomac s'est comporté à mon retour de chez le Dr Lauterbach. Si ça va, je te ferai un œuf poché.

– Je me sens très faible.

– Tu n'as pas bonne mine, dit Patsy. Tu as même une mine affreuse.

– Tu n'as pas tellement bonne mine toi-même.

– Pourquoi aurais-je bonne mine ? Je me sens horriblement mal. Et ce n'est pas la grippe, Les. Il faut peut-être que je t'avoue que c'est toi.

– Ce n'est pas ma faute si je suis malade. La moitié de la ville a la grippe.

– Je ne parle pas de la grippe, mais de notre mariage.

Les ramassa une feuille dans son tas de papiers et la fixa, le visage vide de toute expression.

– Je crois que voilà une illustration de ce que je veux dire. Tu ne me regardes même pas. J'ai un mari qui ne me parle pas, qui ne veut rien faire, qui n'a besoin de moi que quand il est malade à souiller son pantalon. C'est un mariage, ça ? Le mieux que tu puisses faire, c'est me battre. Tu préfères ça que faire l'amour. C'est vrai, tu le sais.

– Seigneur, il faut vraiment que tu rejettes tout sur moi ? Tu choisis bien ton moment. Me jeter ça à la tête quand je suis cloué au lit.

– Pour ce qui est de jeter à la tête, c'est toi le champion, dit Patsy, furieuse malgré elle. Je ne vois pas pourquoi nous vivons ensemble.

– Tu ne m'aimes pas ?

– Je ne ressens pas tellement d'amour pour toi.

– Mais, nom de Dieu, je suis *malade* ! brailla Les.

Patsy consulta sa montre.

– Oh, j'ai compris, reprit son mari. Le Dr Lauterbach. Tu vas voir ce psy et tu lui racontes que je suis lamentable, et il te conseille de me quitter. En te tenant la main, probablement.

– Il faut que j'y aille, dit Patsy en se levant.

– Rappelle à ce type d'où vient l'argent. Il me trouvera parfait !

– Adieu, dit Patsy en gagnant la porte.

– Adieu ? Tu veux dire pour de bon ?

– Je n'en sais *rien* ! hurla Patsy. Au moins, je ne te verrai pas braquer un pistolet sur un agent de police si je pars !

– Tu en connais la raison, dit Les, qui se maîtrisa pour ne pas crier, lui aussi.

– Mieux que toi.

Patsy referma la porte et gagna le garage. Quinze minutes plus tard, elle descendait lentement Main Street, à la recherche d'une place où se garer.

En fait, Patsy n'avait vu qu'une seule fois le Dr Karl Lauterbach. Il consultait à la clinique de Hampstead, où Wren Van Horne avait son cabinet. A son premier rendez-vous, elle était arrivée une demi-heure en avance, sans être certaine de pouvoir aller jusqu'au bout. Qu'allait-elle avouer à ce médecin de sa véritable vie ? Que pourrait-elle cacher sans fausser son analyse ?

Elle s'était finalement décidée. Une réceptionniste l'avait accueillie avec un sourire derrière sa vitre. Patsy avait passé un temps interminable à attendre, fixant ses mains posées sur ses genoux.

Deux minutes avant l'heure, un homme petit et barbu, le visage sévère, avait ouvert la porte du cabinet. Il avait sensiblement le même âge qu'elle, malgré la ride profonde entre ses sourcils, se dit Patsy.

– S'il vous plaît, dit-il.

Il la fit entrer, indiquant le divan contre le mur.

– Je préfère rester assise.

– Comme vous voudrez. Mais je préférerais le divan. Pourquoi avez-vous voulu me voir ?

– Je suis malheureuse.

– Tout le monde est malheureux, avait observé le Dr Lauterbach. (Patsy avait su alors que cela n'allait pas marcher. Comment ce bonhomme bourru et pessimiste pourrait-il l'aider ?) Moi, je suis malheureux que vous commenciez par m'être hostile. Nous avons un long chemin à faire ensemble, madame McCloud, et nous devrions tenter de coopérer.

Les yeux profonds et sombres du psychanalyste avaient fouillé les siens et Patsy avait éclaté en sanglots. Il savait tout d'elle, se dit-elle ; il avait ouvert son cerveau de son regard et tout vu – Les, Marilyn Foreman, sa grand-mère, tout. Elle s'était sentie non seulement nue, mais humiliée. Toujours en larmes, elle s'était levée et avait quitté le cabinet.

Elle savait qu'elle ne reviendrait jamais, et jamais elle n'était revenue. Tous les jours, elle quittait la maison comme pour se rendre au rendez-vous. Sa thérapeutique n'était pas plus mauvaise qu'une autre : elle se sentait mieux d'agir ainsi. Elle flânait dans les galeries d'art de Hampstead ou prenait un café tout en lisant un livre ; ou elle se promenait sur Sawtell Beach, se sentant aussi libre et irresponsable qu'une mouette ; ou elle se rendait à Woodville et se délectait à admirer les toilettes chez Bloomingdale's. En temps ordinaire, elle s'irritait d'avoir à faire les courses ; pendant les heures du Dr Lauterbach, elle s'en réjouissait.

Mais ce n'était pas un jour à aller chez Bloomingdale's, ni à marcher sur la plage. Elle avait encore sur le cœur la scène avec Les. Ce qu'elle lui avait dit était exact. Elle réalisa que si elle ne retournait jamais auprès de Les McCloud, elle ne regretterait pas son mari. Les était mort et feignait de vivre : nul ne l'avait tué, il s'était tué tout seul.

« Merci, docteur Lauterbach », se dit Patsy en entrant dans la boutique de *delicatessen*.

Elle en ressortit avec une tasse de café qu'elle alla porter à l'une des tables de la terrasse. Les hommes, aux autres tables, regardèrent ses jambes, sa poitrine, son visage. Elle tira de son sac un roman et son journal qu'elle ouvrit.

Les hommes avec lesquels je pourrais coucher, écrivit-elle. *Richard Allbee. Bobo Farnsworth. Alan Alda.* Patsy s'amusait. *John Updike. Ilie Nastase. Sam Shepard.* « Et Rex, le Cheval Prodige », se dit-elle. Elle referma le livre sur son stylo, regarda les arbres en pots qui bordaient Main Street. Tabby Smithfield arrivait, du bout de la rue. Il ne la vit pas ; en fait, il ne voyait rien. On aurait dit qu'il trébuchait dans les feuilles. Ou qu'il pataugeait dans l'eau jusqu'aux chevilles. Elle espérait qu'il ne lèverait pas les yeux, qu'il passerait sans la voir. Mais, arrivé à sa hauteur, il avait l'air si misérable qu'elle l'appela :

– Hello, Tabby.

Il la regarda avec un air d'intense gratitude et s'approcha timidement.

– Viens t'asseoir, dit-elle, montrant la chaise à côté d'elle.

Il s'assit, la regarda de nouveau. Sans timidité. Et Patsy sut.

– Tu viens de faire un autre, euh, voyage, non ? dit-elle en lui prenant la main.

– Je crois que c'est le moment, dit Tabby.

*

Il avait tout fait pour éviter les Norman. Il savait que l'homme à qui ils avaient parlé était le cambrioleur mais, après la première heure de classe, les jumeaux étaient venus l'encadrer dans le couloir de la bibliothèque. La pénurie de professeurs avait divisé la classe de Tabby en deux groupes ; et les Norman et lui faisaient partie du groupe devant se rendre à la bibliothèque.

– Hé, Tabs, lui dit Bruce en le prenant par les épaules, tu as été vachement cool. Je ne sais pas ce que tu as fait, mais c'était bien.

– Je n'ai rien fait, répondit Tabby.

Ils sortirent des rangs. Bruce dégageait une odeur forte, presque palpable, tout près du visage de Tabby.

– C'est préférable, dit Bruce, entraînant Tabby vers l'extrémité du couloir et la sortie. Viens, on se tire. De toute façon, il ne reste qu'un cours. Rien d'important avec tous ces absents.

– Bobo n'a pas parlé de nous ? demanda Dicky.

– Sois pas idiot, mec. Tabby a été cool, dit Bruce. Tirons-nous pendant que personne ne regarde, d'accord ?

Il entraîna Tabby qui ne put échapper à son odeur, une odeur d'ours, de violence. Ils se dirigèrent vers le parking.

– Je suppose que tu ne cracherais pas sur cinquante dollars, dit Bruce.

– Ça dépend de ce qu'il faut faire. Mais je ne veux entrer chez personne.

– Pas question, Tabs, pas question. Tu viens faire un tour en ville avec nous ?

– O.K. ! Mais je ne veux pas avoir affaire à un cambrioleur.

Bruce lança un coup d'œil à Dicky et ils grimpèrent tous les trois dans la voiture noire.

– On veut seulement que tu fasses un boulot samedi soir.

– Avec ce type qui était là ce matin, hein ? Je vous ai vus. Je ne marche pas.

– Je vais t'arracher tes putains d'oreilles, dit Dicky.

– Tabby, faut voir que c'est notre grande chance, expliqua Bruce. Dicky est tout excité, et c'est seulement dans quatre jours. Ecoute, tout le monde a une assurance ici, non ? S'ils perdent quelque chose, on les rembourse aussi sec. Les seuls perdants, c'est les compagnies d'assurances et elles ont des millions : elles ont tellement de fric, mec, qu'elles en prêtent au *gouvernement*. Et pourquoi elles ont tant de fric ? Parce que les gens paient pour le cas où ils seraient cambriolés. Alors, on peut les cambrioler.

– Je ne peux pas faire ça.

– Dicky et moi on te donnera encore vingt-cinq dollars chacun. Tu vas rentrer chez toi avec cent dollars en poche. Tabs, on a besoin de toi. Ça ne peut pas marcher sans toi.

– Je ne peux pas.

– Alors je vais t'arracher tes putains d'oreilles, répéta calmement Dicky.

– C'est une bête, il plaisante pas, dit Bruce. Ecoute, on a quatre jours. Jeudi ou vendredi, on te voit à l'école, d'accord ? Tout ce que t'as à faire, c'est de rester dans la fourgonnette pour voir si personne rapplique. Tu as une radio, et si quelqu'un se pointe, tu nous préviens. Mais personne ne viendra. On peut garer la fourgonnette sous les arbres, on ne la verra pas.

– Où ce sera ?

– Tu le verras samedi. Tu grimpes dans la fourgonnette du mec et tu te fais cent dollars.

– Ou alors je te mutile, dit Dicky. Sans déconner, Tabs.

– Tu veux un Coke ou autre chose, Tabs ? demanda Bruce, virant dans Main Street.

Non, fit Tabby de la tête. Il ne voyait pas comment échapper à Dicky et Bruce sans recevoir une terrible correction. C'était déjà assez de démolir des boîtes aux lettres ; il fallait éviter de devenir complice d'un cambriolage. Mais les Norman le brutaliseraient. Ils lui arracheraient probablement une oreille chacun.

Et il aperçut la voiture de son père, garée dans la rue. Elle lui parut un phare dans la tempête. Son père pourrait l'aider.

– Laissez-moi là, dit-il.

– Sûr, Tabs, tout ce que tu voudras.

Tabby descendit, regarda dans les magasins non loin de la Mercedes. Son père n'y était pas. Il traversa. Pas de Clark. Que faisait-il à Hampstead ? Il était censé se rendre à Woodville, puis à Pound Ridge et Mount Kisco. Tabby hésita sous l'auvent de chez Anhalt. Il finirait bien par le retrouver. Il suffisait d'aller l'attendre dans la voiture. Mais Tabby sut soudain qu'il n'irait pas attendre dans la voiture. Il restait encore une vitrine sombre comme un miroir. Chez O'Halligan, le seul bar de Main Street.

Tabby alla se cacher dans une ruelle en face de chez O'Halligan. Il n'eut pas longtemps à attendre. Quelques minutes plus tard, son père sortit, accompagné d'une grande femme brune au rouge à lèvres violent, en chemisier blanc à manches courtes et short à carreaux. Elle avait de belles jambes, remarqua Tabby. Et de lourds bijoux en or au cou et aux poignets. A côté d'elle, Sherri Stillwell ressemblait à une femme de ménage. Elle était moins soûle que Clark à qui elle prit le bras, lui glissant à l'oreille des mots qui se voulaient apaisants. Clark haussa les épaules et fit non de la tête. La femme voulait ramener Clark dans le bar et Clark donna une tape sur la main posée sur son bras. La femme montra le haut de Main Street, lui dit autre chose : par là. Clark approuva. Ils remontèrent la rue. Où allaient-ils ? Chez *Framboise* prendre encore quelques verres avant de déjeuner ? Et après cela dans un motel de Norrington ?

Tabby les regarda remonter la rue ensoleillée, s'arrêtant de temps à autre pour que la femme brune puisse regarder les vitrines. Son père avait l'habitude de la compagnie de cette femme. C'est ce que comprit Tabby. Il ne travaillait pas. Il faisait semblant. Il s'était installé aux *Quatre Cheminées*, il avait acheté la Mercedes de ses rêves et il s'employait à dépenser l'argent de Monty Smithfield.

Tabby eut envie de pleurer. Il redescendit Main Street, les yeux brûlants. Avait-il sérieusement cru que son père pourrait l'aider dans cette histoire avec les jumeaux Norman ? Le malhonnête, le malhonnête !

Il avait atteint l'entrée de la bibliothèque à l'angle de Post Road et de Main Street, juste avant le pont sur la Nowathan. Il devait s'asseoir, réfléchir sur lui-même, sur son père et sur Sherri. Tabby poussa la porte et entra.

L'une des deux femmes, au bureau, lui jeta un regard curieux. Il pourrait se cacher au milieu des grands présentoirs de revues. Honteux, il avait l'impression que tout le monde le regardait.

La bibliothèque lui parut s'allonger, s'élargir ; le dessin noir et blanc sur le sol trembla, vibra. Derrière le bureau, la pendule s'était arrêtée, l'aiguille des secondes figée entre le deux et le trois, comme plantée dans son visage.

Les présentoirs des revues oscillaient, ondulaient comme des algues sous l'eau, comme la chaleur au-dessus de l'autoroute.

Il regardait. Il n'avait plus honte. C'était un avertissement. Il allait lui arriver quelque chose, il le savait. La bibliothèque paraissait inondée d'une lumière magique. Ses pieds le conduisirent à la section Histoire. Il se glissa entre les rayons de livres et entendit la vaste salle bourdonner comme une dynamo. Un instant, entouré par les hautes murailles de livres, Tabby vit monter entre ses pieds de petits nuages de poussière brune.

– Voilà donc l'enfant, dit une voix derrière lui.

Les rayonnages et la bibliothèque avaient disparu et il se trouvait dehors, debout – se dissimulant ? – à côté d'une maison de bois. La nuit bruissait ; il entendait le feu, des jurons, un chien qui aboyait furieusement.

– Tu aurais dû aller à Fairlie Hill avec les autres, gamin.

Il se cachait, oui. Tabby étendit la main et caressa le bois lisse de la maison. Ses pieds foulaient des fleurs.

– Voulez-vous une balle dans le dos, jeune Smyth ? dit l'homme.

Tabby se retourna. Il avait craint de connaître le visage, mais il ne le reconnut pas. Un visage long, arrogant, ridé, un menton humide de salive, de grandes dents jaunes ; les yeux couleur de thé, la partie la plus horrible du visage parce que la moins humaine, brillaient, comme passés au vernis.

– Votre père se trouve sur un navire-prison britannique, maître Smyth, dit l'homme. Je crois qu'il n'a plus longtemps à souffrir. Tout comme vous.

Dans la main de l'homme se balançait un long mousquet, comme en apesanteur. Quand le canon ne fut plus qu'à vingt centimètres de la poitrine de Tabby, le mousquet tonna.

Tabby fut rejeté en arrière dans les fleurs à côté de la maison. Aucune douleur, seulement ce souffle fantastique. Les yeux couleur de thé le fixèrent avec un regard de jubilation. Sa chemise était marquée d'une douzaine de brûlures de poudre.

S'il ne sentait pas la douleur, sur sa peau, c'est qu'il était mort. Avec une sorte d'impatience, Tabby sortit du corps étendu dans les fleurs et vit que le visage du garçon n'était pas le sien. Il lui ressemblait, cependant.

– Ça fait deux, cette nuit, dit l'homme. Le fermier Williams et le gamin Smyth. Ils n'iront *pas* plus loin.

L'esprit, ou l'âme, de Tabby s'éleva au-dessus des hommes et du garçon mort aux vêtements qui brûlaient. Une centaine d'incendies faisaient rougeoyer le ciel.

Tabby vit un long couloir blanc devant lui, avec une lumière incandescente à l'extrémité. Des radiations de couleur vive dardaient à travers la boule de lumière. Le couloir et la lumière l'apaisèrent, le vivifièrent ; il savait qu'il ressentait la sensation même du paradis, qui lui arrivait comme la caresse d'une musique sur la peau, fraîche comme de l'eau de mer. Il avança.

Et il se retrouva allongé sur le côté, mal à l'aise, sur le sol, entre deux rangées de livres d'histoire. A côté de lui, un livre ouvert, retourné : l'*Histoire de Patchin*, de D. B. Bach.

– Ça va, mon garçon ? lui demanda une bibliothécaire.

– Oui, merci, répondit machinalement Tabby. (Il se redressa sur les genoux. La tête lui tournait.) Je me sens seulement un peu faible. Je ne sais ce qui s'est passé.

La bibliothécaire se pencha et, au lieu de lui prendre la main comme il le croyait, lui retira le livre.

– Si vous êtes un élève de J. S. Mill, vous devriez être à l'école.

– Nous n'avons pas de cours aujourd'hui, dit Tabby, se relevant enfin. La grippe.

– La grippe, je crois que vous l'avez. Rentrez chez vous et mettez-vous au lit, jeune homme. Ne restez pas là, à nous contaminer.

L'*Histoire de Patchin* sous le bras, elle le conduisit à la porte.

Tabby vacilla au soleil. Il alla s'asseoir au bord du trottoir. Ses doigts tombèrent sur une longue brindille qu'il tira à lui dans la poussière.

Et il vit alors que le sillon tracé sur le sol se remplissait d'un liquide rouge : du sang ; comme s'il y avait un lac de sang sous la surface du sol. Il refit l'expérience à côté du premier sillon qui s'emplit également de sang. Horrifié, Tabby se redressa péniblement, tourna au coin de la rue, remonta Main Street comme un aveugle. Arrivé à la hauteur de la pizzeria, il aperçut Patsy McCloud, assise en train d'écrire à l'une des tables de *Deli-icious*. S'il faisait demi-tour, elle penserait sûrement qu'il voulait l'éviter ; mais il ne voulait pas lui imposer sa compagnie. Elle paraissait si éthérée... si elle cognait le trottoir d'un de ses pieds mignons, le sang apparaîtrait-il sous la surface du béton ?

Et il entendit sa voix légère qui l'emplit de gratitude. Il leva sur elle un regard timide : elle était de sa race.

– Oui, j'ai vu son visage, disait-il à Patsy cinq minutes plus tard. Un visage fou, comme une gueule de vieux chien méchant. Et des yeux comme éclairés par-derrière. Il ne s'est pas soucié de réfléchir, il a simplement tiré sur moi.

– Et tu ne connaissais pas ce visage ?

– Je ne l'avais jamais vu.

– Et tu penses que c'était peut-être Gideon Winter ?

– Ma foi, c'est ce qu'on aurait dit, non ?

Il y eut un silence. Tabby ne savait que penser de ce qui lui était arrivé ; il ne savait pas davantage ce qu'en pensait Patsy.

– Quel était le livre que tu avais en main ? demanda-t-elle enfin.

– Un livre d'histoire. L'*Histoire de Patchin*, par une dénommée Bach.

– Nous devrions l'acheter. Je vais m'en occuper, dit Patsy avec un sourire.

Il essaya de lui rendre son sourire.

– Tu vois le passé, reprit Patsy. C'est intéressant. Est-ce que tu as déjà vu l'avenir ?

– Je crois, dit Tabby en rougissant. Une fois. Quand j'avais cinq ans. J'ai vu Mme Friedgood. (Il rougit plus encore.) Mais la plupart du temps, je vois le passé.

– Je n'ai jamais vu le passé. Eh bien, nous faisons une sacrée paire !

– Je n'arrive pas à croire que nous sommes là en train d'en parler. Il y a encore autre chose. Après être sorti de la bibliothèque, j'ai vu le sol saigner.

Patsy jeta un regard interrogateur sur le trottoir et Tabby se souvint de l'avoir imaginée en train de frapper ce trottoir de son pied...

L'instant d'après, ils relevaient la tête d'un même mouvement, car une femme s'était mise à crier. Tout le monde, les passants, les employés de la quincaillerie, M. Bundle du magasin d'antiquités, les barbus à la table voisine, essayait de voir d'où venaient les cris.

C'était une vieille dame en robe noire, assise à l'une des tables du restaurant français ; elle pressait ses mains contre ses yeux, la bouche ouverte. On ne l'aurait pas crue capable de pousser de tels cris.

Des gens du restaurant sortirent sur la terrasse. Le père de Tabby fut le troisième à apparaître et, quelques secondes avant qu'il parvienne à hauteur de la femme, elle s'effondra.

Tabby sut que la vieille dame était morte : on ne

pouvait survivre après avoir poussé de tels cris, quelle qu'en fût la cause. Il vit son père laisser le garçon s'agenouiller à côté de la femme. Tabby entendait encore ses cris dans ses oreilles. Son père essayait de comprendre ce qui s'était passé. Il se pencha au balcon et regarda la rue, le petit attroupement devant la quincaillerie, le café, le magasin d'antiquités. Puis son père le vit.

*

Stupéfaite, Hilda du Plessy regarda le petit pinson tomber sur le trottoir, l'appétit coupé.

– Madame désire ? demanda le garçon derrière elle.

– Euh... rien, simplement une salade.

– Salade maison, dit le garçon, grommelant quelque chose qui aurait surpris Hilda si elle avait entendu.

Elle se sentait agitée, oubliant *Le Héros en blanc* posé sur la table, à côté d'elle. Elle ne voyait plus le Dr Van Horne à travers la vitrine de l'antiquaire. Elle souhaitait tant voir son visage rassurant. S'il l'apercevait, il lui sourirait, lui ferait un petit signe de la main. Peut-être viendrait-il jusqu'à sa table, déjeuner avec elle. Dans l'univers de Florence M. Hobbart, ces choses-là étaient courantes.

Dans les romans de cet auteur, les oiseaux gazouillaient, roucoulaient, nichaient, mais en aucun cas ne tombaient morts des arbres. Elle regarda le trottoir, espérant que le pinson allait s'envoler, mais il demeura inerte, une aile ouverte en éventail.

Elle posa son sac sur ses genoux et faillit se lever pour partir.

Mais elle aperçut de nouveau le Dr Van Horne, derrière la vitre de l'antiquaire : il avait trouvé quelque chose qui lui plaisait et réglait son achat. Voilà qui était davantage dans l'ordre normal des choses pour un matin ensoleillé de juin, à Hampstead. Le meilleur et le plus éminent docteur de la ville achetant quelque antiquité. Sur un tel instant, auraient pu écrire Florence M. Hobbart ou Carrie Engelbart Hoskins, l'éternité pouvait apposer son sceau.

Hilda se détendit dans son fauteuil et guetta sa salade.

Quelques secondes plus tard, le Dr Van Horne apparut à la porte d'Olden and Golden, portant un grand et lourd miroir. Sa voiture était garée juste devant le magasin. Dans son costume blanc, avec son chapeau blanc, le docteur avait tout d'un héros de film, d'un auteur ou d'un peintre célèbre. Hilda lui adressa un petit geste, espérant qu'il lèverait les yeux.

– Docteur ! appela-t-elle.

Il leva les yeux, sans voir d'où venait l'appel.

– Docteur Van Horne ? appela-t-elle de nouveau.

Il l'aperçut mais ne lui sourit pas. Le visage figé, son aspect mythique s'évanouit soudain pour Hilda. Un instant, il parut même un peu demeuré.

Le miroir était devenu noir. Jusque-là s'y étaient réfléchis les arbres dans leurs pots, les marches de chez *Framboise* et son auvent. Et, soudain, il avait perdu sa lumière pour s'emplir d'un bouillonnement de fumée. Son obscurité tridimensionnelle formait comme un couloir partant de la porte ovale du cadre.

Le geste d'Hilda se figea. Elle ne respirait même plus.

Il se *passait* quelque chose à l'intérieur du miroir. Un visage trembla. Elle vit une main, des yeux, des dents. Et puis cette petite partie de Main Street ravagée et en ruine, les immeubles détruits, les auvents en lambeaux, des ordures sur les escaliers. Et dans cette scène, le Dr Van Horne la regardait ; ses oreilles pendaient sous sa mâchoire, ses sourcils étaient relevés, son nez recourbé comme un bec, ses dents pareilles à des crocs. Hilda hurla sans s'en rendre compte, incapable de s'arrêter.

Elle savait qu'elle se donnait en spectacle, mais les cris ne cessaient de monter dans sa gorge, comme des chevaux emballés qui l'entraînaient.

*

Quand Clark Smithfield rentra chez lui ce mardi soir il était plus ivre que d'habitude. Il était neuf heures. Tabby et Sherri, assis sur le canapé du salon, regardaient *Magnum Force* sur la chaîne ABC. Le film venait de commencer. Ils avaient dîné depuis longtemps, le repas de Clark était au chaud dans le four.

Clark referma violemment la porte d'entrée et Sherri sursauta, mais sans quitter la télé des yeux. Quelques secondes plus tard, la porte du salon s'ouvrait à la volée.

– Vous êtes bien, hein ? dit Clark, appuyé contre le chambranle.

Sherri leva les yeux sur lui et revint à l'écran.

– Tu as passé une bonne journée ? demanda-t-elle.

– Magnifique. Putain d'hypocrite que tu es ! Ne fais pas comme si le gamin ne t'avait pas tout raconté, dit Clark, arrachant sa veste qu'il jeta sur un fauteuil, avant de se laisser tomber dans son rocking-chair.

Sherri jeta un regard noir à Tabby puis à son mari.

– Sers-moi un verre, demanda Clark.

– Qu'est-ce que tu veux dire ?

– Je veux *dire* ce que je veux *dire*, que tu devrais tirer ton cul de là et me servir quatre doigts de whiskey irlandais dans un verre, et ensuite mettre le verre dans ma main. Ou est-ce trop compliqué pour toi ?

– Excuse-moi, dit Tabby, je monte dans ma chambre.

– Ouais, tire-toi, mouchard. Il te tardait de rentrer pour tout lui raconter, hein ?

– Me raconter quoi ?

– Eh bien, elle s'appelle Berkeley, elle fait dans les deux mètres, elle a la trentaine et une grande bouche et ses jambes sont si longues...

Tabby entendit Sherri renverser la table basse au moment où il refermait la porte. Le temps qu'il arrive à sa chambre, ils hurlaient comme des possédés.

Deux heures plus tard, Sherri frappa à sa porte. Il savait ce qu'elle allait dire et il tremblait en ouvrant.

– Pauvre gosse, dit-elle, les cheveux fous, le visage bouffi et maculé des traces de son maquillage.

Et elle se mit à pleurer.

– Oh, non, dit Tabby. Je t'en prie.

– Il n'a jamais travaillé, ici, dit Sherri, s'asseyant sur le lit. Il m'a menti depuis le premier jour. Il y a un mois qu'il a rencontré cette femme. Tout ce qu'il voulait, c'était s'amuser et dépenser de l'argent. Je ne peux plus vivre avec lui, Tabby. J'ai déjà appelé un taxi. J'aurais bien pris la voiture, pour l'embêter, mais il a filé faire les bistrots parce que je suis une garce. (Elle parvint à sourire.) Je prends le train pour New York ce soir et je rentre en Floride. J'ai toujours détesté ce coin, tu sais.

– Je sais.

– Tu peux venir avec moi, si tu veux. On trouvera toujours quelque chose. Je peux travailler.

Tabby pleurait presque, maintenant.

– Je t'aime bien, dit Sherri. Depuis que tu étais un petit môme tout maigre à Key West.

Tabby ne put retenir ses larmes. Sherri le serrait dans ses bras. Ils pleuraient tous les deux. Tabby pensait à la solide Sherri qui lui avait servi de mère en Floride.

– Tu *peux* venir avec moi, lui dit Sherri à l'oreille.

– Je ne peux pas. Mais je t'aime, moi aussi, Sherri.

– Je t'enverrai une carte postale. Ecris-moi, Tabby. Comme avec ton grand-père.

– Je t'écrirai.

– Il faudra t'occuper de lui. J'ai essayé, Tabby, de toutes mes forces, mais si je reste ici, il va me tuer.

– Je t'enverrai de l'argent, dit Tabby.

– Inquiète-toi de ton père, pas de moi. Clark va avoir besoin de toi.

On sonnait à la porte et Sherri le serra plus fort avant de se lever, de prendre une valise, en haut des escaliers. Ils descendirent ensemble.

A la porte, il la serra dans ses bras. Elle grimpa dans le taxi et disparut. Il savait qu'il ne la reverrait jamais.

Ces événements auraient pu se produire si Hilda du Plessy ne s'était pas trouvée à la terrasse de *Framboise* ; mais le fait qu'ils se produisirent le mardi soir fut la conséquence directe de sa présence à ce même restaurant. Le rapport entre Hilda du Plessy et ce qui arriva à Richard Allbee le mercredi suivant est moins direct mais tout aussi évident.

Le mercredi matin, Richard s'était rendu à l'étude d'Ulrick Byrne, le notaire des Sayre à Hampstead, pour prendre les clés. Outre les clés, il eut droit à un regard peu amène et à un sermon de Me Byrne :

– C'est tout à fait contraire aux usages, monsieur Allbee ; jamais je n'ai remis de clés avant la signature des actes. J'y suis opposé. Du moins ai-je l'assurance que vous avez obtenu votre prêt. *Mais* (il braqua un index sur la poitrine de Richard) les Sayre et moi-même vous tiendrons pour responsable de toute déprédation éventuelle. En cas d'incendie, vous êtes acquéreur des ruines...

– Je vous suis extrêmement reconnaissant. Le fils de Mme Sayre a dû songer à ce que pouvait représenter le fait d'emménager dans une maison puant l'ammoniac quand il a décidé de nous confier les clés plus tôt.

– Et également lorsqu'il a fixé le prix de la maison. Je vais prendre contact avec Me Barsbach.

John Barsbach, le notaire des Allbee, n'était pas très satisfait de cette histoire de clés, lui non plus.

De chez Byrne, ils se rendirent à la maison ; Richard brûlait de la palper, de voir les cordons de tirage des fenêtres, le grenier, les poutres. L'inspection avait répondu à presque toutes ses questions mais en avait suscité d'autres. Une semaine de plus à Fairytale Lane aurait été pour lui une torture. Il brûlait de commencer leur « vraie vie » au 32, Beach Trail, à Greenbank.

– Il nous faut des masques à gaz ! dit Laura dès qu'elle pénétra dans la maison.

Et elle se précipita vers la fenêtre la plus proche. Toutes les fenêtres furent bientôt grandes ouvertes. Richard commença par retirer le tapis des escaliers. Comme la moquette de la salle de séjour, il avait été jadis très bon. Mais on ne l'avait pas nettoyé depuis les années cinquante, se dit Richard, et il se composait maintenant autant de poils de chat que de laine. L'odeur arrivait par vagues. C'était une honte de jeter des moquette et tapis de cette qualité, mais Richard savait que même après une douzaine de nettoyages le fantôme des chats se ferait sentir dès que le temps serait à l'humidité.

Munie d'un seau et d'une serpillière, Laura attaquait le sol de la cuisine. Richard commença à retirer la moquette de la salle de séjour sous laquelle il fut heureux de trouver un bon parquet de chêne encore ciré.

Après avoir roulé la moitié de la moquette, il s'assit sur le sol et regarda les moulures complexes du plafond de quatre mètres. « Je vais adorer cet endroit », se dit-il. A travers les vitres sales, il contempla le sommet des érables et des sapins.

— Tu peux m'aider à porter la moquette dans l'allée ? demanda-t-il. Est-ce qu'il y a une corde ou une ficelle solide dans la maison ?

Laura revint avec un rouleau de ficelle oublié dans un tiroir de la cuisine, et avec un regard bizarre.

— Est-ce que tu crois aux fantômes ? lui demanda-t-elle.

— A la télé seulement, dit Richard, s'essuyant le front s'attendant à quelque blague.

— Tu as dit que l'odeur, dans la maison, est le fantôme des chats ? Eh bien, je viens d'en voir un.

— Comment sais-tu que c'était un fantôme ?

— Il était assis à côté de l'évier. Gris clair, très joli. Un gros matou gris. Avec une patte en l'air, comme s'il venait de la lécher. Quand je suis entrée, il m'a regardée ; il avait l'air heureux de me voir. Et puis... c'est là que tu ne vas pas me croire. Il a disparu. *Pouf*. Comme ça.

— Et tu veux que je gobe ça, hein ? Qu'est-ce que tu as éprouvé alors ?

— C'est drôle, mais je me suis sentie bien, dit Laura, haussant les épaules. Comme si la maison me souhaitait la bienvenue.

— C'est ce que vont faire les psychiatres, dit Richard avec un grand sourire.

Laura lui montra le poing et ils se mirent à rire.

— C'est *arrivé*, dit Laura. Je l'ai vu.

— C'est bon. Cherche les traces de pattes sur le bord de l'évier.

— Je l'ai fait, petit malin.

Richard roula la lourde et malodorante moquette sur la pelouse jusqu'au tapis de l'escalier. Il s'épongea le front avec son mouchoir. Un nuage de poils de chat flottait au-dessus des deux rouleaux. Maintenant, il allait aider Laura à laver le sol... et demain il préparerait quelque produit pour nettoyer le sol et les escaliers

Il se retourna et éprouva un coup au cœur. Là-bas,

de l'autre côté de l'allée, à l'ombre d'un mur de stuc envahi de lierre, Billy Bentley lui souriait, les bras croisés, un chapeau rejeté en arrière sur ses cheveux frisés. Billy ouvrit les bras et la lame d'un long couteau brilla sur le vert du lierre.

– Non, non, dit Richard, sans trop savoir pourquoi.

Billy paraissait joyeux. Il fit semblant de donner un coup de son couteau. Un gros chat gris sauta du mur et se glissa entre ses jambes.

Richard devait l'empêcher d'entrer dans la maison. N'était-ce pas là le message qui revenait dans ses cauchemars ? Billy n'était pas là, mais il fallait le tenir à l'écart de Laura.

Richard tourna le dos au spectre de Billy Bentley qui le traquait avec un couteau, sauta dans la véranda, referma la porte sur lui et poussa le bouton de verrouillage.

Il se retourna, haletant. Billy avait disparu.

Quatre traces de pas marquaient la pelouse, partant de l'allée, comme si Billy y avait marché.

Le gros matou gris avança à pas feutrés, le regarda et devint progressivement transparent, se fondant dans le vert de l'herbe et le noir de l'allée.

– Mon Dieu, je deviens fou ! Billy Bentley et le Chat du Cheshire, murmura Richard.

– Quoi donc ? demanda un vieux bonhomme coiffé d'une casquette yankee, chaussé de tennis.

– Je parlais tout seul, dit Richard.

Où avait-il déjà vu cet homme ? Il souhaita qu'il s'en aille.

– Je devrais peut-être me présenter. Graham Williams. J'habite en face.

– Oh, Graham Williams. C'est vous qui avez accepté de comparaître devant la commission, non ? Et puis vous avez renoncé.

– Vous avez bonne mémoire. C'est de l'histoire ancienne. Je suis surpris que vous vous en souveniez.

– J'ai lu votre livre sur l'alcoolisme. Je l'ai trouvé très bon.

– Vraiment ? La plupart des patrons de bistrot n'étaient pas de votre avis. (Il fit un signe vers la porte de derrière et ajouta :) Il y a là une femme enceinte qui se bat avec votre porte.

– Oh ! elle est fermée. (Richard grimpa les marches.) Appuie sur le taquet du verrou, lança-t-il à l'intention de Laura.

Laura apparut sous la véranda.

– Je viens de voir ton chat, annonça son mari. Et je te présente notre voisin d'en face, Graham Williams.

– Je pensais vous inviter à venir prendre un verre dans la semaine. Très heureux de faire votre connaissance, madame Allbee.

– Moi de même, monsieur Williams. Tu as vu le chat, Richard ?

– Il ne reste plus de chats dans le coin, dit Williams. Le type de la fourrière les a emmenés il y a un mois.

– Nous l'avons vu tous les deux, dit Laura. Mme Sayre n'avait-elle pas un gros matou gris ?

– Elle en avait bien une vingtaine. Comment savoir ? Vous savez, je connaissais les Sayre depuis toujours. Ils étaient avec moi au club le soir où John Sayre s'est suicidé.

Laura posa la main sur son ventre.

– Je ne voulais pas vous bouleverser, madame Allbee. Tout cela remonte à trente ans : 1952. Et les chats ont disparu. Mais pas l'odeur, je dois le dire.

– Eh bien, ce chat est un fantôme.

– On voit des fantômes et on parle tout seul, dit Williams d'un ton léger mais apparemment touché par la remarque de Laura. On peut parler de fantômes, si vous voulez. J'ai pensé que votre mari serait peut-être intéressé par les histoires du pays, madame Allbee.

– Vous voulez dire du fait de sa mère ? Du fait de la famille Green ?

– Je suis heureux que vous soyez déjà au courant. J'en suis, moi aussi. Et Patsy McCloud, bien sûr. Notre histoire comporte des chapitres passionnants. Venez donc après dîner, si vous voulez. (Il serra la main de Laura, puis celle de Richard.) Peut-être souhaitez-vous quelques... explications ?

– Avez-vous connu mes parents, monsieur Williams ?

– Je connaissais la plupart des gens de Hampstead, dans les années quarante. Je connaissais Mary Green de vue. Et votre père, aussi. Très adroit de ses mains. Il travaillait sur Greenbank. C'est comme ça qu'il a rencontré Mary. Très agréable jeune homme, toujours le sourire.

– Est-ce qu'il a travaillé dans cette maison ? demanda Richard, retenant son souffle.

– Je ne crois pas. Venez samedi et nous en parlerons.

Après que Graham Williams eut traversé la rue à pas lents, Laura déclara :

– Je ne l'aime pas, Richard. Ce vieux bonhomme me fiche la chair de poule. Je ne veux pas le voir, samedi.

– J'apprendrai peut-être quelque chose de lui. Vois-tu, j'ai vraiment vu le chat gris, ajouta-t-il.

Il voulait changer de conversation et faire oublier à Laura leur nouveau voisin. Elle aussi pensait à Patsy McCloud.

– Il ne t'a pas souhaité la bienvenue ?

– Je n'en suis pas sûr.

*

Cette nuit-là, Richard rêva qu'il transportait une grande épée à travers la vieille maison Sayre, sous les yeux d'un gros chat. Des fissures marquaient le plâtre des murs. Il enjambait les trous noirs du parquet. Il sortit dans la véranda, sous la pluie, marchant au milieu de la pelouse. L'épée semblait aussi lourde que lui. Il la souleva au-dessus de sa tête et l'abattit avec force dans la terre humide. Du sang jaillit, trempant ses chaussures et le bas de son pantalon. Un ruisselet de sang descendit la côte jusqu'à un arbre, au bout de la propriété. Richard enfonça l'épée plus profondément dans le sol. Un sang rouge jaillit et alla éclabousser le toit.

*

Il y avait des années de cela, on avait confié à l'agent Royce Griffen un travail qu'il détestait. Mais, du moins, grâce à la grippe, il allait faire un vrai travail de policier. Il allait conduire une voiture de patrouille.

Les ennuis habituels commençaient d'ordinaire aux vestiaires. Si Tortue Tuck était là, prenant ou cessant son service, il tentait invariablement d'amuser les autres policiers.

– Roycie Woycie, chantonnait-il en le voyant. Vas-tu sonner à ma porte aujourd'hui ? Hé, Roycie, qu'est-ce que tu dis quand une vieille vient t'ouvrir en chemise de nuit ? Agent Roycie Woycie Griffen, à votre service, m'dame ? Tu leur montres ton gros pistolet, Roycie ? Oh, m'dame, je suis le brave Roycie qui vient vous indiquer comment éviter que des *méchants* pénètrent chez vous...

Malheureusement, Royce Griffen ne faisait que la taille minimale exigée des agents de la police de Hampstead (1,73 m) et ne pesait que soixante-dix kilos, sans quoi il aurait sauté sur Tortue, là, dans les vestiaires.

Seigneur, il détestait ce boulot ! S'il avait encore été marié, il en aurait parlé avec sa femme, mais celle-ci l'avait quitté après avoir essayé, pendant trois ans, de vivre avec une solde de flic. Roycie ne lui en voulait pas. Lui aussi se serait quitté s'il avait pu.

On lui avait confié ce travail à cause de l'accroissement du nombre des cambriolages au cours des trois dernières années. Il frappait aux portes, se présentait et donnait des conseils de prévention aux habitants. Il inspectait les serrures et les fermetures des fenêtres, testait les systèmes d'alarme ; et tout cela le rendait fou. Si un cambrioleur voulait entrer, il entrait, un point c'est tout. Les systèmes d'alarme se déclenchaient tout seuls, les chiens de garde dormaient, les gens oubliaient de boucler leurs portes.

Deux ans plus tôt, il avait divisé la ville en secteurs, et ensuite chaque secteur en sous-secteurs. Il se trouvait maintenant dans le troisième sous-secteur du troisième secteur : le bas de Greenbank, avec Mount Avenue, jusqu'à la limite d'Hillhaven.

Sa deuxième inspection de la matinée était une grande maison blanche donnant sur Gravesend Beach ; il l'avait remarquée depuis des années sans savoir qui y habitait. Pas de nom sur la boîte aux lettres, qui ne portait que le numéro cinq. Royce passa la grille. Jamais il n'avait remarqué qu'il y avait tant de terrain autour de la maison. La pelouse était trop haute, ce qui était insolite pour un tel lieu. Bobby Fritz devait être couché avec la grippe.

Royce s'arrêta devant la porte d'entrée, descendit de la voiture de police et alla sonner à la porte. Il remonta son ceinturon, ajusta sa casquette et se redressa, pour paraître aussi grand que possible. « Et c'est reparti », se dit-il.

Une vieille femme en uniforme blanc vint lui ouvrir, l'air à la fois fâchée et affligée. Elle avait pleuré.

– Bonjour, je suis l'agent Griffen de la police de Hampstead. Puis-je vérifier vos serrures, système d'alarme et autres et vous faire quelques recommandations éventuelles pour les améliorer ? récita Royce machinalement.

– Docteur, appela la femme, c'est un agent de police.

Un homme en costume blanc arriva, souriant.

– Oh, oui, Muriel. Faites entrer. Et offrez une tasse de café à ce monsieur.

– Non, merci, monsieur, commença Royce.

– Vous êtes venu me dire comment me protéger des cambrioleurs ?

– Oui, monsieur, dit Royce qui récita son couplet : une bonne serrure constitue votre meilleure protection. Pourrais-je jeter un coup d'œil sur les fenêtres ?

– Je vous en prie, dit le docteur.

Il conduisit Royce jusqu'à la salle à manger dont les fenêtres n'offraient que des fermetures légères, tout comme la porte donnant sur le patio.

– Vous possédez beaucoup d'objets qui pourraient tenter un voleur. Avez-vous songé à changer vos serrures ?

– J'ai vécu ici toute ma vie. Je connais tout le monde dans cette ville. Personne ne tenterait de pénétrer chez moi, dit le docteur, revenant vers le salon.

– Très joli, dit Royce devant l'immense baie vitrée donnant sur la mer.

La pièce mesurait dans les douze mètres ; le plus grand tapis oriental qu'il avait jamais vu courait sous les meubles.

Un piano Bösendorfer, des plantes, des sculptures – surtout des statues de femmes. Royce se pencha pour lire un nom sur une statue de danseuse : Degas. Voilà qui paraissait français, donc cher. En face, sur le mur, des peintures et un miroir.

– Oui, confirma Royce. Je pense que des tas de gens souhaiteraient pénétrer chez vous. N'avez-vous pas au moins un système d'alarme ?

– Oh, j'ai pensé en mettre un... commença le docteur.

Mais Royce eut soudain du mal à l'entendre ; ça

n'allait pas. Peut-être avait-il attrapé la grippe, après tout. La voix semblait lui parvenir d'un poste de radio parasité. La pièce avait pris des dimensions de hangar, la lumière baissa puis devint rosâtre. Royce ne tenait plus debout.

Quand Muriel apparut avec le café, il le prit, sans un mot. Le docteur parlait toujours mais Royce n'entendait qu'un bourdonnement. Il regardait les tableaux, au mur, et le miroir qui semblait fondre. Sur sa surface apparut un éclair. Il vit un nain roux qui ricanait. Une sorte de troll habillé en policier.

– En fin de compte, je n'ai rien fait, continua le docteur. Mais je boucle les portes et j'allume le jardin, le soir.

– Oui, dit Royce, pensant qu'il lui fallait quitter cet horrible endroit.

Le docteur le débarrassa de sa tasse et le reconduisit. Dès qu'ils furent dans l'entrée, Royce entendit le murmure d'une douzaine de voix derrière la porte fermée du salon, le bourdonnement d'un million de mouches.

En partant, il faillit percuter un arbre de l'allée.

A partir de là, le DRG – le nuage pensant – le plongea dans la folie. Il entendit de la musique alors que la radio ne diffusait que des appels de police ; il sentit une odeur aigre monter de ses aisselles. Il continuait à se voir en troll ridiculement laid.

Sa troisième visite se passa normalement et il ne ressentit rien de particulier, à part ces bourdonnements dans les oreilles.

Mais à la quatrième maison, il perdit tout contrôle. Assis à une table de jardin, il parlait des portes-fenêtres. La jolie Mme Clark, en face de lui, buvait du thé glacé. Puis tout devint jaune, il redevint un troll. Les cheveux de la femme lui apparurent sales et emmêlés. Le thé sentait le whisky. Ses pieds reposaient sur quelque chose de mou, d'horrible. Un animal mort ? Les bras de Mme Clark se couvrirent de poils noirs.

Royce poussa un cri de panique et de dégoût ; le patio était couvert d'énormes araignées mortes. Mme Clark se leva, bossue, ses lèvres découvrant des dents brisées. Elle versa du whisky sur l'une des araignées dont le gros corps trembla. Une vase gluante dégoulinait des murs et de la porte-fenêtre.

– Je ne me sens pas bien. Il vaut mieux que je parte, dit Royce.

Il fila en courant. Une foule invisible riait de sa peur, de sa taille, de son allure de troll... Il grimpa dans sa voiture, la mit en marche, fonça dans Mount Avenue et tourna à gauche dans Beach Trail.

Il faillit verser dans un fossé en prenant Post Road. L'air était jaune vif et une araignée jaune de la taille d'une camionnette sortit du fossé, se dirigeant vers sa voiture.

Royce hurla, tourna le volant, fonçant vers le poste de police. Là, rien n'avait changé. Il s'assit et tapa des rapports imaginaires sur ses visites. Ensuite, pour tuer le temps, il alla brûler pour vingt dollars de cartouches au stand de tir. A la fin de son service, il monta aux vestiaires.

– Hé, Royce ! lui cria Bobo. Tu as rencontré des jolies femmes aujourd'hui ?

– Toutes, grommela Royce, songeant à l'horrible Mme Clark.

– Tu n'as pas l'air bien. Tu as attrapé la grippe ?

– Non, ça va.

– Roycie Woycie, tonna Tortue en arrivant, l'haleine chargée de bière, la chemise maculée de sauce tomate. Laissez-moi appuyer sur votre bouton de sonnette, madame.

Royce regarda Tortue. Il vit le cadavre d'un homme mort depuis trois semaines, mutilé avant ou après la mort, la peau blanche et ratatinée béant autour des blessures. Un morceau de peau tombait sur le front de Tortue, découvrant l'os.

– Mon Dieu, dit Royce qui fila s'asseoir dans sa voiture.

Il démarra quinze minutes plus tard, évita Greenbank et s'arrêta dans les bois, les yeux clos. Il revoyait Mme Clark, et le miroir ovale de la grande maison de Mount Avenue.

*

Le lendemain matin, Royce Griffen arriva très tôt au poste. Il attendit les autres dans les vestiaires. Tortue Tuck avait une monstrueuse gueule de bois ; il paraissait pire que la veille et puait la mort et le whisky bon marché. Royce regarda autour de lui, horrifié : le capitaine et presque tous les policiers étaient morts, eux aussi. Une balle avait laissé un trou bien net sur la chemise de certains ; d'autres, comme Tortue, étaient mutilés. Royce fila dans les bois et y passa huit heures en tremblant dans sa voiture.

Au changement de service, il alla s'enfermer dans les toilettes. Quelque chose voulait éclater en lui ; il eut à peine le temps de baisser son pantalon. Quand il s'assit sur le siège, une douleur le tenailla, annihilant presque aussitôt le soulagement. Elle se fit plus intense, déchirante. Pour voir ce qui avait provoqué une telle souffrance, il baissa les yeux sur la cuvette. Elle était pleine d'araignées aussi rouges que ses cheveux. Il hurla. Une énorme masse de ces araignées grouillaient dans l'eau, d'autres escaladaient déjà la cuvette. Royce tira la chasse, une fois, deux fois. Une trentaine d'araignées grouillaient maintenant sur le siège. Il remonta son pantalon et fila à sa voiture, bouclant les portières. Puis il déboucla son Smith and Wesson. Il lui fallut tenir l'arme à deux mains tant il tremblait. Il l'arma.

– Mon Dieu, murmura-t-il.

Il se fourra le canon dans la bouche et pressa la détente. Son crâne explosa sur la vitre arrière et le plafond de sa voiture.

*

Le vendredi matin, les Norman apparurent. Ils sentaient toujours l'ours et la violence. Et ils n'avaient pas changé leurs projets.

– Tu as pensé à ce que tu allais faire de tes cent dollars, Tabs ? lui demanda Bruce.

– On te prend demain soir vers dix heures, déclara Dicky. Tu ne dis à personne où tu vas ni avec qui, d'accord ?

– Je ne veux pas.

– Oh, que si, dit Bruce. Tu sais que les types portaient des colliers d'oreilles au Viêt-nam ? Faut nous aider, Tabs. On est copains.

– Ouais, dit Tabby. Dix heures.

Il enverrait les cent dollars à Sherri et n'aurait plus jamais rien à faire avec les Norman.

*

Six heures plus tard, ce vendredi-là, Richard Allbee changeait les cordons de rideau de ses fenêtres. L'odeur des chats de Mme Sayre se devinait à peine, maintenant, dans la salle de séjour. Il entendit Laura qui descendait les escaliers. Elle apparut un instant plus tard.

– Encore une pièce à nettoyer, dit-elle, et je m'arrête. Comment t'en tires-tu avec les fenêtres ?

– Encore quarante-cinq minutes de boulot. Viens me tenir compagnie quand tu auras fini.

– Oh, je ne sais pas. Mon dernier employeur m'a mise enceinte.

Quelques minutes plus tard, Laura passait de nouveau la tête à la porte.

– Si tu veux aller chez ce vieux bonhomme, demain, ça m'est égal. J'irai me coucher tôt. (Elle lui sourit.) C'est seulement parce que tu as eu la gentillesse de prétendre que tu avais vu ce chat, toi aussi.

– Je ne prétendais rien. C'était vrai.

Lundi, ils signeraient l'acte de vente chez Me Ulrick Byrne et il ne voulait plus penser à Billy Bentley : ça n'était jamais arrivé.

Et puis, pendant un instant, Richard eut la vision d'un cimetière poussant sur sa pelouse : les tombes s'ouvraient, la terre et les pierres tombales éclataient, avec les corps, les squelettes, les os. La terre vomissait des cadavres, elle se déchirait, se détruisait, dans un paroxysme de révulsion. Il secoua la tête. « Ô mon Dieu, Billy Bentley, repose en paix. »

Il passa à la fenêtre suivante. Ses mains tremblaient.

DEUXIÈME PARTIE

INSTALLATION

Un doux baiser et l'on se quittera,
Un doux baiser, adieu à jamais.
Robert BURNS

LE PREMIER SEUIL

Pendant presque toute la semaine, Patsy et Les McCloud s'évitèrent. Patsy, qui ne voulait pas se quereller, était heureuse qu'il soit replié sur lui-même. Les boudait. Il pensait pouvoir la contraindre à s'excuser en lui adressant ces regards qui avaient marché dans le passé. Mais Patsy ne se sentait plus coupable. Tant qu'il serait malade, elle le soignerait, mais elle n'avait plus l'intention de lui apporter son plateau sur les genoux. Désormais, elle ne voyait en lui qu'un malade.

Le samedi, Les quitta le lit et Patsy alla se réfugier dans l'autre chambre avec l'*Histoire de Patchin*, de D. B. Bach, empruntée à la bibliothèque.

– Et le déjeuner ?

Elle répondit qu'elle n'avait pas faim.

– Et *mon* déjeuner ?

– Je suis sûre qu'il y a quelque chose dans le frigo.

– Seigneur ! dit Les qui claqua la porte.

Deux heures plus tard, il rentrait, les poings serrés.

– Tu veux te venger de moi ?

– Je veux être seule.

– C'est bon. Je vais au golf. Reste seule si tu veux te conduire en enfant gâtée.

Tabby et Clark Smithfield passèrent leur samedi dans un silence sinistre. Clark essaya de rejeter la faute sur Sherri.

– On s'en accommodera, fils. Nous sommes mieux sans elle.

A midi, il en était à son deuxième verre. Ils regardèrent la télé tout l'après-midi. A six heures, Clark alla chercher une énorme pizza dans un restaurant italien. Ils regardèrent le journal télévisé et le début du film du samedi, *Bons Baisers de Russie*. Tabby consultait sans cesse sa montre.

– Papa, est-ce que tu ne vas pas devoir travailler, bientôt ? demanda-t-il.

– *J'ai* un travail, répondit Clark, sirotant un whiskey irlandais. Je peux trouver du travail quand je veux.

– Mais tu n'as pas de boulot en ce moment.

– Je t'ai dit que j'en avais.

Tabby se leva et quitta la pièce. Il avait l'impression de regarder quelqu'un se noyer. Il resta un instant sur les marches de l'entrée puis descendit s'asseoir sur le gazon pour attendre les jumeaux Norman.

*

Un peu après 21 h 30, ce soir-là, Richard Allbee s'arrêta dans l'allée de Graham Williams, descendit de sa voiture et se retourna pour voir à quoi ressemblait la vieille maison Sayre vue d'en face. Elle avait déjà meilleure allure, se dit-il : elle avait l'air habitée. Il avait eu une hallucination en croyant voir Billy

Bentley, et il fut heureux de n'en avoir rien dit à Laura, sauf au sujet du chat.

Un bruit de pas légers arriva de Charleston Road. Involontairement, Richard se crispa. Un gros chat gris avançait en silence dans le cercle de lumière au coin de la rue.

Illusion, illusion.

Une silhouette tourna le coin. Lorsqu'elle passa sous le lampadaire, Richard reconnut Patsy McCloud, un livre sous le bras. Outre un sentiment de soulagement, car sa peur ridicule avait disparu, Richard ressentit un certain plaisir coupable à la vue de Patsy. Il lui fit un signe de la main.

– J'aurais dû savoir que je vous trouverais ici, dit-il.

– Je pensais que vous viendriez avec Laura.

– Laura est au lit avec James Bond.

– Et Les a la grippe. Laura a de la chance.

Richard lui demanda le titre de son livre.

– M. Williams ne vous a pas dit pourquoi il voulait nous voir ensemble ? Est-ce qu'il vous a montré la plaque sur Mount Avenue ?

Non, fit Richard de la tête avant de sonner.

– Dans ce cas, il vaut mieux que je le laisse vous expliquer.

Williams ouvrit la porte.

– Tous les deux ! Je suis comblé.

Patsy et Richard pénétrèrent dans un hall rempli de livres, couchés, empilés, en tas, par terre...

Ils passèrent dans le séjour, également tapissé de livres. Par terre, ou appuyées contre les livres, des affiches de vieux films. Quelques lumières diffuses brillaient çà et là, au plafond, à côté du canapé vert râpé, sur la table de pin blanc, près de la machine à écrire – une vieille manuelle. La pièce sentait le moisi, le vieux, les bouquins.

– Installez-vous sur le canapé. Ou sur le fauteuil,

dit Williams. Qu'est-ce que je vous sers ? Un verre ? Du café ?

Patsy et Richard optèrent pour le café.

Williams revint avec trois tasses sur un plateau. Après quoi il prit une tasse, avança une chaise métallique et s'assit face à ses invités. Richard se demandait pourquoi il avait cru devoir venir. Il perdait son temps : Williams était un vieux bonhomme solitaire qui les avait invités pour leur compagnie, voilà tout.

– Je vous prie de m'excuser, dit Williams. Ce coin a besoin d'être arrangé, mais je n'ai jamais eu l'argent nécessaire. Je m'y suis fait. J'ai moi-même placé les étagères pour les bouquins, il y a quarante ans. Maintenant, je ne pourrais même plus me payer le bois.

Il paraissait nerveux. Richard se demanda depuis combien de temps le vieux bonhomme n'avait pas reçu quelqu'un chez lui. Depuis combien de temps cette pièce n'avait pas vu de femme. Et il fut surpris d'entendre Williams déclarer :

– Patsy est une médium, savez-vous ? Tout comme sa grand-mère, Joséphine Tayler. Et également un gamin du voisinage, Tabby Smithfield. James Tabb Smithfield, exactement. Vous ne pensez pas en être un aussi, Allbee ?

– Moi ? dit Richard qui se brûla la langue avec son café. Un médium ? Non.

– Moi non plus. Sauf l'unique fois où j'ai vu un homme et que j'ai su... ma foi, peu importe ce que j'ai vu. Je vous raconterai cela quand Tabby sera avec nous. Je pense que vous êtes au courant pour les Green ?

Un instant, Richard avait cru que Williams voulait parler de son père et il s'apprêtait à faire un signe de tête impatient de dénégation.

– Les Green ? Oui, un peu.

– Avez-vous jamais vu la plaque en face de l'école ?

Richard croisa le regard de Patsy.
– Non, fit-il.
– Smyth, Tayler, Green, Williams. Et Gideon Winter. Smyth, qui est devenu Smithfield ; Tayler, qui est notre mignonne amie assise près de vous ; Green, vous-même ; et Williams, moi. Et Gideon Winter, qui pourrait être n'importe qui. Je crois qu'il vaut mieux que je m'explique.

*

– Quel putain de petit futé tu fais, Tabs, dit Dicky Norman en frottant son poing fermé sur la tête de Tabby.
Ils étaient serrés sur le siège avant de la vieille Oldsmobile et Tabby n'avait jamais vu les Norman aussi heureux. Ils puaient l'excitation, la bière et la marijuana.
– Je savais qu'il se déciderait, dit Bruce avec un coup de coude dans les côtes de Tabby. Notre petit pote est un vrai mec. Et tu n'as pas dit avec qui tu sortais, hein, mec ?
– Non. Mais c'est la dernière fois.
– Après ce soir, c'est fini, hein, Dicky ?
Ils avaient viré dans Beach Trail et descendaient vers Mount Avenue, passant devant l'école de Greenbank.
– Où va-t-on ? demanda Tabby.
– Au parking, souffla Bruce.
L'homme que Tabby avait vu se tenait à côté de sa fourgonnette, au coin de la *Maison du Homard*. Bruce se rangea et l'homme les regarda descendre. « Il n'a pas l'air d'un cambrioleur », se dit Tabby. Gary Starbuck avait un nez fort – celui d'un professionnel de la parfumerie –, des yeux noirs au regard fixe et un front soucieux. Il était entièrement vêtu de bleu marine. « On dirait un prof de math. »
– Je vois, observa Starbuck après un long regard à

Tabby et bien que personne n'ait dit un mot. Tu sais ce que tu es censé faire ?

– Non, fit Tabby.

Starbuck tira de sa fourgonnette une paire de petits talkies-walkies et en tendit un à Tabby.

– Mets-le en marche.

Tabby découvrit un bouton qu'il poussa. Les deux appareils firent entendre un sifflement aigu.

– Ils sont trop proches, dit Starbuck sans quitter Tabby des yeux. Il faut qu'ils soient au moins à quinze mètres. Mais c'est comme ça que nous communiquerons. Tu t'assois dans la fourgonnette. Tu surveilles l'allée et la route. C'est simple, non ?

– Oui, fit Tabby.

– Et si tu vois *n'importe quoi*, tu me le dis. On en a peut-être pour une demi-heure, dans cette maison. C'est long. Si quelqu'un s'arrête et regarde la fourgonnette, tu me le décris. Quelle voiture il a. Tout. Si c'est un flic, couche-toi et appelle-moi *vite*. On s'en occupera. Tu auras ton fric après. Compris ?

– Compris.

– Je commençais à croire que tu n'y arriverais pas. Encore une chose. Si jamais tu parles de ça aux flics, ou même si tu envisages d'en parler, je reviens et je te tue. Je suis un homme d'affaires. Il faut que je garde mon boulot. Et ça vaut aussi pour vous, les deux demeurés.

– Hé, merde, mec, dit Bruce.

– En route, ordonna Starbuck, grimpant sur le siège du conducteur.

*

Richard regardait les rayons de livres pendant que Graham Williams parlait. La moitié des bouquins, sur le mur le plus long, paraissaient être des ouvrages de fiction, le reste des ouvrages d'histoire et des biographies. Il y avait aussi un long rayon de scénarios, reliés de vinyle noir. A gauche, des livres d'art. Au-dessus, en vrac, des polars. Williams était un fan de Raymond Chandler, John D. MacDonald, Amanda Cross et Dorothy Sayers.

– Bon, dit-il quand Williams s'arrêta, les descendants des quatre familles des premiers colons sont de retour à Hampstead, à Greenbank, en fait. Et nos ancêtres ont eu des ennuis avec un nouveau venu du nom de Winter. Et après ?

– Bonne question, dit Williams. Vous avez raison. Quelle importance, à moins d'être historien ? L'unique raison pour laquelle cela doit nous intéresser, c'est que les événements qui ont eu lieu alors ont encore une incidence sur nous. N'est-ce pas toujours vrai pour l'histoire ? Si les Normands avaient prédominé en Angleterre, nous parlerions français, aujourd'hui. Je vais vous donner trois noms de trois générations de Hampsteadiens, de 1898 à 1952. Robertson Green – votre arrière-arrière-grand-oncle, monsieur Allbee –, Bates Krell et John Sayre. Robertson Green a été exécuté en 1898, Bates Krell a disparu en 1924 et John Sayre s'est suicidé en 1952. Je crois que Gideon Winter est revenu dans chacun de ces trois hommes et que seul John Sayre a eu la force de le combattre.

*

Les McCloud avait ramassé ses clubs de golf pour les jeter dans le coffre de sa Mazda, et il avait filé tout droit au country club de Sawtell, après sa querelle avec Patsy. « Je suis sûre qu'il y a quelque chose dans le frigo. » Rébellion contre l'ordre établi. Les n'avait pas vraiment envie de jouer au golf, mais il ne pouvait supporter de rester un instant de plus chez lui. Et le golf était la meilleure excuse pour une longue absence. Il pourrait passer quatre ou cinq heures dehors et rentrer pour voir si elle était revenue à de meilleurs sentiments.

Une fois garé devant le club, Les se sentit le front moite et les mains glacées : il transpirait. Il descendit, passa son sac à l'épaule et s'entendit interpeller :

– Hé, Les ! Vous cherchez un partenaire ? lui demanda Archie Monaghan en souriant de toute sa laideur. J'avais rendez-vous avec Ulrick Byrne et, devinez ? Je viens de l'appeler et il est couché avec la grippe. Vous voulez vous mesurer à moi ?

– Quand vous voudrez, dit Les, regardant Archie et son visage rouge, son T-shirt jaune sur sa brioche et son pantalon écossais vert et rouge. Aujourd'hui, je ne fais que neuf trous. Je sors d'une grippe, moi aussi. Qu'est-ce que vous en dites ?

– Ça me va !

Les ouvrit la porte du club.

– Non, après vous, fit Archie. Comment va votre mignonne petite femme, Les ?

– Bien, répondit Les.

Il ne voulait pas parler de sa femme, et surtout pas à Archie qui avait passé des heures à la reluquer à une réception, l'année précédente.

– Patsy McCloud, Patsy *McCloud*, dit Archie avec délices, comme s'il prononçait le nom d'une vedette de cinéma.

Et Les fut irrité, après avoir gagné le toss et frappé son premier coup, de sentir ses poignets raides et de voir la balle sortir du fairway.

– Pas de chance, chef, dit Archie qui expédia sa balle en une parfaite trajectoire à plus de deux cents mètres en direction du premier green.

En arrivant au cinquième trou, Les comprit qu'Archie l'avait délibérément énervé en parlant ainsi de sa femme. Il tenta de demeurer calme et détendu au moment où il puttait pour rester à trois au-dessus du par. Sa seule consolation était qu'Archie était également à trois au-dessus du par et allait sans doute y rester, à moins de réussir un putt de dix mètres. Archie ne semblait guère s'en soucier.

– Ça fait longtemps que j'étudie la question, Les, dit-il. Et j'en suis arrivé à la conclusion qu'il y a deux sortes de femmes. Celles qui ont l'air d'aimer ça, et celles qui ont l'air de ne même pas savoir de quoi il s'agit. Dans cette ville, au moins quatre-vingts pour cent des femmes sont à placer dans la seconde catégorie. Bien joué ! (Cela à l'intention de Les qui venait de putter.) A la terrasse du club, vous en verrez trois cents, qui bouffent leur salade et parlent de leur coiffeur. Vous croyez que c'est de ça qu'elles parlent ? Ou des mêmes conneries que nous ?

– Et alors, Archie ?

– Et alors ? Si les serveuses de la terrasse sont les seules à paraître aimer ça, je suis heureux d'en avoir épousé une... C'est ce que j'ai dit à Ulrick Byrne.

Les comprit deux choses : Archie Monaghan ne l'aimait pas plus que lui n'aimait Archie. Et il regrettait l'absence d'Ulrick Byrne. Archie, avec sa cinquantaine, avait sans doute davantage de points communs avec le jeune notaire qu'avec Les et ses quarante ans.

– Et si on jouait un peu d'argent sur le prochain trou, chef ? proposa Archie.

– Cent dollars le coup, dit Les.

Et Archie ne sourcilla pas. Il sourit.

Au neuvième trou, Les devait trois cents dollars à Archie et allait en perdre cent autres. Les calcula son coup, balança deux ou trois fois son bois au-dessus de la balle. Il ne put s'empêcher de penser que si la balle allait où il voulait l'expédier, il perdrait cent dollars de moins. A l'instant où le club frappa la balle, il sut qu'il avait raté son coup. La balle tomba comme une pierre dans un bouquet d'arbres au lieu de passer au-dessus.

— Voulez que je vous prête ma boussole ? proposa Archie.

Les se dirigea vers les arbres sans regarder son adversaire. Il ne voulait pas le voir grimacer son sourire. Il lui restait une chance. Le trou était un par quatre, et Les pouvait encore le faire en quatre. Il se baissa pour passer sous une branche et chercha sa balle. Il soufflait un peu. La sueur lui dégoulinait dans le cou. Il entendit un bruit de feuilles. Un écureuil. Les se retourna pour regarder Archie qui venait de rater son coup. Derrière lui, il entendit un enfant qui pleurait. Il se retourna, ne vit rien.

— Hé, sors de là, gamin.

L'enfant sanglotait doucement.

— Sors de là. Tout va bien. Allons, on ne va pas te faire de mal.

Aucune réaction à part un nouveau bruit de feuilles — le gosse s'enfonçait davantage dans le buisson. Les s'avança, se baissa pour voir à travers les feuilles.

— Sors de là, je vais t'aider.

— Je suis perdu, répondit une petite voix.

— Je vais t'aider. Est-ce que ton père... ? commença Les.

Il retira vivement sa main : un étau lui serrait la tête. Un instant, il eut un voile noir devant les yeux. Il se redressa.

— Je suis perdu. J'ai peur, dit la petite voix.

— C'est bon, c'est *bon*.

Les se pencha de nouveau, les mains en avant. Il s'arrêta à l'instant où il allait toucher les feuilles, avec le sentiment que quelque chose n'allait pas dans ce buisson abritant une chose qui ne voulait pas sortir à la lumière. Il crut sentir une odeur de boue, d'égout, d'herbe pourrie. Il savait que s'il touchait le buisson, l'étau allait de nouveau lui enserrer la tête, et un voile noir s'abattre sur ses yeux. Il regarda à travers les feuilles et ne vit que des feuilles.

— Elle est bien perdue, votre balle !

Les se retourna sur le pantalon écossais et la brioche jaune d'Archie Monaghan.

– J'ai entendu quelque chose. Un gosse qui pleurait dans ce buisson.

– Laissez le vieil Archie jeter un coup d'œil.

Archie se baissa et écarta les branches. Un instant, Les perçut de nouveau cette odeur de pourriture. Il était en nage et se sentait bizarre.

– Il n'y a personne, dit Archie. Vous êtes sûr d'avoir entendu un enfant ?

– Je l'ai entendu pleurer. Il m'a dit qu'il était perdu.

– C'est drôle. Il a dû partir. Hé, voilà votre balle ! Pas mal imaginée, votre histoire.

– Laissez-moi au moins vous offrir un verre, disait-il à Archie un peu plus de deux heures et demie plus tard, partagé entre l'amertume et le soulagement : soulagement de n'avoir terminé le parcours qu'à un coup d'Archie, amertume de ne pas l'avoir battu. Et ce gosse dans le buisson. Mais il n'y avait jamais eu de gosse. Et l'odeur. D'herbe pourrie, de terre humide, et une autre odeur, plus entêtante, plus forte.

Archie accepta un verre et le regarda bizarrement.

– Oh, je paie mes dettes. Tenez, dit Les, tirant deux billets de cinquante dollars de sa poche. Maintenant vous pouvez vous offrir un voyage à Dublin.

– J'en suis revenu la semaine dernière, dit Archie, empochant l'argent.

En arrivant au bar du club, Archie tapa dans le dos d'un homme assis sur un tabouret. Parmi les autres hommes, Les reconnut un ou deux cadres, un entrepreneur qu'il connaissait de vue et l'associé d'Archie, Tom Flynn.

– Vous connaissez tous Les McCloud, non ? demanda Archie.

Murmures d'assentiment des uns et des autres.

– Je viens de perdre cent dollars contre Monaghan, dit Les. Laissez-moi vous offrir une tournée.

Une heure et deux Martini plus tard, Les se demanda s'il allait appeler Patsy ; mais il ne voulait pas quitter le groupe qui, il en était sûr, allait se mettre à parler de lui à l'instant où il sortirait. « Au diable, Patsy », se dit-il.

Il imagina sa femme dans la petite pièce, avec son livre et sa télé. Il eut l'impression que l'air conditionné lui glaçait les sinus. Il se tâta le front : on aurait dit de la cire. Il avala le Martini posé devant lui. Et il vit quelque chose d'incroyable. Un homme assis dans un box, tout au bout du bar, avec des steaks crus autour du cou. Fasciné, Les regarda le collier de viande crue et vit que c'étaient, en fait, la poitrine et les épaules de l'homme. On lui avait taillé la peau en grosses escalopes. Et de nouveau cette odeur. L'homme était mort : on l'avait écorché et il était mort.

Les fixait l'homme. Voilà ce qui s'était passé au neuvième green. Le gamin perdu était mort : mort et cherchant Les McCloud. Il sentit le lourd verre de Martini lui glisser des mains.

Lorsqu'il se brisa sur le sol, les autres le regardèrent comme s'il était nu. De nouveau, la tête lui tourna.

– Je m'en vais, dit-il, repoussant le verre brisé et filant vers la porte.

*

– Vous voulez dire réincarné ? demanda Richard. Je ne peux pas croire ça. Jamais vous ne me persuaderez que ce Winter est né sous trois formes différentes au cours de trois époques différentes, et tout cela dans la même ville.

– Je ne parle pas de réincarnations au sens strict

du terme, c'est plutôt une métaphore. Quand votre arrière-arrière-grand-oncle est né, il n'y avait nulle part de Gideon Winter. La wintérisation, si je puis dire, ne s'est produite que plus tard.

– Ma foi, si vous voulez parler de possession, je crains de ne pas y croire non plus.

– Et c'est parfait en ce qui me concerne, dit le vieux bonhomme. Je ne suis pas sûr d'y croire moi-même. Un homme appelé Gideon Winter est arrivé ici, il y a environ trois cents ans, et divers événements se sont produits. Des événements pas très heureux. Mauvais économiquement, mauvais à tous égards. On pourrait dire « maléfiques », mais je suppose que vous allez me dire que vous ne croyez pas non plus aux maléfices.

– Je crois au mal, dit Richard, qui fut surpris d'entendre Patsy déclarer d'une voix douce :

– Moi aussi.

– Très bien, reprit Williams. Ce n'était peut-être pas l'homme mais les événements qui se sont produits ici. Peut-être était-ce ce qu'on lui a fait. C'est une théorie sur laquelle je travaille depuis une cinquantaine d'années.

– Vous voulez dire depuis cet homme ? Depuis Bates Krell ? demanda Patsy.

Williams lui lança un regard admiratif.

– Oh, j'en ai entendu parler, dit Patsy. Je ne connaissais pas le nom avant que je vous l'entende prononcer pour Tabby. Je l'ai vu. Je veux dire vraiment *vu.* (Elle rougit.) Il y a longtemps. Je l'ai vu tuer une femme.

Elle rougit davantage encore quand Williams lui prit la main et la baisa.

– Bien sûr que vous l'avez vu, et vous ne savez pas à quel point je suis content d'entendre ça.

– Si l'on parlait de ce qui est dit là-dedans ? proposa Patsy en touchant le gros livre bleu de la bibliothèque. A propos de Winter ?

– Bien sûr. Si vous voulez. Mais vous savez de quoi il s'agit. Mme Bach n'était pas historienne. Elle a seulement recueilli des documents sans tenter d'en tirer des conclusions. Son *Histoire* est une source, rien de plus.

– Je pensais bien que ce n'était pas très concluant, dit Patsy, tandis que Williams se levait pour aller prendre un livre sur une étagère.

Il le posa sur la table, s'assit, le prit et l'ouvrit sur ses genoux.

– Dorothy Bach espérait que d'autres en tireraient des conclusions ; elle voulait seulement recueillir le plus grand nombre de données. Elle a livré les données brutes. (Il feuilleta le livre.) Vous voyez ce qu'elle a trouvé. Des ventes de biens immobiliers, de bétail. Des actes de naissance et de décès tirés des archives paroissiales de Clapboard Hill. Voyons ce qu'elle raconte pour l'année 1645.

– Arrivée de Gideon Winter, dit Patsy. Voilà : « Un propriétaire du nom de Gideon Winter, originaire du Sussex, a acheté quatre hectares de terrain en bord de mer aux fermiers Williams et Smyth. » Elle précise que son nom ne figurait pas sur les registres paroissiaux.

– Dorothy Bach était une vieille femme quand j'ai commencé à lire ce livre, dit Williams. Mais j'ai pensé que j'avais une bonne raison d'aller la déranger. Je me posais des questions sur Krell depuis deux ou trois ans.

– Un instant, coupa Richard. Qu'est-ce que *c'est* que cette histoire à propos d'un dénommé Krell ? J'entends constamment ce nom, mais j'en ignore tout. Patsy, vous dites qu'il a tué quelqu'un ? Et que vous l'avez vu ?

– Pas vraiment *vu*. Je l'ai vu dans mon esprit, une fois. Je savais que cela remontait à longtemps. C'était sur le fleuve et les nouveaux immeubles n'existaient pas. Il y avait davantage de bateaux de pêche. Je l'ai vu étrangler une femme, la rouler dans de la toile huilée et la jeter par-dessus bord.

– Et vous savez que c'était Krell ?

– Elle le sait, dit Williams. Et je le sais ; je le sais en partie parce qu'*elle* le sait si bien. Mais ce que vous ignorez, Richard, c'est que j'ai tué Bates Krell. Il le fallait. Et cela a empoisonné ma vie ; je savais néanmoins qu'il m'aurait tué si je ne l'avais pas tué d'abord. J'ai même essayé de me livrer à Joey Kletzka, le chef de la police, mais il n'a pas voulu m'écouter : on aurait dit qu'il en savait plus que moi.

– Je n'y comprends rien, dit Richard.

– Venez nous rejoindre. C'était mon idée quand je suis allé trouver la vieille Dorothy Bach. Je dis vieille alors qu'elle devait avoir six ou sept ans de moins que moi actuellement. Elle avait abandonné l'histoire et se consacrait au jardinage. Elle habitait en haut de Mount Avenue, à la limite d'Hillhaven. Je savais quelles questions lui poser et, quand elle a accepté de me recevoir, je lui ai demandé si elle avait d'autres renseignements concernant Gideon Winter.

Il regarda Richard, puis Patsy. Il ressemblait à un aigle, se dit Patsy, à un très vieil aigle.

– Elle a cru que je l'accusais d'avoir falsifié des faits et elle a failli me jeter dehors. Je l'ai assurée qu'il n'en était rien, que les historiens de la région lui seraient à jamais redevables. « Vous voulez que je vous dise ce que je pense de Gideon Winter, monsieur Williams ? », m'a-t-elle dit. « Ce que je pensais du Dragon pendant que je faisais mes recherches ? »

*

– Oui, c'est bien ce que je voudrais savoir, avait dit le jeune Graham Williams à la vieille dame.

– Qu'est-ce qui vous fait croire que j'ai pu m'interroger à son propos ?

– Le mystère qui l'entourait. Il arrivait de nulle

part, il posséda bientôt la plupart des terrains, les catastrophes l'ont suivi et il a disparu. Vous n'en parlez pas dans votre compilation des registres de décès ; et on ne l'a donc pas enterré. Pas ici en tout cas. Je pense que vous avez dû y réfléchir, parfois.

– Tout ce que vous venez de dire est faux, jeune homme. Il venait du comté de Sussex, en Angleterre. Parce que les autres fermiers ont refusé de lui vendre davantage de terres – du moins c'est ce que je crois –, il n'a jamais possédé plus de la moitié de Greenbank. Et c'est très certainement là qu'on l'a enterré. Mais pas au cimetière de l'église. Quand on a enterré le Dragon, on l'a enterré sur une plage.

– Gravesend Beach, avait dit Williams dans un souffle.

– C'est vous qui tirez des conclusions, jeune homme. Je suis *presque* certaine que Gideon Winter a été enterré sur la longue langue de terre qui s'enfonce dans le détroit, à deux kilomètres environ de la plage publique. On l'a appelée Point Winter pendant un temps. Depuis 1760, c'est Kendall Point. Et c'est là où...

– Où ont débarqué les troupes du général Tryon pour brûler Patchin et Greenbank.

– Vous connaissez donc un peu notre histoire locale. Savez-vous ce qui s'est passé d'autre à Kendall Point ?

– Non, avait fait Williams.

– La catastrophe la plus célèbre de l'Etat du Connecticut. Tous les fidèles de l'Eglise congrégationaliste de Greenbank s'y réunirent en 1811. Ils avaient apporté leurs repas et leurs tables roulantes, et n'avaient plus qu'une dizaine de mètres à faire à pied. Une fois à la pointe, ils pouvaient admirer les bateaux sur le détroit.

Elle avait pris sa tasse de thé et Williams avait remarqué que ses ongles étaient noirs. En 1929, les dames n'avaient pas les ongles noirs. Et puis le jeune

Graham Williams s'était souvenu du goût de Mme Bach pour le jardinage.

– Oh, la journée promettait d'être *magnifique*, avait poursuivi Mme Bach. Des tables couvertes de porc rôti et de saucisses maison, de pains aux raisins, de salade de pommes de terre, de boudin... tout cela figure dans les documents. Le révérend Greenough jouait du violon et, après les prières, on allait danser. Mais il n'y eut ni fête ni danse. C'est arrivé.

– Quoi donc ? Une maladie ?

– Si vous voulez. Mais ce fut Kendall Point qui fut pris de fièvre. La terre s'est ouverte sous eux. De grandes fissures d'abord, sur un côté de la pointe, puis en direction de la mer, brutalement. La première table y est tombée et le révérend Greenough l'a vue, il était debout en train de dire une prière. Puis la terre s'est ouverte et a avalé la table la plus proche du continent. Vous n'allez pas me dire que le révérend n'a pas vu *cela*. Et s'il avait réagi plus vite, il aurait pu en réchapper avec tous les autres.

Mais il n'a rien fait, il n'a rien dit. Le trou a englouti la deuxième table. L'équipage d'un navire marchand, le *Pequot*, l'a vu et a entendu les cris. Ils ont jeté l'ancre et envoyé une embarcation avec huit hommes. Bien sûr, les gens de la troisième table se sont dispersés, et ils criaient eux aussi. Le révérend était sorti de sa transe et il criait plus fort que les autres. Les marins l'ont entendu invoquer le Tout-Puissant. Des hommes et des femmes couraient dans toutes les directions... mais ils ne sont pas allés bien loin. Depuis la fissure centrale, d'autres fissures se sont ouvertes et ont englouti les gens de la troisième table, un à un. Et la dernière fissure a emporté le révérend Greenough. Quand l'embarcation a touché terre, tous avaient disparu.

– Vous voulez dire que ce fut comme si la terre les avait traqués ? Aspirés un par un ? Est-ce qu'ils sont sortis des fissures ? avait demandé Williams.

Mais il connaissait déjà la réponse.

– Les marins sont arrivés, les cris leur perçaient les oreilles, voilà ce que le commandant a écrit dans son livre de bord. Ils ont aperçu d'énormes lézardes dans la terre, qui coupaient Kendall Point comme le tronc d'un arbre d'où partaient de plus petites failles, comme de petites branches. Et là, les gens étaient coincés. Ils essayaient de se libérer mais n'y parvenaient pas. Et les marins n'ont pas réussi à les dégager. Savez-vous pourquoi, jeune homme ?

– A cause de la terre... ?

– Oui, parce que déjà la terre se refermait sur eux. Comme une bouche quand elle est pleine de nourriture. Un marin du *Pequot* a perdu un bras et il est mort d'hémorragie parce qu'il n'a pas pu se dégager assez vite. Les pierres ont taillé dans sa chair et lui ont arraché le bras à hauteur de l'épaule. Les autres pleuraient et priaient : ils voyaient le visage des adultes et leurs regards d'horreur, et la tête des enfants. On aurait dit que la terre elle-même criait à l'aide. Car les cris ont continué après que la terre se fut refermée. Toute la journée, disait un rapport que j'ai lu, mais je ne pense pas que cela ait duré si longtemps. Qu'en pensez-vous ?

– Non, je ne crois pas.

– Trente-six adultes et quatorze enfants. Voilà ce qui est arrivé à Kendall Point.

– En quelle année disiez-vous que cela s'est produit ?

– En 1811.

– En 1811. Trente-cinq ans après l'incendie de Patchin.

– Trente-deux. Vous avez donc l'idée d'un schéma répétitif ?

– Je n'y avais pas songé comme à un schéma. Mais, bien sûr, je me suis souvenu de Prince Green et, ensuite, des quatre femmes qui ont disparu, il y a cinq ans.

– *Disparu !* Je suppose que vous n'avez jamais entendu parler de Sarah Allen et Thomas Moorman ? Deux enfants ?

Non, avait fait Williams de la tête.

– Ils ont été écorchés vifs et rôtis, dans un trou dans le sol. C'est un demeuré de la famille Tayler qui a fait cela. On l'a pris et pendu dès que le juge Barr est arrivé. Ça arrive, chez les Tayler : il y a eu quelques demeurés, veux-je dire. Cela s'est passé en 1841. Trente ans exactement après la tragédie de Kendall Point.

– On n'en trouve pas mention dans votre livre.

– On le trouve dans les archives. Mais n'êtes-vous pas venu pour me poser des questions sur Gideon Winter ? Ne voulez-vous pas savoir ce que j'en ai pensé en faisant mes recherches ? Je vais vous le dire, jeune homme. Je crois qu'il serait allé très loin si une poignée de fermiers ignorants ne l'en avaient empêché. Ils l'ont appelé le Dragon parce qu'il était plus fort qu'eux, et que leurs femmes l'aimaient bien. Pensez donc, jeune homme, des femmes de fermiers puant le fumier et, à côté, un élégant gentleman du Sussex, riche comme un roi, le sourire éclatant et une voix de velours. N'avaient-elles pas de quoi être éblouies ?

– Je le crois, en effet.

– En 1650, presque tous les enfants étaient morts. Mais en 1651, on eut une foule de femmes enceintes, comme le montrent les registres des baptêmes de 1652. Il y eut un garçon baptisé « Ténèbres » et une fille « Crépuscule ». Ils ont même appelé ces enfants « Honte ». Simple *spéculation* de ma part, voyez-vous, mais ne croyez-vous pas que ces enfants se ressemblaient un peu ?

– Vous pensez donc qu'ils l'ont tué ?

– Pas vous ? Et ne pensez-vous pas qu'il a tué la

première génération d'enfants, ou le plus grand nombre possible ? N'oubliez pas que les enfants, à l'époque, présentaient surtout un intérêt économique. On était moins sentimental que de nos jours.

– Je crois comprendre vos sentiments à son égard.

– Oh, toutes les femmes aiment un dragon, monsieur Williams. Je suis sûre que ces quatre femmes qui ont disparu il y a quatre ans ont trouvé un dragon à aimer.

Il ne restait plus qu'une question à lui poser :

– Quelque chose a dû se produire en 1870. Au début des années soixante-dix.

– Evidemment. N'ai-je pas parlé d'un schéma ? Lisez mon livre ! Tout y est.

Et là, pendant un instant, comme Royce Griffen cinquante et un ans plus tard, Graham Williams avait cru sentir une odeur nauséabonde quand Mme Bach avait renversé son thé sur la table. Il avait cru voir quelque chose dégouliner du mur... mais ce n'était que le dessin du papier peint.

*

– Mais je ne me trompais pas sur un ou deux points, dit Graham Williams à Richard et Patsy. Elle était folle. Elle était tombée amoureuse du personnage et occultait les aspects les plus révélateurs de son comportement. Elle n'a rien supprimé, elle a juste *dissimulé*, derrière son objectivité.

Patsy feuilleta l'*Histoire de Patchin*. Soudain, elle se sentit fatiguée. Elle songea à l'histoire que M. Williams venait de raconter, aux marins fixant, horrifiés, les visages de ces gens emprisonnés dans la terre... l'*Histoire de Patchin* trembla dans sa main.

– Elle a laissé échapper que Winter n'assistait jamais aux services religieux, disait Williams. Et imaginez ce qu'en pensaient les autres, qui auraient traversé la moitié du détroit à la nage pour aller à l'église.

Le livre trembla davantage dans la main de Patsy. Elle le laissa tomber sur la table. Elle suffoquait.

*

– Je pensais que c'était moche, à Key West, dit Gary Starbuck. Plein de cinglés qui ne pensent qu'à la drogue et au sexe. Ici, je croyais trouver l'Amérique idéale, mais je vais vous dire : les gens sont encore plus cinglés dans ce coin. Et pas parce qu'ils sont plus riches. C'est dans leur tête que ça se passe.

Les Norman écoutaient ces mots comme paroles d'évangile, et Tabby se souvint de l'ami de son père, à Key West, assis dans les toilettes, une aiguille plantée à la saignée du coude, vêtu d'une robe orange et chaussé de talons hauts.

Quelque chose cogna contre la carrosserie de la fourgonnette.

– J'ai jamais vu ça, dit Bruce, tandis que Starbuck freinait, s'arrêtait et sautait du véhicule.

– Qu'est-ce qui s'est passé ? demandèrent d'une même voix Dicky et Tabby.

– Un chien, un putain de chien, dit Bruce. Il s'est jeté contre la voiture.

Starbuck remonta dans la fourgonnette, le regard fixe.

– Vous avez vu ça ? dit-il sans s'adresser à personne en particulier. Ce putain de clébard s'est suicidé ! Et il a cabossé mon aile, ce fils de pute. (Bruce réprima une envie de rire et Starbuck le cloua à son siège du regard.) Vous puez, vous deux, vous le savez ? Vous avez empuanti ma fourgonnette.

Furieux, Starbuck embraya et descendit Greenbank à bonne allure, hochant la tête de temps à autre et marmonnant des mots inintelligibles. Il alla se garer dans un coin sombre, le long d'un mur couvert d'une épaisse végétation. Il éteignit les phares et ils restèrent un instant dans l'obscurité. Starbuck alluma bientôt une lampe de poche qu'il tint contre lui ; elle éclairait à peine son visage.

– Toi, le gamin, j'espère que tu sais conduire cette putain de fourgonnette.

– Je crois, dit Tabby, jugeant plus prudent de déguiser la vérité.

– Bon. N'oublie pas de te servir de la radio si quelqu'un arrive. Ou si tu vois des phares. Si c'est un flic, tu t'allonges et tu nous appelles. Quand je te le dirai, tu amèneras la fourgonnette jusqu'à l'entrée, pour qu'on charge la marchandise. Compris ?

Signe de tête affirmatif de Tabby.

Il vit Starbuck et les Norman se diriger vers la grande maison blanche. Ils étaient à une quinzaine de mètres et c'était encore loin. *« La radio ! »* se rappela soudain Tabby, tâtonnant dans l'obscurité. Il la trouva, coincée entre un enjoliveur et la paroi métallique, et l'alluma. Gary Starbuck disparaissait derrière un érable japonais. Tabby l'entendit souffler. Le bruit de leurs pas sur le gazon...

Il jeta un regard anxieux sur le levier de vitesse, espérant pouvoir faire avancer le véhicule quand Starbuck appellerait. Clark l'avait laissé conduire la Mercedes rouge, une fois, mais elle avait une boîte automatique. Soudain, un éclair illumina les vitres et Tabby en eut le souffle coupé. Mais c'était le ciel, pas la police.

Starbuck était maintenant accroupi devant la porte d'entrée, avec un petit cartable, comme une trousse de médecin ; il en tira un outil qui ressemblait à une pompe à bicyclette prolongée par une tige. Quand Starbuck le mit en marche, un bruit aigu parvint à Tabby par la radio. Ce bruit se fit plus sourd et plus intense quand le cambrioleur l'introduisit dans la serrure.

– Ça y est, annonça-t-il une minute plus tard. Je ne

veux pas que vous fassiez le moindre bruit quand nous serons dedans. Ecoutez-moi, c'est tout.

Starbuck se redressa, rangea tranquillement son appareil et ouvrit la porte. Il entra avec les jumeaux et referma derrière eux.

Tabby songea au chien qui s'était jeté sous la fourgonnette. La tête lui tournait.

– La cuisine, souffla la voix de Starbuck dans la radio.

Et Tabby se rendit compte qu'il était seul. Les autres étaient loin, dans la maison : ils l'avaient oublié. Il pouvait ouvrir la portière. Il pouvait descendre et filer chez lui !

Il posa une main hésitante sur la poignée. Par la radio lui parvenaient des bruits de tiroirs qu'on ouvrait, une exclamation de joie de Starbuck : « Si je crois seulement que tu as parlé aux flics, je reviens et je te tue. » Que ferait donc Starbuck s'il trouvait la fourgonnette vide à son retour ? Tabby lâcha la poignée. Sa tête lui faisait mal. Il se pencha en avant et scruta la route.

*

Les McCloud, assis dans sa voiture, fixait le country club. (Il ressemblait étonnamment à la maison que Tabby allait anxieusement regarder à travers la vitre d'une fourgonnette, quatre heures plus tard.) Les avait besoin d'un verre. Mais, surtout, il voulait oublier ce qu'il avait vu dans le box au fond du bar. Ses mains tremblaient. Vu de dehors, le country club de Sawtell ne paraissait receler aucun cadavre.

C'était idiot, il avait eu des visions, voilà tout. Mais ce sentiment que quelque chose *n'allait pas* persistait. Il déglutit, mit le contact et alluma l'autoradio. Où aller pour prendre ce verre dont il avait envie ?

– Et voici Johnnie Ray qui va vous interpréter *Le petit nuage blanc qui pleurait*, annonça le disc-jockey.

Johnnie Ray. *Johnnie Ray.*

C'était la voix du buisson. Pas celle du chanteur mais celle du gamin qu'il avait connu au lycée en 1951, un gosse plutôt petit, blond, les dents en avant, mal fagoté...

– ... et maintenant, Ella Fitzgerald avec Tommy Flanagan et son trio, dans *How high the moon...*

Les secoua la tête et fit marche arrière pour s'engager dans Sawtell Road. La voix de Johnnie Ray. Il faillit percuter une voiture qui arrivait en face.

L'accent du Texas de Johnnie Ray. Mais ce pathétique gamin s'était noyé l'été avant qu'ils entrent en cinquième. En août 1952. La police de Hampstead et les gardes-côtes avaient dragué les environs pour retrouver le corps. En vain. Deux semaines plus tard, la marée avait rejeté le cadavre sur la plage du country club, gonflé, chauve, sans nez, sans doigts aux mains et avec deux orteils seulement. Les poissons s'étaient régalés avec Johnnie Ray.

Mais Les avait entendu sa voix dans le buisson.

Août 1952 avait été un triste mois pour le country club. Quatre jours après que l'ambassadeur du Mexique, invité du club, eut découvert le cadavre presque méconnaissable de Johnnie Ray, sur la plage, à sept heures du matin, John Sayre, avocat respecté, avait choisi le même carré de sable pour se suicider.

Les vira dans Greenbank Road. Il avait décidé inconsciemment d'aller *Chez Franco.* Il conduisait vite et ne vit le chien que lorsque l'animal fut à deux doigts de sa vitre. Il lui souriait. Les freina brutalement, l'arrière de la voiture passa sur quelque chose. *Merde !* hurla Les. Il s'arrêta sur l'accotement et descendit, tremblant : il avait cru voir le visage de Johnnie Ray à la place de la gueule du chien.

L'animal écrasé gisait au milieu de la route. Les fut heureux de ne voir que son dos. Il ne voulait pas voir ce sourire sinistre sur la gueule de l'animal mort. Il se demanda ce qu'il convenait de faire. Les mains dans les poches, il regarda autour de lui, hésitant.

Un homme grand, en jean délavé et chemise à col boutonné, arrivait vers lui, suivi d'un gamin et d'une femme en tenue de tennis.

– C'est votre chien, je crois, dit Les, soulagé de rencontrer un être humain normal.

– Et comment ! Vous êtes le maniaque qui l'a tué ?

– Un instant. Laissez-moi vous expliquer...

– J'ai tout vu. Vous rouliez vite et vous avez tué mon chien.

– *Vous avez tué Tapioca !* brailla le gosse.

– Ce chien a foncé sur ma voiture. Il s'est jeté sous mes roues.

– *Vous avez tué Tapioca !* brailla de nouveau le gamin qui se précipita sur Les et le cogna dans les reins.

– *Nom de Dieu !* explosa Les. J'en ai assez de ces conneries.

Il tira son portefeuille, en sortit un billet de dix dollars et deux de vingt pliés ensemble.

– Je ne vous crois pas, dit l'homme. Sans compter que le chien vaut quatre fois plus. Je ne vous crois pas. *File d'ici !* (Le gamin s'apprêtait à frapper de nouveau Les dans les reins.)

La colère de Les avait quitté la partie frontale de son cerveau : pour la première fois de sa vie, Les ressentait cet organe comme un ensemble fait de strates et de lobes. La partie frontale supérieure flottait dans un calme cristallin ; sa colère bouillonnait toujours, mais au-dessous de cette paix glaciale et flottante. Il se dirigea vers sa voiture.

Il ouvrit sa portière, grimpa et fila vers le pont. Dans le rétroviseur, il vit l'homme et le gamin qui le regardaient, plantés au milieu de la rue. Le gamin lui montrait le poing.

Le temps de trouver à se garer sur Station Row, tout le haut de son crâne était comme gelé par un calmant. Ses pensées étaient en suspension dans un calme glacial où Les pourrait se retirer quand il le voudrait.

Au-dessous de ce paradis de neige, sa rage bouillonnait toujours. Si Patsy avait été une épouse normale, jamais il n'aurait entendu la voix pathétique dans le buisson. Et jamais il n'aurait tué ce chien. Les bruits et les odeurs de cent cinquante personnes entassées dans le petit bar-grill l'assaillirent dès qu'il passa la porte. Un samedi soir, à la tombée de la nuit, le bar *Chez Franco* était le coin le plus animé de Hampstead.

– Un double Glenlivet, cria Les à l'adresse du barman après s'être installé sur le seul tabouret libre du bar.

– C'est bon. Pas la peine de crier.

– Ecoutez celle-là, dit Les au barman qui lui apportait son verre. Vous aimez les animaux ? Eh bien, en venant ici, un chien s'est jeté sous mes roues. Vous entendez ? Il s'est suicidé.

– J'en ai entendu parler, dit le barman.

– Qu'est-ce que vous voulez dire ? Moi, je n'ai jamais entendu dire un truc pareil.

– Vous n'avez jamais entendu parler des lemmings ?

La question émanait d'un petit bonhomme au visage bizarre, aux verres épais, avec des cheveux frisés et le front marqué de rides profondes.

– J'étais en train de penser aux lemmings parce qu'il m'est arrivé un drôle de truc aujourd'hui, poursuivit l'homme. C'est mon chat, McIntosh. Un persan. Avec un poil *magnifique*. On l'avait depuis dix ans. Eh bien, aujourd'hui, ma femme était à la fenêtre et elle a vu McIntosh filer à travers la pelouse. Elle pensait qu'il allait piquer un oiseau, comme ça lui arrive une ou deux fois par semaine... mais ce foutu animal a filé tout droit vers le bassin des gosses. Ma femme a vu McIntosh plonger. Plonger ! Un chat ! Elle n'en croyait pas ses yeux. Elle attendait qu'il sorte du bassin, mais McIntosh n'a même pas essayé. Il n'est jamais ressorti. Voilà pourquoi je pensais aux lemmings.

Les vit que l'homme attendait un commentaire, qu'il lui parle encore du chien suicidaire, des lemmings et de ce qui poussait un animal au suicide. Il vit que l'homme attendait une consolation. Celle de l'alcool et de la philosophie de bistrot, peut-être, mais surtout, un échange de sentiments, une compréhension. Les se pencha, sourit et lui dit :

– Allez vous faire foutre !

Le bonhomme recula et, le visage empourpré, se plongea dans son verre.

Les se sentit mieux. Il consulta sa montre et fut agréablement surpris. Il était tout de même neuf heures et demie.

– Un autre Glenlivet, commanda-t-il.

Il en avala une gorgée, apprécia le velouté du pur malt. Pourquoi avoir ressenti un tel plaisir à dire à ce type d'aller se faire foutre ? se demanda-t-il. Et que faisait-il dans un bar à neuf heures et demie alors que sa femme était seule à la maison ?

– Faut que je dérouille Patsy, grommela-t-il pour lui-même en avalant la moitié du second Glenlivet.

Mais voilà que ce whiskey et le gin qui l'avait précédé brûlaient de sortir tout à coup. Les quitta son tabouret, traversa le bar et passa devant le téléphone. De nouveau, il se réfugia dans la région de paix glaciale de son esprit, car il venait de voir Johnnie Ray, la peau bleue et bouffie, des algues dans les cheveux, des traînées de sable humide sur sa poitrine gonflée, assis au fond du bar.

L'entrée des toilettes des hommes était à quelques pas du téléphone. Un sosie de Bobo se tenait devant l'unique urinoir et Les alla pousser la porte de la cabine. Fermée. Les mains dans les poches, il fixa le sol, trempé d'urine.

– A vous, dit l'homme de l'urinoir, se reboutonnant avant de gagner la porte.

Les grogna et s'installa.

– Au secours ! je suis perdu, dit une voix dans la cabine.

C'était la voix de Johnnie Ray.

Les en eut le souffle coupé.

– J'ai peur, dit la voix à l'accent texan.

Les entendit des ongles gratter à l'intérieur de la cabine. Il savait qu'en tournant la tête, en la baissant un peu, il pourrait voir le bas de la cabine, à l'intérieur.

– A l'aide ! reprit la voix.

Les osa jeter un coup d'œil. Une main sans doigts, rattachée à un mince poignet décharné, enchâssé dans une boue noire et humide, pointait vers lui.

L'estomac de Les se révulsa. Et l'horrible puanteur, aussi puissante qu'une explosion, se répandit dans les toilettes.

Les recula vers la porte, craignant de quitter la cabine du regard. Quand il sentit la poignée dans son dos, il se tourna vivement, ouvrit la porte, sortit en trombe et claqua la porte derrière lui.

Il crut entendre un bruit derrière la porte, quelque chose de mou tombant sur une surface dure. Ses oreilles bourdonnaient. Il traversa la foule du bar, gagna la porte en titubant. Son deuxième Glenlivet était posé sur le comptoir, à côté d'un billet de dix dollars, mais il ne les vit pas.

*

– Bien sûr, dit Graham Williams, il me fallait découvrir ce qui s'était passé en 1873. Et, croyez-moi, j'ai cherché ! Dorothy Bach ne pouvait rien me dire de plus. Ni personne...

Les pages du gros livre bleu défilaient toutes seules, si rapidement qu'elles en semblaient transparentes. Patsy se sentit envahie par une sensation inconnue et familière à la fois. Tout comme un parfum peut donner un sentiment de souvenir sans éveiller le souvenir lui-même.

– Non ! dit Patsy.

Et cette fois les deux hommes levèrent les yeux sur elle.

Richard Allbee pensait qu'elle avait la migraine. Williams avait peut-être de l'aspirine dans sa pharmacie. Mais le vieux bonhomme semblait inquiet. Ni l'un ni l'autre n'avait remarqué le livre.

Elle baissa le regard et constata que les pages avaient cessé de tourner.

– Il... a bougé... dans ma main, dit-elle.

Elle remarqua pour la première fois les yeux bleus de Williams, des yeux qui la pressaient gentiment d'en dire plus, des yeux qui n'étaient plus ceux du vieil homme mais de Marilyn Foreman.

Et la sensation étrange et familière se précisa : c'était la sensation-Marilyn. « Voilà pourquoi je l'ai vue dans la rue. Ils allaient me prendre ma volonté et me faire encore voir des choses. » Elle ne savait pas qui *ils* étaient ; elle les percevait comme d'immenses forces de l'univers.

Une nouvelle page tourna devant Patsy.

– Je l'ai vue, dit Richard, stupéfait.

Elle se sentit comme avant d'avoir la vision de Bates Krell en train d'assassiner la femme à la robe de soie : quelque chose de terrible arrivait, mais elle ne pouvait l'empêcher de se dérouler sous ses yeux...

Quelque chose bougeait à l'intérieur du livre ouvert. Les pages blanches tournoyaient, du noir s'y mêlait. Des lignes noires se fondaient aux lignes imprimées. Une fumée grisâtre s'élevait. Une chose pointue, verte, perça la surface de la page. La pointe verte continua à s'élever. Un gros œil noir, malveillant, suivit, fixant Patsy.

– Que se passe-t-il ? entendit-elle Richard demander.

Elle comprit qu'ils ne voyaient pas la tête du dragon qui sortait des pages du livre.

L'œil du dragon était sans pupille et fait de pierre noire veinée de dessins verts irisés, et il la fixait.

Puis la longue gueule ridée et ouverte se libéra, et le dragon balança une tête vorace vers Patsy.

– Patsy ? Ça va ? demandait Richard.

La tête reptilienne du dragon était là. Les pointes dures et vertes étaient recouvertes d'une peau noirâtre qui se desquamait. Des écailles gris-vert se chevauchaient, partant des yeux, et descendaient jusqu'à la gueule. La bouche grossière pendait, comme une porte sur un gond. Tout, à l'intérieur de Patsy, était devenu comme une poudre blanche et impalpable.

Soudain, Patsy s'aperçut qu'à travers la tête du dragon, elle pouvait toujours voir Graham Williams, et ses yeux bleus dans lesquels elle lisait même de l'inquiétude. Puis l'horrible tête disparut. Un air devenu brûlant siffla aux oreilles de Patsy.

*

– La cuisine, annonça Gary Starbuck, promenant le pinceau de sa lampe dans l'entrée où s'était tenu Royce Griffen la veille de son suicide.

Le rayon de la lampe se posa finalement sur la dernière porte du long couloir. Après un instant d'hésitation, Dicky et Bruce s'avancèrent.

Dicky ouvrit la porte et s'effaça pour laisser passer Starbuck. Presque invisible dans ses vêtements bleus, le cambrioleur balaya rapidement la cuisine de sa torche. Il ouvrit deux tiroirs et en éclaira l'intérieur sans rien y prendre. Puis il poussa une porte battante. Les trois hommes passèrent dans la salle à manger. Starbuck inspecta un buffet bas.

– Oh, souffla-t-il joyeusement. (Il mit un sac de plastique vert dans les mains de Bruce.) Rafle tout.

Starbuck se redressa et éclaira des pièces d'argenterie que Bruce et Dicky glissèrent dans le sac. Plusieurs plats d'argent, sur un autre buffet, allèrent rejoindre les autres pièces.

De la salle à manger, Starbuck les conduisit dans un salon avec une grande baie vitrée ; des éclairs parcouraient le ciel : Bruce songea, bizarrement, qu'il avait vu l'intérieur du corps de son frère : ses os épais, chaque globule de son sang courant dans ses veines.

– Le piano, dit Starbuck.

Il éclairait l'extrémité de la pièce, bien inutilement, car ils le voyaient, grâce au clair de lune.

Un piano de quinze pieds, dont chaque partie était faite et polie à la main ; une vingtaine de couches de bois pliées, cintrées, courbées à la limite précise de la tension souhaitée. Un piano vieux de cinquante ans, un Bösendorfer fabriqué sur mesure, et pour lequel Starbuck avait, à New York, un client qui en rêvait depuis dix ans. Il en donnerait à Gary vingt mille dollars : le cinquième de sa valeur.

– On va mettre ce monstre dans la fourgonnette ? souffla Bruce.

– Exactement. Pour le moment, sortez-le dans le patio, dit Starbuck qui alla ouvrir la porte-fenêtre de la longue baie vitrée.

Dicky essaya de le soulever, muscles gonflés, mâchoires crispées. Il parvint à le décoller, d'un centimètre peut-être.

– Pas comme cela, pour l'amour de Dieu, chuchota Starbuck. Tu veux te faire une hernie ? Passe dessous. A quatre pattes, tous les deux, et soulevez avec vos jambes.

La maison eut un tremblement mystérieux.

– Qu'est-ce que c'est ? demanda Dicky.

– Tu veux que je répète ? demanda Starbuck dont

la lampe éclaira un miroir, sur le mur, parmi des toiles impressionnistes.

Ensuite, pendant une fraction de seconde, se produisit une autre bizarrerie que seul Dicky Norman remarqua vraiment. Elle allait le hanter pendant des semaines après l'horrible mort de son frère. « Qu'est-ce que c'est ? » avait répété Dicky. Bruce, comme Dicky, s'était tourné vers le pinceau de la torche. Et il avait *presque* vu, ou il avait *cru* voir, que le miroir ne reflétait pas la lumière, mais qu'il l'absorbait, l'avalait. Le rayon lumineux (et c'était là ce qui avait provoqué la question de Dicky) était tombé sur le miroir comme une pierre dans un puits... La surface du miroir était alors devenue aveuglante, et une lumière issue de ses profondeurs était venue à la rencontre de la leur.

*

Dès qu'il eut passé la porte du bar, Les respira profondément. Son estomac avait progressivement repris sa place. L'alcool absorbé au cours de la journée le brûlait maintenant comme un morceau de charbon. Il ne voulait pas penser à ce qu'il avait vu, il voulait seulement rentrer chez lui... mais, dans son esprit, apparut ce moignon et, de nouveau, son estomac se contracta.

Oui, il voulait rentrer. Et si Patsy était dans l'autre chambre, il allait la tirer de là. Où qu'elle fût, il allait la tirer de là. En rentrant, il allait la coincer dans un coin de la chambre et la marquer de gros et jolis bleus. Sur les épaules d'abord, et dans les côtes (là, elle allait hurler, et pleurer) et ensuite un bon coup dans le bide... Les en souriait à l'avance.

Il gagna sa voiture. Une petite ombre noire fondit du ciel et frôla sa tête. Les eut un geste pour chasser ce qu'il prit pour un oiseau qui l'attaquait. La chose fila vers les lampadaires, et il vit qu'il s'agissait d'une chauve-souris à l'instant même où deux autres arrivaient sur lui.

La première fonça droit sur son visage. Une griffe lui entama la joue et il poussa un cri de douleur et de dégoût. Quelque chose heurta sa poitrine avec la force d'une pierre. Il rouvrit les yeux et aperçut la deuxième chauve-souris accrochée à sa veste, et qui le regardait. Furieusement, il essaya de lui faire lâcher prise, mais la bête tint bon et lui lança un petit cri.

Le ciel était noir de chauves-souris qui criaient. Un ondoyant nuage s'abattait sur lui.

Il courut à sa voiture, secouant l'animal toujours accroché à lui. Une de ces maudites bestioles le heurta à la tête ; une autre arriva droit sur lui et le toucha avant de s'écraser. Les se couvrit le visage de ses mains. Une vive douleur l'atteignit, à l'oreille droite, un instant plus tard, il sentit du sang couler dans son cou.

Quand, enfin, il atteignit sa voiture, il était cerné par un univers de chauves-souris. La portière était verrouillée. Une bête se prit dans ses cheveux. Avec un gémissement de dégoût, il l'arracha d'une claque. Une autre s'agrippa à sa manche et il l'écrasa contre la vitre. Elles grouillaient autour de sa tête et il ferma les yeux quand il sentit des griffes effleurer son front.

Il lui fallait sortir ses clés. Il se courba et présenta son dos au gros de la troupe. Il agitait sa main gauche devant son visage et fouillait de la droite dans sa poche.

Une chauve-souris étendit ses ailes au-dessus de la main qui s'agitait et il sentit les griffes se planter dans sa peau. « Tant qu'elles ne mordent pas », se prit-il à songer. Ses doigts trouvèrent enfin les clés.

L'animal, sur sa tête, lui planta les dents dans le cuir chevelu ; la gueule, moitié visage de bébé, moitié museau de chien, se tourna vers lui. De la main, il la délogea et elle voleta près de son visage, le fixant d'un regard haineux. Les voulait la tuer, la jeter à terre, la piétiner, déchirer ses ailes dégoûtantes. Il frappa, mais l'animal esquiva son coup.

Il put glisser la clé dans la serrure, ouvrir la portière et se glissa à l'intérieur, se cognant au passage la tête au montant.

Un petit corps était toujours accroché sur sa veste, près de son cœur.

Les fit entendre un son inarticulé de panique et de dégoût. Il baissa les yeux sur l'animal, dont le regard se riva au sien. Il réussit à retirer sa veste, pleurant presque de fureur, et il cogna, sentant la bête affolée qui gesticulait. Il cogna, cogna jusqu'à ce que le corps, sous le tissu, ne bouge plus.

– Je t'ai eue, souffla-t-il.

Et il vit alors que son pare-brise était couvert de petits corps en furie. Il démarra, heurta la voiture devant lui, recula dans la voiture de derrière, et réussit à se dégager. Quelques chauves-souris tombèrent de chaque côté du pare-brise.

En virant au bout du pâté de maisons, il pensa à allumer ses phares dont un, du moins, semblait marcher. Il prit à gauche, passant à l'orange. Il était le seul automobiliste dans les parages ; il engagea la Mazda sur la bretelle de la I-95, vers l'est.

L'accélérateur au plancher, Les vit les chauves-souris se plaquer contre le pare-brise : deux ou trois furent emportées par la vitesse. Il balança brusquement la voiture sur la gauche, puis sur la droite, sous les coups d'avertisseur de conducteurs qu'il ne vit pas. Il ne restait plus maintenant qu'une demi-douzaine de chauves-souris qui le fixaient de leurs yeux rouges, remuant la bouche de façon presque humaine.

Un coup d'œil au compteur lui indiqua qu'il roulait à plus de cent quarante à l'heure ; et un autre animal se décrocha, comme une feuille.

Les fit entendre un petit rire nerveux, haut perché,

et leva le pied. Les phares qui le croisaient étaient rassurants : des gens qui se rendaient quelque part.

Il sentit soudain une présence dans la voiture, une forme vague sur la banquette arrière. Il jeta un coup d'œil par-dessus son épaule et aperçut un garçon de neuf ou dix ans, couvert de boue qui dégouttait sur les coussins. L'odeur le frappa : c'était celle qu'il avait sentie sur le terrain de golf, cent fois plus puissante. Le gosse ouvrit les yeux.

– Je suis perdu. J'ai peur, coassa-t-il.

Les appuya sur l'accélérateur. Il hurlait sans s'entendre. Il roulait à cent quatre-vingts quand il percuta une Toyota Celica appartenant à M. Harvey Pilbrow, de West Haven, tuant son fils de dix-huit ans, Daniel, et sa petite amie, Mollie Witt, dix-huit ans également. Les McCloud mourut presque en même temps, dans une gerbe de flammes de quinze mètres.

*

Patsy ouvrit les yeux.

– Il est arrivé quelque chose, dit-elle, réalisant alors qu'elle était allongée sur le canapé de Graham Williams.

– Vous avez raison, dit Richard Allbee, qui lui prit la main. Vous avez perdu connaissance après que le livre eut cessé de bouger.

– Oh, le livre...

– Vous vous sentez bien ? demanda Williams.

– Aidez-moi à me redresser. Ça va aller.

– Vous vous souvenez du livre ? questionna Richard.

– Oui, mais ce n'est pas ce que je veux dire.

Que pouvait-elle ajouter ? Elle se souvint de la sensation-Marilyn et de la tête du dragon sortant du livre. Mais son malaise lui laissait un sentiment de culpabilité et de honte à cause de son manque de maîtrise de soi. Elle se sentait sale, aussi. Elle avait perdu connaissance au milieu de quelque chose que, dans son esprit, elle reliait à son mari, à l'échec de son mariage.

Et cela, elle ne pouvait en parler. Avant de reprendre connaissance, elle avait vu une colonne de feu et compris que ce feu avait purifié son mariage. Une véritable destruction, une véritable purification. Ce qu'elle avait compris, un instant avant de reprendre ses esprits, c'était que Tabby Smithfield était bien proche de perdre la vie.

Cela signifiait-il que Tabby se trouvait dans la colonne de feu ? Et s'il se trouvait dans ce feu, quel rapport...

– Détendez-vous, Patsy, disait Graham Williams.

... y avait-il donc avec son mariage ? Elle ne voyait pas de quelle façon, mais ce qui arrivait à Tabby allait influer sur son avenir avec Les McCloud. Elle souhaita voir le gamin devant elle, le serrer dans ses bras de toutes ses forces. Elle regarda Richard Allbee et songea : « Vous aussi, j'aimerais vous serrer dans mes bras. »

– Vous ne l'avez pas vue, n'est-ce pas ? La tête du dragon. Il est sorti de ce livre. Il me regardait.

– Nous ne l'avons pas vue, dit Graham, qui paraissait aussi secoué qu'elle par ce qu'elle venait de dire. Mais je crois que vous l'avez vue, Patsy. Et vous savez ce que cela signifie, n'est-ce pas ?

– Il nous avertissait, dit Richard.

– Gideon Winter tournait son attention vers nous, dit Williams. En ce sens, c'est un avertissement. (Il prit le livre et regarda Patsy.) Il est *brûlant*.

Richard le toucha aussi et confirma d'un signe de tête.

– Je ne veux pas le toucher, dit la jeune femme.

– Je voudrais que vous regardiez la page, demanda Williams, levant le livre ouvert.

Elle vit les lignes brûlées sur le papier. Certaines traces de brûlures n'étaient que des gribouillages noirs sur les lignes imprimées. Elle pensa à des chauves-souris. Et, à l'instant même, elle vit un graffiti-chauves-souris battre des ailes. « Les », se dit-elle, et une seconde plus tard : « Tabby. »

– J'ai déjà vu les marques de brûlures, dit-elle. Avant... avant qu'*il* n'arrive.

– Je ne parle pas des traces de brûlures, précisa Williams. Regardez les dates en haut des pages.

Patsy lut les mêmes dates sur les deux pages. 1873-1875. Elle hocha la tête. Williams montra le livre à Richard.

– 1873-1875, répéta celui-ci. Ne me dites rien. Encore des enfants rôtis ?

– Pas tout à fait, mais vous êtes sur la bonne voie. C'est la date suivante du cycle. En 1811, tous les fidèles de l'Eglise congrégationaliste ont été tués à Kendall Point. Au fait, et c'est important, il y avait deux Williams parmi eux, et deux Tayler, le père et une fille, et quatre Green. Et un vieux bonhomme nommé Smyth. Mme Bach ne me l'a pas dit – elle ne voulait pas me le dire – mais je l'ai découvert dans les journaux. La catastrophe de Kendall Point a presque anéanti nos familles. Après cela, celles-ci n'ont plus séjourné à Greenbank même. Mes parents ont habité Patchin, avec les survivants des Green. En 1841, Rustum Tayler devint complètement fou et pas seulement à moitié, comme il l'avait été toute sa vie. Il a tué deux enfants pour les dévorer en partie avant que Jennings et ses hommes ne le trouvent à côté de son feu.

– Il les a mangés, dit Patsy en fermant les yeux. (Elle voyait une colonne de feu.)

Tabby. Où était-il ?

– Oui, mangés. Mme Bach a jugé inutile que la fin d'un demeuré de la famille Tayler figure dans son livre, mais elle a lu les mêmes journaux que moi, et elle savait. Elle est allée jusqu'au vieux cimetière de Greenbank, elle y a vu les pierres tombales des enfants que Rustum Tayler avait tués. Elles y sont toujours. *Sarah Allen, 1835-1841. Cruellement ravie à l'affection des siens.* Et *Thomas Kirby McCauley Moorman, 1834-1841. « Petit Tom. »* (Williams posa le livre.) Elle savait mais elle n'a pas parlé de leur mort, pas plus que de ce qui s'est passé en 1873, et pour la même raison. Je ne suis même pas sûr qu'elle en ait eu conscience : elle voulait cacher Gideon Winter derrière une chronique quotidienne des événements. (Il regarda Patsy.) Voulez-vous vous reposer ?

– Ça va aller, dit Patsy d'une voix lointaine.

– Eh bien, que s'est-il passé en 1873 ? demanda Richard.

– Une personne de chacune de nos familles est morte dans l'incendie d'une usine. Avec quarante et une autres personnes. Pendant dix ans, on a appelé l'été de 1873 « l'été noir ». Il s'écoula plus d'un an avant que des étrangers ne repassent par Hampstead. Oh, ils y repassaient, mais ils traversaient sans s'arrêter et continuaient jusqu'à Hillhaven. Je le sais parce que, en 1874, fut créé un relais de diligences appelé « A Mi-Chemin », à Hillhaven. Il y avait toujours eu un « A Mi-Chemin », à Hampstead, sur Greenbank Road exactement, mais après 1873, il a fait faillite. J'ai consulté aussi les livres de bord des navires qui accostaient à Hampstead – où se trouve le Yacht Club aujourd'hui – et j'ai vu qu'à partir de 1873 ils poussaient jusqu'à Hillhaven. Ils sont revenus en 1875, environ. Mais je vais vous répéter quelque chose, que Dorothy Bach n'a pas caché dans son livre. Avant l'été noir, la population de Hampstead était de mille quarante-cinq personnes. Deux ans plus tard, en 1875, le recensement de la municipalité indiquait cinq cent trente-sept habitants.

– La moitié étaient morts ? demanda Richard, incrédule. Je croyais que vous disiez qu'on n'avait compté que quarante-cinq morts cet été-là ?

– Deux cents personnes environ sont probablement parties. Peut-être jusqu'à Hillhaven ou Patchin, ou jusqu'à un village où elles se sentaient en sécurité. Elles devaient penser revenir plus tard, et retrouver leurs maisons comme elles les avaient laissées. On constate une véritable fièvre de vente de bétail au cours de l'été noir et juste après. Les gens vendaient et partaient.

– Ça ne fait jamais que deux *cents*, dit Richard.

– Effectivement. Vous savez, avant que vous n'arriviez, je n'étais sûr de rien. Je me serais simplement posé des questions sur la mort de Mme Friedgood et Mme Goodall. Mais quand j'ai vu Patsy et Tabby, ce dimanche soir, j'ai su. *Il* revenait. Plus fort encore : aussi fort, peut-être, que lors de l'été noir et des mois qui ont suivi.

– Qu'est-ce qui vous le fait croire ?

– L'été noir de 1873 a commencé exactement comme celui-ci. On a trouvé une femme coupée en morceaux dans sa ferme. Une semaine plus tard, c'était une autre femme, derrière les boutiques de Main Street. Et puis deux autres, dont une petite Smyth. Et tout cela, *avant* les morts de la vieille filature de coton.

– Qu'est-ce qui a fait que l'été noir fut tellement pire que l'été 1841 ?

– Oh, nous étions tous de retour alors, voyez-vous ! William Smyth – devenu Smithfield, bien sûr –, Tayler, Green. Tous ! Et l'on avait fait renaître l'Eglise congrégationaliste de Greenbank. Pour ceux de 1873, ce qui s'était passé en 1811 semblait un conte de fées.

– Ces enfants aux terribles prénoms, « Ténèbres » et « Crépuscule », ils portaient nos noms, n'est-ce pas ?

– Exact, Richard. Le nom complet de Tristesse, c'était Tristesse Tayler, et elle a épousé Joseph Williams. Les autres s'appelaient Ténèbres Smyth et Crépuscule Green. Et il y eut une petite fille appelée Honte Williams, née en 1652, qui mourut avant d'être baptisée.

– Tristesse Tayler, dit Patsy, et le nom lui sembla très beau.

– La plupart étaient des filles, reprit Williams. A leur tour, elles eurent des enfants. Des Williams épousèrent des Tayler, des Smyth épousèrent des Green et, ensuite, des Williams épousèrent des Smyth.

Pour Patsy, c'était comme une danse... Ses doigts étaient agités de mouvements convulsifs, ses lèvres engourdies... comme un cercle, un cercle qu'elle vit fugitivement, brillant comme une alliance. Quelque chose de brumeux apparut au milieu du cercle d'or et Patsy secoua la tête.

Mais, déjà, Marilyn Foreman serrait fermement sa main et Patsy vit ce qui se trouvait au milieu du cercle.

Elle poussa un long gémissement terrifié qu'elle n'entendit pas. Richard et Williams la virent retomber en arrière, glisser, inconsciente. Avant qu'ils pussent la rattraper, les mains de Patsy se tordirent, tout son corps fut violemment agité.

Richard lui prit la main, ne sachant comment arrêter ces convulsions. Finalement, il la serra étroitement contre lui, apaisant les tremblements de son corps.

*

– Sortez-moi ce piano, dit Starbuck, et doucement. Après, vous reviendrez prendre le miroir.

« Non », se dit Bruce, conscient que Dicky pensait de même. « On laisse ce miroir où il est, on ne veut pas jouer avec ce truc, non, monsieur, rien à faire. » Juste avant de voir le rayon de la lampe de Starbuck tomber sur la surface du miroir, il avait cru y apercevoir quelque chose, comme un ver ou une sangsue qui tressaillait sous la lumière.

Des clous, oui ! C'était idiot.

– Si tu hoches encore la tête, je t'arrache ton

putain de cou, lui souffla Starbuck. Sortez-moi ce piano ou je vous coupe les couilles.

– Je réfléchissais, c'est tout, dit Bruce qui sentit Dicky trembler à côté de lui.

– Tu réfléchissais. *Merde !* lui siffla Starbuck.

– On pourrait mettre le miroir dans le piano et ne faire qu'un voyage, suggéra Bruce.

– Ouais, d'accord. Attention au cadre.

Dicky et Bruce firent le tour du piano. Starbuck promena sa lampe sur les sculptures et, négligemment, prit la plus proche, une statuette représentant une danseuse. Il fut surpris de son poids. Il la retourna, vit le nom gravé à la base : *Degas.* Il éclaira la suivante : identique. Il en vit deux autres en promenant le faisceau de sa lampe sur le reste de la pièce. Il tira la radio de sa poche et appela :

– Hé, môme. Tu es là ? Avance la fourgonnette. On arrive dans quelques minutes.

– Tu veux que... ? commencèrent Dicky et Bruce, figés à quelques pas du mur où était accroché le miroir.

– Prenez le miroir, connards. Mettez-le dans le piano. Sortez le piano. Après, vous reviendrez prendre tous les tableaux. Vous avez compris ?

Les Norman avancèrent vers le mur et Starbuck rafla la deuxième statuette. C'étaient les dernières secondes de sa vie, mais il se disait qu'il y avait dans cette pièce de quoi bien vivre pendant deux ans, même à dix pour cent de la valeur des objets : ce qu'il en recueillerait. Avec l'argenterie, le piano, les statuettes et les tableaux, il allait pouvoir disparaître avant que les flics du coin commencent à le rechercher.

Puis il aperçut vaguement un vieux bonhomme qui, un pistolet à la main, entrait par la porte du salon. « Non, il est tout jeune, ce n'est qu'un gamin », se dit-il. Et il entendit Dicky Norman hurler de douleur et de terreur. Après quoi la pièce sembla exploser et cet événement le priva à jamais de l'intéressant spectacle constitué par Dicky Norman arrosant de son sang un tableau dont Starbuck aurait juré que c'était un Manet. Il avait saisi son pistolet, à cet instant, mais ses doigts n'obéissaient plus. Il se demanda s'il pourrait tout de même vendre un Manet couvert du sang de Dicky Norman et il mourut.

*

Tabby posa la radio sur le siège du passager, mit le contact et accéléra. Le moteur se mit à tourner. Tabby avait épuisé ses connaissances quant à la conduite de la fourgonnette. Il considéra le levier de vitesse, le bouton rouge au-dessus. Il saisit le levier, pressa le bouton, baissa le levier. Sans débrayer.

La fourgonnette gronda. On aurait dit qu'elle se dévorait. Tabby lâcha le levier, le reprit, le poussa latéralement tout en accélérant à fond. La fourgonnette se mit à trembler. Au bruit qu'elle faisait, elle n'allait pas tarder à déféquer ses pièces détachées par le tuyau d'échappement. C'était sans espoir.

Il ouvrit la portière, descendit et prit l'allée en courant. Et il se souvint de la radio qu'il revint chercher. Il passait devant l'érable japonais quand il réalisa qu'il n'aurait pas besoin de l'appareil puisqu'il allait voir Starbuck dans quelques secondes. Il allait lui falloir avouer qu'il n'avait pas réussi à faire avancer la fourgonnette. Starbuck ou l'un des jumeaux irait la chercher.

Il ferma les yeux, effrayé, et il *vit*. Une colonne de flammes qui s'élevait à quinze mètres ; elle s'éleva encore et prit la forme d'une énorme chauve-souris, ailes déployées. Une immense chauve-souris de feu.

Tabby s'arrêta, la bouche cotonneuse, le cœur cognant à tout rompre.

Quelque chose allait se passer dans cette maison, toute l'atmosphère était chargée de cette électricité qu'il avait vue déchirer le ciel, un peu plus tôt. Tabby remarqua quelque chose qui brillait à l'une des fenêtres du rez-de-chaussée.

La radio, oubliée dans sa main, répercuta un long cri de souffrance.

Tabby avança. Quelque chose, en lui, lui souffla que ce qui se déroulait dans cette maison le dépassait, comme ce vague souvenir d'un événement futur qu'il avait *vu* quand son père et son grand-père se disputaient sa garde à l'aéroport Kennedy – ce vague souvenir traumatisant d'un homme éventrant une femme avec une longue arme rouge – mais l'autre part de Tabby Smithfield entendit une voix silencieuse émanant de la grande et imposante demeure, et le pressant d'entrer.

C'est beau dedans, Tabby, viens donc, peu importe que tu ne puisses conduire la fourgonnette, tout cela est sans importance désormais, viens nous rejoindre...

Hébété, et avec les deux images – la chauve-souris de feu et l'homme tailladant le corps de la femme – au fond de son esprit, Tabby s'avança vers la maison.

Il entendit le coup de feu.

*

Richard avait les bras douloureux : Patsy se débattait comme un taureau captif.

– Je ne sais pas si je pourrai la maintenir bien longtemps.

– Je vais lui tenir les jambes, dit Williams, saisissant une cheville de Patsy qui le déséquilibra d'une ruade.

Il lui bloqua néanmoins une jambe sous son bras et lui saisit l'autre cheville de sa main libre. Patsy eut un violent mouvement du bassin. Williams ressentit une douleur fulgurante dans la poitrine. Richard le vit pâlir. Patsy se débattit et hurla un seul mot :

– *File !*

Richard entendit une vitre se briser derrière lui. Il

tourna la tête, pensant qu'une fenêtre avait éclaté. Il vit une des affiches encadrées de Williams sur le sol, comme un puzzle brillant.

– *Aaaah !* hurla Patsy.

Les histoires policières entassées par-dessus les livres d'art jaillirent de leur rayon dans un tourbillon. Le cadre de l'affiche se rompit comme une brindille. Les livres des rayonnages supérieurs traversèrent la pièce et le bureau de Williams.

La machine à écrire trembla sur son socle, bascula et tomba sur le sol. Le chariot laissa entendre sa brève sonnerie.

Richard et Graham virent deux ouvrages monter au plafond où ils restèrent un instant, comme des mouches, avant de retomber.

Une autre affiche encadrée (*Glenda*, avec Mary Astor dans les bras de Gary Cooper, eut le temps de voir Richard) explosa et se tordit sur le sol.

*

Viens, Tabs, on a besoin de toi, maintenant, souffla en lui la voix silencieuse tandis qu'il avançait. Un instant, il vit des dizaines de personnes derrière les grandes fenêtres. « Eh bien, c'est une soirée, songea Tabby, comment peut-il y avoir une soirée ? »

– Hé, qu'est-ce que... commença-t-il, après avoir porté la radio à hauteur de ses lèvres.

– Viens, lui répondit la radio. Entre, Tabby.

Il ne distinguait pas les gens, mais les jumeaux Norman n'étaient pas parmi eux. Ce qu'il avait vu briller était un miroir, tout au bout de la pièce. Maintenant, le cœur du miroir, d'un rose pâle et délicat, palpitait et luisait. Tabby avança.

Bruce Norman passa la porte de devant, traînant Dicky, un bras autour de sa taille. Le visage de Dicky était d'un blanc de marbre. Il avançait très lentement.

– *Où est la fourgonnette ?* cria Bruce.

Il était en sang. Dicky aussi en avait le visage éclaboussé et ses vêtements en étaient maculés. Tabby distingua un moignon livide au milieu de tout ce rouge. Dicky n'avait plus de bras et le moignon était son épaule. Tabby se précipita pour aider Bruce et son esprit s'éclaircit : il lui sembla qu'il avait avancé au ralenti depuis que la colonne de flammes avait éclaté dans sa tête. Dicky allait mourir, il le savait. Avec Bruce, ils réussirent à l'amener jusqu'à la fourgonnette.

– *Pas à l'arrière ! Devant ! Sur le siège !* hurla Bruce.

Tabby aida à installer Dicky, grimpa à l'arrière et ferma la porte au moment où Bruce heurtait un arbre en reculant. Dicky glissa sur son siège.

– Redresse-le, bon Dieu ! cria Bruce, qui démarra en trombe, virant dans Mount Avenue en direction de l'échangeur Sayre.

Tabby tira sur le bras droit de Dicky qui l'aida en poussant de ses pieds. Tabby se pencha, vit le regard fixe, perdu, plus intelligent qu'il ne l'avait jamais été, se dit-il. Mais il fut heureux de ne pas voir ce que Dicky fixait avec une telle intensité.

– Tiens bon, Dicky, lui dit-il en tapotant son épaule intacte. (Puis, se tournant vers Bruce :) Où est le type ? Starbuck ?

– Il est mort. Le vieux l'a descendu, répondit Bruce, brûlant un stop.

– Comment... je veux dire, qu'est-ce qui est arrivé à Dicky ?

– *J'en sais rien !* On devait piquer le miroir et le mettre dans le piano. Le vieux est arrivé avec un flingue. Il a pas dit : « Bougez pas » ou : « Haut les mains. » Il a tiré. Et il a eu Starbuck. Dicky a poussé cet horrible cri, il pissait le sang, et son bras était parti. J'ai pensé que le vieux lui avait tiré dessus et puis j'ai vu que tout son putain de bras était parti. Alors je l'ai sorti de là.

– J'ai vu d'autres personnes à l'intérieur.

– Le vieux était seul dans la pièce. Descends, maintenant. J'emmène Dicky à l'hôpital de Norrington. (Il s'arrêta au feu rouge de l'échangeur.) Descends. Vite.

– Bonne chance, dit Tabby, sautant et refermant la portière.

Quatorze minutes plus tard, à minuit moins quatre, Bruce Norman entrait dans la salle des urgences de l'hôpital. Il avait roulé pied au plancher, sans même ralentir au péage, percutant la barrière à plus de cent soixante à l'heure. Les infirmières placèrent aussitôt une perfusion dans le bras de Dicky qui n'avait pas quitté ce regard fixe et intelligent que Tabby avait remarqué. Le Dr Patel, un interne natif d'Uttar Pradesh, fit ce qu'il put pour l'épaule de Dicky, mais Dicky mourut pendant que le médecin était en train de clamper les artères sectionnées. Il était minuit trois.

Bruce se leva. Il puait le sang, le sang qui souillait ses chaussures, son jean, sa chemise. Son visage avait l'air décoré d'une peinture de guerre.

– Il est mort, dit le Dr Patel, qui avait conservé son accent indien. Pouvez-vous me dire par quoi la blessure a été provoquée ?

Bruce marcha sur le médecin et le cogna sur le côté du visage, lui brisant deux dents et l'expédiant contre le support de la perfusion de Dicky. Le docteur s'écroula dans une flaque de liquide rougeâtre. Bruce souleva son frère et le porta jusqu'à la fourgonnette.

Les infirmières étaient occupées aux urgences et nul ne vit ce qui s'était passé jusqu'à ce que Jake Rems, un ivrogne avec un œil au beurre noir et le nez cassé, se mette à brailler qu'un monstre avait tué le médecin.

Dicky à côté de lui, Bruce se sentit plus calme. Il prit l'autoroute jusqu'à Woodville. A l'hôpital suivant, il accepta l'idée de la mort de son frère.

Il était minuit et demi, le dimanche 8 juin, et le comté de Patchin entamait son vingt et unième jour sans pluie.

*

Un peu après une heure moins le quart, Tabby remontait lentement Hermitage vers *Les Quatre Cheminées*. Il était trop fatigué pour penser à tout ce qui s'était passé. Il ne voulait que rentrer chez lui, monter dans sa chambre, boucler sa porte et se traîner jusqu'à son lit. Il revoyait, dans son esprit, la chauve-souris de feu, ailes déployées... des ailes aussi rouges que le côté gauche de Dicky Norman, avec ses yeux qui étaient des trous noirs où passaient des nuages.

Tabby regarda vers le haut de la route et vit les maisons défiler, les lampadaires projetant leurs flaques de lumière sur le sol. « On aurait dit un rêve », songea-t-il. Bientôt, les maisons allaient gonfler, du sang et un horrible liquide jaunâtre allaient s'écouler des fenêtres ; la rue allait se fissurer, se retourner ; des mains écrasées allaient surgir de terre... et la chauve-souris de feu s'élancerait au-dessus de tout cela, incendiant les maisons et chantonnant : *Maître Smyth, voulez-vous une balle dans le dos ?*

Il gémit, leva les mains pour s'essuyer le visage et vit qu'il n'avait pas lâché la radio de Starbuck. Elle lui crachota au visage : *Tabby ! Tabby Smithfield ! Reviens tout de suite ou je vais te tuer !* Une voix forte et claire malgré les parasites. La même voix qu'il avait entendue alors qu'il traversait la pelouse du médecin : la voix de Gary Starbuck. Il n'était pas mort, il revenait, furieux parce que Tabby et les Norman s'étaient enfuis.

Tabby regarda l'appareil, indécis. Bruce Norman avait vu le docteur abattre Starbuck. Mais lui, il avait vu des gens aux fenêtres, alors que Bruce lui avait affirmé qu'il n'y avait personne. *Aaagh*, gémit l'appareil.

« Des signaux radio », se dit Tabby. Il entendait un quelconque émetteur. Bientôt, un speaker annoncerait la chanson suivante.

Mais il savait que ce n'était pas cela. Starbuck était mort, il en était certain. Et Dicky Norman devait être mort également, maintenant, le bras sauvagement arraché par...

... par une délicate lumière rose pâle qui brillait au centre d'un vieux miroir ?

Dans sa main, le métal et le plastique noir de la radio devinrent soudain brûlants. Tabby approcha l'appareil de son visage. C'était curieux : une odeur acide de composants électroniques en train de fondre. La chose, dans sa main, devint insupportablement chaude. De la fumée en sortit, le haut se mit à se dissoudre. Tabby jeta la radio sur l'herbe de la pelouse.

Elle prit feu avant de la toucher. Quelque chose éclata à l'intérieur et un petit nuage bleu s'en échappa. Des pièces brûlaient encore, le plastique se tordit. L'une des pièces semblait avoir des pattes et un dos luisant, comme un scarabée. Elle avança un peu, devint transparente et mourut. Quelques flammèches embrasèrent l'herbe sèche. Toute la pelouse allait prendre feu, se dit Tabby, qui alla piétiner le foyer naissant.

– Tabby, c'est toi ? appela une voix de femme, et Tabby reconnut Patsy McCloud sur le seuil de la maison de Graham Williams.

– C'est moi, dit-il, tandis qu'elle descendait de la véranda, courant déjà.

Graham Williams apparut à la porte et Tabby lui fit un signe de la main. Williams y répondit et sortit, les mains dans les poches.

Patsy faillit renverser Tabby. Elle le serra contre elle.

– Ça va ? Qu'est-ce que tu faisais ?

– Je tenais une radio et elle a explosé, répondit-il, pris de vertige.

– J'étais si inquiète... en fait, j'ai perdu connaissance, je crois que j'ai eu une sorte de *crise* et j'ai rêvé que tu courais un terrible danger. Tu étais en danger, n'est-ce pas ?

– Eh bien, je me suis brûlé la main, dit-il, montrant sa paume.

– Nous allons la plonger dans l'eau froide, mais ce n'est pas ce que je veux dire. Où étais-tu, ce soir ? Que faisais-tu ?

Il ne pouvait répondre à cette question. S'il le fallait, il essaierait et Patsy le croirait, mais il était trop fatigué.

– D'où vient ce sang sur ta chemise ?

Il baissa les yeux. Il y avait bien du sang : le sang de Dicky Norman. Il s'était essuyé sur lui après avoir redressé Dicky sur son siège. Patsy était livide.

– Ça va. Je ne suis pas blessé. Je suis sorti avec des amis. *Et deux d'entre eux sont morts.*

Patsy hocha la tête, comme si elle avait lu dans ses pensées.

Puis il vit l'image de la chauve-souris de feu, ailes déployées, des nuages passant dans ses yeux et

Je l'ai vue

oh non

J'ai vu j'ai vu j'ai vu et elle allait te tuer personne ne peut faire ça

Les mots étaient passés entre eux tandis que s'estompait l'horrible image. Patsy esquissa un sourire.

Je l'ai vu moi aussi, Patsy

Les mots glissèrent dans son esprit. Il les sentit passer instantanément dans celui de Patsy.

nous ne pouvons pas

pas le dire pas le dire

à personne

pas même à Richard

(Richard ?)

Oui

Toute une série de sentiments complexes l'envahirent avec ce *oui* sibyllin, et il fit mentalement marche arrière, sachant qu'il s'agissait de quelque chose de trop personnel pour lui.

– Richard Allbee, dit-il à haute voix.

– Oui, fit Patsy, comme Graham Williams arrivait.

– Entre un instant, Tabby. Il faut que tu fasses connaissance de notre quatrième membre. Et j'ai l'impression que tu as besoin d'un peu de repos, comme nous tous.

J'ai peur, pensa-t-il.

et deux d'entre eux sont morts ? pensa Patsy.

plus tard

la chose de feu ?

plus tard

la chose de feu, bon Dieu ?

je ne sais pas

elle allait te tuer, pensa Patsy dans l'esprit de Tabby, et il sut qu'elle ne lui disait que la vérité.

– Ça va ? lui demanda le vieux bonhomme. Qu'est-ce qui t'est arrivé ? Pourquoi y a-t-il du sang sur ta chemise ?

– Ça va. Je vous assure.

– Où étais-tu, fiston ?

– Je ne peux pas vous le dire. Je ne peux le dire à personne. Pas maintenant, en tout cas. Je n'ai rien.

– Quelque chose m'échappe. Il vous a dit de quoi il s'agissait, Patsy ?

Non, fit Patsy de la tête.

– Eh bien, je crois qu'il vaut mieux que tu viennes faire la connaissance de Richard Allbee. Tu n'as pas d'ennuis avec la police, hein ? Tu étais dehors pour un nouveau massacre de boîtes aux lettres ?

– Quelque chose comme ça, dit Tabby qui rougit sans pouvoir regarder Patsy.

– Ma foi, à ton âge, on a le droit d'être idiot. Mais il ne faut pas en abuser.

Ils traversèrent la pelouse et se dirigèrent vers la maison. Un quatrième personnage, mince, bien découplé, la trentaine passée, apparut. Il n'était qu'un peu plus grand que Patsy et Tabby. Quand il fut assez près pour découvrir son visage, Tabby sentit quelque chose tressauter dans sa poitrine : la peur ou la confirmation d'un fait, il ne put le dire.

Richard Allbee, quatrième descendant des premiers colons de Greenbank, était l'homme qu'il avait vu à travers la vitre du restaurant, au centre commercial de Post Mall, tandis que les Norman racontaient comment Skip Peters faisait tout ce qu'ils voulaient. C'était Spunky Jameson que Tabby avait vu, le regardant à travers la vitre.

Et puis il s'était rendu compte qu'il s'agissait d'un adulte, ce ne pouvait donc pas être Spunky Jameson. Spunky n'avait que dix ans.

... et, soudain, il avait eu le sentiment que cet homme le connaissait, qu'ils s'étaient rencontrés et que des événements à la fois terribles et merveilleux allaient en résulter... il s'était senti glisser dans un rêve effrayant et Dicky Norman lui avait donné un coup de fourchette, rompant le charme.

– J'aurais dû me douter que tu étais Tabby Smithfield, dit l'homme.

– Vous vous êtes déjà rencontrés ? demanda Williams, visiblement surpris.

– Nous nous sommes *regardés*, dit Tabby.

– De plus en plus mystérieux.

Ils demeurèrent encore un instant dehors, tous les quatre, sans dire un mot, conscients qu'ils se retrouvaient pour la première fois.

Graham Williams sut que ce « de plus en plus mystérieux » allait être leur lot commun, désormais ; et il eut peur. Il savait qu'à côté de ce qui allait se produire, la crise de Patsy avait été anodine. Tabby n'eut pas cette sorte de prémonition, du moins tant qu'il demeura dans l'obscurité, devant la maison de Graham. En cet instant, où des courants d'émotion passèrent entre eux, il se sentit tout d'abord raisonnablement en sécurité, comme si plus rien n'allait l'affecter. Puis il comprit qu'il se trouvait avec un vieillard, un homme jeune et une femme : la structure familiale de Mount Avenue, avant l'éclatement de cette famille à cause de la mort de sa mère.

– Bon, entrons un instant, proposa Williams. Tabby, il faut que tu saches que Patsy a vu le Dragon, ce soir.

Richard Allbee ouvrit la porte, regardant Tabby avec une expression de surprise affectueuse. Tabby se souvint de l'arme de Les McCloud ; elle lui avait paru si énorme avec son canon pointé sur sa poitrine. Il y avait des siècles de cela, semblait-il. Il jeta un regard inquiet sur l'endroit de la pelouse où gisait, fondue, la radio.

Graham Williams le prit par les épaules. Tabby suivit Patsy dans le couloir tapissé de livres.

*

A 3 h 15, cette nuit-là, on aurait pu voir deux petits garçons descendre la route vers Gravesend Beach. Le plus petit, Martin O'Hara, quatre ans, boitait légèrement. Il était vêtu d'un short bleu marine et d'un T-shirt bleu clair avec le portrait de Yoda. Thomas, son frère âgé de neuf ans, portait un jean et un T-shirt vert foncé. Thomas enjamba la chaîne qui barrait l'accès de la plage et souleva son frère pour le faire passer par-dessus. Martin essaya ensuite de suivre l'allure rapide de Thomas.

– Dépêche-toi.

– J'ai mal aux pieds.

– Nous y sommes presque.

Quelques minutes plus tard, ils étaient au bout de

la route d'accès. Devant eux, la grande plage vide. Sur leur droite, la jetée où Harry et Babe Zimmer aimaient venir pêcher.

– Ça y est, dit Thomas.

– Ça y est, répéta Martin.

– Il faut qu'on se déshabille, dit Thomas.

– Il le faut ?

– Bien sûr !

Thomas s'assit calmement et commença à défaire ses chaussures.

Martin s'assit à côté de lui et tira sur ses lacets.

– Tommy, je peux pas ! Je peux pas retirer mes chaussures.

Son frère, à qui il ne restait que son T-shirt, s'agenouilla à côté de lui et lui retira ses chaussures sans se soucier de les délacer.

– Enlève ton T-shirt, dit Thomas.

– Je veux garder mon T-shirt de Yoda.

– Ô Seigneur !

– Il ne faut pas dire ça.

– C'est bon, garde-le, dit Thomas, avançant sur la plage.

Martin fila devant et atteignit l'eau le premier.

– *Brrr !*

– L'eau est bonne. Juste un peu fraîche, dit Thomas, qui continua à avancer.

– Ne t'en va pas, demanda Martin, son T-shirt gonflant sur l'eau noire.

– Il le faut, tu le sais bien. Embrasse-moi, dit Thomas qui s'élança après un baiser glacé de son frère.

Martin avait de l'eau jusqu'au menton. Il leva les pieds et agita les bras. C'était là tout ce qu'il savait de la natation.

– Tommy ! cria-t-il en réalisant qu'il perdait pied.

Son frère continua à avancer vers les bouées. Martin barbota encore. Son T-shirt se faisait lourd, lourd. Sa tête disparut sous l'eau. Crachant, il refit surface, battant des bras. De nouveau, sa tête s'enfonça. Une énorme forme noire ouvrit la gueule et arriva sur lui.

Thomas continua à nager jusqu'à ce que ses bras deviennent trop lourds : il avait dépassé les bouées de cinquante mètres. Il se laissa glisser sous l'eau, ressortit la tête quand elle lui pénétra dans le nez. Il fit une autre brasse et glissa en arrière dans l'eau, comme si quelque chose, au fond, l'aspirait.

Une demi-heure après qu'on eut servi le premier Bloody Mary au brunch du country club de Sawtell, une femme du nom de Rae Nestico-Bell transporta sa chaise longue au bout de la plage pour s'éloigner du bruit d'un match de volley que se livraient huit adolescents. Mme Nestico-Bell atteignait la limite de la plage privée et allait installer sa chaise longue au-dessous de la maison Van Horne quand elle remarqua deux paquets d'algues et de sable à la forme bizarre, roulés par la vague en face d'elle. Elle posa sa chaise et avança. De l'un des tas sortait un pied blanc. Les poings serrés devant la bouche, elle appela à l'aide, si doucement d'abord que les joueurs de volley ne l'entendirent pas.

Cette image : les cris d'une femme en bikini, et le bruit joyeux de huit adolescents sur une plage, marqua la fin des événements du samedi 7 juin de l'an 1980. Un premier seuil avait été franchi.

LES NAGEURS NUS

Le lundi 9 juin, le bruit se répandit en ville que l'assassin de Stony Friedgood et de Hester Goodall avait été abattu lors d'un cambriolage sur le Golden Mile. Aucun policier n'avait officiellement annoncé la chose mais, dans les bars de Post Road et de Riverfront Avenue, des flics qui n'étaient pas en service avaient raconté comment un courageux petit docteur du nom de Wren Van Horne était entré dans son salon, un pistolet à la main, et avait abattu un cambrioleur : un cambrioleur qui, l'arme au poing, allait tirer sur le propriétaire des lieux !

– Vous allez voir, avaient dit les flics, on n'aura plus de meurtres à Hampstead avant longtemps. On est débarrassés du type.

Les patrons de bar et les clients des deux sexes, rentrant chez eux, avaient raconté l'affaire à leurs épouses, à leurs maris, à leurs parents, lesquels l'avaient racontée à leurs amis et connaissances dans les magasins, les salles de gym et les cours de danse. Le monstre était mort.

– Bien sûr, on ne pourra jamais le prouver, avaient dit les flics dans les bars.

– Bien sûr, on ne pourra jamais le prouver, avaient répété les épouses à leurs coiffeurs et vendeurs de *baguettes*. Mais c'était sûrement lui. D'ailleurs, il n'était même pas d'ici. De Floride, m'a-t-on dit... de New York... de l'Illinois.

Sarah Spry écouta pendant dix minutes au téléphone, à son bureau du journal, sa vieille amie Martha Gable lui raconter qu'un individu avait été abattu, qu'il avait un sac plein d'argenterie et qu'il n'ennuierait plus personne.

– Martha, coupa enfin Sarah, tu devrais aller plus lentement et me donner cela à la petite cuillère. Je n'y comprends rien.

Quand elle eut compris, elle se maudit de ne pas avoir passé un coup de fil au poste de police, comme elle le faisait chaque jour. Mais, ce matin-là, son rédacteur en chef lui avait appris la nouvelle concernant les enfants O'Hara et suggéré qu'avant d'aller interviewer Richard Allbee, elle passe chez les O'Hara pour parler à la mère.

– Pour *quoi faire* ? avait-elle crié. Vous voulez que j'aille demander à Mikki O'Hara ce qu'elle ressent après la noyade de ses deux enfants ? Vous voulez que je lui demande quelles en seront les incidences sur son *œuvre* ?

Mikki Zaber O'Hara était l'un des nombreux peintres semi-professionnels de Hampstead. Elle exposait dans les galeries locales et son mari, diamantaire, avait un cabinet sur Gramercy Park et un autre à Palm Springs. Il lui avait fait construire un atelier et elle vendait surtout ses toiles à sa famille et à ses amies.

– Non, avait répondu Stan Brockett. Son œuvre n'a jamais été que de la merde séchée, et vous le savez. Je veux que vous lui demandiez ce que faisaient ses gosses sur la plage à trois heures du matin.

– Qu'est-ce que vous voulez dire, à trois heures du matin ? Mikki O'Hara n'aurait jamais laissé ses gosses jouer dehors à cette heure-là.

– Le médecin légiste a déclaré qu'ils avaient dû entrer dans l'eau vers cette heure-là. Donc, il faut lui poser la question.

– D'accord, je vais le faire. Mais seulement parce

que je sais que vous vous trompez. Et ses toiles sont très belles. J'en ai une dans mon salon.

– Eh bien, vous rendrez compte de ses vernissages. Essayez d'y être vers deux heures, deux heures et demie, d'accord ? Je veux votre article à six heures.

Ce qui lui laissait une heure et demie pour les articles qu'elle avait prévus. Et il lui restait toute la matinée pour rédiger « Sarah a vu » et la critique théâtrale. Le téléphone avait sonné et Martha Gable lui avait raconté que l'assassin des deux femmes avait été abattu par le Dr Wren Van Horne au cours d'une tentative de cambriolage.

Dès qu'elle put se débarrasser de Martha, Sarah appela Dave Marks, au poste de police. Leurs rapports étaient excellents, Dave Marks lui fournissait tous renseignements intéressants et elle passait la photo de Marks dans le journal chaque fois que c'était possible.

– Ce type s'appelait Gary Starbuck et c'était un gros poisson, lui dit Marks. Il a fait ça toute sa vie, dans tout le pays. Nous allons permettre à toutes les victimes de venir identifier chez lui les objets volés. Il a dû commettre une vingtaine de cambriolages à Hampstead depuis son arrivée. Vous devriez voir ça, Sarah. C'est la caverne d'Ali Baba. Je crois qu'il n'a pas eu de chance. Le Dr Van Horne n'a tiré qu'une fois et ça a suffi.

– Est-ce que le Dr Van Horne aura à répondre d'une accusation quelconque ?

– Bon Dieu, non. Il a abattu Starbuck lors d'un cambriolage à main armée. Le salopard avait son arme à la main. Le Dr Van Horne aura de la veine s'il s'en tire sans une conférence de presse et une médaille. Ça fait quinze ans que tous les flics du pays sont après ce type. C'est drôle, il a pris la succession de son père. Le vieux est mort il y a deux ans, dans une maison de retraite de Palm Beach, laissant au fils un tas de fric, et le fils a repris le métier. Comme une affaire de famille, vous voyez le genre ?

– Est-ce Starbuck qui a commis les meurtres ? demanda Sarah à brûle-pourpoint. Excusez-moi, mais ça n'a pas l'air d'être le genre.

Un long silence. Puis un soupir.

– On m'a déjà posé trois fois la question ce matin. Les gens veulent croire ce qui les arrange, vous savez. Jamais *nous* n'avons lié Starbuck à ces crimes, et nous ne le ferons pas. Il y a peut-être deux ou trois de nos hommes qui pensent que c'est lui, mais vous savez ce que c'est, Sarah. C'est dur, pour un flic, de se dire que ce type court toujours en liberté.

– Je vois. C'est ce que je craignais. Des tas de gens vont croire qu'ils n'ont plus à craindre qu'un étranger se présente chez eux.

– *Si* c'est un étranger. Changeons de sujet. Vous voulez le reste ?

– Quelque chose d'intéressant ?

– Un mort dans un accident de la circulation. Un certain Leslie McCloud, de Charleston Road. Il roulait à la vitesse de la lumière sur la I-95 et il a tué deux gosses de West Haven qui rentraient de New York.

– Il était ivre ?

– Il avait assez d'alcool dans le sang pour faire flotter un cuirassé.

– J'attendrai les renseignements officiels.

– C'était un gros bonnet.

– J'attendrai quand même les renseignements officiels.

*

Patsy ignorait tout de la fin subite de Gary Starbuck et du fait que les crimes étaient censés être résolus. Rentrée de chez Graham Williams un peu après 1 h 30, elle avait remarqué sans surprise que Les n'était pas là, et elle était allée se coucher. Il avait dû jouer au golf, dîner au club et rester au bar jusqu'à la fermeture. Il rentrerait encore plus ivre et plus furieux et, le lendemain, il la battrait.

Cette fois, elle riposterait, se jura-t-elle. Un bon coup de pied dans les noix, si elle en avait l'occasion. Chez Graham Williams, elle avait connu toutes sortes d'émotions, de la terreur à l'humiliation, et à l'amour. Et les autres n'en avaient pas été affectés. Simplement, calmement, merveilleusement, ils avaient été *là* : ils l'avaient acceptée. Et elle avait découvert un lien télépathique avec un adolescent. Les aurait surtout considéré cela comme une menace pour sa propre carrière.

Ce n'était pas là la façon dont l'épouse d'un vice-président de société était censée passer son samedi soir. Malgré son épuisement, Patsy était furieuse. Les l'enfermait dans une camisole de force. Elle se rappelait maintenant toutes leurs disputes. « Tu ne peux faire cela, Patsy, avait dit Les. – Faire quoi ? – Te comporter ainsi avec *Johnson* (ou *Young*, ou *Olson*, ou *Gold*). – Je ne faisais rien de spécial. – Je sais, mais on aurait dit que tu *flirtais* avec eux. Et si l'on pense que c'est le cas, je n'aurai jamais le poste de Chicago. »

Les avait eu le poste. Il avait pu s'offrir cinq nouveaux costumes et une poignée de nouvelles cravates rayées. Il avait eu son nom sur la porte de son bureau et un luxueux tapis par terre. Il avait pris quatre verres au lieu d'un en rentrant du bureau. Il ne lui parlait plus, ne l'écoutait même plus. Il travailla neuf heures, puis dix heures, puis douze heures par jour. Les week-ends, il jouait au golf avec des clients, jamais avec des gens ; Les avait cessé de connaître des gens. Les McCloud était ambitieux, prospère et admiré. Quand il rentrait auprès de la femme qui l'avait connu quand il n'était qu'ambitieux, il buvait ses quatre verres et grommelait contre le menu du dîner. Puis il avait commencé à la battre.

« S'il recommence, se jura Patsy, je ne me contenterai pas d'un coup de pied. Je lui planterai un couteau dans le bras. » Elle s'endormit avec cette image.

Un peu après quatre heures du matin, Bobo Farnsworth la réveilla pour lui dire que son mari avait trouvé la mort dans un accident sur l'autoroute.

Patsy savait que si Les avait été bon, aussi bon que le lui permettaient son caractère et son univers, sa bonté avait été étouffée par sa carrière. Sa timidité de naguère était devenue de l'agressivité, comme le soir de l'horrible dîner avec les Allbee, Ronnie et Bobo. Elle pleura ce qu'il y avait à pleurer. Elle se sentit un instant coupable d'avoir pensé à lui donner un coup de couteau à l'instant où il brûlait dans sa Mazda. Les avait cessé d'être son mari le jour où elle avait refusé de lui faire à déjeuner, et ce sentiment de culpabilité ne dura pas. Si elle devait se sentir coupable, c'était plutôt pour les adolescents que Les avait tués.

Ce lundi, Patsy avait la matinée à tuer avant d'aller aux pompes funèbres voir M. Holland. Cela ne l'enchantait guère. M. Holland avait si bien épousé la profession de son grand-père et de son père qu'il ne trahissait jamais aucun sentiment humain. Il connaissait les McCloud et l'idée d'une crémation n'allait pas le réjouir. Il voudrait non seulement vendre à Patsy son cercueil le plus coûteux, mais encore éviter une scène avec les parents de Les.

Elle ouvrit l'armoire de Les avec ses vingt costumes, ses dix vestes, ses quinze paires de chaussures bien alignées.

« Je le ferai incinérer, se dit Patsy. Je le ferai. »

Qu'allait-elle faire de tous ces vêtements ? Les donner à ses parents ? A Goodwill ? Il lui fallait choisir un costume à apporter à l'entrepreneur de pompes funèbres.

Elle ne voulait pas toucher ses vêtements, elle ne

voulait pas aller chez Borney & Holland pour voir M. Holland, elle ne voulait pas voir ses beaux-parents et écouter leurs inévitables critiques. *(Patsy, pourquoi toujours un tel désordre chez vous ? Je sais bien que les jeunes voient les choses différemment maintenant.)*

« Si elle avait du caractère, elle donnerait les vêtements chez Goodwill et logerait Bill et Dee dans un motel », se dit-elle. Laura Allbee aurait été capable d'un tel geste. Elle retourna dans la chambre d'ami. C'est là qu'elle se sentait le mieux. « Quand Bill et Dee arriveraient, il faudrait leur céder cette chambre, pensa-t-elle, et retourner dans celle qui lui rappelait son mariage. » Elle changea les draps du lit pour ses plus neufs, ses plus beaux.

Patsy allait entrer au salon quand le téléphone sonna.

– Patsy McCloud ? C'est Archie Monaghan.

– Oh ! Bonjour. (Le nom lui disait vaguement quelque chose.)

– Je viens juste d'apprendre la nouvelle, Patsy. Seigneur, quel malheur. Nous avons passé toute la journée de samedi ensemble. Sur le parcours de golf.

« Et au bar », pensa Patsy.

– Comment vous sentez-vous ? Vous tenez le coup ?

Soudain, elle se souvint de lui. Un petit bonhomme avec de la brioche, le visage rouge, des vêtements criards. Des yeux bleu vif, malins.

– Je serais heureux de passer vous voir et me rendre utile, quand vous voudrez. Je suis avocat et j'ai vu bien des choses, Patsy. Je pourrais vous aider, régler la succession. Je vous offre une bonne épaule pour pleurer dessus.

Pas de réponse.

– Et si vous voulez sortir de chez vous, je serais heureux de vous emmener dîner. Pourquoi pas ce soir ? Je parie qu'il y a des tas de choses dont vous voulez parler. Je peux vous aider. Voulez-vous que je passe vous prendre vers sept heures ?

– A quoi songez-vous, Archie ? A un souper aux chandelles ? Ça ne vous semble pas tout à fait inconvenant pour une jeune veuve ?

– Je pense que la jeune veuve doit avoir tout ce qu'elle souhaite.

– Parfait ! Je vais donc vous dire ce que je voudrais, Archie. Je voudrais que vous alliez dans votre salle de bains.

– Pardon ?

– Dans votre salle de bains. Ensuite, que vous allumiez, pour bien vous voir. Ensuite, que vous retiriez votre pantalon. Je voudrais ensuite que vous pensiez à moi. Je fais un mètre soixante-deux, Archie. Et cinquante-huit kilos. Ensuite, je voudrais que vous vous tripotiez, Archie.

– Hé, qu'est-ce que c'est que cette blague, Patsy ?

– C'est bien ce que vous allez faire, de toute façon, non ? Alors, j'aime autant que vous le fassiez. Car vous ne ferez rien d'autre.

– Seigneur, vous êtes malade, dit Archie qui raccrocha.

Patsy sourit – d'un sourire un peu las, un peu amer, mais elle sourit.

*

– Oh, Mikki, dit Sarah Spry quand Mikki O'Hara lui ouvrit la porte de sa longue maison blanche de Hampstead.

Elle la serra dans ses bras de longues secondes et remarqua, après son étreinte, que la mère des deux enfants disparus paraissait avoir vieilli de vingt ans.

– Sincèrement, poursuivit Sarah, si vous n'avez pas envie de me parler, je retourne à ma voiture et je rentre. Je comprendrai parfaitement.

– Non, je suis heureuse d'avoir de la compagnie. Je suis si seule.

– Seule ? Où est donc Des ?

– Parti pour l'Australie avec un client et je n'ai pu le toucher qu'hier soir. Il rentre, mais il ne sera pas là avant demain.

Mikki O'Hara sentait légèrement mais incontestablement le whisky. Ce qui était compréhensible. Elle avait dû identifier les cadavres de ses enfants, parler à la police et passer un jour et une nuit seule.

– Entrez, voulez-vous, dit Mikki. Ne restez pas là sur le pas de la porte, vous allez me rendre nerveuse.

– Voulez-vous que je vous tienne compagnie ce soir ? Il ne faut pas rester seule.

– Merci, mais ma sœur arrive de Toledo. Voulez-vous prendre un verre ?

Sarah allait refuser, mais elle aperçut la table roulante, à côté du long canapé, avec ses huit ou neuf bouteilles et la glace fondant dans le seau, et elle eut pitié.

– Juste une goutte de ce que vous preniez, dit-elle.

Mikki se laissa tomber sur le canapé tandis que Sarah s'installait dans un fauteuil et prit un verre sur le bas de la table roulante. Le caftan qu'elle portait, les meubles clairs, ses peintures aux murs contrastaient avec son visage douloureux.

– Brockett pense donc que je présente un intérêt ? dit-elle.

Sarah sortit son calepin et un stylo de son sac.

– Si vous préférez, je resterai simplement là à prendre un verre. Vraiment.

– Allons, prenez donc un scotch, dit Mikki.

Elle versa deux doigts de whisky dans le verre de Sarah et y ajouta des glaçons qu'elle alla pêcher avec ses doigts.

Sarah se leva et prit le verre.

– Vraiment, ça ne me gêne pas d'en parler, assura Mikki. Promettez-moi seulement de ne pas paraître embarrassée si je pleure. Attendez seulement que ça passe.

– Très bien, Mikki.

– Vous savez, ces enfants ne sortaient jamais le soir, et surtout pas tout seuls. Jamais. Ils ne l'ont jamais fait. Et ils n'allaient jamais à la plage sans notre permission. Je ne pense pas que Tommy aimait particulièrement la plage, de toute façon. Il aimait la voile, vous vous souvenez ? Nous allions lui offrir un Sunfish pour ses dix ans. (La bouche de Mikki trembla. Elle avala une grande gorgée de whisky.) Mais je vais vous dire ce que je ne comprends pas. C'est comment ces gosses sont allés jusqu'à Gravesend Beach. C'est à six kilomètres. *Six kilomètres.* Ils n'ont pu faire cela tout seuls. Quelqu'un a dû les emmener. Un quelconque salaud a pris mes gosses et... (Elle baissa la tête, se mit à sangloter tandis que Sarah attendait, raide et méprisant sa raideur.) Oh, merde, reprit Mikki, je ne peux même pas le dire sans pleurer. Ils n'auraient pas fait tout ce chemin tout seuls...

– Mais ils ont quitté la maison tout seuls. Du moins je n'ai pas entendu dire qu'on envisageait la possibilité d'un enlèvement.

– C'est Tommy. Ce ne peut être que Tommy. Il a dû entraîner Martin, le sortir de son lit, l'habiller, lui raconter quelque histoire idiote... et il est sorti avec lui. Sincèrement, si Tommy passait cette porte à l'instant, je crois que je battrais à mort ce petit salopard.

Les yeux au regard terrible se fermèrent, les épaules furent secouées sous le caftan brodé. Mikki fit entendre une sorte de miaulement. Sarah tentait de se persuader qu'elle n'était pas une pilleuse de tombes. Pourquoi Stan Brockett l'avait-il envoyée ici ?

Elle se leva de son fauteuil, alla s'asseoir à côté de Mikki, la prit par les épaules et l'attira contre elle.

– Mes pauvres bébés... Martin qui était si impatient de devenir un grand garçon comme son frère, et Tommy qui le traitait d'idiot mais éclatait secrètement d'orgueil devant cette adoration de Martin. (Mikki se redressa lentement, finit son verre.) Je veux qu'on attrape le type qui a entraîné mes enfants à la plage et qui les a tués. Je veux qu'on attache ce salaud sur une fourmilière, qu'on l'écorche vif. Je veux qu'il souffre autant qu'on peut souffrir en continuant à vivre. Et après, je veux le tuer moi-même.

Et Sarah fut surprise de voir Mikki poser sa main sur son genou et se pencher, comme si elle allait lui confier un secret.

– Voyez-vous, j'ai fait un rêve. Vous vous souvenez que je vous ai dit que je battrais Tommy à mort s'il revenait ?

Oui, fit Sarah de la tête.

– Eh bien, j'ai rêvé que Tommy *était* revenu. Dans ma chambre. Il avait si froid qu'il claquait des dents. Je lui ai tendu la main et il l'a prise. Il était tout mouillé. Je sentais l'odeur de la mer sur lui. Je l'ai attiré à moi, je l'ai pris dans le lit avec moi. Et j'ai essayé de le réchauffer en le berçant.

De nouveau, Sarah passa son bras autour des épaules de son amie. « Allons, allons, songea-t-elle, est-ce que Stan Brockett voudrait vraiment que je mette ça dans mon article ? »

*

Le lundi matin, Richard reçut un coup de fil.

– Les Transports Baumeister. Je suis sur Post Road. Comment rejoindre Beach Trail ?

– Qui était-ce ? demanda Laura, arrivant de la cuisine avec un flacon d'Ajax et un chiffon humide.

– Nos affaires arrivent. C'était le camionneur.

– Enfin ! J'ai une surprise pour toi. Je l'ai gardée pour aujourd'hui, dit Laura.

– Moi aussi. J'ai entendu deux femmes, au supermarché, qui parlaient de la mort de l'assassin.

– Vraiment ? Merci, mon Dieu ! Je suis si contente.

Pas qu'il soit mort, mais qu'il ne traîne plus par ici. Je suis soulagée, surtout que tu pars pour Providence demain.

– Je ne serai absent que deux jours, chérie.

– Je le sais, mais j'étais nerveuse. Et je ne voulais pas te contrarier.

– Je *suis* contrarié. Ça va être une vraie pagaille dans cette maison.

– Ne t'inquiète pas. Tout sera rangé ce soir. Et nous survivrons, Boutchou et moi. Du moins allons-nous récupérer notre lit... Comment est mort ce bonhomme ?

– Il a été abattu par le propriétaire d'une maison où il était entré par effraction. (Il aperçut un camion qui s'engageait dans l'allée.) Tiens, voilà le reste de ta vie.

Sarah Spry pénétra dans l'allée au moment où deux adolescents débarquaient d'un camion un massif canapé victorien.

Richard vint lui ouvrir la porte, elle entra, jeta un regard appréciateur autour d'elle.

– Vous êtes un champion. Cette horrible odeur a complètement disparu. Et vous avez déjà commencé à arranger le coin.

– Eh bien, nous voulions en faire le plus possible avant l'arrivée de nos meubles, expliqua Richard qui remarqua les yeux rouges et gonflés de Sarah.

– Je sais que j'ai un drôle d'air, lui dit la journaliste. Je viens de pleurer. J'avais quelque chose de bien triste à faire avant de passer ici. Vous avez entendu parler des deux enfants qui se sont noyés ? Je suis allée voir leur mère, une vieille amie. Bonjour, vous devez être Laura. (Celle-ci se tenait sur le seuil de la cuisine.) Quels beaux cheveux vous avez, on dirait une princesse de conte de fées. Je vous disais donc que j'ai pleuré.

– C'est terrible, dit Richard.

– Comment va-t-elle ? demanda Laura.

– Elle s'enivre. Son mari est quelque part en Australie.

– Voulez-vous du café ? proposa Laura. Je viens de découvrir une bouilloire et deux tasses. Et nous avons apporté de l'instantané de la maison où nous habitions.

– Vous êtes un ange. C'est parfait pour moi, l'instantané. Je ne bois que cela, pratiquement. Qui a le temps de faire du café, de nos jours ?

Laura disparut dans la cuisine.

– Deux enfants se sont noyés ? demanda Richard. Vous voulez dire que c'est un suicide ? Deux frères ?

– Ils ont dû aller nager, tard dans la nuit. Il semble qu'ils aient nagé jusqu'à l'épuisement. Ou que l'un soit mort en tentant de sauver l'autre. Ils avaient neuf ans et quatre ans.

– Ô mon Dieu !

– Hampstead a eu sa part d'événements tragiques. Savez-vous qu'une de mes premières affaires, comme journaliste, a été de me rendre au country club voir le cadavre du propriétaire de cette maison, John Sayre ? Et c'était un suicide. Parlez-en à votre voisin, le vieux Graham Williams. Il était là. C'est un des derniers à avoir vu John Sayre vivant. Mais parlez-moi de vous, de *Papa est là*. Qu'en pensez-vous, maintenant ? Envisagez-vous de reprendre le métier d'acteur ?

Il lui parla donc de *Papa est là*, de son respect pour Carter Oldfield, de son affection pour Ruth Branden. Il ne parla pas de Billy Bentley : il ne voulait pas y penser.

– Très bien, dit Sarah.

Laura, revenue avec le café, était assise à côté d'elle sur le canapé. Richard voyait bien que sa femme était furieuse contre Mme Spry qui ne partait pas. Laura voulait que tout le monde débarrasse le plancher.

– Quant à ce que je fais maintenant, continua Richard, je crois que j'essaie de redonner vie au passé.

« Expression malheureuse », se dit-il, songeant à sa conversation avec Patsy et Williams, mais il décrivit leur maison à Londres, son travail.

– Excusez-moi, dit Sarah. J'ai perdu le fil. Pourriez-vous répéter ?

Le pied de Laura se balançait, animé par une impatience que seul Richard pouvait voir.

– Bien sûr. Après quoi il faudra en rester là, je crois. Laura et moi avons des tas de choses à faire...

Il s'arrêta, remarquant que la journaliste fixait son bloc, rougissante.

– Excusez-moi, répéta Sarah. Je crois que je vais... je crois que je...

Le téléphone sonna dans la cuisine.

*

Là, sur le bloc de Sarah, se trouvait ce qui lui avait fait perdre le fil. Elle fixa ce qu'elle avait écrit : *Je crois que j'essaie de redonner vie au passé. Des nageurs nus. Je crois aux valeurs qu'expriment ces vieilles demeures... Des nageurs nus.*

Sarah laissa tomber son stylo.

Je suis perdu. J'ai peur.

On aurait dit que ces pauvres enfants, Martin et Tommy O'Hara, avaient parlé par sa plume. Elle n'avait pas entendu Richard Allbee prononcer ces paroles, elle ne les avait pas écrites consciemment. *Perdu. J'ai peur.* Elle se baissa pour ramasser son stylo. Sa tête semblait se séparer de son corps et la regarder avec indifférence.

– Excusez-moi, s'entendit-elle dire. Je crois que je vais... *(me trouver mal)*... Je crois que je... *(ne me sens pas très bien)*

Quand le téléphone sonna, elle se serait écroulée.

*

– Patsy a des ennuis, annonça Graham à Richard. Je ne sais pas de quoi il s'agit, mais elle a besoin de nous. Je ne vous appellerais pas un jour comme aujourd'hui si je ne pensais pas que c'était sérieux.

– Comme samedi soir ? demanda Richard, imaginant Patsy et ses convulsions.

– Je ne crois pas. Ça n'avait pas l'air d'être cela. Mais elle a besoin de nous, Richard.

– Où est-elle ?

– Aux pompes funèbres, sur Post Road, à l'angle de Rex Road. Chez Bornley & Holland.

– Je vais essayer de m'échapper.

Quand il revint au salon, Sarah agrippait son stylo, penchée en avant comme une écolière qui a besoin d'aller aux toilettes, le visage tiré.

– Je crains qu'il ne faille mettre un terme à l'interview, dit-il. Il faut que j'aille en ville. Avez-vous toute votre matière ?

– Oui, j'ai tout ce qu'il faut.

– Voulez-vous vous reposer un instant ? Voulez-vous prendre quelque chose ? Vous paraissez... (Il hésita un instant.)... effrayée.

– Vraiment ? dit Sarah, souriante. C'est la conversation de ce matin. Beaucoup moins agréable que celle-ci. Non, ça va, monsieur Allbee. Je vais m'en aller. L'article paraîtra dans la *Gazette* de vendredi.

Il l'accompagna à la porte, revint vers Laura.

– Eh bien, c'est terminé, dit-il, tapotant ses poches pour trouver ses clés de voiture. Je sais que ce n'est pas le moment, mais Patsy McCloud semble avoir des ennuis. C'était Graham Williams qui m'appelait. Elle est aux pompes funèbres. Il faut que j'y aille et j'aimerais que tu viennes avec moi.

– Graham Williams ne peut pas se débrouiller seul ? (Elle regarda ses mains, les essuya sur son jean.) Tu as déjà passé toute la soirée de samedi avec elle et maintenant il faut que tu te précipites pour l'aider à enterrer son mari.

– Je sais que ça paraît curieux, mais elle a besoin d'aide. C'est tout ce que je sais. J'aimerais que tu viennes.

– Je ne voudrais pas rater ça. Si je suis furieuse contre toi, c'est surtout que tu as oublié ton cadeau, et que j'ai passé une semaine à le chercher.

– Mon cadeau ? Oh, mon Dieu, j'avais oublié. Les déménageurs sont arrivés, et ensuite Sarah Machin, et puis Graham a appelé... Oh, Laura, je suis désolé.

– Et tu fais bien, ballot. Je l'ai caché dans un placard de la cuisine. Est-ce que tu as le temps de le voir maintenant ou te faut-il filer tout de suite voir ta précieuse Patsy ?

– Allons le voir, dit-il en l'enlaçant.

Ils retournèrent dans la cuisine. Laura ouvrit le placard inférieur et en tira une boîte gris-argent de trente centimètres de haut.

– J'espère qu'il te plaira. C'est pour la maison. Je n'ai jamais dépensé autant pour un cadeau.

Il posa le paquet sur la table et l'ouvrit.

– Ne le fais pas tomber, dit Laura.

Il retira le papier qui recouvrait l'objet, glissa la main. De la porcelaine vernie. Il le sortit.

Et son sourire se figea. Il tenait la tête jaune et grimaçante d'un dragon, avec ses deux cornes sur un front plat ; derrière la tête, une aile épaisse, comme une vague figée.

– C'est chinois, dit Laura. C'est une tuile d'ornement, pour le toit. La couleur indique qu'il se trouvait sur un palais impérial. J'ai pensé que ce serait un porte-bonheur.

– Oui, dit-il, le souffle coupé.

– Je vois que tu débordes d'enthousiasme. Remets-le dans la boîte et je le rapporterai dès que nous aurons déballé nos affaires.

– Non. Je veux le garder. Il est très beau.

– C'est vrai ?

– Oui, vraiment. Je l'adore. J'ai été surpris, c'est tout. Vraiment. Il me plaît beaucoup.

– Tu as l'air tout drôle.

– Je me suis souvenu de quelque chose que m'a dit Graham Williams : il y avait un homme, ici, qu'on appelait le Dragon.

Ce fut là tout ce qu'il put dire à Laura de la soirée de samedi.

– Ton père le connaissait ?

– Non, dit-il en souriant. Il y a longtemps : ça remonte aux débuts de Greenbank.

– Eh bien, maintenant il y en a un autre. Trouvons-lui une place.

Richard le transporta dans le salon et le posa sur la cheminée. Et il serra Laura dans ses bras. Une partie de lui-même sentait qu'on avait laissé entrer le chaos, que la porte de son rêve s'était ouverte et que Billy Bentley était entré, les cheveux collés sur le front par l'orage, les vêtements dégouttant d'eau.

– Il te plaît vraiment ? Tu ne me dis pas cela pour me faire plaisir ?

Il sentit contre lui le coussin que constituait Boutchou Allbee, la modeste chérie de ses rêves.

– Il me plaît beaucoup. Sincèrement.

*

Quand Patsy ouvrit la porte massive du salon funéraire, elle essaya de chasser ses souvenirs de la nuit précédente. M. Holland l'attendait, avec sa tête de méchant des contes de Dickens.

– Merci d'être venue chez nous, madame McCloud, dit-il en s'inclinant légèrement. Nous sommes ici pour vous rendre ces circonstances le moins pénibles possible. Ainsi que je vous l'ai dit au téléphone, la dernière cérémonie que nous offrons à ceux qui nous sont chers peut être aussi belle que les autres, baptême ou mariage. Avez-vous apporté un costume ?

M. Holland l'avait assurée, la veille au téléphone, que bien que le corps de Les eût été trop sévèrement brûlé pour être exposé dans un cercueil ouvert, on pourrait tout de même le vêtir de son costume favori.

Patsy lui passa le sac de papier marron qu'elle avait apporté.

– Les parents de M. McCloud arrivent aujourd'hui, n'est-ce pas ? demanda Holland.

– Oui. Ils prennent le car du Connecticut à l'aéroport Kennedy.

– Ah, dit Holland, s'inclinant. Je me souviens parfaitement de M. et Mme McCloud. Je pense qu'ils ont été satisfaits de ce que nous avons fait pour eux à l'occasion du décès du grand-père de votre mari. Ce qui m'amène à une importante question. Avez-vous choisi un cercueil ? (Il la guida vers un coin de la pièce où étaient exposés, appuyés contre le mur, des cercueils.) Comme vous le voyez, nous disposons d'un grand choix. Et je suis convaincu que vous conviendrez que le choix est essentiel, en la circonstance. Et si je puis me permettre... Madame est une Tayler, n'est-ce pas ?

– Oui, dit Patsy, à qui il fallut un instant pour réaliser qu'il s'agissait d'elle.

– Mon père et moi-même nous sommes chargés des obsèques du grand-père de madame. Bornley & Holland ont travaillé avec plusieurs générations de Tayler, madame McCloud.

– Mais pas pour Joséphine Tayler.

– Pardon ?

– Ma grand-mère. Tayler était son nom de jeune fille, également. Vous avez enterré son mari, mais pas elle. Vous l'avez mis dans une de vos boîtes, mais pas elle.

– La grand-mère de madame était malade, n'est-ce pas ? Je crois que d'autres dispositions ont été prises.

Patsy n'aurait su dire pourquoi elle se sentait si hostile.

– Oui, dit-elle, la grand-mère de madame était la folle du village et son gentil mari l'a laissé enfermer dans un asile pour le reste de sa vie.

– Tragique histoire, madame McCloud. Dont nous pouvons tirer l'enseignement qu'il convient de faire de notre mieux pour nos chers disparus.

– Je veux que mon mari soit incinéré. Il l'était déjà aux trois quarts, n'est-ce pas ? Autant finir. Vendez-moi simplement le plus simple de vos foutus cercueils et faites-le incinérer.

– Il faudra consulter d'autres membres de la famille...

– Je ne veux pas faire incinérer d'autres membres de la famille, pour le moment du moins, je veux seulement faire incinérer mon mari ! Et si vous ne voulez pas le faire, je l'emmènerai ailleurs !

– Madame McCloud... commença pitoyablement Holland, et elle eut pitié de lui. Madame McCloud, en votre qualité d'épouse du défunt, vos désirs sont sacrés. Mais nous songeons à votre *apaisement* et nous souhaiterions...

Patsy faillit se trouver mal. M. Franz Holland était mort. Cette agréable voix de baryton émanait d'une bouche crevassée, décolorée. La lèvre supérieure était fendue jusqu'au nez et elle vit les gencives affaissées, la racine des dents, la langue noircie. La peau de M. Holland était sèche et parcheminée, légèrement brunâtre. Par endroits, elle paraissait avoir éclaté, s'ouvrant sur des organes violets. Patsy remarqua finalement que la créature en face d'elle ne portait qu'un faux plastron et un nœud papillon. La peau des hanches s'était creusée autour des os et le pénis, rétracté, avait presque totalement disparu.

Patsy hurla.

La créature sursauta et avança la main, une main

aux ongles d'un noir pourpre, longs de plusieurs centimètres.

– *Ne me touchez pas !* hurla-t-elle.

La créature recula, traînant ses pieds morts sur l'épaisse moquette.

C'était là ce que sa grand-mère voyait. Joséphine Tayler avait tenu aussi longtemps que possible, voyant ses amis et des inconnus apparaître soudain sous la forme de cadavres pourrissants quand ils allaient bientôt mourir. Ne pouvant plus le supporter, elle s'était retirée du monde. M. Holland allait mourir avant un mois, et c'est finalement de cela qu'il aurait l'air. Personne n'était censé le voir sous cet aspect.

– Monsieur Holland, dit Patsy d'une voix tremblante, le regard fixé sur la moquette, je suis désolée d'avoir hurlé. Je connais des moments difficiles. Je vous en prie, ne m'approchez pas. Excusez-moi. Je crains de n'être pas tout à fait moi-même.

– Mais bien sûr, madame McCloud, dit la voix qui fit frissonner Patsy.

– Puis-je téléphoner ? Je dois appeler un ami. Non, je vous en prie, *ne m'approchez pas.* Montrez-moi seulement où se trouve le téléphone.

Les pieds squelettiques reculèrent et Patsy vit l'un des doigts griffus lui indiquer le couloir.

– Très bien, dit-elle. Je trouverai.

– Ai-je fait quelque chose ? entendit-elle Holland demander. Vous ai-je offensée de quelque manière ? (Il paraissait au bord des larmes.) Bien entendu, si vous voulez faire incinérer votre mari...

– Oui. Restez là, s'il vous plaît, monsieur Holland.

Elle trouva l'annuaire, chercha le numéro de Graham Williams, l'appela, le suppliant de venir aussi vite que possible.

– Oui, Richard aussi, dit-elle. Tous les deux. Venez me tirer de là.

On ne peut rapporter en quelques phrases ce qui se passa à l'arrivée de Graham, Richard et Laura aux pompes funèbres. Laura Allbee, qui en savait moins que les autres sur Patsy, sembla comprendre la situation beaucoup mieux que les hommes. Elle prit Patsy par les épaules tandis que Richard et Graham lui tapotaient le dos, jetant des regards incertains sur Franz Holland qui se demandait s'il pouvait maintenant sortir de la salle d'exposition des cercueils. Richard se décida à aller lui parler tandis que Laura demandait :

– Pas de problème pour une incinération, n'est-ce pas ?

– Pas si Mme McCloud le souhaite. Je vais prendre les dispositions utiles.

– Dans ce cas, c'est réglé, dit Laura qui se leva avec Patsy, toujours accrochée à elle. Nous pouvons rentrer.

Graham reconduisit Patsy à Charleston Road. Il la ramènerait l'après-midi pour récupérer sa voiture.

– J'ai ressenti ce que ressentait Joséphine, lui dit Patsy. Du moins suis-je assurée que vous allez vivre longtemps, vous tous.

– Joséphine Tayler ne pouvait jamais dire quand des parents ou des proches allaient mourir, dit Graham. Ça ne valait que pour les étrangers et les gens qu'elle ne connaissait pas bien. Mais merci quand même.

Richard partit le lendemain matin en voiture pour Rhode Island et son premier rendez-vous avec Morris Stryker. Laura et lui s'étaient séparés sur une longue étreinte après leur première nuit dans leur nouvelle demeure et se promettant de voir Patsy McCloud à son retour.

Deux soirs plus tard, alors que Richard Allbee commençait à admettre qu'il ne pouvait supporter son client et que Morris Stryker ne montrait que peu de sympathie pour lui, Bobby Fritz se lamentait toujours auprès de Bobo Farnsworth et Ronnie Riggley de la perte de son meilleur client. Ils étaient assis tous les trois au *Pennywhistle Café*, et Ronnie dessinait, avec son verre, des ronds dans la bière renversée. Bobby savait qu'il ennuyait Ronnie, qu'elle le trouvait trop stupide pour être un ami de Bobo.

– Il m'a viré, répéta-t-il.

Il l'avait déjà dit cinq minutes plus tôt.

– Pensez-vous pouvoir lui demander de vous reprendre ? demanda Ronnie sans cesser de tracer des cercles dans la bière.

Pour lui, Ronnie Riggley était une des plus jolies femmes qu'il connût. Et peu importait qu'elle eût dix ans de plus que Bobo ou lui-même. Peu importait, même, qu'elle n'essayât pas de paraître jeune. C'était inutile.

– Je ne peux pas le supplier, Ronnie. Ce type m'a viré. Mais ça me fend le cœur de voir ce que devient sa pelouse. Toutes ces mauvaises herbes... Je ne veux même pas penser à son jardin.

– Je crois que Ronnie a raison, dit Bobo. Va sonner chez lui. Dis-lui le souci que tu te fais. Tu trouveras peut-être un moyen d'arranger ça.

– Arranger ça, hein ! Si j'allais chez lui, il me tirerait probablement dessus. Bon Dieu, il doit être fameux au pistolet, hein ? Il a descendu ce Starbuck alors qu'il avait son arme à la main, non ?

– C'est comme ça qu'on l'a trouvé, dit Bobo. Le pistolet en main.

– Mais c'est fini, ces crimes, maintenant, non ? demanda Bobby.

– Starbuck était un cambrioleur, pas un maniaque. Trop de gens pensent que c'est fini. Il y aura un autre crime un de ces jours, vous verrez.

– C'est toi qui le dis. *Moi* je prétends que c'est fini. C'est pour ça que les autres flics sont si heureux, bordel. (Il se frappa le front de la main.) Excusez-moi, Ronnie. Je ne me sens pas dans mon assiette ce soir.

– Vous avez bu pas mal de bière. Je ne vous blâme pas, mais vous avez vidé ces pichets presque tout seul et vous attaquez le troisième.

– Bon Dieu, je suis pas soûl. Mais je vais vous dire : si je le vois, je veux dire le Dr Van Horne, je vais lui parler bien gentiment et je vais lui dire que je ferai sa pelouse gratuitement. Deux fois par mois. Service gratis. Parce que je peux *pas* supporter de la voir comme ça. Et vous pariez qu'il va me reprendre ?

– Tu es givré, patate, lui dit Bobo en lui tapotant la tête. Nous allons te ramener.

– Pour rien, que je vais le faire. Tu vois pas que c'est une idée *géniale* ? Il sera bien obligé de me reprendre.

– Allons, viens.

– Seulement si je monte à côté de Ronnie. Comment tu as fait pour trouver une femme pareille ?

Il lut dans le regard de Bobo qu'il était peut-être soûl, après tout.

La petite maison où Bobby habitait avec ses parents se trouvait sur Poor Fox Road, qui grimpait le long de l'estuaire et s'arrêtait à la gare. Cette rue était la seule de Greenbank à être cachée ; pour la trouver, il fallait prendre une invraisemblable route étroite à partir de Mount Avenue et suivre l'estuaire jusqu'à un groupe de maisons qui menaçaient ruine. L'une d'elles avait fait partie de l'école de Greenbank mais l'école l'avait vendue après la Seconde Guerre mondiale. Elle était maintenant habitée par un peintre excentrique et solitaire. Une autre de ces maisons était louée à un jeune carrossier et une autre encore, particulièrement sinistre, était vide depuis cinquante ans au moins. La dernière appartenait à la famille Fritz.

Ils tournèrent dans Greenbank Road. Bobby était obsédé par l'idée de poser sa main sur la cuisse de Ronnie.

– Laisse-moi là, Bobo, préféra-t-il demander.

– Tu veux prendre un peu d'exercice ?

– Ouais. M'éclaircir les idées avant de rentrer.

– Bonne idée, dit Bobo, arrêtant la voiture de Ronnie après avoir tourné dans Mount Avenue. C'est là que cela s'est passé, indiqua-t-il, avec un geste du menton vers les lumières de la maison Van Horne, visibles entre les arbres.

– Bien fait pour lui, dit Bobby.

Il réalisa qu'il était vraiment ivre lorsqu'il essaya de marcher.

Un instant, il vit deux lunes, au-dessus de lui, et deux routes devant lui. Il fut pris d'une soudaine et irrésistible envie d'uriner. Tout en fredonnant, il gagna les herbes bordant la route et se soulagea juste à temps.

La lune lui parut deux fois plus grosse que d'habitude, la route éclairée d'une lumière surnaturelle. Et Bobby vit un visage, dans la lune. Un visage sinistre et cruel. Il leva les mains comme si elles pouvaient le protéger de l'horreur qu'annonçait ce visage.

La lune se pencha juste au-dessus de lui et lui murmura : *Baisse les yeux*.

Il baissa les yeux et poussa un cri. Du sang coulait de la route en un flot poisseux. Son odeur de boucherie l'enveloppa. La lune cynique était si proche, à présent, que la lente marée de sang paraissait presque noire.

Lève les yeux, chuchota la lune.

Et Bobby leva la tête. Il vit des arbres argentés, des feuilles noires, le virage noir et blanc de la route.

Il arrive, annonça la lune, grimaçante.

Bobby entendit qu'on pataugeait dans le sang. Il tenta de reculer. Une tige végétale sanglante jaillit du bord de la route, lui saisit la cheville et le fit tomber dans cette marée froide qui se mouvait lentement.

Il arrive, lui souffla la lune dans le cou, et Bobby se releva péniblement, les mains poissées de sang, le pantalon plaqué sur les jambes. Il ne pouvait pas avancer dans ce monde argenté. Il fut pris de l'idée folle que tout ce sang, sur la route, était le sien : il était mort ; ça n'était pas encore arrivé, voilà tout.

Il savait que quelque chose d'horrible avançait vers lui et il fit un pas en avant, les poings levés.

Il fut presque déçu de ne rien voir de plus effrayant qu'un homme qui tournait au coin de la rue. La lune énorme, derrière Bobby, l'empêchait de distinguer le visage de l'homme.

– N'approchez pas, dit-il, d'une voix aiguë.

– Vous ne risquez rien, mon ami. Vous vous êtes seulement trop amusé, dit une voix familière.

La silhouette noire avança, et Bobby vit qu'aucune rivière de sang ne descendait la route. Que c'était son urine qui collait son pantalon à ses jambes. Il n'avait rien à craindre de l'homme qui avançait.

– On a bu beaucoup de bière, ce soir, hein, Bobby ? demanda l'homme en qui Bobby reconnut les cheveux blancs et le visage agréable du Dr Wren Van Horne.

– Oh, je parlais juste de vous, docteur, dit Bobby. (Le soulagement rendait sa voix inutilement plus sonore.) Sans blague !

Le docteur avança lentement vers Bobby.

– Il n'y a pas d'oiseaux, dit Bobby. Vous avez remarqué ? Pas de bruits d'oiseaux. D'habitude, on entend toujours une chouette par ici.

– Oh, les chouettes sont mortes.

– C'est vrai. Je vois des tas d'oiseaux morts sur mes pelouses. Deux ou trois tous les jours : j'aime pas passer la tondeuse sur eux, vous voyez ? Ça fait un bruit terrible. (Une association d'idées lui fit ajouter :) Ça me rappelle ce que je voulais vous dire. Docteur Van Horne, je ne peux pas *supporter* de voir votre pelouse dépérir. Laissez-moi y travailler gratuitement pendant quelque temps.

Le Dr Van Horne ne se trouvait plus, maintenant, qu'à quelques dizaines de centimètres de Bobby sur la route étroite.

– Qu'est-ce que vous en dites ? demanda Bobby qui recula devant l'odeur de charogne qui montait autour de lui.

– Vous voulez travailler pour moi ?

Bobby recula encore et sentit le flot de sang battre ses chevilles. Le Dr Van Horne tenait une courte lame courbe. Avant que Bobby ne puisse réagir, la lame glissa dans l'air et plongea dans son cou, juste sous l'oreille droite. Vivement, le docteur poussa la lame, et un jet de sang bouillonna au cou de Bobby.

Il tomba à genoux. Aucune douleur. Il ne sentit que la chaleur et l'humidité du sang qui coulait sur son cou et sur sa poitrine. Sa vie qui le fuyait. De nouveau, le Dr Van Horne frappa et, cette fois, il ressentit une vive douleur car le médecin venait de lui taillader l'oreille gauche. Bobby leva la main, incapable de croire ce qui lui arrivait, et le petit scalpel courbe atterrit entre son index et son médius, lui fendant la main en deux. Le couteau s'éloigna et le cœur de Bobby, obéissant, pompa un autre flot de sang. Il perdit connaissance juste avant que le Dr Van Horne lui arrache la joue gauche.

Bobby Fritz, l'excellent jardinier de Greenbank, s'effondra dans l'obscurité ; le Dr Van Horne le retourna, tailla dans sa chemise puis dans ce qui se trouvait dessous. Il dénuda les côtes, coupa autour du cœur, l'arracha et le posa dans la main tailladée. Puis il défit la ceinture de Bobby, baissa son jean. Après avoir coupé le pénis et les testicules de Bobby, il les déposa dans la main droite du cadavre.

Tout cela ressemblait à ce qu'il avait déjà fait par deux fois, et qu'il ferait trois fois encore.

Il traîna le corps méconnaissable de Bobby dans le fossé herbeux de Poor Fox Road. Après quoi il prit dans sa poche une feuille de papier qu'il glissa dans la poitrine du cadavre. La feuille de papier et le poème écrit dessus d'une main assez anonyme pour sembler sortir d'une imprimante d'ordinateur ne furent retrouvés que plusieurs heures après le corps. Deux jours plus tard, le 13 juin.

*

Ce fut un postier qui découvrit Bobby Fritz. Roger Slyke traversait presque tout Greenbank chaque matin au volant de sa voiture postale bleue et blanche, et il passait presque tous les après-midi au centre de tri de la gare. Depuis deux ou trois jours, il se sentait bizarre, il avait mal aux dents, ses oreilles bourdonnaient, et il lui arrivait de se tromper de boîte en déposant le courrier.

Le vendredi matin 13 juin, Roger Slyke était grimpé jusqu'au bout de Poor Fox Road, simplement pour porter à Harold Fritz une lettre de la campagne présidentielle en faveur de Bush – à Harold Fritz qui avait voté démocrate toute sa vie et qui, de toute façon, ne quitterait plus son lit pour aller voter. Au retour, la tête lui tournait et il ne se sentait pas bien, pris de ce malaise qui le saisissait lorsqu'il regardait la maison vide, entre celle des Fritz et celle du carrossier. Il s'était arrêté et avait senti une horrible odeur. Un instant, il fut certain que la lune, visible en plein jour, lui avait adressé une grimace.

Roger n'avait pas mis le frein et, comme il tenait sa tête bourdonnante, appuyé contre la voiture postale, celle-ci roula dans le fossé, se renversa et répandit des centaines de lettres dans l'herbe.

Roger descendit dans le fossé et poussa le véhicule.

Avec un autre homme, il aurait pu le redresser. Il se baissa pour ramasser les lettres et les revues dispersées dans l'herbe. Soudain, cette odeur de pourriture se fit plus puissante et Roger se trouva face à face avec le visage grimaçant de Bobby Fritz. Il fila en courant jusqu'à l'entrée de Gravesend Beach et appela la police depuis la cabine téléphonique. Le poème, dans la poitrine de Bobby Fritz, ne dit rien aux policiers.

Hommes d'opulence, n'ayez confiance en la ri-
[chesse,
L'or ne peut acheter la santé ;
Le médecin lui-même doit passer ;
Toutes les choses ont une fin ;
La peste, fléau rapide, frappe.
Je suis malade, je dois mourir.
Le Seigneur ait pitié de nous !

La beauté n'est qu'une fleur
Que les rides vont dévorer ;
L'éclat, va disparaître,
Des reines meurent jeunes et belles ;
D'Hélène, la poussière a fermé les yeux ;
Je suis malade, je dois mourir.
Le Seigneur ait pitié de nous !

La force le cède à la tombe,
Du brave Hector se repaissent les vers ;
Le glaive ne peut vaincre le destin ;
La terre garde ses portes ouvertes ;
Viens, viens ! les cloches pleurent ;
Je suis malade, je dois mourir.
Le Seigneur ait pitié de nous !

Nul ne put identifier ce poème jusqu'à ce que Bobo Farnsworth songe à aller consulter son ancienne prof d'anglais, miss Threadgill, qui dirigeait maintenant le département d'anglais de J. S. Mill.

– Vous vous intéressez à la poésie anglaise, Bobo ?

– Seulement à ce poème, miss.

– Ce que vous me lisez là, ce sont les deuxième, troisième et quatrième strophes d'un poème célèbre de Thomas Nashe intitulé *En temps de pestilence.* Nashe fut le plus grand des pamphlétaires élizabéthains.

– *En temps de pestilence,* de Thomas Nashe. Merci, miss Threadgill.

– Mais que diable faites-vous donc au poste de police ?

Bobo répondit qu'elle verrait cela dans le journal.

*

Les strophes du poème de Thomas Nashe furent publiées à la une de la *Hampstead Gazette* le lundi suivant ; elles parurent même avant dans le *New York Times,* avec un article intitulé *L'éventreur du Connecticut.* En encadré, à côté de l'article, parurent les photos de Stony Friedgood, Hester Goodall et Bobby Fritz.

– C'est de la poésie. C'est là le lien, dit Graham à Patsy McCloud lors d'une longue conversation le mardi soir. Il se réfère délibérément à Robertson « Prince » Green. Le père du jeune Green prétendait qu'il avait été corrompu par la poésie. Et il y a cet article à propos du « poète-éventreur ». Il veut que nous sachions qui il est.

Pendant toute cette conversation, Graham Williams entendit le bruissement des ailes du Dragon : il l'entendit pendant que Patsy lui parlait de son mariage ; il l'entendit dans le titre du poème de Nashe, devant eux en première page de la *Gazette* ; il l'entendit notamment dans une liste de noms d'enfants reprise dans un autre article de la *Gazette.*

Le soir du vendredi 13 – le jour où Roger Slyke découvrit le corps de Bobby Fritz –, Richard Allbee appela Laura de Providence, lui annonçant qu'il avait plus de problèmes que prévu avec son travail et qu'il lui faudrait rester quatre ou cinq jours de plus, peut-être même une semaine. Laura lui dit de ne pas s'inquiéter, que tout était calme à Hampstead.

Laura n'aurait pu lui parler de Bobby Fritz car elle n'apprit la découverte de la troisième victime du tueur que par un coup de fil de Ronnie Riggley, le lendemain matin. Elle ne parla pas à Richard des cinq enfants qui avaient suivi l'exemple de Thomas et Martin O'Hara et s'étaient noyés au cours de la nuit du 11, celle de l'assassinat de Bobby Fritz ; elle ne lui en parla pas car elle savait qu'il se serait inquiété pour elle.

Et il y avait aussi tout ce qu'on ignorait. Personne ne l'écrivit dans la *Gazette*, mais la ville était en état de choc : le cauchemar n'était donc pas fini, et un cycle pire encore semblait s'être abattu sur les habitants. Personne, à la *Gazette*, ne voulait aller au-delà d'un simple exposé des faits.

Et voici ce qu'on savait. Dans la nuit du 11, ou le 12 au matin, un garçon de douze ans, Dylan Steinberg, était entré dans l'eau à Sawtell Beach après avoir laissé, bien rangés, ses vêtements sur le sable. Il avait nagé jusqu'à l'épuisement et s'était noyé. Trois autres enfants avaient fait de même, séparément : Carl Blockett, Monty Sherbourne (le fils du principal de J. S. Mill) et Annette Crowley (fille d'un journaliste du *Times*), âgés respectivement de six, sept et treize ans. Et un garçonnet de cinq ans, Hank Hawthorne, était sorti de son lit au milieu de la nuit, il avait ouvert la porte et s'était noyé dans le bassin de la pelouse. Voilà ce que savaient la police et les journalistes de la *Gazette*. Mais on ignorait encore bien des choses. On pensait à la détresse des parents, qui trouverait son aboutissement dans la psychothérapie ou le divorce ;

on pensait à leur sentiment de culpabilité ; on aurait pu parler des phases de la lune, des taches solaires ou d'hystérie collective. Mais personne, sauf peut-être Mikki Zaber O'Hara – et Sarah Spry – n'aurait pensé que Mme Sherbourne, Mme Crowley et Wendy Hawthorne rêvaient qu'elles réconfortaient leurs enfants trempés, prenaient leurs corps glacés dans leur lit, les serraient contre elles, débarrassaient leurs poitrines du sable collé.

*

Quand Richard appela Laura le vendredi soir, il n'eut pas à préciser que la source des ennuis qui le retenaient à Providence était son client, car c'était d'ordinaire le cas et Laura le savait. Mais Laura ne connaissait pas Morris Stryker. Grand et mou, un éternel cigare aux lèvres, il terrorisait sa secrétaire et intimidait l'entrepreneur, Mike Hagen, qui approuvait tout ce qu'il disait. Et il pensait que Richard était un escroc : il l'avait cru anglais.

Après s'être changé à son hôtel, Richard se rendit à College Street où Stryker et Mike Hagen l'attendaient déjà, dans la Cadillac de Stryker. Quand Richard descendit de sa voiture, contemplant le manoir du XIXe siècle, charmant mais bien abîmé, qu'il était censé restaurer, Stryker et Hagen vinrent à sa rencontre. Immédiatement, Richard sut qui était l'entrepreneur et qui était le client. Stryker portait un costume bleu acier, une chemise bleu marine, des chaussures blanches et une chaîne d'or au cou. Les entrepreneurs étaient généralement habillés comme s'ils étaient chez eux dans leur camionnette.

– Allbee, monsieur Allbee ? dit l'énorme Stryker.

– Oui, très heureux, monsieur Stryker. Belle maison géorgienne sur laquelle nous allons travailler.

– Je veux qu'elle ait l'air de la maison la plus coûteuse du quartier. Je vous présente Mike Hagen, c'est lui qui fera le boulot. Mike et moi sommes allés en classe ensemble, ici à Providence.

– Salut, dit Hagen, les mains dans les poches, derrière Stryker.

– Nous avons là un intéressant projet, poursuivit Richard. Nous pourrons utiliser les techniques modernes, notamment pour les peintures.

– Hé, vous n'êtes pas anglais, remarqua Stryker. Vous êtes censé être anglais, non ?

– Je suis né dans le Connecticut. Ma femme et moi avons vécu à Londres une douzaine d'années. C'est probablement pourquoi vous avez pensé que j'étais anglais.

– Toby, hurla Stryker, se tournant vers la Cadillac. Toby, amenez-vous tout de suite.

Une femme blonde, effacée, descendit et se tint, nerveuse, à côté de la voiture.

– Il n'est pas anglais, Toby.

– Non ? Je le croyais. Il est de Londres, non ?

– Il est du Connecticut. Ce que vous auriez dû découvrir, vous ne croyez pas, Toby ?

– Oui, monsieur.

Mike Hagen, les mains dans les poches, ne regardait rien ni personne. Il connaissait Stryker.

Celui-ci hocha la tête et cracha son cigare.

– Mais vous avez travaillé en Angleterre, hein ?

– Jusque-là, je n'ai travaillé qu'en Angleterre.

– Bon, autant entrer dans la maison. Je voulais un Anglais.

– Nous pouvons rendre cette maison aussi anglaise que vous le souhaiterez, dit Richard, et ce fut là son erreur.

*

Le samedi 14 juin, une semaine après la tentative de cambriolage chez le Dr Van Horne, Tabby Smithfield s'éveilla dans la nuit, en pleine confusion, pensant que la notion du temps le fuyait. Il fallait qu'il se hâte, qu'il se précipite il ne savait trop où. Il était en retard pour l'école... pour un rendez-vous avec son grand-père. Il passa son jean, sa chemise, enfila ses chaussures de sport. Il ne devait pas faire de bruit : son père était en bas avec Berkeley Woodhouse – la femme avec qui il l'avait rencontré – et il serait furieux d'être dérangé.

Mais Tabby devait sortir. Son grand-père attendait, Dicky Norman attendait, et Gary Starbuck.

Tabby sortit doucement de sa chambre, conscient que quelque chose clochait dans ses pensées, mais trop pressé et trop engourdi par le sommeil pour préciser quoi. Il descendit les escaliers, ouvrit la porte de devant et se retrouva sous le clair de lune le plus brillant qu'il eût jamais vu.

Son grand-père attendait. Non, quelqu'un d'autre attendait. Il regarda la lune et, à sa place, il vit le visage de Gary Starbuck qui le fixait. *Cours !* ordonna Starbuck. *Cours !* Le visage était celui d'un mort, aussi mort que les roches lunaires.

Tabby s'éloigna en courant de la lune au visage de Starbuck. Il tourna au bout d'Hermitage Road, descendit Beach Trail en courant. Il eut un instant l'impression de voler, comme d'un tremplin de saut à skis. De nouveau, ses pieds touchèrent le sol, un sol qui n'était pas d'asphalte mais de boue. Il glissait, reprenait son équilibre, repartait.

La maison de Graham Williams, vit-il en passant, baignait dans une lueur rouge. Un rond d'herbe roussie marquait la pelouse, là où il avait jeté le poste de radio de Starbuck, deux jours plus tôt. La trace d'herbe brûlée s'était étendue jusqu'à la porte d'entrée. Le halo rouge, autour de la maison, tremblota.

Derrière lui, la lune-Starbuck soufflait, le renversant presque.

Maintenant, il pouvait voir à travers la maison, voir chaque pièce. Des livres, tels des aigles, tournaient paresseusement dans le salon. Un démon de bande dessinée était en train d'étrangler Graham Williams dans la chambre, au premier. Tandis que Tabby continuait sa course, incapable de s'arrêter, le démon – rouge, cornu et avec une queue de saurien – resserra son étreinte sur le cou de Graham et se tourna vers Tabby. Il grimaçait, la gueule énorme, dardant sa langue, son pénis énorme se divisant en deux fourches. Il tordit le cou de Graham et souleva le corps pour montrer à Tabby combien il était flasque.

Tabby hurla et lutta pour rester debout. Le souffle mort de la lune qui lui frappait la nuque le poussait dans Mount Avenue.

Quand il passa devant la plaque commémorative, elle bascula sur le sol, comme une pierre tombale montée sur des gonds, et la chauve-souris de feu s'éleva dans un battement d'ailes. Elle tourna autour de Tabby, le fixa de ses yeux vides puis s'éleva, vira au-dessus de la maison Van Horne et fila au-dessus de l'eau en direction du bief.

Certes, il ne pouvait voir le bief qui se trouvait à près de deux kilomètres de là, masqué par les arbres, mais à l'instant où Tabby sauta ou fut précipité par-dessus la barrière de la plage, il aperçut, en deux endroits, comme des incendies. Sur sa droite, au loin, la chauve-souris se posait sur la langue de terre connue sous le nom de « Promenade des Cinglés », tandis que de l'autre côté, saillant dans le détroit comme la Promenade des Cinglés, Kendall Point rougeoyait aussi. Tabby regarda sur sa droite et vit les ailes de la chauve-souris effleurer le sommet des élégantes maisons et des flammes monter des avant-toits ; il regarda à gauche et vit tout Kendall Point comme embrasé.

Et il se retrouva sur la route de la plage sous un clair de lune ordinaire. Le ciel demeurait rouge au-dessus des arbres, mais il ne voyait plus de flammes.

Depuis dix minutes, il avançait dans un rêve fou. Il leva les yeux sur la lune qui n'avait plus rien de Gary Starbuck. Il demeura immobile sur la route étroite. Autour de lui, l'air se figea. Le sol était ferme. Cette lueur rouge, au-dessus des arbres entre lui et la Promenade des Cinglés, c'était peut-être une voiture de police.

Il ne pensait pas que ces maisons brûlaient, pas plus qu'il ne crut que cette énorme chauve-souris de feu avait jailli du sol sous la plaque.

« Un instant, se dit-il. Pourquoi vais-je par là ? Pourquoi pas chez moi ? »

– Tu crois que tu pourrais dormir ? se demanda-t-il à haute voix. *Non, pas pendant une semaine. En outre, il faut que tu...*

Que tu quoi ?

... que tu ailles jusqu'à l'eau.

Pour quoi faire ?

Pour la voir.

Il lui fallait aller jusqu'au détroit et regarder l'eau. C'était tout simple, non ? Tout le reste, Gary Starbuck, le démon, Graham Williams et la chauve-souris, n'avait constitué que des attractions pour le pousser à venir jusqu'ici, ici où il n'aurait qu'une vingtaine de mètres à faire pour voir la mer de tout près.

Il apercevait l'eau, d'où il était, et ne souhaitait pas s'en approcher davantage.

Je t'en prie.

Le vent le poussait en avant.

Je t'en prie. Vas-y.

Une partie de lui-même ne voulait pas voir ce qui allait se produire ; une autre souhaitait découvrir le dernier acte de la représentation pour cette soirée.

Il avança. Le vent ébouriffa ses cheveux, gonfla sa chemise. Son estomac se révulsa et il craignit de vomir. Il continua d'avancer, sauta par-dessus le muret, atterrit sur le sable. Maintenant, il était sur le territoire du Dragon.

Il n'entendait que le sifflement des vagues qui l'appelaient. Il avança jusque sur les galets.

– Montre-moi, dit-il.

L'écume des vagues devint rouge en arrivant à ses pieds. La mer était d'un rouge épais. L'air se mit à empester le sang et alors apparurent les premières mouches, attirées par l'odeur. Toutes les mouches de Hampstead venaient s'abreuver à Gravesend Beach. Tabby agita frénétiquement ses mains devant son visage, essayant d'éloigner les mouches de ses yeux et de sa bouche. Toute la plage était un noir tapis de mouches.

– Montre-moi ! hurla Tabby.

Il cracha quelques mouches et vit une vague géante et rouge gonfler sous la lune, avancer en enflant encore. Il recula, écrasant des mouches sous ses pieds. La vague s'ourla au-dessus de Tabby et, à l'intérieur, il vit son père et Berkeley Woodhouse, nus et morts. Quand la vague déferla, elle les roula. Aussitôt, des milliers de mouches s'abattirent.

– *Montre-moi !* hurla Tabby qui vit une autre vague arriver sur lui, enflant, se faisant plus énorme.

Tabby regarda la crête de la vague et vit Graham Williams, bras et jambes écartés, comme porté par l'eau ; et le corps de Richard Allbee, nu, mutilé ; et le corps nu de Patsy, retourné par la vague à côté du cadavre de Richard.

Quand elle se brisa, projetant le corps de ses amis dans le sable, la vague renversa Tabby qui fut immédiatement trempé par le liquide épais et poisseux. Pendant un horrible instant, il vit les yeux morts de Richard Allbee dont le corps passa près de lui. Tabby planta ses doigts dans le sable, se releva, vit le sang sourdre du sable, là où ses doigts s'étaient plantés. Le corps de Richard glissa de nouveau dans le détroit. Tabby ne vit pas les autres cadavres.

Des mouches se posèrent sur ses paupières, dans ses cheveux, dans ses oreilles, recouvrirent ses mains.

– *Montre-moi !* cria-t-il. *Ce ne sont que de l'eau et quelques mouches ! Montre-moi ce que tu sais vraiment faire.*

Un instant, fugitivement, Tabby se retrouva dans des vêtements secs sur une Gravesend Beach tout à fait normale ; sans mouches.

Puis le monde trembla et, de nouveau, il fut trempé de sang ; des bataillons de mouches s'élevèrent, se posèrent sur sa tête.

Il grogna, recula. Puis il comprit et se mit à rire. Il avait arrêté tout cela pendant un instant, surprenant le Dragon, stoppant le manège, pour un temps du moins. Il rit et les mouches se ruèrent dans sa bouche. Il continua à rire.

– *J'ai gagné ! J'ai gagné !* hurla-t-il. Ils ne sont pas morts, dit-il doucement. Mes amis ne sont pas morts.

Pas encore, siffla l'écume rouge sur les galets.

Les mouches, qui l'avaient quitté, se posèrent sur un autre corps, rejeté au bord de l'écume rouge. Tabby crut d'abord que c'était le corps de Patsy et il s'approcha pour les chasser.

Mais le corps était trop volumineux et il remarqua qu'il avait été tailladé et mutilé, comme celui de Richard... et c'était un corps de femme. Tabby s'immobilisa à quelques pas. On avait sauvagement ouvert le ventre et une petite masse de chair – un enfant à naître – gisait à côté du cadavre de la femme. Tabby remarqua les petits poings fermés. Et il sut qu'il s'agissait de Laura Allbee, la femme de Richard. Il se mit à trembler. Après tout ce qu'il avait connu, c'était le spectacle de ces petits doigts serrés qui l'affectait le plus.

L'eau rouge se mit à siffler plus fort, une vague visqueuse clapota sur Laura et sur le fœtus. Tabby recula, incapable d'arracher son regard des deux corps soudés.

Des nuages s'amoncelèrent et cachèrent la lune.

Sur la droite, l'air de la nuit était incontestablement rouge. Tabby sentait l'odeur de la fumée par-dessus celle du sang. Les vagues déferlaient, poussées par le vent.

Laura Allbee et le fœtus avaient disparu, repris par le détroit sanglant, et un corps plus massif arriva, à demi submergé par les vagues violentes. Les mouches se précipitèrent, une nouvelle vague rejeta le cadavre qui se redressa sur les genoux, un bras arraché jusqu'à l'épaule. Il essaya de se lever. Tabby reconnut le visage de Dicky Norman. Le cadavre parvint enfin à se mettre debout. Les longues cicatrices de l'autopsie marquaient son front et sa poitrine. Sa bouche s'ouvrit, le sang du détroit lui dégoulina sur le menton. Dicky s'avança vers Tabby que le vent repoussait sur la plage. Par-dessus les incendies, des flammèches et des cendres s'élevèrent en tourbillonnant.

– Non, Dicky, dit Tabby.

Dicky Norman fit entendre un grincement de dents.

– Tu n'es pas réel, dit Tabby, heurtant le muret de la plage en reculant.

Dicky se trouvait maintenant à mi-chemin entre lui et l'eau.

– Dicky, va-t'en.

La mâchoire de Dicky s'agita. Tabby crut entendre le cadavre murmurer : *Je suis fatigué.*

Sans aucune autre raison que son désir instinctif de sécurité, Tabby songea *Patsy ? Patsy ?*

Dicky Norman avança encore d'un pas.

Patsy ! J'ai des ennuis !

Il ressentit un vague signal, en réponse. Patsy dormait. Encore un pas de Dicky. *Patsy ! A l'aide !*

(Oh, Tabby chéri, qu'est-ce que ?... Tabby ?...)

C'était à peine un fugitif instant de faible contact, mais Dicky s'écroula à genoux à moins de deux mètres de Tabby. Le vent était tombé, les mouches revenaient, sur l'épaule de Dicky d'abord, puis sur les flaques dans le sable, puis sur Tabby. L'épaule de Dicky en était noire. Ses pieds s'enfoncèrent dans le sable. Comme un vieux tracteur endommagé, il regagna le détroit.

Tabby n'avait pas gagné, il le savait, mais du moins était-ce un match nul. Grâce à l'aide presque inconsciente de Patsy. Maintenant, Tabby sentait nettement l'odeur des incendies le long du bief. Il était sec, il n'y avait plus de mouches, plus de taches de sang sur lui, ni sur le sable. Il fila vers le téléphone public.

*

Tard dans cette nuit de samedi se produisirent trois événements d'importance inégale, liés aux craintes de Richard et de Tabby, et révélateurs de la façon dont allaient tourner les choses, maintenant que le seuil avait été franchi. Ce samedi, Hampstead atteignit irrévocablement le deuxième stade de sa destruction.

Le premier de ces événements fut le coup de fil de Richard Allbee à Laura, à 23 h 30, à l'instant où Tabby se réveillait, poussé par une inexplicable urgence. Richard était épuisé par ses différends avec Stryker.

Laura décrocha à la huitième sonnerie et Richard se sentit mieux.

– Dieu merci, dit-il. Je sais qu'il est tard, mais j'étais inquiet.

– A propos de quoi ?

– De... tu le sais bien. Mon client m'a dit qu'il y avait eu un nouveau crime à Hampstead...

– Est-ce que tu es ivre ? demanda Laura.

– Evidemment. J'ai dîné avec Morris Stryker et le gage, si l'on ne s'enivre pas, c'est de se faire rôtir à feu doux. Je ne voulais pas de ça. Mais... dis-moi qui a été assassiné.

– Le jardinier du coin. On l'a rencontré une ou

deux fois... Richard, je suis très fatiguée. Tu m'as réveillée et je ne veux pas parler de ça. Je voudrais seulement que tu rentres.

– Je le voudrais bien. Il va me falloir refaire un bon nombre de mes projets et j'en aurai sans doute pour deux jours encore. Je t'en prie, fais attention à toi.

– Je ferai attention. La prochaine fois, appelle à une heure plus normale. Je retourne me coucher.

– J'appellerai demain, dès que je pourrai me défaire d'Ivan le Terrible.

– Je t'aime.

– Moi aussi.

Peu après, Patsy s'agita dans son sommeil. Ses beaux-parents étaient rentrés le soir même à Phoenix, et Patsy n'avait pu rester éveillée après dix heures.

Une seconde plus tard, quelque chose s'introduisit dans son rêve avec force et elle secoua la tête, pas encore vraiment réveillée. Elle vit Tabby Smithfield devant elle, un Tabby qui avait un urgent besoin d'elle sans qu'elle sût pourquoi, comme si Tabby était son enfant. Elle le vit non pas blessé mais menacé par quelque horrible danger, et elle envoya à ce Tabby tout ce qu'elle put de son aide. Par sa fenêtre ouverte, elle sentit une odeur de fumée. Son corps se détendit, l'odeur se fondit en une image onirique d'elle-même en sorcière, en bordure de forêt, concoctant quelque chose dans une grosse marmite noire.

Les pompiers de Hampstead avaient déjà reçu deux appels à propos du feu sur Mill Lane (le nom officiel de la Promenade des Cinglés) lorsque Tabby les appela de la cabine de Gravesend Beach. Deux voitures étaient parties du poste de Riverfront Avenue et deux autres avaient suivi, depuis la caserne centrale de Main Street. Quand les premiers hommes arrivés sur les lieux se rendirent compte de l'étendue du sinistre, Hampstead demanda deux voitures à Old Sarum, pour venir en aide aux quatre autres.

On ne pouvait atteindre Mill Lane qu'en traversant un pont étroit sur le bief et, bien sûr, les voitures ne purent passer ce pont. Les deux premières arrivèrent au parking du bief à l'instant même où le chef adjoint, Harry Yochen, descendait de sa voiture. Tandis qu'Harry traversait le pont pour voir combien de maisons étaient en feu, les deux voitures de Main Street se garaient au parking ; une minute plus tard arrivait le chef des pompiers, Tony Archer. Il sauta de sa voiture et demanda aux hommes d'accoupler leurs tuyaux ; il sentait la chaleur arriver sur lui depuis le pont, et il comprit que la plupart des petites maisons seraient détruites. Harry Yochen, haletant, confirma la nouvelle : toutes les maisons brûlaient.

– Et il y a autre chose, dit Yochen en s'essuyant le visage. (Archer avait compris : son adjoint était sûr qu'il s'agissait d'un incendie criminel.) Les maisons brûlent uniformément.

– Toutes les huit ?

– Toutes ont commencé à brûler en même temps.

Ils lancèrent des ordres et traversèrent le pont avec la deuxième équipe.

Dès qu'il atteignit le petit sentier, de l'autre côté, Archer comprit la raison des soupçons de Yochen. Les flammes, parties des toits, avaient atteint un même point sur les huit maisons, juste au-dessus des portes. Quelqu'un avait mis le feu. Et l'incendiaire avait tué les habitants. Dans ces maisons, les chambres étaient situées au premier étage, juste sous les toits. La fumée avait dû les asphyxier, et le feu les avait pris, inconscients, dans leur lit.

Les pompiers s'affairaient avec leurs tuyaux. Les pelouses commençaient à brûler, de même qu'un érable de la maison louée par le Dr Harvey Blaw. Archer envoya l'équipe d'Old Sarum au bout du sentier pour empêcher l'incendie de gagner les bois entre le bief et Gravesend Beach.

« Ils sont tous morts, songea-t-il, pensant aux habitants dans leurs chambres. Qui a pu faire une chose pareille ? » Hampstead, où vivait Archer depuis vingt ans, sombrait dans la sauvagerie et la folie cet été. Des enfants se noyaient... c'était aussi fou que de verser de la parafine sur les toits de huit maisons et d'y mettre le feu... Les incendies lui paraissaient des êtres vivants.

Les flammes dégouttaient des toits, tombant sur l'herbe comme des gouttes d'eau, vivantes, courant rapidement dans l'herbe sèche. La fumée noire, elle aussi, paraissait vivante.

Et Archer crut voir quelque chose s'agiter dans la fumée. Des ombres plus noires. « Des oiseaux, se dit-il. Des oiseaux pris dans la fumée... » Puis il distingua la forme d'une aile et pensa qu'il s'agissait de chauves-souris.

– Chef ? appela Yochen.

Archer vit leurs cous, leurs gueules ouvertes, furieuses ; il les vit voleter dans la fumée, ce que ne faisaient jamais les chauves-souris. Des milliers de bébés dragons flottaient dans la fumée, grimpant en tournoyant.

La première équipe de pompiers éclata en flammes à quelques mètres de lui. Leurs tuyaux crevèrent et plusieurs tonnes d'eau se changèrent instantanément en vapeur. L'équipe voisine laissa tomber ses tuyaux et se précipita de l'autre côté du sentier pour échapper à la vapeur. Les hommes lâchèrent les tuyaux brûlants juste avant qu'ils n'éclatent. Ils criaient, huit d'entre eux étaient en flammes, certains se roulaient dans l'herbe, l'enflammant à son tour, d'autres fonçaient tout droit dans des feux plus importants.

– Braquez les tuyaux sur les *hommes* ! hurla Archer à Yochen.

Il vit les milliers de petits dragons tournoyer

autour de la tête de Yochen. Au moment où son adjoint se retournait pour exécuter son ordre, ses bras s'abattirent soudain le long de son corps. Sa chemise prit feu, puis ses cheveux gris, puis son pantalon. Archer se débarrassa de sa veste pour aller étouffer le feu mais déjà, Harry Yochen s'effondrait, en flammes. Sa peau était noire lorsque Archer se débarrassa enfin de sa veste.

Archer, debout au milieu du chaos, sa veste sous le bras, entendait le feu rugir et se demandait comment tout avait pu tourner si vite à la catastrophe. Des langues de feu tombèrent des maisons et lui brûlèrent le visage et les poumons ; sa vie le quitta avant même que ses vêtements ne commencent à flamber.

L'incendie de Mill Lane s'éteignit après avoir tout brûlé ; le parc boisé resta intact. A l'aube, les huit maisons de la Promenade des Cinglés étaient des ruines fumantes. On identifia les habitants grâce au lieu où l'on trouva leurs restes. Tous les pompiers avaient péri dans la fournaise en quelques minutes.

Un véhicule d'incendie, le plus proche du pont, avait explosé sous la chaleur, mais on put vraiment mesurer l'intensité de cette chaleur, écrivit la *Gazette*, au fait que sur Kendall Point, en face de l'extrémité du sentier, et séparé par huit cents mètres d'eau, le sol était encore tiède le lendemain et que l'écorce de nombreux arbres fumait toujours.

*

Richard Allbee s'était promis d'appeler Laura ce dimanche. Après le petit déjeuner, il serait sûr de la trouver à la maison. Mais, à 8 heures, il s'assit au bureau de sa chambre d'hôtel avec ses projets, et oublia son petit déjeuner. A midi, il demanda qu'on lui apporte un sandwich et une bière et continua à travailler. Stryker aurait ses murs blancs et son éclairage moderne, s'il y tenait, et Richard glisserait sournoisement son style personnel dans le projet.

A 18 heures, il se rendit compte qu'il mourait de faim et il descendit au restaurant de l'hôtel avaler des coquilles Saint-Jacques, des asperges, une demi-bouteille de puligny-montrachet et deux tasses de café. Pendant le dîner, il prit des notes et, quand il eut terminé son café, il laissa un pourboire généreux et remonta dans sa chambre.

Il était 23 h 30 quand il pensa de nouveau à appeler chez lui. Il était trop tard : il n'allait pas réveiller Laura pour la deuxième nuit consécutive. Il songea au travail abattu, se déshabilla et se mit au lit.

Le lundi, il appela à 10 heures du matin et n'obtint pas de réponse. Laura devait être chez Greenblatt. Il se promit d'appeler avant le dîner, même s'il devait le faire en PCV depuis l'un de ces horribles restaurants de Stryker. Il passa le lundi après-midi à la maison de College Street, peaufinant ses projets, s'assurant de l'exactitude de ses mesures, et il retourna à l'hôtel pour le rituel dîner avec Stryker. Il appela Laura depuis sa chambre à 17 h 30 et, de nouveau n'obtint pas de réponse. Il appela la réception, mais il n'y avait pas de message pour lui.

Stryker lui téléphona à 18 heures et lui donna l'adresse du restaurant où le retrouver, à vingt minutes de là, tout au bout de la ville. Richard y arriva un quart d'heure avant Stryker, Mike Hagen et Toby Chambers. Stryker demanda à changer de table, grogna contre le service et demanda enfin à Richard :

– Alors, qu'est-ce que vous avez fait ? vous êtes allé à la maison ? Ouais ? Magnifique. Et dimanche ?

– J'ai travaillé toute la journée, dit Richard, triant ses papiers posés à côté de lui. Je crois que j'ai vraiment là quelque chose. Je vais vous montrer ce que nous pourrions faire dans les pièces du bas.

– Laissez tomber. Pas de ça maintenant.

– Je voudrais avoir votre avis. J'y ai consacré beaucoup de temps, et il va falloir que je rentre bientôt chez moi.

– Je vous ai *dit* de laisser tomber, non ? gueula Stryker. Je me fous de savoir combien de temps vous avez travaillé, et je me fous de la date de votre retour. Restez assis là, et bouffez ! On est là pour ça.

A cet instant, Richard ne fut pas loin de tout abandonner. S'il avait eu cinq ans de moins, si Laura n'avait pas été enceinte, il serait parti, et immédiatement !

« J'ai besoin de ce boulot, se dit Richard. Morris Stryker n'est pas seulement un grossier personnage, un rustre et un emmerdeur. Il représente aussi dix mille dollars de plus pour les frais d'université de Boutchou. »

Il avala la moitié de son verre et desserra son poing gauche.

– Prenez-en un autre, dit Stryker. Vous êtes là pour ça, non ?

Ce soir-là, Richard ne rentra à son hôtel qu'à minuit dix. Il appela chez lui et obtint la tonalité « pas libre ». Cinq fois, il refit son numéro entre minuit et une heure et chaque fois ce fut le signal « occupé ». La standardiste, qu'il appela, lui dit que peut-être son correspondant avait décroché son combiné.

Le mardi matin, il essaya d'appeler dès qu'il eut pris sa douche. Assis, une serviette autour de la taille, les cheveux mouillés, il composa son numéro. Il s'écoula un long instant pendant lequel il se dit d'abord qu'il aurait encore le signal « occupé », puis que ça allait sonner. Rien ne se produisit. Richard allait raccrocher et recommencer quand il entendit deux clics et la tonalité. De nouveau il composa le numéro avec le même résultat. Il demanda à la standardiste d'essayer d'appeler.

– Désolée, monsieur Allbee, lui annonça-t-on un peu plus tard, le numéro est en dérangement.

– Mais c'est le mien !

– Il est tout de même en dérangement. La panne a été signalée. Essayez plus tard.

Richard raccrocha, se sécha les cheveux, s'habilla, commanda son petit déjeuner et annula sa commande cinq minutes plus tard. Il ne pouvait rester dans sa chambre, il était trop nerveux. En dérangement ? Qu'est-ce que cela signifiait ?

En quelques minutes, il se retrouva dehors. Il avait trois heures à tuer avant son rendez-vous avec Stryker, à la maison de College Street, à 11 h 30. Il resta un moment à observer le chantier de construction voisin de l'hôtel.

Il se sentait la bouche sèche et il tremblait sans savoir pourquoi. Il leva les yeux sur la grue et aperçut Billy Bentley qui courait sur la longue flèche de l'engin. Arrivé au bout, il fit un geste de la main à Richard.

Richard fut tout surpris de se voir vomir. Son estomac s'était révulsé avant même qu'il ne s'en rende compte. Il se trouvait maintenant là, debout, avec une douleur aiguë, mais qui allait en s'atténuant, au creux de l'estomac, et une flaque rose sur le trottoir sale. Il s'en éloigna, leva les yeux et vit Billy Bentley descendre le long du câble de la grue.

Il se retourna et se mit à courir, poursuivi par Billy Bentley. Il tourna dans la première rue à gauche, toujours au pas de course. En face, sous un porche, Billy lui fit un signe de la main et feignit de compter des billets. L'air ensoleillé sentait la mort et la pourriture.

Richard fit demi-tour, partit dans la direction opposée. Des coups d'avertisseur, un homme qui criait. Le feu du carrefour n'avait pas changé et des voitures le frôlaient. Il eut peur de s'écrouler là, pris de vertige, et de se faire écraser par un camion.

Il parvint à traverser. Au-dessus de lui, cernant la colline, s'élevait l'université Brown. La ville paraissait pleine de soleil, de poussière et de fumée. Il lui fallait retourner à Hampstead, à Greenbank et à Beach Trail.

Il revint à son hôtel. Il vit Beach Trail, la vieille maison Sayre, toutes lumières allumées, et Laura qui lui ouvrait la porte.

– Je pars dans une quinzaine de minutes, dit-il à l'employé de la réception. Voulez-vous préparer ma note ?

Il enfourna ses affaires dans sa valise, la ferma, sortit de sa chambre et appela l'ascenseur. Il attendit, écoutant le bruit des câbles derrière les portes métalliques. Et la lumière s'alluma au-dessus de la porte. Un bruit de sonnette et les portes s'ouvrirent sur un vaste cercueil. Une odeur lourde, puissante, faillit renverser Richard. Billy Bentley était assis sur la moquette, dans un coin de l'ascenseur, les jambes croisées, une guitare sur les genoux. Il adressa à Richard un grand sourire apaisant. La chair semblait se détacher de ses os, mais Billy avait l'air si vivant que le cadavre paraissait plutôt vaillant.

Richard ne put entrer dans ce cercueil ambulant. Une fois les portes fermées, l'odeur serait mortelle. Il attendit que les portes se referment et descendit à pied les dix étages.

A 11 h 30, il se trouvait assis depuis vingt minutes dans sa voiture, sur College Street, portières et vitres fermées. Pas de Stryker dans la maison, pas de Cadillac en vue. De l'une des fenêtres de l'étage, Billy Bentley le regardait. A midi, Richard et Billy étaient toujours là.

A une heure, Richard mourait de faim et se sentait devenir fou de frustration ; il devait rentrer chez lui mais ne pouvait pas partir sans parler à Morris

Stryker. Il leva les yeux sur la fenêtre, et Billy lui fit un signe de tête.

A 13 h 30, la Cadillac arriva et Toby Chambers en bondit pour aller ouvrir la portière de Stryker en lunettes noires, bottines noires brillantes, costume gris de quelque exquise étoffe, et polo gris foncé à col roulé. Sans son cigare, pour une fois, il paraissait détendu et en veine d'effusions : il venait de finir de déjeuner, comprit Richard.

– J'ai été retardé, annonça-t-il. J'ai le temps de voir vos plans maintenant.

– Voilà plus de deux heures que je suis là. Et tout ce que vous trouvez à me dire c'est : « J'ai été retardé » ?

Stryker pencha la tête et lui jeta un regard glacial.

– J'ai été retardé. Au lieu d'un seul rendez-vous, au restaurant, j'en ai eu cinq ou six. Ça arrive. Vous voulez que je vous baise la main ?

– Vous pouvez baiser mon cul, dit Richard. Je ne veux pas rester une minute de plus à Providence. Je laisse tomber ce travail et je rentre. Vous ne comprendriez pas pourquoi et il est donc inutile que je vous ennuie avec des explications.

– Vous avez perdu l'esprit ou quoi ? Toby ! *Toby !*

Toby Chambers arriva en courant de l'autre côté de la rue où elle parlait avec Mike Hagen.

– Je laisse tomber, Toby, lui annonça Richard. Je suis inquiet pour ma femme, et il faut que je rentre. En outre, je ne le supporte plus. Je ne peux plus travailler pour lui et je ne supporterai pas une autre semaine assis dans ces restaurants à respirer la fumée de ses cigares. Adieu !

– Monsieur Stryker peut veiller à ce que vous ne trouviez plus jamais aucun travail, lui dit Toby à voix basse. Ecoutez, j'essaie de vous aider, monsieur Allbee.

Richard monta dans sa voiture et ferma la portière.

Stryker cracha par terre et lui fit un geste obscène du doigt.

On était le mardi 17 juin et Richard Allbee prit l'autoroute un peu après 14 heures.

*

Tard, ce soir-là, Patsy McCloud était assise dans le vieux fauteuil râpé du salon de Graham Williams, un grand verre à la main. Graham Williams, en T-shirt et casquette yankee, était assis sur le canapé. Tout comme Patsy, il transpirait légèrement. Sur la table, entre eux, une bouteille de gin, un pack de bouteilles de *tonic* et un seau à glace en plastique. Patsy ne savait pas bien pourquoi, mais elle songeait mélancoliquement à Les.

– Je n'ai jamais dit à ses parents qu'il me battait. Je n'ai pas pu. Pourquoi cela, d'après vous ?

– Parce que vous êtes une gentille femme. Ça n'aurait rien changé, de toute façon. Sa mère aurait pensé que vous mentiez, ou que vous le méritiez. Et puis je crois que pour des parents, ça ne vaut rien d'apprendre ces choses-là sur leurs enfants. Ils préfèrent s'en tenir à leur mythe.

– Ça n'aurait rien changé, vous avez raison. Elle n'a jamais compris ce qu'était devenu Les. L'incidence de son succès sur sa personnalité. Avez-vous eu des enfants, Graham ?

– Jamais, dit-il en souriant.

– Pourquoi souriez-vous ? Oh, je sais. Parce que j'ai oublié. Vous nous l'avez déjà dit. Nous sommes les derniers représentants de nos familles. Du moins jusqu'à la naissance du bébé de Richard. (Elle fit le tour de la pièce, du regard.) N'avez-vous pas de tourne-disque, Graham ? J'aimerais écouter de la musique. Vous n'aimez pas la musique ?

– J'ai une radio.

Il se leva, alla l'allumer, trouva une station avec de la musique de danse.

– Très bien, dit Patsy, battant la mesure du pied. Je vais bientôt vous demander de me faire danser, Graham.

– J'en serais très honoré.

– Savez-vous quand j'ai décidé que vous étiez un chic type ? Lors de cette nuit terrible où Les vous menaçait de son arme. Je vous ai vu vous placer devant Tabby. Mon Dieu, j'ai pensé que c'était formidable. Vous auriez pu vous faire tuer.

– Tout le monde en aurait fait autant.

Graham se pencha, versa du gin et du *tonic* dans le verre de Patsy. Il plongea la main dans le seau à glace et en retira trois glaçons à demi fondus qu'il laissa tomber dans le verre.

– Là, vous vous trompez. Et c'est ce que vous croyez parce que vous êtes un chic type. Vous savez ce que j'ai pensé, ensuite ? Qu'il y avait là trois hommes et que le mien était le pire. Sincèrement.

– C'était certainement le plus ivre.

– Le pire, Graham. Il faut voir les choses en face.

Patsy continua à parler de Les, avec des sentiments contradictoires. Elle continua à boire. Cela ne gênait pas Graham Williams, ravi en fait. Il écoutait tout avec le même sérieux, la même bonne humeur. Il comprenait qu'il était difficile pour une femme, mais surtout pour une femme comme Patsy, d'être prise au sérieux. C'était peut-être là le plus gros écueil de son mariage : Les McCloud s'était pris trop au sérieux lui-même, et il n'était plus rien resté pour sa femme.

LA CIVILISATION ET SES MALAISES

Six semaines après l'émanation de DRG-16 à l'usine secrète de Woodville, la ville de Hampstead n'était plus ce qu'elle avait été avant le 17 mai. Les changements allaient devenir plus importants encore, mais plus rien n'était tout à fait pareil. Dans le rêve de Richard Allbee, Billy Bentley se trouvait dans la maison : il avait brisé deux ou trois fenêtres et allait casser quelques meubles avant de passer à des choses plus sérieuses. A Hampstead, c'était différent. La marée balayait toujours les plages, on jouait toujours au tennis sur les courts privés et au Racket Club, les hommes prenaient toujours le train de 7 h 54 ou de 8 h 24 pour New York... Mais bon nombre de parents bouclaient maintenant leurs enfants dans leur chambre, la nuit. Au cours des cinq jours qui avaient suivi le retour de Richard Allbee, un garçon de quatorze ans de Hampstead, un gamin de sept ans d'Hillhaven et une fillette de douze ans d'Old Sarum s'étaient volontairement noyés dans le détroit de Long Island.

Et l'on comptait un quatrième meurtre depuis celui de Bobby Fritz. Les femmes seules n'ouvraient plus leur porte et bien des livreurs ne se souciaient plus de sonner, déposant leurs paquets devant la porte après avoir frappé. On ne faisait plus de jogging seul mais en groupe. Parfois, au milieu de Main Street, on voyait une femme fondre en larmes et l'on ne savait si elle était en instance de divorce ou si l'un de ses enfants était parti pour une baignade sans retour... ou encore si ce qui se passait à Hampstead était trop pour elle.

Oui, on jouait toujours au tennis, on se réunissait pour le brunch du dimanche au country club ; on achetait toujours de la bière, des côtes de mouton et du charbon de bois, comme un été ordinaire. Mais les conversations roulaient sur la mort et le suicide et non plus sur Wimbledon et sur la Bourse. On avait tendance à évoquer la manière la plus rapide de filer de Hampstead, ou la possibilité de vendre une maison de style colonial avec deux hectares de terrain et vingt annuités de prêt hypothécaire.

Ronnie Riggley connaissait la réponse à ces questions concernant l'immobilier. Si elle avait voulu être tout à fait honnête, elle aurait expliqué que, si la maison était située à Hampstead, on ne pouvait même pas l'offrir gratuitement en prime pour tout achat d'un paquet de biscuits ; à Hillhaven ou Old Sarum, on avait une chance sur deux de pouvoir la céder gratuitement. Mais pas question de la vendre. Pas même de la louer, surtout depuis la découverte du quatrième cadavre et du suicide de tous ces enfants.

Graham Williams avait vu une pancarte « A vendre » sur la pelouse d'Evelyn Hughardt, mais jamais aucun client ne se présenta à Ronnie ou à un autre agent immobilier. Un matin, il vit un camion de déménagement et Evelyn Hughardt qui surveillait les déménageurs.

– Vous avez trouvé un acheteur, Evvy ? demanda-t-il.

– Non, mais je rentre en Virginie. Hampstead ne me *convient* plus. Vous pensez que c'est raisonnable, monsieur Williams ?

– Tout à fait.

Elle n'était pas la seule, il le savait. Tout comme

lors de l'été noir de 1873, beaucoup de gens partaient, tout simplement. Ils décidaient de prendre leurs vacances plus tôt, ou se souvenaient soudain qu'ils avaient toujours souhaité faire connaître les Smoky Mountains à leurs enfants, ou que ces mêmes enfants n'avaient pas vu leurs grands-parents depuis un an ou deux. Les maisons vides étaient légion.

– Je me demande ce que vous savez, lui dit Evelyn dont il remarqua la pâleur et le regard.

– Je crois qu'il n'y a qu'un seul assassin, répondit-il, feignant de croire que c'était là la question.

– Ce n'est pas ce que je veux dire, monsieur Williams. Avez-vous remarqué qu'il n'y a plus d'oiseaux à Hampstead ? Plus d'oiseaux vivants, en tout cas. Ils sont tous comme *ça*. (Elle montra une boule de plumes dans le caniveau, à trois mètres d'un autre oiseau mort.) Et vous savez quoi encore ? Plus d'animaux familiers. Les chiens se sont sauvés ou ont été écrasés, les chats ont disparu. Qu'en pensez-vous ?

– C'est un mystère, Evvy. S'agissant des chats, je crois qu'ils sont simplement partis.

– Et vous trouvez tout à fait normal que je quitte ma maison. Je vous le demande encore : que savez-vous ?

– Seulement que cela s'est déjà produit : il y a une centaine d'années, la population a diminué de moitié.

– Il y a une centaine d'années, dit-elle, écœurée. Est-ce que les gens entendaient des choses qu'ils n'auraient pas dû entendre ? Ou voyaient des choses qu'ils n'auraient pas dû voir ? Je vais vous dire, monsieur Williams. Il y a des gens, dans cette ville, qui possèdent des appareils électroniques complexes pour enregistrer les voix, avec commande à distance. Ces appareils peuvent *projeter* les voix comme si elles se trouvaient dans la pièce voisine. Et je crois qu'on peut aussi faire cela avec les images, monsieur Williams ! Les projeter jusque dans votre chambre ! Vous ne croyez pas que c'est ce que font vos amis de Moscou, monsieur Williams ?

Evvy Hughardt avait donc fait siennes les convictions politiques de son mari.

– J'ai entendu le Dr Hughardt me parler, poursuivit-elle. Ces gens essaient leur machine sur moi, c'est bien ça ? Je suis leur cobaye. Il envoie des rayons. Etes-vous un de leurs colonels ? C'est ce qu'ils sont, d'ordinaire, non ?

Evelyn Hughardt avait entendu quelque chose, avait cru voir quelque chose et, depuis lors, c'était une obsession.

– Vous n'auriez pas dû toucher aux animaux, dit-elle avant de filer vers sa porte.

MEURTRES EN SÉRIE DANS LE CONNECTICUT, titra le *New York Post* après le quatrième crime, et le *New York Times* posait la question : HAMPSTEAD : MALÉDICTION DE L'OPULENCE ?

Ce fut ce second article que lurent sur leur écran d'ordinateur Ted Wise et Bill Pierce, dans les installations de Telpro au Montana.

– Il faut parler, dit Pierce.

Et Wise fut d'accord mais demanda encore un peu de temps. Il ne comprenait pas le paragraphe du *Times* concernant les noyades volontaires d'enfants car cela lui semblait sans rapport avec les effets du DRG-16.

Hampstead se sentait maudite, et pas seulement parce que les riches demeures avaient perdu leur valeur ; ce qui arrivait à la ville ressemblait à quelque plaie biblique. La ville semblait *se* punir, comme si le fou qui avait tué et mutilé quatre personnes eût été, en quelque sorte, créé par les pulsions les plus profondes et les plus secrètes de Hampstead : un moyen de juger ses valeurs. Ses valeurs, oui ! La ville était punie pour ses valeurs faussées. Et si l'on jouait cette vieille carte dans les sermons du dimanche, on en trouvait la justification dans l'excellent *New York Times.*

Les habitants qui n'étaient pas à l'église le 22 juin auraient pu voir une équipe de la télévision qui, dans Sawtell Road, retransmettait le reportage d'un journaliste de la CBS.

– Nous voici, annonça-t-il, sur les lieux où ont perdu la vie Thomas et Martin O'Hara, ainsi que neuf autres enfants. Et derrière moi, dans une maison de trois cent mille dollars de Bluefish Hill, a été assassinée Hester Goodall, la deuxième victime de ces crimes en série... A vous les studios.

*

Le lendemain, Sarah Spry se trouvait encore, à 6 heures du soir, à son bureau de la *Gazette*, essayant d'écrire un « article de fond » destiné à montrer qu'elle avait beaucoup réfléchi à la question.

Mais Sarah avait des difficultés. Quand elle songeait à une phrase – ce qui lui demandait plus de concentration qu'à l'ordinaire –, elle frappait les touches de sa machine et constatait, quelques instants plus tard, qu'elle n'avait pas sous les yeux ce qu'elle croyait avoir tapé. Son premier paragraphe disait :

N'avons-nous pas nayamgam cet Oregon nous-mêmes ? Nombre d'entre nous vont évoquer une peste, quotwx le jardinier Robert Fritz. Certains esprits hzklmn redoutent nvpmn.

Sarah contemplait ces lignes, y lisant d'abord ce qu'elle pensait avoir écrit, mais y déchiffrant ensuite l'affreux mastic effectivement tapé. Elle secoua la tête : on aurait dit qu'elle voyait trouble. De nouveau elle essaya, ses doigts frappant *Nous devons maintenant remonter le courant de culpabilité qui...* Et elle regarda sa page.

Des nageurs nus remontant le courant qui...

Ses doigts quittèrent brusquement le clavier.

Sarah Henderson Spry n'avait jamais pensé écrire une chronique mondaine et des potins. « Sarah a vu » ne représentait qu'une petite partie de sa contribution à la *Gazette*. Elle dirigeait la publication, s'occupait de la mise en pages, de la critique théâtrale, outre le travail de reportage pour lequel on l'avait embauchée alors qu'elle terminait sa deuxième et dernière année à l'université de Patchin. Toujours, elle avait voulu être journaliste, et rien d'autre. La *Gazette* était devenue son chez-elle, et jamais elle n'avait demandé davantage que ce qu'on lui donnait.

Agée de vingt-cinq ans en 1952, et encore la plus jeune de l'équipe, on l'avait expédiée au country club de Sawtell pour couvrir le suicide de John Sayre. Elle avait pris son appareil photo et son bloc et, à son arrivée, le cadavre était toujours là. Sarah avait photographié les policiers, le garçon qui avait trouvé le corps, Bonnie Sayre et Graham Williams et, enfin, elle avait eu assez de tripes pour aller photographier le cadavre de l'avocat. Joey Kletzka, surnommé « La Pointe » pour avoir, pendant vingt ans, travaillé tout autant comme charpentier que comme flic, avait évoqué un certain John Ray, retrouvé mort à ce même endroit, quatre jours plus tôt... Le chef Kletzka, alors âgé de soixante-trois ans, allait prendre sa retraite deux ans plus tard. Toute la calotte crânienne de John Sayre avait éclaté, et son visage était noir de brûlures de poudre. Sarah avait pris la photo parce que son patron le lui avait demandé, mais sans vouloir vraiment regarder. Elle s'était dirigée vers Bonnie Sayre qui s'était réfugiée dans les bras de Graham Williams. « Pas maintenant, Sarah », lui avait-il dit, gagnant son respect. C'était ensuite son affection qu'il avait gagnée en disant : « Demain, nous irons probablement au bureau de John. Vous pourriez peut-être nous y retrouver. Bonnie n'est pas en état de vous répondre, maintenant. » Elle était donc allée au bureau où, elle aussi, avait vu les noms griffonnés sur le bloc. *Prince Green, Bates Krell.*

Tout comme ses fonctions au journal, son rôle dans le comté de Patchin était devenu plus important. Sortie de la *Gazette*, elle présidait des réunions de femmes dotées d'un métier, organisait des rencontres et des séminaires de journalistes, s'occupait d'organisations charitables... en fait, près de trente ans après qu'elle avait essayé de photographier le cadavre de John Sayre sans vraiment le regarder, Sarah était devenue un personnage quasiment indispensable de la vie sociale et professionnelle du comté de Patchin.

Sarah s'écarta de sa machine à écrire, loucha de nouveau sur le baragouin qu'elle avait écrit et frissonna. *Des nageurs nus* : ces mots, comme écrits tout seuls. Elle revit les enfants O'Hara tels qu'elle les avait connus, Thomas souriant, Martin en bébé boudeur. Elle passa dans un autre bureau de la *Gazette*, prit un bloc et un crayon.

– Bonsoir, madame Spry, lui dit Larry, un journaliste, en passant. Vous êtes la dernière. N'oubliez pas de fermer.

– Je n'oublierai pas, Larry.

Sarah, seule, se mit à tapoter de son crayon contre le bureau. Il lui était arrivé quelque chose, comme à toute la ville, mais cette forme d'infirmité qui l'avait frappée pourrait peut-être lui permettre de comprendre de quel mal souffrait Hampstead. *Phrases confuses*, écrivit-elle, ou espéra-t-elle écrire. *Sorte de dyslexie. Provoquée par quoi ? Autres symptômes : sensation de lourdeur dans la tête, bourdonnements d'oreilles, un bref instant de vision double. Une affection commune à toute la ville et provoquant des troubles cérébraux ?*

Taches solaires ?

Radiations nucléaires ? Pollution chimique ?

Peut-être une pollution chimique consécutive à un accident de la circulation ?

Elle relut la liste qu'elle venait de dresser, hocha la tête, tira dessous deux traits épais et poursuivit :

Des précédents dans l'histoire de la ville ?

Des meurtres en série ?

Des suicides d'enfants ?

Contexte favorable ?

Elle avait écrit « meurtres en cérie ». Elle se corrigea. Tout le reste correspondait à ce qu'elle avait voulu écrire. Ce qui semblait indiquer que ses ennuis disparaissaient quand elle écrivait à la main et plus lentement.

Elle décida de creuser plus avant la deuxième série d'idées. Et ce soir, elle avait de la chance, car le journal qui l'employait existait depuis 1875 ; avant cela avait existé une publication de deux pages et, encore avant, une seule page, grand format. (Sarah l'ignorait mais, au cours des années 1873 et 1874, aucun journal n'avait paru à Hampstead.) Jusqu'au 3 janvier 1965, les archives avaient été mises sur microfilms et, en 1968, un vieux typographe, Bill Bixbee, avait, de sa propre initiative, créé un gigantesque index manuscrit concernant tous les numéros de la *Gazette*. Bixbee y avait consacré ses nuits, ses week-ends et ses vacances. Après sa retraite, il était venu tous les jours au journal pour travailler à son index, dont il était très fier.

On possédait maintenant deux exemplaires de cet index, l'un à la Société d'histoire de Patchin, l'autre aux archives du journal, au-dessus de la visionneuse de microfilms.

Au bureau, on appelait l'index « le Bixbee ». Sarah se rendit aux archives, alluma et descendit le lourd « Bixbee » de son étagère. Elle l'ouvrit à la lettre M et feuilleta jusqu'à « Meurtres ». La plupart des articles étaient regroupés autour de trois dates : 1898, 1924, 1952.

Sarah sortit la première bobine de microfilms et la plaça sur la visionneuse. Elle la déroula jusqu'à la première page du premier numéro de la *Hampstead Gazette* et remonta jusqu'en 1898.

UN CITOYEN DE HAMPSTEAD ACCUSÉ DES MEURTRES DE WOODVILLE, lut-elle. Et, trois numéros plus loin : LA VIE SECRÈTE DE GREEN : UNE VIE DISSOLUE APRÈS LE SÉMINAIRE. Six mois plus tard : GREEN RECONNU COUPABLE. Les articles laissaient entendre que Robertson Green était coupable de tous les meurtres de prostituées de Norrington et Woodville.

L'article suivant concernait un fermier d'Old Sarum qui avait tué sa femme avec une hache. Sarah ne prit pas de notes sur ce cas mais changea la bobine sur la visionneuse. Elle en était maintenant à l'été 1924. Les premières pages donnaient des photos ou des dessins de trois femmes, dont on avait découvert les cadavres sur les bords de la Nowathan. LA VAGUE DE CRIMES CONTINUE, titrait le numéro du 21 juin 1924. UNE AUTRE VICTIME ? demandait un titre du 10 juillet, au-dessus d'une photo de Mme Dell Claybrook, disparue de son domicile le 8 juillet. UNE AUTRE ENCORE ? disait la *Gazette* du 21 juillet à propos de Mme Arthur Fletcher, également disparue de son domicile. Et cela continuait : LA SIXIÈME VICTIME ? pour la disparition de Mme Horace West.

Plus surprenant était un autre article qui n'avait rien à voir avec les meurtres. En page 16, on annonçait la saisie d'un bateau de pêche appartenant à un M. Bates Krell qui, laissait entendre le journal, avait disparu pour échapper à ses créanciers.

« Bates Krell ? songea Sarah. Où donc... ? »

Bixbee voulait-il dire que Krell avait été la dernière victime de l'assassin en 1924 ? Et pourquoi ce nom lui semblait-il familier ?

En passant la bobine suivante, Sarah tomba sur le premier article important qu'elle eût écrit pour la

Gazette en 1952. SUICIDE DE JOHN SAYRE. Oui, mais pourquoi Bixbee avait-il mis cela dans la rubrique « Meurtres » ? Sarah feuilleta l'index : la mort de John Sayre se trouvait bien, aussi, dans la rubrique « Suicides ». Elle consulta ses notes. A gauche de la page, elle avait écrit :

1898, R. Green
1924, deuxième vague de crimes
(disparition de B. Krell)

Elle y ajouta :

1952, J. Sayre (?)

et, dessous :

1980, Friedgood, Goodall, etc.

Et elle se souvint. Elle se revit dans le cabinet de John Sayre avec sa femme et sa secrétaire qui pleuraient, elle se souvint de deux noms griffonnés sur le bloc-notes de l'avocat : *Prince Green, Bates Krell.* En avait-elle parlé à Bixbee ? Elle ne s'en souvenait pas ; mais Bixbee les avait mis ensemble dans son index. Un assassin de prostituées, un pêcheur qui avait fui la ville (ou avait été tué), un avocat respecté. Quel rapport ? Et quel rapport entre eux et ce qui se passait à Hampstead, en 1980 ?

Sarah entoura les noms et les dates. Trente ans environ s'étaient écoulés entre ces différents événements. A l'exception de la période 1950-1952, Hampstead... Hampstead avait connu des meurtres en série tous les trente ans. Non, se dit-elle : c'était à Norrington que Green avait commis ses crimes, donc à Hampstead ou *dans les environs*, une fois par génération...

Le bureau de la *Gazette* lui parut soudain sombre et glacial. Elle éteignit la visionneuse. Déjà, elle savait qu'en consultant les archives, elle retrouverait le même schéma qui se répétait... et dans un passé plus lointain, à l'époque où l'homme ne peuplait pas les côtes du Connecticut, les animaux devenus fous s'entre-tuaient-ils, ours contre ours, loup contre loup, tous les trente ans ?

Sa première réaction fut une envie de se cacher. D'éteindre et de se blottir dans un coin jusqu'à ce qu'elle puisse sortir sans danger. Mais, étant Sarah, elle décrocha le téléphone.

*

Au moment où Sarah décrochait le téléphone – juste après 19 heures –, un homme, bizarrement vêtu, pour la saison, d'un pardessus, et coiffé d'un chapeau de tweed, sortait d'un cinéma porno de la 42e Rue Ouest à New York. Il continua son chemin vers l'Avenue of the Americas, les mains dans les poches. Une tache blanche, sous sa manche, révélait ses mains bandées, comme son visage.

Dans la plupart des villes, un homme ressemblant à Claude Rains dans *L'Homme invisible* et portant un manteau et un chapeau en plein mois de juin aurait attiré l'attention, les regards et les questions. Mais on était dans la 42e Rue, et la plupart de ceux qui remarquèrent Léo Friedgood ne virent en lui qu'un de ces obsédés à la recherche de quelque plaisir trouble. Un certain Grover Spelvin poussa du coude son voisin et lui dit :

– Hé, Junior, tu viens de rater la Momie, mec.

Léo, devenu ce que les gens du comté de Patchin allaient appeler désormais un « coulant », savait le coin dangereux, mais il pensait qu'en prenant un air assuré, il ne risquait pas grand-chose. Certes, il était toujours en danger – si quelque chose venait à rompre ce réseau de bandages, c'était la mort assurée – mais son assurance demeurait sa plus solide armure.

En outre, il ne pouvait s'en empêcher. Léo avait toujours été un voyeur. Pour son plus intense plaisir sexuel, il lui fallait voir ou imaginer d'autres personnes faisant l'amour : en faisant l'amour à Stony, il songeait aux autres hommes qu'il l'avait encouragée à rencontrer. Après la mort de Stony, il avait cru sa vie sexuelle terminée. L'humiliation que lui avait fait subir Tortue Tuck et l'inexorable multiplication des taches blanches sur son corps auraient dû mettre un terme au désir de Léo, mais, curieusement, il n'en était devenu que plus obsédé. Il ne pouvait plus pratiquer, désormais, mais la pratique n'avait toujours été qu'accessoire pour lui. Il s'était coupé de Telpro et du général Haugejas. Personne ne savait ce qu'il était devenu. Mais il lui avait été impossible de se débarrasser de ses fantasmes. Ce qui l'avait conduit à la 42e Rue.

Léo passa devant une rangée de cabines montrant des films porno pour vingt-cinq cents la séquence de deux minutes, fit de la monnaie et consacra un dollar à regarder quatre lycéennes violer un homme maigre et chauve arborant un long pénis recourbé. Après quoi, il pénétra dans un vieux théâtre qui affichait NUS VIVANTS 25c. Il ouvrit une cabine libre, glissa un quart de dollar dans une fente, libérant une plaque métallique.

Sous ses yeux, une pièce circulaire très éclairée, avec une carpette de faux tigre sur le sol et un canapé déchiré recouvert de plastique. En face, une série de fenêtres comme celle par laquelle il regardait et où des visages fixaient le corps d'une femme dansant sur un air de Bruce Springsteen, une jolie Portoricaine qui ne devait pas avoir plus de dix-sept ans. Pas une ride sur le front, pas la moindre lueur d'intérêt dans le regard. Léo se délecta de son dos souple, de sa croupe ferme et de ses longues cuisses. Quand la plaque métallique commença à redescendre, il glissa vivement une autre pièce.

La fille se mouvait paresseusement autour du cercle de petites fenêtres. Léo, le souffle court, imaginait la fille, manifestement une prostituée et probablement une droguée, sous une file d'hommes, agitant sa croupe ronde, nouant ses jambes autour de l'un, de l'autre. Avant de sortir, il baissa davantage son chapeau sur les yeux et remonta le col de son manteau.

– *Sex show, sex show,* lui murmura un Noir comme il sortait.

C'était ce qu'il lui fallait. Du vrai, pas une imitation rapide. Il descendit la rue, entendant parfois derrière lui une voix à l'accent noir qui l'appelait : *Hé, la Momie.* Léo se rendait à un « club » qu'il connaissait, dans la Septième Avenue.

– C'est pas une momie, pas une *vraie* momie, dit Junior Bangs à Grover Spelvin.

Léo ouvrit la porte des *Studios Ez* et une Noire en perruque blonde lui sourit.

– Vous êtes déjà venu ? demanda-t-elle.

– Oui, fit Léo.

– Vous vous êtes brûlé ? Je veux dire, j'avais une copine qui était *toute* brûlée et elle a dû garder ses bandages pendant deux mois. Euh, c'est trente-cinq dollars.

Il tira des billets de sa poche et compta trente-cinq dollars qu'il déposa sur le bureau.

La fille l'introduisit dans une salle où une demi-douzaine d'hommes d'âge mûr, certains en jean et T-shirt, d'autres en costume, étaient assis sur des chaises métalliques devant une sorte de fenêtre, par laquelle on voyait une petite pièce, avec un lit défait sur un sol nu.

– Le spectacle va commencer, messieurs. Chaque représentation dure quinze minutes. Si vous voulez assister à une autre représentation, il faut repasser à la caisse.

Une jeune Blanche et un solide Noir arrivèrent, grimpèrent aussitôt sur le lit et Léo fut déçu. Quand il était venu, cinq ans plus tôt, le couple – deux Blancs – s'était longuement caressé et embrassé avant de se mettre au lit. Cette fois, l'homme semblait à la fois ennuyé et fâché. Il empoigna la croupe de la fille et la fit basculer sur lui. Elle s'agita sur son corps massif, feignant l'excitation. L'homme n'entrait même pas en érection. Quelques minutes plus tard, la fille feignit l'orgasme. Elle quitta aussitôt le lit, bientôt suivie par l'homme.

Léo eut l'impression d'avoir été volé.

– Je sais, murmura un homme en chapeau mou, à côté de lui. C'est plus du vrai. Mais si vous voulez du vrai, je peux vous conduire. Cent dollars. Z'avez cent dollars ?

Léo acquiesça et l'homme le précéda.

– La Momie se tire, dit Grover Spelvin à Junior Bangs, et ils suivirent Léo et l'homme.

– Ouais, mais il se tire avec Al le Cafard.

Ils traversèrent la Huitième Avenue et Al conduisit Léo, par un escalier sombre, jusqu'à un deuxième étage.

– Le fric, demanda Al, s'arrêtant devant une porte.

Léo compta cent dollars qu'il remit dans les mains tremblantes de l'homme.

– Je frappe, on entre tous les deux et après je me tire, d'ac ? Ça, c'est du vrai.

Un homme aux énormes biceps couverts de tatouages ouvrit la porte, seulement vêtu d'un caleçon de coton. Il s'effaça pour les introduire dans une pièce puante.

– On t'a payé, Al ? demanda-t-il.

– Sûr, Dog, dit Al.

Dog regarda Léo et grimaça un sourire.

– Seigneur. Vise ce mec. Il est pas courant.

Léo aperçut une fille mince, à l'air endormi, qui le fixait avec indifférence depuis le lit défait.

– A tout à l'heure, dit Al, qui sortit à reculons.

Léo commença à devenir nerveux quand Dog lui demanda :

– Vous pouvez parler à travers ce truc ?

– Oui. S'il vous plaît, j'ai payé.

– C'est bon. Qu'est-ce que vous voulez voir ? Quelque chose de spécial ? On fait ce que vous voulez.

– Allez simplement sur le lit avec la fille.

Léo s'assit sur la chaise de bois et regarda Dog, déjà en érection, soulever la fille passive, au corps enfantin malgré des seins volumineux. Dog s'agenouilla entre ses jambes ouvertes.

Léo se mit à gémir tandis que Dog s'activait : là, c'était du réel. Dog frissonna sur le corps de la fille.

– C'est bon, mec, dit-il, se retirant et s'asseyant sur le lit. C'est pour ça que vous avez payé, non ? Vous en avez eu pour votre argent.

– Oui, fit Léo qui se leva.

– On nous donne un pourboire, mec, dit Dog. (La fille fixait Léo, bouche bée.) On aime bien les pourboires.

Léo tira un billet de vingt dollars de sa poche et le passa à Dog.

– Vous êtes pas comme les autres. Hé, vous voulez Mona maintenant ? Cinquante de plus. Vous faites ce que vous voulez avec elle.

Il donna une grande tape à Léo sur la poitrine. Léo gémit et Dog recula, tenant sa main comme s'il s'était brûlé.

– De quoi que tu es fait, bordel ? Mona, regarde le manteau de ce mec. Regarde ton manteau, mec.

Léo soufflait, haletait. Il ressentait comme un *trou* horrible dans la poitrine. Sur le devant de son manteau, une tache sombre s'étalait.

– Laissez-moi, dit-il, paniqué. Ne me touchez pas. Laissez-moi sortir.

Dog avança sur lui, les yeux fous. Léo leva les mains. Dog le frappa à la mâchoire d'un gauche court puis le cogna à la tempe d'un solide droit.

Les bandages se défirent autour de la tête de Léo. Une écume blanche se répandit, comme une eau savonneuse. Léo s'écroula. En dix minutes, il ne fut plus qu'un tas de vêtements humides, d'os brillants et de bandages nageant dans un dépôt visqueux. Dog vida la poche de son pardessus de ses billets.

Léo Friedgood venait tout simplement de disparaître de la surface du monde.

Trente minutes plus tard, Grover Spelvin et Junior Bangs suivirent Dog et Mona qui portaient des sacs de papier brun maculés de grosses taches irrégulières.

– Où est cette putain de Momie ? demanda Junior.

Dog fourra son sac dans une poubelle et attendit, pendant que Mona posait le sien par-dessus. Ils continuèrent leur chemin plus lentement, comme un jeune couple à la recherche de sa dose pour la nuit.

– Plus de Momie, dit Grover.

Les deux hommes s'approchèrent de la poubelle. Junior Bangs saisit délicatement le sac déposé par Mona, y jeta un coup d'œil et se mit à rire.

– Dog a noyé la Momie, il l'a noyée dans du savon à barbe !

– C'est pas du savon à barbe. C'est la Momie, nom de Dieu. Tu veux que je te dise ? Ce mec, c'était la vraie Momie. Comme dans les vieux films. Il reste que *du jus et des os*. La vraie Momie, bon Dieu.

*

– Je suis si heureuse que vous vouliez m'aider, dit Sarah Spry à Ulrick Byrne ce soir-là. Vous savez, d'ordinaire je le fais toute seule.

– Je sais, je sais. Mais nous sommes des amis, Sarah. Et je parie que vous voulez débrouiller tout cela avant de pouvoir y intéresser Brockett et le reste de la *Gazette*.

– Exactement. Brockett penserait que je suis folle. Si vous pouviez jeter un coup d'œil aux archives et me dire s'il n'y aurait pas eu un accident industriel ou quelque chose comme ça dans les environs, au cours des deux derniers mois. Si vous ne trouvez rien, vous pourriez chercher du côté de l'activité des taches solaires. Moi, je vais chercher de mon côté. C'est fou, ce qui se passe dans cette ville.

Ce qui n'apprenait rien à Ulrick Byrne. Depuis une semaine ou deux, la moitié de ses clients étaient en pleine psychose. Certes, les O'Hara avaient une bonne raison ; et les Johnson aussi, peut-être : quatre de leurs pur-sang s'étaient enfuis ensemble et avaient été écrasés par une bétonnière. Mais une autre de ses clientes avait poursuivi son jogging jusqu'à la crise cardiaque. En fait, se dit Ulrick Byrne, les bizarreries de ses clients, ces derniers temps, étaient parfaitement révélatrices de ce qui se passait à Hampstead. Outre Jane Anderson, qui avait couru jusqu'à l'épuisement, il y avait George Klopnick, comptable d'une firme de Woodville, arrivé dans le cabinet d'Ulrick convaincu qu'il pouvait poursuivre l'Etat : pour lui avoir donné de faux espoirs. Il allait obtenir vingt mille dollars de dommages et intérêts. Ulrick était parvenu à se débarrasser de lui en lui promettant de se plonger dans la jurisprudence. Pis encore était le cas de Roger Thornton, le directeur d'une grosse boîte d'importation de meubles. Thornton arborait la chevelure d'argent, les costumes rayés et les bonnes manières convenant à une résidence sur Mount Avenue et à la direction d'une société prospère. Il avait également, l'après-midi du mardi 17 juin, accosté une mignonne écolière sur Main Street et lui avait déclaré :

– Je possède un manche particulièrement intéressant. Souhaiteriez-vous le voir ?

Thornton était maintenant en liberté sous caution, mais les parents de la jeune fille souhaitaient le voir interner à vie si l'on ne pouvait le castrer. Et Thornton, qui demeurait serein, disait à Ulrick :

– Vous ne comprenez pas, maître Byrne. Je possède vraiment un manche particulièrement intéressant. Cela va sûrement plaider en ma faveur.

Et nous ne pouvons passer sur les déboires d'Ulrick Byrne sans dire un mot de Maggie Nelligan qui, avec son amie Kathryn Hoskins, s'était rendue un matin chez Bloomingdale's, à Manhattan et y avait commandé pour soixante-dix mille dollars de fourrures. Lorsque le chef de rayon avait demandé comment ces dames entendaient régler, elles s'étaient montrées indignées. Le chef de rayon les connaissait, non ? Non, mais si on voulait bien lui rafraîchir la mémoire... ? Voyons, nous sommes les propriétaires de ce magasin, lui avaient-elles déclaré. Il y avait eu des cris, des voies de fait – il avait fallu faire des points de suture au malheureux chef de rayon – et l'on avait appelé la police qui avait bouclé les deux dames pour coups et blessures et tentative de vol. M. Paul Nelligan avait appelé Ulrick Byrne le lendemain.

Et tous ces signes de désordre que Byrne avait constatés en ville... les éboueurs qui n'étaient pas passés pendant une semaine et, ensuite, deux fois le même jour, grimaçant comme des aliénés ; le chauffeur de taxi qui s'était perdu en le ramenant de la gare, un soir, alors qu'il connaissait le chemin ; une caissière de chez Greenblatt qui lui avait compté six fois le même rôti de veau et avait éclaté en sanglots quand il avait protesté ; et cette vieille dame que, depuis la fenêtre de son cabinet, il avait vue en train de manger furtivement de la terre et de l'herbe près du parking. Et ces bagarres plus nombreuses que d'habitude...

En aidant Sarah, se dit-il, il s'aiderait également à se sortir tout cela de l'esprit.

Il la rappela deux jours plus tard : il avait trouvé quelque chose.

– Je ne suis pas sûr que ça colle, Sarah, mais voici tout de même. Pour vous montrer que je crois à la cause : le 17 mai, deux types sont morts au cours d'un accident dans une usine chimique de Woodville. Les rapports conclurent tous à un empoisonnement par monoxyde de carbone.

– Humpf, fit Sarah. Ce n'est pas grand-chose, mais... une seconde. Le 17 mai ? C'est notre jour. *Notre jour.* Mme Friedgood a été tuée le 17 mai. Et c'est le jour de l'accident qui a fait huit morts sur l'autoroute. Est-ce que ça ne fait pas beaucoup de coïncidences, Ulrick ?

– Mon Dieu, j'ai une horrible migraine, mais oui, je suis d'accord. Car...

– Et le 18 ? Vous vous souvenez de ce qui s'est passé le *18*, Ulrick ? coupa Sarah. Cinq personnes sont mortes subitement. C'est dans la *Gazette*. Nous étions tous tellement secoués par le meurtre que nous n'avons pas envisagé un rapport possible. Il est encore trop tôt pour que j'aille ennuyer quelqu'un d'autre avec mes idées folles, mais nous tenons peut-être quelque chose.

– Ma foi, c'est ce que j'allais dire. Du fait de Léo Friedgood.

– Le mari ?

– Oui. C'était une sorte de cadre chez Telpro. Ils travaillent beaucoup pour la Défense, entre autres. L'usine des Solvants de Woodville appartenait à Telpro : j'ai rédigé une partie des actes de vente. Ils ne voulaient pas de quelqu'un de Woodville.

– Eh bien, nous sommes sûrs de quelque chose, mais je ne sais pas de quoi.

– Allons voir ce Friedgood.

– D'accord. Ensuite je vous ferai part d'une de mes folles idées.

– J'ai bien besoin de rire. Il semble que tous mes respectables clients veuillent finir derrière les barreaux.

*

Quand Richard Allbee arriva chez lui, ce mardi, Laura vint lui ouvrir la porte. Il laissa tomber ses valises et la serra à l'étouffer. Puis il recula et, sans lui lâcher les épaules, la regarda. Son visage rayonnait, ses cheveux étaient doux, son ventre peut-être un peu plus opulent.

– Dieu, ce que tu m'as manqué ! dit-il.

Le soir, il lui parla de Morris Stryker et de la maison de College Street, de ses déboires.

– Cela signifie la perte de la moitié de nos revenus. Mais il ne faut pas t'inquiéter. Quelque chose va se produire. Je le sais.

– J'en suis encore plus sûre que toi. Je parie que dans deux ans, trois au plus, tu seras obligé de refuser des clients. Crois-moi. J'ai une boule de cristal.

Et, bien que les Allbee eussent leurs poches moins garnies, ils survécurent au déluge mensuel de factures, plus proches l'un de l'autre que jamais. Une fois par semaine, ils allaient à New York, flâner dans les galeries et les musées. Quand ils le pourraient, ils loueraient un appartement dans le West Side, pour les week-ends.

Au cours de la nuit de septembre où le bébé arriva, Richard demeura au chevet de Laura, lui murmurant ces choses inutiles mais encourageantes que disent les pères. Après dix heures de travail, Boutchou naquit à l'hôpital de Norrington, le 13 septembre. Elle pesait trois kilos deux cents, mesurait cinquante-huit centimètres et était parfaitement constituée. Le lendemain, Richard et Laura décidèrent de l'appeler Philippa, pour la seule raison que le prénom leur plaisait. Quatre jours plus tard, ils rentraient dans leur charmante nouvelle demeure de Beach Trail. Richard s'était débrouillé pour arranger et décorer la chambre d'enfant, mais dans le reste de la maison nombre de murs demeuraient nus. Richard l'avait dit à Laura des années auparavant : les cordonniers sont toujours les plus mal chaussés.

– Je suis heureuse que tu ne sois pas obstétricien, avait dit Laura.

En grandissant, Philippa ressembla à Laura. Richard et sa femme n'essayèrent jamais d'avoir un autre enfant : Philippa occupait tout leur amour. Quand elle eut cinq ans, ils l'inscrivirent à l'école de Greenbank.

Leur maison était alors restaurée, comme prévu, bien qu'avec un retard d'un an ou deux sur le programme. Richard avait tellement de commandes qu'il ne pouvait en satisfaire que la moitié. Ils songeaient sérieusement à cet appartement à New York, d'autant que Laura envisageait de trouver un emploi, quand Philippa aurait quelques années de plus.

Quand Philippa entra en septième, Laura chercha un emploi dans un magazine et, six mois plus tard, elle était adjointe d'un éditeur de livres de poche.

Laura réussit parfaitement dans son métier, mais le mariage des Allbee devint plus chancelant qu'il ne l'avait jamais été depuis leur retour en Amérique. Richard ne pouvait s'empêcher d'être contrarié du temps que Laura consacrait à son travail, loin de son foyer, et loin de lui.

Lorsque Philippa entra à l'université Brown, Laura avait été nommée directrice de l'édition chez Pocket Books et Richard avait plus de succès qu'il ne pensait en mériter. Il prenait la parole dans des symposiums partout dans le monde, il avait fait, avec Laura, plusieurs voyages à Londres ; il avait un bureau à New York, outre celui de Hampstead. Il employait deux architectes passionnés de restauration (l'un d'eux, semblait-il, était tout aussi passionné par Philippa). L'un des jeunes auteurs découverts par Laura écrivit un succès de librairie qui se vendit à deux millions d'exemplaires, et Richard eut la commande la plus importante de sa vie : il s'agissait de restaurer une célèbre maison de campagne victorienne dessinée par sir James Barry.

Pour le Jour d'action de grâce de cette année-là, les Allbee buvaient une bouteille de Dom Pérignon avant de passer à table pour le dîner, quand on sonna à la porte. Laura alla ouvrir, sous le regard de Richard : un vent glacial balaya la salle à manger.

– Qu'est-ce que c'est ? demanda Richard en se tournant vers la porte.

Il aperçut Billy Bentley qui s'approchait de Laura, les yeux étincelants.

L'instant d'après, il lui plongeait un couteau dans le ventre, remontant la lame vers le cœur avec une sauvagerie joyeuse et inhumaine.

Tout cela aurait pu arriver, et arriva même en partie, mais pas de cette façon.

Richard se retourna dans son lit et cligna des yeux en regardant le plafond. Il y croyait presque, parfois ; ou plutôt, parfois, prostré dans sa chambre, il y *avait* cru. Il avait vu naître Philippa, vu son visage quand elle avait pu monter sur sa première bicyclette, quand elle avait été la première de sa classe. Toutes ces choses qu'il avait vues l'avaient probablement maintenu aussi sain d'esprit qu'il l'était ; et l'avaient probablement maintenu en vie : depuis cinq jours, il était dans un tel état de choc qu'il lui fallait presque penser à respirer. Tout comme Léo Friedgood s'était abruti d'alcool après la mort de sa femme, Richard Allbee s'était abruti de fantasmes.

Vers neuf heures du soir, le mardi 17 juin, Richard avait pris la sortie 18 de l'autoroute du Connecticut, viré vers l'échangeur Sayre en direction de Greenbank Road, traversé le pont sur la Nowathan ; il était passé devant la maison Van Horne avant de tourner dans Beach Trail. Il avait envisagé toutes les hypothèses : une panne de courant, un cambriolage, Laura en train de l'appeler. Il voulait seulement voir sa femme et s'assurer que tout allait bien.

La lumière de la porte de derrière était allumée, remarqua Richard en entrant au garage. Il sortit sa valise du coffre et alla ouvrir la porte de derrière en appelant sa femme. Il entra et posa sa valise.

– Laura ?

Une des lumières du salon était allumée et il vit que Laura avait accroché plusieurs de leurs tableaux.

Il traversa le salon et repassa dans le couloir. Là, il remarqua que la porte du devant était ouverte. Il remarqua également une légère odeur, insolite.

Debout dans le couloir, devant la porte ouverte, il avait eu la tentation de filer au garage, prendre sa voiture, rouler vers Rhode Island, le Maine, le cercle Arctique, jusqu'au bout du monde. Son cœur s'était arrêté et, pour la dernière fois, il avait murmuré son nom. Il avait refermé la porte avant d'aller affronter le reste de la maison.

Richard passa dans la salle à manger, vit qu'on avait ciré leur vieille table ronde et retiré les housses des sièges. Il alluma la lumière de la cuisine et entra.

La cuisine était vide. Sur la table, des traces de chiffon humide. A côté de l'évier, pareil à une main sectionnée, le combiné rouge du téléphone, des boîtes de verres non déballées. Une de ces boîtes était tombée et des éclats de verre jonchaient le sol : petits indices de désordre.

Après la cuisine se trouvait un office que Richard projetait de supprimer ; c'était une petite pièce avec un évier en aluminium, un lave-linge et un sèche-linge, des étagères jusqu'au plafond. Richard se contraignit à ouvrir la porte, et il se contraignit à allumer.

Il ne vit d'abord que le lave-linge et la machine à sécher. Il regarda sur les étagères, la poussière, une paire de gants de travail, des bocaux et des toiles d'araignées.

C'est sur le côté du lave-linge qu'il découvrit une éclaboussure de sang.

Elle était allée ouvrir, était revenue dans la cuisine avec son visiteur... se sachant en danger, elle avait décroché le téléphone. L'homme avait coupé la ligne. Laura s'était réfugiée dans la petite pièce, déjà blessée.

Et ensuite ?

Il ne savait pas s'il était assez fort pour apprendre la suite.

Les mains aux joues, il sortit de la cuisine par la porte de derrière, arriva au bas des étroits escaliers – jadis escaliers de service – et découvrit une autre tache de sang. Elle était sortie de l'office, avait monté ces marches. Il poussa un gémissement et en grimpa une demi-douzaine à son tour, le souffle court.

A mi-chemin, il vit la trace d'une main sanglante au-dessus de la rampe. Sur la dernière marche, une autre trace de sang, déjà sèche et brunâtre.

Il alla tout droit à la pièce dont ils voulaient faire la chambre d'enfant. C'était la plus proche, celle vers laquelle elle avait dû fuir. Il s'arrêta devant la porte. De nouveau, cette odeur de sang. Il la reconnut maintenant. Il ouvrit doucement la porte.

Juste derrière la porte, il découvrit une chose grise et brune. Il fallut un instant à Richard pour comprendre qu'il s'agissait de chair humaine, un autre encore pour l'identifier. Laura était figée contre le mur, son sang avait éclaboussé la fenêtre. Il gémit comme un animal blessé et, titubant, il commença à libérer ces sanglots qui montaient en lui. Boutchou aussi avait chevauché le Dragon, cette informe petite chose qui devait devenir sa Philippa. Elle gisait à côté de ce qu'il restait de Laura.

Sa femme avait la bouche ouverte et ses yeux le fixaient ; la bouche de Boutchou était ouverte, également. Debout devant elle, Richard ne pouvait que trembler. Il vit enfin que des mouches grouillaient dans le ventre ouvert de sa femme et il hurla si fort qu'il en recula dans le couloir.

*

L'être qui avait naguère été le Dr Wren Van Horne se tenait assis devant le vieux miroir. Il y vit des scènes de dévastation et de ruine, des scènes intemporelles. Des rues défoncées, des amas de béton brisé, des immeubles détruits par le feu jusqu'à leurs fondations, des ponts effondrés, d'immenses gerbes de cendres qui s'élevaient, des langues de feu s'éteignant, se ravivant, de la fumée...

Puis une série d'images se déroula sur la surface du miroir. Des visages d'enfants qui hurlaient, des troupes avançant dans une large rue ; les tranchées, la boue et les barbelés de la Première Guerre mondiale, les corps squelettiques des victimes des camps de concentration... Ces images, également intemporelles, représentaient à la fois le passé et l'avenir. Des enfants au ventre ballonné, au visage de vieillard...

Maintenant, c'étaient, portés par une vague de sang, les visages de tous ceux qui étaient morts depuis le 17 mai. Joe Ricci, Thomas Gay et Harvey Washington, Stony Friedgood et Hester Goodall, Harry et Babe Zimmer et quinze pompiers, Bobby Fritz, tous les autres dont le visage et le corps flottaient dans la vague rouge.

La vague rouge disparut et l'être qui se trouvait dans le salon de Wren Van Horne vit des colonnes d'enfants s'éloigner à la nage de Gravesend Beach, au-delà des bouées, se contraignant à continuer alors qu'ils pouvaient à peine bouger les bras... et il les vit revenir vers le rivage, le corps noir de la vase du fond et drapé dans des algues.

Il se tourna dans son fauteuil pour jeter un regard avide sur la baie vitrée donnant sur le détroit.

Oui.

Sur le petit muret au bout de sa pelouse, il vit une foule de gens silencieux. Il marcha jusqu'à la fenêtre pour les inviter à entrer.

Le premier fut un petit garçon vêtu d'un T-shirt bleu déchiré avec, à peine visible, la photo de Yoda.

*

Le ventre en feu, sonné, Tortue Tuck réglait les feux de circulation au carrefour de Riverfront Avenue et de Post Road, le lendemain matin. Il sortait de la pire grippe de sa vie et se disait qu'il aurait dû rester chez lui un jour de plus. Un instant, sa vue se brouilla et il secoua la tête. Ses entrailles se tordaient. Il allait devoir retourner, comme toutes les demi-heures, dans les petites toilettes sales de chez Abrazzi, le magasin de spiritueux situé à l'angle sud-est, juste derrière lui. C'était bien sa veine, se dit-il, d'avoir été un des derniers à choper la grippe. Et aucun de ses collègues n'était venu lui rendre visite. (Il omit de se demander si ses diatribes contre les connards qui venaient l'ennuyer ou traîner près de sa caravane ne les avaient pas amenés à en conclure qu'il détestait être dérangé.) Mais ce matin-là, Tortue avait suffisamment de sujets de mécontentement pour ne pas en chercher d'autres.

Ce foutu bouton d'abord, et l'humeur des piétons devenus automobilistes et se conduisant comme des sauvages derrière leur volant : vociférations, coups d'avertisseur, crissements de pneus. Et c'était pis aujourd'hui que d'habitude. Il *savait* que deux gamins au volant l'avaient délibérément frôlé à lui écraser les orteils. Et ces concerts d'avertisseurs plus fréquents. En partie à cause du bouton, mais surtout de leur impatience. Et un accrochage suivi d'une bagarre, ce qui ne se produisait jamais. Pas facile à supporter, tout ça, pour un homme affligé de migraine et de coliques.

Et, de nouveau, le bouton se bloqua. Tortue hocha la tête, rouge de fureur. Lorsqu'il appuyait sur le bouton de la petite boîte métallique, les feux de signalisation étaient censés changer. Quand le bouton se coinçait, ce qui arrivait périodiquement ce matin, il lui fallait traverser la rue au milieu de la circulation, ouvrir la console sur le trottoir et tourner un commutateur ; après quoi il lui fallait retraverser pour voir si le signal fonctionnait. Parfois, les feux se figeaient au rouge ou au vert, et il lui fallait régler la circulation avec des gestes du bras et des coups de sifflet jusqu'à ce que l'appareil se décide de nouveau à marcher.

Il leva la main, descendit du trottoir, se glissa entre deux voitures et fixa un idiot chauve qui jouait de l'avertisseur. Un coup de sifflet perçant. Deux voitures dégagèrent. Une troisième, une Jaguar conduite par une blonde aux cheveux courts, avança de quelques centimètres et toucha le genou de Tortue. Il lança un coup de sifflet à faire voler le pare-brise en éclats.

– Et alors ! beugla-t-il. (Une autre voiture heurta le pare-chocs arrière de la Jaguar qui avança, cognant douloureusement le genou de Tortue cette fois.) Descendez ! hurla Tortue. Descendez tous les deux.

Férocement, il appuya sur le bouton et les feux changèrent au milieu d'un concert d'avertisseurs.

– Maintenant, sortez vos bagnoles d'ici et allez régler votre problème !

Il était certain d'avoir bloqué la circulation, sans trop savoir pourquoi. A travers sa migraine, il se vit en train de les cogner de son bâton, écrasant le nez du type et brisant la mâchoire de la femme au milieu de dents cassées et d'un flot de sang...

Il regagna sa place en boitillant, le ventre douloureux. Dans quelques minutes, il lui faudrait retourner aux toilettes puantes de chez Abrazzi. Il devait maintenant s'occuper de ceux qui tournaient à gauche en arrivant de Post Road. Il leva la main et posa le pied sur la ligne jaune. Une voiture négligea son signal et fonça. Tortue ne vit pas le conducteur. Il eut l'impression étrange que *personne* n'était au volant mais, en jetant un coup d'œil furieux par la lunette arrière, il vit le visage déchiré et balafré de Dicky Norman qui le fixait. La chair du visage avait la teinte cireuse des cadavres, sauf là où le scalpel avait laissé de longues lignes noires sur le front et le cuir chevelu. Les yeux étaient vaguement jaunâtres autour des pupilles et aussi vides d'expression que le visage. La langue de Dicky s'agita : il essayait de parler. Puis l'image disparut avec la voiture.

Tortue traversa en titubant, la main levée, sans même regarder si les véhicules s'arrêtaient. Il parvint au trottoir et grimpa les marches de chez Abrazzi.

– Tu as la courante, hein, Tortue ? lui dit le vieux Mike Abrazzi.

– Ta gueule ! gronda Tortue.

Il se précipita juste à temps dans les toilettes, essayant toujours de chasser de son esprit l'image de Dicky Norman. Quand il sortit, amenant avec lui une odeur nauséabonde jusque dans le magasin, il constata que le trafic s'écoulait normalement. Il jeta un regard au-delà du pont, vers Main Street, et aperçut un petit groupe qui retint son attention. Graham Williams, d'abord, un homme pour qui il n'avait que mépris ; Richard Allbee, ensuite, le mari de la dernière victime ; et, à côté d'Allbee, Patsy McCloud. Et, enfin, un adolescent inconnu de Tortue Tuck. Il les regarda remonter Main Street et la seconde bizarrerie de la journée se produisit.

Il enviait ces quatre personnes. On aurait dit une famille tant semblait grande leur affection mutuelle. Il aurait voulu se trouver avec eux, partager leur intimité.

Mais ils tournèrent au coin de la rue et il remarqua

le dos voûté de Williams. Ils étaient redevenus des citoyens ordinaires. Tortue appuya de nouveau sur le bouton qui, de nouveau, se coinça. Il jura et revit le regard de Dicky Norman. Il ferma les yeux, souffla et enfonça le bouton. Les feux changèrent avec un *clic* décisif. Il rouvrit les yeux, soulagé. Seigneur, pendant un instant il avait failli croire...

Ses huit heures bouclées, Tortue rentra au poste et se mit à taper laborieusement son rapport sur l'accrochage de pare-chocs. Après quoi il se changea et rentra à sa caravane. Il avala cinq bières et s'endormit devant la télé.

A 20 heures, il se réveilla, se rendit dans ses toilettes – plus petites mais beaucoup plus propres que chez Abrazzi – soulagea sa vessie, se rasa et se passa un peu d'eau sous les aisselles. Puis il se rendit *Chez Billy O'*.

C'était un bar situé dans un quartier de Bridgeport, surtout habité par des Noirs. Mais aucun Noir n'allait jamais *Chez Billy O'*. C'était un bar de flics. Le patron, Billy O'Meara, avait passé vingt ans dans la police d'Old Sarum, jusqu'à ce qu'un gamin lui roule dessus avec une voiture volée et lui transforme les os du bassin en cure-dents. Maintenant, il boitillait derrière son comptoir, exposant interminablement ses convictions : la plupart des humains étaient des pourris, surtout les jeunes, les juifs, les protestants, les Ritals, les Portoricains et les femmes...

Quand Tortue entra, les six ou sept hommes qui se trouvaient au bar le regardèrent et se turent aussitôt. Ce qui signifiait qu'ils parlaient de Royce Griffen. Seul policier à s'être suicidé au cours des dix dernières années, Griffen était le sujet de bien des conversations dans les bars à flics et les vestiaires.

– Bon Dieu, dit-il, vous êtes encore en train d'exhumer Roycie, bande de cons ? Laissez-le reposer en paix. Il a bouffé son pétard et gnagnagna...

Billy O'Meara posa un grand verre de bière et un petit verre de Jack Daniel's on the rocks devant Tortue ; celui-ci avala le bourbon suivi d'une grande gorgée de bière.

– Annonce-moi quelques bonnes nouvelles, Tortue, dit O'Meara. Avec ces mecs, on n'a que les mauvaises. Machin n'a pas pu passer ses tests, une autre cloche a bousillé sa bagnole. Et Johanssen se tire à Los Angeles le mois prochain.

– *Los Angeles* ? dit le sergent Salgo, incrédule. (Johanssen était un jeune flic de vingt-quatre ans.) Ils les prennent au berceau ? Qu'est-ce que tu vas foutre là-bas ? Il y a encore plus d'Espingos qu'ici.

– Je suis fatigué de ce coin, répondit calmement – et sagement – Johanssen. Même Bobo pense à se tirer là-bas, m'a-t-on dit. D'abord, on est trois fois mieux payés.

– Bobo Farnsworth, le flic idéal, dit Salgo. C'est un connard.

– Bobo est un bon flic, commenta Tortue, soudain fatigué. Et Johanssen aussi. C'est un gamin, mais c'est un bon flic. (Soudain, Tortue se mit à rire.) Tu veux une bonne nouvelle, O'Meara ? Hé, Johanssen, tu vas voir *Les Enfants de chœur*, la semaine prochaine ?

– Oui, fit Johanssen, le nez dans sa bière.

– Voilà une bonne nouvelle, Billy. Une grande soirée pour les gars de Hampstead et d'Old Sarum.

O'Meara riait déjà. Il se souvenait, comme tous les flics présents, du premier gala cinématographique annuel de la police, au cinéma Nutmeg, derrière Main Street. On y avait passé *Klute* devant cent cinquante flics de Hampstead et Old Sarum. Pour trois dollars par tête, on avait eu de la bière à gogo et environ trois kilos de pop-corn. A la sortie, on avait fait un saut jusque *Chez Billy O'*, et à 2 heures du matin, le bar fermait ses portes sur dix-neuf flics complètement soûls et trois filles du coin. A 4 heures, ça puait autant qu'un vestiaire de lycée ; à cinq heures, les filles avaient autant gagné qu'en deux mois ; à six heures, tout le monde était au tapis sauf Billy et les filles, à poil comme la plupart des hommes. Çà et là, des billets de cinq et dix dollars nageaient dans la bière. A six heures et demie, Billy avait payé une tournée et jeté tout le monde dehors. Deux ou trois des hommes, dont Johanssen, s'étaient rendus tout droit au stand de tir du poste avant de prendre leur service.

Tortue et les autres s'installèrent dans le rituel d'une soirée de beuverie et, à 0 heure 45, Tortue en eut assez.

– Je me tire. Je commence à voir des trucs, annonça-t-il. Je vais pas tarder à faire comme la vieille Joséphine Tayler, bientôt. J'ai vu sa petite-fille, aujourd'hui. Une initation au viol. Salut !

A 1 h 30, Tortue descendit de sa voiture pour regagner sa caravane, après avoir escaladé un talus herbeux. Et il entendit du bruit derrière sa caravane. Des bruits de pas. « Quelqu'un essayait d'entrer », se dit-il, tirant son revolver.

– Sors de là que je te voie, cria Tortue, faisant en courant le tour de la caravane.

Aucun gosse dans le coin mais, de nouveau, un bruit sourd.

Il s'essuya le front sur sa manche et songea à sa vision du matin : l'horrible visage de Dicky Norman.

– *Je suis flic et je suis armé,* gueula-t-il.

Et il vit arriver Dicky Norman, tout nu et si blanc qu'il semblait réfléchir le clair de lune.

– Je ne sais pas qui tu es, mais tu as intérêt à me laisser tranquille, dit Tortue, braquant son arme sur la poitrine de Dicky.

Dicky avança d'un pas encore et Tortue sentit cette odeur inoubliable. Une odeur qu'il avait connue, jeune flic, en découvrant le cadavre d'un chasseur dans sa voiture. Tué par le froid en janvier, on ne l'avait découvert qu'en avril.

Dicky murmura quelque chose qui se perdit dans le bourdonnement d'un millier de mouches, et avança d'un autre pas.

*

Deux heures après la mort de Tortue Tuck, Mikki Zabber O'Hara rêva de nouveau qu'elle dormait avec son fils Tommy. Elle berçait le petit corps de neuf ans, dégageait son front des algues humides, baisait ses joues mouillées, lui frottait le dos pour essayer de le réchauffer. Elle adorait Tommy ! Son mari ronflait à côté d'elle et Mikki caressa amoureusement le corps froid de son fils. La vase ralentissait la caresse de ses doigts, collait à sa paume. Peu à peu, Mikki comprit qu'elle ne rêvait pas. Elle était éveillée et, miraculeusement, Tommy était là, à côté d'elle. Elle prit son visage dans ses mains ; les paupières de Tommy battirent.

L'enfant lui offrait une occasion de le rejoindre : elle ne souhaitait rien d'autre.

Au matin, les deux corps avaient disparu. Hampstead avait franchi un autre seuil et se tenait maintenant – comme Mikki O'Hara pendant un moment de lyrisme et de fantasmes – à la lisière entre la vie et la mort.

TROISIÈME PARTIE

DOMINATION

Pourquoi as-tu trop tôt quitté les sentiers battus des hommes et, les mains faibles malgré un cœur vaillant, avoir affronté le dragon dans son antre ?

SHELLEY

LE VENTRE DE LA BALEINE

La réalité vacillait. Et si elle conduisait à un théâtre des horreurs dans le sous-sol d'une demeure abandonnée de Poor Fox Road, trois personnes seulement se trouvaient là pour la voir. La plupart des habitants de Hampstead avaient les yeux fermés, et les curieuses visions qui dansaient derrière leurs paupières les ravissaient ou les berçaient, comme des absurdités ravissent un homme ivre. Otto Bruckner avait prévu que huit semaines environ après l'accident de Woodville, Hampstead et Patchin seraient entre les griffes de son invention – que se répandraient dans les rues les horreurs du sous-sol de Bates Krell – mais il ne pensait nullement, bien sûr, que cette invention irait s'allier à un énigmatique colon du nom de Gideon ou Gidyon Winter. Il ne connaissait que son nuage pensant et cela lui suffisait. Mais les habitants de Hampstead, eux, ignoraient qu'ils franchissaient un nouveau seuil. Ils savaient surtout – et nos quatre amis comme les autres – qu'il devenait de plus en plus difficile de séparer la réalité de ce qui se passait dans leur esprit. Le nuage pensant s'était également arrêté sur eux. Aussi, ce que virent Patsy et Tabby, ce que virent Graham, Richard et Patsy lors de leur lutte pour sauver Tabby du miroir, des entrailles du monde, devait être accepté tel quel : selon ses propres termes, si bizarres fussent-ils.

Desmond O'Hara, rentré d'Australie pour enterrer ses enfants, dut accepter le fait, à son réveil : sa femme n'était plus dans leur lit. Il la chercha dans toute la maison, frissonnant à l'idée qu'elle aussi avait pu se rendre sur la plage au milieu de la nuit. Souffrant encore du décalage horaire, il s'endormit en plein milieu de la journée, malgré son inquiétude, imaginant que Mikki lui parlait. Quand il s'éveilla, à minuit, complètement déboussolé, il crut entendre la voix de sa femme. « Folie », se dit-il. Lorsqu'il la chercha à travers la maison, il la vit ou crut la voir qui le regardait depuis l'intérieur d'un long miroir de la salle à manger.

Lyrisme ? Fantasmes ? Il sut qu'il ne la reverrait jamais. Elle était passée de l'autre côté du miroir. Le visage déformé de Mikki l'avait regardé comme pris dans une rivière gelée. Elle souriait dans sa terreur. Quand il alluma, elle avait disparu.

Bien d'autres personnes connurent vraisemblablement de telles expériences. Sans le savoir, elles se trouvaient dans le ventre de la baleine.

Apparemment, la ville n'avait pas changé. Si l'on négligeait les anomalies, on voyait toujours la charmante ville de Hampstead avec ses vastes demeures et ses pelouses. Mais nombre de ces maisons étaient vides et les pelouses se changeaient rapidement en prairies. La nuit tombée, les gens ne sortaient plus. Ainsi, ils ne voyaient pas les incendies éclatant çà et là. Peut-être entendaient-ils les cris des gosses errants qui mettaient le feu aux maisons abandonnées, mais ils n'entendaient rien d'autre.

Des cris ? Des hurlements ? Quand ? la nuit dernière ? Ma foi, nous n'avons rien entendu. Nous sommes tellement occupés à faire nos paquets depuis quelques jours que nous nous endormons n'importe où... et il y a ces rêves étranges...

S'ils voyaient des hommes en venir aux mains dans Main Street – des hommes correctement vêtus qui avaient posé leur serviette pour se lancer dans des bagarres sanglantes –, ils haussaient les épaules et se hâtaient de rentrer. Le monde est fou, chacun sait cela... Voilà ce qu'ils se murmuraient s'ils étaient sensés.

La nuit, parfois, Patsy et Tabby entendaient ce que ruminaient ces gens prétendument censés. *Ouais, nous avons pu caser pas mal de choses dans la vieille voiture, nous pensons emmener les gosses voir ceux de John. Après tout, ils ont le même père...*

Non, je n'ai pas vu la vieille Mme Ellis ces temps-ci... on se disait bonjour tous les matins...

Un homme dans des bandages, dites-vous ? Le pire cas d'empoisonnement par sumac vénéneux sans doute...

Brûlée ? La maison Ellis ? Je passe devant tous les jours. Je n'ai rien remarqué...

Et, sous ce calme apparent, une voix frénétique et folle qui répète : *Partons, partons d'ici, ne les écoute pas, file, file,* FILE, FILE AVANT QUE ÇA ARRIVE...

Au cours de la deuxième semaine de juillet, Patsy et Tabby avaient vu deux ou trois personnes à la peau brillante et ravagée, et un jour Patsy avait entendu une bande de gosses qui criaient : « Coulant ! Coulant ! » en jetant des pierres à un homme dans des bandages.

Tabby voyait son père replonger lentement dans la vie qu'il avait menée aux pires jours de la Floride.

Clark ne cessait de boire à partir de midi et Tabby devait le forcer à manger. Il détestait crier après son père. Parfois, Clark criait aussi mais, le plus souvent, il baissait la tête, comme un enfant, et mangeait ce que Tabby avait préparé. Si Berkeley Woodhouse était là, elle chipotait dans son assiette, se moquait de l'un et de l'autre et retournait devant la télé.

Tabby veillait à ne pas laisser entrer Patsy chez lui : il se serait senti humilié si elle avait vu ce spectacle.

En Floride, du moins, Clark avait dû travailler, changer de chemise et de linge. Mais là, avec l'argent de Monty, il ne bougeait pas plus qu'un lézard au soleil. Un soir, il crut voir comme un halo derrière la tête de son père, comme si tout l'alcool absorbé était devenu visible. Une mouche, surgie de nulle part, se posa sur la main de Clark qui la regarda comme s'il s'agissait de quelque oiseau exotique et abattit sa main sur la table. La mouche alla explorer ses cheveux et, sur la table – ou *sous* la surface de la table – une flaque de sang sembla grossir. Tabby la fixa. Le sang s'étalait comme de l'huile. Un *fantasme* qui fit trembler le pauvre Tabby tandis que Berkeley fixait le sang, terrorisée. Il se retourna : Berkeley démoulait tranquillement des glaçons au-dessus de l'évier. C'était la réalité. Le visage terrorisé était une vision.

Des O'Hara, qui avait tout perdu sans comprendre comment, emporta une bouteille de cognac Delamain dans son garage à 6 h 30 du matin, le 9 juillet. Il grimpa dans sa voiture, mit le moteur en marche et alluma la radio. Il but son cognac en écoutant Scott Hamilton et son saxo ténor tandis que le monoxyde de carbone prenait sa vie. Il était dans le ventre de la baleine, il le savait et ne voulait plus.

Richard Allbee, qui remontait Mount Avenue à pied pour se rendre à son travail tous les matins, se disait lui aussi que quelque chose ne tournait pas rond, ou dans le monde, ou en lui : il constatait tant de bizarreries ! John Roehm, qui l'avait embauché pour travailler à Hillhaven, savait ce qui lui était arrivé. Il lui avait demandé s'il souhaitait attendre un peu pour se mettre au travail, mais Richard savait que Roehm avait lui aussi des factures à régler et avait insisté pour commencer le jour convenu. Ce qui avait été une bonne idée. Après sa première période de chagrin, et après avoir parlé et pleuré avec Graham, Patsy et Tabby, le travail l'aida à surmonter son chagrin. Peut-être John Roehm et la restauration de la maison d'Hillhaven sauvèrent-ils Richard du sort de Desmond O'Hara. Le soir, il tombait de sommeil. Il se préparait quelque chose à manger dans la cuisine, sans regarder le coin où il avait vu le téléphone coupé, et commençait à bâiller avant 20 h 30.

La première bizarrerie que remarqua Richard, en remontant les trois kilomètres qui menaient de sa maison à son nouveau travail, fut le comportement de Charlie Antolini. Enfin sorti de son hamac, il repeignait sa maison. Il était d'une joie exubérante et utilisait une peinture d'une couleur impossible.

– Salut ! cria-t-il en apercevant Richard. Belle journée, hein ? Incro*yable*, bordel !

De son gros pinceau, Charlie Antolini badigeonnait tout d'un rose si vif qu'il semblait grésiller en tombant sur l'herbe et les buissons, au-dessous. Il avait déjà couvert la moitié de sa maison. Il fallut un instant à Richard pour remarquer qu'il avait également peint les volets et les fenêtres.

Les jours suivants, Richard le vit peindre le toit et jusqu'à l'antenne de télé.

Au cours de la même période, Richard aperçut également Flo Antolini : elle fonçait sur Beach Trail dans une voiture tellement bourrée de valises que sa lunette arrière en était obstruée.

Mais vit-il vraiment, par exemple, un homme grand et maigre comme un échassier, en redingote élimée et jambières tombantes, passer en courant devant lui ? Il ressemblait à quelqu'un et Richard fouilla sa mémoire. Et il se souvint : *Grand et très maigre, les épaules étroites, des bras et des jambes qui n'en finissaient pas, des mains qui dépassaient de ses manches d'un kilomètre, une tête petite et aplatie sur le dessus, d'énormes oreilles, de grands yeux verts vitreux et un long nez pointu...* C'était Ishabod Crane, le maître d'école de *La Légende du saule endormi.*

Ishabod Crane. Sur Mount Avenue. Dans un monde où sa femme avait été si sauvagement assassinée, se dit Richard, ce n'était pas plus impensable que le reste.

Le lendemain, dans une voiture qui descendait Mount Avenue, il vit une créature du Berlin des années vingt. Une femme blonde aux vêtements masculins, avec un monocle et un long fume-cigarette, les cheveux coupés à la garçonne. Elle disparut dans sa voiture et Richard eut la certitude que la terre s'ouvrit et les engloutit, elle et son véhicule, à l'instant où celui-ci tournait devant chez Tabby.

Le jour suivant, il rencontra un homme dans des bandages qui sembla se cacher derrière un poteau quand Richard approcha. Un « coulant ». Richard ne sut même pas où il avait entendu l'horrible expression pour la première fois, mais il la connaissait. Il y avait des enfants, à Hampstead, qui poursuivaient les pauvres créatures pour percer leur coquille protectrice et laisser leur vie les abandonner en gargouillant.

Puis les choses empirèrent. Cela commença tout simplement. Une voiture noire s'arrêtait. Le conducteur avait, sur les genoux, une carte routière et demandait : « Je suis bien sur Mount Avenue ? », ou : « C'est bien la route d'Hillhaven ? »

Ce jour-là, la voiture était garée au bord de la route, juste en face de l'ancienne maison Smithfield ; le conducteur attendait qu'il arrive jusqu'à lui.

Richard s'avança, pressé de rendre service, et la

portière côté conducteur s'ouvrit. Puis la portière côté passager. Richard hésita un instant et son hésitation lui sauva peut-être la vie. La portière arrière, de son côté, s'ouvrit aussi. Richard recula d'un pas. Soudain, l'inoffensive petite voiture parut enveloppée d'une lueur sinistre. Avec trois de ses portières ouvertes, là, au bord de la route, par ce matin ensoleillé de juillet, la Chevrolet noire ressemblait à un insecte, à un cafard, ou une mouche. Pendant une seconde, il ne se passa rien, sauf que Richard se sentit la bouche sèche : il ne savait pas pourquoi mais il craignait de voir ce qui se trouvait dans la voiture.

Laura descendit alors du siège du passager de la Chevrolet noire.

Richard gémit : tout ce qu'il avait vu jusque-là l'avait conduit à ce spectacle insoutenable : sa femme descendant d'une voiture noire banale, debout sur ses longues jambes, se tournant vers lui, le visage indéchiffrable, les cheveux caressés par la brise du détroit.

Un homme descendit, côté conducteur, vêtu d'une veste de coton déchirée et d'une chemise Lacoste jaune maculée de boue. Un autre homme, plus âgé et chauve, descendit de l'arrière. Les deux hommes et Laura se tinrent là, muets, à côté de la Chevrolet noire, le visage sans expression.

Laura ouvrit la bouche et Richard eut un geste instinctif : il se boucha les oreilles. Il ne voulait pas entendre ce que cette Laura morte avait à lui dire. Les hommes avancèrent lentement sur lui.

— Allez-vous-en, dit Richard.

Il recula et fila en courant. A quelques mètres de lui partait, entre deux piliers, une allée de terre rouge. Il s'y engagea, remonta l'allée au pas de course entre des érables et un court de tennis. Il aperçut enfin une grande demeure grise. Derrière la maison brillait l'océan. Au rez-de-chaussée, les rideaux étaient tirés et la maison paraissait inoccupée. Richard ne savait pas ce qu'il dirait si quelqu'un lui ouvrait.

Il grimpa les marches de l'entrée et sonna. Dans son esprit, il voyait Laura qui s'engageait dans l'allée rouge... Il continua à sonner.

Des bruits de pas derrière la porte ; une pause ; le bruit d'un verrou qu'on tirait. La porte s'entrebâilla, barrée par une chaîne, et apparut un visage soupçonneux.

– J'habite en face, déclara Richard, jouant la carte qui comptait le plus sur Mount Avenue. Il y a des gens, là, en bas, et... euh, je crois qu'ils en veulent à ma vie.

– C'est vous qui le dites, commenta le vieux bonhomme derrière la porte.

– J'ai peur.

– En ce moment, c'est plutôt fréquent. (Il leva sa main droite qui tenait un pistolet automatique plat et noir.) Et vous êtes monté jusqu'ici pour trouver du secours ?

– Oui. Ils se sont arrêtés juste à côté de moi avec leur voiture, en face de l'ancienne maison Smithfield.

– L'ancienne maison Smithfield ? (Le pistolet s'abaissa.) Vous croyez qu'ils sont toujours là ?

– Oui, fit Richard.

– Eh bien, je veux bien vous donner un coup de main. Le chargeur est plein.

Richard était si bouleversé qu'il ne se demanda même pas comment un pistolet pourrait faire peur à des êtres déjà morts.

Il descendit l'allée avec l'homme aux cheveux blancs ; il s'appelait Charley Daisy, il était avocat à la retraite, veuf avec six petits-enfants.

– J'ai un petit stand de tir dans mon sous-sol et je me défends... Où sont-ils ? demanda Daisy au bout de l'allée. Où sont-ils passés ?

Richard les vit juste en face de lui. Ils n'avaient pas bougé. Laura le fixait, le visage inexpressif. Il remarqua quelques taches de sang sur son cou, au-dessus de son chemisier.

– Ils ont filé, hein ? Des rôdeurs, fiston, c'est tout. Ils cherchaient un coin où s'arrêter. Ils ne vous ennuieront plus. Je vous reconnais, savez-vous. Il m'a fallu quelques instants, mais ça y est. Vous êtes le gamin du feuilleton. Spunky. Vous étiez Spunky.

Richard sut qu'il commettait une erreur mais il ne put s'empêcher de demander :

– Vous ne les voyez pas ?

Daisy pencha la tête.

– Là. Deux hommes et une femme. Je pourrais même vous donner le numéro de leur plaque : TBC 67...

– Foutez le camp, lui dit Daisy dont le visage pâle avait viré au rose. Disparaissez, jeune comédien, ou je vous colle une balle dans le cou. Je ne plaisante pas. Filez !

– Je ne suis pas fou.

– Vous pensiez attirer le vieux Charley Daisy ici et l'agresser ? Vous pensiez vous installer dans une jolie maison de Mount Avenue ? C'est ça que vous pensiez ? Vous ne connaissiez pas le vieux Charley Daisy, hein ?

Il brandissait son pistolet, que Richard aurait pu facilement lui arracher.

– Je voulais seulement votre aide, dit Richard, ce qui rendit Daisy plus furieux encore.

– *Filez ! Hors de ma vue !*

Richard fila sans rien ajouter. Il tourna le dos à l'homme et se dirigea vers le petit groupe et la voiture. Il regarda le visage de Laura. Les yeux ouverts, elle paraissait endormie. Elle n'était pas là, sauf pour lui. Et elle et les autres ne pouvaient l'emmener tant que Daisy regardait. A moins que le Dragon n'eût imaginé quelque truc. Le vieux Charley Daisy se tenait toujours derrière lui, le pistolet braqué sur son dos, mais ce n'était pas ce qui lui nouait l'estomac. Le conducteur, l'homme à la veste de toile et chemise

Lacoste, n'avait rien aux pieds : ceux-ci n'avaient plus de peau mais n'avaient pas saigné.

Il s'éloigna d'une trentaine de mètres avant de cesser de craindre que Laura ne lui parle.

Lorsqu'il arriva sur les lieux de son travail, John Roehm était assis sur la benne de sa camionnette, dans l'allée de la maison du client. Avec sa chemise de flanelle et ses bretelles rouges, on aurait dit le Père Noël à côté de sa hotte.

– On pourrait commencer les étagères aujourd'hui. J'ai trouvé du chêne pas mal, hier.

– Si vous voulez, John.

– Belle journée, hein ?

Roehm le regarda et comprit tout. Du moins en comprit-il assez.

*

Richard Allbee en fut bientôt convaincu : il avait eu raison de fuir les apparitions aux intentions meurtrières descendues de la Chevrolet noire. Les deux dernières victimes directes du Dragon de Hampstead – les cinquième et sixième personnes à mourir de la main de Wren Van Horne – n'eurent pas la chance de Richard. Elles aussi, avec quelques fantasmes en prime, croisèrent des apparitions en compagnie du Dr Van Horne, qui les traita comme ses quatre premières victimes. Mais, comme allait le découvrir le général Haugejas, on pouvait prendre une bouffée de « fantasmes » simplement en traversant les rues de Hampstead.

Ces deux personnes, qui devaient mourir de la main du gynécologue le plus réputé de Hampstead, furent Franz Holland et sa femme Queenie.

Fille d'un cockney immigré en Amérique et ayant travaillé chez Macy's à New York avant de monter son propre magasin de vêtements à Hampstead, Queenie avait épousé Franz Holland, le fils du directeur des pompes funèbres. Avec tout son sérieux, Franz lui avait dit que, dans son métier, on ne connaissait pas de morte-saison. Ils s'étaient mariés deux ans après leur sortie du lycée. Très rapidement, Queenie s'était rendue indispensable à la firme Bornley & Holland, se chargeant de la correspondance et de la comptabilité. C'est pourquoi en 1980, après plus de trente ans de mariage, Franz Holland ne pouvait dissocier son travail de celui de son épouse. Ce qui rendait plus troublant encore le comportement récent de Queenie.

Depuis treize jours, elle se bornait à regarder la télé. Elle ne se souciait même pas de s'habiller. Elle sortait du lit, se brossait les dents et allumait le vieux poste de sa chambre. Alors, elle s'asseyait au bord du lit et devenait folle. C'est du moins ce qu'il parut à Franz. Elle avait commencé, treize jours plus tôt, par discuter avec Tom Brokaw, le présentateur, avait boudé à l'apparition de Jane Pauley pour éclater de bonheur à l'arrivée de Gene Shalit. Elle conversait avec les personnages qu'elle voyait sur l'écran. Elle ne se contentait pas de parler *à* Tom Brokaw, Walter Cronkite et autres : elle parlait *avec* eux. Toute la journée. Franz crut d'abord que c'était une blague.

Queenie ne mangeait même plus. Son mari devait lui apporter des sandwiches dans sa chambre. Elle le remerciait et retournait à sa conversation avec Robert Reed ou Carter Oldfield dans *Papa est là*. Les sandwiches se desséchaient et, quand il lui montait sa soupe à 18 heures, il les remportait pour les jeter. Mais elle buvait : toutes les boissons non alcoolisées dont on faisait la pub à la télé. « Ces boissons écœurantes la maintiennent en vie », se dit-il.

Queenie demeurait donc au premier étage, hypnotisée par son écran, tandis que Franz s'occupait des défunts – plus nombreux que jamais en ce moment –, du courrier et de la comptabilité. Souvent, en déambulant au rez-de-chaussée, il entendait les indicatifs des programmes. Quand on en arrivait à « Quand le rouge-rouge-rouge-gorge se met à sau-sau-sautiller », cela signifiait que, dans soixante secondes, Queenie allait se lancer dans une discussion sérieuse avec Carter Oldfield. Jamais il ne s'était rendu compte que l'on entendait, d'en bas, les bruits des vivants d'en haut. Il s'en fit la remarque peu après que les hommes de la morgue eurent amené le corps de Desmond O'Hara. Ils avaient déposé le cadavre cyanosé sur la table de préparation ; Franz avait signé les formulaires quand il avait entendu les premières mesures de « Quand le rouge-rouge-rouge-gorge... ». L'un des hommes avait éclaté de rire, l'autre avait paru surpris, mais ravi.

– Hé, c'est *Papa est là*. Vous regardez ça, vous aussi ?

Queenie ne s'était adressée directement à lui que deux fois au cours de cette période : la première à la fin de sa première journée de folie. Elle se recouchait après une conversation avec Johnny Carson quand elle dit à son mari :

– Je me suis tellement *amusée* aujourd'hui.

La seconde remarque intervint le quatrième jour, après que Franz eut songé qu'il devait exister une explication à cette crise.

– Je sais que vous vous moquez de l'avis d'une pauvre femme, dit-elle à la télé avant de se tourner vers son mari, le visage tremblant, et d'ajouter à son intention : Je suis heureuse que nous n'ayons jamais eu d'enfants. Tous ces pauvres gosses qui se noient... tous ces petits corps. Je suis heureuse de ne pas avoir d'enfants.

Franz Holland crut qu'il allait suivre sa femme dans sa folie. Il lui parut que, depuis la crise de Patsy McCloud dans la salle d'exposition des cercueils, tout devenait noir, noir, noir... tous ces pompiers morts, et tout allait *de travers*, tous les jours il fallait organiser de nouvelles obsèques ; on se serait cru à Jonestown !

Tous les directeurs d'entreprises de pompes funèbres, comme lui, étaient fascinés par les cinq cents morts par empoisonnement de Jonestown et les problèmes techniques que cela impliquait. Et voilà que lui, Franz Holland, se trouvait confronté à un problème de même nature.

Il revoyait la mignonne fille Tayler, Patsy McCloud, qui lui criait, terrorisée : *Ne me touchez pas !* comme s'il était devenu quelque chose de répugnant. Et il avait commencé à s'inquiéter plus que d'ordinaire d'éventuels actes de vandalisme ou de cambriolages.

Car toute sa fortune se trouvait en bas. Des tables anciennes, dans le couloir, achetées par son père avant la Première Guerre mondiale, des vases chinois d'une valeur telle que Franz retenait son souffle chaque fois qu'il faisait la poussière, et un petit tapis oriental, également acquis par son père et impossible à assurer. Et le tapis Kirman, après le vestibule. Tout cela hantait Franz quand il allait se coucher. Il entendait des grattements à la porte, des coups étouffés contre les vitrines. Quelque gamin allait s'introduire et pisser sur le Kirman ; ou écraser une cigarette sur la table ancienne. Il *entendait* tous ces bruits, depuis son lit. Des bruits de carreaux discrètement brisés, des pas, le *splash-splash* de pieds sur le tapis mouillé. Certaines nuits, il entendait même la fermeture à glissière d'une braguette qu'on ouvrait.

Et les voix. Les premières nuits, il était descendu mais n'avait rien vu, bien sûr. Deux ou trois nuits d'affilée, il avait erré dans les salles d'attente, la chapelle, les salles d'exposition. Dès qu'il était recouché, il entendait de nouveau les voix : *Franz ? Franz ? Tu ne nous as pas vus, hein ? Essaie encore, vilain petit Franz...*

Peu après minuit, le jour où Richard Allbee avait pu échapper au spectre de sa femme, Franz entendit la gamme entière des bruits qui le terrorisaient. *Peux-tu nous trouver, vilain ?...*

Quelqu'un gloussait. *Splash, splash* : l'urine sur le tapis.

Franz gémit. *Tu nous trouves, vilain petit Franz ?* Il rejeta ses couvertures et sortit du lit.

– Oh, tu n'es qu'un vieux gredin, disait Queenie à un homme aux cheveux blancs d'une pub pour Peugeot.

Franz tâtonna à la recherche du commutateur qui commandait la lumière du grand escalier. S'il y avait quelqu'un en bas, la lumière lui ferait peut-être peur. Il ne se sentait pas une âme de héros. Il s'arrêta en haut des escaliers et écouta, décidant d'aller simplement jeter un coup d'œil, sans même allumer.

Il se dirigea vers la chambre de repos qu'il lui fallait traverser pour accéder aux autres pièces. Sans allumer, il constata que le Kirman était sauf et les rideaux de velours intacts. Il se retrouva dans le grand hall circulaire, coupé par les entrées voûtées des autres pièces. Au-delà de la première voûte, il était dans la salle d'exposition : des cercueils sur près de deux cents mètres carrés. Un coup d'œil et il fit demi-tour.

Son malaise persistait : cette odeur... Sa salle d'exposition puait l'urine, les latrines militaires.

– Voyons, dit-il, que se...

Franzie, tu nous as trouvés !

Franz en eut le souffle coupé. Au milieu de cette incroyable puanteur, il distingua deux silhouettes massives derrière la deuxième rangée de cercueils.

Tu nous as trouvés ! Tu nous as trouvés ! Tu as gagné, Franzie !

– Gagné ? Quoi ? Qu'est-ce que... ?

Deux hommes, *ces* deux hommes, étaient entrés par effraction et... avaient *uriné* sur ses cercueils !

– Sortez de là ! hurla-t-il, la colère l'emportant sur la peur et le choc ressenti.

Sa main tremblante trouva le commutateur. Il alluma et la salle prit vie, ses quarante cercueils et leurs supports d'acajou brillant de tous leurs feux. Il sut alors qu'il était plus dingue que six Queenie. Il était devant le chef des pompiers, Tony Archer, et son adjoint, morts l'un et l'autre.

La moitié droite de sa salle d'exposition était envahie par un million de mouches. Il recula sous leur répugnant bourdonnement. La partie gauche de la pièce, elle, était assaillie par l'odeur d'urine.

D'un des fauteuils rouges, à droite de l'entrée, se leva un homme aux cheveux gris, vêtu d'un costume blanc souillé, le visage lisse et brillant. Franz remarqua deux choses : l'homme était le Dr Wren Van Horne et le docteur était devenu un coulant. Tout comme Richard Allbee, Franz ne sut pas où il avait entendu le terme, mais il reconnut les symptômes. Wren Van Horne n'en était plus qu'à une semaine ou deux de devoir s'envelopper dans des bandes ; sa peau paraissait en mouvement constant, glissant, reprenant sa place.

– Vous avez gagné, dit le Dr Van Horne. Et vous voulez votre récompense.

– Ma récompense ?

– Eh bien, vous nous avez tout de même trouvés.

Le Dr Van Horne avança sa main droite qui tenait un scalpel à la courbe délicate. Il avança et d'un geste rapide ouvrit la gorge de Franz Holland.

Quand il en eut fini, le docteur grimpa doucement les escaliers jusqu'à l'étage où Queenie conseillait à Jack Nicholson de se laver plus souvent.

*

– C'est incroyable ce qui se passe dans mon cabinet.

Ulrick Byrne et Sarah Spry déjeunaient dans un charmant petit restaurant de Post Road appelé Sweethaven, choisi par Sarah. Elle en aimait les fougères, le parquet ciré, les crêpes, les salades et les quiches. A toutes les tables, des femmes bavardaient et fumaient. Ulrick était le seul homme du restaurant et se faisait l'effet d'un vieil ours dans une maison de poupée.

– Je le crois volontiers, dit Sarah. Avez-vous lu le journal ?

Ulrick chipota dans ce qui restait de sa crêpe-surprise.

– A vrai dire, je n'ai jamais beaucoup lu la *Gazette*. Je lisais vos articles, parfois, comme tout le monde. Mais j'ai trop à lire par ailleurs pour mon travail. J'ai à peine quinze minutes à consacrer au *Times*, le matin.

– La vieille *Gazette* n'est pas si moche ! Nous couvrons tous les événements de la ville.

Ulrick fixa une femme de l'autre côté de la salle et décida qu'il pourrait se passer de ketchup. Tant pis pour le goût de yaourt. La femme ressemblait de façon troublante à Stony Friedgood ; elle était barbouillée de rouge à lèvres de la base du nez à la pointe du menton.

La femme bien en chair assise à côté d'elle déboutonna machinalement son chemisier, montra sa poitrine un instant puis se rajusta.

– Vous ne mangez pas. Vous ne vous sentez pas bien ? demanda Sarah.

– Je me sens horriblement mal. C'est l'estomac. J'ai peut-être de la fièvre, je ne sais pas. A vrai dire, je m'en fiche. Et je deviens impossible. Ma secrétaire est sur le point de me quitter tant je suis désagréable avec elle.

– Calmez-vous, dit Sarah en lui tapotant le genou. Il y a trop d'hommes qui perdent leur sang-froid en ce moment, à Hampstead.

– Avez-vous la moindre idée de ce qui se passe dans mon cabinet ? J'ai l'impression d'être devenu une espèce de psy. Des gens entrent, des clients de toujours, ils me disent bonjour, s'assoient et éclatent en sanglots. Je ne peux pas rester là à regarder les gens pleurer. Ça me rend fou. Et je vais vous dire autre chose : deux de mes clients se sont suicidés au cours des trois derniers jours. Des types *solides*. L'un d'eux s'est tiré une balle dans la tête, l'autre a avalé un flacon de désherbant. Ils avaient d'excellents boulots... Je n'y comprends plus rien.

– Si je n'avais pas quelque chose d'intéressant à vous montrer, je me mettrais à pleurer moi aussi.

– Vous avez quelque chose à me montrer ? dit Ulrick avec un regard involontaire vers la femme au chemisier de mousseline.

– Ne craignez rien, Ulrick. Je ne vais pas me déshabiller. Je voulais vous montrer cette photo du *Woodville Herald* qui appartient à la même chaîne que nous. A la une de l'édition du 19 mai, j'ai trouvé une photo intéressante. Je leur ai demandé de m'en envoyer un agrandissement sur papier glacé.

Sarah tira de son sac une enveloppe et en sortit un cliché 18 x 24.

Ulrick y vit un groupe d'hommes sur un parking. Il n'en reconnut aucun.

– Et alors ? demanda-t-il.

– Les deux hommes, au centre, sont les techniciens de l'usine Telpro de Woodville, Theodore Wise et William Pierce. Cette photo a été prise lors d'une conférence de presse impromptue, le jour où il y a eu ces morts à l'usine. Et là, c'est Léo Friedgood. Un de mes amis de la police l'a identifié.

Ulrick fronça les sourcils et regarda la photo de plus près.

– Friedgood était là ? Le 17 mai ? A l'usine des Solvants de Woodville ?

– De toute évidence.

– Je veux bien être pendu si je comprends. Mais si Friedgood était là, c'est que Telpro l'y avait envoyé. Et s'ils l'y ont envoyé... (Il réfléchit un instant.) Ils ont dû se dire que l'équipe sur place ne pouvait pas s'en tirer seule. Où est passé Friedgood ? Il n'est plus chez lui depuis des semaines.

– Telpro, dit Sarah.

– Vous avez réfléchi à la question. Telpro. Haugejas. Ils ont éloigné Léo parce qu'il est la seule personne liée aux Solvants de Woodville qui sache exactement ce qui s'est passé.

– Qui sait dans quelle mesure Telpro est responsable de ce qui se passe à Hampstead. (Elle rangea la photo.) Vous savez ce que je vais faire ? Je vais aller secouer la cage du général Haugejas. Je vais aller à son bureau voir ce qu'il a à nous raconter en ce qui concerne Léo Friedgood et les Solvants de Woodville.

– Dans ce cas, il vaut mieux vous faire accompagner de votre avocat.

– Qu'est-ce que vous faites, cet après-midi ?

Ulrick Byrne se refusait à l'admettre, mais il était excité à l'idée de voir ce que donnerait une entrevue avec le général Henry Haugejas. Il était persuadé qu'Haugejas et Telpro s'étaient entendus pour cacher la vérité sur ce qui s'était passé à Woodville, le 17 mai. Haugejas était un sacré client et Telpro disposait d'un bataillon d'avocats. Que se passerait-il si Sarah et lui les prenaient la main dans le sac ? Ulrick subodorait déjà toute une série de procès mettant en jeu des milliards de dollars et un scandale plus retentissant que le Watergate. L'avocat des citoyens de Hampstead allait devenir célèbre, notamment s'il avait soulevé lui-même le lièvre.

Sarah remarqua qu'Ulrick Byrne essayait de réprimer un sourire en traversant le pont de Triboro pour rejoindre la voie rapide Franklin-Roosevelt et Manhattan.

Sarah passa sans s'arrêter devant le bureau du planton et conduisit Ulrick tout droit à un ascenseur.

– Comment savez-vous où vous allez ? lui demanda Ulrick.

– Je suis journaliste. Et plus âgée que vous. Quand Cœur d'Acier a pris sa retraite de l'armée, si l'on peut dire, il a fait un speech pompeux sur le fait que les batailles allaient désormais se gagner derrière un bureau au vingtième étage d'un immeuble de la 49e Rue Est. (Elle appuya sur un bouton de l'ascenseur.) Nous allons donc lui offrir une de ces batailles.

– Il a pu changer de bureau une douzaine de fois, depuis.

– L'étage doit toujours être le bon. Il faut seulement franchir l'obstacle de la réception.

Au vingtième étage, ils sortirent dans un vaste couloir conduisant à une porte vitrée qui annonçait, en lettres noires : PROJETS SPÉCIAUX. Derrière un bureau très élaboré, une hôtesse rousse leva la tête en les voyant entrer.

– A votre service.

– Nous voudrions voir le général Haugejas, dit Sarah d'une voix ferme. Mais nous souhaiterions d'abord nous entretenir un instant avec sa secrétaire.

– Avez-vous rendez-vous avec le général ?

– Je vous prie de nous introduire auprès de sa secrétaire. Dites-lui qu'une journaliste de la *Hampstead Gazette* et un avocat souhaitent l'entretenir des événements de l'usine des Solvants de Woodville.

– Les Solvants de Woodville ? La *Hampstead Gazette* ? répéta l'hôtesse, décrochant un téléphone du même ton que la moquette et appuyant sur un unique bouton. (Elle souffla quelques mots dans l'appareil.) Qui dois-je annoncer ?

– Maître Byrne et Mme Spry, dit Ulrick.

Quelques mots encore dans le téléphone et l'hôtesse leur adressa un grand sourire. Mme Winthrop n'allait pas tarder, précisa-t-elle.

Elle tarda tout de même trente et une minutes. Mme Winthrop était une Chinoise frisant la trentaine, vêtue d'une robe stricte aussi noire que ses cheveux et portant de grosses lunettes rondes aux verres ambrés. Elle gratifia Ulrick Byrne d'une poignée de main virile qui laissa à l'avocat l'impression d'avoir été pesé, mesuré, jaugé. Il se demanda à quoi ressemblait M. Winthrop.

– Voulez-vous que nous passions dans mon bureau ?

Ils la suivirent dans les méandres d'un autre couloir et elle ouvrit une grande porte de chêne blond pour les introduire dans une pièce où trônaient un large bureau noir et un long canapé de cuir. Des peintures abstraites décoraient les murs.

– Je dois vous dire que le général Haugejas ne reçoit personne sans rendez-vous. Vous ne pourriez donc le rencontrer, même s'il était ici aujourd'hui.

– Il n'est pas ici ? demanda Sarah.

– Il ne rentrera pas avant demain, madame Spry. Mais je suis convaincue qu'il souhaiterait que je m'inquiète des raisons de votre visite. Pourriez-vous me dire pourquoi une journaliste d'une rubrique mondaine et un avocat spécialisé dans les questions immobilières s'intéressent au général Haugejas ?

Compte tenu de la rapidité de la réaction du général, Mme Winthrop avait dû enregistrer la conversation dans son bureau et donc la remarque d'Ulrick qui pensait que Telpro avait tué des enfants à Hampstead, et donc aussi ses nombreuses questions sur la présence de Léo Friedgood à l'usine de Woodville. Feng-Chi Winthrop, qui l'y avait envoyé personnellement, avait pris l'air surpris devant les accusations de ces deux énergumènes sur le canapé de cuir.

*

Le lendemain, vendredi 12 juillet, le général Henry Haugejas et deux de ses collaborateurs arrivèrent en grande pompe à Hampstead : pas dans une jeep battant drapeau étoilé, comme dans certains villages de Corée, mais dans une limousine.

La maison Friedgood était vide, et depuis longtemps. Les voisins ne purent rien dire. Ils ne savaient rien et ne souhaitaient pas ouvrir leur porte à des étrangers. Quand le général se fut présenté et eut expliqué sans amabilité qu'il s'agissait d'une question intéressant la sécurité nationale, les habitants de Cannon Road, Charleston Road et Beach Trail consentirent à ouvrir.

S'ils s'étaient attendus à ce que la police de Hampstead les reçoive avec des courbettes de paysans vietnamiens, ils furent déçus. Ils firent aussi l'erreur de croire que les policiers étaient à leurs ordres. Le sergent Dave Marks, l'ami de Sarah Spry, fut le premier à les recevoir et leurs manières l'irritèrent aussitôt. Le grand type aux cheveux gris acier tenta de lui faire baisser les yeux et les deux rigolos qui l'accompagnaient se flanquèrent de part et d'autre de Dave comme le font les terroristes dans les films d'entraînement de la police. Un de chaque côté, séparés de trois mètres environ, de sorte que lorsqu'il en regardait un il ne pouvait voir l'autre. Ces trois types annonçaient des ennuis et Marks n'en voulait pas. Il souhaitait seulement rentrer chez lui, prendre une douche, manger un morceau et se rendre au gala voir *Les Enfants de chœur*. Comme tous les flics ce soir-là.

Le général ordonna à Dave Marks de l'introduire auprès de son chef.

– L'est pas là, dit Marks, jugeant inutile de préciser que le chef était chez lui, au lit.

Le général approcha et présenta une carte à Dave Marks.

– Je ne pense pas que votre chef verrait une objection à ce que vous nous laissiez consulter ce que vous pouvez posséder concernant Léo Friedgood.

Marks pinça les lèvres et lut la carte.

– Société Telpro, dit-il. Vous n'étiez pas son patron ?

– C'est exact. Et puisque votre chef est absent, je vous demande de consulter vos fichiers. Question de sécurité.

– Un instant. Rien ne dit, sur cette carte, que vous travaillez toujours pour le gouvernement, mon général. Et même si c'est le cas, il vous faudrait une autorisation spéciale. Vous ne l'avez pas.

– Je veux voir votre chef.

– Revenez demain, mon général.

– Et pendant que je m'entretiendrai avec votre chef, je veux qu'un de vos collègues me trouve l'adresse actuelle de M. Friedgood.

– Il vous faudra demander cela au chef, mon général. Mais il ne vous donnera rien.

– Je parlerai à votre chef de votre attitude, agent Marks.

Trois ou quatre autres flics s'approchèrent du bureau, tranquillement, calmement.

– Peu m'importe, mon général. Je sais seulement que vous êtes un citoyen ordinaire, qui croit pouvoir donner des ordres à des agents et fouiller dans des documents de la police. Je crois que c'est grave, mon général.

Le visage du général était devenu rouge. La bataille avait commencé.

– Je vais vous donner un numéro de téléphone au ministère de la Défense. Je vais vous demander d'appeler ce numéro et d'écouter ce qu'ils vont vous dire. Je vais vous ordonner de faire ces deux choses. Et ensuite de me montrer votre dossier sur Léo Friedgood.

– Je vais vous demander de ne pas oublier où vous êtes, mon général. Vous ne pouvez rien m'ordonner. Je veux que vous sortiez immédiatement d'ici avec vos deux rigolos.

– J'ai le droit d'être ici et d'obtenir ce que je

demande. Voulez-vous appeler le ministère de la Défense...

– Mais qui vous êtes, bordel ? demanda un jeune agent au visage trop rouge. Vous vous croyez dans votre armée ? On vous a dit de sortir de là, mec !

Greeley, un des collaborateurs du général qui ressemblait à un singe blond, avança sur Johanssen et lui saisit le bras.

Johanssen se tourna vers ses collègues avec l'air de demander : *Non, mais vous avez vu ce type ?* Il sentit le pistolet de Greeley dans son harnais, sous l'épaule. Par pur réflexe, Johanssen faucha Greeley, lui enfonça un genou dans la poitrine et le délesta de son arme.

– *Ne touchez pas à mes hommes !* hurla le général.

Un solide jeune flic du nom de Wiak saisit le bras du général par-derrière, un de ses collègues enleva le pistolet d'Haugejas, bien visible à sa ceinture. Deux autres policiers avaient fait de même avec l'arme du troisième homme.

– Je vous ordonne de me lâcher. Je suis le *général* Haugejas et j'exige qu'on me libère et qu'on me donne un téléphone.

– Qu'est-ce que c'est que cet arsenal, mon général ? demanda Dave Marks. Vous allez à la chasse à l'ours ? A la place de Léo Friedgood, je préférerais vous éviter.

– *Je veux un téléphone !*

Greeley tenta malencontreusement de se libérer du genou de Johanssen qui le retourna d'une clé au bras et lui passa les menottes, mains dans le dos.

– Espèce d'*idiot*, cria le général, libérez cet homme !

– Je vous ai dit que je n'étais pas dans votre armée, dit Johanssen, avançant sur le général.

– Bouclez-les, dit Marks. En cellule. On verra ça demain.

– Cet enfant de salaud m'a agressé, dit Johanssen en relevant Greeley.

Greeley se retourna et cracha sur le revers de Johanssen qui lui envoya son poing dans le ventre. Lorsque Greeley se plia, Johanssen le cogna sur le côté de la tête.

– Je devrais te le faire bouffer, connard ! dit-il, bouclant Greeley dans une cellule.

Larry Wiak poussait vers une autre cellule le général qui écumait de rage.

– *Lâchez-moi. Je vous couperai les couilles !*

*

– Tu veux y aller. Je le sais. Tous tes amis y vont. Et tu t'es tellement amusé l'an dernier.

– L'an *dernier*, tu allais bien. Pour l'amour de Dieu, Ronnie. Tu n'as même pas touché à ton repas.

– Je n'ai pas faim parce que je me fais du souci pour toi. Et que tu y ailles ou pas, je ne me sentirai pas mieux.

– Ronnie, ce n'est jamais qu'un film et je préfère rester à m'occuper de toi.

– T'occuper d'une vieille dame malade, dit Ronnie, tournant la tête sur l'oreiller.

« Elle en avait bien l'air, en effet », se dit Bobo. Sa peau s'était fanée, ses joues creusées. A 21 heures, ce soir-là, Bobo retira doucement le plateau du repas, intact. Allait-il passer tout le reste de sa vie avec une femme tellement plus âgée que lui ? Un instant, il eut envie de fuir. L'instant d'après, honteusement coupable, il lui pressa la main.

– Vas-y, dit Ronnie. Je ne veux pas te retenir.

– Nous verrons, dit Bobo.

Dans la cuisine, il se retint d'envoyer son poing dans la porte. C'étaient tous ces meurtres qui avaient empoisonné la ville. Bobo ne prenait plus aucun plaisir, désormais, à ses rondes nocturnes dans Hampstead. Il voyait trop de choses folles. Deux ou trois fois chaque soir, il lui fallait intervenir dans des bagarres curieuses et sans motif.

Bobo pensait qu'il existait à Hampstead une centaine de personnes de tous âges et des deux sexes, assez cinglées pour être l'assassin. Même des flics. Il fallait voir le regard de Mark Johanssen et de son ami, Larry Wiak. Wiak avait sauvagement cogné sur deux hommes qui se battaient dans un parking derrière Main Street, le matin même. Plusieurs flics l'avaient approuvé.

Il vida le plateau dans la poubelle, le rinça et le rangea dans le lave-vaisselle. Appuyé contre l'évier, il regarda son reflet dans la vitre de la fenêtre et, pour la première fois peut-être depuis les meurtres, il ressentit une appréhension à la pensée de cette soirée au cinéma Nutmeg.

*

Les policiers rescapés du second gala annuel de la police ne purent jamais tout à fait expliquer comment les choses avaient si rapidement tourné au tragique. Tout comme Bobo, ils avaient des tas de raisons à invoquer. Mais ils ne purent reconstituer le déroulement des événements qui firent de cent flics exubérants, en moins d'une demi-heure, autant d'hystériques jouant de la gâchette. Les rescapés s'accordaient sur un ou deux points : peu avant le début du carnage, Larry Wiak avait retiré tous ses vêtements et avait sauté sur la scène ; Rod Fratney, un vieux flic, s'était mis à gueuler d'une voix aiguë qu'il avait vu Dicky Norman. Et les trente-deux rescapés du Nutmeg s'accordèrent également pour déclarer qu'un homme, tout au fond à droite, avait crié dès que Fratney avait gueulé le nom de Dicky. Ils convinrent que Larry Wiak avait été la première victime, mais onze d'entre eux jurèrent que Fratney avait tué Wiak, seize déclarèrent que c'était un flic inconnu qui avait abattu Wiak, et quatre autres que les deux hommes avaient simultanément tiré sur Wiak ; un flic jura à Graham Williams que si Fratney et l'inconnu avaient bien tiré, leurs balles avaient touché l'écran : ce qui avait tué Wiak, jura le flic, c'était un éclair jailli du plafond qui était tombé sur l'homme nu devant l'écran.

– Je n'ai jamais vu ça. Un F.-M. n'aurait pas fait autant de dégâts. Il a été haché. Et tous les mecs sont devenus dingues.

Cela parut plausible à Graham, et bien dans les cordes du Dragon. Il continua son enquête. Chez *Billy O'*, à Bridgeport, Jerry Jerome, un sergent de quarante-trois ans, lui jeta un regard las :

– Vous voulez dire les lumières ? On vous a parlé des lumières ?

– Je vous écoute.

– On avait bu quelques bières mais on a cessé de brailler quand les lumières se sont éteintes, avant le film. Johanssen et deux ou trois autres mecs, Maloney et Will, étaient encore debout, mais tous les autres étaient assis. Quand le rideau s'est levé, quelques-uns ont applaudi, mais la plupart sont restés comme mentalement au garde-à-vous, vous voyez ?

Jerry Jerome avala une grande gorgée de Jack Daniel's et regarda Graham :

– « Spingro ». Vous savez ce que c'est que « Spingro » ?

– Non, fit Graham, et Jerry Jerome eut un pâle sourire.

– C'est arrivé un peu plus tard, et j'ai cru que j'étais le seul à voir les lumières. Parce que si le gars qui a crié avait vu ce que j'ai vu, il n'aurait pas eu le cœur à blaguer. J'étais encore en train de me demander si j'avais bien toute ma tête. Si vous vous foutez de ce que je vais vous dire maintenant, je vous jette mon verre à la figure. J'ai cru voir des *flots* de lumière tombant du plafond vers l'écran : des boules de feu, des météores. Bleues, jaunes, rouges... Je les ai vues et j'ai eu une trouille monstre. J'étais sûr que le cinéma était en feu. On aurait dit des tirs d'artillerie. Boum, boum, boum ! Et puis, c'est tombé sur l'écran. (Il avala son verre et fixa Graham pour voir sa réaction.) Alors, quand j'ai vu quelque chose de dingue tomber sur Wiak et le transformer en fromage mou, j'ai pensé que c'était la même chose.

Tout le monde se souvenait de la blague à propos de « Spingro ». L'auteur n'en était pas Johanssen, mais Maloney, sans doute. C'était sûrement lui qui avait crié « Spingro ! » quand était apparu sur l'écran le premier Noir qui n'était pas un flic. « Spingro ! Moitié Espingo, moitié négro ! » Les gars avaient éclaté de rire, même à la blague de Maloney qui n'était pas très drôle.

« Pourquoi ce succès, alors ? Sans doute, se dit Graham, parce qu'elle joua le rôle d'une soupape de sécurité dans l'extraordinaire tension. Et si Jerry Jerome n'avait pas été le seul à voir les flots de lumière sur l'écran ? Et si tout le monde – sauf Artie Maloney – avait vu les lumières, pensant devenir fou ? « Spingro » les avait ramenés sur terre, les avait sortis de leur stupeur. »

Mais peut-être pas complètement, et peut-être « stupeur » n'était-il pas le mot qui convenait. Car, peu à peu, la plupart des rescapés avouèrent autre chose à Graham Williams.

Un gamin de vingt ans, d'abord, aussi embarrassé que Jerry Jerome au bar de Bridgeport. Peut-être son uniforme conférait-il au jeune Mike Minor une certaine autorité, mais en T-shirt et en jean, assis dans le rocking-chair en bois de la cuisine de ses parents, il semblait ne pas être remis des événements du cinéma Nutmeg. Il avait quitté la police en septembre et songeait à entrer dans une boîte d'informatique, quelque part. Pour Graham, il aurait aussi bien fait d'attendre encore six mois.

– J'ai cru voir un truc comme des toiles d'araignées, là-haut, quand les lumières sont tombées, dit-il à Graham. Pas exactement des lumières, mais des sortes de lignes qui flottaient... des toiles d'araignées. Vous voulez un Coke ou autre chose ? (Il alla prendre un Pepsi sans sucre dans le réfrigérateur, le décapsula et en avala la moitié.) Bon Dieu, je vois pas pourquoi Larry Wiak s'est mis à poil. C'était un foutu animal, si vous voulez mon avis. (Mike Minor avala le reste de son Pepsi.) Quand il est sorti de l'ombre, tout blanc, énorme, il m'a foutu les foies. Et quand Rod Fratney a gueulé ce qu'il a gueulé, et que l'autre type à côté de moi a hurlé comme une fillette à un film d'horreur, je m'en serais pissé dessus. Je savais qu'il était là, exactement où je me trouvais. Bon Dieu, il l'avait vu, lui aussi. Comme le vieux Rod. Et comme moi.

– Vous voulez dire qu'il avait vu Dicky Norman ?

– Deux nuits avant ça, je faisais ma ronde. Et je me suis perdu. J'étais à côté du lycée mais j'étais paumé. Une route étroite, sans panneaux indicateurs. Je ne me souviens même pas comment je me suis retrouvé là. C'était comme un cauchemar. J'ai paniqué. Un flic qui ne savait pas où il était ! Il n'y avait que ces grands arbres, partout. J'ai décidé de faire demi-tour et d'essayer de retrouver un endroit familier. J'ai passé la marche arrière et regardé dans le rétroviseur... et j'ai vu Dicky Norman. C'est dingue, mais c'était lui. Il sortait des arbres, le bras arraché, le visage gris et... cireux. Il avançait droit sur moi. J'ai accéléré et je me suis tiré. J'ai cabossé l'aile avant droite.

– Donc, quand Larry Wiak est sorti de l'ombre... commença Williams qui n'eut pas à en dire davantage.

– Ouais. Je sais bien qu'on peut plus rien demander à Rod Fratney, mais je sais, je *sais*. Il l'a vu, lui aussi.

– J'en suis convaincu. Moi aussi, j'ai vu de drôles de choses en juillet et en août.

Et le gamin lâcha sa bombe. Pas d'un seul coup, car il ne savait s'il pouvait faire totalement confiance à Graham Williams. Mais il lui permit de comprendre ce qui s'était passé au cinéma Nutmeg.

– On vous a parlé du film ? (Personne n'en avait parlé.) Je ne sais pas ce que je *peux* vous dire. Mais le film a changé. C'est devenu *différent*.

Graham attendit avec impatience que le gamin finisse de se débattre avec son vocabulaire.

– Différent, disiez-vous ?

– Ouais, différent. (Il paraissait soudain avoir vieilli de dix ans.) Comme si le film était en trois dimensions, en relief. Je pouvais voir l'*intérieur*, comme dans une pièce. Et puis j'ai vu que cette pièce n'était plus le poste de police du film. Je veux dire que c'était un poste de police, mais plus le même. Ça a l'air idiot, mais il m'a fallu du temps pour reconnaître le poste de Hampstead. Il y avait Mo Chester, le planton de nuit, et McCone, son équipier. Je ne peux pas vous dire pourquoi mais ça n'a pas paru drôle de voir notre poste et deux de nos gars au milieu des *Enfants de chœur*. Ça paraissait *super*. Et puis on a vu la salle où l'on se réunit, et tous les flics, même ceux qui n'étaient pas venus au spectacle. Et Royce Griffen. J'ai d'abord remarqué ses cheveux roux. Et puis l'arrière de son crâne. On aurait dit un hamburger. Et j'ai vu que tous les gars étaient morts. Ils avaient d'énormes *blessures*. Et la peau verdâtre. (Il tremblait, maintenant.) C'est ce que j'ai vu.

– C'est tout ce que vous avez vu ?

– Encore autre chose. Ces petites cellules où on garde les ivrognes pour la nuit. Ou les gamins, jusqu'à ce que les parents viennent les chercher. La caméra a montré les trois premières. Une boucherie ! Des corps découpés, ouverts, éventrés, avec tous ces trucs qui sortaient, et du sang partout... Ensuite j'ai vu Dicky Norman arriver en titubant vers l'écran. Et c'est là que ça s'est déclenché.

Le gamin tremblait sans pouvoir se maîtriser. Sa voix chevrotait.

– Les gars hurlaient, braillaient... j'ai vu Harry Chester, le frère de Mo, juste à côté de moi, prendre une balle dans la gorge, une 357, sans doute. Je me suis jeté par terre et j'ai tiré mon arme. J'étais sûr que Dicky Norman revenait pour moi et je me suis mis à tirer... j'ai probablement touché deux ou trois gars, je ne sais pas...

Graham se leva. Après une hésitation, il lui tapota le dos, alla verser deux doigts de brandy dans un verre et le lui tendit.

– C'est bon, fiston, c'est bon ! C'est fini, maintenant. Si vous avez touché quelqu'un, il l'a sûrement été par une douzaine d'autres en même temps.

Quand il en sut assez pour aller poser des questions sur le film aux autres rescapés, il entendit une douzaine de variantes de l'histoire de Michael Minor. Ils n'étaient pas deux à avoir vu la même chose mais, après quelques minutes, plus personne n'avait vu *Les Enfants de chœur*. Certains avaient vu leurs femmes ou leurs filles faire l'amour avec d'autres flics, d'autres avaient vu le corps de leurs enfants sur Gravesend Beach. Ron Rice avait vu quelque chose comme un monstre marin – un énorme reptile sous-marin avec une gueule horrible – avancer dans l'eau et couper des enfants en deux, leur déchirant le corps, rougissant l'eau. La plupart avaient vu des morts se déplacer comme s'ils étaient vivants. Deux ou trois avaient reconnu Royce Griffen, d'autres les petits noyés.

– Ce n'étaient plus des gosses, dit Lew Holz à Graham, mais autre chose. Quelque chose qu'on ne voudrait jamais revoir. On aurait dit qu'ils avaient été engendrés par des serpents à sonnettes.

Holz n'avait pas vu l'éclair de Jerry Jerome ; comme la plupart des autres, il pensait que Larry Wiak avait été tué par Rod Fratney, bien que celui-ci fût considéré comme l'un des plus mauvais tireurs de la police de Hampstead. Mais la question n'avait désormais plus d'importance.

La deuxième fois qu'il en parla à Bobo Farnsworth, Graham lui demanda :

– Quand vous êtes arrivé au Nutmeg, après avoir filé du poste, avez-vous vu ce qu'il y avait sur l'écran ?

Car le film tournait encore quand Bobo était arrivé en courant ; le projectionniste, touché par une balle, vivait toujours mais gisait sur le sol ; l'écran était en lambeaux, mais *Les Enfants de chœur*, ou Dieu sait ce que le Dragon avait passé à la place, se déroulait sur les lambeaux de tissu et le mur blanc, derrière.

Et Bobo, debout tout en haut de la salle obscure pleine de morts et d'agonisants, l'avait vu.

*

Peu après dix heures, Ronnie tomba dans un sommeil agité. Bobo, assis sur le lit à côté d'elle, ne voulait pas la laisser. Il lui caressa la main, puis la prit dans la sienne. Elle était chaude, sèche et pas plus lourde qu'un colibri. Il alla à la salle de bains mouiller un gant de toilette qu'il lui passa doucement sur le front. Ronnie murmura quelque chose mais ne s'éveilla pas. Bobo posa ses doigts sur son front et eut l'impression qu'elle était moins fiévreuse.

Il était plus épuisant de s'occuper d'une malade que de faire son boulot de policier, découvrit Bobo. Rentré de son service de jour, il s'était occupé de Ronnie et il avait maintenant l'impression de ne pas avoir dormi depuis trente-six heures. Sans doute son inquiétude à propos de Ronnie mais, après avoir veillé sur elle pendant six ou sept heures d'affilée, il avait les pieds et le dos douloureux. Il se serait bien allongé à côté d'elle, mais il ne voulait pas risquer de la réveiller. Il alla retirer ses vêtements du fauteuil et s'y laissa tomber.

Quand il se réveilla, plus tard, il lui fallut un instant pour admettre qu'il *avait* dormi. A l'autre bout de la pièce, Ronnie se passa les mains sur le visage. Puis elle ouvrit les yeux et le vit.

– Oh, chéri, tu es resté avec moi. Hum, je me sens *déshydratée*.

– Un instant. (Bobo se leva et alla lui chercher un verre d'eau dans la salle de bains.) Comment te sens-tu ? Je crois que tu as dû dormir deux heures environ.

– Je me sens beaucoup mieux. Tu sais, je crois que je pourrais même manger quelque chose. De la soupe, peut-être ? Tu veux être un amour et m'en faire un peu ?

– Je suis là pour ça.

Quand il revint avec un bol de soupe aux champignons, il s'assit au bord du lit et la regarda l'avaler presque en totalité. Elle lui tendit le bol et bâilla.

– Excuse-moi, Bobo. Je me sens lessivée. Je crois que je vais dormir trois semaines.

Bobo lui sourit.

– Quelle heure est-il ? Bobo, pourquoi ne vas-tu pas au cinéma ? Le film a probablement commencé en retard. Moi je vais éteindre et me rendormir. Ça ira, je t'assure.

– J'irai peut-être.

Il ne se rendit pas directement au Nutmeg mais passa d'abord au poste. Le cinéma n'était qu'à quelques minutes à pied, à travers le parking, et Bobo voulait connaître les nouvelles. Encore des incendies criminels, un cadavre dans une cabane, un étudiant qui avait essayé de voler depuis le toit de sa maison ?

Mo Chester, le planton de nuit, aurait sûrement quelque chose de drôle à raconter. Il faisait toujours rire Bobo. Et Mo allait râler de devoir rater le film et l'inévitable soirée qui allait suivre, surtout que son frère y était.

Bobo grimpa les escaliers et poussa la porte massive.

– Devine qui est là ? dit-il en tapant dans ses mains. Tu veux que je te rapporte une bière du...

Il allait dire *cinéma* mais ne vit pas Mo Chester derrière son bureau. Il n'y avait personne. Pas de Gance McCone non plus, ce qui était doublement curieux.

– Hé, Chester ? Vous êtes en grève aujourd'hui, toi et Gance ?

Ses paroles se perdirent dans les profondeurs du poste. Bobo eut soudain la conviction qu'il était seul. Il n'avait pas encore remarqué l'odeur. Il demeura immobile dans l'entrée puis, en un réflexe, porta la main à sa hanche, où aurait dû se trouver son arme. Quand sa main se posa sur sa ceinture, il réalisa qu'il n'était pas en uniforme.

– Il y a quelqu'un ? cria-t-il.

Le téléphone sonna à l'instant où Bobo allait avancer pour regarder par-dessus le bureau et la sonnerie contribua pour moitié à son impression de *déjà vu.*

Et Bobo prit conscience de l'odeur. C'était l'odeur du sang, et le téléphone ne cessait de sonner ; il revécut l'un des instants les plus pénibles de son existence : quand il s'était rendu chez Hester Goodall et, après l'horrible spectacle dans la cuisine, quand il avait appelé le poste et attendu l'arrivée des autres. Le téléphone de Mme Goodall leur avait vrillé les oreilles et Bobo n'avait pas voulu répondre.

Le poste puait le sang comme la maison des Goodall en cet après-midi de mai, et Bobo avança vers le bureau, plein d'appréhension ; mais il ne découvrit pas de cadavres sur le sol.

– Chester ! McCone ! Quelqu'un !

Il passa dans le couloir menant aux salles de briefing et d'interrogatoire sans trouver personne. Derrière lui, le téléphone sonnait toujours. Avant d'aller explorer le reste du poste, il se retourna pour regarder l'entrée. Et il remarqua, cette fois, que la porte conduisant aux six petites cellules était entrebâillée.

Cette porte demeurait toujours fermée, même en l'absence de détenus ; c'était une règle aussi stricte que celle qui exigeait la présence d'au moins un agent au bureau.

Il revint doucement sur ses pas, ouvrit la porte métallique et fut assailli par l'odeur du sang qui se mêlait maintenant à celle des excréments. Bobo baissa le regard et aperçut une traînée de sang par terre.

Il passa rapidement le long des cellules et y vit trois cadavres. Mais pas des cadavres de policiers. Les portes des cellules étaient bouclées. Derrière les barreaux, les corps gisaient, mutilés. Bobo ne respirait plus et arrivait à peine à penser. Sur le sol des trois cellules, un épais vernis de sang. Derrière lui, le téléphone s'arrêta enfin de sonner. L'un des trois hommes – Greeley – avait été lacéré. Bobo regarda intensément le visage sanglant du deuxième cadavre qui lui parut vaguement familier : une tête vue dans les journaux ou sur la couverture des magazines.

Il lui fallut moins de trente secondes pour traverser le parking en courant. Pour la soirée, le directeur du cinéma avait fait afficher : BIENVENUE A LA PROJECTION PRIVÉE DES POLICIERS DE HAMPSTEAD.

L'entrée du Nutmeg était brillamment éclairée et aussi vide que le poste de police. On y entendait le bruit de la bande-son du film. Et Bobo remarqua une odeur qui lui était devenue aussi familière que celle de la bière.

Une odeur de cordite : celle du stand de tir, au sous-sol du poste.

Il passa devant le guichet et poussa les doubles portes à battants. Une cacophonie de haut-parleurs : cris, grognements et une musique qui ne collait pas avec les bruits. Le rayon du projecteur illuminait les derniers tourbillons de fumée.

Tous les sièges étaient vides. Bobo avança de quelques pas hésitants dans l'allée en pente, parce que ses yeux ne s'étaient pas encore accoutumés à la semi-obscurité.

– Hé, les amis ?

Et puis, il vit une jambe reposant sur un accoudoir.

– Hé, vous êtes tous saouls ?

Il entendit un gémissement par-dessus les cris et les rires fous de la bande-son du film. Il posa la main sur le genou et le secoua.

– *Où sont les lumières, là-dedans ?* hurla-t-il.

Et alors, ou l'écran se fit plus brillant, ou ses yeux s'accoutumèrent à la pénombre, car il distingua des blessés et des morts gisant dans leurs sièges, dans toute la salle. On aurait dit une plaisanterie macabre. Partout où se posait son regard, Bobo voyait des têtes inclinées, des bras écartés, des corps pliés sur les dossiers, d'autres qui gisaient entre les rangées jonchées de pop-corn.

Un instant, Bobo Farnsworth perdit probablement l'esprit. Il poussa un long hurlement, courut jusqu'au premier rang et découvrit le cadavre de Mark Johanssen, allongé sur le dos, la bouche ouverte, ses cheveux blonds poisseux d'une substance qui ressemblait à du chocolat. Sur la scène, à un peu plus d'un mètre de Johanssen, un amas de sang et de membres et, au milieu, une main, pareille à une araignée de chair.

Bobo demeurait le seul flic vivant de tout Hampstead, se dit-il.

Avant qu'il ne se reprenne, il crut entendre un murmure qui montait du sol. Les bruits de la bande-son cessèrent, comme coupés au couteau. Les murmures se changèrent en gémissements.

Ils n'étaient pas tous morts.

Bobo revint en courant dans l'allée, glissant dans le sang. Avant d'aller appeler la police de l'Etat, puis les ambulances de Hampstead, Old Sarum et King George, il jeta un dernier regard sur l'écran.

Et l'écran le saisit.

– J'ai vu quelque chose de fou, dit Bobo à Graham quelques mois plus tard. Ce n'était pas facile à distinguer car l'écran était lacéré, et l'image était projetée sur le mur, derrière ; c'était flou.

Ils se trouvaient chez Graham. Bobo se leva nerveusement, fourrant ses mains dans les poches de son pantalon.

– Vous avez eu cette fille, Patsy McCloud, chez vous, pendant quelque temps, non ? demanda-t-il.

– Oui, elle était ici.

– Et plus maintenant ?

– Non, fit Graham.

– Si je vous en parle – ça va vous paraître idiot mais je vais vous le dire quand même –, c'est que j'étais là, en train de regarder l'écran, quand j'ai soudain pensé à elle. J'ai vu son visage. C'est-à-dire que j'ai pensé à son visage. Et je voulais la voir. Comme si elle pouvait m'aider. Je voulais vraiment la voir.

– Ça ne me paraît pas idiot. Vous ne savez pas à quel point ça me paraît sensé, au contraire.

– Peut-être, dit Bobo en le regardant curieusement. Oui, je me souviens de cette fois, à Kendall Point. Jamais je ne l'oublierai. Ce que je pensais de la mort de Ronnie, et de ce qui se trouvait dans ce ravin... et cette fille, Patsy, qui était là, avec vous et les autres. Voulez que je vous dise ? Vous étiez tous beaux. *Beaux !* Même maintenant, espèce de vieux singe bossu.

– Etant donné que Patsy a dix ou quinze ans de plus que vous, vous ne devriez pas dire « cette fille ». Et je n'ai pas de bosse dans le dos.

– Pas plus que le sonneur de Notre-Dame. Bref, je suis pratiquement tombé amoureux de Patsy rien qu'en la regardant. Et vous savez combien je m'inquiétais pour Ronnie. Mais cette fille, pardon, cette femme, m'a ensorcelé. Je me serais fait tuer pour elle.

– Revenons-en au cinéma, dit Graham.

– Ouais, c'est ce que vous voulez savoir, hein ? Et le plus curieux, c'est que je me suis juré de ne jamais parler à personne de ce que j'ai cru voir sur l'écran déchiré. Je ne voulais pas passer pour un candidat à l'asile de dingues.

– La plupart des autres ont fait comme vous.

– Et ils vous en ont parlé.

– Certains.

– Au diable ! dit Bobo en riant. Moi, je ne vous aurais jamais rien dit, si ce n'était cette journée à Kendall Point. C'est la seule raison, et je n'ai toujours pas compris ce qui s'est vraiment passé.

Graham continua à fixer Bobo.

– C'est bon. Je vais vous le dire. Mais n'oubliez pas que je ne suis resté que quelques instants. Et ça n'a duré que deux secondes. Bref, j'ai vu Ronnie. Quelques secondes, mais cela a été suffisant.

– Vous n'êtes pas obligé... commença Graham.

Mais Bobo le coupa :

– Si, Graham, il le faut. C'est pour cela que je suis ici, non ? Je l'ai vue enterrée. Je l'ai vue dans son cercueil, et j'ai vu des choses qui la dévoraient. Des rats. De gros vers blancs aussi longs que des serpents. Arrachant des morceaux de son corps. Mais elle n'était pas encore morte, et elle criait, Graham, elle hurlait comme une perdue. Et cela a continué jusqu'à ce qu'elle meure. (Bobo se courba, grimaçant, comme pris de douleurs.) Et j'ai compris. Quand je me suis éloigné de cet horrible spectacle pour me rendre au téléphone, dans le hall, j'ai compris que c'était ce qui se trouvait dans mon esprit que je voyais. Vous me suivez ? Une partie de moi-même souhaitait que Ronnie meure, cette nuit-là. Une partie de moi-même était fatiguée de s'occuper d'elle. Et je l'ai mise dans son cercueil, Graham, et je l'ai enterrée profondément. Et c'est parce qu'elle vivait toujours qu'elle hurlait pour sortir.

Graham s'apprêtait à faire une remarque stupide, mais Bobo l'arrêta d'un geste.

– Ne dites rien. Vous ne connaissez pas la suite. Ronnie s'est endormie, ce soir-là, mais vous savez ce qu'elle a rêvé ? Vous ne devinez pas ? C'est passé de mon esprit sur ce qu'il restait de l'écran, et de là dans son esprit. Ce qui a failli la tuer, car elle savait d'où cela venait. Elle n'a jamais voulu l'admettre, mais elle savait. Quand je suis rentré chez elle, elle était tombée, elle s'était vomi dessus et elle avait la peau desséchée. Elle devait avoir plus de 41° de fièvre. Elle a failli mourir. Et si elle était morte, c'est moi qui l'aurais tuée.

– Non, dit Graham, bien que ce fût en partie vrai. Ronnie avait découvert cette vérité puisqu'ils ne vivaient plus ensemble. Entre eux s'était glissé Gideon Winter et sa perspicacité de Dragon quant aux ambiguïtés des sentiments humains.

*

– J'ai un drôle de sentiment, disait Sarah à Ulrick Byrne devant le « Bixbee » ouvert devant eux, dans la salle des archives du journal. Vous avez remarqué que, tous les trente ans environ, se produit quelque horrible événement à Hampstead. Nous pensons pourtant que Telpro est à l'origine des événements récents de ce cycle.

– Nous le savons. J'ai dû appeler le bureau d'Haugejas au moins cinq fois aujourd'hui. Pour m'entendre dire chaque fois par cette Chinoise que le général était toujours en conférence. Ils mijotent quelque chose. En outre, nous avons cette photo de Léo Friedgood.

– Voulez-vous dire que Telpro est derrière le meurtre de Stony Friedgood ?

– Non. Mais derrière tous les morts du 18 mai, oui. Toutes les morts d'enfants, oui. Je ne suis pas certain qu'on puisse imputer à Telpro les crimes commis au début de l'été.

– Moi si. Je pense que tout est lié. Tout ce qui arrive fait partie d'un même cycle. Je pense que Léo Friedgood est lié à cette histoire de Bates Krell et Prince Green. John Sayre pensait y être lié, lui aussi. Je suis sûre d'avoir dit à Bixbee que j'avais vu ces noms sur le bloc-notes de Sayre, et c'est pourquoi on retrouve son nom dans cette colonne.

– Je ne vois pas très bien où cela nous mène.

– Moi non plus, Ulrick. Il nous faut peut-être creuser davantage.

– Pitié pour ma tête, Sarah. Je vous accorde que nous avons eu, dans les années vingt, une série de meurtres assez semblables à ceux d'aujourd'hui. Bates Krell disparaît. Les crimes cessent. En 1980, Léo Friedgood disparaît. Mais les crimes ne cessent pas. Nous ne savons pas vraiment quand Léo a disparu. Pensez-vous qu'il ait tué sa femme ?

– Nous savons que non. Il était à Woodville toute la journée.

– Oh, zut ! Je perds la boule.

– Je dis seulement que nous pourrions nous faire, à travers ce qui s'est passé alors, une idée de ce qui se passe maintenant. S'il existe vraiment un cycle de trente ans, il faudrait peut-être voir de plus près comment la roue a tourné. Pour ce qui est de 1952, on ne peut en tirer grand-chose. J'étais là et il ne s'est rien passé d'important. Un homme s'est fait sauter la cervelle. Mais il nous a laissé une indication sur le passé, et je crois qu'il est temps de nous pencher sur cet indice.

– Je ne comprends toujours pas comment cela nous aidera à coincer Telpro.

– Je ne crois pas que cela nous aide. Mais nous pourrons déterminer comment Telpro s'inscrit dans le tableau. Le cycle, le canevas est antérieur à l'existence de Telpro.

– On ne peut pas appeler Bates Krell et lui demander ce qui s'est passé, ni espérer tomber sur Robertson Green.

– C'est exact. Mais nous pourrions voir où ils habitaient. Jeter un coup d'œil à leur maison. Qui sait, Ulrick ? Nous pourrions apprendre quelque chose... Pourquoi n'iriez-vous pas à la mairie voir si quelqu'un habite ces maisons, ou même si elles existent encore ?

Pendant que Byrne se rendait à la mairie, Sarah se demandait si elle avait parlé à Bixbee des noms découverts dans le bureau de Sayre. Elle en avait parlé à Bill Hackley, le rédacteur en chef de l'époque. Bixbee avait-il entendu ?

Sarah n'avait pas eu plus de quatre ou cinq conversations avec Bixbee, au cours de la quinzaine d'années où ils avaient travaillé ensemble. Il y en avait une qu'elle n'avait pas oubliée, à cause d'une réflexion curieuse du vieux typographe. Il s'était trouvé là au cours d'une pause cigarette, alors que Sarah et Hackley discutaient de l'apparente indifférence du conseil municipal devant l'évolution de Post Road et de Riverfront Avenue – où fleurissaient des boîtes de restauration rapide voisinant avec des blanchisseries, des supermarchés, des bars, toute une forêt d'enseignes au néon.

– Eh bien, qu'en pensez-vous, Bixbee ? avait demandé Hackley.

Bixbee, le visage maigre et gris, avait grimacé et Sarah avait craint de le voir cracher sur la moquette du rédacteur en chef.

– Je crois pas que ça change grand-chose. Rien ne peut sauver cette ville, avait dit Bixbee. Ça a toujours été un coin pourri. Regardez l'histoire de la ville, monsieur Hackley. Vous verrez.

– Je ne savais pas que vous vous y intéressiez tellement, Bixbee, avait dit le rédacteur en chef, retenant son envie de rire.

– Il y a des tas de choses que vous ne savez pas, avait répliqué Bixbee. Vous ne connaissez pas votre propre histoire.

Ce qui n'avait plus du tout amusé le rédacteur en chef. Mais Bixbee n'avait pas perdu son emploi : il avait prouvé qu'il était fou. Et il avait mentionné le nom de Bates Krell ! Sarah s'en souvenait, plus de vingt-cinq ans après.

– Je parie que vous n'avez jamais entendu parler de Bates Krell, monsieur Hackley. Il avait de grandes ailes noires. Croyez-vous, monsieur Hackley, que nous connaîtrons un autre été noir à Hampstead ?

– Un été noir ? s'était exclamé Hackley. Des ailes noires ? Seigneur ! Bixbee, je regrette de vous avoir demandé votre avis.

Et Bixbee avait dit autre chose que Sarah avait oublié. Quelque chose concernant Bates Krell, elle en était certaine...

... quelque chose concernant sa maison ?

C'était cela. Voilà pourquoi Sarah se souvenait soudain de cette conversation ; une association d'idées avec ce que faisait Ulrick Byrne à la mairie.

Au retour de Byrne, une demi-heure plus tard, Sarah savait déjà ce qu'elle voulait faire. Elle avait écrit l'adresse sur une feuille à en-tête de la *Gazette*.

– J'ai le tuyau, dit Byrne. Ça a été facile pour la

maison Green. Elle n'a cessé d'être occupée depuis plus de cent ans. Actuellement, c'est un certain John Scully qui l'habite. Depuis vingt-quatre ans. Il est éditeur à New York. Je n'ai pas l'impression que nous en apprendrons beaucoup sur Prince Green si nous allons voir John Scully.

– Je suis d'accord. L'autre maison ?

– Il m'a fallu davantage de temps. C'est sur Poor Fox Road. Vous savez, la petite rue qui borde les terrains qui appartenaient jadis à l'école. Ils logeaient les profs dans ces maisons, et les internes. J'ai fini par apprendre que personne n'a habité la maison Krell depuis qu'il est mort, ou qu'il a quitté la ville. Elle a été saisie pour payer les arriérés d'impôts, mais personne ne l'a achetée. C'est la propriété de la ville depuis cinquante ans.

– Je veux y aller, dit Sarah.

– Dans une maison vide depuis cinquante ans ? Vous avez déjà vu le coin ?

– C'est la maison de Bates Krell telle qu'il l'a quittée. Et vous laisseriez passer une telle occasion ?

*

– C'est là, dans ce coin, que le facteur a découvert le cadavre du jardinier, Bobby Fritz, dit Ulrick tandis qu'ils remontaient Poor Fox Road.

– Euh, dit Sarah, avec ce poème fou dans la poitrine. Vous savez, j'ai passé presque toute ma vie à Hampstead et je crois que c'est la première fois que je mets les pieds ici.

– C'est le cas d'à peu près tout le monde. Ça ne ressemble pas beaucoup au reste de Greenbank, ça c'est sûr.

Ils arrivèrent à un virage d'où ils découvrirent les maisons et Sarah devina laquelle était celle de Krell.

– Je crois que c'est un peu sinistre, non ? dit Byrne. Nous en avons parlé, avec une femme à la mairie, quand elle a vu ce que je cherchais. Elle connaissait un peintre qui habitait dans celle-ci. (Byrne montra une maison de bois à un étage, à côté d'un terrain plein de carcasses de voitures.) Il est parti pour se rapprocher de la ville parce qu'il entendait sans arrêt des bruits curieux, la nuit.

– Tout le monde entend de drôles de bruits la nuit, à Hampstead.

Ils s'arrêtèrent au bord de la route devant une maison qui ne portait pas de numéro. C'était inutile.

Petite, toute en rez-de-chaussée, des bardeaux fendus comme des dents brisées, elle était sinistre. On avait depuis longtemps fracturé les deux petites fenêtres qui flanquaient la porte, et le toit s'affaissait. Depuis bien longtemps aussi avait séché ce qui avait dû être une pelouse. Abandonnée depuis trop de temps et impossible à réparer, la maison n'aurait pu être que pathétique. Mais aux yeux de Sarah, elle était sinistre, précisément parce qu'y demeuraient les souvenirs.

Ulrick dut ressentir la même impression, car il demanda :

– Vous êtes certaine que le vieux bonhomme n'y est plus ? Avec ses quatre-vingt-dix ans et, disons, son agressivité ?

Sarah n'avait pas la moindre envie de s'approcher davantage.

– Allons jeter un coup d'œil, dit-elle, se demandant ce qui la poussait toujours à se montrer plus brave que les hommes. Ce n'est qu'une vieille demeure. Nous allons effrayer les souris.

– Je crois que je comprends les souris, dit Ulrick qui la suivit à contrecœur.

Il posa la main sur la poignée, grêlée et noircie.

« M. Krell voulait une porte bien fermée », songea-t-elle.

Byrne tourna la poignée, poussa la porte qui s'ouvrit en grinçant.

– Allons-y, Galaad, dit Sarah en passant le seuil.

Elle se retrouva dans une petite pièce poussiéreuse, à peine éclairée par les deux fenêtres brisées. Une autre fenêtre, au fond, avait été recouverte de papier journal jauni. Le plancher saillait çà et là et penchait vers le mur du fond, ajoutant encore à l'impression de fausse perspective de la pièce vide. Sur les murs et le plafond, des générations de gouttières avaient laissé des cartes en relief.

Il y avait dans cette maison quelque chose de maléfique, tout simplement, et Sarah le perçut. Paradoxalement, elle se sentit également soulagée : elle était dans la place.

– Complètement vide, fit inutilement observer Byrne.

– Si l'on veut.

– Il n'y a pas grand-chose à voir.

– Je voudrais tout voir.

Sarah passa dans une autre pièce, plus petite, également vide. Un cordon-interrupteur pendait du plafond. Là aussi, on avait obturé la fenêtre avec du journal.

– C'est sans doute ici que Krell faisait son dodo, dit Byrne, derrière Sarah.

– La cuisine doit être de l'autre côté, observa celle-ci, repassant dans la salle de séjour.

Soudain, une sensation bizarre l'envahit. Le sol parut *tanguer*, se redresser.

– Ulrick, vous n'avez pas... commença Sarah, interrompue par l'impression que la petite pièce s'étendait, s'étendait autour d'elle, se multipliant en longueur : un instant, elle eut le sentiment de se retrouver dans une vaste grotte voûtée.

– Je n'ai pas quoi ? demanda Ulrick derrière elle.

La maison Krell avait ses trucs. Heureusement que Byrne était là pour en limiter la portée. Si elle avait été seule, ces trois pièces et le sous-sol se seraient changés en un labyrinthe.

– Je n'ai pas quoi, Sarah ?

La pièce reprit sa forme. Sarah devina que, quel que fût le rôle de Telpro dans ce qui se passait à Hampstead, cette maison était essentielle. Le vieux Bixbee l'avait compris avant elle et elle allait éplucher son index avec la même minutie que Billy Graham épluchait la Bible.

– Encore une pièce, ensuite le sous-sol, dit-elle, continuant vers la cuisine.

Là, la fenêtre n'avait pas été masquée et révélait les trous du linoléum, l'évier métallique, les tuyaux rouillés.

– Je parie qu'on pourrait avoir cette baraque pour pas cher, dit Byrne. Vous croyez que la plomberie fonctionne encore ?

Non, fit Sarah de la tête, mais déjà Byrne tournait un robinet. Le tuyau fit entendre un bruit.

– Je crois qu'il y a encore de l'eau.

L'instant d'après, la poignée sauta du robinet et une substance épaisse et jaunâtre se répandit, les éclaboussant, exhalant Une odeur nauséabonde. « Une odeur de maladie, se dit Sarah, les humeurs qui suinteraient d'un cadavre. »

– On ne peut pas fermer ce truc ? demanda Ulrick, un peu paniqué. Mon Dieu, qu'est-ce que *c'est* ?

Sarah examina une tache épaisse collée sur sa jupe. Elle tira un mouchoir en papier de son sac et l'enleva.

Les tuyaux grondaient toujours. Sarah les voyait vibrer, sous l'évier. Toute la maison paraissait trembler au même rythme.

– Allons-nous-en, dit Byrne. Je suis couvert de cette puanteur et je pense qu'on peut se passer de voir le sous-sol.

Il ne restait qu'une seule porte, dans la cuisine, et Sarah l'ouvrit.

– Je crois qu'on ferait mieux de partir, insista Byrne.

– Eh bien, partez. Moi je vais voir au sous-sol.

Elle s'engagea dans les escaliers, sachant qu'Ulrick allait la suivre.

– Dans ce cas, laissez-moi passer le premier, dit-il, nettoyant sa veste avec un mouchoir pas très propre qu'il fourra dans sa poche. (Arrivé au bas des escaliers, il lui annonça :) Il y a de la lumière, en bas.

Sarah remarqua les briques de verre, tout en haut. Elle avait la chair de poule. Elle se sentait mal à l'aise. C'était là que les souvenirs étaient le plus concentrés. Quand le mal avait pénétré dans cette maison, c'est là qu'il avait pris racine.

– Mon Dieu, quel horrible endroit ! dit Byrne qui avait dû éprouver la même impression.

Elle le regarda, curieusement, puis scruta intensément le sous-sol. Ça n'était qu'un espace vide, enfermé dans des murs de pierre, avec un sol poussiéreux. Tout au bout, une longue table de bois : un établi, peut-être.

– Vous savez, dit Byrne, avant de me spécialiser dans l'immobilier, j'ai passé pas mal de temps dans les tribunaux, et j'ai vu ma part de prisons. Je sais reconnaître un lieu où des gens ont été détenus, malheureux. Mais, bon Dieu, Sarah, je n'ai jamais rien vu de pire. Je ne veux même pas savoir ce qui s'est passé ici.

– Moi non plus. Ça suffit. Partons.

Byrne poussa un soupir de soulagement et ils se dirigèrent vers les escaliers.

En haut, une porte claqua en se refermant. Des bruits de pas se firent entendre dans le séjour et la cuisine. Ils se regardèrent, terrorisés. Les pas arrivaient tout droit aux escaliers. Peut-être imaginèrent-ils, l'un et l'autre, que Bates Krell était revenu et allait les massacrer.

– Un gosse. Ce doit être un gosse, dit Sarah, réagissant une fraction de seconde avant Ulrick.

– Oui, fit celui-ci, sans conviction.

Quand la porte s'ouvrit en grinçant, en haut des

escaliers, il prit le bras de Sarah et l'attira dans un coin d'où ils pourraient voir qui descendait avant qu'on ne les découvre.

Il recula contre le mur mais s'en dégagea prestement. Il avait senti comme des poils, sur le mur. Il se retourna et faillit hurler. Des milliers de petites araignées rouges couvraient le mur. Une douleur aiguë à la main lui laissa penser qu'il venait d'être mordu.

Ce n'était pas un enfant qui descendait les escaliers. Les pas étaient lourds et précautionneux. Des pas d'adulte.

Apparut une tête argentée. Ils se sentirent vaguement soulagés mais leur soulagement s'évanouit quand le visage se tourna vers eux. C'était une grotesque parodie de visage humain. D'un blanc cadavérique, bouffi d'un excès de chair, le front gonflé, le menton en fanon.

Là encore, Sarah fut la première à réagir : l'homme était ce que les enfants appelaient un « coulant », et il devait se cacher dans la maison abandonnée. Dans une ou deux semaines, il allait devoir s'envelopper de bandages : il lui faudrait une cachette sûre car il risquerait la destruction, la mort.

– Un coulant, souffla Ulrick à Sarah.

Se tournant vers lui, elle vit une colonie d'araignées dans les cheveux de l'avocat.

L'homme qui venait de se glisser dans le sous-sol de Bates Krell était son gynécologue.

– Vos *cheveux*, siffla-t-elle à Byrne. Vos cheveux – *des araignées.* (Puis, d'une voix presque normale, à l'homme qui arrivait :) Docteur Van Horne ? Ne craignez rien. C'est moi, Sarah Spry.

Le médecin se tourna vers la voix avec une terrible lenteur.

Sarah distinguait maintenant l'étendue des mutilations – c'était le terme – de la maladie. On reconnaissait à peine le visage, luisant et dégoulinant. Des lambeaux de peau lui tombaient sur les yeux, remontaient, glissaient à nouveau. Derrière elle, Ulrick tentait frénétiquement de se débarrasser des araignées.

– Nous n'avons pas de mauvaises intentions, docteur. Vous vous souvenez de moi ? Je suis une de vos patientes. Sarah Spry.

Van Horne semblait lui sourire tandis qu'elle avançait vers lui. Sa chaussure s'enfonça dans une flaque, une flaque de sang, vit-elle, surprise. Elle eut l'impression qu'une main enfantine repoussait sa semelle sanglante. Elle recula, refusant de voir. Elle entendit un autre bruit dans les escaliers et recula dans le coin où l'avocat l'avait entraînée : le seul endroit où elle s'était sentie en sécurité. Car au sommet des escaliers menant à la cuisine de Bates Krell, elle avait vu le petit Martin O'Hara, mort, qui la regardait. Son frère Thomas, debout derrière lui, regardait par-dessus l'épaule de Martin du même regard fixe et indifférent.

LA CHAUVE-SOURIS DE FEU

Clark et sa maîtresse passèrent toute la journée du lendemain à boire. Ils commencèrent par de la bière, passèrent à l'alcool vers 7 heures (Jameson pour Clark, vodka Stolichnaya pour Berkeley) et ouvrirent une bouteille de vin pour le repas. Tabby songea qu'ils tenaient mieux l'alcool que d'ordinaire et allaient probablement s'écrouler devant la télé. Cela leur arrivait souvent. Tabby éteignait et allait au lit.

Pour la première fois depuis le départ de Sherri Stillwell, son père plaisanta.

– Bon Dieu, Clark, dit Berkeley, tu as été marié deux fois et je parie que tu n'as pas été heureux plus de six mois chaque fois.

– Le bonheur ne fait pas l'argent, dit Clark.

Berkeley éclata de rire et leva les yeux, surprise : la blague masquait un mensonge, mais ça n'en était pas moins une blague, malgré son amertume.

Après le repas, Clark et Berkeley montèrent dans la chambre, « pour un petit dodo », selon l'euphémisme de Berkeley.

Tabby était accoutumé aux bruits, gémissements et autres qui accompagnaient ces ébats. Cette fois, il crut entendre son père pleurer. A 16 heures, Tabby quitta sa chambre et descendit boire un Coke dans la cuisine où des assiettes sales jonchaient l'évier. Il les lava, s'essuya les mains et passa dans la bibliothèque, l'une des quatre pièces qui possédaient une cheminée. Elle sentait le papier brûlé et le whiskey irlandais.

Pendant un instant, il vit les murs osciller et glisser vers lui. Tabby tressaillit, se souvenant de ce qui lui était arrivé dans la bibliothèque... un homme aux yeux couleur de thé qui brandissait une arme alors que l'orage grondait...

Tu aurais dû partir à Fairlie Hill avec les autres, gamin.

Il sentit sa bouche se dessécher et son cœur cogner.

S'il n'avait entendu son père éructer, à cet instant, il aurait perdu connaissance.

Tabby se retourna et vit son père, les cheveux en bataille, un verre contenant un liquide brun dans ses mains tremblantes. Deux mouches passèrent devant son visage.

– File, dit-il d'une voix rauque.

Tabby sortit de la pièce et s'assit dans les escaliers, les bras autour des genoux. Deux fois, Clark passa en titubant, allant remplir son verre à la cuisine. Tabby sentit l'odeur âcre de la fumée que dégageait le feu dans la cheminée. Pourquoi son père avait-il fait du feu en plein mois d'août ? Tabby regagna sa chambre, fixa les écouteurs de sa platine sur ses oreilles et ferma les yeux.

Une demi-heure plus tard, il sortit dans le couloir brûlant. L'odeur de la fumée montait jusqu'à lui.

– Papa ? appela-t-il. Qu'est-ce qui se passe ?

Un bruit de pas lourds et son père apparut, sa bouteille de whiskey à la main, le visage maculé de traînées de cendres.

– Je fais du feu, voilà ce qui se passe. Du feu dans les cheminées des *Quatre Cheminées*. Tu veux me donner un coup de main ?

– Comment ?

– En apportant du bois. Berkeley n'a mis que du

papier, mais ce n'est pas la bonne manière. Sors chercher du bois.

Il avait les yeux vitreux et les traces de cendres lui donnaient un visage dur.

– Tu te sens bien, papa ? demanda Tabby en passant devant son père sans oser le regarder.

Le prudent Monty Smithfield avait fait rentrer trois cordes de bois chaque hiver, et chaque hiver il n'en avait brûlé qu'un peu moins de deux. Il restait assez de bûches contre la barrière, au fond du jardin, pour trois hivers rigoureux. Tabby sortit, emportant un panier pour transporter les bûches. Il le chargea autant qu'il put et, soufflant, le rapporta dans la maison.

– C'est bon, dit son père. Va mettre ça dans le feu, dans la bibliothèque. Et va en chercher encore pour mettre dans les autres cheminées.

Tabby transporta péniblement le bois dans la bibliothèque. Il régnait dans la pièce une chaleur de sauna.

Au coucher du soleil, les pièces des *Quatre Cheminées* rougeoyaient sous la lueur du feu. Tabby continua ses voyages jusqu'à la pile de bois. Dans toute la maison, il entendait le ronflement des foyers ; il était en sueur ; son visage – comme celui de son père – était maculé de cendres et de suie. Pourquoi son père transformait-il la maison en fournaise ? Il avait mal aux bras et la tête lui tournait. De nouveau, il crut entendre son père pleurer et appeler « Jean ? Jean ? », comme s'il voyait le fantôme de sa femme.

Tabby monta se laver les mains et le visage, laissant son père en bas, grimaçant un sourire au milieu des flammes.

Sur le mur d'une chambre qu'il pensait être la sienne, il vit un fanion inconnu, le fanion d'un lycée ou d'une université portant un nom : ARHOOLIE.

Arhoolie ? Lorsqu'il s'écroula sur le lit, la chambre parut se distendre, les murs se gauchir.

– *Une pleine assiette de feu !* entendit-il Clark crier, avant de sombrer dans le sommeil.

Il rêva d'une grande forêt aux arbres immenses qui se penchaient sur lui. Il aurait dû fuir en courant, les arbres même le lui soufflaient, mais il devait *voir* ce qui se cachait là, sous ces arbres. Il commença à entendre des cris d'animaux – des cris de douleur, de terreur et d'angoisse. Et des bruits de bataille. Un animal cria avec une voix de femme, dans les aigus. Les animaux se battaient ; si Tabby avançait, ils allaient lui sauter dessus, lui arracher le cœur.

Quand il ouvrit les yeux, il vit une flaque de lumière blanche dans l'obscurité de sa chambre. Il l'avait déjà vue, mais où ? Et il se souvint : autour de la tête de son père ivre, assis à la table de la cuisine.

Il faisait une chaleur étouffante et l'odeur de la fumée rendait l'air irrespirable.

La flaque de lumière se tordit en un visage informe, changeant sans cesse. Un visage blanc, enfantin : mais le front bascula, en saillie sur les yeux, le menton avança, les oreilles s'allongèrent.

C'était le visage de Gideon Winter, le vrai visage qui se dissimulait sous celui qu'il avait montré au monde.

Le visage se pencha sur lui, comme les arbres dans son rêve. Tabby prit vaguement conscience de vêtements noirs qui sentaient la fumée. L'énorme gueule s'ouvrit sur des dents acérées ; une langue, longue comme un serpent, se projeta vers lui.

De nouveau, le cri de l'animal : c'était celui d'une femme.

Le visage, en face de lui, s'évapora comme une volute de fumée, ne laissant subsister qu'une odeur âcre.

Tremblant, Tabby sortit de son lit. La fumée envahissait sa chambre. Il atteignit la fenêtre au moment où monta un autre cri pitoyable dans la nuit. Il vit deux formes qui luttaient sur la pelouse, dans la fumée. Il avait déjà vu de ces scènes de batailles, comme tout le monde à Hampstead. Il lui fallut un moment pour reconnaître son père et Berkeley Woodhouse.

Clark rayonnait. Jamais, depuis les jours lointains de ses victoires au tennis, il n'avait montré une telle énergie, une telle confiance.

Et il remarqua que le visage de Berkeley était rouge de sang.

Le poing de Clark s'abattit, lui réduisant le nez en bouillie. Quand Berkeley porta les mains à son visage, Clark la faucha. Dès qu'elle fut à terre, il la bourra de coups de pied dans les côtes, joyeux, précis. Elle poussa un autre de ses terribles hurlements. Clark eut un petit mouvement d'impatience et lui lança un coup de pied au visage. Berkeley gémit, ses longues jambes tremblant dans l'herbe. D'un autre coup de pied au ventre, particulièrement violent, Clark la rejeta un peu plus loin.

Là, il put frapper au visage sans avoir à se déplacer. Par deux fois, comme un piston, la jambe de Clark recula, puis s'abattit. Des taches rouges maculèrent son pantalon.

Tabby ouvrit la fenêtre, se pencha.

– Papa ! Papa ! Arrête !

Clark leva les yeux, joyeux, rayonnant.

– Papa, je vais appeler l'ambulance.

Son père lui sourit et rentra dans la maison, abandonnant le corps de Berkeley. Tabby entendit claquer la porte. Il regarda le corps inerte, espérant apercevoir un mouvement, entendre un gémissement... mais il savait que Berkeley était morte. Une porte claqua, à l'intérieur : celle de la bibliothèque. On aurait dit que *Les Quatre Cheminées* riaient.

Cette chambre n'était pas la sienne. Elle était plus petite, plus encombrée.

Il sentait toujours l'odeur de la fumée, bien qu'elle se fût dissipée. Tabby alla à la fenêtre mais ne vit pas Greenbank. Une vaste pelouse et des arbres lui rappelèrent la Floride. A un coin de rue – inconnu –, une plaque : MAPLE LANE.

Ce paysage aussi lui était inconnu quoique familier ; il l'avait déjà vu en rêve.

En bas, son père rugissait de rire.

Maple Lane. Une tapisserie avec du lierre et des skis contre la porte d'un placard. Arhoolie. Il savait *presque* ce qu'il allait trouver derrière la porte. S'il décrochait le téléphone et appelait, aurait-il la police de Hampstead ? Ou la police de Dieu sait quel monde inventé ?

Une invisible fumée, dans le couloir, lui piquait les yeux, irritait ses poumons.

– Au secours ! appela-t-il. Papa !

– Tu veux quelque chose ? demanda calmement son père, derrière lui.

Tabby se retourna, si effrayé qu'il craignit de s'uriner dessus.

La voix de son père, mais pas son père. C'était un homme mince, beaucoup plus jeune, le visage grêlé de marques d'acné. Une tête à fréquenter les jumeaux Norman, une tête de criminel. Il portait une casquette et un costume de tweed appartenant à son père. Tabby recula.

– Retourne dans ta chambre, Spunks, dit la créature. J'ai une pleine assiette de cookies pour toi.

– Papa !

– Papa est là, dit la créature avec la voix de son père, en s'approchant de Tabby.

Tabby fit demi-tour et fila vers des escaliers qui, il le savait, se trouvaient au bout du couloir. Derrière lui, la créature se mit à rire.

La chaleur se fit plus vive dans les escaliers. Il entendit, sans les voir, les feux du salon et de la bibliothèque... le ronflement des flammes qui dévoraient tout. Il traversa le salon et passa dans la cuisine. Il voulait seulement sortir. Sortir dans Greenbank.

Une femme, devant l'évier, se retourna et lui sourit. Vêtue d'une modeste robe marron à col Peter Pan, Grace Jameson – une Grace Jameson avec le visage de sa mère – lui souriait dans la cuisine de *Papa est là*.

– Oh, chéri, lui dit sa mère. Te voilà. Nous t'attendions depuis si longtemps. Le dîner est prêt.

– Billy Bentley, souffla Tabby.

Il fixait Jean Smithfield, telle qu'au jour de sa mort, dix ans plus tôt, mais différente de l'image qu'en avait gardée Tabby, modelée par les photos de son père.

– Maman, dit-il, poussé par une folle envie de se précipiter dans ses bras.

Mais un souffle d'air chaud le balaya et il recula, surpris.

Sa mère lui souriait toujours, mais ses mains étaient enveloppées de boules de feu qui, en un instant, gagnèrent ses bras, ses cheveux. Sous le visage souriant, Tabby vit les os, brillants. De nouveau, il bondit en arrière et sa mère approcha en titubant. Les flammes gagnaient son visage, sa poitrine.

Sans regarder, Tabby tendit la main vers l'intense chaleur d'un feu invisible. Il hurla de douleur. Autour de lui, la maison brûlait et il ne pouvait voir les flammes.

Sa mère tomba à genoux, les bras toujours tendus vers lui. Il ne pouvait la quitter du regard. Sa main brûlée le faisait souffrir.

Derrière lui, son père se mit à rire. Tabby le vit dans son costume gris, un verre de whiskey à la main.

– N'est-ce pas magnifique ? dit Clark. Nous voilà tous réunis pour la dernière fois, et à la télé, encore !

La manche gauche de sa veste avait commencé à roussir.

A l'intérieur du feu qui avait consumé Jean Smithfield, une forme que Tabby avait déjà vue deux fois luttait pour naître et déployer ses ailes.

– Une pleine assiette de feu, dit Clark pensivement. C'est bien cela, non ? Je me souviens de te l'avoir entendu dire bien des fois. Ici, dans cette cuisine.

Richard : il s'agissait de Richard Allbee, pas de lui. Le Dragon lui disait que Richard aussi allait mourir cette nuit.

Tabby recula d'un pas, regardant le feu dans la cuisine. Il voyait presque la tête, avec ses grands yeux vides. Un mouvement attira son attention : Billy Bentley souriait.

– Faut y aller, dit Clark avec difficulté. Nous n'avons plus beaucoup de temps...

Tabby battit en retraite. Il sentit ses sourcils grésiller ; les poils de son nez commençaient à brûler. Billy Bentley lui faisait un geste obscène du doigt.

– C'est la fin du feuilleton ? demanda Clark.

La bouche de Billy s'ouvrit sur un rire silencieux.

Il allait mourir. La maison brûlait, et son père et lui se trouvaient piégés par cette hallucination de *Papa est là* : ils ne trouvaient plus la sortie. La tête de la chauve-souris de feu sortait du foyer, le fixant de ses orbites vides. Il allait mourir et la cuisine, la maison, allaient exploser comme l'étoile de la Mort dans *La Guerre des étoiles*.

– Hé, fils, demanda Clark, qu'est-ce qui est arrivé à Berkeley ? Seigneur, pourquoi ce foutu verre est si chaud ?

– Papa, file ! Sors de la maison !

La tête de la chauve-souris de feu se tourna avidement vers Clark. Son père fut projeté contre l'évier et s'enflamma. Tabby vit le verre de Clark éclater. Son père hurla de douleur et sa peau commença à fondre.

– Non ! cria Tabby, regardant, impuissant, son père en train de mourir.

Sanglotant, Tabby s'enfuit, sans savoir où il allait. Ses doigts se posèrent sur un mur brûlant. Il entendit claquer les ailes gigantesques derrière lui.

Il sentit dans son dos la brûlure d'une épée de feu et il dégringola dans l'obscurité. En bas, il porta ses mains à son visage et vit qu'il saignait. Sa tête lui faisait mal, sa lèvre enflait. L'air était frais. Il ouvrit les yeux dans le noir.

Il était à la cave. L'humidité, sur son visage, c'était de la sueur, pas du sang. La cave était glaciale à côté de la fournaise de la maison. Ses jambes et ses bras étaient douloureux, mais répondaient : il ne s'était rien cassé. Il se releva, restant simplement debout, là, agitant doucement sa main brûlée, respirant lentement. Il alla s'appuyer contre un mur et *sentit*, plus qu'il ne sut, qu'il pleurait.

Il se glissa dans le coin le plus obscur. Au-dessus, le feu gagnait en puissance. Au milieu du vacarme, il entendit qu'on l'appelait, retint son souffle, essayant de faire taire ses sanglots inutiles. Il s'essuya le visage de sa main intacte.

– Monte, fiston, disait la voix de son père.

Tabby revit Clark gesticulant sur la pelouse, tuant Berkeley à coups de pied.

– Monte, *tout de suite*.

Tabby se tourna, appuya son visage tuméfié contre le béton frais. Il tremblait.

Un rugissement envahit la cave, en même temps qu'un nuage de fumée. Tabby détourna la tête, non sans avoir vu un rideau de feu dégringoler l'escalier. Il s'aplatit contre le mur.

Le feu dévorait les marches, léchait le sol. La terre qui brûlait se réfléchissait dans un des soupiraux de la cave.

Neuf heures plus tard, un Graham Williams exaspéré fixait un jeune homme en chemise rayée, nœud papillon et blazer bleu, assis à un vieux bureau de la Société d'histoire de Patchin-Hampstead.

– Je vous le répète. Le directeur a insisté : le public n'est pas admis parmi les rayonnages. Nous avons eu trop de problèmes cet été. Vous n'imagineriez jamais...

– Et moi, je vous répète que pour un prétendu historien, vous êtes un ignorant. Vous n'avez jamais entendu parler de l'été noir. Une période cruciale pour l'histoire de cette région. Pour vous, elle n'est qu'une page blanche.

– Mon domaine, c'est l'histoire de l'Europe, dit l'homme en soupirant. Vous parlez d'intérêt régional... et je pense que vous n'avez pas qualité pour me juger en tant qu'historien...

– J'ai *vu* plus d'histoire que vous n'avez pu en lire !

– Monsieur Williams, cela ne nous mène à rien. J'ai entendu parler de cet été noir. Si vous voulez bien vous installer à une table, j'irai dans les rayons vous chercher tout ce qui pourrait vous intéresser. Cela vous convient-il ?

– Je m'en contenterai, mais cela ne me convient pas.

Le jeune homme se leva et boutonna son blazer.

– Si vous voulez bien vous installer, monsieur Williams...

Graham lui tourna le dos avec dégoût et jeta son crayon et son bloc-notes sur l'une des longues tables, aussi bruyamment que possible.

– Monsieur Williams ?

Le jeune homme revenait avec un monceau de livres et de documents. Il paraissait encore plus satisfait de lui que d'ordinaire.

– J'ai trouvé beaucoup de choses, dit-il. Des exemplaires de journaux de New Haven de l'été 1873, des journaux de Patchin, et tous les livres que j'ai pu juger d'une quelconque utilité. Et je me suis souvenu d'une autre chose. (Il poussa sur la table un mince livre à la reliure grise.) Avez-vous entendu parler de Stephen Pollock ?

– Non, fit impatiemment Graham.

– Pollock aurait influencé Washington Irving. Quoi qu'il en soit, il est l'auteur des *Voyages curieux* : un récit de voyage. Il était dans le Connecticut en 1873, et il a pris une diligence de New York à New Haven. Ce qui signifie qu'il est passé devant cet immeuble.

Graham mit le livre de Pollock de côté, et passa plusieurs heures sur les journaux de l'été 1873. Le plus surprenant, se dit-il, c'était l'indifférence qu'avait rencontrée l'été noir. Çà et là, on trouvait des changements d'horaires des diligences ou des bateaux, une remarque badine sur la soudaine prospérité des entreprises de pompes funèbres et des fossoyeurs. Nul ne semblait s'émouvoir à Patchin. La moitié d'une ville était morte et les villes voisines se contentaient de dire ou d'écrire des blagues. Pendant des années, on avait fait comme si Hampstead n'existait plus.

Graham se pencha ensuite sur l'incendie de Patchin, en 1779, le débarquement de Tryon à Kendall Point, l'invasion des Anglais et des mercenaires allemands. Les soldats avaient foulé la tombe de Gideon Winter pour mettre la ville à sac.

Graham frissonna et il se vit tel qu'il était : un vieux bonhomme plus très solide, prêt à donner l'assaut à Kendall Point et Gideon Winter à cause des idées qui l'habitaient depuis cinquante ans.

Depuis quand n'avait-il pas vu Kendall Point ? Depuis qu'il avait commencé à se plonger dans l'histoire de Hampstead. A cette époque, encore gamin, il était allé jeter un coup d'œil sur le coin et... n'avait rien vu. Des arbres, des rochers, la mer. Il était descendu dans un ravin creusé par les bouleversements de 1811 ; et il avait vu des rochers, de la terre, des grottes éboulées, des mauvaises herbes : rien ! Il avait regardé sans rien voir. Il avait songé aux soldats de Tryon, à leur débarquement, sans prêter réellement attention à Kendall Point, qui servait de centre au paysage qui l'entourait.

Il se leva machinalement. Il sentait encore la chair de poule dans son dos et sur ses bras.

Il s'approcha d'une carte de la région, dessinée à la main. A la place de Greenbank, le cartographe avait dessiné deux petites fermes dans les marécages. Il les contempla un instant puis revint à Kendall Point : un soldat en habit rouge se tenait au garde-à-vous, l'arme à l'épaule. Graham se pencha pour regarder son visage de plus près. Et il se figea : il avait vu bouger le petit personnage. Il épaulait son mousquet, écartant les jambes, grimaçant un sourire. Puis le soldat en habit rouge visa, et quand il appuya sur la détente, Graham entendit un *pop !*

La vitre qui protégeait la carte s'étoila d'une marque minuscule.

Graham recula, craignant un instant d'avoir été touché par le projectile. Puis il le vit, fiché dans le verre brisé, petit moucheron de métal.

Juste avant que le jeune homme au nœud papillon ne se précipite dans la salle de lecture, Graham remarqua que la carte s'était déformée. La côte entre New Haven et Norrington dessinait le profil cornu d'un dragon. Il gémit, pris d'une violente douleur au ventre, comme si une vraie balle l'avait frappé.

– Monsieur Williams ? Que se passe-t-il ? Qu'avez-vous *fait* ? demanda le jeune homme en voyant la carte.

Il recula car des flammes gagnaient, sous la vitre, brûlant la carte. La silhouette du soldat noircit et se rétracta. Le jeune homme se rua sur le cadre pour le décrocher.

– C'est brûlant !

Il ôta sa veste et s'en protégea la main pour le saisir.

– Un extincteur, dit Graham, il vous faut un extincteur.

– Ne bougez pas, monsieur Williams.

Graham marcha lentement jusqu'à la longue table, ramassa son crayon et son bloc-notes, ainsi que le livre de Stephen Pollock. Quelques instants plus tard, il grimpait dans sa voiture.

Il démarra, descendit tout droit Harbor Road sans regarder Mount Avenue ou Greenbank. Il se rendait à Kendall Point.

Graham se gara à l'extrémité de la route qui aboutissait au mur éboulé. Il leva les yeux sur Kendall Point, se sentant rajeuni de vingt, trente ans ! Il y avait bien cette petite douleur dans la poitrine, cet élancement dans le genou droit, ces tiraillements dans le dos, mais il se trouvait sur le point de faire une découverte décisive. Il le savait. Et le Dragon le savait. Tout comme Tabby Smithfield, seul sur Gravesend Beach, Graham aurait pu crier le même défi : « Montre-moi ! »

Devant lui s'ouvrait une crevasse de sept mètres de profondeur, en pente douce, avec de gros rochers au fond qui permettaient de passer de l'autre côté. Au-delà, un plateau herbeux avec un bouquet de chênes et d'épicéas au centre ; sur ses bords, ce plateau se transformait en marécage ; celui-ci rejoignait la plage de galets, au bord de la mer. L'extrémité de la pointe se trouvait à deux cents mètres environ de l'endroit où se tenait Graham.

Les terrains de Harbor Road – juste derrière Graham – n'avaient guère changé depuis sa dernière visite à Kendall Point. Il s'en rendait compte maintenant : le Dragon avait souillé cet endroit. Tout de suite après le dernier virage de la route se dressait un bâtiment blanc, dont la terrasse de béton était en partie masquée par une petite haie. Graham avait toujours été persuadé qu'il s'agissait d'un bar mais il ne portait aucune enseigne ; pour cette raison, et à cause de sa rangée de petites fenêtres, il pensa que c'était un bordel. Il *ressemblait* à un bordel mal famé où l'on pouvait se faire détrousser. De l'autre côté de la ruelle, une demi-douzaine de petites maisons, comme celles de Poor Fox Road. Elles semblaient tout aussi abandonnées qu'une génération et demie plus tôt. Graham eut le sentiment qu'elles attendaient leurs victimes.

Graham grimpa sur le muret, jeta un coup d'œil à sa voiture et aux maisons, et sauta dans le domaine du Dragon.

Il lui fallait d'abord franchir la crevasse pour remonter sur la pointe elle-même. Il s'aida des rhododendrons sauvages pour descendre jusqu'aux rochers.

« Seigneur, pourquoi suis-je venu ici ? » se demanda-t-il. Et il glissa. Il leva ies yeux vers le sommet de la crevasse et vit le ciel qui s'obscurcissait. Il se trouvait maintenant à mi-chemin sur la pente, agrippant une racine qui, soudain, lui brûla la main comme un tuyau bouillant. Il battit des bras, cherchant une autre prise, et glissa encore sur près de deux mètres, se labourant les flancs et le visage sur les pierres. Un rhododendron l'empêcha de s'écraser tout en bas. Pour l'instant, il était sauf.

– A l'aide ! appela-t-il, songeant qu'une des jeunes filles du bar pourrait l'entendre. *A l'aide !*

Le buisson, ou la pente, ou les deux, cédèrent. Il sentit les muscles de la terre se contracter, les branches se replier et le repousser. Il heurta les rochers et ne sentit plus rien.

Longtemps après, Graham ouvrit les yeux sur l'immensité rouge de la douleur. Il gémit, se passa la langue sur les lèvres, bougea les jambes. Il avait mal partout et n'aurait su dire où, précisément, il était blessé : il n'était que souffrance. Après quelques minutes, cependant, il put faire un bilan : une douleur à la tête, sa joue droite avait doublé de volume, son bras était parcouru d'élancements, son bassin était engourdi.

Il cligna des yeux, leva sa main gauche avec précaution, tâta son visage, s'essuya les yeux. Au-dessus de lui, le monde reprenait forme.

Le bord supérieur de la crevasse dessinait une ligne noire sur le fond bleu foncé et étoilé du ciel. D'abord, Graham ne se souvint pas de la raison de sa présence dehors à pareille heure, et le paysage vertical le laissa perplexe. Il se souvenait d'avoir regardé la carte, à la Société d'histoire... après cela, le noir.

Il revit l'explosion, à la surface de la vitre. Provoquée par quoi ?

Il se redressa sur son bras gauche. De nouveau, le monde vira au rouge et se mit à décrire d'étourdissantes orbites. Il bougea le bras droit et eut l'impression que son coude était broyé. Avec un sifflement, il ouvrit les yeux et remarqua qu'il se trouvait tout en haut de la crevasse.

Dans son coude, la douleur disparut quand il le tint dans sa main gauche. Il était prêt à repartir. Il baissa doucement le bras droit et posa la main gauche sur la surface lisse du rocher pour se lever. Ses hanches le faisaient souffrir mais ça ne devait être qu'une ecchymose. Il se félicitait de s'en être tiré à si bon compte. Il regarda la pente et vit les sillons laissés par ses chaussures : ils s'arrêtaient à trois mètres des rochers. Au-dessous, la mousse et l'herbe avaient été arrachées par les flancs de Graham. Il avait de la chance d'être vivant, et entier. Il tenta de persuader ses jambes de le porter.

Ses mains tombèrent sur une flaque d'un liquide gluant qui paraissait noir au clair de lune. Il le flaira et reconnut du sang. Sa blessure au visage était peut-être plus grave qu'il ne l'avait cru.

Il balaya de la main l'espace à côté de lui, confus, et toucha un autre corps, gisant près de lui. Plus petit qu'un corps d'adulte. Graham poussa un nouveau gémissement et se contraignit à se lever. Puis il fit le tour du rocher pour découvrir le visage. C'était celui de Tabby.

On lui avait tranché la gorge avec une telle sauvagerie qu'il en était presque décapité.

– Mon Dieu ! dit Graham, des larmes plein les yeux.

– Je suis mort et c'est de votre faute, dit Tabby en ouvrant les yeux. C'est vous qui devriez être mort. Il veut que vous le sachiez. Il m'a tué parce que vous nous avez emmenés à cette plaque et que vous avez lu son nom : le *diable* vous emporte ! (La tête de l'enfant dodelina sur le rocher.) *Vous l'avez cherché, et votre âme sera damnée.*

– Tabby, si tu es Tabby, tu sais que jamais je...

De nouveau, la tête de l'enfant roula.

– Vous savez ce qui est arrivé au cours de l'été noir, hein ? Hein ? *Hein ?*

– Pas tout, Tabby...

– Vous ne savez pas tout. Parce que *voilà* ce qui est arrivé. *Voilà*. (La tête roula, fixant Graham avec une jubilation idiote.) Moi, voilà. Ce n'est même pas à cela que je ressemble. Vous voulez voir à quoi je ressemble ? Autant que vous sachiez ce que vous cherchez.

– Ce que je cherche ?

– *Les Quatre Cheminées* n'en font qu'une maintenant, Graham.

Un rire fendit la bouche qui bavait, et tout le corps se rétracta instantanément, noircit, se réduisant à une momie. La petite chose sèche crissa et des cendres en tombèrent.

Horrifié, Graham regardait les restes noircis du corps de Tabby. Il se pencha, tremblant, ne sentant plus les douleurs dans son coude et dans ses hanches. Il posa les doigts sur la croûte noire qui se craquela ; une poussière grise monta des crevasses, plus légère que l'air.

Péniblement, Graham se redressa. Un instant, le monde redevint rouge et se mit à tanguer. Tabby était mort. *Les Quatre Cheminées* avaient brûlé et Tabby y avait perdu la vie. Le Dragon avait fait du beau jeune homme qu'était Tabby cette chose noirâtre. Graham pleura sur Tabby, et sur sa propre faiblesse.

Enfin, il descendit dans le fond plat de la crevasse. « Le diable vous emporte, votre âme sera damnée », avait dit la bouche sanglante de Tabby. Les pieds de Graham le traînèrent jusqu'en haut. Les lumières du bar lui frappèrent les yeux comme des aiguilles. Derrière le talus, des hommes et des femmes, damnés eux aussi, passaient dans une lumière d'aquarium. « Des poissons dans un bocal », se dit Graham qui tomba une fois en regagnant sa voiture.

*

Trois jours plus tôt, Richard Allbee avait recommencé à se rendre à pied à son travail, à Hillhaven. John Roehm, qui ignorait ce qui était arrivé à Richard la dernière fois qu'il était venu à pied, l'avait encouragé à laisser sa voiture.

Richard avait cédé, malgré ses craintes.

Le jour de l'incendie des *Quatre Cheminées* et de la mort de tous ses occupants, Richard venait de dépasser la demeure où Tabby avait passé son enfance quand une femme, vêtue d'un long manteau qu'il connaissait bien, sortit de derrière un arbre. Dès qu'elle l'aperçut, elle s'approcha.

Instantanément, il se sentit trempé de sueur. Sa main se crispa sur la poignée de sa serviette, il serra plus fermement les plans sous son bras et, tout aussi fermement, fixa l'asphalte devant lui. Elle voulait qu'il la regarde, mais lui ne le voulait pas, ne le pouvait pas. Son corps se refusait à voir ce qu'était devenu celui de Laura.

Il *sentit* qu'elle le suppliait et secoua la tête. S'il la voyait mutilée, détruite, s'il la revoyait ainsi, ce serait sa fin. Il entendit ses pas dans l'herbe, et le bruissement de sa robe. Il serra les dents et continua.

Il passa devant une autre grille – l'autre extrémité de la longue allée qui montait vers l'ancienne maison de Monty Smithfield – et il poussa un gémissement en voyant que le spectre de Laura n'avait pas disparu. Il ne la regarderait pas.

Elle ne le quitta qu'au virage, avant la plage d'Hillhaven. On n'y voyait plus jamais d'enfants ; les parents étaient terrifiés à l'idée de laisser leur progéniture s'approcher de l'eau. Quelques femmes intrépides, en bikini, étaient néanmoins allongées sur le sable, lisant les romans de l'été et soignant leur bronzage. Richard sut qu'elle était partie. Il n'entendait que le bruit des vagues.

Laura revint : Graham Williams gisait alors, inconscient, sur son rocher, tandis que Tabby Smithfield s'aplatissait contre le mur de la cave. Elle revint la nuit, et Richard y était presque préparé.

Il était allé se coucher tôt, se promettant de remonter Mount Avenue à pied le lendemain, et le jour suivant, et tous les jours, jusqu'à ce que Laura cesse d'apparaître. Il ne traverserait même pas la rue : il continuerait à marcher comme il l'avait fait, sans la regarder, sans lui parler. Richard ouvrit le livre qu'il était en train de lire. Plusieurs fois, il relut le même paragraphe sans comprendre. Il marqua la page, posa le roman sur la table de nuit, éteignit et s'enfonça sous les couvertures.

Un instant plus tard, la lumière du couloir s'alluma et éclaira la pièce. Richard eut un coup au cœur. Il se redressa, vit la porte ouverte, le couloir éclairé et la porte de la chambre d'enfant également grande ouverte. Cette porte était demeurée fermée depuis que le dernier policier avait quitté la maison. Jamais Richard n'avait voulu retourner dans cette pièce.

– Qui est là ? demanda-t-il, espérant un caprice de la vieille installation électrique.

Laura sortit de la chambre d'enfant, passa dans le couloir, demeura un instant devant la chambre de Richard, immobile, le visage et la poitrine maculés de sang, les cheveux collés sur le crâne ; au-dessous du thorax, elle n'était qu'une plaie ouverte. Cette fois, il lui fallut voir. Il n'osait la quitter des yeux. Elle voulait qu'il sache, ou le Dragon voulait qu'il sache, ce qui lui était arrivé.

Il regarda le corps mutilé de sa femme et sortit de son lit. Le Dragon l'avait envoyée, ou elle-même était devenue le Dragon. Il se souvint de cette soirée, après cet horrible dîner chez les McCloud, quand Laura et lui s'étaient déshabillés ensemble et avaient fait l'amour dans leur maison en location. L'amour sur un matelas à eau. Elle lui avait paru totémique, merveilleusement belle. *Je ne veux pas te perdre, Richard.* Il tremblait, de peur, de dégoût et de rage : il n'aurait su le dire. C'est lui qui l'avait perdue.

Laura s'approcha et Richard recula vers la salle de bains, mettant le lit entre eux. Lentement, elle passa de la lumière à la pénombre de la chambre ; un long moment elle ne fut qu'une ombre de Laura : sa femme était revenue. Puis il fut envahi par ces odeurs que le spectre de Billy Bentley lui avait envoyées dans l'ascenseur de l'hôtel, à Providence : pourriture, gaz fétides, excréments et mort.

– Va-t'en, dit-il. Tu n'es pas Laura.

Les coins de la bouche du spectre se relevèrent en un demi-sourire.

– Est-ce que tu vas me tuer ? Parfait, tue-moi. J'en ai assez. Je suis devenu fou quand tu es morte. Crois-tu que je veuille vivre ici, tout seul ?

Elle traversa la zone d'ombre et, quand elle émergea dans la lumière du couloir, elle était intacte. Ni sang ni blessures, comme si Richard l'avait recréée par son souvenir. C'était sa femme qui approchait, approchait encore, dans la pénombre.

Le souffle se figea dans la gorge de Richard, sa peau le picota, soudain glacée.

Laura se tenait devant lui, avec son petit sourire. Elle tendit la main, et il recula. Ses doigts effleurèrent à peine la poitrine nue de Richard et sa peau se boursoufla sur-le-champ. La douleur pénétra en lui comme une lame. Laura ou pas, elle était assez réelle pour le tuer. Souriante, elle avança de nouveau, la main tendue.

– Non, dit-il en reculant vers la porte de la salle de bains. Va-t'en ! Je ne peux pas me battre avec toi.

Il pourrait ressortir par la seconde porte sur le couloir. Il avait toute la maison. Laura s'approcha encore et il bondit en arrière, tâtonnant à la recherche de la poignée.

– Va-t'en ! Sors d'ici !

Dans le couloir, la lumière crue révélait la présence de Laura. Elle sortait de la salle de bains, nue, une vraie lumière tombant sur sa peau fraîche, éclairant ses cheveux. Richard recula lentement jusqu'à la rampe de l'escalier. Elle pencha la tête, s'avança vers lui d'un petit mouvement audacieux, et il bondit en arrière.

Un instant, ils demeurèrent immobiles en haut des marches. Richard savait qu'elle avait l'intention de le tuer, et là, dans cette lumière, il lui paraissait impossible d'accepter jamais de mourir. Elle était devenue une créature du Dragon. Elle n'était plus Laura.

Laura, c'était l'amour, l'amitié, le labeur. Cette chose, devant lui, était la parodie, le masque de Laura.

Richard connaissait tous les barreaux branlants de la rampe. Vingt fois, il s'était promis de les fixer. Sans quitter Laura des yeux, il recula d'un pas et tâtonna sur le bois sculpté. Il tira de toutes ses forces et le clou unique qui maintenait le barreau céda. Laura se précipitait sur lui.

Il n'eut que le temps de se jeter de côté et de frapper. Elle l'agrippa mais il se dégagea, abattit le barreau sur son épaule, la rejetant contre la rampe. A l'endroit où le barreau l'avait touchée, la peau noircit et laissa échapper un peu de fumée.

Laura se redressa et posa son index sur le haut de la rampe. Une flamme orangée, comme celle d'une allumette, jaillit sur le bois, cloquant le vernis. Richard se souvint de la brûlure de ses doigts sur sa peau.

L'horrible odeur de pourriture et de mort lui arriva. Sous les pieds de Laura, la moquette avait roussi. Elle chargea encore, le contraignant à reculer dans la chambre d'enfant.

Au moment où elle passait le seuil, il la frappa à la tête. Elle para le coup trop tard, fut déséquilibrée et s'effondra sur le sol, noircissant le parquet. Richard avança et la frappa au front, sans émotion. Sur la peau de Laura apparaissaient déjà de larges ecchymoses ; son bras droit pendait. Il abattit à nouveau le barreau sur sa tête mais Laura lui saisit la cheville, de sa main gauche.

Il tomba sous le choc de la brûlure. Elle grimaçait un sourire et il eut l'impression qu'un alligator avait refermé sa mâchoire sur ses os. Fou de colère, maintenant, Richard lui enfonça l'extrémité déchiquetée du barreau dans le visage. Le bois s'enflamma et elle lâcha sa cheville.

Richard se mit à genoux et cogna, tandis qu'elle rampait vers lui.

Il se produisit alors quelque chose qu'il ne comprit pas. Il n'était même pas sûr que ce fût réel ; jusqu'à ce que Graham Williams leur parlât, à tous les trois, cette nuit-là. Le barreau, qui flambait maintenant comme une torche, trembla dans sa main. Il l'abattit sur la tête de la chose-Laura et, pendant un instant, il parut éclairé de l'intérieur. Il le leva, l'abattit encore, et l'objet frissonna entre ses mains, comme un oiseau.

– Tu n'es pas Laura, souffla-t-il, frappant à la tête.

Elle ne bougeait plus. Il s'éloigna.

Une pellicule de flammes bleues courut, légère, sur le corps nu étendu sur le sol. Richard vit les flammes rougeoyer, monter. Il avait frappé sur cette chose dans la pièce même où sa femme avait été assassinée, et il se sentait maintenant envahi par la fureur et le triomphe.

Une forme se dessina dans le brasier. Puis les flammes se concentrèrent et Richard vit de grandes ailes se déployer. Il recula devant la chaleur plus intense, et une chauve-souris de feu s'éleva du parquet brûlé.

La chaleur balaya Richard, le repoussa contre le mur, comme une main géante. Un instant, la pièce tout entière s'embrasa ; la fenêtre explosa en même temps que la chauve-souris.

Richard se décolla du mur. Il avait le visage douloureux et sec, comme brûlé par un coup de soleil. La chambre d'enfant était emplie de cendres qui voletaient. Sur le sol, il ne restait qu'un grand rond carbonisé avec, au milieu, ce qui restait du barreau. Richard parvint à avancer jusqu'au trou béant qui avait été la fenêtre. Sur le ciel noir, montait la lueur d'un feu qui faisait rage. Lorsqu'il baissa le regard, Richard vit Tabby Smithfield, sur la pelouse, qui le regardait.

– J'ai regardé par terre, lui dit Tabby d'une voix tremblante, et j'ai vu un tuyau de plomb, là, sur le sol... Je l'ai ramassé et j'ai cassé les carreaux... et j'ai escaladé la fenêtre en grimpant sur de vieilles malles de mon grand-père. Je suis sorti, j'ai vu ma maison brûler... et j'ai su que mon père était mort. Alors, j'ai couru jusqu'ici.

– Et tu as vu la chauve-souris de feu. C'est comme cela que tu l'appelles ?

– Oui, fit Tabby.

– Où l'avais-tu déjà vue ?

– Une nuit, sur la plage : la nuit où toutes ces maisons de Mill Lane ont été détruites par le feu, et où tous ces pompiers sont morts... Mais ce soir, la maison était celle de *Papa est là*.

– Ô mon Dieu, dit Richard, se rappelant le cauchemar de ses premiers jours à Hampstead, Billy Bentley.

– Il était là. Il faut appeler M. Williams et Patsy.

Richard n'osait pas lui dire qu'il avait déjà essayé d'appeler leurs deux amis. Il n'avait pas eu de réponse.

– Ecoute, il est près de onze heures. Graham doit dormir. Patsy aussi, probablement. Nous essaierons de les appeler demain matin. En attendant, tu es chez toi ici.

Tabby s'était couché, bien enfoncé dans le lit d'ami de Richard, le nez dans l'oreiller. Ses épaules étaient secouées de sanglots, et Richard finit par comprendre que le gamin pleurait. Il lui tapota le dos et s'assit quelques instants à côté de lui.

– Ton père... ma femme, dit-il enfin. Nous aurions de quoi nous apitoyer l'un sur l'autre, et non sur nous-mêmes. Tu veux essayer ?

– Oui, fit Tabby.

– Tu as besoin de quelqu'un comme moi, et moi, j'ai besoin de quelqu'un comme toi. Demain nous irons t'acheter des vêtements et tout ce qu'il te faut, d'accord ?

– Oui, fit de nouveau Tabby sans regarder Richard.

– Je vais me coucher. Ma chambre est au bout du couloir, si tu as besoin de quelque chose.

Richard pensait ne pas pouvoir dormir. Il serait bien allé trouver Graham et Patsy, mais où étaient-ils ? Tabby et lui avaient échappé au Dragon ; Patsy et Graham le pouvaient-ils ? Il s'inquiétait pour Tabby. Il savait qu'il voulait le garder, mais l'enfant l'accepterait-il comme père ? Et lui, pouvait-*il* être ce père ? Tabby n'avait-il pas d'oncles qui pourraient jouer ce rôle ? Pourtant, quand Richard pensait à une famille pour le petit Smithfield, il voyait Patsy, Graham et lui-même. Où étaient-ils donc ? La chauve-souris de feu était-elle aussi allée chez eux ?

Il s'endormit et rêva aussitôt.

Il avait une lourde épée dans les mains, presque trop lourde pour lui. Mais il ne pouvait pas s'arrêter de marcher. Autour de lui, c'était la Pureté magnifique originelle : cratères, arbres dépouillés, fermes brûlées, mares putrides. Il avançait vers un horizon jaune et plat. Il s'arrêterait quand il aurait atteint le bon endroit. Il planta ses pieds dans le sol humide. Dans ses bras, l'épée s'était faite plus légère et avait commencé à briller. Il saisit la poignée à deux mains, brandit l'épée aussi haut qu'il le put. Et – l'abattant déjà –, il vit Laura sur le sol à ses pieds. Richard hurla mais ne put arrêter le glaive : il fendit en deux le corps de Laura et sa lame se ficha dans la terre. Des deux blessures jaillirent des fontaines de sang qui l'inondèrent. Richard gémit et ouvrit les yeux. Tabby le regardait.

– C'est Patsy, lui dit celui-ci. Elle va mourir.

*

Seule, Patsy avait tenté d'appeler Graham Williams. Sans réponse, elle avait commencé à composer en hésitant le numéro de Richard. Elle ne se sentait pas sûre d'elle avec Richard Allbee. Surtout à pareille heure, et dans son état d'esprit. Elle aurait aimé pouvoir passer plusieurs heures avec Richard, simplement pour voir ce qui se produirait, s'ils étaient seuls dans la même pièce. Mais Richard, elle le savait, ne prendrait aucune initiative. Il manquait de pratique. Il avait été marié trop longtemps. Et Patsy n'était pas sûre de pouvoir, elle-même, prendre une quelconque initiative, pas sûre que ce serait bien, en fait. Le veuf et la veuve : quelle banalité ! Elle reposa le téléphone. Elle pouvait toujours prendre un bain.

Et le téléphone sonna.

– Patsy, c'est Graham. Je suis heureux de vous trouver chez vous.

– Je viens de vous appeler ! Vous n'étiez pas là !

– Je rentre à peine. J'ai découvert quelque chose. Peut-être la clé de tout : je crois savoir où il est, et qui il est. Je voudrais que vous veniez me retrouver. Vous connaissez Poor Fox Road, à Greenbank ?

– Je n'en ai jamais entendu parler.

– Ce n'est pas facile, mais...

– Je sais. C'est là que Fritz a été tué. Le jardinier.

– Vous trouverez ? C'est à l'angle de Mount Avenue, en face de l'entrée de Gravesend Beach. Il n'y a pas de plaque. Au bout de la route, il y a trois ou quatre maisons. Vides, maintenant. Je voudrais que vous veniez me retrouver à la petite maison en planches, à côté de celle où il y a le cimetière de voitures. Vous ne pouvez pas vous tromper. Elle est sinistre. Si je n'y suis pas, je ne tarderai pas. Entrez et attendez-moi. Je dois passer chercher quelque chose que je veux vous montrer.

– Vous me semblez bien excité, Graham.

– Vous verrez ! A tout de suite.

Patsy alla prendre ses clés de voiture dans son sac et, six minutes plus tard, elle freinait dans ce qui devait être Poor Fox Road. Ses phares éclairaient un chemin étroit bordé d'arbres. Elle roulait doucement et, arrivée au virage où Bobby Fritz avait rencontré le Dr Van Horne, elle entendit un bruit de machine, un battement, un bourdonnement. Ses phares éclairèrent une première maison, puis une autre au milieu de carcasses de voitures, et une troisième : c'était la bonne. Patsy coupa le contact et éteignit ses phares.

Elle regarda les maisons. Aucune n'était habitée. Poor Fox Road était un quartier fantôme. Elle descendit de sa voiture. Le bruit de marteau-piqueur, au centre de la terre, s'arrêta brusquement. Devant la maison, elle hésita, espérant entendre arriver la vieille guimbarde de Graham. « Il ne viendra jamais », songea-t-elle un instant. Elle avança dans l'herbe épaisse et sentit les restes d'un chemin sous ses semelles. La maison, se dit-elle, devait être liée à ce qui était arrivé à Graham, dans les années vingt. Elle tourna la poignée et ouvrit la porte. Une chauve-souris s'abattit sur son visage. Trop surprise pour crier, elle tenta d'arracher l'animal dont elle sentit les griffes fouiller sa chair. Les cris aigus de la chauve-souris lui vrillaient les oreilles. Les yeux fermés, se débattant frénétiquement, elle trébucha sur le seuil.

La porte se referma mais, dans sa terreur, elle l'entendit à peine. Le petit corps fourré lui faisait horreur mais il lui fallait le toucher, pire : le prendre dans ses doigts. Maintenant, elle sentait les petites dents dans son cuir chevelu. Patsy haletait. Elle s'entendit pousser un cri effrayant et réussit enfin à se débarrasser de l'animal.

La chauve-souris se mit à voleter et Patsy battit l'air de ses bras. Elle était dans le noir. Le bruit de marteau-piqueur était partout autour d'elle. Terrorisée par le bruit et par la chauve-souris, elle marcha vers la porte mais le sol parut se soulever et la renversa.

Elle tomba sur le côté. La clarté de la lune lui

révéla ce qui l'avait fait trébucher : une lame de parquet saillait comme un espar brisé. Au-dessus d'elle, des ailes noires voletaient. Patsy se mit à ramper, s'éraflant les mains. Elle tomba sur un tuyau poisseux et poussa un cri : elle s'était davantage enfoncée dans la maison, et éloignée de la porte.

Elle s'agrippa au tuyau, puis à l'évier au-dessus, pour se relever. Une matière gluante et sale lui couvrait les mains. Deux chauves-souris passèrent devant le carré de la fenêtre. Y avait-il *deux* fenêtres ? Les deux petits animaux la frôlèrent en criant de fureur et Patsy vit que l'un d'eux avait des cheveux roux et un visage de femme.

La porte s'ouvrit alors brutalement, révélant un mur compact de mouches qui se fondit en un million de particules bourdonnantes. Elle en fut instantanément recouverte. Levant les mains pour les chasser, elle eut soudain la vision de Les McCloud, hurlant et écrasant l'accélérateur, dans les dernières secondes de sa vie.

A travers l'écran de mouches, une lumière rougeâtre avait commencé à filtrer. La porte de la cave, source de cette lumière, tourna sur ses gonds.

Au bas des escaliers, une mare rouge clapotait, couvrant le sol, profonde de plusieurs pieds. Et Patsy vit une main ensanglantée sortir de ce remous. Une autre main. Une tête. Petite, bien dessinée. La tête de quelqu'un de jeune.

Le corps tenta de prendre pied sur la première marche. Une autre main jaillit de la surface, puis une autre. Le premier corps était celui d'un garçon ou d'un jeune homme. Saisissant la rampe, il essaya de se lever. Patsy vit les yeux glauques, aveugles et douloureux. La tête d'un autre nageur creva la surface rouge, la bouche grande ouverte sur un cri de triomphe muet.

Tabby ? pensa Patsy. *Tabby ? Où es-tu ? Tabby ? Tabby ? Tabby ?*

Patsy, songea Tabby, sortant brusquement d'un demi-sommeil agité, tourmenté par les images de Gravesend Beach et ses vagues de sang, *Patsy* ? Il avait l'impression qu'un puissant courant électrique venait de le traverser.

Patsy avait des ennuis graves. Tabby rejeta le drap et se dressa dans le lit, plus inquiet encore qu'il ne l'avait été chez lui.

Patsy, est-ce que ça va, est-ce que, est-ce que

Aucune réponse, à part la conviction d'un danger mortel.

Tabby sauta du lit. Il se sentait agité. Où était la chambre de Richard ? *Patsy*, songea-t-il désespérément. Et, soudain, il vit une pièce nue, un évier qui fuyait, un plancher défoncé. Dans le noir, il traversa le couloir en direction des escaliers. Il entendit une respiration entrecoupée de ronflements. Il tâtonna à la recherche de l'interrupteur et alluma.

Richard Allbee, couché sur le dos, la bouche ouverte, ne s'éveilla pas. Tabby le secoua.

– Réveillez-vous ! Il faut vous réveiller, Richard !

– Hein ?

– C'est Patsy. Elle va mourir.

– Quoi ?

– Elle va *mourir*, répéta Tabby d'une voix qui se brisa. Elle est dans une horrible vieille maison et quelque chose va la tuer, Richard. Il faut aller à son secours.

– Comment le sais-tu ? Que pouvons-nous faire ? demanda Richard, soudain réveillé.

– Appeler Graham. Il saura où se trouve la maison. Il *doit* le savoir.

– Je l'appelle. J'espère qu'il est rentré, dit Richard, prenant le téléphone sur la table de nuit.

Tabby ferma les yeux.

Oh, Patsy, Patsy, tenez bon, je vous en prie
nous allons vous trouver, Patsy

Ne meurs pas, ne meurs pas, je t'aime

Derrière lui, Richard paraissait surpris et disait à Graham :

– Vous croyez connaître la maison ? Vous pensez avoir le *bras* cassé ?

Ce qui ramena pleinement Tabby sur terre.

– Mets tes chaussures, lui dit Richard. Graham arrive. Je passe des vêtements et on y va, avec ma voiture. Il croit savoir où c'est.

La voix de Tabby dans son esprit – bien que très faible – apporta à Patsy une bouffée d'air frais. Instantanément, le nuage de mouches se fit moins dense. Au-dessous d'elle, le rouge et la lumière qui clignotait diminuaient, de seconde en seconde. La créature trempée de sang, sur l'escalier de la cave, battit en retraite, tendant toujours la main vers Patsy, comme espérant une aide pour s'échapper. Même après que la tête eut disparu sous les flots rouges, le bras s'élevait encore, implorant. Patsy se mit à pleurer. Lentement, la marée de sang reflua pour disparaître dans quelque invisible trou cosmique.

Elle leva les yeux sur le plafond maculé où tournoyaient, bourdonnantes, des centaines de mouches qui cherchaient à s'échapper.

Patsy trébucha et passa dans la cuisine en tâtonnant. Elle enjamba les trous du plancher, la lame de parquet sur laquelle elle avait buté. Elle distinguait parfaitement le sol, grâce au clair de lune. Au loin, sur Poor Fox Road, des feuilles bruissaient, noires et blanches.

Elle attendit au milieu de la route, ôtant les flocons jaunâtres qui séchaient, collés à ses vêtements. Elle se frotta les mollets et presque toute cette matière jaunâtre disparut. Elle allait rejoindre sa voiture quand des phares apparurent au virage. Ils étaient dans la voiture de Richard : trois visages blancs. Graham avait le bras en écharpe et un énorme hématome sur la joue droite.

Elle ressentit, émanant de Tabby, une inquiétude et une affection toutes simples.

– Pouvez-vous conduire, Patsy ? demanda Graham d'une voix tonitruante. Il ne faut pas laisser votre voiture ici toute la nuit.

– Oui, fit Patsy.

– C'est sûr ? Et si je venais avec vous ?

– Parfait.

– Eh bien, rentrons chez moi. Nous n'allons pas beaucoup dormir, cette nuit.

*

Patsy et Richard prirent place sur le vieux canapé de Graham qui s'installa à califourchon sur la chaise de la machine à écrire, l'air renfrogné. Tabby, assis par terre, devant Richard, sut que Graham était furieux contre lui-même. Ils savaient tous ce qui était arrivé à chacun.

– Je t'ai posé une question, Tabby, dit Graham. Comment as-tu su que Patsy avait des ennuis ? Et comment as-tu pu décrire si bien les lieux ?

– Je le savais, c'est tout.

– C'est tout, hein ? Tu ne vois pas que *tout* ce qui nous arrive est important, que cela fait partie du canevas ? Et que si nous ne comprenons pas le canevas, nous ne pouvons pas faire ce que nous avons à faire ? Tu ne dois rien me cacher, Tabby, si tu veux sérieusement nous aider.

– Je suis tout à fait sérieux, répondit Tabby.

Il voulait bien leur parler du lien l'unissant à Patsy, si Patsy était d'accord, mais il ne *pouvait pas* dire à Graham et à Richard ce qu'il avait fait la nuit où Patsy et lui avaient découvert ce lien. Ils ne comprendraient pas. Tabby lui-même ne comprenait pas comment il avait pu se laisser entraîner par les jumeaux Norman. Tabby *était* sérieux. Graham et Richard seraient obligés d'en convenir lorsqu'ils découvriraient qu'il avait détruit le Dragon.

– Prouve-le-moi, dit Graham.

– C'est bon. Vous voulez bien, Patsy ? (Elle lui fit un signe de tête affirmatif.) Bon. Je ne sais pas comment vous appelez ça exactement, mais Patsy et moi, euh, nous pouvons...

– La télépathie, dit Patsy. Nous pouvons nous envoyer des messages.

Derrière Tabby, Richard Allbee poussa un soupir.

– Ah, fit Graham en souriant. J'ai tout de suite deviné, en vous voyant ensemble, la première fois, que vous étiez de la même espèce. Seigneur ! Merci de me l'avoir dit. Quand l'avez-vous découvert ?

La réponse passait par des sentiers dans lesquels Tabby ne voulait pas s'engager.

– C'est arrivé comme ça, se borna-t-il à dire.

– Rien n'arrive « comme ça ». Patsy ?

– Le premier soir où nous nous sommes rencontrés, tous les quatre. Le soir où j'ai eu cette crise et vu la tête du Dragon sortir du livre.

Graham se redressa et rajusta son écharpe autour de son bras.

– Il y a si longtemps, dit-il. Mais ça *colle*, voyez-vous. Ça colle magnifiquement. Parce que *nous* nous sommes rencontrés et que ça a *collé* entre nous. Parce qu'il le fallait : et il le fallait parce que notre ennemi était en train de retrouver sa force. Tabby, as-tu quelque chose à ajouter ?

– Non, fit Tabby.

– Eh bien, je vais vous dire ce qui nous attend. Je vais vous parler de l'été noir et vous changerez peut-être d'avis. Bien sûr, vous devez commencer à comprendre ce qui s'est passé. En partie du moins. Parce que Gideon Winter essaie, je crois, de reproduire les événements de 1873. Des gens qui quittent la ville, des incendies, des morts... Bientôt, les trains ne vont plus s'arrêter à Greenbank et à Hampstead. Un jour, les conducteurs vont « oublier ». Ils finiront par ne même plus voir les gares. Personne n'attendra les trains. Les quais seront déserts. Nous serons isolés, et la ville acceptera. C'est déjà à moitié fait. Et pendant deux ans, cinq ans, dix ans, Hampstead sera un cimetière...

Graham les fixa puis se frotta la gorge de la main gauche.

– J'ai la gorge sèche. Tabby, veux-tu aller me chercher une bouteille de bière au frigo ? Patsy, vous voulez quelque chose ? Un peu de gin ? Richard ? Autant s'installer, car ce sera long. Je vais vous parler de cet été 1873, mais aussi de ce qui s'est passé entre moi et M. Krell.

LA RIVIÈRE EN FEU

– J'avais vingt ans, commença Graham. J'étais plus proche de Tabby par l'âge que de Patsy ou Richard, ce qu'il ne faudra pas oublier. Je travaillais à mon premier roman, qui devait être publié huit ans plus tard. Je pensais que je tenais un bon sujet et, en fait, je l'avais à portée de main car je voulais parler des disparitions de femmes à Hampstead. Mes parents en connaissaient une, Daisy West. Et je connaissais le mari de Daisy, Horace, un brave homme qui s'était effondré à la disparition de Daisy. Il est allé au poste de police et a flanqué un coup de poing au commissaire La Pointe Kletzka. Et La Pointe l'a bouclé pour la nuit. C'est sur ce genre de sujet que je voulais travailler. Ce qui se passe dans la tête des autres quand quelqu'un disparaît, les changements qui se produisent dans leur vie. J'avais un petit calepin où je notais des idées. J'allais me promener, je réfléchissais. J'allais surtout me promener sur Rex Road, qui longe la rivière de Greenbank jusqu'en ville. A cette époque, il n'y avait que des champs sur la rive gauche. Je regardais le trafic fluvial sur la Nowathan, je prenais des notes, je continuais. Quand j'avais faim, je m'asseyais et je tirais un sandwich de mon sac, où j'avais aussi un ou deux bouquins, des poèmes de John Donne ou Rupert Brooke. Un jour que j'étais assis à regarder les bateaux, je remarquai, sur un vieux homardier, un solide barbu en bleu, la casquette inclinée sur le côté. Et, pour quelque obscure raison, j'ai ressenti comme une *perturbation*, une sorte d'erreur dans l'ordre normal des choses : comme si j'avais vu deux lunes dans le ciel. Quelque chose qui clochait, pourrait-on dire. L'homme à la casquette me fixait, comme s'il avait toujours su que je me trouvais là, sur la rive.

Graham s'arrêta. Patsy était devenue pâle et inquiète. Ce n'était pas eux qu'elle voyait, sut Graham.

– Vous saviez, dit Tabby, qui avait le même regard que Patsy, le même visage pâle et inquiet.

– Vous saviez, répéta Patsy.

Ils le voyaient en même temps que lui, mieux que lui, car lui devait chercher dans sa mémoire tandis qu'ils avaient l'image toute fraîche.

– Oui, je savais. Je savais que j'avais vu un démon. Comme vous le voyez vous-mêmes.

– Mon Dieu ! dit Richard. Vous le voyez, Patsy ? Tabby ?

– Oui, firent-ils ensemble.

– Une fois, dans ma vie, j'ai été comme vous, reprit Graham. J'ai eu une sorte de vision qui m'a *retourné*. J'ai vu le monde devenir noir, ou c'est peut-être ma vie qui s'est obscurcie, et j'ai vu de la fumée monter du sol, et des flammes couvrir la Nowathan. La rivière n'était plus que flammes. Et la vision a disparu. Tout est redevenu normal et un petit bateau de pêche descendait vers le détroit. Cet homme, sur le pont, ne prêtait pas plus attention à moi qu'à un banal chien.

– Donc, vous avez pensé que vous deviez le suivre, dit Patsy.

– Pour savoir qui il était, précisa Tabby.

– Je suis revenu le lendemain, avec mon calepin et mon déjeuner, poursuivit Graham, mais je n'avais pas faim et je n'avais rien écrit. Je devais attendre que se répète la terrible vision – et j'étais certain qu'elle allait se répéter – comme la confirmation qu'existaient des royaumes au-delà de ce que je connaissais. Je ne pouvais quitter des yeux le petit bateau, à quai un peu plus bas. L'homme apparut, mit les moteurs en marche, passa devant moi comme la veille. Comme la veille, il leva la tête et me vit, là sur la rive. Je sentis son regard. Rien ne se passa. Le bateau continua, et je restai là, bouche bée. Oui, il fallait que je sache qui il était. En fin d'après-midi, je traversai la rivière. Je prétendis avoir un message pour un pêcheur dont j'avais oublié le nom. Je le décrivis. « C'est Krell, me dit un pêcheur. Bates Krell. » Il tourna vers moi un regard mauvais. « Un message pour Bates Krell, hein ? Il va t'en donner un. » Tous les autres rirent et un des pêcheurs ajouta : « Plus qu'un message, fiston. » Je n'ai pas compris, bien sûr, mais j'ai vu une chose : ils avaient peur de l'homme. Je *savais* que ce Krell était responsable de tout ce qui m'avait conduit à lui : la disparition de Daisy West et des autres femmes. Krell rentra avec son bateau, juste avant le coucher du soleil. Je le regardai négocier la vente de ses homards aux poissonniers. Je voulais savoir où il habitait : je voulais tout savoir de lui. C'était une obsession. Quand il est rentré chez lui, je l'ai suivi pour découvrir où il habitait. Et dès que j'ai vu sa maison, j'ai su qu'elle n'était pas plus banale que lui. Caché derrière les arbres de Poor Fox Road, je le regardai entrer. Cette horrible petite maison se referma sur lui comme un poing. Je reculai, ayant presque l'impression que la maison me voyait avec les yeux de Krell. Tout me parut menaçant et je filai chez moi. Après quoi, je songeai que je ne pouvais me contenter d'écrire un livre sur un pêcheur qui tuait des gens : il me fallait passer à l'action. Je crois que cette nuit-là, j'eus les pires cauchemars de ma vie. Mais, au matin, je savais ce que j'allais faire. J'allais trouver la preuve qui enverrait Krell en prison. Et j'allais y parvenir en me glissant à bord de son bateau au cours de la nuit et en découvrant un objet laissé par une des femmes. En sa qualité de pêcheur, Krell disposait de la plus grande poche du monde pour y cacher quelque chose : la Nowathan, le détroit de Long Island, l'océan lui-même. Il avait pu jeter les femmes par-dessus bord et, s'il avait pris la précaution de les lester, on ne retrouverait jamais les cadavres.

Absorbé par son récit, Graham ne remarqua pas l'expression qui passa sur le visage de Tabby Smithfield.

*

– Deux nuits plus tard, poursuivit Graham, je montai à bord du bateau de Krell. Je trouvai quelque chose, mais pas ce que je pensais découvrir. J'attendis minuit et sortis, sans réveiller mes parents, à pas de loup. Une fois dehors, je filai en courant jusqu'au pont, sans rencontrer âme qui vive, pas même une voiture. Hampstead n'était qu'une petite ville à l'époque, et l'on se couche tôt dans les petites villes. Le bruit de mes pas dut déranger un ou deux citoyens, mais je pensais que ce que j'allais trouver serait bien plus perturbant : la preuve qu'on avait assassiné Daisy West et les autres, tout comme ces femmes, au début de 1924, déjà. Les jambes douloureuses, je m'arrêtai sur le pont et regardai la rivière ; la *Fancy* était amarrée au même poste que la veille. Et je poursuivis mon chemin, passant devant les deux ou trois tavernes de Riverfront Avenue, croisant quelques ivrognes. Je me détournai et je suppose qu'ils en firent autant. Le bateau de Bates Krell montait et descendait, suivant les mouvements de l'eau, se frottant contre le quai comme un vieux chien. Il me suffisait de sauter à bord. Personne en vue. Le bateau semblait presque m'y inviter. Mais j'hésitai : allais-je mordre dans la pomme ? Commettre un délit ? Je caressai le bois rude de la coque et me dis : « Au diable ! » Et je sautai sur le pont de la *Fancy.* Ça sentait le poisson et le moisi. Je traversai le pont, accroupi, pour le cas où quelqu'un aurait regardé. Je ne savais pas ce que je cherchais exactement, mais je devais penser que Krell avait conservé quelque souvenir de ses méfaits. J'imaginais que j'allais ouvrir un placard et découvrir des sacs ou des chaussures de femme. L'ennui, c'est que je ne trouvai aucun placard sur le pont. J'en fis le tour complet. Restait la cale, et j'avais deux bonnes raisons pour hésiter à y descendre : j'allais sentir le poisson et le homard pendant des jours, et je ne saurais pas si quelqu'un arrivait. Je ne voulais surtout pas qu'on me trouve à bord ! Et puis, presque par hasard, je tombai sur quelque chose que je n'avais pas remarqué. La lune éclairait une petite poignée de cuivre, un peu plus loin, à une quinzaine de centimètres sous la lisse. On aurait dit un cabinet secret. C'était cela ! Je le savais, j'allais ouvrir la porte et découvrir un tas de colliers et de bagues. J'allais trouver un *vrai* trésor et, pour me débarrasser de Bates Krell, il me suffirait d'aller porter quelques-unes de ces pièces à Kletzka : l'assassin serait bouclé avant le lever du soleil. Je me précipitai sur la poignée et la tournai : la porte coulissante glissa comme si on l'avait huilée. Je devais avoir des yeux comme des soucoupes. Mais le petit cabinet était presque vide. Une tasse à café sale. Et, à côté, un verre à vin. Je ne comprenais pas. Je pris le verre pour le regarder. Léger, étincelant, il était gravé de feuilles et de fleurs. Bizarre, ce verre luxueux au milieu de cette saleté. Je le reposai et refermai la porte. Restait la cale. Je décidai d'y *jeter un coup d'œil* d'en haut, sans descendre. Pour l'ouvrir, il fallait un morceau de bois d'une vingtaine de centimètres, faisant levier sur l'une des lourdes écoutilles. Je me demandais où trouver l'outil quand je le vis, accroché par une courroie à côté des portes. Je le pris, le glissai dans son logement et poussai. Et j'ouvris. Et je faillis perdre connaissance et choir dans la cale. J'y vis un lac de sang, exactement ce que vous avez vu vous-mêmes. Le niveau semblait monter, arriver jusqu'à l'ouverture de la cale. Il *bouillonnait* et me parut presque vivant. Je titubai et parvins à refermer avant de tomber dans cette mare. Ensuite, bien sûr, il me fallait m'assurer que j'avais bien vu. Dès que je me sentis assez solide, je tirai un peu l'écoutille mais, cette fois, ça ne sentait que le poisson. Pas le sang. J'ouvris davantage : la cale était vide. Cela me suffisait. Je filai et ne repris mon souffle que sur le pont.

– Le lendemain, j'adoptai une autre stratégie. J'étais plus certain que jamais que ce M. Krell avait tué les femmes. Et je voulais l'avoir. Donc, j'imaginai un autre plan. J'étais sûr qu'il avait des aides. Comme tous les pêcheurs. Impossible de travailler seul. D'ordinaire, c'étaient leurs enfants qui les aidaient, ou ils embauchaient des gamins qui traînaient sur les quais. J'étais certain d'apprendre quelque chose en retrouvant un ou deux des anciens employés de Krell. Ce fut plus difficile que je ne le pensais. Je posai des questions dans les tavernes. A *La Sterne bleue*, qui existe toujours. J'inventai une histoire compliquée qui, sans doute, n'abusa personne. Peut-être ne voulait-on pas parler de Krell. Je finis par apprendre d'un vieux loup de mer, après lui avoir humecté le gosier de plusieurs litres de rye, que Krell traitait fort mal ses employés. « Ils s'enfuient. Ils filent pendant la nuit, et j'en ferais autant. On peut se montrer dur avec un gamin et être respecté, mais, aujourd'hui, aucun n'accepterait de se faire à moitié tuer. Quand j'avais leur âge, on prenait ce qu'on trouvait, et bien content encore. » Je lui demandai s'il en connaissait certains qui étaient restés dans les environs. Il me dit que tous avaient filé le plus loin possible. « – Tous ? demandai-je. Il n'en reste pas un seul dans cette ville ? – Il y en a peut-être un, dit-il après que j'eus de nouveau rempli son verre. Un gosse nommé Burgess. Pitt Burgess, qu'il s'appelle. Il est plus jamais revenu sur les quais. – Où est-ce qu'il habite ? – Dans les marais. » Dans les années vingt – et jusqu'à la Crise, en fait –, des tas de gens habitaient dans les cabanes des marais. Des solitaires, surtout, qui vivaient de coquillages ramassés à marée basse. Je savais où chercher et cela ne m'enchantait guère. Aucun être sain d'esprit n'allait traîner par là. Mais ce Burgess était ma dernière chance. J'allai donc le lendemain après-midi...

*

... et un gamin à l'air effrayé ouvrit à Graham. Il n'avait pas plus de dix-sept ans. Et des yeux de grenouille : Graham remarqua qu'il n'avait pas de cils.

– Tirez-vous, dit-il. J'ai rien à faire avec vous.

– J'ai besoin de toi. Et je paierai. Regarde, je t'ai apporté à manger.

Graham lui mit un paquet dans les mains : haricots, viande, et trois bouteilles de bière. Le gamin prit le paquet, sans enthousiasme, et se mit à fouiller dedans de ses mains sales.

– Tu es Pitt Burgess, c'est ça ?

Le gamin leva sur Graham un regard de prisonnier sur son gardien. Graham remarqua qu'il paraissait un peu demeuré.

– Qu'est-ce que vous voulez de moi ?

– Te poser quelques questions, c'est tout.

Burgess s'effaça nerveusement et Graham pénétra dans la petite pièce sombre, aussi sale que le gosse.

– Vous pouvez vous asseoir, dit le gamin, qui déboucha une bière. Qui vous envoie ?

– Personne, Pitt. Je te l'ai dit, j'ai besoin de ton aide. Quand as-tu travaillé pour la dernière fois ?

– Il y a quatre ou cinq mois. Sur un bateau de pêche.

– Pourquoi t'a-t-on renvoyé ?
– Hé, m'sieur, je suis parti. Personne ne m'a renvoyé. On vous a dit qu'on m'avait viré ?
– Non. Pourquoi es-tu parti ?
– On me traitait pas bien, murmura le garçon, plus nerveux que jamais.
– Est-ce qu'il te battait ? Est-ce que Krell te battait ?
Et puis, rien ne changea dans la pièce mais tout devint différent. Sous sa couche de crasse, la peau du gamin avait viré au blanc crayeux. Même les gouttes d'eau qui dégoulinaient sur le mur parurent trembler.
– Je n'ai rien à faire avec lui. Je ne l'ai vu qu'une fois ou deux, précisa Graham.
– Il me battait, dit Pitt Burgess doucement. Ouais, c'est pour ça que je suis parti.
Il ne regardait toujours pas Graham, qui attendit.
– Il me battait beaucoup, ajouta finalement Pitt.
De nouveau, un long silence puis le gamin continua, d'une voix douce :
– Et il commençait à paraître plus jeune. Plus jeune. C'est ça. Beau.
– Tu pensais qu'il était beau, Pitt ? murmura Graham.
– Oui, fit le gamin dont la pomme d'Adam remonta.
Enfin, pour la première fois depuis trente minutes, il regarda Graham.
– Ouais. *Terriblement* beau. Des fois, on ne remarque pas ces choses, vous voyez...
– Je vois, dit Graham qui commençait à avoir mal à la tête.
– C'est gentil de m'avoir apporté à manger...
– Oh, ce n'est rien.
– J'avais peur de lui quand il devenait si beau, dit Burgess après un long silence. Je me demandais ce qu'il faisait.
– Pour paraître plus jeune ?

– Non, *avant* qu'il commence à avoir l'air plus jeune. Il a eu des gosses avant moi, m'sieur.

Pitt Burgess fixa Graham, une nouvelle expression dans le regard : un regard où on lisait le calcul, la honte, la bravade et autre chose de mystérieux, qui donna à Graham l'envie de fuir la cabane.

– Et il battait ces gosses aussi ? Combien étaient-ils ? Trois, quatre ?

– A peu près. Trois ou quatre. Il les emmenait chez lui. Moi, je n'ai pas voulu. Il me faisait peur.

– Pitt, je ne sais même pas pourquoi je pose la question, mais as-tu remarqué quelque chose d'anormal sur la *Fancy* ?

De nouveau, le gosse s'était refermé sur lui-même, le regard reptilien.

– Ecoute, ça a l'air curieux, insista Graham, mais as-tu vu, par exemple, beaucoup de sang ?

Non, fit Pitt de la tête.

– As-tu vu *quoi que ce soit* d'anormal ?

Au regard du gosse, Graham sut que rien, à bord de la *Fancy*, n'avait été tout à fait normal.

– Je m'explique peut-être mal, ajouta Graham.

– Je vois ce que vous voulez dire. Il ne voulait pas que j'en parle. Mais je vais vous le dire. Une fois, j'ai entendu un bruit terrible. J'ai regardé dans la timonerie. Elle était pleine de mouches. Un million de mouches, peut-être. Mais je savais qu'elles n'étaient pas vraiment là. Et il m'a frappé parce que j'avais vu. Il aimait bien me frapper. Il emmenait les autres chez lui. Je ne sais pas ce qu'il faisait, mais il emmenait les gosses chez lui. Et personne n'a jamais rien remarqué.

– Remarqué ?

– Ils sont partis dans le Nord, je crois. Chercher du boulot. Je crois qu'on les a jamais revus.

– Ô mon Dieu ! dit Graham, comprenant enfin.

– Tout le monde s'en foutait. Alors je me suis tiré,

et je suis venu ici, dans les marais, et je n'ai plus jamais revu le beau M. Krell.

*

Rentré chez lui, Graham prit un bon bain et se frotta jusqu'à s'irriter la peau. Jamais il n'avait connu personne ayant atteint un tel niveau de dégradation. Et Krell était responsable de la dégradation de Pitt Burgess. Graham avait l'impression d'avoir vu le fond du gouffre et d'en avoir réchappé : un pas, une seconde de plus, et il y serait tombé.

Ce fut là, sans doute, la cause de ses cauchemars pendant trois nuits. Il rêva qu'il dormait dans un cercueil, dans une pièce aux rideaux noirs. Ses mains et sa bouche étaient maculés de rouge. Il voulait s'envoler du cercueil, monter dans le ciel nocturne. Les deux nuits suivantes, le rêve se modifia : il dormait à côté d'un puits, dans une forêt profonde. Il gémit dans son sommeil. Au fond du puits gisait quelque chose d'horrible et de puissant, une chose ou des choses qui l'appelaient. Il ne pouvait regarder ; il n'aurait pas supporté.

Ces deux matins, Graham s'éveilla avec le sentiment d'avoir remonté le temps. Il fut incapable de parler à ses parents. Il se sentait un paria, il avait envie de pleurer, de fuir. Il s'enferma dans sa chambre, se montra poli quand on vint frapper à sa porte, mais ne voulut pas quitter son lit. Il ne mangeait que si sa mère laissait de la nourriture à sa porte. Cette période de dépression dura quatre jours. Le cinquième jour, il se réveilla mal assuré, mais il était redevenu lui-même : depuis deux jours, il n'avait plus de cauchemars.

Il descendit pour le petit déjeuner, s'excusa auprès de ses parents, laissant entendre qu'il avait trop travaillé à son livre. Le petit déjeuner fini, il céda à son obsession, descendit Greenbank Road, passa le pont et prit par les quais.

En bleu de travail, la casquette inclinée, Bates Krell balançait des casiers à homards sur le pont de son bateau. Instinctivement, sans raison, la peur s'empara de Graham : il songea à ces quatre gamins que Krell avait emmenés chez lui et qu'on n'avait plus revus. Il ne pouvait détacher son regard de Krell mais ne voulait pas que l'homme le voie. Il battit lentement en retraite dans la ruelle, entre le marché au poisson et *La Sterne bleue*. Et, de là, il l'observa.

Le monde ne trembla pas, la rivière ne s'enflamma pas. Il ne se produisit rien de surnaturel. Un homme en bleu jetait des casiers à homards sur le pont d'un bateau. Graham le regarda, comme en état d'hypnose. Un visage qui ne laissait rien paraître, des sourcils noirs et épais, comme sa barbe. Un homme sujet à de soudaines tempêtes, rien de plus.

Graham remarqua qu'il haletait, respirait par à-coups rapides.

Un homme, plus petit, sortit de *La Sterne bleue*, jetant à Graham un regard surpris avant de poursuivre son chemin sur les quais : c'était le pêcheur qui lui avait donné le nom de Pitt Burgess. Graham le vit dire quelque chose à Krell avant de disparaître.

Krell s'était arrêté de travailler. Debout, la tête inclinée sur la poitrine, les mains dans les poches, il demeurait immobile.

« File, file, se dit Graham. Il sait ! »

Krell se tourna, pencha la tête, cloua Graham du regard contre *La Sterne bleue*. Il esquissa un sourire et avança vers Graham qui sortit de la ruelle pour le rencontrer sur le quai, en pleine vue.

L'homme n'était plus qu'à quelques centimètres de lui, dégageant une odeur de poisson et de transpiration. Il était à peu près de la taille de Graham, et le fixait de ses yeux glauques, des yeux où passait beaucoup de gaieté refoulée. Graham se demanda pourquoi il avait jugé ces yeux *glauques*. Il ressentit d'abord la menace émanant de l'homme et, une seconde plus tard, son charme.

– Voyez-vous, dit Krell d'une voix rauque, un peu haut perchée, je ne peux m'en empêcher. Ça m'intéresse.

– Oui ?

– Ça m'intéresse. Je ne vois pas pourquoi vous venez par ici poser des questions sur moi. Je vous ai déjà vu, non ? Vous étiez sur la rive.

– Oui. J'y étais.

– Eh bien, racontez-moi ce secret. Je pense que vous n'avez pas l'intention d'investir dans un bateau de pêche au homard.

Graham se sentit envahi d'un million de sentiments et de sensations différents. Il ressentait la violence qui émanait de Krell, mais aussi la puissance. Krell était un être qui possédait la séduction naturelle de ceux qui sont totalement eux-mêmes. Unanimement, on aurait jugé Krell horrible, mais l'homme avait si pleinement assumé cette horreur qu'il était presque parvenu à en faire une qualité.

Et Graham comprit autre chose : l'homme devait beaucoup plaire aux femmes.

– Non, bien sûr que non, dit-il. Je suis écrivain : je débute, en fait. Je m'appelle Graham Williams, monsieur Krell.

– Vous écrivez des livres ?

– J'essaie. Quand je vous ai vu, l'autre jour, je me suis dit que vous feriez un personnage intéressant.

– C'était le premier jour ou le deuxième jour ? demanda Krell, le regard étincelant.

– Les deux.

Krell recula d'un pas, affichant toujours son demi-sourire. Il jeta un coup d'œil à la *Fancy*, revint à Graham.

– Un personnage de bouquin, hein ? Ça, c'est nouveau. Un livre de Graham Williams. Je comprends mieux. Je vais sortir, pour deux ou trois heures. Pourquoi ne pas venir avec moi ? Vous verrez si vous voulez vraiment mettre dans votre livre un pêcheur de homard, Graham Williams.

Et, soudain, il quitta Graham, retourna à ses casiers, les jetant sur le pont. Il passa les mains dans sa belle barbe.

– Je vous offrirai même un verre de vin pendant que vous me regarderez travailler. Je crois savoir que vous, les écrivains, vous aimez bien boire un coup.

Graham se souvint du verre de cristal étincelant dans le cabinet poussiéreux. Le souvenir se voila de menaces : « Cet homme est un assassin », se dit-il. Mais si ce qu'il avait raconté à Krell était vrai, pourquoi ne pas accepter l'invitation ? Et si Krell se doutait de quelque chose, ne se trahirait-il pas ? L'homme n'était pas un comédien. Si Graham acceptait de monter à bord et ouvrait l'œil, peut-être apprendrait-il quelque chose susceptible de faire arrêter Krell.

Un instant plus tard, ils descendaient la Nowathan à contre-marée.

– Comment savez-vous où vous posez vos casiers ? demanda Graham.

– J'ai des repères. Vous les verrez quand nous y serons.

Au-delà des derniers quais, la rive était une succession de marécages et d'herbes hautes. L'impression se dissipa quand la *Fancy* sortit de l'embouchure pour s'engager dans le détroit de Long Island. Sur les falaises, au-dessus de leurs plages privées, les maisons de Mount Avenue étaient comme des lanternes colorées dans les arbres. La *Fancy* s'éloignait. Les maisons de Mount Avenue n'étaient plus que des boîtes d'allumettes.

Ils dépassèrent les premiers repères. « Sans doute ceux d'un autre pêcheur », se dit Graham. Krell n'avait pas coupé ses moteurs. Graham s'accouda à la lisse.

Et alors, son intuition – ou le même don que devaient partager Patsy et Tabby – lui sauva la vie. Soudain, lui parvint l'odeur du sang, comme si on venait d'abattre un bœuf sur le pont derrière lui.

Et, derrière lui, se trouvait quelque animal : une chose grotesque, un monstre. Il le savait. Une chose si horrible que sa seule vue lui transformerait les jambes en flanelle. Mais qui allait le tuer s'il ne se retournait pas ? Il se retourna pour affronter l'énorme araignée qu'il voyait dans son esprit.

Bates Krell arrivait sur lui, avec à la main un long manche de bois terminé par un crochet métallique acéré. L'homme souriait. Tout son visage n'était qu'un masque de joie, hilare, de puissance et de détermination... *J'avais peur de lui quand il devenait si beau*, se souvint Graham.

Krell éclata d'un rire puissant et avança.

*

– J'étais donc là, désarmé, dit Graham. Et ce fou qui s'approchait avec une gaffe. Il allait m'éventrer, c'était clair. Il allait m'ouvrir, de la gorge au nombril, et me donner en pâture aux poissons. Bates Krell ! Il n'aurait pas paru plus heureux si on lui avait offert le gros lot. (Graham ferma un instant les yeux, baissa la tête. Quand il la releva, ses yeux semblaient plus grands.) Et c'est ainsi que cela aurait dû se terminer. Jamais je n'aurais pu battre Bates Krell.

Il cilla et, un instant, parut très jeune à Tabby, aussi jeune que le jeune homme terrorisé face à Bates Krell sur le pont de la *Fancy*.

– Mais je l'ai battu. Tabby le sait. Il l'a vu la première fois que nous nous sommes rencontrés. Mais je suppose que tu n'as pas compris, Tabby.

– Je ne sais pas. Qu'est-ce que j'ai vu ? Je vous ai vu ramasser quelque chose, non ? N'y avait-il pas... ?

– Quoi donc ? demanda Patsy. Un bâton ? Un manche ? Je vois... ça ressemble à un manche, non ?

– Non, pas un manche, dit Graham. Mais c'était la seule arme à laquelle je pensai : ce morceau de bois poli que j'avais utilisé pour ouvrir l'écoutille. Un coup d'œil et je le vis, pendu par sa courroie. Je fis un bond de côté, Krell frappa mais me manqua. Peu lui importait, il savait qu'il finirait par m'avoir. Ce n'était pas ce morceau de bois qui allait l'arrêter. Je parvins à le décrocher et lui fis face. Comme si j'avais une chance. Et Krell fonça sur moi, avec un mouvement de torsion de sa gaffe en direction de mon ventre. « Vous ne savez rien, monsieur Williams, me dit-il. *Vous ne savez rien.* » J'étais paniqué. J'entendais le bourdonnement d'un million de mouches. J'avais le dos contre la timonerie et je me souvins que Pitt Burgess m'avait dit qu'elles étaient là. Et le plus difficile, maintenant...

Graham s'arrêta devant l'expression de Patsy. Elle rayonnait ; elle avait vu. Elle voyait le triomphe de Graham, le ressentait comme le sien propre. En lisant tout cela sur le visage de Patsy, Graham se sentit fondre d'affection. Il lui prit la main.

– Oh, vous aviez une épée, dit-elle. Graham, vous aviez une épée. Et vous étiez *merveilleux*.

– Voilà ce qui s'est passé, dit-il. Je me sentis un géant. Aussi fort que Dieu. Et ce foutu petit morceau de bois poli, dans ma main... s'était changé en épée, comme l'a dit Patsy. (Il se couvrit les yeux de sa main libre et demeura un instant silencieux.) Une *épée*. (Sa voix tremblait et il hocha la tête.) Non, je ne vais pas pleurer. Mais, vous savez, je revis tout cela...

Il secoua résolument la tête, retira sa main de ses yeux, la posa avec l'autre sur celle de Patsy.

– Tout changea, devint follement éclatant autour de moi. Krell hurlait. Ses yeux avaient changé. Ils étaient devenus *gros* comme des balles de golf. D'un noir de jais, avec une sorte de dessin doré : on aurait dit des pierres précieuses. Il m'a foncé dessus en hurlant et je sus ce qu'il ressentait : le même sentiment de triomphe sauvage qui montait en moi. Mais je savais que j'allais vaincre. J'allais détruire Bates Krell. Je fis tournoyer mon épée et elle coupa la gaffe de Krell en deux. De nouveau, il hurla et se jeta sur moi.

Graham se redressa sur sa chaise, tenant toujours la main de Patsy dans les siennes.

– Et je balançai de nouveau cette épée, sachant exactement ce qui allait se passer. Ou elle se balança toute seule. Le visage de Krell n'était qu'à trente centimètres du mien quand l'épée s'abattit et je crus voir deux visages : tous deux fous d'une joie sauvage et maléfique. Je sentis l'épée tailler en lui et j'y mis toute ma force. Le visage de Krell sembla grossir, comme un ballon ; et je sentis l'épée trancher la colonne vertébrale, ressortir. Le sang jaillit comme d'un tuyau. L'élan de l'épée et son poids faillirent me faire passer par-dessus bord. De nouveau, le visage de Krell changea – il devint blanc – et le haut de son corps se plia, et chut sur le pont. Ses jambes demeurèrent debout un instant de plus et s'écroulèrent à leur tour. J'avais envie de chanter. Je connus un moment de pur accomplissement. Le moment le plus intense de ma vie. Seigneur ! Et tout s'estompa. Le jour redevint un jour ordinaire, sans cet éclat doré de l'air. Le bateau tournait en rond et mon épée était redevenue un morceau de bois. Le sang coulait du cadavre de Krell, et je le regardai mousser dans les fissures du pont.

Graham lâcha doucement la main de Patsy.

– J'ai fermé les yeux, j'ai empoigné le tronc sous les bras et je l'ai passé par-dessus bord. Comme un bon vieux chien, la *Fancy* tournait autour du point de chute, comme si elle attendait qu'il reparaisse. J'ai ensuite saisi une cheville dans chaque main et j'ai balancé le reste. Je me suis penché par-dessus la rambarde et j'ai regardé disparaître ses bottes ; elles ont coulé comme des pierres. La pièce de bois roulait sur le pont. Je l'ai saisie une seconde avant qu'elle ne touche tout ce sang et je l'ai également jetée à la mer. Je suis allé dans la timonerie et j'ai redressé la barre. Un instant, j'ai pensé mettre le cap au large, sur l'Atlantique, et ne plus revenir. Mais je suis rentré vers l'embouchure de la Nowathan. Bien sûr, je ne savais pas accoster. Les bateaux à voiles sont davantage dans mes cordes. J'ai mis le cap sur la jetée et j'ai coupé les moteurs. La *Fancy* a heurté le quai comme un camion fou. J'ai sauté à terre, amarré le bateau et j'ai filé au poste de police où j'ai tout raconté à La Pointe. Et on aurait dit qu'il écoutait un gosse qui avait lu trop de romans. La Pointe Kletzka était un bon flic et un dur. Il était même assez bon politique pour avoir conservé son poste, pendant plus de trente ans. Mais ce que je lui racontai était trop pour lui, et j'aurais dû m'en douter. J'aurais dû édulcorer l'histoire pour la rendre plus vraisemblable à ce dur à cuire de Polonais. Je le vis passer du malaise à la colère. Quand j'en arrivai à la mort de Krell, je lui dis que j'avais empoigné la gaffe et que je l'avais poussé assez fort pour le faire basculer par-dessus la lisse. « Vous avez donc décidé que ce Krell avait tué les femmes, me dit Kletzka. Toutes les femmes. Et ce dingue de gamin vous a persuadé qu'il avait aussi tué ses employés. Trois ou quatre. » Au regard de La Pointe, je me dis qu'il allait me boucler pour lui avoir fait perdre son temps. Je lui dis que c'était bien cela. « Et où sont *les corps* ? me gueula Kletzka. Les corps de tous ces gosses ? Et leurs mères ? Personne ne s'est inquiété de leur disparition ? Et quelle preuve avez-vous que Krell ait eu quelque chose à voir avec les femmes disparues ? Vous avez la moindre foutue preuve ? » Je dus avouer que je n'en avais pas. « Nous ne sommes même pas sûrs que vous ayez tué cet homme en état de légitime défense et que vous ayez balancé son corps par-dessus bord. – Mais je l'ai fait. Vous verrez le sang, sur le pont. C'est une preuve. – Ça ne prouve rien du tout. » J'ai passé toute la journée dans ce bureau. Kletzka envoya un homme sur les quais et il revint lui dire que la *Fancy* paraissait avoir été ramenée par un amateur mais que personne ne l'avait vue rentrer. Personne ne m'avait vu sortir avec Krell. Il y avait bien du sang sur le pont, mais ça ne prouvait rien. En 1924, nous n'avions pas les analyses de laboratoire dont nous disposons aujourd'hui. Finalement, et bien que Kletzka ne me l'avouât jamais, je me fis mon idée, qui expliquait en partie sa fureur. Des hommes, en ville, s'étaient plaints de Bates Krell qui poursuivait les femmes. Leurs sœurs... ou leurs propres femmes. On avait cru le voir qui faisait monter une femme à bord, un soir. Et je compris que j'avais bousillé l'enquête de La Pointe, pour laquelle il ne disposait que du vague soupçon d'un type qui pouvait être un mari trompé. Je compris encore une chose, à la fin de la nuit : Kletzka croyait à moitié que j'avais tué Krell, mais il ne m'arrêterait pas pour cela. En fait, allait-il dire à ses chefs, je n'étais qu'un jeune écrivain en herbe avec trop d'imagination. Et il allait attendre et voir si les meurtres cessaient. Je rentrai chez moi et brûlai toutes mes notes. Les crimes s'arrêtèrent et tout me parut n'avoir été qu'un rêve. Je ne revis le chef Kletzka qu'en 1952, vingt-huit ans plus tard. Je picolais pas mal à cette époque. Beaucoup pensaient que je constituais une menace pour le mode de vie américain, ne fût-ce que parce que c'était l'avis du sénateur Joe McCarthy. J'étais sur le point de partir pour l'Angleterre, pendant que j'avais encore un passeport. Un seul homme prenait ma défense : Johnny Sayre. Il savait que je n'étais pas communiste. Johnny Sayre savait que, pour moi, les gens de gauche étaient plus agréables et, bon Dieu ! plus intéressants que le républicain type des années cinquante, avec ses costumes trois-pièces et sa recette pour réussir les meilleurs Alexander cocktails. Il m'a invité au country club, où tout le monde nous verrait ensemble. Nous devions nous retrouver à Londres, mais Johnny voulait que Hampstead voie ce qu'il pensait de moi. Et, à la fin de cette soirée, j'eus ma première conversation avec La Pointe Kletzka, depuis vingt-huit ans. Plus personne ne l'appelait plus La Pointe, maintenant, à part les anciens. Il n'était plus que le Chef, avec de la brioche et des rides. Mais il se souvint de moi. Je le lus dans ses yeux, tandis que nous nous trouvions devant le corps de l'un des meilleurs hommes qui aient jamais vécu dans cette ville. Je pus presque l'entendre me demander : *Qu'est-ce que vous avez à voir là-dedans ?* Je pensais le savoir, alors, bien que ne pouvant lui en dire plus qu'en 1924. Le lendemain, je me retrouvai dans le bureau de Johnny avec sa veuve, Kletzka et cette petite journaliste rouquine de la *Gazette*, Sarah Spry. Ce fut elle qui remarqua le bloc-notes de Johnny. « Quelqu'un connaît ces noms ? », demanda-t-elle. La Pointe et moi vîmes le nom en même temps. Bates Krell. J'ai cru recevoir un coup sur la tête. La Pointe n'a pas pipé mot. Il est sorti et je n'ai pas eu le temps de lui demander s'il connaissait l'autre nom. Et Sarah Spry qui continuait à poser sa même question : « Est-ce que cela vous dit quelque chose ? » *Moi*, je ne pouvais pas lui répondre.

*

– Après cette affaire entre M. Krell et moi, je commençai à m'intéresser à l'histoire de la ville, continua Graham. Je n'avais pas la moindre idée de ce qui m'était arrivé. Après quelques semaines, je n'étais même plus sûr qu'il s'était passé *quelque chose*. Je descendais sur les quais, regardais la *Fancy*, et essayais de me convaincre que j'étais moins fou que ne le pensait La Pointe Kletzka. La seule preuve de mon bon état mental était la disparition de Bates Krell. Six mois plus tard, la ville vendit son bateau pour payer ses impôts. Un autre facteur me poussa à fouiller dans l'histoire locale. Quand Daisy West avait disparu, j'avais entendu mon père parler à ma mère d'un été noir. Et puis j'ai eu le sentiment – inexplicable mais que je savais fondé – que tout avait toujours été bizarre, à Hampstead : que la ville était un lieu naturel pour les étés noirs. Je fouillai donc les vieux journaux et l'*Histoire de Patchin* et finis par aller voir Dorothy Bach. Et je continue à apprendre encore des choses. Un jeune snobinard de la Société d'histoire m'a fourni un autre indice, cet après-midi même.

Richard ne put s'empêcher de poser la question :

– Que s'est-il passé, Graham ? D'après ce que vous nous avez dit, j'ai cru comprendre que la ville avait été en quelque sorte coupée de...

– Progressivement. Hampstead faillit mourir : pas de courrier, pas de diligences qui s'arrêtaient, pas de bateaux qui arrivaient. Aucun des commerces et contacts qui maintiennent une ville en vie. Evidemment, ça n'a pas commencé ainsi. Comme cet été, cela a débuté par une série de crimes affreux. Et par le terrible incendie de Mill Lane. L'incendie de cet été a tué la plupart des pompiers de trois villes. Eh bien, dites-vous que cent ans environ avant l'été noir, les hommes du général Tryon, aidés de l'un de nos concitoyens, ont brûlé presque tout Greenbank et Hillhaven. Trois grands incendies, à cent ans d'écart... un Williams et un Smyth morts en 1779, au moins une personne de nos familles morte au cours de l'été noir, et de sérieux attentats contre nos vies, cet été. Je veux simplement vous dire que le Dragon me semble plus fort et plus avide, une fois tous les cent ans environ.

Un instant, ils se regardèrent, les yeux vagues : ils

se souvenaient de ce que leur avait fait le Dragon, ce jour-là. Curieusement, Tabby Smithfield, devenu orphelin, paraissait le plus intensément plongé dans ses pensées. Il n'avait bu que la moitié de sa bière et se tenait là, penché, les jambes croisées, les muscles de la mâchoire crispés.

– Que s'est-il passé à Mill Lane, en 1873 ? demanda Richard. Des maisons ?

– Une filature de coton, répondit Graham. La Filature royale, une des plus importantes du pays. Elle employait des centaines de personnes. Et si elle avait prospéré, tout Hampstead en eût été changée. La ville serait différente. Que sommes-nous, vraiment, sinon une banlieue-dortoir de New York ? Nous aurions pu devenir une ville qui se serait suffi à elle-même... vous voyez ce que je veux dire ? Quand la Filature royale a brûlé jusqu'aux fondations, en 1873, Hampstead a perdu son sens.

Il se leva, s'étira et fit quelques pas vers son bureau.

– Personne n'a jamais découvert comment le feu avait pris. Ni comment, une fois allumé, il s'était propagé si rapidement. La Filature royale n'avait pas de chaudières. Elle n'avait que des cheminées dans les bureaux mais, en juin, elles n'étaient pas allumées. Incendie volontaire ? On l'ignore. L'usine, qui était censée apporter la prospérité à Hampstead, lui apporta la ruine. Le feu s'étendit à travers les marécages, gagna Poor Fox Road et au-delà, et avala les maisons de Greenbank et Hillhaven. Le coin devait ressembler à ce qu'il était quand les hommes de Tryon ont regagné leur bateau. Et le feu s'est étendu de l'autre côté, brûlant les récoltes et les maisons jusqu'au country club actuel. La ville fut ruinée, ravagée. On lui avait tranché la gorge. On comptait des centaines de morts. Mais ce ne fut pas là le pire.

Graham alla ramasser un petit livre gris sur la table basse.

– La moitié des habitants de la ville sont partis. Je crois qu'ils *sentaient* quelque chose et qu'ils avaient peur. Ils savaient que le pire était à venir. Et nous savons ce que c'est, nous l'avons vu. Richard l'a vu. Je l'ai vu au fond d'un ravin. Tabby l'a entendu qui l'appelait. Patsy... Patsy l'a vu venir, et seul Tabby a pu la sauver. Ceux qui ont quitté la ville ont eu raison. Je vais vous parler de ce livre. Il s'agit des *Voyages curieux* de Stephen Pollock. C'est après avoir rencontré Pollock que Washington Irving écrivit *La Légende de la vallée endormie,* qui se situe dans le Connecticut. Où, selon Irving, est né et a grandi Ishabod Crane.

Richard Allbee leva les yeux. Un instant, il parut sourire.

– Oui, Richard : Ishabod Crane. L'une de vos visions de Mount Avenue. Qui vous a été montrée car vous étiez le seul, parmi nous, à pouvoir le reconnaître. Une facétie du Dragon. Dans un des chapitres de son livre, Pollock raconte un voyage en diligence de New York à New Haven, au cours de l'été 1873. Je vais vous en lire quelques passages. Ce ne sera pas long.

Il ouvrit le livre et commença à lire :

– *Alors que nous approchions de Hampstead, mes compagnons manifestèrent des signes de nervosité. Ce charmant village du Connecticut avait été ravagé par des incendies quelques mois plus tôt.*

Ces pauvres citoyens américains, corpulents comme des tonneaux de bière, en excellente santé, avec de bonnes dents, ne pouvaient supporter que l'on mentionnât Hampstead, et moins encore qu'on la vît ! Il fallut tirer les rideaux.

Bientôt, nous y arrivâmes, et toutes les conversations cessèrent dans la diligence ; les deux femmes fermèrent les yeux, les maris fixèrent le vide. Ils étaient pâles tous les quatre. Je compris que mes compagnons étaient bel et bien paralysés par la peur.

Qu'est-ce qui pouvait bien inspirer cette peur superstitieuse d'un obscur village côtier ? J'étais décidé à regarder à travers les rideaux pour me rendre compte par moi-même. La voiture roulait deux fois plus vite que d'ordinaire, et nous étions secoués. Dès que je fus pressé contre la fenêtre la plus proche, je tirai le rideau et regardai à l'extérieur. L'une des femmes cria, son mari me fit lâcher le rideau. Aucun d'entre nous ne retrouva une respiration normale avant d'avoir passé la limite du comté de Patchin.

Deux soirs plus tard, alors que je logeais dans la ville universitaire de New Haven, je pris mes dispositions pour remettre mes rendez-vous. Je voulais écrire une histoire. En quelques heures fiévreuses, j'avais couché sur le papier ma nouvelle intitulée Epouvante.

Graham referma le livre.

– Il a jeté un regard sur Hampstead et deux jours plus tard il écrivait *Epouvante*. Connaissez-vous l'histoire ?

– Oui, dit Richard. Je l'ai lue, au lycée. Il s'agit d'un homme terrorisé par la pensée qu'il vit dans une ville uniquement habitée par des morts. A l'université, un de mes profs disait que la nouvelle était censée avoir eu une influence sur James Joyce.

– Qu'a vu Pollock en quelques secondes ? demanda Graham. Je crois le savoir, et je crois que vous le savez. Je crois qu'il a vu, ou cru voir, des cadavres déambuler dans les rues. Parce que je crois que c'est ce qui est arrivé à Hampstead. Et je crois que c'est ce qui arrive en ce moment. En doutez-vous, Richard ?

– Non, pas après cette nuit.

– Et vous, Patsy ? Et toi, Tabby ?

– Je... je ne crois pas, dit Patsy tandis que Tabby hochait la tête.

– C'est le Dragon dans toute sa puissance, dit Graham. Mais quelle heure est-il donc ? Quatre heures et demie. L'heure pour un vieux bonhomme d'aller dormir. Dès que possible, il va nous falloir changer de domicile. Nous ne pouvons plus nous permettre de vivre séparés.

– Je voudrais vous demander, dit Tabby. Qu'est-ce qui rend le Dragon plus puissant, au bout de quelques années ? Comme maintenant ?

– Je crois connaître la réponse. Il y avait au moins une personne de chacune de nos familles employée à la Filature royale. De même qu'au moins une personne de chacune de nos familles est demeurée à Hampstead, au cours de l'été noir. Pour combattre le Dragon. Et je pense qu'elles ont fini par découvrir où il se trouvait et qu'elles l'ont tué. (Graham croisa les bras sur sa poitrine.) Mais jamais il n'a été aussi fort que maintenant. Je suis désolé de le dire, mais je crois que c'est *nous* qui l'avons rendu plus fort.

– Est-ce que le Dragon est toujours un homme ? demanda Patsy.

– Dans l'ouvrage de Dorothy Bach, il est fait référence à une femme appelée Hester Poole, qui fut ensevelie à Kendall Point. Pour offenses graves, est-il précisé. Non, je ne pense pas que le Dragon soit toujours un homme.

Ils se levèrent. Tabby se mit à côté de Richard, Patsy à côté de la table où Graham avait sa machine à écrire.

Graham ouvrit la porte à Richard et Tabby et, demeurant un instant sur le seuil, les regarda s'enfoncer dans la nuit. Puis il se tourna vers Patsy.

– Ne me croyez pas audacieuse, dit celle-ci, mais je voudrais passer la nuit ici. Avez-vous un lit quelque part ?

– Il y en a un enfoui sous un tas de livres, là-haut. Vous avez même votre salle de bains. Je vais vous chercher des draps. Vous m'avez devancé. J'allais vous demander de rester.

– Je crois que je ne pourrai pas rester seule chez moi. Pas après cette journée.

– Vous ne devriez rester seule nulle part. C'est trop dangereux. J'aurais dû le savoir, dès la première nuit. Quand nous sommes allés à la plaque commémorative. Je le savais. Je ne voulais pas le croire.

LE FOND DU MIROIR

Au cours de la deuxième semaine d'août, alors que Tabby Smithfield s'apprêtait, comme l'avait fait Graham Williams, à aller affronter seul le Dragon, se produisirent deux événements apparemment sans rapport, mais susceptibles d'avoir une incidence sur la vie de tout citoyen de Hampstead, Hillhaven et Patchin. Contrairement aux apparences, ces deux événements – la première déclaration du Dr Chaney sur le « Syndrome de Dobbin » et la conférence de presse de Theodore Wise et William Pierce – étaient étroitement liés.

La douzaine de « coulants » survivants, craignant pour leur vie, et las de se cacher dans des demeures abandonnées, avaient trouvé le salut au centre médical Yale. Chaney avait conçu pour eux une structure de mousse et fibre de verre qui se moulait sur le corps et, une fois au stade terminal de la maladie, ils étaient entourés d'une sorte d'exosquelette ressemblant à un coquetier. Dobbin invita un journaliste médical du *New York Times* et lui remit, à la gare où il alla le chercher, douze clichés en couleurs qui devaient le préparer à ce qu'il allait voir au centre médical.

Ted Wise et Bill Pierce lurent l'article de ce journaliste sur l'écran de leur ordinateur, dans le Montana, où, depuis la disparition du général Haugejas, leur division se réduisait à eux deux, plus une secrétaire. Seize jours plus tôt, on avait démantelé et déménagé leur labo et éparpillé leurs collaborateurs, un peu partout dans le pays. Wise et Pierce avaient supervisé la destruction virtuelle de leur projet et le conditionnement de leur stock de DRG-16. Ils savaient que jamais on ne verrait un DRG-17. Un camion de Telpro, conduit par un spécialiste de l'armée en civil, avait emporté les gros conteneurs métalliques étiquetés PIÈCES DÉTACHÉES.

– Que vont-ils en faire ? demanda Bill Pierce à son patron.

– Ils vont mettre cela dans un autre conteneur, le balancer à la flotte et espérer qu'il demeurera à jamais au fond.

– Vous pensez qu'on nous confiera un autre projet ?

– Bien sûr. Si Haugejas est immortel. Vous vous souvenez de Friedgood ? J'espère que ce fils de pute a eu ce qu'il méritait.

Huit jours plus tard, Pierce poussa un cri en lisant un autre article du *New York Times* et appela Wise.

– Mon Dieu, venez voir ça.

– C'est bien cela, dit Wise après avoir lu l'article. C'est bien ce que j'avais dit à Léo Friedgood, non ? Je crois que nous avons attendu assez longtemps. Il faut appeler ce journaliste, son rédacteur en chef, et leur dire la vérité.

Aussitôt après leur conférence de presse, Wise et Pierce perdirent leur emploi. Une demi-heure plus tard, ils étaient interrogés par la police du Montana, sur commission rogatoire de la police du Connecticut. La conférence de presse avait fait plus de bruit que prévu : caméras de télé, journalistes hystériques.

– Que ressentez-vous à l'idée d'avoir tué tous ces enfants ? demanda une journaliste à Wise.

– Eh bien... ces événements, selon le Dr Pierce et

moi-même, sont sans rapport avec nos travaux. Je parle des noyades d'enfants. Je persiste à croire que notre produit n'est pas en cause. Certes, c'est moralement choquant. Mais nous n'avons jamais constaté de tendances suicidaires chez nos sujets.

– Vos sujets étaient des *singes* ! hurla un homme en chemise à carreaux, au fond de la salle.

– Des chimpanzés. Nous avons effectivement constaté des cas de mort subite chez cinq à huit pour cent des sujets, toutes catégories de DRG confondues.

Le brouhaha et les questions redoublèrent, et Wise répondit à la seule qu'il était certain d'avoir bien entendue.

– Je dirais que le DRG peut être responsable d'un certain nombre de morts dans la région le jour de l'accident.

– Que doivent faire les habitants de Hampstead ? demanda une voix d'homme.

– Boucler la ville, répondit Pierce.

Ce ne fut là que la première d'une série de conférences de presse traitant de Hampstead et du DRG. Le chargé des relations avec la presse de Telpro en tint plusieurs, niant ce qu'il qualifia d'« allégations ». En fait, il ne dit rien. L'attaché de presse du Pentagone n'en dit pas davantage. Les parents d'Harvey Washington, l'un des trois morts, accusèrent Telpro de racisme. Tous les jours, des manifestants se réunissaient devant les bureaux de Telpro à New York. On créa une sous-commission sénatoriale qui se plongea dans un plein camion d'archives et documents de Telpro pour s'y noyer rapidement. *Times* titra : « L'étrange histoire du comté de Patchin. » *Newsweek* demanda : « Que se passe-t-il à Hampstead ? » et *Newsday* : « Le DRG a-t-il fabriqué un tueur ? »

Ainsi que l'avait prévu Graham Williams, les trains ne s'arrêtèrent plus aux gares de Hampstead, Greenbank et Hillhaven. Il n'avait pas imaginé que la police poserait des barrages aux entrées et sorties de l'autoroute, à Hampstead et Patchin, mais la mesure n'eut qu'une incidence négligeable : les gens de Hampstead n'avaient plus envie de sortir pour se rendre à New York. Tous ceux qui avaient souhaité partir l'avaient déjà fait. Les autres entendaient des voix, la nuit. Même les plus fous, les plus violents, n'oubliaient pas de boucler leur porte le soir. On marchait en regardant droit devant soi ; au golf, on évitait certains endroits du parcours. Les accrocs se multiplièrent dans le tissu de la vie quotidienne. Archie Monaghan et son associé, le gros Tom Flynn, cessèrent tout simplement de se rendre à leur cabinet dans la dernière semaine de juillet. Leurs secrétaires passèrent à un autre cabinet juridique, Shobin Schuyler Mink Fine & McFeeley. Shobin et Fine avaient quitté la ville début juin, Schuyler une semaine plus tard. Mink avait été tué par un chauffard devant le restaurant *Framboise*, et on devait retrouver le corps de McFeeley au même endroit du parcours de golf qui recelait les cadavres d'Archie Monaghan et de Tom Flynn.

Autour de la maison de Krell, sur Poor Fox Road, les herbes avaient commencé à sécher : nul ne s'en rendit compte et nul ne se demanda pourquoi. Sur Kendall Point aussi, la végétation mourait, et parfois le sol semblait exhaler une fumée grise : mais ce pouvait être du brouillard.

*

Trois jours après la longue nuit passée chez Graham Williams, un Tabby Smithfield tout troublé descendait Beach Trail. Pendant ces trois jours où il avait su qu'il devait prendre une décision, Tabby n'était parvenu qu'à se plonger davantage encore dans la confusion. Il avait quelque peu évité ses trois compagnons, craignant que son indécision ne le contraigne à en dire trop. Il voulait d'abord être certain de ses sentiments ; et même après, il voulait en discuter avec la seule Patsy, avant d'en parler aux deux hommes. Avec un peu de chance, ils ne seraient au courant qu'une fois l'affaire terminée : Tabby savait que Richard et Graham n'approuveraient jamais sa décision d'aller seul combattre le Dragon.

Arrivé au bout de Beach Trail, il tourna à gauche, jeta un coup d'œil par-dessus son épaule et traversa Mount Avenue en courant. Il s'arrêta, s'assura que personne ne se dissimulait derrière l'un des grands arbres, haussa les épaules et reprit sa marche vers la maison où il était né.

Il avait l'impression qu'on le suivait.

Les quatre compagnons prenaient leurs repas ensemble depuis cette longue nuit ; Graham et Richard passaient leur temps à se demander s'il existait une sorte de canevas dans le choix des victimes du Dragon. Ou avaient-ils négligé quelque détail, dans les crimes ? Patsy feignait de réfléchir aussi intensément que les hommes, mais Tabby l'avait sentie lointaine, et il avait aussi perçu ses questions non formulées. Aux repas, Tabby mangeait peu et ne parlait pas. Il *pouvait* le faire : il n'en démordait pas. Lui seul avait compris le code caché dans le long récit de Graham à propos de Krell. Selon ce code, seul Tabby Smithfield pouvait détruire le Dragon. Mais devait-il agir seul, comme l'avait fait Graham ?

Graham avait bien fait observer que lorsqu'il avait rencontré Bates Krell, il était plus proche de Tabby par l'âge que de Richard ou Patsy. Et il était seul. Il avait eu le courage d'agir seul et avait trouvé de l'aide quand il en avait eu besoin.

Lorsqu'il songeait à cette aile de feu qui avait causé la mort de son père, Tabby savait qu'il devait tuer le Dragon. Mais quand il envisageait de retourner dans la maison du Dr Van Horne, son sang se glaçait.

Il se trouvait maintenant devant la grille, regardant

la maison qui avait été jadis celle de son grand-père, au bout de la pelouse jaunissante ; la maison dont Monty Smithfield avait probablement songé qu'elle reviendrait un jour à Tabby. En ce lieu, trois cents ans plus tôt, Gideon Winter avait mis en branle la série d'événements qui allaient irrévocablement bouleverser la vie de Tabby. Pour lui, c'était là la preuve qu'il était destiné à détruire le vieil homme, dans la maison au-dessus de Gravesend Beach. Le fait même qu'il fût né ici prouvait en partie qu'il était l'élu.

Oui, se dit Tabby. C'était à lui qu'il appartenait de tuer le Dr Wren Van Horne.

Une ombre tomba sur l'herbe devant lui et Tabby sursauta. Il se retourna, convaincu que Wren Van Horne l'avait suivi et allait tenter de le tuer. Mais, au lieu du docteur, il découvrit la seule personne qu'il souhaitait voir.

– Je suis désolée, dit Patsy, je ne voulais pas te faire sursauter, Tabby.

– Ô mon Dieu ! Je veux dire... oui, je crois que vous m'avez fait sursauter.

Ils se sourirent et Tabby sentit son esprit effleurer celui de Patsy. Délibérément, il masqua ses pensées et ressentit toute la brusquerie de sa décision. Si Patsy l'avait ainsi exclu, il aurait eu l'impression de se coincer les doigts dans une porte.

– Excuse-moi, dit Patsy. Je n'aurais pas dû.

– Non, c'est moi. Je suis nerveux. Que font Graham et Richard ?

– Rien de nouveau. Ils parlent, parlent, parlent. Je crois qu'ils sont très heureux, malgré leurs frustrations.

– Et vous avez décidé de me suivre. Ou est-ce Graham qui vous l'a demandé ?

– Non, bien sûr. Et s'il me l'avait demandé, je l'aurais envoyé au diable. Je suis venue parce que je voulais te parler.

– Je vous crois, dit Tabby, lui retournant son sourire.

tu me crois, n'est-ce pas ? C'est important

Oui, vous le savez bien

je crois que tu as besoin d'aide

oui, oui, oui, d'accord

– Oui, répéta Tabby. Vous avez raison. J'ai besoin d'aide. Mais seulement de la vôtre.

c'est la seule que je puisse t'offrir

– Vous savez ce que je veux dire.

– Oui, mais je ne sais pas pourquoi.

– Vous n'avez jamais rien fait qui vous ait embarrassée ? Vous ne comprenez pas ?

tu risquerais ta vie simplement pour cela ? C'est cela qui t'a empêché...

– Je pense que ce n'est pas si terrible, dit Patsy, lui posant la main sur l'épaule. Tu sais que tu ne peux plus garder le silence. Si tu sais quelque chose... Je t'ai observé quand Graham nous a raconté son histoire avec Bates Krell. Je savais ce que tu voulais faire : tu veux tuer le Dragon tout seul, c'est ça ? Comme lui. On le lisait sur ton visage.

– Oui, fit-il.

Si elle avait vu cela, elle connaissait le plus important.

– Je pourrai réussir, dit-il. Si Graham a pu le faire à vingt ans, je pourrai le faire moi aussi.

– Tu sais qui il est, dit Patsy, abordant enfin la vraie question.

– Je voudrais vous apporter sa tête sur un plateau. Voilà ce que je voudrais.

Un silence électrique s'établit un instant entre eux et, avant que Tabby puisse poursuivre, Patsy dit :

– Il vaut mieux que je vienne avec toi. Allons tous les deux mettre sa tête sur un plateau.

C'était là ce qu'il souhaitait. Patsy lui avait joliment forcé la main. Ils allaient tuer le Dragon ensemble.

– Il a tué mon père. J'ai vu son visage quand

j'avais cinq ans ; je l'ai vu *assassiner* quelqu'un. Je veux le faire ce soir. Faisons-le ce soir.

– A deux, nous aurons plus de chances. Dis-moi son nom.

– C'est le docteur qui habite dans la grande maison au-dessus de la plage. Le Dr Van Horne. Mais il faut me promettre que vous ne direz rien à Richard et Graham.

– Ce soir, répéta Tabby.

– Six heures, six heures trente ? Je vais faire un tour à cette heure-là. Je ne veux pas que Graham se doute de quoi que ce soit. Et je veux prendre quelque chose chez moi.

– Vous ne direz rien aux autres ?

– Promis.

Soudain, et pour la première fois, Tabby la vit non pas comme quelqu'un de différent de lui par l'âge et le sexe, mais comme son égale. Un rouge-gorge se mit à chanter. Tabby regarda cette petite bonne femme aux pommettes saillantes, aux grands yeux marron, et devint l'adulte qu'il serait un jour, regardant une femme qu'il connaissait depuis si longtemps, débordant d'une telle affection...

??? quoi ??? Tabby ?

... que son imagination pouvait la suivre d'instinct. Soudain, il avait vingt ans de plus. Un flot de connaissances nouvelles concernant Patsy et lui émanait d'elle. Le monde vacillait. Il ne pouvait vaciller avec le monde. Il recula d'un pas hésitant. Le monde s'immobilisa et l'histoire de Patsy, miraculeusement devenue l'histoire de Patsy et de Tabby, cessa d'arriver en lui. La bizarre vision l'avait quitté ; le chant du rouge-gorge s'était tu.

mais qu'est-ce que ???

Patsy, je, Patsy, je... comment ?

– Qu'est-ce que *c'était* ? demanda Patsy qui s'avança et l'enlaça.

– Je ne peux pas... je ne... commença Tabby en reculant.

Ils se séparèrent, s'éloignèrent l'un de l'autre.

– D'accord. Six heures, dit Tabby.

Il la regarda s'éloigner. Elle se retourna, lui fit un signe de la main avant de remonter Beach Trail.

Tabby décida de poursuivre jusqu'aux ruines des *Quatre Cheminées*, désormais la tombe de son père. De nouveau, il eut le sentiment d'être suivi mais ne se soucia même pas de jeter un regard par-dessus son épaule. Cette sensation faisait partie d'une faiblesse contre laquelle Patsy McCloud et *Les Quatre Cheminées* constituaient le remède.

*

– Quelle heure est-il, Richard ? Il faudrait peut-être rentrer.

Richard Allbee, allongé sur une chaise longue, consulta sa montre.

– Environ six heures moins cinq. Pourquoi rentrer ? Il fait si bon, là-dehors.

Graham tira une longue bouffée de son cigare, exhala une épaisse volute de fumée.

– Je crois que je n'arrive pas à réfléchir, dans le jardin. Mais si vous voulez rester, c'est parfait. Où est allée Patsy ?

– Elle voulait peut-être parler à Tabby.

– Oui, dit Graham. (Il n'avait plus son bras en écharpe, son coude n'étant que contusionné et non pas fracturé.) Je crois que lorsqu'ils se sont rencontrés Patsy a rajeuni de dix ans. Ils ont en commun quelque chose que nous ne comprendrons jamais tout à fait, pas plus qu'un aveugle de naissance ne doit saisir le concept de couleur. Mais, même ainsi, je crois que ce sera bon pour nous. Cela fait partie de notre arsenal.

– Graham, que va-t-il nous arriver d'après vous ?

Je ne vous poserais pas la question si Tabby et Patsy étaient ici. Avons-nous la moindre chance ?

– Evidemment. Même après l'été noir, les nôtres l'ont détruit. Bien sûr, c'est plus difficile pour nous maintenant ; tout a changé. Il y a cent ans, peu importait que Hampstead fût isolée. Nous avions nos cultures. Le pays était presque essentiellement agricole, nous vivions de la terre. Mais, bientôt, les épiceries seront vides, nous allons assister à des émeutes. Les gens vont s'entre-tuer pour de la viande, de la farine, du sucre. Oh, je ne sais pas si le gouvernement laissera les choses aller jusque-là. Je suppose qu'on nous ravitaillera juste assez pour que nous ne mourions pas de faim.

– Vous pensez à cette histoire concernant Telpro. Le monde croit que c'est *là* la raison de tous nos ennuis ; ils pensent que ce truc nous rend tous fous. Le DRG. Et je le crois aussi.

– C'est une des facéties de l'histoire. Ou peut-être l'indice que notre ennemi dispose d'un million d'armes contre nous... ou peut-être *tout cela* est-il la faute du DRG. Peut-être sommes-nous complètement dingues.

– Vous le croyez vraiment ?

– Non, dit Graham.

Il allait ajouter autre chose quand un grand bruit, derrière les arbres, le fit se redresser dans sa chaise longue, tout comme Richard.

– *Debout !* hurla Richard.

C'était inutile car Graham ne parvenait pas à se lever de son siège. Il le prit par les bras et le tira à lui. Une brise chaude, jaillie de nulle part, plaquait le tricot du vieil homme contre son dos et faisait dresser les cheveux de Richard sur sa tête.

D'autres bruits d'incendie se mêlaient maintenant au grésillement d'un métal chauffé à blanc et plongé dans l'eau ; ce fut là l'image qui vint à l'esprit de

Richard. Graham finissait de se lever quand les arbres les plus proches s'enflammèrent.

Richard demeurait là, immobile, les mains rivées sur les poignets de Graham, figé par le spectacle. Le vent chaud lui brûlait la peau ; les herbes les plus proches du jardin brûlaient comme des chandelles. Une boule de feu avait éclaté, grésillant dans les arbres, laissant derrière elle un trou noir et fumant.

Au milieu d'un cercle de feu apparut un énorme chien noir qui balançait la tête, faisant claquer ses mâchoires.

Déjà, Richard et Graham battaient en retraite vers la maison. Les grognements du chien semblaient émaner de la terre même. Les deux hommes devaient se trouver à environ quatre mètres de la porte. Ils reculaient, ne voulant pas tourner le dos au chien, aux aguets, le poil hérissé, et qui bavait.

S'il bondissait, il les mettrait en pièces avant même qu'ils aient fait un autre pas. Le chien avança lentement, toujours ramassé sur lui-même.

Richard ne put s'empêcher de regarder à quelle distance exacte ils se trouvaient de la porte ; il jeta un coup d'œil par-dessus son épaule. Immédiatement, une masse énorme jaillit. Richard empoigna le bras de Graham qui battait l'air et se rejeta en arrière, tombant sur le sol de la cuisine, Graham par-dessus lui.

Le museau du chien s'avança, menaçant, mais le corps de l'animal géant se trouva bloqué par l'encadrement de la porte.

– La porte grillagée ! hurla Graham, roulant sur lui-même tandis que Richard s'aplatissait contre le mur.

Le chien gronda, fixant Richard de ses gros yeux. Richard claqua la porte au nez de l'animal et sentit l'encadrement plier. Le chien battit un instant en retraite et chargea de nouveau, faisant trembler la maison. De nouveau, Richard claqua la porte à la tête du monstre qui parvint à le déséquilibrer. « Encore une charge et il va enfoncer le mur », se dit-il en se redressant. Il s'appuya de l'épaule contre l'écran de la porte et coinça encore le museau du chien qui glapit, recula, laissant une traînée de bave sanglante derrière lui. Richard put en profiter pour verrouiller la porte.

Graham se précipita à la fenêtre, suivi de Richard. Ils virent le chien étendu dans l'herbe. Quand il les aperçut, il se redressa, aboya par deux fois, secoua la tête, projetant des gouttes de sang, cherchant à attaquer. Il se jeta sur la chaise longue de Graham et la mit en pièces.

– On essaie la porte de devant ? demanda Richard.

– Pour aller où ? Nous ne réussirions même pas à traverser la rue. Nous allons essayer quelque chose. Allez à la porte de devant et voyons ce qui va se passer.

Dès que Richard eut quitté la cuisine, le chien fit le tour de la maison. Graham suivit Richard qui regardait par la vitre à l'extérieur. Le chien gueulait si fort que Graham aurait dû crier pour se faire entendre. Il tapa sur l'épaule de Richard et montra la cuisine du pouce.

Le chien arriva avant eux à la fenêtre de la cuisine.

– Nous sommes coincés, dit Richard.

– Je crois que oui. Savez-vous où se trouvent Patsy et Tabby ?

– Non, fit Richard, qui ne comprit pas.

– Cette bête nous empêche de les rejoindre. Si elle avait pu nous tuer, cela aurait été parfait, mais l'important, c'est que nous ne puissions aider Patsy et le gosse. Gideon Winter est après eux. Il sait où ils sont, Richard. Et il va essayer de les avoir. Je parie qu'après mon histoire avec Bates Krell, Tabby se figure qu'il peut battre le Dragon tout seul.

– Et Patsy a insisté pour l'accompagner.

– *Foutu* gamin ! Je le savais. Je le savais. Tabby nous a caché cela. Il faut sortir d'ici.

– Je pense que vous n'avez pas d'arme ?

– Une arme ? Seigneur, j'ai un fusil. Et des cartouches. Voilà vingt ans que je ne l'ai pas touché. Je l'ai acheté à Londres. Attendez, je vais voir si je le trouve.

Graham sortit de la cuisine en se grattant la tête. Richard surveillait le chien qui allait et venait dans la cour, suivant la progression de Graham à travers la maison.

– Je l'ai trouvé ! cria Graham un instant plus tard, à l'étage.

Il revint dans la cuisine, les genoux gris de poussière et un fusil de chasse à deux canons à la main. Il le tendit à Richard et posa une boîte de cartouches sur la table.

– Tenez ! Essayez. Moi, je n'ai jamais été bon tireur.

– Un Purdy, dit Richard, tournant et retournant l'arme. Un sacré fusil !

Il jeta un regard curieux à Graham, déverrouilla l'arme, et jeta un coup d'œil dans les canons. Satisfait, il y glissa deux cartouches dont il fourra une poignée dans sa poche.

– Je n'ai jamais rien pu toucher avec, dit Graham. Mais, à l'époque, j'étais encore assez jeune pour me figurer que je devais acheter ce qu'on faisait de mieux.

*

A 18 h 30, ce soir-là, à peu près au moment où Richard Allbee tirait son deuxième coup de feu, en vain, sur le chien géant, Tabby Smithfield et Patsy McCloud se tenaient devant la grille de la maison Van Horne, à l'endroit où Gary Starbuck avait garé sa fourgonnette. Pour Tabby, les fenêtres de la longue façade blanche apparurent comme autant d'yeux. Il se baissa et ramassa un bâton noueux d'une quarantaine de centimètres. Puis il se tourna vers Patsy, lui adressa un sourire où il mit toute son assurance.

– Comment va-t-on s'y prendre, exactement ? demanda-t-elle.

– Souvenez-vous de l'histoire de Graham. Quand il le faudra...

– Oui. C'est aussi simple que cela. On frappe à la porte, et quand le Dr Van Horne ouvre, tu le coupes en deux avec l'épée que, soudain, tu auras en main.

– Quelque chose comme ça. Mais je ne pense pas qu'il faille frapper à la porte. On doit pouvoir se glisser dans la maison.

– Toi et ce fichu bâton. Je sais. Je sonne et toi tu jaillis des buissons et tu le coupes en deux avec le bâton. A moins que je ne lui loge simplement une balle dans le cœur.

– Une balle ?

– Oui, fit Patsy qui tira de sous sa chemise – « une chemise de son mari », se dit Tabby tout à fait hors de propos – un petit pistolet.

Un instant, ils se regardèrent, chacun lisant la peur de l'autre dans ses yeux.

c'est bon, allons-y

plus d'hésitation

Ils quittèrent leur abri. Tabby ne tenta pas de se dissimuler derrière les arbres ni d'avancer en se baissant ; Patsy suivit, un pas en arrière. Il sentait sa présence dans son esprit, comme un tiède bourdonnement d'émotions partagées.

Quand Tabby atteignit la dernière petite pente, il se baissa, cette fois. Patsy se glissa près de lui, tenant toujours le pistolet.

et maintenant ?

on fait le tour

Patsy se baissa pour passer sous les fenêtres du rez-de-chaussée et gagna le coin de la maison. Puis elle fit signe à Tabby, qui la rejoignit. Elle lui montra une porte métallique, dans le sol. Oui, fit-il de la tête.

Depuis la maison, il aurait fallu avoir les yeux fixés sur la porte pour les voir.

magnifique !

fermée ?

voyons voir...

Tabby gagna la porte à quatre pattes, posa la main sur la poignée, la tourna, tira. La porte grinça et s'ouvrit. A l'instant où il allait se retourner, triomphant, vers Patsy, une chose énorme jaillit de derrière les buissons et lui saisit le poignet. Tabby pâlit. Son poignet était pris dans l'étau d'une grosse main sale. Il se retourna et vit le visage cadavérique de Dicky Norman.

*

Richard s'agenouilla contre la fenêtre en voyant le chien géant revenir vers lui.

– Essayez de tirer à l'endroit le plus vulnérable, conseilla Graham.

– Avez-vous pensé que cette chose n'existe peut-être même pas ? demanda Richard, posant le doigt sur la détente.

– Pour moi elle est tout à fait réelle. Voyez les dégâts à cette porte.

– Elle est assez réelle pour ça, d'accord. Mais je me demande si quelqu'un d'autre que nous peut la voir.

– Le voilà. Les deux canons à la fois, fiston ! C'est du sérieux.

Richard arma le second canon et posa le doigt sur les deux détentes. La tête noire apparut dans la ligne de visée et le chien remarqua aussitôt le fusil.

– Il veut le fusil, Richard ! Tirez !

L'explosion fut pareille à une bombe. Le recul heurta l'épaule de Richard comme un coup de pied.

Le chien, furieux, se jeta contre la fenêtre. Richard entendit le bois craquer ; l'animal avait brisé l'encadrement. Le monstre recula et Richard vit l'impact de ses coups de feu : une fumée grise montait d'une blessure à la base du cou.

– Il ne saigne même pas, dit Richard. Je ne crois pas que le Purdy va nous en débarrasser.

– Essayez les yeux !

De nouveau, le chien se jeta contre la fenêtre, brisant le panneau inférieur.

– Rechargez, pour l'amour de Dieu ! Lâchez les deux coups dans les yeux, dit Graham.

*

L'énorme visage s'approcha de Tabby. Les yeux avaient la couleur de l'eau des marécages. Une autre main agrippa son épaule. Un instant, Tabby eut l'horrible impression que Dicky Norman allait le mordre. Il sentit Patsy aussi choquée que lui, mais ne put même pas lui dire de fuir : il avait l'esprit paralysé.

– Tu es un brave mec, Tabs, dit Dicky. Je savais que tu viendrais ici. Je savais que tu viendrais m'aider.

– T'aider, parvint à articuler Tabby. (Il réalisa soudain que le monstre le tenait de ses deux mains. Dicky avait perdu un bras la nuit de sa mort. Le visage sale et bouffi, devant lui, respirait, soufflant une haleine fétide. Les morts n'ont pas besoin de respirer.) Bruce ? demanda Tabby.

– Ouais, bien sûr.

Patsy, ne tirez pas, ne tirez pas, envoya Tabby de toute sa puissance.

– Qui *est-ce* ? demanda Patsy, baissant son pistolet, arrêtée à l'instant même où elle allait tirer une balle dans la nuque de Bruce.

Elle paraissait toujours penser que c'était là la meilleure idée.

– C'est Bruce Norman. Le Dragon a tué son frère.

Bruce aperçut l'arme pointée sur lui. Il lâcha le

poignet de Tabby et referma doucement la main sur le pistolet. Patsy recula. Bruce paraissait à peine l'avoir vue. Son regard revint sur Tabby.

– Brave mec, dit-il.

– Passons de l'autre côté, Bruce, dit Tabby. Là où il ne nous verra pas. Tu es venu pour tuer Van Horne ?

– Je t'ai suivi. Tu ne m'as jamais vu. Je savais que tu reviendrais, Tabs. Faut qu'on le tue. J'entendais Dicky constamment, tu sais. Comme s'il était dans la caravane avec moi. Il a fallu que j'aille coucher dehors tellement j'avais les foies. Et j'entends des trucs bizarres. (Son regard se perdit dans le vague.) J'ai vu un serpent gros comme une maison arriver et avaler un gamin, Tabs. Il a ouvert sa putain de bouche énorme et il l'a avalé... Quand je dormais sur la plage, j'ai vu des gosses morts sortir de l'eau... et, Tabs, toute cette merde, c'est *lui*. Finalement, je suis allé dormir sur la tombe de Dicky, au cimetière. C'est là que je passe mes nuits, maintenant.

– Est-ce que Dicky... ? commença Tabby.

Sans poursuivre. Il ne voulait pas savoir si Bruce parlait avec son frère. Graham Williams, avait dû être dans le même état que Bruce Norman après avoir tué Bates Krell.

– Allons-y, dit Bruce.

Bruce les conduisit dans la cave et Tabby referma doucement la porte métallique derrière eux. La cave du Dr Van Horne était un dédale de petites pièces et de recoins.

– Tabs, faut trouver les escaliers, souffla Bruce.

– Ils sont là, dit Patsy.

Bruce grogna. Soudain, il s'arrêta et Tabby le heurta.

– Qu'est-ce qu'il y a ? demanda-t-il.

– Tabby, dit Patsy. Regarde. C'est ce qui est arrivé

à Graham : je crois que c'est exactement comme il l'a dit.

Tabby s'avança et vit aussitôt la lumière argentée qui jouait sur le pistolet de Patsy, jaillissant, se changeant en un rayon qui balaya le plafond comme un projecteur.

– Mon Dieu, dit Patsy.

Tabby demeura muet, partagé entre l'effroi et la joie, la jalousie et l'impatience aussi.

– Ça va marcher, dit-il.

Comme si, jusqu'alors, il n'avait pas cru au récit de Graham. De nouveau jaillit le rayon de lumière qui, un bref instant, se mua en un arc-en-ciel : quelque chose de brillant, de doré avait soudain enveloppé Bruce Norman avant de disparaître. Puis le petit pistolet absorba toute la lumière et la réduisit à un dernier reflet sur le canon.

– Je vais le *tuer*, dit Bruce qui grimpa les escaliers.

Ils débouchèrent dans un couloir vide et demeurèrent immobiles, indécis devant la porte ouverte, chacun regardant dans une direction différente. Tabby réalisa qu'il tenait toujours son bâton. Bruce regardait du côté de la grande pièce, au bout du couloir. Patsy semblait avoir perdu sa confiance en elle : Tabby la vit scruter nerveusement les alentours.

– Il est ici, dit Bruce, entraînant Tabby derrière lui dans la salle de séjour, le pistolet de Patsy à la main.

Tabby se dégagea de l'étreinte de Bruce, songeant confusément que quelque chose ne collait pas. Une énorme tache de sang sur le plancher commençait à imbiber le tapis.

– *Dicky !* hurla Bruce, et Tabby se retourna.

C'était en direction du miroir ovale, dans son cadre élaboré, que Bruce Norman avait crié. Mais Tabby ne vit pas Dicky dans le miroir, pas plus que le reflet de la pièce. De la fumée et des éclairs en jaillissaient. Tabby en perçut la profondeur : il aurait pu plonger la main dans ce curieux orage.

– *Diiicky !* hurla de nouveau Bruce, et tout changea.

Tabby entendit alors le monstrueux bourdonnement d'un million de mouches qu'il avait déjà perçu sur la plage de Gravesend. Et des voix, comme si une foule se trouvait derrière la porte. Tout devint obscur, ou la vision de Tabby s'obscurcit, et il comprit qu'ils n'avaient aucune chance contre le Dr Van Horne... Il tenta de capter l'esprit de Patsy, mais sentit ses efforts se heurter à quelque chose de froid et dur.

L'air était empli de mouches, de mains avides, de bouches ouvertes. Et il avait perdu Patsy. Des bruits inhumains lui vrillaient les oreilles. Tabby hurla le nom de Patsy et n'entendit même pas le son de sa propre voix.

Quelqu'un pénétra dans la pièce. Tabby bondit en arrière, renversant une petite table de verre et une statuette de danseuse. Il distingua vaguement Patsy, appuyée contre la fenêtre, et avança vers elle en titubant.

Ainsi vous voici enfin, monsieur Smithfield, dit quelqu'un dans son esprit. *Est-ce que vous aimez ça ?*

A quelques pas de Patsy, il se retourna pour voir l'homme qui lui avait parlé. De nouveau, il entendit Bruce Norman hurler le nom de son frère : l'air redevint clair, les bruits et les mains avides disparurent.

– *Vous avez tué Dicky !* cria Bruce en levant son arme.

Et Tabby vit, pour la première fois, que le Dr Wren Van Horne était devenu un « coulant ». Il en était à un stade avancé de la maladie : sa peau brillait et était animée de tremblements. Déjà, il portait des gants.

– En un sens, oui, dit le docteur. Voilà toute notre petite équipe, hein ? Vous arrivez pour ma dernière nuit ici. Quelle ponctualité, monsieur Smithfield !

– Vous êtes en train de mourir, dit Tabby, pas tout à fait convaincu.

– Allez vous faire foutre, vous êtes mort, dit Bruce, braquant le pistolet sur la poitrine du médecin et pressant la détente.

Après la détonation, une petite fumée grise sortit du canon. Le Dr Van Horne porta la main à sa poitrine. Quand Bruce tira de nouveau, le docteur s'effondra avec grâce.

Bruce baissa le bras et demeura immobile. Il haletait ; il ouvrit la main et regarda le pistolet sans le voir, avant de le laisser tomber sur le tapis maculé de sang.

Tabby vit Patsy s'avancer prestement pour le ramasser. Frappé par la facilité et la rapidité avec laquelle Van Horne avait été détruit, il regarda le corps. La main droite était accrochée au tapis, les doigts enfoncés dans ses fibres. Il se sentit presque lésé : les monstres ne doivent pas mourir aussi facilement. Il approcha et vit la grimace sur le visage ravagé du médecin. Il n'était pas encore mort.

« *Enfin, c'est terminé,* songea-t-il, approchant prudemment. Peut-être cette fois le Dragon est-il mort pour de bon... peut-être le cycle est-il terminé. » Le Dr Van Horne tourna la tête pour voir le visage de Tabby, surpris par l'expression à la fois amusée et mauvaise des traits ravagés.

Et puis, comme déclenchée par le regard du docteur, la cacophonie éclata de nouveau. Les millions de mouches bourdonnèrent autour de Tabby qui entendit des voix jubilantes, vit des bras se tendre vers lui pour le saisir.

– *Non !* hurla-t-il, penché sur le Dr Van Horne.

Furieux et dégoûté, il cria encore quelque chose – qui se perdit dans le brouhaha autour de lui – et, délibérément, dans un geste vengeur en souvenir de la mort de son père, lança son pied, de toutes ses forces, dans la poitrine de Van Horne. Tabby sentit son pied s'enfoncer : un liquide blanchâtre s'écoula sur sa cheville.

Pendant une seconde, peut-être, un silence absolu s'abattit sur la pièce. Les hallucinations auditives cessèrent brusquement : Tabby se tenait indubitablement au-dessus d'un cadavre et le liquide tiède et blanc trempait sa chaussure : le regard de Patsy trouva le sien.

Puis une explosion beaucoup plus puissante que la détonation du pistolet de Patsy secoua la pièce. Tabby porta les mains à ses oreilles et recula en titubant. Quelqu'un hurla et la pièce fut envahie de fumée. En face de lui, Patsy montrait le miroir du doigt.

Tabby tourna la tête ; la fumée qui émanait du miroir lui brûlait les yeux. Au milieu des épaisses volutes, une silhouette prit forme. Derrière Tabby, le cri monta dans l'aigu et s'étouffa. Il regarda et vit ce qui était arrivé à Bruce Norman.

En explosant, le miroir avait déchiqueté le visage de Bruce. De longs éclats saillaient comme des pointes de sa poitrine et de son ventre ; on ne reconnaissait plus le visage. Du sang jaillissait des coupures, des entailles, des déchirures. Bruce s'effondra avec un bruit mou.

Un homme grand et mince, au visage long et pâle, s'avança dans la pièce ; une odeur de fumée imprégnait ses vêtements noirs.

– Il... il est sorti du miroir, dit Patsy, incrédule.

Entre les cadavres de Wren Van Horne et Bruce Norman, Gideon Winter s'avança vers Tabby, figé, qui vit les bras noirs se lever. Alors, son cœur et sa tête éclatèrent, et sa vie le quitta pour un ailleurs. Gideon Winter l'enveloppa dans ses bras.

*

Richard tira ses deux coups de fusil dans la tête de l'animal et, cette fois, il *vit* presque les plombs pénétrer dans le front noir. Une douzaine de trous fumants apparurent autour des yeux et, de nouveau, la bête se rua sur la maison. L'encadrement de la fenêtre se décolla du mur de quelques centimètres.

– Le prochain coup, il sera là, avec nous, dit Graham. Voyez si vous pouvez pulvériser son foutu nez. Je ne vois rien d'autre pour l'arrêter.

– Je crois que rien ne peut l'arrêter.

– Essayez le nez !

Le chien chargea de nouveau et Richard tenta de repérer le nez dans tout ce noir. Il commença à presser lentement la gâchette. Le noir perdit de son intensité, vira au gris foncé, au gris clair... Avant de terminer sa pression du doigt sur la détente, Richard distingua le vert de la haie à travers la tête du chien. Tout comme le chat de Billy Bentley, le chien géant devenait invisible, aspiré dans le néant. Un souffle d'air chaud, presque impalpable, arriva par la fenêtre.

– Ce qui signifie que c'est terminé avec Tabby et Patsy, dit Graham. Il vaut mieux aller voir.

– Voir quoi ? Aller où ?

– Dehors, voir les dégâts.

Dès qu'ils furent dans le jardin, ils sentirent la fumée. « Sans doute les poils du chien », se dit Richard qui jeta un coup d'œil sur le mur extérieur de la cuisine, vilainement fissuré. A vue de nez, il y en avait pour quinze mille dollars de dégâts.

– Laissez tomber, dit Graham. Allons voir vers la plage.

Au-dessus du détroit montait une immense colonne de flammes et de fumée.

– Qu'est-ce que c'est que *ça* ? demanda Richard.

– Je crois que c'est la maison de mon vieil ami Wren Van Horne. Il n'y a pas d'autre maison dans le coin. Ou alors, c'est un feu sur la plage. Je pense que nos amis sont allés à la chasse au Dragon, dit Graham, se dirigeant vers sa voiture.

Ils démarrèrent et Graham ne s'arrêta pas à l'angle de Mount Avenue. Il accéléra et vira à droite.

– Wren était le toubib de Laura ?

– Oui, dit Richard.

– Je réfléchis à haute voix. Vous savez que les seules personnes à avoir reconnu notre tueur sont les femmes qui lui ont ouvert leur porte. Combien d'hommes savent à quoi ressemble le gynécologue de leur femme ? S'ils l'ont vu *Chez Franco*, ont-ils même su qui il était ?

– Seigneur ! dit Richard.

– Pauvre Wren. Il n'était pas aussi solide que Johnny Sayre.

– Seigneur ! répéta Richard.

En approchant de l'immense incendie, Richard aperçut Patsy McCloud sur la pelouse : une Patsy tremblant de la tête aux pieds, comme prise d'un accès de fièvre. Quand il sauta de la voiture pour se précipiter vers elle, il vit qu'elle pleurait.

GRAHAM A TRAVERS LE MIROIR

Je voudrais maintenant m'adresser de nouveau directement à vous, car c'est ainsi qu'il faut raconter ce qui est arrivé après que Richard Allbee et moi avons sauté de ma vieille guimbarde. Nous sommes passés tous les trois – Patsy, Richard et moi – au pays du miroir, et rien n'était réel mais tout aurait pu nous tuer. Ces événements sont comparables au chien géant et quand Richard Allbee m'a demandé si je pensais vraiment que nous avions simplement perdu la boule à cause du DRG, j'ai répondu « non », mais ce n'était pas aussi simple.

Je peux seulement vous dire ce que j'ai vu de mes yeux : ce que j'ai cru voir, ce que je suis sûr d'avoir vu. Ainsi, je demeure honnête, et si vous voulez vous mettre à ruminer sur la « réalité des choses », ne vous gênez pas.

Tandis que Richard calmait Patsy et essayait de lui faire dire si Tabby était parvenu à sortir à temps de la maison, je regardai les ruines et tentai de me faire à l'idée que mon vieil ami avait bien été notre ennemi. Plus que moi encore, Wren Van Horne faisait partie intégrante de Hampstead. Toujours, il avait affiché une certaine *désinvolture* : une qualité, devais-je apprendre avec l'âge. Ses patientes le respectaient et l'adoraient. Il était de ces gens qui, d'instinct, savent bien vivre, mais, surtout, Wren Van Horne était de *ma race*. Et le Dragon avait fait de lui un déchet. J'imaginais mon vieil ami en train de frapper à la porte des femmes, en train de ramasser Stony Friedgood *Chez Franco*...

Richard essayait toujours de sortir Patsy de sa torpeur, et j'allai lui poser la main sur l'épaule. Devant moi, la maison finissait de se consumer. Comme avaient dû se consumer les maisons de Mill Lane, et la Filature royale. Les flammes avaient envahi la façade de la demeure de Wren, la dissimulant complètement à nos yeux. J'entendais, ou croyais entendre, des cris à l'intérieur. Je levai les yeux sur la fumée et les flammes et je la découvris, pour la première fois, bien que vous l'ayant déjà décrite : la chauve-souris de feu et ses ailes immenses. Patsy sursauta, ma main trembla.

– Je crois que Tabby est mort, sanglota Patsy. Gideon Winter l'a emmené. Et je ne peux plus le joindre... Jusque-là, j'ai toujours pu, toujours... mais, maintenant, il n'y a que ce *froid* terrible à la place de Tabby.

Quand, de nouveau, je levai les yeux, la chauve-souris avait disparu.

– Tout est *froid*, poursuivit Patsy avec un désespoir que nous perçûmes, Richard et moi. Il n'y a rien d'autre... Il n'y a plus de Tabby.

Je regardai Richard qui ne se maîtrisait guère plus que moi à l'idée que Tabby pouvait être mort.

– Vous avez dit que Gideon Winter l'a emmené. Est-ce que cela signifie que Tabby est sorti de la maison ?

– Oui, dit-elle, et je retrouvai un peu d'optimisme.

– Dites-nous exactement ce qui s'est passé, Patsy. Jamais nous ne reverrons Tabby si vous ne nous aidez pas maintenant.

– Tabby est mort.

– Dans ce cas, je veux lui donner une sépulture.

Mais je veux en être certain. Et je veux tuer le Dragon, Patsy. Je veux le réduire en pièces.

Elle leva la tête et nous raconta comment elle avait rencontré Tabby devant la maison de son grand-père, et ce qui s'en était suivi.

– Tabby s'est ratatiné quand cette... cette *chose* l'a touché, poursuivit-elle. Il est devenu tout blanc. Et ils ont disparu... j'ai essayé de retrouver Tabby mais je n'ai pas pu... je n'ai trouvé que du froid, du froid, du froid...

– Partis ? demanda Richard.

– Disparus, tout simplement. Et le feu a pris tout autour de moi. J'ai couru. Je suis sortie et vous êtes arrivés.

– Ils avaient tout simplement disparu ? répéta Richard, regardant Patsy, puis moi. Qu'est-ce que cela signifie ? Graham, est-ce qu'ils l'ont tué ou pas ? Je pensais que si quelqu'un détruisait *notre* Dragon comme vous avez détruit Krell, c'était terminé. Qu'est-ce qui se passe ici ?

– Je pense qu'il en a toujours été ainsi, dis-je. On dirait que Gideon n'est pas près d'abandonner.

– Vous croyez que c'était Gideon Winter ?

– Hélas, oui ! Il est plus fort que jamais, assez fort pour survivre à la mort du corps qu'il a choisi. Il a enlevé Tabby parce qu'il veut que nous allions le chercher. Cette fois il nous veut tous ensemble, et d'un seul coup. Sans quoi il aurait tué Patsy. Il voulait que nous entendions son histoire et il voulait, il veut, que nous allions le chercher.

– Si nous savions où, dit Richard.

– Je crois le savoir. Patsy ne va pas aimer cela.

Elle se raidit et me fixa : elle avait compris, et j'avais raison ; instinctivement, elle résistait.

– Oh, je vois, dit Richard.

– Là où l'on a assassiné plusieurs gosses. Lui et moi le savons. A la maison de Bates Krell. En tout cas, moi j'y vais.

Je partis d'un pas décidé et, soudain, je sentis deux bras qui prenaient les miens, un de chaque côté.

– Vieux loufoque grincheux, vous ne pensiez pas y aller seul ? me dit Richard.

Je regardai Richard, puis Patsy, et songeai que nous étions comme les trois compères du *Magicien d'Oz*.

*

Ce ne fut qu'en arrivant sur Mount Avenue que je vis Richard compter les cartouches dans sa poche et je réalisai qu'il tenait toujours mon fusil. Comme toujours quand il ne réparait pas une corniche ou ne grattait pas la peinture des murs, il était habillé. J'entends habillé comme tout le monde à cette époque, même moi. Avec une veste et un vrai pantalon, pas un jean. Et des chaussures, pas des baskets. Quoi qu'il en soit, tout cela me parut parfaitement cohérent : Richard, le vieux Purdy et ces vêtements, comme Magritte et son chapeau melon. A sa vue, je me sentis plus confiant. Ou, du moins, presque prêt à accepter ce qui allait arriver, comme si Richard, ses vêtements et le Purdy pouvaient nous conférer, à tous les trois, quelque irrationnelle protection. Il émanait de Richard Allbee une telle autorité à cet instant que je me sentis plus jeune que lui.

Peut-être veux-je dire que je sentis que Richard prenait, à ma place, la direction. Ou qu'il en avait toujours été ainsi.

Le ciel changea ; sans transition, il passa du bleu voilé à un rouge gazeux et bouillonnant. Patsy s'arrêta, tout comme moi. Ce qui se trouvait au-dessus de nous semblait l'expression d'une fureur extrême. Un million d'explosions silencieuses mais violentes déchirèrent le ciel qui passa au jaune vif, puis à un bleu monochrome tout à fait insolite, puis au violet profond, et enfin au noir. Deux lunes étaient suspendues au-dessus de nous, l'une de ce rouge bouillonnant, l'autre blanche et cadavérique.

Le clair de lune illuminait Poor Fox Road. Patsy me serrait le bras à m'en faire mal.

– C'est bon, dit Richard, et nous avançâmes vers la maison de Bates Krell.

Arrivé au virage, je vis une forme noire pendue à l'un des grands arbres. Elle tourna lentement quand nous approchâmes. Richard et Patsy l'avaient aperçue aussi. Un instant plus tard, je vis que c'était un corps pendu par les pieds, la poitrine ouverte, les côtes brisées. Je reconnus Bobby Fritz. L'horrible visage se moquait de nous, avec son sourire grimaçant. *Vous êtes morts ! Vous êtes morts !* nous cria le cadavre.

Les bras qui pendaient s'enflammèrent, les cheveux grésillèrent sous la chaleur, puis s'enflammèrent à leur tour.

Richard me poussa et j'entraînai Patsy, hébétée.

– Ça ira, Graham, me dit-elle, inutile de me traîner.

Elle se libéra de mon bras et jeta un coup d'œil par-dessus son épaule. Je me retournai également, par réflexe.

Le corps en feu de Bobby Fritz tourna comme un jouet mécanique et, sous les flammes, nous distinguâmes ses traits mutilés.

Quelques minutes plus tard apparut la maison de Bates Krell, derrière les carcasses de voitures, et nous ralentîmes le pas. Les fenêtres, ou les trous noirs à la place des fenêtres, rougeoyaient ; mais nous savions que la maison ne brûlait pas.

Richard se détacha et avança vers la porte, l'arme à la hanche. Il se retourna et je vis les muscles de sa mâchoire tressauter. Nous le rejoignîmes. Il ouvrit la porte, la poussa du canon de son fusil. Patsy se protégea la tête de ses mains. Une lumière rouge inonda nos jambes.

Vous aurez compris que Patsy se protégeait des

chauves-souris. Richard pointait son arme à l'intérieur, comme s'il allait trouver quelque chose sur quoi tirer. Une douzaine de chauves-souris arrivèrent en voletant des coins de la pièce ; Richard essaya de les chasser du canon de son arme, mais deux des bêtes s'approchèrent.

Je pus distinguer de longs cheveux roux sur la tête de l'un des animaux ailés qui plongeaient sur Richard. Leurs visages étaient blancs. Des visages que je ne voulais pas voir ; je savais que j'allais les reconnaître et que le spectacle serait plus horrible que celui du corps de Bobby Fritz pendu par les pieds à un arbre.

Richard baissa son arme : il avait reconnu l'un des minuscules visages.

Soudain, j'éclatai. Je vis, dans mon esprit, le visage de Tabby. J'empoignai Richard et le tirai avec moi dans la maison.

– Nous sommes en plein jour ! criai-je. *En plein jour !*

Pendant quelques secondes, nous vîmes la vraie lumière du soleil éclabousser un mur, la nudité de la maison. Des lames de parquet brisées, des murs lézardés, une poussière épaisse : nous vîmes tout cela. Plus de chauves-souris. Patsy se précipita à l'intérieur, resta à côté de moi, et je me sentis assez fort pour affronter trois Bates Krell. Des chiens géants et des chauves-souris à visage humain ! Deux lunes ! Et puis quoi ?

Du coin de l'œil, je remarquai un mouvement. Je tournai la tête et avançai. Les McCloud était sur le seuil d'une autre pièce, en pyjama rayé et robe de chambre ouverte, pressant la détente d'un petit pistolet. Une longue flamme jaillit du canon, frôla Patsy et moi, et le projectile se perdit sur notre droite.

La nuit noire retomba aussitôt et le fusil tonna, à l'instant où je vis Les se fondre dans le néant.

– Il est parti, dis-je, mais je n'avais plus envie d'affronter l'obscurité.

J'entendis Richard souffler en éjectant la cartouche qui rebondit sur le sol.

– Je sais où il nous faut aller, dit Patsy, me jetant un regard en coin.

– Patsy, personne ne va vous demander de descendre là-dessous, dis-je.

– Il a raison, confirma Richard. Pas après la dernière fois. Vous pourriez attendre dehors. Vous êtes venue jusqu'ici, cela suffit. Si Tabby est là, nous le trouverons.

– Tabby est mort. Mais je viens avec vous. Il faut que nous soyons ensemble, non ? C'est bien ce que vous pensez, Graham ? Et je veux mettre un terme à cela. (Elle tira son petit pistolet de sous sa chemise.) Et je m'en servirai s'il le faut. Je crois qu'il reste une balle. Vous pouvez aller attendre sur le trottoir si vous voulez.

Elle nous apparut petite, brave, volontaire, bien différente de la femme que nous avions vue se précipiter vers trois hommes et un gamin, la nuit où les premiers oiseaux étaient tombés du ciel.

– Eh bien, allons-y, dit Richard. Nous voulons tous que cela finisse.

Patsy se retourna et franchit le seuil de la cuisine, Richard et moi derrière elle. La porte de la cave était encore grande ouverte et nous vîmes que de la lumière provenait des escaliers.

Je passai le premier. Si quelque chose devait arriver, je voulais que ce soit à moi, pas à eux. A soixante-seize ans, l'un des avantages est qu'on ne peut plus mourir prématurément. Richard arriva à ma hauteur : lui aussi voulait se trouver entre Patsy et ce que nous pouvions rencontrer.

Je ne sais ce que nous nous attendions à trouver. Des cauchemars à la Jérôme Bosch, des démons dévorant le corps de Tabby, Gideon Winter volant à notre rencontre : n'importe quoi mais pas ce vide. Une rangée de briques de verre, en haut du mur, brillaient de la même lueur rouge que le reste de la cave. On voyait, contre un mur, au fond, un établi délabré. C'était tout.

– Tabby n'est pas là, dit Richard.

J'avançai jusqu'à l'établi. Nous étions venus au bon endroit, j'en étais sûr, et je pensais trouver quelque chose qui nous mènerait à Tabby.

L'air autour de moi se fit plus épais, comme si ces rouges pulsations avaient figé l'air. Nous étions en train de surmonter le choc de n'avoir pas été choqués, si l'on peut dire. Et nous comprenions la vraie nature du lieu.

La cave de Krell n'était pas vide, mais pleine de nos émotions libérées. Terreur, désespoir, misère humaine. Jusqu'à l'été 1980, j'aurais rejeté l'idée qu'une telle expérience pût être autre chose que la simple projection d'un observateur influençable. Mais dans la cave de Krell, je sus que je ne projetais pas toute cette misère. Je me sentis assailli par le caractère maléfique du lieu, par la monstruosité du plaisir procuré par la torture. Je voulais ressortir aussi vite que possible. Pendant un instant, je vis les murs grouiller d'araignées, de hideuses formes noires tourner autour de moi, un corps écartelé sur l'établi. Toutes ces images provenaient de mes lectures d'enfant. Il nous fallait sortir.

Je me tournai vers Patsy et remarquai qu'elle aussi avait été empoisonnée par la cave. La terre battue trembla sous mes pieds et je faillis être renversé. Une main jaillit, puis une autre.

– Filons de là, pour l'amour de Dieu ! dit Richard, assenant des coups de crosse sur les mains qui se dressaient.

– Je ne sais pas si nous pourrons arriver à l'escalier, dit Patsy, et je vis que la terre, entre nous et les marches, semblait s'être changée en sucre brun, granuleux.

– C'est incroyable, mais il y a une porte là-bas, annonça Richard.

Dans le béton apparut une porte de bois aux lourds gonds de fer qui n'existait pas avant cela, et qui parut tout aussi sinistre que le reste.

En tentant de voir si nous pouvions gagner l'escalier, nous distinguâmes la tête et le buste d'un gamin d'une douzaine d'années qui sortait de terre. Une vision ou une hallucination décrite par Richard : le cimetière qui s'ouvrait, vomissant ses morts.

– Graham ? La porte ? demanda Richard.

Il avait dû songer qu'il nous restait une seconde ou deux pour bondir vers les escaliers, et que seul, peut-être, il y parviendrait. Je ne pouvais courir assez vite et Patsy était sur le point de s'effondrer. Elle parut se ressaisir, accepter l'idée d'emprunter la porte, même si elle devait conduire à une autre chambre de torture.

Richard ouvrit la porte et nous fonçâmes.

*

Vous voyez pourquoi je voulais décrire ces événements à la première personne, pourquoi le récit d'un narrateur objectif n'aurait pas convenu, aurait constitué un mensonge, pour vous comme pour moi. Il n'y avait *pas de porte*. Je la franchis, et si je n'avais pas baissé la tête, je me serais cogné le front mais, même avec cette preuve, je savais que jamais il n'y avait eu une telle porte dans la cave de Krell. Et Richard Allbee et Patsy McCloud le savaient aussi bien que moi. La porte n'était qu'un rêve, notre rêve ; mais également, pour le Dragon, la façon de nous mener où il voulait que nous allions.

Nous savions aussi que le danger n'était pas moindre de l'autre côté de cette porte. Ce n'était pas un moyen de s'échapper, mais nous ne pouvions revenir.

Nous nous retrouvâmes dans un souterrain puant, si étroit que nous devions marcher l'un derrière l'autre. D'abord Richard, puis Patsy et enfin moi. Je passai la main sur la paroi et la retirai vivement : humide, spongieuse, élastique, on aurait dit un tissu vivant. Tout au bout, devant Richard, à un coude du souterrain, apparut une vague lueur semblant indiquer que nous n'allions pas tarder à déboucher quelque part, sur Poor Fox Road, ou dans les terrains marécageux environnants. Le souterrain s'élargit et nous pûmes bientôt presque avancer tous trois de front.

– Ça pue ici, on se croirait dans un égout, dit Patsy.

– Tant qu'on s'éloigne de cette maison, je me fiche de l'odeur, répondit Richard. Vous avez vu les femmes, non ? Krell ne les a pas toutes passées par-dessus bord. Et il a tué beaucoup plus de gens qu'on ne le pensait.

C'était également ce que je m'étais dit. Le temps que nous franchissions la porte, nous avions vu treize ou quatorze femmes et enfants sortir de leurs tombes.

Nous arrivâmes au coude du souterrain et, soudain, nous nous trouvâmes dans une lumière si vive qu'elle cachait tout détail. Un instant, je fus aveuglé et je me couvris les yeux de ma main. Nous nous arrêtâmes. Je retirai ma main et nous aperçûmes une silhouette vague contre la paroi, loin devant.

– Qui êtes-vous ? cria Richard, levant son arme.

Et je sus où nous étions.

En avançant encore, nous vîmes que la silhouette était celle d'une femme. D'une femme qui pleurait.

– Patsy ? dit la femme.

Patsy ne répondit pas. Elle prit mon bras et celui de Richard. Le visage de la femme apparut dans la lumière.

– Ô mon Dieu ! Marilyn Foreman, dit Patsy.

– Filez d'ici. *Filez d'ici.* Vous êtes déjà morts. Comme le gosse.

Nous dépassâmes la femme et je sentis un froid brûlant en la frôlant. Patsy continuait à nous entraîner. Je me retournai. Tout comme Richard. Le souterrain était vide.

– N'avons-nous pas croisé une petite bonne femme qui ressemblait à une institutrice ? demanda Patsy. Ne nous a-t-elle pas dit de filer ?

– Effectivement, confirma Richard.

– Dieu merci. Si nous devenons fous, du moins le devenons-nous tous ensemble.

Nous continuâmes à avancer et la lumière se fit soudain aveuglante. Patsy me lâcha et je trébuchai, seul tout à coup. Quand je pus ouvrir les yeux, je vis que nous avions quitté le souterrain pour nous retrouver dans une longue pièce tapissée de livres qui puait tout autant que le tunnel. Patsy et Richard se rapprochèrent l'un de l'autre. Je crois qu'ils avaient reconnu la pièce avant moi. Comme dans la cave de Krell, on y sentait des misères muettes. Encore un endroit maléfique. « Où sommes-nous ? » me demandai-je.

Et puis je vis une table de machine à écrire qui me sembla familière, au bout, devant une fenêtre tout aussi familière. Je regardai Richard, espérant le voir nier ce que je savais déjà. Derrière son visage inquiet, j'aperçus l'affiche de *Glenda*. Nous étions dans ma salle de séjour. Elle était trois fois plus longue que dans la réalité, mais ce sinistre lieu était bien ma salle de séjour.

– Hé, Graham, dit Richard, ne...

– Ne *quoi* ? cria une autre voix au bout de la pièce, une voix que je crus également reconnaître.

Je me tournai pour découvrir un homme petit et épais, en costume croisé, assis derrière mon bureau.

– Vous ne voulez pas que votre coco d'ami comprenne ce qui lui arrive, Williams ? Votre ami sait-il que vous êtes un sale coco ? demanda le sénateur McCarthy.

– Jamais je n'ai été le moins du monde communiste. Et encore moins un sale coco.

– Vous êtes un *ivrogne* ! Vous avez abandonné deux épouses. Vos amis le savent-ils ? J'ai là une liste de toutes vos activités communistes entre 1938 et 1952, ainsi que celle de vos partenaires sexuelles. Vous êtes dégoûtant, Williams. Parce que vous êtes un *lâche*. Vous êtes un sale communiste ivrogne et lâche.

– Ivrogne, je l'ai été. Et j'ai trompé mes deux femmes tout autant, à peu près, qu'elles m'ont trompé. Mais je n'ai jamais abandonné personne.

– Dites-moi, Williams. Savez-vous que Tabby Smithfield serait encore en vie si vous ne l'aviez corrompu avec vos folies ?

J'allais lancer un coup de poing au visage malveillant mais il se changea en celui d'un démon rouge, beaucoup plus grand que moi, grimaçant, dardant une langue bifide et exhalant une haleine torride.

Le démon brûlant avança tout près de mon visage une main faite d'un million de petites flammes compactes, formant une chair solide. Il m'aurait arraché le visage s'il m'avait touché mais Richard me tira en arrière, et la main ne fit que m'effleurer. Elle se saisit cependant de ma main : celle avec laquelle j'avais eu l'intention de le frapper. Cent poignards me transpercèrent la chair, de l'acide se répandit sur mes blessures et je me mis à brailler ; ensuite, tout sombra dans une obscurité totale, mais pas avant que je n'eusse entendu un gloussement de joie.

De nouveau nous étions dans le souterrain et l'odeur était pire encore. Loin devant nous, une autre lumière.

– Ça va, Graham ? me demanda Richard.

– Oui, bien sûr, répondis-je, tout secoué par ce

qu'avait dit ce putois et par ce qui s'était passé ensuite.

Je savais que j'avais frisé la mort de bien plus près que sur Kendall Point. Je voyais encore cette gueule énorme, rouge et grimaçante, penchée sur moi, et je sus que j'aurais été trop terrorisé pour pouvoir bouger si Richard n'était pas intervenu.

– Vraiment ? insista Patsy.

– Je n'ai jamais abandonné personne, dis-je. Seigneur, je n'ai jamais fait cela. Un jour je vous raconterai l'histoire de mes mariages.

Tout en parlant, je revoyais le grotesque visage rouge. Un démon ! Les démons n'existent pas, sauf comme métaphores. Nous reprîmes notre marche. Je tournai péniblement ma main et constatai qu'elle était intacte.

Cette fois, le souterrain se fit progressivement plus vaste, la lumière plus pénétrante. Il semblait que nous descendions légèrement. La pente s'accentua et il nous fallut nous arc-bouter pour ne pas tomber. Quand le souterrain redevint plat, nous vîmes les premiers morts.

Gros et nus, ils se tenaient sur le côté du tunnel devenu immense maintenant ; un homme et une femme âgés, immobiles comme des mannequins, les yeux clos, la peau d'un blanc crayeux. De gros tas de chair. Et puis je reconnus mes vieux amis Harry et Babe Zimmer. Je baissai les yeux et sentis qu'ils se tournaient vers nous avec une horrible lenteur.

– Oh non ! dis-je, voyant ce qui se trouvait devant nous.

Dans un espace vaste comme une cathédrale, le Dr Norm Hughardt, tout aussi blanc et mort que les Zimmer, se tournait pour nous faire face à l'entrée de l'immense salle. Sa petite barbe à la Lénine avait poussé et était devenue laineuse et négligée. Un gros ver blanc se frayait un chemin à travers son imposante brioche. Norm leva une main en un geste de vaine supplication.

Derrière lui, des centaines d'autres avançaient, de ce pas pénible et lent, à travers la vaste chambre.

J'avais les nerfs à vif ; je ne voulais voir personne, je ne voulais pas regarder ces visages, je ne voulais que sortir de cet horrible lieu. Du moins n'étions-nous plus en danger, semblait-il ; les morts avançaient si lentement, de façon si hésitante que même moi j'aurais pu les éviter. Je songeai qu'il s'agissait là de nous rendre plus vulnérables, de nous décourager. Les centaines de morts nous imploraient de les secourir, de les ramener avec nous à la surface. Gideon Winter voulait nous affaiblir avant de porter son coup fatal. Et, certes, ces créatures étaient pitoyables. Elles étaient si nombreuses que leurs bras s'emmêlaient.

Et je crus voir la justification de ma théorie. Au centre de la vaste chambre s'étendait une mare bouillonnante de liquide grisâtre laissant échapper des vapeurs âcres. Richard entreprit de nous faire passer sur les bords de ce lac sulfureux, s'assurant en même temps qu'aucune des créatures ne pouvait nous toucher. Je me contraignis à avancer. Une partie de moi-même était assez épuisée pour se coucher et abandonner. Et Patsy arriva près de moi, tendue ; quelques pas devant nous, Richard s'arrêta.

– Non, non, ce n'est pas vrai, dit-il.

Je me tournai vers la mare bouillonnante. Tout au bout, un corps luttait avec une lenteur désespérée pour prendre pied sur le sol. Un corps mince, jeune, un corps d'adolescent, d'un blanc crayeux, comme les autres. Le garçon sorti, une autre tête creva la surface. Le cadavre d'un homme tenta de se hisser hors du lac. Je le reconnus. Je venais de voir Les McCloud dans la cuisine de Krell, et je n'eus aucun mal. Et puis il me fallut revenir au cadavre du gamin que j'avais aperçu, vu avec mon cœur tout autant qu'avec mes yeux. Le garçon mort était Tabby Smithfield. Les gros vers l'avaient déjà trouvé et rampaient sur ses jambes.

Il aurait pu nous saisir l'un après l'autre, je ne vois pas comment nous aurions eu le cœur à lutter contre lui.

Un essaim de mouches s'était collé sur le cou de Tabby.

Du moins acceptai-je l'éventualité – non, la probabilité – que Tabby était mort. Le pitoyable corps roula sur le côté avec une lenteur monstrueuse.

Je gémis et la faible lumière de l'immense salle vira au rouge. Sur les corps qui continuaient à clopiner vers nous, les vers blancs se mirent à enfler, aussi rouges que la lumière maintenant. Tout autour de nous, les morts commencèrent à gémir.

Deux d'entre eux se frayèrent un chemin jusque devant les autres. Je reconnus les cheveux roux et le visage de la journaliste que j'avais vue à côté de moi devant le cadavre de Johnny Sayre. Sarah Spry. Elle était parvenue à ouvrir un œil.

– Partez, abandonnez, nous souffla-t-elle. Renoncez, Graham, vous êtes mort.

– *Mort ! Mort !* répéta l'homme à côté de Sarah Spry.

Quelque chose de gros et blanc tomba sur Patsy, la faisant choir à terre. Richard et moi, surpris par cette attaque subite, demeurâmes figés.

Je comprenais à peine qu'il s'agissait du cadavre d'un homme, quand Patsy se mit à crier. Elle tenta de se relever mais le cadavre la plaqua de nouveau à terre. J'essayai de le tirer en arrière, par les épaules, mais autant s'attaquer à une statue de béton. Il tourna la tête et je reconnus Archie Monaghan. Il voulait tuer Patsy et je ne pouvais l'en empêcher. Je le saisis par les oreilles et essayai encore. Je lui cognai la tête. Patsy gesticulait frénétiquement.

– Ecartez-vous, Graham, cria Richard, braquant le

fusil sur la tête d'Archie Monaghan et lâchant les deux coups.

La tête éclata. De la matière grise et des débris d'os allèrent se répandre à la surface de la mare. Le reste du corps demeura dressé un instant avant de s'effondrer sur le côté. Richard et moi nous précipitâmes pour aider Patsy à se relever. Autour de nous, la lumière s'estompait en une obscurité rougeâtre.

– Il faut filer, dit Richard.

Quelques instants plus tard, nous nous retrouvâmes dans un couloir étroit. Patsy avançait d'un pas rapide et ferme mais je voyais ses mains trembler. La puanteur se fit plus forte. Nous nous trouvions dans les entrailles du monde, où nous avions pénétré par la porte de la cave de Krell ; dans les entrailles du miroir, également. Je savais qu'elles finiraient par nous conduire à Gideon Winter ; et nous aurions dû savoir, tous les trois, que le tour de Richard allait arriver.

KENDALL POINT

Richard avait été surpris de constater que son sens de l'orientation n'était pas altéré sous terre. En quittant la cave de Bates Krell, ils avaient passé le mur nord et commencé à obliquer vers l'est. Et ils se dirigeaient toujours vers le nord-est. « Vers Kendall Point », se dit-il : la sépulture de Gideon Winter paraissait être le lieu inévitable de la confrontation finale. Richard ne voulait pas le montrer mais il doutait que ses amis fussent prêts pour cette rencontre.

Graham, comme Patsy, semblait abasourdi par ce qui leur était arrivé, sans doute, et surtout par la vue de Tabby, si manifestement mort, émergeant de cette mare puante. Ni l'un ni l'autre n'aurait survécu au tunnel, sans Richard : après la chute du cadavre sur Patsy, Graham avait paru trop hébété pour faire autre chose que lui cogner sur la tête. De toute évidence, Winter lui réservait une torture bien particulière, se dit Richard. Et il se demanda si Patsy, notamment, serait capable d'agir rapidement et rationnellement. Avançant à côté de lui, il sembla à Richard qu'il lui fallait presque toute son énergie simplement pour s'empêcher de se trouver mal.

Quoi qu'il arrivât, songea Richard, il devait en réchapper. Et protéger Patsy et Graham pour qu'ils ne se fissent pas prendre.

Devant eux apparut une faible lueur et Richard sentit tous ses muscles se contracter. C'était là que l'attendait son épreuve, et il était déchiré entre l'envie de filer par où ils étaient arrivés et celle de foncer en avant, de courir pour que cela se termine au plus tôt. Il continua à avancer. Patsy glissa la main sous son bras.

A chaque pas, la lumière reculait, sans varier d'intensité. Richard serra le bras de Patsy contre lui, avança d'un autre pas et, de nouveau, la lumière recula. Que se passerait-il s'il tirait dessus ? se demanda-t-il.

Et soudain, la lumière lui devint familière. Il le savait. Il l'avait vue quelque part, mais sans la remarquer. Sans doute sur un plateau de télévision. Les parois du souterrain s'étaient faites plus larges. A quelques pas de la lumière – une lampe de chambre d'enfant, en fait –, il vit un fanion triangulaire portant le nom d'ARHOOLIE. Et ses skis appuyés contre le mur, à côté du placard.

Une lumière filtra dans la chambre, conférant à tous les objets une réalité inaltérable. S'il donnait un coup de pied à cette chaise, il allait se faire mal. S'il lançait les skis par la fenêtre, ils tomberaient sur une vraie pelouse. Richard entendit des bruits de pas. Des accessoiristes et des cameramen qui s'activaient. Sa vraie famille pendant des années.

Un peu avant les autres, Richard vit les corps sur le lit de Spunky Jameson. On reconnaissait à peine Tabby et Laura. Nus, étendus sur le côté, la femme et le garçon étaient littéralement hachés de coupures, de blessures, piétinés, écrasés. Graham et Patsy allaient-ils supporter de voir Tabby dans cet état ? Il se retourna, voulant leur masquer ce spectacle. Mais, déjà, ils avaient vu.

Un chat gris arriva vers eux, s'arrêta à quelques pas, s'assit sur le tapis. Un instant plus tard, Billy Bentley apparaissait, sortant du même néant.

*

– Vous êtes Gideon Winter, dit Richard, s'avançant vers un Billy moqueur.

– Non. Tu le verras, frangin.

– Nous voulons Tabby Smithfield. Je me fiche de savoir ce que vous êtes ou qui vous êtes ; je veux que vous tiriez Tabby de Dieu sait quel trou puant où vous l'avez jeté et que vous nous l'ameniez. Mort ou vif. Rendez-le-nous !

– Comme je t'ai rendu ta jolie petite femme ? demanda Billy. Je crois que tu as apprécié.

Le chat de Billy se mit à rire, d'un rire de femme.

– Nous voulons le corps de Tabby, répéta Richard.

– Eh bien, prends-le. Tu en auras deux pour le prix d'un seul, Spunks ; la meilleure affaire de la journée, dit Billy, montrant les deux cadavres sur le lit. Mais avant de partir, je voudrais que tu rencontres quelqu'un. Quelqu'un que tu *veux* rencontrer, Spunks. Sans blague, mec.

– Je ne... commença Richard, mais la scène se modifia tout autour de lui, s'ouvrant, s'allongeant. Tout au bout, un homme et une femme étaient assis, en pleine lumière, à la table des Jameson. Ils le regardaient l'un et l'autre, et Richard se sentit touché malgré lui par la chaleur de leurs regards. L'émotion était réelle, si rien d'autre ne l'était. Ruth Branden, la femme assise à la table, lui avait témoigné une véritable affection. Il la revoyait pour la première fois depuis l'âge de quatorze ou quinze ans. Sa mort prématurée ne lui avait pas permis de connaître sa « mère » à l'âge adulte. A quatorze ans, il s'était toqué de Ruth Branden, et il comprenait maintenant pourquoi ; c'était une très jolie femme dont l'intelligence et la générosité contribuaient pour moitié à la beauté de son visage, une beauté de l'âme. Le Dragon avait bien travaillé.

L'homme qui se trouvait en face de Ruth Branden était un inconnu pour Richard. Mais il sut, instinctivement, au fond de lui-même, qu'il s'agissait de son père, Michael Allbee. Il avait l'air d'un marin ou d'un poète bohème ayant un faible pour la bouteille.

Son père le regardait avec curiosité, sympathie, amusement et circonspection. Oh oui, le Dragon avait parfaitement travaillé.

L'homme se leva, fit le tour de la table. Il avait exactement la même taille que lui, vit Richard.

– Papa est là, Richard, dit-il. Papa est là et tout va bien. Je voudrais que tu poses ce fusil stupide. Il est vide, de toute façon, non ?

– *Tu m'as abandonné !* Tu es parti ! cria Richard, furieux.

– Tu possèdes mes gènes, fils, dit l'homme en souriant. Tu as en toi la plus grande partie de moi-même. C'est ce qui compte. Et puis nous voici de nouveau réunis.

Richard détourna le regard de ce visage et vit que Ruth Branden lui souriait toujours, assise sur sa chaise ; ce n'était qu'un squelette en tablier et robe d'intérieur. Ses cheveux brillants lui tombaient sur les épaules, descendant jusqu'aux genoux.

Son père et Billy Bentley s'approchèrent doucement. Il n'avait plus que dix ans, comprit-il. Il lui fallait lever la tête pour voir le visage de son père.

– Pose ce machin trop lourd, Spunks, lui disait Billy Bentley. Tu ne comprends pas, mec ? Nous sommes de retour. *De retour.* Et pour toujours, maintenant.

Richard pouvait sentir Patsy et Graham qui le tiraient, tentant de l'éloigner... de le réveiller.

– Je veux Tabby, dit-il de sa voix de gamin de dix ans.

Il voulut braquer son arme, mais elle était trop lourde. Etait-elle vraiment vide ? Il leva les yeux et vit son père avancer vers lui, rayonnant, comme si, soudain, il était très fier de son petit garçon.

– Allons, Spunks, soufflait Billy, tu sais ce qui est arrivé à ce gosse, tu l'as vu sur le lit.

Tabby était vraiment mort ; Tabby n'était plus, et tout était perdu, comprit Richard. Ses bras n'étaient pas assez longs pour tenir correctement le fusil et le recul lui briserait l'épaule.

– Et tu veux que je te dise, vieux Spunks ? lui demanda Billy. Ce que tu as vu ici, c'est ce qui aurait dû t'arriver là-bas, à Providence. Mais tu as filé et il m'a fallu m'occuper de ta femme à la place. C'est *honteux*, Spunks.

La pièce vacilla, se mit à tourner et le petit garçon qu'était devenu Richard Allbee chancela, perdant l'équilibre : le poids, sur ses bras, avait doublé et il faillit choir.

C'était une épée qu'il tenait : une épée étincelante, à double tranchant, deux fois plus lourde que le Purdy, et il l'avait compris avant même de s'en rendre compte.

– Oh, tu n'as pas besoin de ce vieux truc si lourd, dit son père, se penchant sur lui. C'est trop lourd pour un gamin.

Dans la main de Richard, le métal était si froid qu'il lui brûlait les doigts. Il poussa un gémissement tandis que l'épée lui tombait des mains et que Michael Allbee se baissait pour la ramasser.

Richard poussa un cri et le petit pistolet de Patsy McCloud, dans la main de celle-ci, apparut tout près de sa tête. Il comprit, comme au ralenti, que Patsy allait tirer sur son père.

La détonation se répercuta comme si le coup de feu avait claqué dans sa tête. Un trou apparut dans la poitrine de Michael Allbee. Richard sut que Patsy venait de le sauver. Et que de nouveau, il était redevenu adulte, avait recouvré sa taille d'homme. Un essaim de mouches jaillit de la poitrine de son père, suivi par une volute de fumée.

Son père hurla de douleur et de colère. Richard se baissa pour ramasser l'épée. Lorsqu'il saisit la poignée, il vit que Michael Allbee s'était changé en une colonne de sang qui se dressa un instant en l'air au-dessus de lui avant de s'abattre sur eux, poissant instantanément leurs vêtements, les plaquant sur leur corps, dégoulinant dans leur cou, leur brûlant les yeux et la bouche...

*

... sensations qui cessèrent aussitôt. Quand Richard ouvrit les yeux, il vit Patsy McCloud qui le regardait d'un regard fou. Derrière Patsy, une douzaine d'épicéas lançaient leurs longues branches dans l'air gris. La mer battait une plage de galets presque visible derrière les arbres. Richard gisait, la moitié du corps sur un immense rocher gris, le reste dans une herbe jaunâtre. Patsy fixait le pistolet dans sa main. Elle le jeta et le petit 22 rebondit et alla se nicher sous un buisson d'orties et de bardane. Richard se tourna : l'air frais, mouvant, avec ses senteurs d'eau salée et de verdure, était merveilleusement vivant.

Derrière lui, il vit une crevasse dans la terre, trop profonde pour qu'il en distingue le fond. Au loin, vers le promontoire, un long bâtiment blanc avec une pub de bière accrochée à une fenêtre.

Graham Williams, adossé à une énorme racine, avait les vêtements maculés de boue, les revers de son pantalon tout mouillés.

– Nous sommes sur Kendall Point, dit Richard.

– Et il est ici. Vous ne le *sentez* pas ? demanda Graham. Gideon Winter a Tabby, et il est ici. Il nous attend.

– Tabby est mort, dit Patsy d'une voix neutre.

– Je n'arrive pas à le croire. Winter veut que nous

mourions tous les quatre ensemble ; et là, je crois qu'il aura tout. C'est pour cela que nous sommes ici, non ? dit Graham.

– Oui, je suppose.

– Eh bien, j'aimerais bien qu'il arrive. J'ai moins de respect pour lui que naguère. Il ne se sert que de ce que nous lui fournissons, avez-vous remarqué ? Il ne sait que ce que nous lui disons. Patsy voit des morts et il lui montre donc tout un assortiment de cadavres. Vous et *Papa est là*. Malgré tous ses pouvoirs, il paraît toujours limité, non ?

– Limité ? Est-ce là ce que vous pensez ? demanda une voix derrière Patsy, une voix qui ne paraissait pas humaine, songea Richard, trop épaisse, trop onctueuse, et comme passant d'un micro à un haut-parleur.

Graham s'était levé dès les premiers mots, et Patsy, Richard et lui regardaient maintenant une énorme forme sombre sous l'ombre du plus haut des épicéas. La forme changea et ils virent l'être qui leur avait parlé.

Cela était-il bien arrivé ? Cela avait-il *pu* arriver ? C'était tout aussi impossible que le reste : mais ils se trouvaient maintenant au milieu d'un paysage réel, d'un jour réel. D'abord, ils virent le visage, ayant deux fois la taille d'un visage humain, avec des traits grotesquement exagérés, presque beaux, à l'échelle humaine. Des oreilles longues et pendantes, des yeux d'un noir brillant, un nez aquilin, le menton fort et en galoche. Une longue langue sortait des lèvres ourlées.

La créature s'avança, apportant une odeur d'excréments, de sueur et de saleté. De la taille partaient un arrière-train et des pattes de bouc. En travers des épaules du monstre était jeté Tabby Smithfield. La créature se mit à rire en voyant l'expression de leur visage. Elle leva une patte et émit un jet d'urine fumant où grouillaient des tas de petites choses.

Richard ne voulait pas voir : il ne pouvait quitter des yeux le corps de Tabby.

A côté de Richard, Patsy lançait désespérément :

– *Tabby ? Tabby ?* ne recevant que le vide glacé de la mort en réponse.

– *Donne-le-nous !* rugit soudain Graham.

La créature démoniaque jeta un regard mauvais à Graham et, d'une seule main, jeta le corps sur une petite éminence brune à côté d'eux.

– Comme vous voudrez.

Aussitôt l'obscurité se fit, comme à leur arrivée sur Poor Fox Road. La créature avança en riant et Graham, Patsy et Richard se rapprochèrent du corps de Tabby. Richard fouilla sa poche à la recherche de cartouches : il n'en avait plus. Elles avaient dû tomber dans le souterrain. Espérant quelque magie, comme face à Billy Bentley, il leva le Purdy. Le fusil refusa de se changer en un couteau de boy-scout, et moins encore en une épée.

Patsy et Graham s'agenouillèrent de chaque côté de Tabby. Doucement, Graham le retourna sur le dos.

Lorsque Patsy tenta de nouveau d'entrer en contact avec lui, elle ressentit un faible

(...)

– Ô mon Dieu, il est vivant ! lâcha Patsy si rapidement qu'on aurait dit un seul mot.

Et elle se mit à sangloter.

– Evidemment, dit Graham, les yeux humides.

– Regardez, appela Richard. Regardez ce qui se passe.

La forme de la créature était en train de changer, au clair de lune. Le corps de bouc croissait, s'allongeait ; on distinguait une queue massive dans le noir des herbes. Même Patsy leva la tête, après avoir ressenti un nouveau signe de vie de Tabby. Apparurent une tête à la longue mâchoire mortelle, des pointes acérées dans la gueule reptilienne, des yeux mauvais... elle avait vu cette tête jaillir du livre de Dorothy Bach dans le salon de Graham.

le dragon ? Qu'est-ce... le dragon ? Patsy ?

La poitrine de Tabby se souleva, ses yeux s'ouvrirent. Si peu, que seule Patsy le remarqua.

quoi quoi ?

– Un dragon, dit Richard, comme s'il avait entendu le message entre Patsy et le garçon.

L'un des grands épicéas, derrière eux, s'effondra. Le tronc se brisa comme si une main géante l'avait tranché. Quand l'arbre heurta le sol, la terre trembla.

– Filons, dit Richard tandis que la terre vibrait de nouveau sous un autre épicéa qui s'abattait.

Il se baissa, saisit Tabby et le souleva.

Une large fissure s'ouvrit dans le sol, se manifestant d'abord par une chute de terre meuble au fond de la crevasse, puis par le fracas des racines arrachées. Richard vit, à quinze pas de lui, un rhododendron sauvage disparaître dans l'abîme.

– *Sautez !* hurla Graham.

Il comprit ce qui arrivait à l'instant où la terre s'ouvrait sous lui. Portant Tabby dans ses bras, Richard prit son élan et exécuta un saut inouï.

Il atterrit sur un sol ferme mais perdit l'équilibre et s'effondra avec Tabby. Il se retourna et vit la cicatrice, dans la terre, qui avalait les buissons.

– Vous voulez me tuer, Richard ? souffla Tabby.

Richard le serra contre lui.

De la faille devant eux, jaillit une longue flèche de feu qui traversa les hautes herbes, brûlant tout sur son passage. De nouveau, Tabby avait fermé les yeux, la tête blottie contre la poitrine de Richard.

Patsy et Graham, dans le noir, évitaient les foyers laissés par le souffle du dragon. Graham vint s'asseoir à côté de Richard, et Patsy prit Tabby dans ses bras. Graham repassa le fusil à Richard.

– Vous savez ce que vous avez à faire si vous voulez qu'on sorte d'ici, dit-il.

– Il faut tuer cette chose. Il faut descendre dans cette vallée et la détruire. Mais comment ?

Richard envisagea de descendre dans la petite vallée du dragon avec son fusil. Mais il ne survivrait pas cinq secondes. Un souffle du dragon, et il serait carbonisé. Après quoi, le dragon sortirait et ferait subir le même sort à Patsy, Graham et Tabby. Voilà qui donnerait un intéressant article dans la rubrique nécrologique du *New York Times.* Sauf que personne ne le saurait, au *Times,* se dit Richard.

– Je veux bien le faire. Je voudrais seulement savoir de quelle manière. Comment va Tabby ?

– Mieux, dit Patsy avec un sourire qui illumina son visage et rendit un instant Richard jaloux.

Il aurait bien voulu se trouver dans ces bras-là et avoir provoqué ce sourire.

– Eh bien, que faisons-nous ? demanda Richard. (La chauve-souris de feu repassait, enflammant un autre épicéa.) Je crois qu'il ne faut pas que Tabby s'endorme.

– Je vais essayer quelque chose, dit Patsy. Je vais lui demander de chanter.

– De chanter ? De chanter quoi ? demanda Graham.

– N'importe quoi.

– Pourquoi pas ? dit Richard qui, pendant un instant, inexpliquablement, sentit le poids de cette lourde épée à double tranchant peser sur ses muscles. Oui, essayez, Patsy.

– Chante, Tabby, lui souffla Patsy à l'oreille. Chante ce qui te passera par la tête, et nous chanterons avec toi.

– Dieu nous préserve de quelque rock and roll, dit Graham.

Et alors, comme le leur dit Tabby plus tard, l'enfant fouilla dans sa mémoire et y trouva une vieille chanson de l'époque de Mount Avenue. Une chanson que lui chantait sa mère quand il était petit garçon, avec une jolie maman, un papa qui jouait au tennis et un grand-père qui l'adorait. Il ne songea pas au rapport de cette chanson avec Richard Allbee.

Faiblement d'abord, puis plus fort, Tabby se mit à chanter :

– *Quand le rouge-rouge-rouge-gorge se met à sau-sau-sautiller...*

– *Il n'y a plus de larmes quand il lance son doux gazouillis...* continua Graham de sa voix de fausset.

Soudain, le fusil frémit dans les mains de Richard et il dut refermer ses doigts dessus. Patsy se joignit au chœur :

– *Réveille-toi, réveille-toi, bel endormi.*

Jamais, pendant toutes les années de *Papa est là*, Richard n'avait entendu les paroles de la chanson de l'indicatif du feuilleton. Il se mit donc à fredonner tandis que les autres continuaient :

– *Courage, courage, le ciel est rouge.*

Soudain, le fusil se mit à flamboyer dans les mains de Richard.

– Vous êtes géniale, dit-il à Patsy. Qu'est-ce qui vous a donné l'idée...

– Peu importe. Nous aurions pu chanter *n'importe quoi*, dit Graham. L'important, c'était que nous chantions ensemble, tous les quatre.

– Eh bien, continuez. Plus fort, Tabby ! dit Patsy.

Tous les quatre, serrés les uns contre les autres, ils reprirent :

– *Quand le rouge-rouge-rouge-gorge*
Se met à sau-sau-sautiller
Il n'y a plus de larmes
Quand il lance son doux gazouillis
Réveille-toi, réveille-toi, bel endormi
Courage, courage, le ciel est rouge...

Richard se leva, les paroles résonnant encore dans sa tête. Il tenait une longue épée à double tranchant sans s'être rendu compte du changement, ni de l'instant où l'objet, dans sa main, avait cessé d'être un fusil. Il avait la bouche sèche.

– Bel endormi, dit-il à haute voix, sans savoir pourquoi.

Tout en bas, un corps immense allait et venait, comme le chien géant dans le jardin de Graham... Richard s'avança.

– *Dou da dou di dou*
Au milieu des fleurs
La pluie peut tomber
Je reste à écouter
Pendant des heures, pendant des heures...

La petite vallée avait changé et l'endroit où se terrait le dragon se trouvait maintenant dissimulé dans ce qui paraissait être une grotte feuillue. Certains, parmi eux, sortiraient de Kendall Point vivants, se dit Richard tandis que Patsy et Tabby continuaient à chanter.

*

Toujours chantant, Patsy se leva et regarda Richard approcher de la faille, devenue la grotte du dragon. Il avançait avec une assurance que Patsy jugea émouvante. Si Richard Allbee devait monter à l'échafaud, il le ferait avec le même détachement, la même inconsciente confiance. Elle savait qu'il ne se retournerait pas en franchissant les deux gros blocs qui paraissaient marquer l'entrée de la caverne, et il ne se retourna pas. Il passa entre les rochers comme s'il ne les voyait pas et se mit à descendre. Curieusement, Patsy *entendit* l'esprit de Richard qui lui parlait. Seule la présence de Tabby l'empêcha de se mettre à pleurer.

Elle se concentra sur la chanson : elle avait tellement peur pour Richard, pour eux tous, que chanter était maintenant devenu une thérapie nécessaire. Elle était parvenue à s'empêcher de fondre en larmes mais ne pouvait s'empêcher de trembler. Elle semblait également ne plus maîtriser son esprit. Elle passa le bras autour de l'épaule de Tabby. Dans la main de Richard, l'épée flamboyait tandis qu'il s'enfonçait dans l'obscurité végétale. Elle entendit Graham chanter. Elle se mit à trembler violemment, les bras hérissés de chair de poule.

... le soleil est rouge...

(le soleil est rouge)

– Je n'en peux plus, dit Tabby.

Elle leva les yeux et réalisa que ce qu'elle avait pris pour deux lunes était en fait le soleil et la lune, l'un rouge, l'autre blanche. Cette immense bouche ouverte et rouge voulait les avaler.

(Il faut vivre, aimer, rire et être heureux !)

– Je vais avec lui, dit Tabby. Je ne peux pas supporter de rester là.

Il avança de quelques pas puis se retourna vers Patsy.

il le faut

oh, Tabby

Il se dirigea vers la caverne d'où s'échappaient des grondements et des rugissements. Le Dragon ne les avait-il pas avertis, la première nuit, chez Graham, de ne pas aller jusque-là ?

– Il faut que j'aille avec lui, dit Patsy à Graham.

– Nom de Dieu, j'y vais aussi. Mais n'espérez pas que je vais courir.

Tabby s'arrêta, les mains dans les poches, et les attendit. Dès qu'ils arrivèrent aux rochers, ils furent frappés par la chaleur. La moitié du remblai était en feu, devant l'entrée de la caverne. Tous les petits buissons brûlaient, ainsi que la terre, par endroits. On distinguait à peine Richard Allbee, tout en bas de la pente.

Une fumée pâle sortait de la caverne. Patsy vit Richard hésiter un instant, puis poursuivre sa route vers les rochers plats.

Tabby sauta, glissa sur plusieurs mètres, faisant dégringoler un éboulis de terre et de cailloux dans les flammes. Graham suivit, plus précautionneusement. Puis Patsy. Elle remarqua que la fumée qui sortait de la caverne ne se dissipait pas. Elle montait, comme dans un but bien défini.

A l'intérieur de ce nuage se déploya une chose énorme, à mille bras. A l'instant où Patsy allait appeler les autres, le nuage se déchira pour donner naissance à un autre nuage, plus sombre, qui, instantanément, explosa en particules de la taille d'un oiseau, se reforma, tourbillonna. Plusieurs créatures y étaient emprisonnées. Un essaim bruyant vint tournoyer au-dessus d'un rocher plat qui s'enflamma, ruisselant d'un liquide jaunâtre et brûlant. Patsy remarqua alors leurs gueules minuscules, leurs longs cous reptiliens. C'étaient des bébés dragons, et non des chauves-souris.

ça ira, lui envoya Tabby.

tu as intérêt à ne pas mourir une deuxième fois, lui répondit Patsy.

Elle tremblait, mais pas de peur, de soulagement d'avoir retrouvé Tabby vivant, après son enlèvement par Gideon Winter. Sans en être tout à fait consciente, elle avait partagé les pensées de Tabby depuis qu'il avait ouvert les yeux : pas seulement les messages qu'il lui envoyait, mais toutes ses pensées. Et cela l'avait rapprochée de Tabby.

Elle se mit à chanter, doucement d'abord. Une part d'elle-même pouvait encore se rendre compte à quel point il était idiot de chanter à pleine voix devant la caverne brûlante d'un dragon : d'une caverne et d'un dragon qui n'existaient pas.

Et puis, dans ces cas-là, les femmes ne se contentaient-elles pas de se taire et d'attendre qu'on vole à leur secours ?

N'était-ce pas là, *exactement*, ce qu'elle avait fait au

cours de son mariage, après que le succès eut empoisonné Les ?

Un petit éclat de pensée arriva jusqu'à elle. Elle y reconnut la texture, la couleur, le goût d'un Graham Williams à la fois bougon, effrayé et décidé.

– *Quand le rouge-rouge-rouge-gorge se met à sau-sau-sautiller...*

Sa voix pure s'éleva, se faisant plus puissante à chaque parole. Graham Williams se retourna, surpris d'abord, puis furieux. Lui qui avait fait tout son possible pour ne pas faire de bruit, pensant qu'à part l'épée la surprise constituait leur meilleure arme... Autant annoncer à Gideon Winter qu'ils attendaient là, devant la caverne, tous les quatre. Et puis, tandis que s'enflait la voix de Patsy, il se sentit pris par elle, comme enveloppé physiquement. Il descendit plus facilement, avec des jambes de vingt ans. Il se mit à murmurer les paroles de la chanson à l'unisson, certain qu'elle pouvait l'entendre même s'il ne faisait que les fredonner dans son esprit.

Car, à cet instant, il la sentit toute proche de lui, toutes barrières de sexe, d'âge, de solitude, de beauté abolies.

Graham comprit, avant même Patsy, que quoi que fît Richard de cette épée, c'était elle qui pouvait les sauver. Et Patsy, au-dessus de lui, sut ce que Graham venait de ressentir.

chante, Tabby, chante !

Elle les entendait tous les trois maintenant : Graham qui se bornait à dire les paroles, Richard qui suivait le rythme malgré son anxiété, et Tabby dont l'esprit réagissait en parfaite harmonie avec le sien.

Les bébés dragons, comme un nuage en forme de cerf-volant, arrivèrent sur elle, enflammant une bande de terre d'un mètre de large, puis disparaissant.

Peu importait la chanson, se dit-elle. La chanson était ridicule, mais le fait de chanter leur donnait la force. Patsy descendit à mi-pente, regardant Richard approcher de l'entrée de la caverne. Elle se sentit grandir, presque physiquement ; elle sentit le sang lui monter au visage : ce que Graham avait cru voir en elle – ce qui lui avait donné ce sentiment – jaillit presque d'elle.

Pendant un instant, elle se vit comme un filet tendu au-dessous de ses amis : une Patsy géante, prête à les rattraper s'ils tombaient. Elle se sentit rougir encore plus fiévreusement, et au lieu de l'odeur de l'herbe brûlée et de la fumée, lui parvint celle du poisson. Un homme nu, solide, barbu, se tenait à côté d'elle, souriant. Patsy vit la longue cicatrice qui barrait son ventre, d'une hanche à l'autre. C'était de sa peau, de ses pores qu'émanait cette odeur de poisson. Bates Krell s'approcha d'elle. Et derrière son cadavre menaçant, la tête cornue du dragon émergeait de la caverne.

Le sourire de Krell se fit moins agréable encore ; ses yeux brillaient, noirs, veinés du même vert iridescent que ceux qu'elle avait vu surgir du livre.

La tête du dragon se tourna vers elle, dans un déplacement d'air et une onde de feu qui balaya le sol. Bates Krell avait disparu en fumée, et le dragon, sortant de la caverne, fixait Patsy avec les yeux du pêcheur.

– *Quand le...*

Les paroles moururent sur ses lèvres. Elle était trop terrorisée pour chanter et les autres voix, dans son esprit, baissèrent en intensité. Le dragon approcha encore, paraissant soudain beaucoup plus gros.

– *Rouge-rouge-rouge-gorge !* cria Tabby.

Et Graham, mi-hurlant, mi-chantant :

– *Se met à sau-sau-SAUTILLER !*

Et elle entendit Richard qui, désespérément, chantait dans son esprit.

La tête du dragon s'éloigna d'elle en se balançant. Un petit corps ailé tomba du ciel et atterrit aux pieds de Patsy. Le bébé dragon n'était pas plus gros qu'une souris. Ecœurée, Patsy l'écrasa du pied, sentant son corps craquer comme celui d'un cafard.

– Il n'y a plus de *larmes* ! hurla Tabby.

Leurs trois voix revinrent en elle, puissantes, et elle se revit avec Tabby, devant la vieille maison Smithfield. Maintenant, l'un d'eux allait se trouver devant le même danger que celui dont ils l'avaient secourue à l'apparition de Bates Krell. Richard Allbee n'était plus qu'à quelques mètres du dragon.

Patsy leur ouvrit son esprit : elle déploya ses ailes, plus vastes que celles de la chauve-souris de feu. Comme si elle ouvrait son corps et que son essence se répandait en chacun d'eux. Sous la réaction, elle crut distinguer le réseau de ses veines et de ses artères sur sa peau. Une fois, elle avait dressé une liste des hommes avec lesquels elle aurait pu faire l'amour mais, tandis que l'esprit de Patsy acceptait Tabby Smithfield, Graham Williams et Richard Allbee, tandis que ses ailes s'étendaient au-dessus d'eux, ils devenaient les seuls hommes de la planète. Ils se fondirent en elle avec une force et une sensualité insoutenables, et cette force était la sienne.

Tout autour de Patsy, les bébés dragons dégringolaient du ciel. Elle en écrasa autant qu'elle put mais d'autres tombèrent, comme les oiseaux à la fin mai.

Quand elle les touchait du pied, maintenant, ils éclataient, répandant de la fumée et des étincelles.

*

A quelques mètres de l'entrée de la caverne, Richard entendait Patsy chanter plus fort que jamais dans son esprit, devenant la voix de son propre corps, le flux du sang dans ses veines, les battements de son cœur. L'énorme tête verdâtre du dragon plongea vers lui, troublée presque ; il sentit, plus qu'il n'entendit, les petits dragons éclater sur les rochers. Il leva son épée, évaluant à une sur deux, environ, ses chances d'arriver assez près du cou pour frapper avant que le monstre ne recouvre ses esprits.

Richardrichard

Et il sentit Patsy McCloud entrer en lui avec force : dans sa tête, dans son corps, dans son cœur, dans ses poumons, dans ses yeux, dans ses mains. Il pouvait goûter sa voix dans son esprit. Pendant un instant, Richard se sentit comme en lévitation, comme si la présence de Patsy l'avait libéré de la pesanteur.

Il leva les yeux et vit deux des petits dragons tomber du ciel, comme des chauves-souris mourantes.

Les vit-il avec les yeux de Patsy ou avec les siens ?

Désespérément, son esprit coula vers celui de Patsy. C'était là ce qu'il ressentait : comme si leurs esprits étaient deux liquides se mêlant dans un même récipient. Comme si Patsy et lui étaient mariés depuis quarante ans, chacun connaissant le dentifrice de l'autre, le degré de cuisson qu'il préférait pour ses œufs, ses blagues favorites, les films et les romans qu'il aimait. Il y avait également quelque chose de sexuel dans cette connaissance.

Un bébé dragon de la taille d'un écureuil tomba aux pieds de Richard et éclata avec un bruit mat.

Graham et Tabby se tenaient au bas de la pente menant à la grotte, exposés au dragon ; Patsy se trouvait à mi-pente, isolée, semblait-il, par quelque jeu de l'esprit que Richard ne comprenait pas. Il entendait Graham et Tabby chanter cette chanson idiote. Un épais cocon de fumée enveloppait maintenant le petit dragon, aux pieds de Richard. Patsy chantait, aussi, mais la bouche close.

L'épée, dans la main de Richard, prit une teinte plus profonde et parut grandir. Elle flamboyait maintenant, d'un rouge doré, la chaleur de sa poignée irradiant dans l'avant-bras de Richard. Le souffle de Patsy gonflait les poumons de Richard. A son côté, un peu plus loin, Tabby et Graham rayonnaient de la même lueur rouge doré que l'épée.

Un autre petit dragon tomba sur les rochers, se brisant en deux morceaux brûlants.

« C'est impossible », pensa Richard.

Et l'énorme dragon, à l'entrée de la caverne, le fixa de son regard sans pupilles. La longue gueule s'ouvrit. Richard fit un pas de côté et le dragon le suivit de ses yeux de pierre. Un instant, Richard demeura paralysé de terreur. Le souffle de Patsy gonfla ses poumons et il cria :

— *LE ROUGE-ROUGE-GORGE ! CONTINUE A SAUTILLER !*

Il n'était plus sûr des paroles, de leur ordre, mais il *vit* Patsy dans son esprit. Elle se tenait debout, nue, dans cette chambre rose où ils étaient totalement à l'unisson. Et il vit Laura, debout, nue, à côté d'elle, Laura et son beau ventre renflé.

Des rires de femmes tout autour de lui, émanant de l'épée même.

— *BEL ENDORMI !* hurla-t-il, levant son épée flamboyante.

Son rêve, leur rêve, se déroulait tout autour de lui. Il ne savait plus s'il était éveillé ou s'il dormait.

— *BEL ENDORMI !* cria-t-il de nouveau en avançant.

La terre trembla ; un liquide noir se mit à sourdre entre les rochers, de la terre et des pierres dégringolèrent du haut du ravin. Richard marcha tout droit sur le dragon. L'horrible liquide noir ruissela sur les rochers plats mais il entendit les rires de femmes et sut qu'il ne pouvait être blessé, pas même touché. Il savait de quoi il s'agissait, crut-il : ce liquide noir s'écoulait du cercueil d'Emma Bovary. Laura et lui avaient laissé le livre inachevé, parmi un million d'autres choses inachevées. Un épais mur de flammes l'enveloppa mais il savait pouvoir passer au travers ; elles ne pouvaient le blesser non plus.

Patsy, Graham et Tabby virent Richard s'avancer sur le dragon et traverser les flammes comme si elles n'existaient pas. Ils le virent brandir son épée au milieu des flammes et hurler : « Réveille-toi ! » quand il l'abattit.

Richard n'entendit pas ce qu'il criait, n'eut même pas conscience qu'il criait. Le souffle du dragon l'assourdissait. Les dents pointues avaient la taille de piquets. Des odeurs de mort et de pourriture lui arrivèrent au milieu des flammes impuissantes.

Il abattit l'épée sur la gueule du dragon, taillant dans le vif, arrachant des pans entiers de chair verdâtre. Un feu liquide s'écoula des blessures et le dragon recula, rugissant. Quand Richard avança, les mâchoires faillirent le happer. Il frappa la gueule et esquiva une nouvelle attaque. Cette fois, il put enfoncer l'épée juste sous la mâchoire.

Un jet de feu jaillit de la gorge. Le dragon hurla de douleur, se jeta en avant. La longue gueule s'avança vers Richard qui, au lieu d'esquiver, leva l'épée et l'abattit de toute sa force, comme dans son rêve. L'arme pénétra au fond de la gueule.

Le dragon, furieux, hurla et se dressa. Richard se glissa sous la longue courbe du cou. Il saisit l'épée à deux mains, sentit ses muscles se gonfler et assena le revers le plus puissant de sa vie. La lame trancha la chair jusqu'à l'os. Avec ce qui lui restait de forces, il imprima un mouvement de scie à la lame. Un feu liquide dégoulina sur ses mains. Et le dragon explosa.

Richard recula en titubant, s'éloignant de la montagne de feu. L'épée lui tomba des mains. Ce n'était plus une épée.

– *Réveille-toi !* cria-t-il, tombant à genoux.

*

Graham et Tabby arrivèrent lentement à travers les rochers, la gorge sèche, les jambes tremblantes, près de Richard à genoux, la tête baissée.

– Richard ? appela Graham d'une voix rauque.

Richard frissonna. Il ne pouvait pas, ou ne voulait pas lever les yeux.

– Vous avez réussi, Richard, dit calmement Graham.

– Dites-moi ce que j'ai réussi.

– Je vais faire mieux. Je vais vous montrer. Vous n'avez qu'à lever la tête.

Richard leva lentement les yeux. Il paraissait quinze ans plus vieux. De longues rides marquaient ses joues. Il tremblait toujours, très pâle.

– Revoilà le jour, dit-il, alors que Graham et Tabby avaient à peine remarqué le retour du soleil.

Il vit leur expression, et demanda :

– J'espère que je n'ai pas l'air pire que vous ? (Il passa ses mains tremblantes sur son visage.) Qu'allez-vous me montrer ?

– La voilà, dit Graham, paraissant soudain nerveux. Patsy.

Tabby se retourna, comme hypnotisé. Richard saisit le bras de Graham et se leva. Patsy arrivait, au milieu d'un petit éboulis. Elle était toute rouge mais, en approchant, cette petite bonne femme était précédée d'une aura de triomphe. Si l'un ou l'autre avait été seul avec elle, il aurait pleuré, l'aurait prise dans ses bras.

– Oh, Patsy, dit Tabby. Comment avez-vous... ?

Elle hocha la tête, les joues brûlantes.

Tabby tenta de s'adresser à elle par télépathie mais son message ne rencontra que le vide.

Le sol trembla sous eux ; ils le sentirent à peine.

– Je voudrais que vous voyiez... commença Graham, d'une voix qui tremblait aussi.

– Prenez-moi dans vos bras, le coupa Patsy en se précipitant vers eux.

Tous les trois passèrent un bras autour de Patsy et se tinrent par les épaules, formant un cercle. Chacun des hommes eut le sentiment qu'il *appartenait* maintenant à Patsy McCloud, qu'il était une part d'elle-même.

Enfin, Patsy recula et ils se séparèrent.

– Vous vouliez me dire quelque chose, mon cher Graham, dit-elle.

Graham rougit, montra la pente rocheuse où s'était trouvée la caverne du dragon. Tout comme les petits dragons, ce dernier avait disparu. On ne distinguait plus qu'un petit squelette aux jambes déformées et tordues. Le crâne, d'une longueur et d'une taille insolites, semblait appartenir à un autre corps. Au sommet du crâne et sur la nuque, quatre trous de la taille d'une pièce de monnaie.

– Ils l'ont eu : nos ancêtres. Ils l'ont tué ensemble. (Graham fourra ses mains dans ses poches et les regarda avec un peu de sa passion passée.) Et nous avons fait mieux. Bon Dieu, je crois que c'en est fini de ce monstre.

Sous leurs pieds, les rochers tremblèrent encore et, du bout de Kendall Point, arriva une série de bruits sourds suivis d'éboulements dans la mer.

Patsy leva les yeux, inquiète ; Richard lui prit le bras et grimpa aussitôt la petite côte conduisant à la base de la pointe. Il tira Patsy sur le plat, tout près de la route. Après quoi il alla aider Graham. Lorsqu'il regarda vers la pointe, il vit que toute l'extrémité s'était effondrée dans la mer.

Tabby arrivait, tirant Graham ; Richard prit le bras libre du vieux bonhomme et, ensemble, ils le hissèrent sans cérémonie sur le plat. Là, ils regardèrent Kendall Point se déchirer. Le sol gronda ; des fissures lézardèrent la terre, s'élargirent, rejoignant d'autres fissures. Les rochers sur lesquels ils avaient fait face au dragon se soulevèrent, faisant ébouler encore près de deux mètres de falaise dans l'eau. Les épicéas qui subsistaient basculèrent et disparurent à leur tour. Le squelette de Gideon Winter apparut un instant, battant des bras et des jambes comme s'il était vivant, avant de rouler dans l'eau, immédiatement suivi par un pan de falaise.

Et une crevasse s'étendit vers eux, vers le bar peint en blanc qui se dressait encore au départ de la pointe, comme pour le dévorer. Les murs et le sol de béton craquèrent, tout le bâtiment glissa de plusieurs mètres dans un vacarme de cloisons écroulées. Ils entendirent des cris et une porte s'ouvrit d'où s'échappèrent trois jeunes femmes et cinq hommes d'âge mûr. Deux des hommes tenaient des bouteilles de bière. Debout au milieu de la route, ils virent le bar glisser de nouveau en avant, s'incliner vers la crevasse. Tout un côté du bâtiment se détacha, révélant un sol carrelé, un comptoir de bar. Un millier de planches se libérèrent de leurs clous et toute la bâtisse disparut dans la faille.

Les rescapés se tournèrent, hébétés, vers les quatre amis. Pour la première fois, Patsy, Richard, Tabby et Graham lurent sur leur visage cette expression de surprise émerveillée qui allait leur devenir familière. Elle les mit mal à l'aise.

Les maisons pourrissantes autour du bar dévasté tremblaient comme des jouets mécaniques dont se détachaient des morceaux. La crevasse qui avait englouti le bar avançait, inexorablement, finissant par les engloutir aussi.

De l'autre côté de la pointe, vers Greenbank et Mount Avenue, on entendait d'autres craquements émanant d'une grande maison qui s'effondrait.

Après quoi ce fut le silence. Les clients de la taverne dévisageaient Richard et les autres. Les hommes fixaient Patsy avec une crainte pleine de révérence : eux aussi devinaient l'aura qui émanait d'elle.

– Rentrons, dit Graham.

Tabby lui demanda s'il pensait que Greenbank avait été détruit.

– Nous le verrons bien assez tôt. Restons ensemble quand nous croisons des gens.

Quand Bobo Farnsworth déboucha sur leur gauche d'un raccourci depuis Mount Avenue, nos amis s'arrêtèrent.

*

Bobo, l'uniforme bleu maculé de terre, paraissait soudain frappé d'une timidité qui ne lui était pas coutumière, comme s'il n'était désormais plus très sûr de pouvoir approcher ces quatre personnages. Il regarda Patsy, puis Richard, puis Patsy de nouveau.

– Que s'est-il passé, Bobo ? demanda Richard.

Curieusement, tous les quatre souhaitaient que Bobo s'explique et file. Ils aimaient bien le grand policier et, à un autre moment, ils auraient apprécié sa compagnie. Certes, ils étaient épuisés, mais s'ils désiraient se retrouver seuls, c'était surtout qu'ils se sentaient liés comme des amants. Chacun avait besoin de l'autre totalement, sans réserve. Ils voulaient se retrouver ensemble dans une pièce et refermer la porte. La question de Richard ne fut que pure charité.

– Je suis tombé en panne d'essence, expliqua Bobo. Impossible d'en trouver en ville. J'ai grimpé la moitié de Mount Avenue et je suis arrivé jusqu'ici en courant. (De nouveau, il regarda Patsy, toujours haletant.) Ne me demandez pas comment, mais je savais vous trouver là tous les quatre : il fallait que je sois avec vous, je crois. Ça ne... ça ne va pas... (Il se couvrit le visage de ses mains, comme un enfant.) Je crois que Ronnie est en train de mourir. Elle est peut-être déjà morte. Elle a exigé que je sorte, ce matin. Elle ne voulait pas que je sois là. J'ai peur de rentrer et de la trouver morte. Je ne le supporterai pas.

– Je suis sûr que vous allez la trouver mieux, dit Graham. Et elle sera ravie de vous voir.

Ce qui ne se révéla qu'à moitié vrai.

– Merci. Merci pour tout, dit le policier.

Aucun des quatre amis ne répondit et Bobo s'agita un moment.

– Eh bien, je crois qu'on rentre ensemble, finit-il par dire.

– Si vous voulez, dit Richard, toujours charitable, bien qu'un peu moins.

Ils descendirent en silence vers l'extrémité de Mount Avenue, côté Hillhaven. Bobo voulait marcher plus vite et se retournait sans cesse.

– Vous pouvez filer devant, Bobo, lui dit Graham. Nous comprenons votre hâte à vouloir retrouver Ronnie.

– Je préfère rester avec vous.

Lorsqu'ils atteignirent la plage d'Hillhaven, Richard soutenait presque Tabby. Graham et Patsy se soutenaient mutuellement et avançaient d'un pas mécanique. Aucun d'entre eux ne répondait aux tentatives de Bobo pour faire la conversation.

Ils arrivèrent enfin à la voiture de police, garée sous les arbres au bord de la route.

– Cette salope, dit Bobo en cognant le toit du plat de la main.

Un nouveau silence, encore quelques mètres pénibles et Bobo s'exclama :

– Ô mon Dieu ! Vous avez vu ?

La vieille maison de Monty Smithfield s'était écroulée au bas de la colline, laissant un vide curieux dans le paysage. De l'eau jaillissait de tuyaux crevés ; des piliers saillaient des fondations. Une poussière épaisse comme de la fumée demeurait encore en suspension dans l'atmosphère.

– Ô mon Dieu ! répéta Bobo. Cette splendide maison. Ces tremblements de terre, ou Dieu sait quoi, l'ont déracinée de la colline. Je n'aurais jamais cru qu'un truc aussi solide... J'espère qu'il n'y en a pas d'autres.

– Ce sera la seule, déclara Graham.

– Il faut que je voie ce qui s'est passé. Quelqu'un a peut-être besoin de secours. Vous rentrez chez vous, non ?

– C'est plus que probable, dit Graham.

– Pourquoi seulement cette maison ? demanda le policier.

– Salut, Bobo, dit Graham. Vous êtes un brave gars. Tout se passera bien, vous verrez.

– Je vous ai vus sur Kendall Point, bégaya Bobo qui, manifestement, s'inquiétait de ce fait depuis leur rencontre.

Tabby et Patsy le regardaient.

– J'étais assez haut pour voir jusqu'à ce, euh, ravin. (Bobo était comme honteux qu'on pût penser qu'il les espionnait.) Qu'est-ce que c'était que ce truc, en bas ? Vous vous battiez, non ? Qu'est-ce que c'était ?

– Qu'avez-vous vu ? demanda Richard tandis que Patsy, Graham et Tabby se rapprochaient instinctivement de lui.

– Un genre d'animal, je crois. Très gros. Euh... avec une sorte de visage humain, si je puis dire, non ?

– J'aimerais pouvoir vous le dire, Bobo.

– Je crois que je ferais mieux d'aller voir ce qui reste de la maison.

– A bientôt, dit Graham.

Graham ouvrit la porte et s'effaça pour les laisser entrer. Patsy alla s'appuyer au mur, dodelinant de la tête.

– Désolée, dit-elle, je suis complètement vidée.

Richard et Tabby se précipitèrent mais Graham soutint Patsy et l'aida à gagner la salle de séjour.

– J'ai seulement besoin de m'étendre un instant.

Graham la coucha sur le canapé. Déjà, elle fermait

les yeux. Il la couvrit d'une couverture. Même dans son sommeil, elle avait les traits tirés.

– Tu peux t'asseoir, Tabby. Elle ne va pas bouger avant un moment.

– Moi non plus, dit Tabby, se dirigeant vers la chaise de bureau de Graham.

Il s'arrêta, regarda Patsy et revint au canapé. Richard, pas plus que les autres, n'avait pu s'éloigner de Patsy.

– Allons, asseyez-vous, dit Graham. Personne ne va bouger d'ici un bon moment.

– D'accord, fit Richard qui alla s'installer tout près, dans le fauteuil de cuir râpé.

Tabby s'assit à côté du canapé, assez près pour pouvoir caresser les cheveux de Patsy.

– Je vais boire un verre et aller au lit, déclara Graham. J'ai l'impression de n'avoir pas dormi depuis trois jours. Mais je pense que vous allez rester ici jusqu'à ce que nous prenions d'autres dispositions.

– Je ne veux pas prendre d'autres dispositions, dit Richard.

– Parfait, il y a ici toute la place qu'on veut : j'ai, là-haut, des chambres où je ne suis pas entré depuis quinze ans. Parfait. Je suis heureux.

– Je reste aussi ? demanda Tabby, soudain inquiet.

– Si tu tentes d'aller ailleurs, je t'enchaîne à mon lit. Voilà qui est réglé. Quelqu'un veut un verre ? Il me reste encore un peu de ce gin que Patsy aime bien.

Ils se tournèrent tous les trois vers elle, qui respirait paisiblement sous la couverture.

– Oui, bien sûr, dit Richard.

– Moi aussi, s'il vous plaît, dit Tabby.

– Tout ce que tu voudras, aujourd'hui, dit Graham, qui alla dans la cuisine chercher des glaçons.

– Richard, est-ce que nous pouvons rester ici quelque temps ? demanda Tabby.

– Oui.

– Tous ensemble ?

– Tous ensemble.

– Je n'ai pas vraiment envie d'aller ailleurs.

– Je sais. Nous sommes tous comme toi.

– Vous croyez vraiment que ce flic, Bobo, a vu un animal avec un visage humain ?

– Nous allons probablement passer le reste de notre vie à parler de Kendall Point. Pour l'instant, il est trop tôt, Tabby. Je ne sais même pas qu'en penser moi-même.

Graham revint avec trois verres à demi pleins de glace et d'un liquide clair.

– C'est vrai, Tabby. Il est trop tôt. (Il leur passa un verre à chacun et posa le sien sur la table.) Je reviens. J'ai quelque chose à faire pendant que j'en ai encore le courage.

Quelques secondes plus tard, Richard et Tabby entendirent un lourd paquet tomber dans la poubelle. Et Graham reparut, rayonnant, prit son verre sur la table et en avala un bon tiers avant d'aller s'installer à la chaise de son bureau.

– Je viens de me libérer, annonça-t-il. J'ai passé tant de temps sur ce livre que je ne pouvais m'avouer qu'il était mort depuis un an.

– Vous avez jeté votre *livre* ? demanda Tabby, stupéfait.

– J'ai écrit treize romans, répondit calmement Graham. Je crois que je vais me borner à vous aider à veiller sur Patsy pendant quelque temps.

Après quoi ils demeurèrent longtemps silencieux, regardant Patsy respirer.

Tabby baissa la tête, la bouche tremblante. Ses yeux le piquaient, soudain.

– C'est bon, vas-y, dit Graham.

– Elle... commença Tabby. Elle... euh...

– Je sais, dit Richard. Elle nous a épousés.

Impulsivement, Tabby se releva et alla embrasser la joue de Patsy.

– Oui, dit Richard, posant son verre avant d'aller lui baiser le front à son tour.

Ce fut ensuite Graham qui alla déposer son baiser près du sourcil gauche de Patsy. Comme dans un rituel, un contrat, un sacrement.

Chacun reprit sa place, sans un mot. Graham grogna ; sa poitrine lui faisait mal, ses pieds le brûlaient. Cinq minutes plus tôt, il avait jeté des années de travail (peut-être pourrait-il sauver quelques pages, se dit-il) mais, pendant un instant, il fut merveilleusement heureux. Chacun, dans cette pièce, rayonnait d'une essence unique : comme l'épée au poing de Richard, sur Kendall Point. Cela s'était-il réellement produit, en ce lieu et de cette façon ? Peu importait, pendant ce bref instant. Il se sentait plus heureux qu'il ne l'avait jamais été. Il était allé au-delà du bonheur, se dit-il, et il imagina atteindre d'autres royaumes au-delà des royaumes : des mondes baignés de soleil où jouaient les dieux. Richard et Tabby dormaient, avec la même innocence que Patsy McCloud. Graham se leva, emporta son verre dans la cuisine et alla retirer de la poubelle les chapitres les plus convaincants de son livre.

APRÈS LA LUNE

Après la Lune connut un véritable succès. Hampstead sortait de ses fièvres et de son coma ; les visions regagnaient les recoins secrets des esprits. La ville commença à compter ses victimes, à pleurer ses morts, prête à retrouver le monde. Et le monde, pour le meilleur ou pour le pire, brûlait d'accepter Hampstead à nouveau. Pâle et amaigrie, la ville pouvait cependant marcher : elle avait recouvré sa raison. Ce n'était plus une menace, mais une courageuse victime. Les barrières tombèrent, les journalistes s'y précipitèrent.

Pendant un peu plus d'une semaine – leur période de « célébrité », dit Richard –, Patsy, Graham, Tabby et lui ne purent sortir sans qu'on les suive, qu'on les regarde. Ils voulurent parler mais ne le firent pas. Que dire ?

Un jour, comme Patsy faisait ses courses chez Greenblatt, une vieille femme lui caressa le bras sous prétexte d'admirer son chemisier. Une autre, plus jeune, serra Tabby dans ses bras au milieu du parking, derrière chez Anhalt.

– Je crois que je commence à comprendre Frank Sinatra, dit Richard.

Ils n'aimaient pas sortir, ne souhaitant que leur propre compagnie. Mais, dès qu'ils mettaient le pied dehors, quelqu'un apparaissait, avec un bloc-notes ou un micro, pour leur poser des questions. La difficulté était de répondre sans se faire classer d'office dans la catégorie des aliénés incurables. Ils ne pouvaient parler d'eux et de Gideon Winter, le seul sujet qui les occupait alors, et ils tentaient de répondre aussi banalement que possible ; tout le monde se montrait très excité quant aux procès contre Telpro et aux enquêtes du ministère de la Défense.

– Oh, je crois que cette ville est en train de se remettre, déclara Richard à la chaîne CBS. C'est drôle, mais nous avons du mal à nous souvenir de ce qui s'est passé cet été.

– Je n'ai nulle intention de poursuivre quiconque en justice, dit Patsy à *Newsweek.*

Et Graham à NBC :

– Nous constituons une sacrée équipe.

– Avons-nous eu un été ? demanda à son tour Tabby à *Eyewitness News.*

Après une semaine, les regards et les questions se firent plus rares ; deux semaines plus tard, ils redevenaient des citoyens anonymes et en furent heureux.

De nouveau, les trains s'arrêtèrent aux gares d'Hillhaven, Greenbank et Hampstead. Greenblatt et les autres épiceries retrouvèrent toute la gamme de leurs produits. La troisième semaine de septembre, toutes les vitrines de Main Street avaient été remplacées. Une semaine plus tard, tandis que Richard et Graham réparaient la fenêtre et les bardeaux brisés, Graham aperçut un moineau. Tous les oiseaux semblaient de retour à Hampstead.

Bien d'autres oiseaux migrateurs revinrent aussi. Un matin, Graham et Patsy rencontrèrent Evelyn Hughardt.

– Content de vous revoir, Evvy, dit Graham.

– Vraiment ?

– Maintenant je *sais* que tout est redevenu normal.

Charlie Antolini fit repeindre sa maison. Dans la *Gazette*, la chronique mondaine et les potins locaux avaient disparu. Sarah Spry était irremplaçable. Les dernières des plus pitoyables victimes – les malades du Dr Chaney – étaient mortes à la mi-octobre alors qu'elles n'avaient plus figure humaine. Même Chaney en fut soulagé. Il avait un livre à écrire.

Cinq semaines plus tard, Richard et Tabby regagnaient la maison de Richard. On ne pouvait vivre à trois ou quatre adultes chez Graham. Dans les chambres du haut, on cuisait ou on gelait, selon le temps. Patsy passait toutes ses nuits sur le canapé et Tabby avait fini par coucher dans la cuisine. Si Graham avait voulu quitter sa maison et traverser la rue, ils seraient demeurés ensemble quelques semaines de plus. Mais Graham regrettait sa solitude. Leur obsession de demeurer ensemble se fit moins vive. La réalité les appelait et ils commencèrent à répondre à l'appel. Tabby retourna à l'école, Richard reprit un travail régulier.

– Allez-vous adopter Tabby ? demanda Graham à Richard.

– J'aimerais bien.

– C'est parfait.

Graham n'avait aucune raison de l'interroger à propos de Patsy. Tous les trois étaient amoureux d'elle, mais, mystérieusement, d'une façon telle qu'elle interdisait toute expression physique de l'amour. Graham ne comprenait pas pourquoi, mais ce que Patsy avait fait pour eux à Kendall Point avait à jamais scellé cette porte.

On dînait souvent les uns chez les autres, on se promenait, on riait ensemble, on allait même au cinéma. Richard entama la procédure d'adoption de Tabby – sans difficulté – fin octobre. Graham et

Patsy popotèrent ensemble pendant un temps, comme père et fille.

Mais Graham finit par constater que les rôles étaient inversés. C'était Patsy qui le chouchoutait ! Ce qui le déconcerta profondément. Il n'avait nulle envie de se sentir aussi vieux. Tout comme Richard, il voulait se remettre au travail.

Et Patsy finit par prendre une décision.

Juste avant Noël, Richard buvait un verre avec Graham dans la salle de séjour de celui-ci. Graham vivait seul, désormais, secrètement soulagé que la femme qu'il aimait le plus au monde ne tentât plus de lui faire avaler un petit déjeuner tous les matins. Richard aussi se retrouvait seul : Tabby l'avait persuadé de le laisser partir à Aspen, dans le Colorado, avec la famille d'un vieil ami. Les deux hommes fêtèrent Noël à leur façon. Richard avait fait rôtir un canard et apporté deux bouteilles de margaux pour boire avec.

– Hé, je suis un *ex*-alcoolique, protesta Graham. Je ne vais pas boire toute une bouteille de ce truc.

– Eh bien, cessez de boire du gin.

– Oh, je n'en bois que dans les grandes occasions.

Un instant, Patsy McCloud fut presque présente dans la pièce, tant était claire l'allusion.

– Vous avez des nouvelles de Tabby ? demanda Graham, rompant le silence.

– Il m'appelle tous les jours. Il s'amuse bien. Il me manque, mais je suis content qu'il y soit allé.

Chacun savait que l'autre pensait à Patsy.

– Graham, je ne sais toujours pas vraiment ce qui s'est passé. Je pensais mieux comprendre, avec le temps. Je pensais en arriver à croire que cette affaire Telpro avait été plus importante que nous ne l'avions imaginé à l'époque.

– L'usine se trouvait là, tout simplement. Et Gideon Winter en a profité. Ou l'accident ne fut qu'un accident. Il existe une autre éventualité qui ne me plaît pas.

– Nous sommes peut-être en partie responsables du prétendu accident ?

– Nous avons aidé ce poison à sau-sau-sautiller au-dessus du comté de Patchin. Je crois qu'une fois qu'il a compris ce qui se passait, le Dragon n'en a pas cru sa chance. Il aurait pu provoquer un autre été noir. Et je crois qu'il l'a fait. Du moins connaissons-nous la cause de l'incendie de la Filature royale.

– Vous pensez que c'était un dragon ? Vraiment ?

– Vous l'avez tué, non ?

– Je crois que Patsy l'a tué. Dragon ou autre. (Richard demeura silencieux un instant.) Vous devriez écrire tout cela, Graham : comme nous l'avons vu.

– Je serais trop tenté d'inventer. Je me mettrais à spéculer sur ce qui est arrivé à certains personnages. Et je me retrouverais bientôt devant un roman.

– Ce n'est pas plus mal. Ça collerait.

– Mais cela demeure impossible. Je ne sais toujours pas ce que Patsy et vous faisiez, en mai et juin.

– Je vous passerai mon journal. Patsy en tenait un, elle aussi.

– Je le *sais*. Je vais y réfléchir.

Le lendemain, Graham appela Richard pour lui demander s'il voulait bien lui apporter son journal.

Deux ans plus tard, un peu avant que Graham Williams ne termine son excellent roman intitulé *Le Nuage du dragon*, Richard Allbee emmena sa nouvelle épouse, son bébé et Tabby Smithfield en France, pour de brèves vacances. Il venait de terminer deux importantes restaurations en Nouvelle-Angleterre et allait entreprendre un autre chantier en Virginie. Invité par une association d'architectes français pour prendre la parole à leur assemblée générale, il en avait profité pour emmener sa famille à Paris. Sa femme, qui avait travaillé pour le musée d'Art moderne, parlait un français parfait. Ils devaient rentrer pour l'inscription de Tabby à l'université du Connecticut.

Richard les emmena dans tous les musées, jardins et restaurants. Poussant son bébé babillant, il était incroyablement heureux. Si quelque puissance maléfique lui avait fait connaître l'été 1980, d'autres forces lui avaient offert celui-ci.

Deux jours avant leur départ, Richard sortait de l'hôtel *Intercontinental* avec le bébé dans la poussette. Sa femme était allée faire des courses avec Tabby, et il alla regarder les vitrines de la place Vendôme. Après quoi il chercha une terrasse de café où prendre une bière.

Il tourna dans une rue qu'il ne connaissait pas et s'installa à une terrasse. Jetant un coup d'œil aux autres clients, il aperçut un homme aux cheveux gris assis à l'autre bout de la terrasse, et crut avoir perdu l'esprit. Les événements de l'été 1980 défilèrent devant ses yeux. Il connaissait ce visage. Le Dragon le lui avait montré au bout d'un tunnel sans fin et avait essayé de le tuer avec ce même visage.

Quelques secondes plus tard, il comprit que l'homme n'était que ce qu'il était, et non pas un jouet mortel de Gideon Winter. Il lui retrouva ses airs de marin ou de poète bohème, mais aussi des traits plus ordinaires. Son père devait être beau parleur, solide buveur et bon travailleur. Avec de nombreux amis. Richard retrouva même dans ses traits une certaine ressemblance avec lui. Dans vingt-cinq ans, il aurait à peu près cet air-là.

Il prit l'enfant dans ses bras traversa la terrasse, et le cœur battant.

– Michael Allbee, je te présente Michael Allbee, dit-il.

L'inconnu leva sur lui un regard surpris. Ce n'était pas son père ; il ne ressemblait même plus à l'homme du souterrain. Richard se détourna, avec son fils.

Mystère sur mystère. Il poussa l'enfant vers ce qu'il

pensait être la direction de l'*Intercontinental* et fut presque aussitôt perdu. Pour la première fois, son sens de l'orientation était pris en défaut. Il renonça et dut héler un taxi. Il ne se sentit de nouveau à l'aise qu'à bord du jet d'Air France en vol pour New York.

Mystère sur mystère.

Patsy McCloud avait disparu de leur vie, encore qu'aucun d'entre eux n'eût accepté cette réalité. Pendant les semaines passées avec Graham, Patsy avait pris l'habitude de sortir seule le soir, alors que Graham se couchait vers dix heures. Chaque fois, Patsy reparaissait le lendemain matin avec du café frais, lui demandant combien il voulait d'œufs au petit déjeuner.

Elle finit par avouer à Graham qu'elle avait rencontré un homme qui lui plaisait. Un avocat, veuf. Ils s'étaient connus des années plus tôt au Club Med, à la Martinique, où elle avait passé dix jours avec Les. L'homme avait vu sa photo dans *Newsweek*, trouvé son numéro de téléphone. Il s'appelait Arthur Powers. Patsy avait notamment apprécié qu'il ne lui parlât pas des événements de l'été.

Elle vendit sa maison, passa Noël 1980 avec Arthur Powers. Cinq semaines plus tard, elle appelait Graham au téléphone :

– Je vous aime tant, lui dit-elle. Je vous aime parce qu'il faut que je vous aime.

Douze jours plus tard, il reçut une carte, d'une île quelconque. Le cachet de la poste rendait illisible la légende sur la carte. Elle disait : *AP est charmant. Vous me manquez tous. Beau sable blanc. Chaud soleil. Délicieux. Affectueusement. P.*

Elle lui téléphona de New York, puis de Chappaqua où habitait Arthur. Elle lui envoya une carte avec une adresse : *Remariée mais toujours Patsy McCloud. Je vous aime toujours et pour toujours.*

Elle était partie. Complètement. Richard rencontra sa future femme au cours d'une réception, à New

York. Tabby tomba amoureux d'une fille de sa classe, n'eut pas de chance et retomba amoureux. Graham travaillait à son livre. Richard finit par se remarier. Patsy était partie.

Elle avait épousé son avocat, du nom d'Arthur Powers, et habitait Chappaqua. Ou peut-être pas. Un soir, Graham demanda son numéro de téléphone aux renseignements et on lui apprit qu'il n'existait aucun Arthur Powers, ni aucune Patricia McCloud parmi les abonnés de Chappaqua. Il lui écrivit. La lettre revint avec la mention ADRESSE INCONNUE.

La nuit où naquit son fils, le téléphone de Richard sonna à 4 heures du matin.

– Ne vous est-il pas arrivé quelque chose d'heureux, cette nuit ? lui demanda la chère voix de Patsy.

– Oh, Patsy, je viens d'être papa. Comment avez-vous su ?

– Nous, les femmes Tayler, avons nos secrets. Je suis heureuse, maintenant. Et vous ?

– En ce moment ? Je crois que je vais éclater de bonheur.

– *Parfait.* Si vous êtes heureux, je le suis aussi.

– Je vous ai écrit, parvint-il à glisser, mais Patsy était de nouveau en train de parler et il ne comprit pas bien ce qu'elle lui disait : *Je l'ai reçue ? J'ai changé d'adresse ?*

– Je suis heureuse que vous soyez enfin père, dit Patsy plus clairement.

– Patsy, donnez-moi votre numéro de téléphone. Nous avons essayé de vous joindre...

– Nous avons déménagé. Je vous l'envoie dès que je l'ai.

– S'il vous plaît. Je veux vous revoir, et Graham soupire après vous. Et Tabby veut vous parler de sa petite amie.

– Eh bien, vous avez réussi quelque chose de magnifique !

– *Nous* avons réussi quelque chose de magnifique, naguère.

Mais on avait déjà coupé.

Il saisit le dragon, le serpent ancien, qui est le diable et Satan, et il le lia pour mille ans.

Apocalypse 20 : 2

ÉPOUVANTE

Depuis deux siècles, le roman d'épouvante fascine des générations de lecteurs avides et terrifiés. Mary Shelley, Bram Stoker lui ont donné ses lettres de noblesse. Stephen King, Dean Koontz, Joe Lansdale, Brian Stableford et d'autres talentueux inventeurs de cauchemars ont régénéré ses thèmes.

Sous le signe du surréel, le genre est une véritable plongée dans des jardins secrets où fleurit l'horreur.

BARKER Clive

Cabale
3051/4

Livres de sang
Plus sombres qu'un cauchemar, puisées dans les ténèbres de l'âme, voici les histoires écrites sur le *Livre de Sang*. Celles d'un monde de terreur où les morts se révoltent et se vengent des vivants !

- Livre de sang
2452/3
- Une course d'enfer
3690/4
- Confessions d'un linceul
3745/4
- Apocalypses
4008/4
- Prison de chair
4065/4
- La mort, sa vie, son œuvre
4202/4

BLATTY William P.

L'exorciste
630/4

BRITE Poppy Z.

Âmes perdues
4136/6
Dans les bas-fonds de La Nouvelle-Orleans, Molochai, Twig et Zillah choisissent leurs victimes parmi les ados désespérés, qui traînent là où règnent le sexe, le rock, l'alcool et la drogue. Après une nuit passionnée, les garçons sont vidés de leur sang. Les filles, elles, servent à la reproduction des vampires.

CAMPBELL Ramsey

La poupée qui dévora sa mère
1998/3 Inédit
Le Parasite
2058/5 Inédit
La lune affamée
2390/5
Spirale de malchance
3711/8 Inédit
Désirs inavouables
4112/7 Inédit
L'immeuble n'était pratiquement pas habité. Juste une vieille dame, qu'on voyait de temps en temps. Plutôt gentille : le genre à vous apporter un gâteau. D'un goût plutôt bizarre, d'ailleurs. Et puis l'horreur fondit sur eux...

CITRO Joseph A.

L'abomination du lac
3382/4 Inédit

CLEGG Douglas

Neverland
3578/5

COLLINS Nancy A.

La volupté du sang
3025/4 Inédit
Internée dans un asile d'aliénés, Sonia Blue est en réalité un vampire. Lorsqu'elle parvient à s'échapper, c'est pour se venger de ceux qui ont cherché à la détruire.

Appelle-moi Tempter
3183/4 Inédit
Garouage
4181/3 Inédit
Jusqu'alors, Skinner avait été plutôt solitaire. Jusqu'à ce qu'il découvre *Vargr*, un groupe de hard-rock dément. Alors, il eut la révélation de sa vraie nature. Skinner était un loup-garou, comme tous les membres de *Vargr*.

Péchés innommables
4328

GARTON Ray

Tapineuses vampires
3498/3

GOWER Daniel

Le Procédé Orphée
3851/7

HODGE Brian

La vie des ténèbres
3437/7 Inédit
Les saints les plus sombres
4223/6 Inédit

JAMES Peter

Possession
2720/6
Prophétie
3815/6 Inédit
Trois siècles après la mort de Lord Halkin, son esprit maléfique s'empare d'un jeune garçon pour accomplir son œuvre destructrice.

Bruits de tombes
4157/6 Inédit
Morte en mémoire vive
4280/8 Inédit

JETER K. W.

Les âmes dévorées
2136/4 Inédit
Le ténébreux
2356/4 Inédit
La source furieuse
3512/4

KAYE Marvin

Lumière froide
1964/3

ÉPOUVANTE

KOJA Kathe
Brèche vers l'enfer
3549/4
Décérébré
3650/4 Inédit
Corps outragés
3764/5 Inédit
Le sang des anges
4097/4 Inédit
C'était une œuvre étrange, qui évoquait Bosch, ou peut être Bacon. Renseignements pris, son auteur était schizophrène, interné dans un hôpital psychiatrique. Le tableau fascinait Grant, l'obsédait. Il n'avait plus qu'une idée en tête : retrouver le génie singulier qui l'avait peint.

KOONTZ Dean R.
Feux d'ombre
2537/7
Chasse à mort
2877/6
Les étrangers
3005/9
Les yeux foudroyés
3072/8
Le temps paralysé
3291/6
Midnight
3623/8

LAWS Stephen
Darkfall
3735/5 Inédit

LEVIN Ira
Un bébé pour Rosemary
342/4

LIGNY Jean-Marc
Inner City
4159/4

MATHESON Richard
La maison des damnés
612/4

McCAMMON Robert R.
Mary Terreur
3264/7 Inédit

MONTELEONE Thomas
Fantasma
2937/4 Inédit
Le sang de l'agneau
4342/5 Inédit

QUENOT Katherine E.
Rien que des sorcières
3872/7

SAUL John
Le châtiment des pécheurs
3951/6 Inédit

SELTZER David
La malédiction
796/2 Inédit

SHELLEY Mary
Frankenstein
3567/3
Le Dr Frankenstein parvient à animer une créature reconstituée à l'aide de débris humains...

SIMMONS Dan
Le chant de Kali
2555/4
Des cadavres qui ressuscitent, une déesse dévoreuse d'âmes : il est des endroits maléfiques. Calcutta est de ceux-là.

SKIPP & SPECTOR
Décibels
3927/7 Inédit

SOMTOW S.P.
Vampire Junction
2862/6
Il a douze ans et c'est un phénomène, puisqu'il est chanteur et déjà milliardaire. Mais il délire : il dit qu'il n'a pas d'âme, qu'il est un vampire. Les médecins haussent les épaules : psychose. Mais s'ils se trompaient ?

STABLEFORD Brian
Les loups-garous de Londres
3422/7 Inédit
Menant une enquête en Egypte sur les phénomènes occultes, un homme et un enfant sont propulsés dans un univers de songes sataniques... les loups-garous se réveillent.
L'ange de la douleur
3801/7 Inédit

STOKER Bram
Dracula
3402/7

STRIEBER Whitley
Wolfen
1315/4
Les prédateurs
1419/4
Cat Magic
2341/7
Animalité
3587/6
Feu d'enfer
4051/6

TESSIER Thomas
La nuit du sang
2696/3

WATKINS Graham
Sacrifices aztèques
3603/6

X
Histoires de sexe et de sang
- Histoires de sexe et de sang
3225/4
- Le choix ultime
3911/6

Science-Fiction

Depuis 1970, J'ai lu explore les vastes territoires de la Science-Fiction pour mettre à la portée d'un très vaste public des chefs-d'œuvre méconnus. De la *hard science* à l'*heroic fantasy*, des auteurs classiques à l'avant-garde cyberpunk, des maîtres américains à la nouvelle génération des auteurs français, tous les genres sont représentés sous la désormais célèbre couverture argent et violet.

ANDERSON POUL

La reine de l'air et des ténèbres
1268/3
La patrouille du temps
1409/3

ATWOOD MARGARET

La servante écarlate
2781/5

AYERDHAL

L'histrion
3526/6 Inédit
Balade choreïale
3731/5 Inédit
Sur une planète lointaine, une terrienne et une non-humaine s'affrontent ou font alliance, en fonction des détours d'une politique subtile.
Sexomorphoses
3821/6 Inédit
Genèses
4279/5
Une sélection de nouvelles par les auteurs français de S-F les plus importants en 1996 : Ayerdhal, Pierre Bordage, Richard Canal, Jean-Claude Dunyach, Serge Lehman, Jean-Marc Ligny, Jean-Louis Trudel, Elisabeth Vonarburg, Bernard Weber...
Parleur
4317/10 Inédit

BELLETTO RENÉ

Le temps mort
4095/4
Un recueil de dix nouvelles fantastiques, premier ouvrage de Belletto, couronné en 1974 par le prix Jean Ray.

Isaac Asimov

Isaac Asimov (1920-1992)
Auteur majeur de la S-F américaine, Isaac Asimov est né en Russie. Naturalisé américain, il fait des études de chimie et de biologie, tout en écrivant des romans et des nouvelles qui deviendront des best-sellers. Avec les robots, il trouve son principal thème d'inspiration.

Les cavernes d'acier
404/4
Les cavernes d'acier sont les villes souterraines du futur, peuplées d'humains qui n'ont jamais vu le soleil. Dans cet univers infernal, un homme et un robot s'affrontent.
Les robots
453/3
Face aux feux du soleil
468/3
Tyrann
484/3
Un défilé de robots
542/3
Cailloux dans le ciel
552/3
La voie martienne
870/3
Les robots de l'aube
1602/3 & 1603/3
Le voyage fantastique
1635/3
Les robots et l'empire
1996/4 & 1997/4
Espace vital
2055/3
Asimov parallèle
2277/4 Inédit
Le robot qui rêvait
2388/7

La cité des robots
- La cité des robots
2573/6 Inédit
- Cyborg
2875/6
- Refuge
2975/6

Robots et extraterrestres
- Le renégat
3094/6 Inédit
- L'intrus
3185/6 Inédit
Deuxième volet d'une série passionnante, par deux jeunes talents de la S-F parrainés par Asimov.
- Humanité
3290/6 Inédit

Robots temporels
- L'âge des dinosaures
3473/6 Inédit (Par F. WU)
- Le dictateur - Le guerrier
4048/7 Inédit (Par F. WU)
- L'empereur - L'envahisseur
4177/7 Inédit (Par F. WU)

La trilogie de Caliban
- Le robot de Caliban
3503/6
- Inferno
3799/5 Inédit
- Utopia
4304/6 Inédit

Science-Fiction

BISSON
Johnny Mnemonic
4079/4

BLAYLOCK JAMES
Homunculus
3052/4 Inédit FANTASY
Reliques de la nuit
4049/8 Inédit FANTASY

BRIN DAVID
Marée stellaire
1981/6 Inédit
Le facteur
2261/5 Inédit
Elévation
2552/5 & 2553/5
Les Galactiques décident de donner une leçon aux humains, mais Robert et Athaclena, la mutante, contre-attaquent.

BROOKS TERRY
Le glaive de Shannara
3331/8 Inédit FANTASY
Après la dernière guerre des races, les habitants des Quatre Terres sont parvenus à reconstruire une civilisation. Mais les forces du Mal veillent et, pour empêcher un nouveau désastre, Shea doit s'emparer du glaive de Shannara.
Les pierres des elfes de Shannara
3547/7 Inédit FANTASY
L'enchantement de Shannara
3732/8 Inédit FANTASY
Royaume magique à vendre !
- Royaume magique à vendre !
3667/6 FANTASY
- La licorne noire
4096/5 Inédit FANTASY
Le Spectre et le Sort
4277/5 Inédit FANTASY (Sept.)

BUTLER OCTAVIA E.
La parabole du semeur
3948/6 Inédit

CADIGAN PAT
Mise en abyme
4134/5 Inédit

CANAL RICHARD
Swap-Swap
2836/3 Inédit
Ombres blanches
3455/4 Inédit
Aube noire
3669/5
Le cimetière des papillons
3908/4 Inédit
La malédiction de l'éphémère
4156/4

CARD ORSON SCOTT
Abyss
2657/4
La stratégie Ender
3781/5
La voix des morts
3848/6
L'extermination des Doryphores par Ender est à présent considérée comme une gigantesque erreur. Lorsqu'une nouvelle race d'extraterrestres est découverte sur la planète Lusitania, les humains délèguent pour établir des contacts avec celui qu'on nomme le Porte-Parole des Morts et qui n'est autre qu'Ender...
Xénocide
4024/8
Troisième volume des aventures d'Ender le Stratège, surnommé la Voix des Morts. Un virus mortel menace les humains qui ont colonisé la planète Lusitania. Mais le détruire revient à anéantir les indigènes, pour la reproduction desquels ce virus est indispensable. Ender parviendra-t-il à éviter un nouveau xénocide ?

CARROLL JONATHAN
Le pays du fou rire
2450/4

CHERRYH C.J.
Hestia
1183/3
Chasseurs de mondes
1280/4
Les adieux du soleil
1354/3
Les seigneurs de l'Hydre
1420/4 Inédit
L'opéra de l'espace
1563/3 Inédit
Chanur
1475/4 Inédit
L'épopée de Chanur
2104/4 Inédit
La vengeance de Chanur
2289/4 Inédit
Le retour de Chanur
2609/7 Inédit
L'héritage de Chanur
3648/8 Inédit
La pierre de rêve
1738/3
L'œuf du coucou
2307/3
Cyteen
2935/6 & 2936/6 Inédit
Politicienne habile, Ariane Emory vise l'immortalité, l'apanage des dieux, pour mener à bien ses projets.
Volte-Face
3144/5
Forteresse des étoiles
3330/7
Temps fort
3417/7 Inédit
Les portes d'Ivrel
3631/4 FANTASY
Le puits de Shiuan
3688/5 Inédit FANTASY
Les feux d'Azeroth
3800/4 Inédit FANTASY
La porte de l'exil
3871/8 Inédit
Les chants du néant
4155/7 Inédit

COCHRAN & MURPHY
Le maître de l'éternité
3814/9 Inédit FANTASY

Arthur C. Clarke

Né en 1917 en Angleterre, Arthur C. Clarke vit depuis de nombreuses années à Ceylan.Cet ancien président de l'Association interplanétaire anglaise, également membre distingué de l'Académie astronautique, a écrit une cinquantaine d'ouvrages, dont certains sont devenus des classiques de la Science-Fiction.

2001 : l'odyssée de l'espace
349/2
Quelque part, du côté d'un satellite de Saturne, une source inconnue émet des radiations d'une extraordinaire puissance. Une mission secrète va entraîner Explorateur I et son équipage aux confins du cosmos, leur permettant de percer le mystère des origines de la vie.

2010 : odyssée deux
1721/4

2061 : odyssée trois
3075/3

Les enfants d'Icare
799/3
L'astronef s'était posé sur Terre sans que nul s'en aperçoive et, maintenant, ses occupants imposaient leur volonté aux hommes. L'existence de l'humanité n'était-elle pas menacée ?

Avant l'Eden
830/4

Terre, planète impériale
904/4

L'étoile
966/3

Rendez-vous avec Rama
1047/3

Rama II
3204/7 Inédit *(avec Gentry Lee)*

Les jardins de Rama
3619/6 Inédit *(avec Gentry Lee)*
Lorsque Rama II, l'astronef d'origine extraterrestre, quitte le système solaire, il emporte à son bord trois humains, dont la mission est de reconstituer une colonie, loin de leur planète d'origine. Mais l'entreprise va s'avérer périlleuse.

Rama révélé
3850/8 Inédit *(avec Gentry Lee)*
Suite et fin du cycle de *Rama*. Arthur Clarke livre ici une explication exhaustive et surprenante de la création de l'univers.

Les fontaines du Paradis
1304/4

Les chants de la Terre lointaine
2262/4

Base Vénus
Lorsqu'elle reprend conscience, Sparta s'aperçoit que trois ans de son existence ont totalement disparu de sa mémoire. Plus troublant encore : elle se découvre d'étranges pouvoirs. Comme si son corps et ses perceptions avaient été reconfigurés... A la recherche de son passé, Sparta rejoint alors l'orbite de Vénus.

- Point de rupture
2668/4 Inédit
- Maelström
2679/4 Inédit
- Cache-cache
3006/4 Inédit
- Méduse
3224/4 Inédit
- La lune de diamant
3350/4 Inédit
- Les lumineux
3379/4 Inédit

Le fantôme venu des profondeurs
3511/4 Inédit

La Terre est un berceau
3565/7 *(avec Gentry Lee)*

Le marteau de Dieu
3973/3

Science-Fiction

CURVAL Philippe
Le ressac de l'espace
595/3

DARTEVELLE Alain
Imago
3601/4

DE HAVEN Tom
Chroniques du vagabond
- D'un monde l'autre
3186/5 Inédit FANTASY
Parmi les clochards de Crane Park, Jack frappe par son étrangeté. Il prétend être venu d'un monde parallèle par une déchirure de l'atmosphère et se promène avec une guêpe qui lui obéit comme un chien...
- Le Mage de l'Apocalypse
3308/5 Inédit FANTASY

DEMUTH Michel
Les Galaxiales
693/4

DEVLIN Dean
Stargate
3870/6 Inédit

DICK Philip K.
Loterie solaire
547/2
Dr Bloodmoney
563/4
Le maître du Haut Château
567/4
En 1947, les Alliés capitulent. Hitler impose sa tyrannie à l'est des Etats-Unis, les Japonais s'emparent de l'ouest. Cependant une étrange rumeur circule : un homme vivant dans un Haut Château a écrit un livre racontant la victoire des Alliés en 1945.
A rebrousse-temps
613/3
Les clans de la lune alphane
879/3
L'homme doré
1291/3
Le dieu venu du Centaure
1379/3
Le message de Frolix 8
1708/3
Blade Runner
1768/3
Un Blade Runner, c'est un tueur chargé d'éliminer les androïdes qui s'infiltrent sur Terre...
Le temps désarticulé
4133/3
Aux États-Unis, dans les années cinquante, Ragle Gumm, qui mène une existence paisible dans une petite ville vit une expérience troublante : la réalité commence à se disloquer autour de lui...

DICK & NELSON
Les machines à illusions
1067/3

DICKSON Gordon R.
Le dragon et le georges
3208/4 Inédit FANTASY
Une histoire d'amour est-elle vraiment concevable entre une jeune fille et un effroyable dragon ?
Le Chevalier Dragon
3418/7 Inédit FANTASY
Le dragon à la frontière
3620/6 FANTASY

FARMER Philip José
Les amants étrangers
537/3
L'univers à l'envers
581/2
Des rapports étranges
712/3
La nuit de la lumière
885/3
Le soleil obscur
1257/4

FOSTER Alan Dean
Alien
1115/3
AlienS
2105/4
Alien 3
3294/4

GALOUYE Daniel F.
Simulacron 3
778/2

GIBSON William
Neuromancien
2325/4
Comte Zéro
2483/4
Mona Lisa s'éclate
2735/4
Gravé sur chrome
2940/3
Lumière virtuelle
3891/6

HABER Karen
L'héritage du mutant
3813/4 Inédit

HALDEMAN Joe
La guerre éternelle
1769/3

HAMILTON Edmond
Les rois des étoiles
432/4
Le retour aux étoiles
490/4

HARRISON Harry
Le rat en acier inox
3242/3

HEINLEIN Robert A.
Une porte sur l'été
510/3
Etoiles, garde à vous
562/4
Double étoile
589/3
Vendredi
1782/5
uLe chat passe-muraille
2248/6
Au-delà du crépuscule
2591/7 Inédit

HOUGRON Jean
Le Naguen
4005/6

Science-Fiction

HOWARD Robert E.
Au cours de ses voyages aventureux à travers l'espace et le temps, Conan, le guerrier aux yeux de saphir, découvre des mondes étranges, hantés par des démons et des sorcières.
Conan le Barbare
1449/3 *avec Sprague de Camp*
FANTASY
Conan le destructeur
1689/2 *avec R. Jordan*
FANTASY
Conan
1754/3 FANTASY
Conan le Cimmérien
1825/3 FANTASY
Conan le flibustier
1891/3 FANTASY
Conan le vagabond
1935/3 FANTASY
Conan l'aventurier
2036/3 FANTASY
Conan le guerrier
2120/3 FANTASY
Conan l'usurpateur
2224/3 FANTASY
Conan le conquérant
2468/3 FANTASY
Conan le vengeur
3289/3 FANTASY
Conan le boucanier
3378/3 FANTASY
Conan l'explorateur
3528/3 FANTASY
avec Sprague de Camp
Conan le libérateur
3577/3 FANTASY
avec Sprague de Camp
Conan l'Aquilonien
3649/3 FANTASY
avec Sprague de Camp
Conan le justicier
3710/3 FANTASY
avec Sprague de Camp
Conan le valeureux
3950/4 FANTASY
avec John Maddox Roberts
Conan et l'épée de Skelos
4007/4 FANTASY
avec Andrew J. Offut
Conan le triomphant
4222/4 FANTASY
avec Robert Jordan

JETER K. W.
Horizon vertical
2798/4 Inédit

JEURY Michel
Le jour des Voies
761/3
La croix et la lionne
2035/3

JONES Raymond F.
Renaissance
957/4

KESSEL John
Bonnes nouvelles de l'espace
3744/8 Inédit

KEYES Daniel
Des fleurs pour Algernon
427/3

KLEIN Gérard
Le rêve des forêts
2164/3
Les voiliers du soleil
2247/2

KUBE-McDOWELL M.P.
Projet Diaspora
3496/7 Inédit FANTASY
Exilé
3689/7 Inédit

LEE Tanith
Cyrion
1649/4 FANTASY
La déesse voilée
1690/4 Inédit FANTASY
La quête de la sorcière blanche
2042/4
Tuer les morts
2194/3
Terre de lierre
2469/3

LEM Stanislas
Le congrès de futurologie
1739/2
Mémoires d'Ijon Tichy
4221/3

LEOURIER Christian
Les racines de l'oubli
2405/2
La terre de promesse
3709/3
Une étrange visite dans un monde parallèle, l'Irgendwo. Mais s'agit-il d'une réalité ou d'un autre niveau virtuel créé par les rêves des Lanmeuriens ?

LETHEM Jonathan
Flingue sur fond musical
4199/4 Inédit

LEVIN Ira
Les femmes de Stepford
649/2

LIGNY Jean-Marc
Inner City
4159/4 Inédit

LOVECRAFT Howard P.
L'affaire C. D. Ward
410/2 FANTASY
Dagon
459/5 FANTASY
Night Ocean
2519/3 FANTASY
Le cauchemar d'Innsmouth
4094/2 FANTASY
Cinq nouvelles, autour d'une ville maudite : *Le cauchemar d'Innsmouth, La maison de la sorcière, Celui qui hantait les ténèbres, L'indicible* et *Le monstre sur le seuil.*
Le mythe de Cthulhu
4176/2 FANTASY
Six nouvelles formant le cycle le plus célèbre de Lovecraft : *L'appel de Cthulhu, Par-delà le mur du sommeil, La tourbière hantée, La peur qui rôde, La couleur tombée du ciel* et *Celui qui chuchotait dans les ténèbres.*
La quête onirique de Kadath l'inconnue
4256/2 FANTASY
Les montagnes hallucinées
4326/2

Science-Fiction

MacAVOY R. A.
Le troisième aigle
2835/4 Inédit
La quête de Nazhuret
3989/5 Inédit FANTASY

MacBRIDE ALLEN Roger
L'homme modulaire
3782/5 Inédit

McDONALD Ian
Necroville
4278/7 Inédit

McKILLIP Patricia A.
La Sorcière et le Cygne
3974/5 Inédit FANTASY
En pénétrant dans la petite maison noire qui s'est matérialisée devant lui, Corlen perd Tiel, sa bien-aimée. Pour la retrouver, il devra rapporter le cœur du Cygne, la constellation responsable de son malheur.

Le Cygne et l'Oiseau de Feu
4111/5 Inédit FANTASY

McMASTER BUJOLD Lois
Miles Vorkosigan
3288/5 Inédit
Cordelia Vorkosigan
3687/5 Inédit
Cordelia, officier de la force expéditionnaire Bêta, succombe au charme de son pire ennemi, Lord Aral Vorkosigan. Au terme d'une guerre acharnée, Cordelia accepta de l'épouser. De cette union, naquit Miles Vorkosigan...

Barrayar
3454/6 Inédit
L'esprit de l'anneau profane
3762/6 FANTASY
Un clone encombrant
3925/5 Inédit
La danse du miroir
4025/8 Inédit

MERRITT Abraham
Les habitants du mirage
557/3 FANTASY
Le gouffre de la lune
618/4 FANTASY
Le visage dans l'abîme
886/4 FANTASY

MILLER Robyn & Rand
Myst
4110/5 Inédit

MOORE Catherine L.
Shambleau
415/4
Jirel de Joiry
533/3 FANTASY
La nuit du jugement
700/2

MORROW James
L'arbre à rêves
2653/4
Notre mère qui êtes aux cieux
3131/5 Inédit FANTASY
En remorquant Jéhovah
3910/6 Inédit

NIVEN Larry
L'Anneau-Monde
3527/5
Les ingénieurs de l'Anneau-Monde
3893/6

NORMAN John
Les aventures de Tarl Cabot sur la planète Gor, où règne une civilisation moyenâgeuse, aux mœurs cruelles et raffinées.

Le tarnier de Gor
3168/4 FANTASY
Le banni de Gor
3229/4 FANTASY
Les prêtres-rois de Gor
3351/5 FANTASY
Les nomades de Gor
3435/5 FANTASY
Les assassins de Gor
3497/6 Inédit FANTASY
Les pirates de Gor
3548/6 FANTASY
Les chasseurs de Gor
3668/7 FANTASY
Les maraudeurs de Gor
3909/6 FANTASY
Les tribus de Gor
4026/7 FANTASY
Les esclaves de Gor
4201/6 FANTASY

PELOT Pierre
Delirium circus
773/3

PERRY Steve
Aliens - La ruche terrestre
4063/4

POGUE Charles Edward
Dragonheart
4287/4 Inédit

POHL Frederik
La Grande Porte
1691/4
Les pilotes de la Grande Porte
1814/5
Rendez-vous à la Grande Porte
2087/5 Inédit
Les Annales des Heechees
2632/5 Inédit
A travers la Grande Porte
3332/4 Inédit
Dialogue avec l'extraterrestre
4327/5 Inédit

POWERS Tim
Les voies d'Anubis
2011/5
Sur des mers plus ignorées...
2371/4
Le Palais du Déviant
2610/4
Le poids de son regard
2874/6
Poker d'âmes
3602/9
À Las Vegas, Scott Crane se livre à un jeu étrange, dont les règles s'inspirent à la fois du poker et des tarots. Mais ici, ce sont des corps et des âmes qu'il s'agit d'échanger.

Date d'expiration
4154/9 Inédit
Dans un Los Angeles halluciné, d'étranges fantômes cherchent à entraîner les humains dans les abysses.

STEPHEN
KING

Epouvante, polar, science fiction, Stephen King sait nous faire mourir de peur. Il sait reformuler nos terreurs ancestrales pour les intégrer dans notre environnement technologique. Comme autrefois Edgar Poe ou Lovecraft, le King règne aujourd'hui sur le Fantastique.

Carrie
835/3 (Mars 95)
Shining
1197/5
Danse macabre
1355/4
Cujo
1590/4
Christine
1866/4
Peur bleue
1999/3
A Talker's Mills, paisible bourgade du Maine, le loup-garou revient à chaque pleine lune et dévore sauvagement ses victimes.

Charlie
2089/5
Simetierre
2266/6
Différentes saisons
2434/7
La peau sur les os
2435/4 Polar

Brume
- Paranoïa
2578/4
- La Faucheuse
2579/4

Running Man
2694/3 Polar
Etats-Unis 2025 : une nouvelle tyrannie. Une chaîne unique de télévision et une émission vedette : «La Grande Traque». Les yeux rivés sur le petit écran, le peuple regarde la mort en direct.

ÇA
2892/6, 2893/6 & 2894/6
également en coffret FJ 6904
Qu'ont-ils vu qui aurait rendu les autres fous ? Quelle chose innommable ? Quoi que ce fut, c'était là de nouveau... ÇA ! l'ordure aux cent têtes.

Les Tommyknockers
3384/4, 3385/4 & 3386/4
également en coffret FJ 6659
Jim a peur pour Bobbi. Quelque chose d'étrange se passe à Haven. Tard, la nuit dernière les Tommyknockers sont arrivés... Le grand cirque de l'épouvante peut commencer.

La tour sombre
- Le pistolero
2950/3 Science-Fiction
Deux hommes marchent dans un désert calciné, cruel, aveuglant. L'un pourchasse l'autre. Mais le gibier n'est peut-être pas celui qu'on croit.

- Les trois cartes
3037/7 Science-Fiction
- Terres perdues
3243/7 Science-Fiction

Misery
3112/6
Marche ou crève
3203/5 Polar
Le Fléau
Edition intégrale
3311/6, 3312/6 & 3313/6,
également en coffret FJ 6616
On avait cru d'abord à une banale épidémie de grippe. Mais quand les cadavres jonchèrent les routes, il fallut se rendre à l'évidence : le Fléau n'épargnerait personne.

Rage
3439/3 Polar
A neuf heures vingt, après un entretien destroy, Charlie met le feu aux vestiaires du collège. Puis, il flingue le prof d'algèbre. Charlie se sent bien : il est allé jusqu'au bout.

Chantier
2974/6 Polar
Minuit 2
3529/7
Après minuit, tout bascule. Le temps se courbe et s'étire, se replie ou se brise en emportant un morceau de réel. Après minuit, l'heure où l'on peut rencontrer le pire !

Minuit 4
3670/8
Après *Minuit 2*, le maître de l'épouvante récidive : deux nouveaux cauchemars à vous glacer le sang !

Bazaar
3817/7 & 3818/7
Jessie
4027/6

2373

Achevé d'imprimer en Europe (France)
par Brodard et Taupin à La Flèche (Sarthe)
le 16 mai 1997. 1105S-5
Dépôt légal mai 1997. ISBN 2-290-02373-6
1er dépôt légal dans la collection : avril 1988

Éditions J'ai lu
84, rue de Grenelle, 75007 Paris
Diffusion France et étranger : Flammarion